HYLKYMAA

Tana French

HYLKYMAA

SUOMENTANUT SEPPO RAUDASKOSKI

WERNER SÖDERSTRÖM OSAKEYHTIÖ
HELSINKI

Sivun 133 lainauksen William Shakespearen *Myrskystä*
on suomentanut Matti Rossi.

ENGLANNINKIELINEN ALKUTEOS
Broken Harbour

Darleylle, taikurille ja herrasmiehelle

1

SANOTAAN NYT SAMAN tien, että minä olin tähän juttuun oikea mies. Ette arvaa, miten moni pojista olisi kiertänyt jutun kaukaa jos olisi saanut päättää – ja minäkin sain päättää, alussa ainakin. Pari heistä sanoi minulle ihan suoraan, että onneksi sinä jouduit ettei minun tarvinnut. En pahastunut siitä. Säälin heitä vain.

Jotkut pojista arastelevat korkean profiilin juttuja ja korkeitten panosten tapauksia, koska mediasta on kuulemma liikaa riesaa ja tulee liikaa sanomista, jos juttu ei ratkea. Minä en sellaiseen negatiivisuuteen sorru. Ellei mies osaa ajatella muuta kuin sitä, miten paljon pudotus sattuu, hän on jo puolimatkassa alas. Minä keskityn positiivisiin puoliin, ja niitä on paljon – voihan sitä teeskennellä ettei välitä sellaisesta, mutta kaikki tietävät että kovista jutuista ne ylennykset hankitaan. Otan siis mieluusti vastaan isot mediatapaukset ja jätän huumediilerien puukotukset muille. Jos ei kestä painetta, kannattaa pysyä kenttämiehenä.

Jotkut pojista eivät kestä lapsitapauksia, ja ymmärtäähän sen, mutta anteeksi nyt vaan: jos ei kestä häijyjä murhajuttuja, mitä hittoa edes tekee murharyhmässä? Herkkiksille olisi varmasti enemmän käyttöä tekijänoikeusosastolla. Minä olen hoitanut vauvajuttuja, hukkumisia, raiskausmurhia ja haulikkotapon, jossa kerättiin aivonkappaleita seiniltä, mutta nukun silti ihan hyvin, kunhan juttu ratkeaa. Jonkun se täytyy kuitenkin hoitaa. Ja jos sen hoidan minä, niin se hoidetaan kunnolla.

Koska sanotaan nyt sekin, että olen työssäni helvetin hyvä. Uskon yhä niin. Olen ollut henkirikososastolla kymmenen vuotta, ja seitsemänä vuotena, siitä asti kun pääsin hommista kärryille, minulla on ollut osaston korkein selvitysprosentti. Tänä vuonna olen kakkosena, mutta ykkösmies sai putkeen monta

7

läpihuutojuttua, perheväkivaltatapauksia joissa epäilty suunnilleen pidätti itsensä ja saimme hänet tarjottimella kastikkeen kera. Minä sain hoitaakseni äherrystapauksia, niitä narkkarien keskinäisiä välienselvittelyjä joissa kukaan ei ole nähnyt mitään, mutta tein tulosta silti. Jos tarkastajamme olisi epäillyt minua yhtään, siis yhtään, hän olisi voinut ottaa tämän jutun minulta pois milloin tahansa. Muttei ottanut.

Yritän tässä sanoa sitä, että sen tutkinnan olisi pitänyt edetä kuin juna. Sen olisi pitänyt päätyä oppikirjaesimerkiksi siitä, miten asiat hoidetaan niin kuin pitää. Kaikkien sääntöjen mukaan siitä olisi pitänyt tulla unelmajuttu.

Heti kun juttu mätkähti pöydällemme, tiesin jo äänestä, että se oli iso. Tiesimme kaikki. Perusmurhatapaukset menevät suoraan osastohuoneeseen ja päätyvät sille, joka on listalla seuraavana, tai jos hän ei ole paikalla, sille joka sattuu olemaan paikalla. Vain isot jutut, sellaiset arkaluontoiset tapaukset, jotka halutaan antaa luotettaviin käsiin, menevät tarkastajan kautta, jotta hän voi valita sopivan miehen. Joten kun tarkastaja O'Kelly työnsi päänsä osastohuoneen ovenraosta, osoitti minua ja ärähti: »Kennedy tänne», arvasimme mistä oli kyse.

Tempaisin takkini tuolinkarmilta ja kiskoin sen ylleni. Sykkeeni oli tihentynyt. Siitä oli jo kauan, liian kauan, kun tällainen tapaus oli päätynyt minulle. »Älä mene minnekään», sanoin työparilleni Richielle.

»No mutta hui!» Quigley huudahti työpöytänsä takaa muka kauhistuneena ja pulleaa kättään tärisyttäen. »Onko Tykitys taas kusessa? En olisi uskonut, että tämä päivä vielä nähdään.»

»Katso ja ihaile, poikaseni.» Varmistin että kravattini oli ojennuksessa. Quigley inisi minulle siksi, että hän olisi ollut juttulistalla seuraavana. Ellei hän olisi ollut aivan joutava mies, O'Kelly olisi ehkä antanut jutun mennä hänelle.

»Mitä sinä nyt olet mennyt tekemään?»

»Panin siskoasi. Toin omat paperipussit.»

Pojat hihittelivät, minkä vuoksi Quigley suipisti suutaan kuin vanha eukko. »Ei naurata.»

»Osuiko arkaan paikkaan?»

Richie katsoi minua suu auki ja melkein pomppi tuolillaan uteliaisuudesta. Nappasin taskustani kamman ja pyyhkäisin sillä tukkaani. »Onko kaikki ojennuksessa?»

»Perseennuolija», Quigley sanoi mökötyksensä keskeltä. Olin kuin häntä ei olisi ollutkaan.

»On joo», Richie sanoi. »Olet tiptop. Mitä...?»

»Älä mene minnekään», toistin ja lähdin O'Kellyn perään. Vihje numero kaksi oli se, kun O'Kelly seisoi työpöytänsä takana kädet housuntaskuissaan ja päkiöillään keinahdellen. Tämä juttu oli pumpannut häneen niin paljon adrenaliinia, ettei hän mahtunut tuoliinsa. »Kylläpä sinulla kesti.»

»Anteeksi.»

Hän jäi seisomaan niille sijoilleen hampaitaan imeskellen ja palasi lukemaan pöydällään olevaa hälytysilmoitusta. »Miten Mullenin kansio etenee?»

Olin koonnut muutaman viikon syyttäjälle kansiota yhdestä hankalasta huumediilerivyyhdestä varmistaakseni, ettei jutussa ollut yhtään rakoa, josta se diilerinpaskiainen voisi luikerrella vapaaksi. Jotkut rikostutkijat ovat sitä mieltä, että heidän työnsä on tehty sillä sekunnilla kun syyte nostetaan, mutta minä loukkaannun henkilökohtaisesti, jos joku kiinni ottamistani tyypeistä pyristelee irti koukusta, joten yleensä se jää heiltä yritykseksi. »Lähetysvalmiina. Suurin piirtein.»

»Voiko joku muu tehdä sen loppuun?»

»Kyllä se käy.»

O'Kelly nyökkäsi ja jatkoi lukemista. Hänellä oli tapana odottaa, että puhuteltava kysyi – se oli hänen tapansa näyttää, kuka määrää – ja koska hän on pomoni, teen kuuliaisesti kaikki temput kuin kiltti hauva ainakin, kunhan se edistää asioita. »Tuliko jotain uutta?»

»Tiedätkö Brianstownin?»

»En ole kuullut.»

»En ollut minäkään. Se on niitä uusia rakennuskohteita rannikolla Balbrigganista pohjoiseen. Ennen sen nimi oli Broken Bay tai jotain.»

»Broken Harbour», minä sanoin. »Kyllä. Tiedän Broken Harbourin.»

»Nykyisen Brianstownin. Ja iltaan mennessä koko maa kuulee siitä.»

Sanoin: »Eli paha tapaus.»

O'Kelly laski kämmenensä raskaasti hälytysilmoituksen päälle niin kuin olisi pidellyt sitä paikoillaan. Hän sanoi: »Miestä, vaimoa ja kahta lasta puukotettiin kotonaan. Nainen on matkalla sairaalaan, ja on siinä ja siinä selviääkö. Muut kuolivat.»

Jätimme uutisen hetkeksi silleen ja kuuntelimme pieniä järähdyksiä, joita se lähetti ilman halki. »Kuka ilmoitti?» kysyin.

»Vaimon sisko. He puhuvat joka aamu, mutta tänään vaimo ei vastannut. Se huolestutti siskoa sen verran, että hän ajoi Brianstowniin. Perheen auto oli talon edessä, talossa oli valot päällä kirkkaassa päivänvalossa, kukaan ei tullut avaamaan, sisko soitti konstaapelit paikalle. He murtautuivat ovesta, ja yllätys yllätys.»

»Keitä siellä on nyt?»

»Pelkät konstaapelit. Tajusivat ensivilkaisulla, ettei heillä riitä eväät, joten soittivat tänne.»

»Loistavaa», minä sanoin. Kenttämiehissä riittää ääliöitä, jotka olisivat leikkineet tuntikaudet etsivää ja talloneet kaikki todisteet ennen kuin olisivat tunnustaneet tappionsa ja soittaneet paikalle oikeat osaajat. Meillä oli ilmeisesti käynyt tuuri ja kohdallemme oli osunut konstaapelikaksikko, jolla oli toimivat aivot.

»Haluan sinut tähän juttuun. Pystytkö ottamaan sen?»

»Se olisi kunnia.»

»Jos et pysty jättämään kaikkia muita töitäsi, sano saman tien, niin pyydän tähän Flahertyn. Tämä on tärkeysjärjestyksessä ykkönen.»

Flaherty on se tyyppi, jolla on paras ratkaisuprosentti niiden läpihuutojuttujensa ansiosta. Vastasin: »Ei ole tarpeen. Minä voin hoitaa tämän.»

»Hyvä», O'Kelly sanoi mutta ei antanut hälytysilmoitusta. Hän kallisti sitä valoon päin ja tutkaili sitä hieroen samalla peukalolla leukaperäänsä. »Curran», hän sanoi. »Onko hänestä tähän?»

Nuori Richie oli ollut osastolla kokonaiset kaksi viikkoa. Moni meikäläisistä ei pidä uusien poikien kouluttamisesta, joten minä otan sen hoitaakseni. Silloin kun osaa itse, on velvollisuus välittää osaamisensa muille.»Kyllä hän oppii», sanoin.

»Mikäli haluat, voin sijoittaa hänet vähäksi aikaa muualle ja antaa tilalle jonkun, joka hallitsee hommat.»

»Jos Curran ei kestä näitä töitä, voimme yhtä hyvin selvittää sen nyt heti.» En halunnut parikseni ketään, joka hallitsee hommat. Untuvikkojen paimentamisesta on se hyöty, että välttyy monelta riesalta – joka konkarilla on omat toimintatapansa, ja mitä useampi kokki ja niin poispäin. Kunhan untuvikkoa käsittelee oikein, hän hidastaa työtä paljon vähemmän kuin vanha tekijä. Tällaisessa jutussa ei voinut haaskata aikaa kollegiaaliseen kohteliaisuuteen.

»Sinä olet joka tapauksessa tutkinnanjohtaja.»

»Luottakaa minuun. Curranista on tähän.»

»On se silti riski.»

Uudet työntekijät ovat ensimmäisen vuotensa koeajalla. Se ei ole mikään virallinen sääntö, mutta vahva periaate kuitenkin. Jos Richie tekisi virheitä heti kättelyssä, ja vielä näin korkean profiilin jutussa, hän voisi tyhjentää työpöytänsä saman tien. Sanoin: »Hyvin hän pärjää. Minä pidän siitä huolen.»

O'Kelly sanoi: »Enkä tarkoita vain Currania. Milloin sinulla on ollut viimeksi iso juttu?»

Hän tarkkaili minua pienillä ja teräväkatseisilla silmillään. Edellinen iso juttuni oli mennyt pieleen. Ei se minun vikani ollut – tyyppi jota olin luullut ystäväkseni huijasi minua ja johdatti minut kuseen – mutta epäonnistumiset muistetaan. Sanoin: »Melkein kaksi vuotta sitten.»

»Aivan. Ratkaise tämä, niin olet taas oikeilla urilla.»

Hän jätti lopun sanomatta, ja se jäi tiheänä ja raskaana väliimme pöydälle. »Minä ratkaisen», sanoin.

O'Kelly nyökkäsi. »Sitähän minäkin. Pidä minut ajan tasalla.» Hän kumartui työpöydän yli ja ojensi hälytysilmoituksen minulle.

»Kiitän. En tuota teille pettymystä.»

»Cooper ja tekninen osasto ovat jo matkalla.» Cooper on oikeuslääkärimme. »Tarvitset työvoimaa. Tilaan tutkinta-apulaisia rikostutkintayksikön yleiseltä puolelta. Riittääkö kuusi toistaiseksi?»

»Kuusi kuulostaa hyvältä. Otan yhteyttä, jos tarvitsen lisää.»

Kun olin lähdössä, O'Kelly lisäsi: »Ja tee nyt jumalan tähden jotain niille Curranin rytkyille.»

»Puhuin hänelle asiasta viime viikolla.»

»Puhu uudestaan. Oliko hänellä eilen yllä joku helvetin huppari?»

»Sain hänet jättämään lenkkarit kotiin. Askel kerrallaan.»

»Jos hän haluaa pysyä tässä jutussa, hänen on kehityttävä harppauksin ennen kuin menette rikospaikalle. Media iskee tähän kiinni kuin kärpäset paskaan. Käske hänen ainakin pitää palttoo päällään niin ettei verkkarit näy, tai millä hän nyt meitä tänään kunnioittaakin.»

»Minulla on pöydänlaatikossa varakravatti. Kyllä hänestä hyvä tulee.» O'Kelly mutisi jotain siasta smokissa.

Osastohuoneeseen palatessani silmäilin hälytysilmoitusta – samat tiedot jotka O'Kelly oli jo kertonut. Uhrit olivat Patrick Spain, hänen vaimonsa Jennifer ja heidän lapsensa Emma ja Jack. Ilmoituksen tehnyt sisko oli Fiona Rafferty. Hänen nimensä alle hätäkeskuksen päivystäjä oli lisännyt varoittavilla isoilla kirjaimilla: HUOM: PÄIVYSTÄJÄ ARVIOI SOITTAJAN HYSTEERISEKSI.

Richie oli jo noussut tuoliltaan ja keinahteli jalalta toiselle niin kuin hänellä olisi ollut jouset polvissaan. »Mitä...?»

»Kerää kamppeet. Lähdemme ulos.»

»Minähän sanoin», Quigley totesi Richielle.

Richie katsoi häntä suurin viattomin silmin. »Ai niinkö sanoit? Sori, en kuunnellut. Oli muuta mielessä, ymmärrät varmaan.»

»Yritän tehdä sinulle palveluksen, Curran. Ota tai jätä.» Quigleylla oli vieläkin loukkaantunut ilme.

Kiskaisin takin ylleni ja aloin tutkia salkkuani. »Kuulostaa siltä, että sinulla ja Quigleylla oli kiehtova keskustelu. Haluatko kertoa mistä?»

»Ei mistään», Richie sanoi nopeasti. »Kunhan turistiin.»

»Kerroin vain nuorelle Richielle, missä mennään», Quigley sanoi minulle hurskastelevasti. »Ei ole hyvä merkki, että tarkastaja kutsui sinut puheilleen yksin. Antoi sinulle tietoa Richien selän takana. Mitä se kertoo Richien asemasta tällä osastolla? Ajattelin, että hän haluaisi vähän pohtia sitä.»

Quigley pitää tulokkaiden mopottamisesta siinä missä hän pitää epäiltyjen hiostamisesta vähän liian kovakouraisesti – kaikkihan me olemme harrastaneet kumpaakin, mutta hän nauttii niistä enemmän kuin useimmat. Yleensä hänellä on kuitenkin järkeä jättää minun poikani rauhaan. Richie oli suututtanut hänet jotenkin. Sanoin: »Hänellä on lähiaikoina kaikenlaista mietittävää. Hänellä ei ole varaa keskittyä joutavaan paskaan. Konstaapeli Curran, olemmeko valmiit lähtemään?»

»Ai jaha», Quigley sanoi kasaten leukojaan päällekkäin. »Älkää sitten minusta välittäkö.»

»Enhän minä välitä ikinä, kaveri hyvä.» Otin kravatin pöytälaatikostani ja sujautin sen taskuuni pöytää näkösuojana käyttäen – oli turha antaa Quigleylle lisää lyömäaseita. »Onko valmista, konstaapeli Curran? Menoksi.»

»Näkyillään», Quigley sanoi Richielle epämiellyttävällä äänellä, kun olimme menossa ulos. Richie antoi hänelle lentosuukon, mutta minun ei ollut tarkoitus nähdä sitä, joten en nähnyt.

Elettiin lokakuuta ja oli puuroinen, kylmä ja harmaa tiistaiaamu, nyreä ja kiukuttelevainen kuin maaliskuussa. Otin autohallista hopeanvärisen suosikki-Bemarini – virallisesti kuka tahansa sai ottaa minkä tahansa, mutta yksikään perheväkivaltayksikön penska ei uskaltanut mennä lähellekään murharyhmän parasta autoa, joten sen penkki pysyy minulle sopivassa asennossa eikä kukaan heittele hampurilaiskääreitä sen lattialle. Olin aika varma, että löytäisin Broken Harbouriin vaikka unissani, mutta tämä ei ollut sopiva päivä oletuksen testaamiseen, joten syötin osoitteen navigaattoriin. Se ei tiennyt mistään Broken Harbourista. Se halusi mennä Brianstowniin.

Richie ei ollut tehnyt kahtena ensimmäisenä viikkonaan murharyhmässä muuta kuin auttanut minua kokoamaan Mullenin kansiota ja puhuttanut uudelleen paria todistajaa. Tämä oli siis ensimmäinen kerta, kun hän näki kunnon murhameininkiä, ja hän oli niin innoissaan ettei ollut pysyä housuissaan. Hän onnistui pysyttelemään hiljaa siihen saakka, kun lähdimme liikkeelle. Sitten hän puhkesi kysymään: »Onko meillä juttu?»

»On meillä.»

»Millainen juttu?»

»Murhajuttu.» Pysähdyin punaisiin, otin kravatin taskustani ja ojensin sen hänelle. Meillä oli käynyt tuuri: hänellä oli kauluspaita – joskin sellainen valkoinen halpahallirimpula, niin ohut että näin kohdan jossa hänen rintakarvojensa olisi pitänyt kasvaa – ja harmaat suorat housut, jotka olivat muuten melkein hyvät mutta ihan liian isot. »Pane tuo kaulaan.»

Hän näytti siltä kuin ei olisi ikinä nähnytkään kravattia. »Ai jaa?»

»Kyllä.»

Hetken luulin, että pitäisi ajaa kadunvarteen ja solmia se hänen kaulaansa itse – edellisen kerran hän oli pitänyt kravattia varmaan rippijuhlissaan – mutta lopulta se onnistui häneltä ainakin suurin piirtein. Hän kallisti aurinkoläppää päästäkseen peilaamaan itseään. »Eikö näytä aika fiksulta?»

»Näyttää vähän paremmalta», sanoin. O'Kelly oli puhunut asiaa: kravatilla ei ollut niin minkäänlaista vaikutusta. Se oli ihan hieno, punaruskea silkkisolmio jossa oli huomaamattomia kudoskuvioraitoja, mutta toisia hienot vaatteet pukevat ja toisia taas eivät. Richie on villasukat jalassakin enintään 175-senttinen mies, luiseva, laihakoipinen ja luisuharteinen kaveri – paperien mukaan hän on 31-vuotias mutta hän näyttää suunnilleen 14-vuotiaalta – ja vaikka minua voikin ehkä syyttää ennakkoluuloisuudesta, arvasin ensivilkaisulta, millaisilta kulmilta hän on kotoisin. Kaikki tuntomerkit täsmäsivät: liian lyhyet värittömät hiukset, terävät kasvonpiirteet, joustava levoton käynti joka antoi ymmärtää, että hän etsi koko ajan katseellaan sekä vaaranmerkkejä että lukitsematonta arvotavaraa. Hänen kaulassaan kravatti näytti varastetulta.

Richie pyyhkäisi kravattia kokeeksi sormellaan. »Hieno. Palautan kyllä.»

»Pidä se itselläsi vain. Ja hanki tilaisuuden tullen muutama omakin.»

Richie vilkaisi minua penkiltään, ja hetken luulin hänen sanovan jotain, mutta sitten hän päätti pitää suunsa kiinni. »Kiitos», hän vastasi vain.

Olimme päässeet rantakaduille ja suuntasimme kohti M1-tietä. Tuuli puhalsi mereltä Liffeyjokea pitkin, ja jalankulkijat painautuivat tuulta vasten. Kun juutuimme hetkeksi ruuhkaan – joku nelivetorunkkari ei ollut huomannut, tai piitannut, ettei hänen autonsa mahtunut risteyksen toiselle puolen – löysin Black-Berryni ja tekstasin siskolleni Geraldinelle. *Geri, KIIREELLINEN pyyntö. Voitko hakea Dinan töistä mahd. äkkiä? Jos hän alkaa valittaa työtuntien menettämisestä, sano että minä korvaan rahanmenon. Älä huolestu, tietääkseni hän on ihan kunnossa, mutta hänen kannattaisi olla pari päivää sinun luonasi. Soitan myöhemmin. Kiitos.* Tarkastaja oli oikeassa: minulla oli ehkä pari tuntia aikaa ennen kuin media valtaisi Broken Harbourin ja Broken Harbour valtaisi uutiset. Dina on perheen kuopus, ja Geri ja minä pidämme hänestä yhä huolta. Kun hän kuulisi tämän tarinan, hänen pitäisi olla turvallisessa paikassa.

Richie ei välittänyt tekstailuistani, mikä oli hyvä juttu, ja keskittyi seuraamaan navigaattoria. Hän sanoi: »Eli kaupungin ulkopuolelle?»

»Brianstowniin. Onko tuttu paikka?»

Hän pudisti päätään. »Sen kuuloinen nimi, että varmaan niitä uusia asuntoalueita.»

»Aivan. Pohjoisessa rannikolla. Ennen se oli kylä nimeltä Broken Harbour, mutta rakennuttajat ovat ilmeisesti iskeneet sinne nyttemmin.» Nelivetorunkkari oli päässyt pois kaikkien tieltä, ja liikenne sujui taas. Tämä oli yksi taantuman valopuolista: kun kaduilta oli kadonnut puolet autoista, asiakseen ajavat pääsivät määränpäähänsä. »Kerrohan. Mikä on pahinta, mitä olet nähnyt töissä?»

Richie kohautti olkapäitään. »Olin iät ajat liikennepoliisissa, siis ennen kuin menin autovarkauspuolelle. Näin aika pahoja juttuja. Onnettomuuksia.»

Noin ne kaikki kuvittelevat. Varmaan minäkin kuvittelin aikoinani. »Ei, poikaseni. Et nähnyt. Tuo kertoo vain, miten viaton sinä olet. Eihän se ole kiva katsella lasta, jolta on pää halki sen takia, että joku ääliö meni mutkaan liian lujaa, mutta se ei ole mitään verrattuna lapseen, jolta on pää halki sen takia, että joku mulkku takoi sitä tieten tahtoen seinään niin pitkään, että lapsi lakkasi hengittämästä.

Tähän mennessä sinä olet nähnyt vain sen, mitä huono tuuri tekee ihmisille. Kohta näet ensimmäistä kertaa kunnolla, mitä ihminen tekee ihmisille. Voin kertoa, ettei se ole sama asia.»

Richie kysyi: »Onko se joku lapsi? Se jota mennään nyt katsomaan?»

»Perhe. Isä, äiti ja kaksi lasta. Vaimo saattaa selvitä. Muut ovat vainajia.»

Richien kädet olivat jähmettyneet polvien päälle. Se oli ensimmäinen kerta, kun näin hänet aivan liikkumattomana. »Voi helvetti. Minkä ikäisiä lapsia?»

»Ei tiedetä vielä.»

»Mitä heille tapahtui?»

»Ilmeisesti puukotettiin. Kotonaan, luultavasti viime yönä.»

»On häijyä. On helvetti häijyä.» Richien kasvot vääntyivät irvistykseen.

»Niin», minä sanoin. »Niin on. Ja sinun pitää saada se asia käsiteltyä ennen kuin tullaan rikospaikalle. Voit kirjoittaa vaikka muistiin, että sääntö numero yksi on tämä: rikospaikalla ei näytetä tunteita. Laske kymmeneen, rukoile ruusukkoa, viljele mustaa huumoria, tee mitä ikinä täytyy. Jos kaipaat näiden asioitten käsittelemiseen vinkkejä, niin kysy minulta nyt.»

»Ei minulla ole hätää.»

»Parempi ettei ole. Siellä on vaimon sisko, eikä häntä kiinnosta miten paljon sinä välität. Hän haluaa tietää vain,' että sinulla on homma hanskassa.»

»Homma on hanskassa.»

»Hyvä. Lue tuosta.»

Ojensin hänelle hälytysilmoituksen ja annoin puoli minuuttia aikaa sen pääkohtien lukemiseen. Hänen ilmeensä muuttui kun hän keskittyi: hän näytti vanhemmalta ja fiksummalta. »Kun päästään sinne», sanoin ajan mentyä umpeen, »mikä on ensimmäinen kysymys, jonka haluat esittää kenttämiehille?»

»Ase. Onko sitä löydetty rikospaikalta?»

»Mikset kysy, onko merkkejä murtautumisesta?»

»Joku on voinut lavastaa ne.»

Minä sanoin: »Ei kainostella. Tarkoitat jollakulla Patrick tai Jennifer Spainia.»

Sävähdys oli niin pieni, että se olisi voinut jäädä minulta huomaamatta, ellen olisi etsinyt hänestä juuri sellaisia eleitä. »Ketä tahansa, joka on voinut päästä taloon. Sukulaista tai kaveria. Ketä tahansa, jonka he olisivat päästäneet sisään.»

»Mutta tuskin sinulla oli kukaan sellainen mielessä? Ajattelit Spaineja.»

»Niin. Niin kai.»

»Sellaista tapahtuu, poikaseni. Turha kuvitella ettei tapahdu. Se, että Jennifer Spain säilyi hengissä, tekee hänestä kiinnostavan. Mutta näissä jutuissa tekijä on yleensä perheen isä: nainen tappaa yleensä vain lapset ja itsensä, mies koko perheen. Mutta oli miten oli, tekijä ei tavallisesti vaivaudu lavastamaan murtoa. Ei hän jaksa siinä tilanteessa enää välittää sellaisista asioista.»

»Mutta silti. Ajattelin että voidaan muodostaa siitä asiasta mielipide itse sitten, kun tekninen tutkinta tulee – eihän me kuitenkaan uskota pelkkää kenttämiesten sanaa. Mutta siitä aseesta minä haluaisin kuulla heti.»

»Hyvä. Se on kyllä listan kärjessä niistä asioista, joita kenttämiehiltä kysytään. Entä mikä on ensimmäinen asia, jota haluat kysyä siskolta?»

»Oliko kellään mitään Jennifer Spainia vastaan. Tai Patrick Spainia.»

»No toki, mutta sitä me kysymme kaikilta jotka käsiimme saamme. Mitä haluat kysyä erityisesti Fiona Raffertylta?»

Richie pudisti päätään.

»Etkö mitään? Minua kiinnostaisi kovasti kuulla, mitä hän siellä teki.»

»Tässä lukee –» Richie kohotti hälytysilmoitusta. »Hän puhui siskonsa kanssa joka päivä. Jennifer ei vastannut puhelimeen.»

»Eli? Mieti ajoitusta, Richie. Oletetaan, että he puhuvat tavallisesti vaikka yhdeksältä, sen jälkeen kun aviomiehet ovat lähteneet töihin ja lapset ovat koulussa –»

»Tai kun naiset ovat itsekin töissä. Voi heillä olla työpaikat.»

»Jennifer Spainilla ei ollut, sillä muussa tapauksessa hänen siskonsa olisi hätääntynyt siitä, ettei hän ole töissä, eikä siitä, ettei hän vastaa puhelimeen. Eli Fiona soitti Jenniferille yhdeksän maissa, ehkä aikaisintaan puoli yhdeksän – siihen asti heillä on ollut kiire

Tana French

valmistautua päivään. Ja kello 10.36» – napautin hälytysilmoitusta sormellani – »Fiona oli jo Brianstownissa soittamassa kenttämiehiä paikalle. En tiedä missä Fiona Rafferty astuu tai missä hän käy töissä, mutta sen tiedän, että Brianstown on ainakin tunnin ajomatkan päässä suunnilleen kaikkialta. Joten kun Jennifer myöhästyi tunnin verran heidän aamujutuiltaan – ja siis ihan enintään tunnin, mahdollisesti paljon vähemmänkin – niin Fiona hätääntyi sen verran pahasti, että jätti kaiken muun ja haalasi itsensä jumalan selän taa. Kuulostaa minusta melkoiselta ylireagoinnilta. En tiedä sinusta, mutta minua kiinnostaisi kovasti tietää, miksi hän repi pelihousunsa sillä lailla.»

»Ehkei hän asu tunnin matkan päässä. Ehkä hän asuu naapurissa ja käväisi vain katsomassa, mikä meininki.»

»Miksi hän sitten ajoi sinne? Jos hän asuu niin kaukana ettei voinut kävellä, sitten hän asuu niin kaukana että sinne menossa oli jotain outoa. Ja tässä on sääntö numero kaksi: kun joku käyttäytyy oudosti, se on pieni lahja suoraan sinulle, etkä saa päästää siitä irti ennen kuin olet avannut lahjapaperit. Täällä on eri meno kuin autovarkauspuolella, Richie. Tässä hommassa ei voi sanoa että joo, ei se varmaan ollut mitään tärkeää, kai hän oli vain vähän kummalla tuulella sinä päivänä, unohdetaan koko juttu. Ei ikinä.»

Seurasi hiljaisuus, joka kertoi ettei keskustelu ollut päättynyt. Lopulta Richie sanoi: »Minä olen hyvä rikospoliisi.»

»Olen aika varma, että sinusta tulee jonain päivänä erinomainen rikospoliisi. Mutta toistaiseksi sinulla on vielä melkein kaikki oppimatta.»

»Pidän kravattia tai en.»

Minä sanoin: »Et sinä hei jätkä ole enää viisitoistavuotias. Vaikka pukeutuisit niin kuin katujengiläinen, ei se tee sinusta suurta ja uskaliasta systeemin uhmaajaa. Näytät vain tolvanalta.»

Richie sormeili paidanrintamuksensa ohutta kangasta. Hän vastasi sanansa huolellisesti asetellen: »Kyllä minä tiedän, ettei murharyhmän pojilla ole yleensä sellaista taustaa kuin minulla. Kaikki muut ovat vissiin viljelijöiden poikia. Tai opettajien. Minä en ole sellainen kuin odotetaan. Tajuan minä sen.»

Hänen peruutuspeilistä näkyvät silmänsä olivat vihreät ja vakavakatseiset. Sanoin: »Ei sinun taustallasi ole väliä. Et mahda sille

mitään, joten älä hukkaa energiaa sen miettimiseen. Vain sillä on väliä, minne voit urallasi päästä. Ja siihen sinä voit vaikuttaa.»
»Tiedän. Olenhan minä päässyt tännekin asti.»
»Ja minun hommani on auttaa sinut vielä pitemmälle. Voit vaikuttaa siihen, minne pääset, jos käyttäydyt niin kuin olisit jo siellä. Ymmärrätkö?»
Hänellä näytti lyövän tyhjää.
»Tai sanotaan näin. Miksi luulet, että ajamme Bemarilla?»
Richie kohautti olkapäitään. »Arvelin että tykkäät tästä.»
Irrotin käteni ratista osoittaakseni häntä sormella. »Eli arvelit että egoni tykkää tästä. Älä mene lankaan, ei se niin yksinkertaista ole. Me emme yritä ottaa kiinni mitään myymälävarkaita. Murhaajat ovat isointa saalista mitä meillä on. Heidän teoillaan on väliä. Jos köröttelemme murhapaikalle lommoisella 95-mallin Toyotalla, se näyttää epäkunnioittavalta. Se näyttää siltä kuin uhrit eivät mielestämme ansaitsisi parasta. Se nostattaisi kaikkien niskakarvat pystyyn. Haluatko antaa sellaisen ensivaikutelman?»
»En.»
»Et niin. Ja sitä paitsi lommoinen Toyota saisi meidät näyttämään surkimuksilta. Sellaisellakin on vaikutusta, poikaseni. Ja siitä kärsisi muukin kuin minun egoni. Jos konnat näkevät kaksi surkimusta, he luulevat olevansa kovempia jätkiä kuin me, ja sen jälkeen heitä on vaikeampi murtaa. Ja jos kunnon kansalaiset näkevät kaksi surkimusta, he uskovat ettemme ratkaise juttua kumminkaan, joten heidän on turha edes auttaa meitä. Ja jos taas me näemme kaksi surkimusta aina kun katsomme peiliin, miten luulet meidän mahdollisuuksillemme käyvän?»
»Varmaan heikkenevät.»
»Aivan. Jos haluaa onnistua, ei saa näyttää epäonnistujalta. Ymmärrätkö mitä yritän sanoa?»
Richie kosketti uuden kravattinsa solmua. »Pitää pukeutua paremmin. Simppelisti sanottuna.»
»Paitsi ettei se ole simppeliä, poikaseni. Siinä ei ole mitään simppeliä. Joka sääntö on keksitty jostain syystä. Ennen kuin rupeat rikkomaan yhtäkään sääntöä, kannattaa miettiä mikä se syy on.»
Pääsin M1-tielle, painoin kaasua ja annoin Bemarin näyttää kykynsä. Richie vilkaisi nopeusmittaria, mutta tiesin katsomattakin

että ajoin kilometrilleen rajoituksen mukaan, joten hän piti suunsa kiinni. Varmaan hän mietti, miten tylsä hönö minä olin. Moni on ajatellut minusta samaa. Jokainen heistä on teini, henkisesti ainakin. Vain teinit ovat sitä mieltä, että tylsyys on paha juttu. Aikuiset, miehet ja naiset jotka ovat kiertäneet muutakin kuin tahkoa, tietävät että tylsyys on lahja suoraan Jumalalta. Elämällä on ihmisen varalle aina yllin kyllin jännitystä, joka iskee silloin kun vähiten odottaa, joten turha siihen on mitään ylimääräistä draamaa lisätä. Ellei Richie tiennyt tätä jo ennestään, pian se hänelle selviäisi.

Minä kannatan asuntorakentamista – toki tästä taantumasta voi syyttää rakennuttajia ja heidän höveleitä pankkiireitaan ja poliitikkojaan jos haluaa, mutta tosiasia on, että elleivät he olisi uskaltaneet suunnitella suuria, emme olisi ikinä päässeet pois edellisestäkään taantumasta. Minä katselen aina mieluummin täyttä kerrostaloa, josta ihmiset lähtevät joka aamu pitämään maata pystyssä ja jonne he palaavat mukaviin työllään ansaitsemiin asuntoihinsa, kuin jotain laidunplänttiä, josta ei ole iloa kuin parille lehmälle. Maankolkat ovat kuin ihmiset ja hait: jos ne jämähtävät paikoilleen, ne kuolevat. Mutta jokainen tietää jonkun sellaisen kolkan, jonka he eivät usko muuttuvan koskaan.

Minä olin tuntenut Broken Harbourin kuin omat taskuni. Olin ollut silloin laiha pikkuveikko, jolla oli kotona leikattu tukka ja paikatut farkut. Nykyajan penskat tottuivat nousukauden aikana aurinkolomiin, kaksi viikkoa Aurinkorannikolla on heille minimivaatimus. Mutta minä olen 42-vuotias, ja minun sukupolvellani oli vähäiset odotukset. Jos vietti muutaman päivän lomaa Irlanninmeren rannalta vuokratussa talovaunussa, erottui jo joukosta.

Broken Harbour oli siihen aikaan syrjäkylä. Tusina sinne tänne rakennettuja taloja, joissa oli asunut evoluution alkamisesta asti kahta sukua, Whelaneita ja Lynchejä. Merenrannassa oli kauppa nimeltä »Lynch's», pubi nimeltä »Whelan's» ja kourallinen talovaunuja, joista juostiin paljain jaloin rantakaurapuskien ja livettävien hiekkadyynien ohi kermanvärisenä levittäytyvälle rannalle. Me lomailimme siellä joka kesäkuussa kaksi viikkoa ja asuimme ruosteisessa neljän pedin vaunussa, jonka isä vuokrasi jo vuoden etukäteen. Geri ja minä saimme yläpedit, ja Dinan piti jäädä alas nukkumaan isän ja äidin petiä vastapäätä. Geri sai valita ensin, koska hän oli esikoinen, mutta hän halusi aina maanpuoleisen punkan, jotta pääsi katselemaan poneja joita oli niityllä vaunun takana. Niinpä minä näin joka aamu silmät avatessani, kuinka meren valkoiset vaahtoviivat ja hiekalla juoksevat pitkäkoipiset linnut hohtelivat sarastuksen valossa.

Kun aurinko nousi, me kolme olimme jo ulkona sokerileivät molemmissa käsissä. Meillä oli koko päivän kestäviä merirosvoleikkejä naapurivaunujen lasten kanssa, ja suola ja ahavoittava tuuli ja muutamat harvat aurinkoiset tunnit toivat meille pisamia ja hilseilevän ihon. Päivälliseksi äiti paistoi retkikeittimen päällä makkaroita ja kananmunia, ja ruuan jälkeen isä lähetti meidät Lynch'siin hakemaan jätskit. Kun tulimme takaisin, äiti istui isän sylissä painaen päätään isän kaulankaarteeseen ja hymyillen haaveellisesti vedelle; isä piteli vapaalla kädellään äidin tukkaa, jotta se ei tarttunut merituulessa jäätelöön. Odotin aina koko vuoden, että pääsisin näkemään heidät sellaisina.

Kun pääsin Bemarilla pois isoilta teiltä, aloin taas muistaa reitin perille niin kuin olin arvannutkin, vaikka se oli pelkkä haalistunut luonnos mieleni perukoilla. Tämän metsikön ohi – puut olivat nyt korkeampia – ja vasemmalle tuosta kivimuurin mutkan kohdalta. Oikealle sieltä, missä veden olisi pitänyt kohota näkyviin matalan vihreän mäen takaa, mutta juuri silloin asuntoalue pomppasi esiin ja tukki tiemme kuin barrikadi. Riveittäin kivikattoja ja valkoisia päätykolmioita, joita näytti jatkuvan kilometrikaupalla molempiin suuntiin korkean harkkomuurin takana. Asuntoalueen sisäänkäynnillä oli kyltti, jossa luki näyttävin pääni kokoisin koukerokirjaimin: TERVETULOA BRIANSTOWNIN OCEAN VIEWIIN. TASOKKAAN ASUMISEN UUTTA AIKAA. LUKSUSTALOJA NYT ESITTELYSSÄ. Joku oli spreijannut tekstin yli ison punaisen kyrvän ja kivekset.

Ensi vilkaisulla Ocean View näytti aika houkuttelevalta: isoja omakotitaloja, jotka antoivat rahalle vastinetta, trimmattuja nurmikaistaleita, herttaisen vanhanaikaisia tienviittoja, jotka ohjasivat kohti sellaisia paikkoja kuin PIKKU JALOKIVIEN PÄIVÄKOTI ja TIMANTTISEPÄN VAPAA-AJANKESKUS. Toisella vilkaisulla huomasin, että nurmikoilla kasvoi rikkaruohoa ja jalkakäytävissä oli aukkopaikkoja. Kolmannella vilkaisulla tajusin, että jotain oli pielessä. Talot muistuttivat liiaksi toisiaan. Niissäkään taloissa, joiden edessä punasininen kyltti huusi voitonriemuisesti MYYTY, kukaan ei ollut maalannut etuovea mauttoman väriseksi, pannut kukkaruukkuja ikkunalaudoille tai viskellyt muovileluja nurmikolle. Siellä täällä näkyi parkkeerattuja autoja, mutta suurin osa pihateistä oli tyhjillään, eikä niiden tyhjyys näyttänyt siltä, että asukkaat olisivat olleet kaupungilla pyörittämässä kansantaloutta. Kolme neljäsosaa taloista oli sellaisia, että etuikkunasta näki suoraan takaikkunalle ja sen takaiselle harmaalle taivaalle. Punaiseen anorakkiin pukeutunut tuhti tyttö työnteli lastenvaunuja jalkakäytävällä tuulen myllätessä hänen hiuksiaan. Tuntui kuin tyttö ja hänen pyöreänaamainen penskansa olisivat olleet ainoat ihmiset monen kilometrin säteellä.

»Ei jumalauta», Richie sanoi. Hiljaisuuden keskellä hänen äänensä kajahti niin, että säpsähdimme kumpikin. »Kirottujen kylä.»

Hälytysilmoitukseen merkitty osoite oli Ocean View Rise 9. Kadunnimessä olisi ollut enemmän järkeä, jos Irlanninmeri olisi ollut valtameri tai jos se olisi edes näkynyt kadulle asti, mutta yritystä kai olla pitää. Navigaattorin eväät eivät enää riittäneet, sillä se johdatti meitä Ocean View Driveä pitkin ja vei meidät umpikujaan nimeltä Ocean View Grove – jälkimmäinen kadunnimi oli varsinainen hattutemppu, sillä emme nähneet siellä yhtään puuta saati lehtoa. Navigaattori ilmoitti meille: »Olet saapunut määränpäähän.»

Tein U-käännöksen ja ryhdyin etsiskelemään. Mitä kauemmas asuntoalueella pääsimme, sitä keskentekoisempia talot olivat, aivan kuin olisimme katsoneet elokuvaa lopusta alkuun. Pian vastaan tuli enää satunnaisia seiniä, rakennustelineitä ja ammottavia ikkuna-aukkoja. Seinättömien talojen huoneissa näkyi hujan hajan rikkinäisiä porrastikkaita, putkenpätkiä ja hajonneita sementtisäkkejä. Aina kun käännyin uudelle kadulle, odotin näkeväni rakennustyöläisiä hyörimässä, muttemme kohdanneet kuin yhden keltaisen kolhiintuneen kaivurin, joka seisoa kenotti tyhjällä tontilla sorakasojen ja myllätyn liejun keskellä.

Täällä ei asunut ketään. Yritin suunnistaa takaisin kohti asunto-
alueen sisäänkäyntiä, mutta asemakaava oli kuin puistojen van-
hat pensassokkelot, umpikujaa ja neulansilmämutkaa toisensa
perään, ja eksyimme melkein saman tien. Pikkuruinen hätäännys
tuntui pistona mielessäni. En ole koskaan pitänyt siitä, etten tiedä
missä olen.

Ajoin erään risteyksen kohdalla kadunreunaan – silkasta tottu-
muksesta, koska ei täällä ollut ketään johon olisin voinut törmätä
– ja kun sammutin moottorin, kuulimme hiljaisuuden keskeltä
meren jyminää. Sitten Richie kohotti päätään. »Mitä tuo on?»
hän kysyi.

Lyhyitä ja käheitä kirkaisuja, jotka toistuivat niin tasaisin
välein, että ne kuulostivat melkein mekaanisilta. Ääni kiiri liejun
ja betonin yli ja kimpoili puolivalmiista seinistä niin, että se olisi
voinut olla lähtöisin mistä tahansa – ja tuntui kuin se olisi kuulu-
nut kaikkialta. Kirkunaa ja meren kohinaa lukuun ottamatta asun-
toalue tuntui olevan täysin äänetön.

Sanoin: »Mistä vetoa, että tuo on se sisko.»

Richie vilkaisi minua sen näköisenä, että epäili minun yrittävän
naruttaa. »Kettu tuo on tai joku. Ehkä se on jäänyt auton alle.»

»Sinunhan piti olla sellainen kaveri, joka on nähnyt kaiken ja
tietää miten pahaan paikkaan ollaan menossa. Kannattaa valmis-
tautua ikävään yllätykseen.»

Laskin ikkunan alas, ja lähdimme äänen suuntaan. Kaiut joh-
dattivat minut pari kertaa harhaan, mutta arvasimme heti, milloin
olimme päässeet perille. Toinen puoli Ocean View Risestä oli
uudenkarheita erkkeri-ikkunaisia paritaloja, jotka seisoivat pareit-
tain somina kuin dominonappulat, mutta kadun toisella puolen
oli pelkkiä rakennustelineitä ja sorakasoja. Dominonappuloiden
välistä, asuntoalueen reunamuurin takaa, näkyi meren harmaata
liikettä. Joidenkin talojen edessä oli auto tai pari, mutta yhden
talon edessä oli kolme: valkoinen viistoperä-Volvo, joka oli niin
perheauton näköinen kuin olla voi, keltainen Fiat Seicento, joka
oli nähnyt parempiakin päiviä, ja poliisin partioauto. Matalan
piha-aidan eteen oli vedetty sinivalkoista rikospaikkanauhaa.

Olin ollut tosissani, kun olin sanonut Richielle, että tässä työssä
kaikella on väliä, silläkin miten avaa autonoven. Jo kauan ennen

kuin olen sanonut ensimmäistäkään sanaa todistajalle tai epäillylle, hänen pitää tietää, että Mick Kennedy on saapunut paikalle ja ottanut juttua munista kiinni. Osa antamastani vaikutelmasta on myötäsyntyistä, sillä olen pitkä, minulla on tukka tallella, en ole harmaantunut juuri ollenkaan ja olen kohtalaisen siedettävän näköinen vaikka itse sanonkin. Mutta vaikka saan apua ulkonäöstäni, kaikki muu on sitkeän harjoittelun tulosta. Painoin jarrun pohjaan mahdollisimman myöhään, nousin salkkuineni autosta yhdellä sulavalla liikkeellä ja lähdin kävelemään kohti taloa ripein ja tehokkain askelin. Richie saisi opetella pysymään perässä.

Toinen konstaapeleista kyykisteli vaivautuneen näköisenä autonsa luona ja rauhoitteli takapenkillä istuvaa hahmoa, joka oli kirkunan ilmiselvä lähde. Toinen mittaili pihaportin edustaa pakkotahtisesti ja kädet ristissä selän takana. Ilma tuoksui raikkaalta, makealta ja suolaiselta – merta ja niittyjä. Oli kylmempää kuin Dublinissa. Tuuli puhalteli laiskasti rakennustelineiden ja paljaiden kattopalkkien välistä.

Portin edustalla asteleva kaveri oli minun ikäiseni, pömppömahainen ja typertyneen näköinen – selvästikin mies, joka oli ollut poliisina parikymmentä vuotta näkemättä mitään tällaista ja olisi halunnut selvitä seuraavistakin paristakymmenestä vuodesta samaan malliin. Hän sanoi: »Konstaapeli Wall. Tuolla auton luona on konstaapeli Mallon.»

Richie tarjosi kättään kuin koiranpentu. Ennen kuin hän ehti ruveta kaveeraamaan univormumiehen kanssa, sanoin: »Rikosylikonstaapeli Kennedy ja rikoskonstaapeli Curran. Oletteko olleet talossa?»

»Vain heti tulon jälkeen. Lähdimme ulos ja soitimme teille heti kun pystyimme.»

»Hyvin toimittu. Kertokaa täsmälleen mitä teitte sisääntulosta poistumiseen asti.» Kenttämiehen katse hakeutui taloon niin kuin hänen olisi ollut vaikea uskoa, että se oli sama paikka johon hän oli saapunut vain pari tuntia aiemmin. Hän sanoi: »Meidät hälytettiin katsomaan, onko talossa kaikki kunnossa – asukkaan sisko oli huolissaan. Päästiin talolle vähän yhdentoista jälkeen ja yritettiin ottaa asukkaisiin yhteyttä ensin ovikelloa soittamalla ja sitten puhelimitse, muttei onnistunut. Ei nähty murtautumisen jälkiä, mutta kun katsottiin etupuolen ikkunasta, nähtiin että alakerran valot paloivat ja olohuoneessa näytti olevan paikat vähän sekaisin. Seinillä –»

»Näemme ne sekaiset paikat kohta omin silmin. Jatkakaa.» Ikinä ei saa antaa muiden kuvailla rikospaikan yksityiskohtia etukäteen, koska sitten ei näe itse muuta kuin sen, mitä he ovat kertoneet.

»Aivan.» Kenttämies räpäytti silmiään ja palautti juttunsa raiteille. »Eli. Yritettiin kiertää talon taakse, mutta näette varmaan itsekin, ettei tuosta välistä mahdu lapsikaan.» Hän oli oikeassa: talojen välinen rako oli juuri ja juuri tarpeeksi leveä aidalle. »Meistä tuntui, että epäjärjestys ja siskon huoli olivat riittävä peruste tunkeutumiseen etuovesta. Löysimme...»

Konstaapeli yritti siirtyä niin, että näkisi talon samalla kun puhui – ikään kuin se olisi ollut loikkaan valmistautunut eläin joka voisi käydä kimppuun hetkellä millä hyvänsä. »Mentiin olohuoneeseen, ei löydetty mitään mainittavaa – tai siis löydettiin epäjärjestys, mutta... Sen jälkeen jatkettiin keittiöön, missä lattialta löytyi mies ja nainen. Näytti, että molempia oli puukotettu. Minä ja konstaapeli Mallon näimme selvästi yhden haavan, naisen kasvoissa. Näytti pistohaavalta. Se –»

»Lääkärit päättävät siitä. Mitä teitte seuraavaksi?»

»Luultiin että kumpikin oli kuollut. Oltiin varmoja. Siellä on paljon verta. Paljon...» Hän osoitti omaa ruumistaan epämääräisellä nyökkäyksellä. Siihen on syynsä, miksi jotkut jäävät kenttämiehiksi. »Konstaapeli Mallon tarkisti joka tapauksessa molempien sykkeet. Nainen makasi ihan miestä vasten niin kuin olisi käpertynyt siihen – pää, naisen pää oli miehen käsivarren päällä niin kuin hän olisi nukkunut... Mallon tarkisti naiselta sykkeen, ja se löytyi. Mallonille tuli elämänsä järkytys. Emme olleet yhtään odottaneet... Kun Mallon laski naisen pään alas, hän ällistyi kun kuuli hengitystä. Sitten soitettiin ambulanssi.»

»Entä mitä teitte odotellessa?»

»Mallon jäi naisen luo. Jutteli hänelle. Nainen oli tajuton, mutta... Mallon sanoi vain, että kaikki hyvin, poliisi tässä, ambulanssi tulee ja rouvan pitää sinnitellä... minä menin yläkertaan. Peremmissä makuuhuoneissa... siellä on kaksi pientä lasta. Pieni poika ja pieni tyttö sängyissään. Yritin elvyttää. Ne ovat... ne olivat

Tana French

kylmiä ja kankeita, mutta yritin kumminkin. Ajattelin sen jälkeen mitä äidin kanssa tapahtui, että ei sitä tiedä, ehkä nämä vielä...» Mies hieroi käsiään alitajuisesti rintaansa niin kuin olisi yrittänyt pyyhkiä tuntoaistimustaan pois. En ripittänyt häntä todisteiden tuhoamisesta – hän oli vain toiminut niin kuin ihminen toimii sellaisessa tilanteessa. »Ei ollut tuuria. Kun olin asiasta varma, palasin Mallonin luo keittiöön ja soitimme teille ja loput tiedätte.»

Kysyin: »Tuliko nainen tajuihinsa? Sanoiko hän mitään?»

Konstaapeli pudisti päätään. »Ei liikkunut. Luultiin että hän kuolee käsiin, piti välillä tarkistella että hän oli vielä...» Hän pyyhki taas käsiään.

»Onko meiltä ketään sairaalassa hänen luonaan?»

»Soitettiin asemalle ja sieltä lähetettiin sinne joku. Ehkä toisen meistä olisi pitänyt lähteä hänen matkaansa, mutta kun piti eristää rikospaikka ja sitten tuo sisko – hän oli... varmaan kuulette.»

»Te siis kerroitte hänelle tilanteen», minä sanoin. Minä kerron uutiset omaisille itse, jos vain suinkin voin. Ensireaktio kertoo paljon.

Kenttämies sanoi puolustelevasti: »Ennen kuin mentiin sisään, niin käskettiin hänen pysyä ulkona, mutta meillä ei ollut jättää ketään hänen luokseen. Hän odotteli hyvän aikaa, mutta sitten hän tuli sisään. Taloon. Oltiin uhrin luona odottamassa teitä, ja sisko tuli keittiön ovelle ennen kuin huomattiin. Hän alkoi huutaa. Vein hänet taas ulos, mutta hän pani vastaan... oli pakko kertoa. Muuten hän olisi yrittänyt takaisin sisälle, enkä olisi saanut häntä sitten aisoihin kuin käsiraudoilla.»

»Aivan. Turha sitä enää on murehtia. Mitä sen jälkeen?»

»Pysyin ulkona siskon kanssa. Mallon odotteli uhrin luona, kunnes ambulanssi tuli. Sitten hän tuli ulos.»

»Suorittamatta etsintöjä?»

»Palasin sisään, kun Mallon tuli ulos pitämään seuraa siskolle. Mallonilla oli vaatteet ihan veressä, eikä hän halunnut levitellä verta pitkin taloa. Minä suoritin ihan perustarkastuksen, varmistin ettei kiinteistössä ole ketään. Siis ketään elävää. Jätettiin tarkemmat etsinnät teille ja tekniikan väelle.»

»Se on hyvä kuulla.» Kohotin kulmiani Richielle. Poika oli hereillä ja kysyi heti: »Löytyikö asetta?»

Kenttämies pudisti päätään. »Mutta voi se olla tuolla. Miehen ruumiin alla tai... missä vaan. Niin kuin sanoin, yritettiin olla sotkematta paikkoja enemmän kuin oli pakko.»

»Entä oliko mitään viestiä?»

Jälleen päänpudistus.

Nyökkäsin partioauton suuntaan. »Miten sisko on pärjäillyt?»

»Välillä hänet saa vähän rauhoittumaan, mutta aina kun...» Kenttämies vilkaisi partioautoa olkansa yli ahdistuneen näköisenä. »Ensihoitajat yrittivät antaa rauhoituslääkettä, mutta hän ei huolinut. Voimme pyytää heidät takaisin tänne, jos –»

»Jatkakaa yrittämistä. En halua että hänelle annetaan rauhoittavia ennen kuin puhutamme häntä, jos sen voi suinkin välttää. Käymme katsomassa rikospaikkaa. Loput tiimistä on jo matkalla – jos oikeuslääkäri tulee, hänen voitte antaa odottaa tässä, mutta pitäkää huoli että ruumishuoneen pojat ja tekninen tutkinta pysyvät loitommalla siihen asti, että olemme ehtineet juttutaa siskoa, koska sitten hän vasta saa kunnon hepulin, jos näkee heidät. Mitä muihin ihmisiin tulee, niin pidätte siskon tuolla ja naapurit loitolla ettekä päästä ohikulkijoita tulemaan. Onko selvä?»

»Erittäin», kenttämies sanoi. Hän oli niin helpottunut siitä, että joku muu otti ohjat käsiinsä, että olisi tanssinut vaikka tiputanssia jos olisin käskenyt. Hän hinkui ilmiselvästi kantapubiinsa kiskaisemaan tuplaviskin yhdellä huikalla.

Minä en hinkunut muualle kuin takaisin taloon. »Hanskat», sanoin Richielle. »Kengänsuojat.» Olin jo vetämässä omia suojiani taskusta. Richie alkoi kaivella omiaan, ja lähdimme kohti ovea. Meren vitkallinen jymina ja suhina kävi meitä vastaan kuin tervetulotoivotus tai haaste. Siskon kirkaisut kaikuivat yhä takaamme niin kuin vasaraniskut.

2

EMME MENE RIKOSPAIKOILLE yleensä omin päin. Ne ovat meiltäkin kiellettyä aluetta siihen asti, kun rikostekniikka antaa luvan mennä. Lupaa odotellessa on aina muutakin tehtävää – pitää puhuttaa todistajia ja ilmoittaa omaisille – mutta samalla tulee vilkuilleeksi koko ajan kelloa, koska rikospaikkanauhan takaa kantautuvaa kutsua on vaikea vastustaa. Tämä tapaus oli kuitenkin erilainen. Kenttämiehet ja ensihoitajat olivat jo talloneet Spainien talon läpikotaisin, joten Richie ja minä emme voisi enää pahentaa tilannetta, vaikka kävisimmekin vähän vilkaisemassa.

Tämä oli kätevä tilaisuus testaamiseen – jos Richie ei kestäisi häijyjä näkyjä, sen saisi nyt selville ilman yleisöä – mutta kyse oli muustakin. Aina kun saa mahdollisuuden katsella rikospaikkaa tällä tavoin, siihen pitää tarttua. Katsojaa on odottamassa rikos itse, sen jokainen huutava sekunti on vielä tallessa kuin meripihkaan säilöttynä. Vaikka joku olisi järjestellyt paikkoja, kätkenyt todisteita tai yrittänyt lavastaa itsemurhan, nekin yritykset jäävät meripihkaan kiinni. Mutta kun rikospaikan käsittely alkaa, kaikki tämä katoaa ikuisiksi ajoiksi eikä jäljelle jää kuin lauma poliiseja, jotka pilkkovat paikkaa touhukkaasti osiin sormenjälki ja kuitu kerrallaan. Tämä mahdollisuus tuntui lahjalta, ja kun se tuli vieläpä poikkeuksellisen tärkeässä jutussa, se tuntui hyvältä enteeltä. Panin puhelimeni äänettömälle. Monikin taho haluaisi pian tavoittaa minut. Saisivat odottaa, kunnes olin tehnyt kierrokseni.

Talon ovi oli muutaman sentin raollaan, ja se heilahteli vienosti tuulen mukana. Päällepäin se näytti vankalta tammiovelta, mutta kenttämiehet olivat särkeneet sitä lukon kohdalta ja alta pilkotti höttöistä viilua. Ovi oli epäilemättä murtunut ensi tönäisyllä.

Ovenraosta näkyi matto, jossa oli mustavalkoisia geometrisiä kuvioita – trendikäs ja varmaan hinnakas.

Sanoin Richielle: »Tämä on vasta alustava läpikäynti. Tositouhu tulee vasta sen jälkeen, kun tekniikan pojat ovat tallentaneet rikospaikasta kaiken. Toistaiseksi emme koske mihinkään. Yritämme olla seisomatta minkään päällä ja yritämme olla hengittämättä mitään kohti. Muodostamme peruskäsityksen tilanteesta ja häivymme. Oletko valmis?»

Richie nyökkäsi. Laskin sormeni risalle ovenreunalle ja työnsin oven auki.

Ensimmäinen ajatukseni oli, että jos tämä oli äskeisen konstaapelin mielestä epäjärjestystä, miehellä oli joku pakkoneuroosi. Eteinen oli hämärä ja moitteeton: peili jossa oli kiiltelevä kimallereunus, hyvin järjestetty naulakko, sitruunaista ilmanraikasteen tuoksua. Seinät olivat puhtaat. Yhdelle niistä oli ripustettu vesivärimaalaus, joku vihreä ja seesteinen lehmäkuva.

Toinen ajatukseni oli, että Spaineilla oli hälytysjärjestelmä. Näin hienon ja modernin ohjauspaneelin, joka jäi diskreetisti oven taakse piiloon. Hälyttimen OFF-valo paloi tasaisen keltaisena.

Sitten huomasin seinään tehdyn reiän. Joku oli siirtänyt puhelinpöydän sen eteen, mutta reikä oli niin iso, että pöydän takaa pilkotti vielä rosoreunainen puolikuu. Silloin aistin sen: hienonhienon värähtelyn, joka alkoi ohimoista ja eteni luita pitkin tärykalvoihin. Jotkut rikostutkijat aistivat sen niskassaan, toisilla nousee käsivarsista karvat pystyyn – tiedän yhden poloisen joka tuntee sen virtsarakossaan, mikä voi olla joskus hankalaa – mutta jokainen kunnon tutkija aistii sen jossain. Minulla se tuntuu kalloluissa. Siitä voi käyttää sellaista nimeä kuin haluaa – yhteiskunnanvastaisuus, häiriintyneisyys, sisäinen eläin, pahuus jos haluaa uskoa sellaiseen – mutta se on joka tapauksessa sitä, minkä jahtaaminen on meidän elämäntyömme. Sen läsnäoloa ei opi aistimaan millään koulutuksella. Sen joko tuntee tai sitten ei.

Vilkaisin Richietä. Poika irvisteli ja nuoli huuliaan kuin eläin, joka on maistanut jotain mätää. Hän siis aisti sen suussaan. Hänen pitäisi opetella kätkemään oireensa, mutta ainakin hänellä oli vaistot kunnossa.

Vasemmalla puolellamme oli puoliavoin ovi olohuoneeseen, suoraan edessämme portaikko ja keittiö. Joku oli nähnyt vaivaa olohuoneen sisustuksen eteen. Ruskeat nahkasohvat, tyylikäs lasinen ja kromattu sohvapöytä. Yksi seinistä oli maalattu voinkeltaiseksi syystä, jonka vain sisustussuunnittelija tai nainen voi ymmärtää. Oikeaoppista asutun tuntua huoneeseen toivat iso telkkari, Wii-pelikonsoli, sekalainen joukko joitakin tyyriitä vimpaimia, pieni hylly pokkareille ja toinen hylly DVD-levyille, ja vielä kynttilät ja blondipäiset perhekuvat kaasutakan reunuksella. Huoneen olisi pitänyt näyttää viihtyisältä, mutta kosteus oli käpristänyt lattiamateriaalia ja tehnyt läiskiä seiniin, eikä matalaa kattoa ja pikkuisen pielessä olevia mittasuhteita voinut olla huomaamatta. Ne kumosivat sisustuksen antaman lämpimän vaikutelman ja tekivät huoneesta ahtaan ja pimeän, paikan jossa kukaan ei viihtyisi pitkään.

Verhot olivat melkein kiinni, niiden välissä oli vain pieni rako, josta konstaapelit olivat kurkistaneet sisään. Jalkalamput paloivat. Mitä sitten olikin tapahtunut, se oli tapahtunut yöllä, tai sitten joku oli halunnut antaa sen käsityksen.

Kaasutakan yläpuolella oli toinen seinään tehty reikä, suunnilleen lautasen kokoinen. Sohvan vieressä oli isompi reikä. Kummankin pimeistä uumenista törrötti putkia ja johdonpätkiä.

Richie seisoi vieressäni ja yritti pitää liikehtimisensä kurissa, mutta näin että hänen polvensa vispasi. Hän halusi hoitaa pahimmat hetket alta pois. Minä sanoin: »Keittiöön.«

Oli vaikea uskoa, että olohuoneen ja keittiön oli suunnitellut sama tyyppi. Huone oli yhdistetty keittiö, ruokasali ja leikkihuone, jolla oli leveyttä koko takaseinän matkalta, ja seinä oli enimmäkseen lasia. Ulkona oli edelleen harmaata, mutta huoneeseen lankesi niin kirkasta ja häikäisevää valoa, että minun oli pakko räpytellä silmiäni, ja niin puhdasta ja siilautumatonta, ettei sellaista ole kuin meren äärellä. En ole koskaan ymmärtänyt, mitä iloa on siitä että aamupalan syönti näkyy naapuriin – kaipaan aina verhoja ja yksityisyyttä, oli se sitten trendikästä tai ei – mutta siinä valossa melkein ymmärsin.

Pienen puunatun puutarhan takana oli vielä kaksi riviä puolivalmiita taloja, jotka parveilivat rumankaruina taivasta vasten.

Tuuli riepotti paljaaseen kattopalkkiin sidottua pitkää muovinauhaa. Talojen takana oli asuntoalueen reunamuuri, ja sen tuolla puolen alarinteessä, puun ja betonin kolhojen kulmien lomassa, näkyi se minkä olin toivonut näkeväni koko päivän, siitä saakka kun suustani olivat päässeet sanat »Broken Harbour». Kovera lahdenpohjukka, tasainen kuin peukalon ja etusormen välinen kaari, lahden päissä kohoavat matalat kukkulat, harmaa pehmeä hiekka, puhtaassa tuulessa taipuileva kauraheinä, vesirajaan sirotellut pikkulinnut. Ja meri. Sen aallot olivat tänään korkeat, se kohottautui minua kohti vihreänä ja väkevänä. Keittiössä odottavan näyn paino oli kallistanut maailmaa niin, että vesi kohosi kohti taivasta ja näytti olevan syöksymäisillään kirkkaan lasiseinän läpi.

Keittiö oli sisustettu hilpeäksi ja viihtyisäksi yhtä harkitusti kuin olohuone trendikkääksi. Pitkä vaaleapuinen pöytä, auringonkukankeltaiset tuolit, keltainen tietokone sävy sävyyn keltaisella puisella työtasolla, lasten värikästä muovisälää, säkkituoleja, liitutaulu. Seinillä oli kehystettyjä väriliitupiirustuksia. Huone oli siisti, etenkin paikaksi jossa lapset leikkivät. Joku oli siivonnut samalla, kun nelikon viimeinen päivä oli lähestynyt peräreunaansa. He olivat päässeet tähän asti eivätkä enää edemmäs.

Huone oli kiinteistönvälittäjän unelma, paitsi että oli mahdoton kuvitella kenenkään muuttavan tänne enää ikinä. Jokin kiivas käsikähmä oli kaatanut pöydän niin, että sen kulma oli osunut ikkunaan ja iskenyt lasiin ison tähdenmuotoisen kuvion. Lisää reikiä seinissä: yksi korkealla ruokapöydän yllä, toinen ja isompi kaadetun legolinnan takana. Yksi säkkituoleista oli puhjennut ja sylkenyt pieniä palleroita joka paikkaan, keittokirjoja oli levinnyt viuhkaksi lattialle, lasinsirut kiiltelivät siellä missä valokuvakehys oli lyöty rikki. Verta oli kaikkialla: seinillä oli roiskekaaria, pisaranorot ja jalanjäljet risteilivät levottomasti laattalattialla, ikkunoissa oli isoja tahroja, tuolien keltaiseen kankaaseen oli imeytynyt sakeita hyytymiä. Muutaman sentin päässä jalastani oli kahtia revityn pituustaulukon toinen puolisko, jossa näkyi isoja pavunvarren lehtiä, kiipeävä piirroshahmolapsi ja teksti *Emma 17.06.09*, joka oli melkein kokonaan hyytyneen punaisen peitossa.

Patrick Spain oli huoneen perällä siellä missä oli ollut lasten leikkialue, säkkituolien ja väriliitujen ja kuvakirjojen keskellä.

Hänellä oli yllään pyjama – tummansininen paita ja tummansini-valkoraitaiset housut – jossa oli tummia kuivuneita läikkiä. Hän makasi lattialla suullaan, toinen käsivarsi mahan alla ja toinen ojennettuna pään yläpuolelle niin kuin hän olisi yrittänyt ryömiä vielä viimeisillä voimillaan. Hänen päänsä oli meitä kohti. Ehkä hän oli yrittänyt päästä lastensa luo, syystä jonka itse kukin sai kuvitella mielessään. Hän oli ollut vaaleatukkainen, pitkä ja hartei-kas; ruumiinrakenne viittasi rugbytaustaan, mutta pelivuosista oli jo aikaa ja kunto oli päässyt rapistumaan. Jos joku oli käynyt hänen kimppuunsa, hyökkääjän oli täytynyt olla tosi vahva, tosi vihainen tai tosi sekaisin. Spainin rintakehän alla oli verilätäkkö, joka oli jo tummunut ja hyytymässä. Sitä reunusti kauhea kädenpyyhkäi-syjen, kämmenenjälkien ja raahautumisraitojen sekasotku. Tästä syheröstä erkani sekalaisten jalanjälkien vana, joka tuli meitä kohti mutta katosi laattalattian puolivälissä niin kuin veriset kulkijat oli-sivat haihtuneet ilmaan.

Uhrin vasemmalla puolella verilammikko levisi leveämmäksi ja paksummaksi, ja sen pinnassa oli runsas kiilto. Asia pitäisi var-mistaa vielä konstaapeleilta, mutta oli aika helppo arvata, että siitä kohtaa he olivat löytäneet Jennifer Spainin. Hän oli raahautunut miehensä viereen kuolemaan, tai sitten Patrick oli jäänyt vaimonsa luo sen jälkeen kun oli tehnyt hänestä selvää, tai ehkä joku oli anta-nut heidän viettää viimeiset hetkensä lähekkäin.

Jäin viivyttelemään oviaukkoon. Tällaisen näkymän sulat-telussa menee ensikertalaiselta hetki. Siinä tilanteessa sisäinen todellisuus suojautuu kytkeytymällä irti ulkoisesta todellisuudesta – vaikka silmät ovat auki, mieleen asti pääsee vain punaisia raitoja ja virheilmoitus. Koska kukaan ei ollut näkemässä, Richie sai totu-tella näkyyn kaikessa rauhassa. Varoin vilkaisemastakaan häntä.

Talon takaseinään pamahti tuulenpuuska, joka pääsi jostain raosta sisään ja tunkeutui ympärillemme kuin kylmä vesi. »Juma-lauta!» Richie sanoi. Vaikka hän säpsähti ilmavirtausta ja näytti hitusen kalpeammalta kuin yleensä, ääni oli kohtalaisen vakaa. Toistaiseksi hän pärjäsi hyvin. »Mistä hötöstä tämä on oikein rakennettu? Paskapaperistako?»

»Älä moiti. Mitä ohkaisemmat seinät, sitä todennäköisemmin naapurit kuulivat jotain.»

Hylkymaa

»Jos täällä nyt naapureita on.»

»Toivotaan parasta. Oletko valmis siirtymään eteenpäin?»

Hän nyökkäsi. Jätimme Patrick Spainin kirkkaaseen keittiöön tuulenpyörteiden keskelle ja menimme yläkertaan.

Koko kerros oli pimeänä. Avasin salkkuni ja löysin taskulampun – kenttämiehet olivat luultavasti tuhrineet kaikki paikat isoilla käpälillään, mutta siitä huolimatta valokatkaisijoihin ei saanut koskea ikinä, sillä joku muukin oli saattanut haluta sytyttää tai sammuttaa valot. Naksautin taskulampun päälle ja tökkäsin lähimmän oven auki varpaankärjelläni.

Viesti oli ilmeisesti vääristynyt matkalla, sillä Jack Spainia ei ollut puukotettu. Alakerran punahyhmäisen sekasotkun jälkeen hänen huoneensa näytti melkein levolliselta. Missään ei ollut verta, mitään ei ollut rikottu tai tempaistu kumoon. Jack Spainilla oli nykerönenä ja vaalea tukka, jonka oli annettu kasvaa kiharoille. Hän makasi selällään kädet pään yläpuolelle nostettuina ja kasvot kohti kattoa niin kuin hän olisi tuupertunut uneen pitkän pallonpeluupäivän jälkeen. Olisi melkein tehnyt mieli kuunnella, hengittikö hän, mutta jokin hänen kasvoissaan kertoi vastauksen. Hänessä asui se salainen tyyneys, joka on vain kuolleilla lapsilla, ja paperinohuet silmäluomet olivat kiinni tiukasti kuin syntymättömällä lapsella, ikään kuin uhri olisi kääntynyt sisäänpäin ja taaksepäin varhaisimpaan turvalliseen paikkaan samalla kun maailma hänen ympärillään muuttui tappajaksi.

Richie päästi pienen äänen, joka kuulosti siltä kuin kissa olisi kakonut karvapalloa. Kuljettelin taskulampun valokiilaa pitkin huonetta antaakseni hänelle aikaa vetää itsensä kasaan. Seinissä oli pari halkeamaa mutta ei yhtään reikää, ellei niitä sitten ollut piilotettu julisteilla – Jack oli tykännyt Manchester Unitedista.

»Onko sinulla lapsia?» minä kysyin.

»Ei. Ei vielä.»

Hän puhui hiljaisella äänellä niin kuin Jack olisi voinut yhä herätä tai saada painajaisia. Minä sanoin: »Ei ole minullakaan. Tällaisina hetkinä se on hyvä asia. Lapset tekevät hellämieliseksi. Joku rikostutkija voi olla ensin hirveän kova jätkä, joka pystyy syömään ruumiinavauksen jälkeen vaikka verisen pihvin, mutta sitten vaimo pullauttaa kakaran ja mies rupeaa sekoamaan aina, kun

33

uhri on alaikäinen. Olen nähnyt sellaista monesti. Joka kerta kiitän Jumalaa ehkäisystä.»

Suuntasin taskulampun takaisin vuoteeseen. Siskollani Gerillä on lapsia, ja olin viettänyt heidän kanssaan sen verran aikaa, että pystyin arvioimaan Jackin iän: nelivuotias, tai ehkä kolmivuotias jos hän oli ollut kookasta sorttia. Peitto oli vedetty sivuun, kun kenttämies oli yrittänyt turhaan elvytystä. Punainen pyjama oli kääritty huolimattomasti ylös, ja hauras rintakehä oli paljaana. Näin jopa kuopan paikassa, josta elvytys – tai ainakin toivoin että elvytys – oli katkaissut kylkiluun tai pari.

Jackin huulten ympärys sinersi. Richie kysyi: »Olisiko tukehtunut?»

Hänellä oli kova työ pitää äänensä vakaana. Minä sanoin: »Pitää odottaa ruumiinavausta, mutta näyttää mahdolliselta. Jos niin on, se viittaa kyllä vanhempiin. He valitsevat usein jonkin hellävaraisen keinon. Jos tässä nyt voi sitä sanaa käyttää.»

En vieläkään katsonut Richietä, mutta aistin että hän jännitti lihaksiaan pysyäkseen tyynenä. Minä sanoin: »Mennään etsimään tyttö.»

Toisessakaan lastenhuoneessa ei ollut kamppailun jälkiä eikä reikiä seinissä. Kun konstaapeli oli lakannut elvyttämästä, hän oli vetänyt vaaleanpunaisen peiton takaisin Emma Spainin päälle – häveliäisyyssyistä, koska kyse oli tytöstä. Emmalla oli samanlainen nykerönenä kuin veljelläänkin, mutta hänen kiharansa olivat punertavat ja hänellä oli naaman täydeltä pisamia, jotka erottuivat sinertävänvalkoisesta ihosta selvästi. Hän oli esikoinen, kuuden tai ehkä seitsemän ikäinen. Suu oli hivenen raollaan, ja näin kolon, josta oli irronnut etuhammas. Huone oli prinsessanpinkki ja täynnä rimpsua ja röyhelöä. Sängylle oli kasattu kirjottuja tyynyjä, joiden kissanpennut ja koiranpennut tuijottivat meitä jättimäisillä silmillään. Ne näyttivät aivan haaskaeläimiltä, kun ne ponnahtivat pimeydestä esiin noiden pienten ja tyhjien kasvojen vierelle.

Katsoin Richietä vasta kun palasimme porrastasanteelle. Kysyin häneltä: »Huomasitko molemmissa huoneissa jotain outoa?»

Richie näytti hämärässäkin mieheltä joka oli saanut pahan ruokamyrkytyksen. Hänen piti nielaista kahdesti sylkeä suustaan ennen kuin hän pystyi sanomaan: »Ei verta.»

»Aivan.» Sysäsin vessan oven auki taskulampullani. Pyyhkeitä sävy sävyyn, muovisia kylpyleluja, tavanmukaiset sampoot ja suihkusaippuat, säteilevän valkoiset kylpyhuonekalusteet. Jos joku oli siistiytynyt täällä, hän oli osannut toimia varovasti. »Annamme tekniikan väen levittää lattialle luminolia, jotta nähdään löytyykö verijälkiä, mutta ellei meiltä jää tässä nyt jotain huomaamatta, tappajia oli enemmän kuin yksi tai sitten tappaja hoiti ensin lapset. Kukaan ei ole tullut tuosta sotkusta» – nyökkäsin alakerran keittiöön päin – »koskettelemaan mitään täällä.»

Richie sanoi: »Eli näyttää sisäpiirin hommalta, vai mitä?»

»Miten niin?»

»Jos minä olisin joku psyko, joka haluaa tappaa kokonaisen perheen, en aloittaisi lapsista. Mitä jos jompikumpi vanhemmista kuulee jotain ja tulee vilkaisemaan juuri, kun minulla on homma kesken? Sitten olisikin kohta sekä iskä että äiskä vetämässä minua turpaan. Ei kiitos. Minä odottaisin, että kaikki nukkuvat sikeästi, ja eliminoisin sitten ensimmäiseksi suurimmat uhat. En aloittaisi täältä» – hänen suupielensä nytkähti mutta hän hillitsi itsensä – »muuten kuin silloin, jos tietäisin ettei kukaan tule keskeyttämään. Se tarkoittaa, että tekijä on jompikumpi vanhemmista.»

Minä sanoin: »Niin. Ei se mitenkään varmaa ole, mutta siltä se ensikatsomalta näyttää. Huomasitko toisen asian, joka viittaa samaan suuntaan?»

Richie pudisti päätään. Minä sanoin: »Etuovi. Siinä on kaksi lukkoa, Chubbin ja Yalen lukot, ja molemmat olivat säpissä silloin kun kenttämiehet puskivat sisään. Ovea ei ollut pelkästään vedetty kiinni, kun joku lähti ulos. Se oli lukittu avaimella. Enkä ole nähnyt yhtään avointa tai rikottua ikkunaa. Eli jos joku on päässyt sisälle tai Spainit ovat päästäneet jonkun sisään, miten hän on päässyt takaisin ulos? Ei tämäkään mitään varmaa ole, koska joku ikkunoista on voinut olla auki, avaimet on voitu viedä, kaverilla tai työtoverilla on voinut olla vara-avain. Pitää tarkistaa kaikki mahdollisuudet. Mutta se viittaa samaan suuntaan. Toisaalta...» Osoitin taskulampullani seinään. Porrastasanteen lattialistan lähellä oli vielä yksi reikä, ehkä pokkarin kokoinen. »Miten seiniin on voinut tulla tällaisia vaurioita?»

»Tappelu. Sen jälkeen kun...» Richie hieraisi taas suutaan. »Vasta lasten jälkeen, koska muuten lapset olisivat heränneet. Joku näyttää panneen kunnolla vastaan.»

»Joku varmaan panikin, mutta eivät nuo seinät ole menneet rikki sen takia. Selvitä ajatukset ja katso uudestaan. Nuo vauriot eivät ole tulleet viime yönä. Kerropa miksi.»

Vihreys alkoi väistyä Richien kasvoilta, ja tilalle tuli keskittynyt ilme, jonka olin nähnyt autossa. Hetken päästä Richie sanoi: »Aukkojen ympärillä ei ole verta. Eikä niiden alla ole kipsilevynpaloja. Ei edes kipsipölyä. Joku on siivonnut.»

»Niinpä. On toki mahdollista että tappaja tai tappajat jäivät tänne imuroimaan huolella, syystä taikka toisesta. Mutta ellei löydy muuta todistetta sen puolesta, todennäköisin selitys on, että reiät on tehty ainakin pari päivää sitten, ehkä paljon aiemminkin. Onko teorioita siitä, miten ne ovat syntyneet?»

Richie näytti parempivointiselta nyt kun oli ruvennut töihin. »Olisiko ongelmia rakenteissa? Kosteutta, perustusten vajoamista, ehkä joku on korjannut viallisia sähköjohtoja... Olohuoneessa on kosteutta – näitkö lattialaudat, niin ja sen läiskän seinässä? Ja joka puolella on halkeamia. Ei olisi ihme, vaikka sähkötkin olisivat sökönä. Koko tämä asuntoalue on kaatopaikkakamaa.»

»Ehkä. Kutsumme tänne rakennustarkastajan vilkaisemaan. Mutta jos totta puhutaan, niin pitäisi olla aika paska sähkömies, että jättäisi paikat tällaiseen kuntoon. Keksitkö muita selityksiä?»

Richie imaisi hampaitaan ja tuijotti koloa pitkään ja mietteliäästi. »Ensimmäisenä tulee mieleen», hän sanoi, »että joku on etsinyt jotain.»

»Mietin samaa. Ehkä aseita tai arvoesineitä, mutta yleensä näissä haetaan niitä samoja vanhoja eli huumeita tai käteistä. Pannaan tekniikka etsimään huumejäämiä.»

»Mutta», Richie sanoi. Hän kallisti päätään kohti Emman huoneen ovea. »Lapset. Olisivatko vanhemmat muka säilyttäneet jotain sellaista, jonka takia heidät olisi voitu tappaa? Kun talossa on lapsiakin?»

»Minä luulin että Spainit ovat sinun ykkösepäiltysi.»

»Se on eri asia. Ihmiset voivat kilahtaa ja tehdä järjettömiä. Niin voi käydä kelle vaan. Mutta että olisi kilon satsi pollea tapetin takana, paikassa josta lapset voivat löytää sen. Ei sellaista nyt vaan tapahdu.»

Alhaalta kuului narahdus, joka sai meidät molemmat käännähtämään, mutta ovi siellä vain heilui tuulenpuuskassa. Minä sanoin: »Älä nyt viitsi, poikaseni. Olen nähnyt sellaista ainakin sata kertaa. Niin olet varmaan sinäkin.»

»En tällaisessa perheessä.»

Kohotin kulmiani. »En arvannut sinua snobiksi.»

»En minä yhteiskuntaluokkaa tarkoita. Vaan sitä, että nämä täällä yrittivät kovasti. Katso nyt tätä paikkaa. Kaikki on niin kuin pitää, jos ymmärrät mitä tarkoitan. Vessanpöntön taustakin oli siisti. Kaikki on sävy sävyyn. Maustehyllyn mausteistakaan ei ole mennyt päiväys, ainakaan niistä mitkä näin. Tämä perhe yritti tehdä kaiken niin kuin pitää. Että olisivat säätäneet hämärähommien kanssa... Ei se oikein tunnu sopivan heidän tyyliinsä.»

Minä sanoin: »Se ei tunnu siltä juuri nyt. Mutta muista, että toistaiseksi me emme tiedä näistä ihmisistä paljon pätkääkään. He pitivät huushollinsa kunnossa, ainakin joskus, ja heidät tapettiin. Voin kertoa, että tuo jälkimmäinen fakta on paljon tärkeämpi kuin ensimmäinen. Kuka tahansa voi imuroida. Kaikkia ei murhata.»

Viaton Richie parka katsoi minua epäileväisen ja myös vähän tuohtuneen näköisenä. »On vaikka kuinka paljon murhan uhreja, jotka eivät ole tehneet eläissään mitään vaarallista.»

»Niin, jotkut eivät ole. Mutta onko heitä tosiaan vaikka kuinka paljon? Tässäpä sinulle uutta työtäsi koskeva likainen salaisuus, Richie ystäväni. Kukaan ei kerro tätä haastatteluissa tai dokumenttileffoissa, koska me pidämme tämän omana tietonamme. Useimmat uhrit ovat saaneet sen mitä ovat kerjänneet.»

Richie ryhtyi avaamaan suutaan. Minä sanoin: »Eivät tietenkään lapset. Nyt ei puhuta lapsista. Mutta aikuiset... Jos myy pollea jonkun toisen kelmin reviirillä, tai menee naimisiin sellaisen hurmuriprinssin kanssa jonka käsittelyssä on joutunut jo neljästi teholle, tai jos puukottaa jotakuta siksi, että hänen veljensä puukotti sinun kaveriasi siksi, että sinun kaverisi puukotti veljen serkkua, niin anteeksi nyt vaan jos kuulostaa epäkorrektilta, mutta silloin kyllä saa mitä tilaa. Tiedän ettei tuota opeteta rikostutkijakurssilla, mutta täällä tosimaailmassa henkirikosten tarvitsee

hämmästyttävän harvoin varsinaisesti tunkeutua uhrien elämään.
99 prosentissa tapauksista uhrit kutsuvat ne itse kylään.»

Richie liikahteli puolelta toiselle, ja alakerrasta kävi veto, joka pyöri jaloissamme ja räpsäytti Emman huoneen ovenkahvaa. Richie sanoi: »Minulle ei mene jakeluun, että joku olisi voinut kerjätä tätä.»

»Ei minullekaan, tai ainakaan vielä. Mutta jos Spainit asuivat kuin miljonäärit, kuka iski heidän seinänsä rei'ille? Ja mikseivät he vain soittaneet remonttimiehelle, elleivät sitten halunneet peitellä sitä, mihin olivat sekaantuneet? Tai mihin ainakin toinen heistä oli sekaantunut.»

Richie kohautti olkapäitään. Minä sanoin: »Totta kai tämä voi olla se yksi tapaus sadasta. Ollaan avoimin mielin. Ja jos on, niin siinäkin on yksi syy, miksei meillä ole varaa hoitaa hommia pieleen.»

Patrick ja Jennifer Spainin huone oli aivan yhtä viimeisen päälle kuin muukin talo. Se oli sisustettu keltaisten, kermanvalkoisten ja kukertavan vaaleanpunaisten sävyjen avulla vanhanajan tyyliseksi. Ei verta, ei kamppailun merkkejä, ei pölyhiukkastakaan. Yksi pieni reikä katonrajassa sängyn yläpuolella.

Huomioni kiinnittyi kahteen asiaan. Ensiksikin täkki ja lakanat oli kääritty mytyksi sivuun niin kuin joku olisi juuri loikannut sängystä. Muun talon kunto kertoi, että sänky ei ollut ollut petaamatta pitkään. Ainakin toinen Spaineista oli ollut vällyjen alla, kun tapahtumat käynnistyivät.

Toiseksi panin merkille yöpöydät. Kummallakin oli pieni lamppu, jossa oli kermanvalkoinen tupsureunuksinen varjostin, ja molemmat lamput olivat sammuksissa. Taaemmalla pöydällä oli pari tyttömäistä purnukkaa, naamarasvaa tai mitä lie, ja niiden lisäksi vaaleanpunainen kännykkä sekä kirja, jonka vaaleanpunaisessa kannessa oli veikeitä kirjaimia. Lähemmälle pöydälle oli kasattu erinäisiä vekottimia: kaksi valkoista radiopuhelimen näköistä laitetta ja kaksi hopeanväristä kännykkää, joista jokainen oli pantu pöytälaturiin, ja niiden lisäksi kolme hopeanväristä tyhjää laturia. En ollut varma, mihin radiopuhelimet liittyivät, mutta viittä kännykkää ei ole muilla kuin huumekauppiailla ja kovan luokan pörssimeklareilla, eikä tämä näyttänyt minusta pörssimeklarin kämpältä. Hetken ajan minusta tuntui siltä kuin kuva olisi hahmottumassa.

Sitten Richie sanoi kulmiaan kohottaen: »Jumalauta. Näillä meni vähän liioittelun puolelle.»

»Mikä niin?»

»Nuo itkuhälyttimet.» Hän nyökkäsi Patrickin yöpöydän suuntaan.

»Niitäkö ne ovat?»

»Joo. Siskollani on lapsia. Nuo valkoiset ovat niitä vehkeitä, joilla kuunnellaan. Ja nuo puhelimen näköiset ovat videokuvaa varten. Niillä katsellaan, kun lapset nukkuvat.»

»Big Brotherin tyyliin.» Kuljetin taskulampun valokiilaa härvelistä toiseen. Valkoiset olivat päällä, koska niiden näytöistä erottui himmeä taustavalo. Hopeiset olivat poissa päältä. »Montako laitetta ihmisillä yleensä on? Yksi per lapsi?»

»En tiedä, miten yleensä. Siskolla on kolme lasta ja vain yksi hälytin. Se on pikkuvauvan huoneessa nukkumisen seuraamista varten. Kun vauvan isosiskot olivat pieniä, talossa oli pelkkä äänivehje, sellainen kuin nuo tuossa» – hän näytti radiopuhelimia – »mutta tämä poika syntyi keskosena, joten sisko hankki videomonitorin jotta voi pitää häntä silmällä.»

»Eli Spainit olivat ylisuojelevaa sorttia. Monitori kummassakin huoneessa.» Ja minun olisi pitänyt huomata ne siellä. Oli ymmärrettävää, että Richie menetti keskittymiskykynsä eikä pystynyt panemaan merkille yksityiskohtia, mutta minulle tämä ei ollut mikään eka kerta.

Richie pudisti päätään. »Mutta miksi? Lapset olivat tarpeeksi isoja tulemaan äidin luo, jos heillä oli hätä. Eikä tämä ole mikään jättikartano. Jos he olisivat satuttaneet itsensä, niin sen olisi kyllä kuullut.»

Minä sanoin: »Tunnistaisitko noiden kapineitten vastakappaleet, jos näkisit ne?»

»Varmaan.»

»Hyvä. Mennään sitten etsimään ne.»

Emman pinkin lipaston päällä oli kelloradion näköinen pyöreä valkoinen laite, joka oli Richien mukaan hälyttimen lähetinosa. »Tämä tyttö on vähän turhan vanha tällaiseen, mutta ehkä vanhemmat olivat huonoja heräämään ja halusivat varmistaa, että kuulevat jos tyttö kutsuu...» Toinen lähetin oli Jackin huoneen lipaston päällä. Videokameroista ei näkynyt merkkiäkään – ei ennen kuin palasimme porrastasanteelle. Aloin sanoa: »Tekniikka saa tutkia vintin siltä varalta, että joku etsi...» mutta lauseeni katkesi, kun osoitin taskulampulla kattoon.

Siinähän se vintinluukku olikin. Se oli auki, ja aukko ammotti mustana – näin taskulampun valossa luukunkannen, joka oli pönkätty pystyyn jonkin varaan, ja vilahduksen kattopalkista. Joku oli naulannut aukon päälle teräsverkkoa. Verkon reunat olivat rosoiset, ja katosta törrötti isoja naulankantoja jyrkissä kulmissa. Porrastasanteen toisessa päässä oli katonrajassa jotain metallinväristä ja kömpelösti ripustettua, jonka tunnistin ilman Richien apuakin valvontakameraksi. Se osoitti tarkalleen luukkua kohti.

Sanoin: »Mitähän helvettiä?»

»Olisiko rottia? Ne aukot –»

»Ei nyt hemmetti rotille mitään videovalvontaa järjestetä. Silloin pidetään vain luukku kiinni ja soitetaan tuholaistorjujille.»

»Mitä tuo sitten on?»

»En tiedä. Ehkä ansa siltä varalta, että seinien särkijä tulee takaisin yrittämään uudestaan. Tekniikan kannattaa edetä täällä varovasti.» Osoittelin taskulampulla sinne tänne nähdäkseni, mitä vintillä oli. Pahvilaatikoita, musta pölyinen matkalaukku. »Katsotaan, saadaanko muista valvontakameroista mitään vihjettä.»

Toinen kamera oli olohuoneessa sohvanvierustan pienellä kromirunkoisella lasipöydällä. Se oli suunnattu kohti takan yllä olevaa koloa, ja pieni punainen valo kertoi, että se oli käynnissä. Kolmas kamera oli lennähtänyt keittiönnurkkaan säkkituoleista levinneiden styroksipallojen keskelle, ja vaikka se osoittikin lattiaan päin, se oli yhä kiinni sähköjohdossaan. Sekin oli siis ollut käynnissä. Yksi katselulaite oli puolittain lieden alla – olin kyllä hoksannut sen ensimmäisellä kierroksella mutta luullut sitä puhelimeksi – ja toinen oli keittiönpöydän alla. Kolmatta laitetta ei näkynyt missään, kuten ei myöskään kahta muuta valvontakameraa.

Minä sanoin: »Ilmoitamme tekniikan väelle, että kannattaa etsiskellä niitä. Haluatko vielä vilkaista jotain toistamiseen ennen kuin kutsumme heidät paikalle?»

Richie näytti epävarmalta. Sanoin: »Ei tämä ole mikään kompakysymys, poikaseni.»

»Ai. Aivan. No sitten ei, tämä piisaa.»

»Samaa mieltä. Lähdetään.»

Taloon iskeytyi taas tuulenpuuska, ja sillä kertaa me molemmat hätkähdimme. Minua harmitti että nuori Richie näki reaktioni, mutta talo alkoi auttamatta ahdistaa minua. Se ei johtunut lapsista eikä verestä – niin kuin sanoin, kestän kumpaakin ihan vaikeuksitta. Ehkä se johtui seiniin tehdyistä rei'istä, tai rävähtämättömistä kameroista. Tai valtavista ikkunoista ja noista taloluurangoista, jotka tuijottivat meitä kuin nuotiota kiertävät nälkiintyneet eläimet. Muistutin itseäni siitä, että olin kestänyt hermostumatta paljon pahempiakin rikospaikkoja, mutta se kalloluissani kulkeva värinä kertoi: *Tämä on eri juttu.*

3

ERÄS EPÄROMANTTINEN SALAISUUS on, että murhatutkijan
täytyy olla hyvä hallinnoija. Harjoittelijat kuvittelevat mielessään
yksinäisen suden, joka suuntaa kohti tuntematonta hämärien
aavistusten varassa, mutta sellaiset tyypit, jotka eivät tule toisten
kanssa toimeen, päätyvät käytännössä aina peitetehtäviin. Pie-
nessäkin tutkinnassa – eikä tästä tutkinnasta ollut tulossa pientä
– on mukana tutkinta-apulaisia, mediayhteyshenkilöitä, tekni-
sen tutkinnan porukkaa, oikeuslääkäri ja vielä puoli maailmaa
lisäksi, ja tutkijan on huolehdittava siitä, että he kaikki pitävät
hänet joka sekunti ajan tasalla, että kukaan ei tule kenenkään tielle
ja että kaikki noudattavat tutkijan ohjeita, koska vastuun kantaa
aina hän. Se meripihkapallon hidastettu hiljaisuus oli päättynyt.
Heti kun astuimme ulos talosta – oikeastaan jo ennen kuin lak-
kasimme kävelemästä hiljaa – meidän oli aika ruveta paimenta-
maan ihmisiä.

Oikeuslääkäri Cooper seisoi pihaportin takana naputellen salk-
kuaan tyytymättömän näköisenä. Ei niin että hän olisi näyttänyt
joskus tyytyväiseltä. Cooper on parhaimmillaankin ankea kusi-
pää, eikä hän ole parhaimmillaan minun seurassani. En ole tehnyt
hänelle mitään pahaa, mutta jostain syystä hän ei pidä minusta, ja
kun Cooperin tapainen arrogantti mulkku ei pidä toisesta ihmi-
sestä, hän ilmaisee sen perusteellisesti. Aina kun tein yhdenkin
kirjoitusvirheen pyyntölomakkeessa, hän lähetti sen takaisin ja
käski aloittaa alusta, ja turha toivo että hän olisi asettanut minun
hommiani etusijalle. Ne saivat odottaa omaa vuoroaan, oli niillä
kiire tai ei. »Ylikonstaapeli Kennedy», hän sanoi levitellen sie-
raimiaan niin kuin olisin haissut pahalta. »Saanko kysyä, näyt-
tääkö tämä bussipysäkiltä?»

»Ei suinkaan. Tohtori Cooper, tässä on työparini konstaapeli Curran.»

Cooper ei kiinnittänyt Richieen mitään huomiota. »Miksi minä sitten odotan tässä?»

Hän oli varmaan kehitellyt vitsiä koko odotteluaikansa. »Pyydän anteeksi», sanoin. »Kyse on varmaan jostain väärinkäsityksestä. En tietenkään haaskaisi aikaanne tahallani. Jätämme teidät töihin.»

Cooper loi minuun hyytävän katseen, joka kertoi etten ollut hämännyt häntä. »Sopii toivoa, ettette ole sotkeneet rikospaikkaa liian pahasti», hän sanoi ja työntyi sitten ohitseni taloon kiskoen samalla hansikkaitaan tiukemmin käteen.

Luvattuja tutkinta-apulaisia ei näkynyt vielä missään. Toinen konstaapeleista norkoili yhä auton ja siskon lähettyvillä. Toinen oli tien päässä juttelemassa pienelle porukalle kahden valkoisen pakettiauton välissä – teknisen tutkinnan ja ruumishuoneen väkeä. Sanoin Richielle: »Mitäs nyt tehdään?»

Hän oli alkanut taas hetkua heti ulos päästyämme: pää pyöri joka puolelle, kun hän tarkkaili tietä, taivasta ja muita taloja, ja kaksi hänen sormistaan rummutti pientä marssitahtia reiteen. Kysymys seisautti hänet. »Lähetetään kai tekninen tutkinta sisään?»

»Tietysti, mutta mitä sinä ajattelit tehdä sillä välin, kun he ovat töissä? Jos vain pyörimme täällä kyselemässä, joko heillä on kohta valmista, niin haaskamme kaikkien aikaa.»

Richie nyökkäsi. »Jos minä saisin päättää, puhuisin siskolle.»

»Etkö halua lähteä katsomaan, voiko Jennifer Spain kertoa meille mitään?»

»Päättelin, että siinä kestää ennen kuin hän pystyy puhumaan meille. Siis jos edes...»

»Jos edes selviää. Olet varmaan oikeassa, muttemme voi olettaa mitään. Meidän pitää seurata sitäkin asiaa.»

Olin jo näppäilemässä numeroa puhelimeeni. Kuuluvuus oli kuin Ulko-Mongoliassa – meidän piti mennä tien päähän, pois talojen luota, ennen kuin puhelin löysi kentän – ja vaadittiin mutkikasta edestakaisin soittelua ennen kuin tavoitin lääkärin, joka oli ottanut Jennifer Spainin sairaalaan potilaaksi, ja sain hänet vakuutettua siitä, etten ollut toimittaja. Mies kuulosti nuorelta ja armottoman väsyneeltä. »On hän ainakin elossa, mutten voi luvata mitään. Juuri nyt hän on leikkauksessa. Jos hän selviää siitä, niin sen jälkeen meillä on parempi käsitys.»

Panin puhelun kaiuttimeen, jotta Richiekin kuuli. »Voitteko kuvailla hänen vammansa?»

»Tutkin hänet vain lyhyesti. En voi olla varma –»

Merituuli pyyhkäisi hänen äänensä pois. Richien ja minun piti kumartua lähemmäs puhelinta. Sanoin: »Pyydän vain alustavaa katsausta. Oma lääkärimme tutkii hänet myöhemmin, tavalla tai toisella. Sitä ennen tarvitsisin lähinnä käsityksen siitä, yritettiinkö hänet ampua, kuristaa, hukuttaa vai mitä.»

Huokaus. »Ymmärrätte varmaan, että nämä tiedot voivat muuttua. Saatan olla väärässä.»

»Ymmärretään.»

»Hyvä on. Lyhyesti sanottuna hänellä on ollut tuuria, kun on selvinnyt näin pitkälle. Hänellä on neljä alavatsavammaa, jotka näyttävät minusta puukotushaavoilta, mutta teidän lääkärinne saa päättää siitä. Kaksi niistä on syviä, mutta ne eivät ole voineet osua valtimoiden tai tärkeiden sisäelinten kohdalle, koska muuten hän olisi vuotanut kuiviin ennen tänne tuloa. Oikeassa poskessa on niin ikään haava, näyttää veitsellä viilletyltä, ja se on puhkaissut koko posken – jos hän selviää tästä, hän tarvitsee huomattavasti plastiikkakirurgiaa. Lisäksi takaraivossa on jonkin tylpän esineen aiheuttama vamma. Röntgenissä näkyi hiusmurtuma ja kovakalvonalainen verenpurkauma, mutta reflekseistä päätellen on hyvin mahdollista, että hän selvisi siitä ilman aivovauriota. Kuten sanottu, hänellä kävi erittäin hyvä tuuri.»

Tämä oli luultavasti viimeinen kerta, kun joku sanoi Jennifer Spainia onnekkaaksi. »Onko muuta?»

Kuulin hänen hörppäävän jotain, luultavasti kahvia, ja tukahduttavan valtavan haukotuksen. »Anteeksi. Jotain pieniä vammoja voi olla, mutta en etsinyt sellaisia, minulle oli tärkeintä että hänet saatiin leikkaukseen ennen kuin hänet menetetään, ja veri on voinut peittää alleen viiltoja ja ruhjeita. Mutta ei mitään kovin vakavia.»

»Oliko merkkejä seksuaalisesta väkivallasta?»

»Niin kuin sanoin, se ei ollut ykkösprioriteetti. Mutta sikäli kuin asialla on merkitystä, en löytänyt mitään siihen viittaavaa.»

»Mitä hänellä oli yllään?»

Hetken hiljaisuus, jonka aikana lääkäri mietti, olinko minä sittenkin vain joku hyvin erikoistunut pervo. »Keltainen pyjama. Ei muuta.»

»Siellä sairaalassa pitäisi olla konstaapeli paikalla. Jos voisitte panna pyjaman paperipussiin ja antaa sen hänelle. Mikäli pystytte, merkitkää muistiin kaikki, jotka ovat koskettaneet sitä.» Tässä oli taas kaksi seikkaa sen puolesta, että Jennifer Spain oli uhri. Naiset eivät tuhoa kasvojaan eivätkä varsinkaan tee itsemurhaa pyjamassa. He pukeutuvat parhaaseen mekkoonsa, laittavat huolella maskarat naamaan ja valitsevat keinon jota luulevat – melkein aina virheellisesti – levolliseksi ja elegantiksi, sellaiseksi joka huuhtoo tuskan pois ja jäljelle jää vain viileänkalpea rauha. Jossain murentuvan mielensä perukoilla he kuvittelevat, että heitä harmittaa sitten jos heidän ulkonäkönsä ei ole löydettäessä priimaa. Useimmat itsemurhan tekijät eivät oikein usko, että kuolema on lopullinen. Ehkei kukaan meistä usko.

»Annoimme pyjaman jo hänelle. Laadin listan nimistä heti kun pystyn.»

»Tuliko hän missään vaiheessa tajuihinsa?»

»Ei. Niin kuin sanoin, on hyvin mahdollista, ettei hän tule tajuihinsa enää lainkaan. Leikkauksen jälkeen ollaan viisaampia.»

»Jos hän selviää, milloinkohan voisimme puhuttaa häntä?»

Huokaus. »En osaa arvata yhtään sen paremmin kuin tekään. Päävammat ovat aina arvaamattomia.»

»Kiitoksia. Voitteko ilmoittaa heti, jos tilanne muuttuu?»

»Parhaani mukaan. Nyt jos sopii, niin minun pitää –»

Ja samassa puhelu päättyi. Soitin pikaisesti murharyhmän osastosihteerille Bernadettelle ja ilmoitin, että jonkun pitäisi ruveta kiireesti tutkimaan Spainien talousasioita ja puhelutietoja. Olin juuri lopettamassa puhelua, kun puhelimeni surahti: kolme uutta vastaajaviestiä soittajilta, jotka eivät olleet tavoittaneet minua, koska kenttä oli niin paska. O'Kelly ilmoitti saaneensa irrotetuksi minulle pari ylimääräistä tutkinta-apulaista, eräs toimittajakontaktini kerjäsi skuuppia, jota minulta ei tällä kertaa heruisi, ja sitten oli

Geri. Hänen viestistään tuli perille vain pätkiä: »...pysty, Mick... oksentaa viiden minuutin välein... en pysty lähtemään talosta edes... kaikki hyvin? Soittele sitten kun...»

»Voi perse», sanoin ennen kuin ehdin hillitä kieltäni. Dina on töissä keskustan lounaskahvilassa. Yritin laskea, miten nopeasti pääsisin lähellekään keskustaa ja miten todennäköisesti Dina olisi sen ajan avaamatta radiota.

Richie kallisti kysyvästi päätään. »Ei mitään», sanoin. Oli turha soittaa Dinalle – hän vihaa puhelimia – enkä voinut tavoittaa häntä soittamalla muillekaan. Vedin nopeasti henkeä ja sulloin asian mieleni perukoille. »Mennään. Tekniikan pojat ovat saaneet odottaa jo ihan riittävästi.»

Richie nyökkäsi. Panin puhelimeni pois, ja menimme tien päähän puhumaan valkohaalariväelle.

Tarkastaja oli pitänyt puoliani: hän oli saanut pyydettyä teknisestä tutkinnasta paikalle Larry Boylen, ja Larryn mukana tuli valokuvaaja, rikospaikkakartoittaja ja pari muuta miestä. Boyle on pieni, pyöreä ja leveänaamainen outolintu, josta saa sellaisen vaikutelman, että hänellä on kotona huone täynnä ahdistavia aikakauslehtiä tarkassa aakkosjärjestyksessä, mutta rikospaikat hän hoitaa virheettömästi ja hän on paras veriroiskemiehemme. Tarvitsin noita molempia ominaisuuksia.

»No jo oli aikakin», Boyle sanoi minulle. Hän oli jo pukeutunut valkoiseen huppuhaalariinsa, ja hänellä oli hanskat ja kengänsuojat valmiina kädessään. »Kukas tämä kaveri on?»

»Uusi työparini Richie Curran. Richie, tässä on Larry Boyle teknisestä tutkinnasta. Ole hänelle kiltti. Me pidämme hänestä.»

»Älä nyt intoile ennen kuin nähdään, onko minusta teille apua», Larry sanoi huiskauttaen kättään minun suuntaani. »Mitä tuolla on?»

»Isä ja kaksi lasta kuolleina. Äiti on viety sairaalaan. Lapset olivat yläkerrassa ja näyttää tukehduttamiselta, aikuiset olivat alakerrassa ja näyttää puukotukselta. Siellä on niin paljon veriroiskeita, että sinulla riittää hupia moneksi viikoksi.»

»Ai, sepä hauskaa.»

»Muista sitten olla kiitollinen. Ja tavanomaisten juttujen lisäksi kaipaan tietoa varsinkin tapahtumakulusta – kenen kimppuun käytiin ensin, paljonko sen jälkeen liikuttiin, miltä kamppailu on ehkä näyttänyt. Meidän nähdäksemme yläkerrassa ei ollut verta, millä voi olla merkitystä. Voitko vielä tarkistaa sen?»

»Onnistuu. Onko muita erikoistoiveita?»

Sanoin: »Siinä talossa on ollut tekeillä jotain todella outoa, siis jo kauan ennen viime yötä. Seinissä on monta reikää, emmekä tiedä yhtään, kuka ne on tehnyt ja miksi. Jos löydät vihjeitä, sormenjälkiä tai jotain, olemme tosi kiitollisia. Siellä on myös itku-hälyttimiä – yöpöydän latureista päätellen ainakin kaksi äänihälytintä ja viisi katselulaitetta, mutta voi olla enemmänkin. Emme ole varmoja, mitä varten ne siellä olivat, ja olemme paikantaneet kameroista vasta kolme: yläkerran porrastasanteella, olohuoneen pikkupöydällä ja keittiön lattialla. Haluaisin kuvat kaikista *in situ*. Ja tarvitsemme ne kaksi muutakin kameraa, tai miten monta niitä nyt sitten onkin. Ja sama koskee katselulaitteita: siellä on kaksi laturissa ja kaksi keittiön lattialla, joten meiltä on hukassa ainakin yksi.

»Mmm», Larry sanoi nautiskellen. »Mie-len-kiintoista. Taivaalle kiitos sinusta, Tykitys. Olisin kuollut tylsyyteen, jos olisi pitänyt hoitaa vielä yksikin kimppakämppäyliannostus.»

»Itse asiassa tälläkin voi olla yhteys huumeisiin. Ei mitään varmaa, mutta kiinnostaisi kovasti tietää, onko talossa huumeita, tai onko ollut joskus aiemmin.»

»Voi itku, ei kai taas huumeita. Otamme pyyhkäisynäytteet kaikista lupaavista paikoista, mutta ilahdun vain jos niistä tulee negat.»

»Tarvitsen heidän kännykkänsä, tarvitsen kaikki talousasioita koskevat paperit, joita satut näkemään, ja keittiössä on tietokone, joka pitää tutkia. Ja josko kävisit vintin puolestani kunnolla läpi? Emme ole käyneet siellä, mutta omituisuudet liittyvät varmasti jotenkin siihen. Ymmärrät sitten kun näet.»

»Nyt kuulostaa jo paremmalta», Larry sanoi iloisena. »Omituisuudet kiinnostavat aina. Joko mennään?»

Minä sanoin: »Tuo nainen tuolla partioautossa on loukkaantuneen naisen sisko. Olemme menossa jututtamaan häntä. Voitko odottaa vielä hetkisen, siihen asti että viemme hänet pois näkyvistä? En halua että hän näkee teidän menevän sisään, koska hän voi saada siitä hepulin.»

»Minulla on sellainen vaikutus naisiin. Älä huoli, me odottelemme täällä kunnes annat merkin. Pitäkää hauskaa, pojat.» Hän huiskutti meille jäähyväisiksi kengänsuojillaan.

Kun lähdimme takaisin puhuttamaan siskoa, Richie sanoi synkeänä: »Hän ei ole noin hilpeä enää sitten, kun on käynyt talossa.»

Minä sanoin: »Vaan kun kyllä on, poikaseni. Kyllä on.»

En sääli yhtäkään työssä kohtaamaani ihmistä. Sääliminen on kivaa, koska säälijä pääsee runkkaamaan ajatukselle omasta kivuudestaan, mutta säälin kohteet eivät kostu tunteesta mitään. Heti kun rikostutkija alkaa tunteilla uhriensa kohtalosta, hän menettää huomiokykynsä. Hänestä tulee heikko. Pian siinä käy niin, ettei hän pääse aamulla ylös sängystä koska ei kestä ajatusta töihin menosta, enkä ymmärrä mitä iloa sellaisesta on kenellekään. Minä käytän aikani ja tarmoni vastausten etsimiseen enkä halimiseen ja kaakaon tarjoamiseen.

Mutta jos minun pitäisi sääliä jotakuta, säälisin uhrien omaisia. Niin kuin sanoin Richielle, 99 prosenttia uhreista saa syyttää vain itseään: he saivat tarkalleen sitä mitä tilasivatkin. Mutta suunnilleen sama osuus omaisista ei ole ikinä kerjännyt tällaista helvettiä. En allekirjoita sitä ajatusta, että on äidin vika jos pikku Jimmystä tulee hepoa diilaava narkkari, joka on niin tyhmä että huijaa omaa tavarantoimittajaansa. Ehkei äitimuori auttanut Jimmyä toteuttamaan itseään, mutta minullekin jäi lapsuudesta trauma tai pari enkä silti ole kuollut vittuuntuneen huumeparonin antamaan niskalaukaukseen. Kävin pari vuotta terapeutilla, jotteivät traumat olisi jääneet minulle jarruksi, ja samalla jatkoin elämässä eteenpäin, koska olen nykyään aikuinen mies ja se tarkoittaa, että päätän itse, mitä elämästäni tulee. Jos minut löydetään jonain aamuna naama paskaksi ammuttuna, vika on pelkästään minun. Ja omaiseni joutuvat aivan syyttään keräämään sirpaleet.

Keskityn kaikkein tarkimmin perheiden seurassa. Mikään ei harhauta niin herkästi kuin myötätunto.

Kun Fiona Rafferty oli lähtenyt sinä aamuna kotoa, hän oli ollut luultavasti nätti tyttö – minä pidän enemmän vähän pitemmistä ja huolitellummista, mutta hänen haalistuneiden farkkujensa sisällä oli hyvinmuodostuneet sääret, ja hänellä oli tuuhea kiiltävä tukka, vaikkei hän ollutkaan vaivautunut suoristamaan sitä eikä värjäämään hiirenharmaata miksikään näyttävämmäksi. Mutta juuri nyt hänen kauneutensa oli kateissa. Naama oli punainen, turvonnut ja isojen räkänorojen ja maskaraviirujen peitossa, ja silmät olivat kaikesta itkemisestä kuin sialla. Hän oli hieronut kasvojaan punaisen duffelitakkinsa hihoihin. Toisaalta hän oli sentään lakannut huutamasta, hetkeksi ainakin.

Konstaapelikin alkoi näyttää aika kärsineeltä. Minä sanoin: »Meidän pitää jututtaa neiti Raffertya. Jospa menisit asemallesi ja lähettäisit sieltä jonkun hakemaan neidin sairaalaan sitten, kun meillä on juttuhetki ohi.» Mies nyökkäsi ja perääntyi selkä edellä. Kuulin helpotuksen huokauksen.

Richie meni polviasentoon auton viereen. »Neiti Rafferty?» hän sanoi lempeällä äänellä. Pojalla oli potilastaitoja. Ehkä vähän liiaksikin asti, sillä hän oli laskenut polvensa kuraiseen rengasuraan ja näyttäisi lopun päivää siltä kuin olisi kompastunut nurin, mutta hän ei näyttänyt huomaavan sitä.

Fiona Rafferty kohotti päätään hitaasti ja vapisten. Hän näytti sokealta.

»Olen hyvin pahoillani tilanteestanne.»

Hetken päästä Fionan leuka painui pikkuruiseen nyökkäykseen.

»Voimmeko hakea teille jotain? Ehkä vettä?»

»Minun pitää soittaa äidille. Miten minä – voi luoja, lapset, en minä voi kertoa hänelle –»

Sanoin: »Järjestämme jonkun seuraksenne sairaalaan. Äidillenne välitetään tieto, että voitte tavata siellä, ja sairaalassa teitä neuvotaan, miten hänelle kannattaa puhua.»

Fiona ei kuullut minua, hänen mielensä oli jo kavahtanut sitä ajatusta ja syöksähtänyt jonnekin muualle. »Onko Jennyllä hätää? Kai hän tulee kuntoon?»

»Toivomme niin. Ilmoitamme teille heti kun kuulemme jotain.»

»Ambulanssi, minua ei päästetty hänen ambulanssiinsa mukaan – minun pitää olla hänen kanssaan, mitä jos hän, minun pitää –»

Richie sanoi: »Tiedän. Mutta lääkärit pitävät hänestä huolta. Ne pojat osaavat hommansa. Te olisitte vain heidän tiellään. Ette kai te sitä halua?»

Fionan pää keinahteli puolelta toiselle: ei halunnut.

»Ette niin. Ja sitä paitsi me tarvitsemme teidän apuanne täällä. Meidän pitää esittää teille joitakin kysymyksiä. Pystyisittekö vastaamaan niihin nyt?»

Fionan suu valahti auki, ja hän haukkoi happea. »En! Kysymyksiä. Ei herran tähden, en minä voi – minä haluan kotiin. Minä haluan äidin luo! Voi taivas, minä haluan –»

Hän oli taas luhistumaisillaan. Richie kohotti rauhoittavasti käsiään, ja huomasin että hän oli aikeissa ruveta pakittelemaan. Ennen kuin Richie ehti päästää Fionan menemään, sanoin sulavasti: »Neiti Rafferty, jos haluatte mennä vähäksi aikaa kotiin ja palata puhumaan meille myöhemmin, emme estä teitä. Se on teidän päätöksenne. Mutta jokainen minuutti, joka meiltä menee hukkaan, heikentää mahdollisuuksiamme saada tekijä kiinni. Todisteita tuhoutuu, todistajien muistikuvat hämärtyvät, tappaja pääsee ehkä kauemmas täältä. Minusta teidän tulee tietää se ennen kuin teette päätöksenne.»

Fionan katse alkoi tarkentua. »Jos minä... Hänkö voi päästä teiltä pakoon? Jos palaan puhumaan teille vasta myöhemmin, hän voi siis kadota sillä välin?»

Tartuin Richietä tiukasti olkapäästä, siirsin hänet pois Fionan silmien edestä ja nojauduin autonoveen. »Aivan. Kuten sanoin, päätös on teidän, mutta itse en haluaisi sellaista asiaa tunnolleni.»

Fionan kasvot vääristyivät, ja hetken uskoin hänen romahtavan taas, mutta sitten hän puri tiukasti poskiaan ja veti itsensä kasaan. »Hyvä on. Hyvä on. Voin minä... Hyvä on. Mutta... odotatteko ensin pari minuuttia, että poltan tupakan? Sen jälkeen vastaan kaikkeen mihin haluatte.»

»Minusta te teitte nyt oikean päätöksen. Valmistautukaa kaikessa rauhassa, neiti Rafferty. Me odotamme tässä.»

Fiona vääntäytyi ulos autosta – kömpelösti kuin ihminen, joka nousee pystyyn ensimmäistä kertaa leikkauksen jälkeen – ja hoippui tien toiselle puolen luurankotalojen väliin. Pidin häntä silmällä. Hän löysi istumapaikan puolivalmiin aitamuurin päältä ja sai sytytettyä tupakkansa.

Hän oli selin meihin, ainakin melkein. Näytin Larrylle peukkua. Larry huiskautti hilpeästi kättään ja lähti tarpomaan taloa kohti kumihanskoja käsiinsä kiskoen ja muu tekniikan väki perässään.

Richien onnetonta takkia ei ollut tehty maaseutuoloihin: hän pomppi kädet kainaloissaan ja yritti olla näyttämättä jäätyneeltä. Sanoin mahdollisimman hiljaisella äänellä: »Olit lähettämässä häntä kotiin. Vai mitä?»

Richie käänsi päätään yllättyneenä ja varuillaan. »Olin joo. Ajattelin –»

»Sinä et ajattele. Et tämmöisessä asiassa. Minä päätän etkä sinä, päästetäänkö todistaja lähtemään. Ymmärrätkö?»

»Hän näytti siltä, että romahtaa pian.»

»Entä sitten? Ei se ole mikään syy päästää häntä, konstaapeli Curran. Sellaisessa tilanteessa hänet pakotetaan ryhdistäytymään. Sinä olit vähällä heittää menemään puhutettavan, jota meillä ei ole varaa menettää.»

»Minähän yritin olla heittämättä! Parempi että palataan asiaan muutaman tunnin päästä eikä hermostuteta häntä niin pahasti, ettei ehkä päästä puhumaan hänelle kuin vasta huomenna.»

»Ei tämä noin mene. Jos todistaja pitää saada puhumaan, niin sitten hänet pannaan puhumaan tavalla tai toisella ja sillä hyvä. Ei häntä lähetetä jumalauta kotiin teelle ja pikkuleiville ja käsketä tulla takaisin sitten kun huvittaa.»

»Minusta tuntui, että hänen pitää antaa valita. Hän menetti juuri –»

»Olinko minä muka laittamassa hänelle käsirautoja? Totta kai hänelle pitää antaa vaihtoehtoja. Kunhan pidetään huoli siitä, että hän valitsee niistä sen jonka me haluamme. Tämän työn kolmas, neljäs ja ehkä tusinaskin sääntö on se, että tapahtumien ei anneta viedä. Tapahtumat pannaan etenemään niin kuin me haluamme. Onko tämä selvä?»

Hetken päästä Richie sanoi: »Joo. Anteeksi. Herra ylikonstaapeli.»

Varmaan hän vihasi minua sillä hetkellä, mutta olin valmis kestämään sen. Minua ei kiinnosta, vaikka koulutettavani käyttäisivät kotona naamaani tikkatauluna, kunhan he eivät tee hallaa sen enempää jutulle kuin omalle uralleenkaan. »Tämä ei toistu. Vai kuinka?»

»Joo. Tai siis ei, olet oikeassa. Ei toistu.»

»Hyvä. Mennäänpä sitten puhuttamaan häntä.»

Richie tunki leukansa takinkauluksen sisään ja silmäili Fionaa epäilevästi. Nainen kyyhötti muurinpuolikkaan päällä melkein pää polvien välissä ja roikotti tupakkaa kädessään sen näköisenä, että oli unohtanut sen. Siltä etäisyydeltä hän näytti joltakin pois heitetyltä, pelkältä punaiselta vaatemytyltä joka oli viskattu rakennusjätteiden sekaan. »Kestääköhän hän sen?»

»Ei aavistusta. Eikä se ole meidän ongelmamme, kunhan hermoromahdus tulee vasta hänen omalla ajallaan. Tule nyt.»

Menin tien yli katsomatta, tuliko Richie perässä. Hetken päästä kuulin hänen kenkiensä ratisevan soralla ja hiekalla, kun hän kiiruhti jälkeeni.

Fiona oli jo vähän paremmassa kuosissa: hän vavahteli vielä hetkittäin, mutta kädet olivat lakanneet tärisemästä ja hän oli pyyhkinyt maskarat naamaltaan, vaikka sitten vain paidanrintamukseensa. Vein hänet yhteen puolivalmiista taloista, jotta pääsimme pois navakasta tuulesta eikä hän voinut enää nähdä Larryn ja hänen kavereidensa puuhia. Löysin hänelle istumapaikaksi mukavan rakennusharkkopinon ja annoin hänelle toisen tupakan – minä en ole ikinä polttanut, mutta pidän aina askin mukana salkussani. Tupakoitsijat ovat niin kuin muutkin addiktit: heidät saa parhaiten puolelleen käyttämällä heidän omaa valuuttaansa. Istuuduin hänen viereensä harkkojen päälle. Richie löysi vierestäni ikkunalaudalta sellaisen paikan, josta hän pystyi tarkkailemaan, ottamaan oppia ja kirjaamaan muistiinpanoja tekemättä asiasta isoa numeroa. Tämä ei ollut ihanteellinen puhutustilanne, mutta olen selvinnyt pahemmistakin.

»No niin», sanoin sytyttäessäni hänen tupakkaansa. »Voimmeko tuoda vielä jotain muuta? Lisävillapaidan? Vettä?»

Fiona tuijotti savuketta, heilutti sitä sormiensa välissä ja alkoi sitten kiskoa sitä nopein imaisuin. Jokainen hänen ruumiinsa lihas oli jännittynyt – illalla hänestä tuntuisi varmasti kuin maratonin juosseelta. »Ei kiitos. Voitaisiinko nyt vain hoitaa tämä alta pois?»

»Totta kai, neiti Rafferty. Ymmärrämme kyllä. Jospa kertoisitte aluksi Jenniferistä?»

»Jennystä. Hän ei tykkää Jenniferistä – hänestä se on pikkusievä tai jotain... Hän on aina ollut Jenny. Siitä asti kun oltiin pieniä.»

»Kumpi teistä on vanhempi?»

»Hän. Minä olen 27, hän on 29.»

Olin arvellut Fionaa nuoremmaksi kuin 27-vuotiaaksi. Osittain se johtui ulkonäöstä – räjähtäneen olemuksen alla oli hoikka ja lyhyehkö nainen, jolla oli pienet, epäsäännölliset ja teräväpiirteiset kasvot – mutta osaksi se johtui myös opiskelijamaisen nuhruisista kamppeista. Kun minä olin nuori, tytöt pukeutuivat tuolla tavoin opiskeluaikojen jälkeenkin, mutta nykyään useimmilla oli vähän enemmän yritystä. Talostaan päätellen Jennylläkin oli ollut. Sanoin: »Mitä hän tekee työkseen?»

»Hän on PR-hommissa. Tai siis oli Jackin syntymään asti. Sen jälkeen hän on ollut kotona lasten kanssa.»

»Mikäpä siinä. Eikö hänellä ole ikävä töihin?»

Sain vastaukseksi eleen joka oli kenties päänpudistus, joskin Fiona oli niin jäykkänä, että se näytti enemmän kouristukselta. »En usko. Hän tykkäsi työstään, muttei hän mitenkään älyttömän kunnianhimoinen ole. Hän tiesi ettei voisi palata töihin, jos saisi toisen lapsen – olisi pitänyt maksaa kahdesta hoitopaikasta, ja palkasta olisi jäänyt käteen suunnilleen parikymmentä euroa viikossa – mutta he hankkivat silti Jackin.»

»Oliko töissä ongelmia? Ketään jonka kanssa hän ei tullut toimeen?»

»Ei. Firman muut tytöt kuulostivat minusta hirveiltä noidilta – aina tuli jotain häijyä kommenttia, jos joku heistä ei paikkaillut muutamaan päivään tekorusketustaan, ja silloin kun Jenny oli raskaana, he sanoivat häntä Titaniciksi ja käskivät herran tähden laihduttaa – mutta Jennystä se ei ollut paha juttu. Hän... Jenny ei tykkää lukea lakia kellekään. Hän menee mieluummin muiden mukana. Hän uskoo aina...» Fionan hampaiden välistä purkautui sihahdus niin kuin häneen olisi iskenyt kipu. »Hän uskoo aina, että lopulta kaikki järjestyy.»

»Entä Patrick? Miten hän tulee toimeen ihmisten kanssa?»

Puhutettava täytyy pitää liikkeellä, häntä pitää hyppyyttää aiheesta toiseen eikä hänelle saa antaa aikaa pysähtyä ja katsoa maahan. Jos hän kaatuu, häntä ei ehkä saa enää jaloilleen.

Fionan kasvot nytkähtivät minua kohti, ja turvonneet siniharmaat silmät olivat levällään. »Pat on – ei helvetti, ette kai te luule että hän teki tämän! Pat ei ikinä, hän ei voisi ikinä –»

»Tiedän. Kertokaahan –»

»Mistä te sen tiedätte?»

»Neiti Rafferty», sanoin hivuttaen vähän ankaruutta ääneeni. »Haluatteko te auttaa meitä?»

»Totta kai minä –»

»Hyvä. Sitten teidän täytyy keskittyä kysymyksiin, joita me esitämme. Mitä pikemmin me saamme vastauksia, sitä pikemmin tekin saatte vastauksia. Vai mitä?»

Fiona katseli vauhkosti ympärilleen niin kuin huone voisi kadota hetkenä minä hyvänsä ja hän heräisi sen jälkeen unestaan. Huoneen pinnat olivat paljasta betonia ja viimeistelemätöntä tiiltä, ja kaksi puupalkkia nojasi seinään niin kuin ne olisivat pidelleet sitä pystyssä. Tammijäljitelmästä tehtyjä porraskaiteen kappaleita, jotka olivat paksun likakerroksen peitossa, lattialle lytistettyjä styroksimukeja, kurainen sininen collegepaita nurkkaan heitettynä mytyssä – huone näytti arkeologiselta kaivauskohteelta, johon oli ikuistunut se hetki kun asukkaat olivat jättäneet kaiken sikseen ja paenneet luonnonmullistusta tai valloittaja-armeijaa. Fiona ei nähnyt huonetta juuri nyt, mutta se syöpyisi hänen mieleensä loppuiäksi. Tämä oli niitä pieniä bonuksia, joita murha suo uhrin omaisille: vainajan kasvot ja viimeiset sanat unohtuvat aikanaan, mutta vielä kauan sen jälkeenkin omainen muistaa jokaisen yksityiskohdan siitä painajaismaisesta epätilasta, jossa murha tunkeutui hänen elämäänsä.

»Neiti Rafferty», sanoin. »Emme voi hukata aikaa.»

»Niin. Olen ihan kunnossa.» Hän survoi tupakkaa rakennusharkkoihin ja jäi tuijottamaan tumppia niin kuin se olisi ilmestynyt hänen käteensä tyhjästä. Richie kumartui ojentamaan styroksimukia, ja minä sanoin hiljaa: »Tuohon.» Fiona nyökkäsi nytkähtäen, pudotti tupakkansa kuppiin ja jäi pusertamaan kuppia kaksin käsin.

Minä kysyin: »No, millainen Patrick on?»

»Hän on ihana.» Punareunaiset silmät välähtivät uhmakkaasti. Raunioituneen julkisivun alla oli paljon jääräpäisyyttä. »Olemme tunteneet hänet iät ajat, olemme kaikki Monkstownista ja pyörimme jo lapsina samoissa porukoissa. Pat ja Jenny ovat olleet yhdessä kuusitoistavuotiaista asti.»

»Millainen heidän suhteensa oli silloin?»

»He olivat hulluina toisiinsa. Meille muille porukan jäsenille oli kova juttu, jos jotkut seurustelivat pitempään kuin muutaman viikon, mutta Pat ja Jenny olivat...» Fiona veti syvään henkeä, heilautti päänsä taakse ja pysähtyi tuijottamaan tyhjän porraskuilun ja törröttävien palkkien takaa näkyvää harmaata taivasta. »He tiesivät heti, että tämä on se oikea. Se sai heidät tuntumaan vanhemmilta, aikuisilta. Me muut vain värkkäsimme, siis leikimme, tiedättehän. Patin ja Jennyn suhde oli aito asia. Rakkautta.»

Sen aidon asian takia on tapettu tietääkseni enemmän ihmisiä kuin oikeastaan minkään muun. »Milloin he menivät kihloihin?»

»Yhdeksäntoistavuotiaina. Ystävänpäivänä.»

»Aika nuorina, kun ajattelee miten nykyään on tapana. Mitä vanhempanne ajattelivat?»

»He olivat ihan innoissaan! Hekin rakastavat Patia. Pyysivät vain hoitamaan ensin opiskelut alta pois, ja se sopi Patille ja Jennylle. He menivät naimisiin 22-vuotiaina. Jenny sanoi, että sitä oli turha lykätä, kun eivät he olisi kuitenkaan muuttaneet mieltään.»

»Millainen siitä liitosta sitten tuli?»

»Heillä meni ihan mahtavasti. Pat kohtelee Jennyä – Pat ilahtuu vieläkin kun saa kuulla, että Jenny haluaa jotain, koska sitten hän pääsee hankkimaan sen Jennylle. Kun olin teini, rukoilin aina että kohtaisin jonkun, joka rakastaa minua niin kuin Pat Jennyä. Ymmärrättekö?»

Preesensin haihtumisessa kestää pitkään. Äitini kuoli kun olin teini-ikäinen, mutta Dina puhuu vieläkin silloin tällöin siitä, mitä hajuvettä äiti käyttää tai millaisesta jäätelöstä hän tykkää. Geri suuttuu siitä aina. Kysyin, joskaan en liian epäilevään sävyyn: »Eikö ollut mitään riitoja? Kolmessatoista vuodessa?»

»En minä niin sanonut. Kaikilla on riitoja. Mutta heidän riitansa eivät ole vakavia.»

»Mistä he riitelevät?»

Fiona oli kääntynyt katsomaan minua, ja ohut varovaisuuden kerros alkoi kovettua kaiken muun päälle. »Siitä mistä kaikki muutkin parit. Esimerkiksi kun oltiin nuoria, niin Pat hermostui jos joku toinen poika ihastui Jennyyn. Tai kun he säästivät taloa varten, Pat halusi lomalle ja Jennyn mielestä kaikkien rahojen piti mennä säästöpossuun. Mutta he sopivat aina riitansa. Niin kuin sanoin, ne eivät ole vakava juttu.»

Raha – siinä ainoa asia, joka tappaa enemmän ihmisiä kuin rakkaus. »Mitä töitä Patrick tekee?»

»Hän on rekrytointihommissa – oli. Hän teki töitä Nolan and Robertsille – ne etsivät väkeä finanssialalle. Hänet irtisanottiin helmikuussa.»

»Oliko siihen jotain erityistä syytä?»

Fionan hartiat alkoivat taas jännittyä. »Ei se mistään hänen tekemisistään johtunut. Sieltä irtisanottiin samaan aikaan muutama muukin, ei pelkästään häntä. Finanssifirmathan eivät hirveästi rekrytoi nykyään. Kun on taantuma...»

»Oliko hänellä ongelmia töissä? Oliko lähtiessä pahaa verta?»

»Ei! Te yritätte saada tämän kuulostamaan siltä niin kuin Patilla ja Jennyllä olisi kaikkialla vihollisia ja he riitelisivät koko ajan – eivät he ole sellaisia.»

Fiona oli kavahtanut kauemmas minusta ja piteli kuppia kaksin käsin edessään kuin kilpenä. Sanoin rauhoittelevasti: »Hyvä, tuo on juuri sellaista tietoa, jota tarvitsen. En tunne Patia ja Jennyä, yritän vain muodostaa heistä käsityksen.»

»He ovat ihania ihmisiä. Heistä tykätään. He rakastavat toisiaan. He rakastavat lapsiaan. Onko selvä? Saiko tästä nyt tarpeeksi hyvän käsityksen?»

Totta puhuen siitä ei saanut minkäänlaista käsitystä, mutta hänellä ei selvästikään ollut tarjota parempaakaan vastausta. »Ehdottomasti», sanoin. »Kiitos. Asuvatko Patrickin vanhemmat vielä Monkstownnissa?»

»Hänen vanhempansa ovat kuolleet – isä kuoli jo kun olimme lapsia, äiti kuoli muutama vuosi sitten. Hänellä on pikkuveli Ian, joka asuu Chicagossa – soittakaa Ianille. Kysykää Patista ja Jennystä häneltä. Hän kertoo ihan samat asiat.»

»Varmasti. Säilyttivätkö Pat ja Jenny talossa mitään arvoesineitä? Käteistä, koruja, mitään sellaista?»

Fionan hartiat laskeutuivat taas vähäsen, kun hän mietti asiaa. »Jennyn vihkisormus – Pat maksoi siitä pari tonnia – ja sellainen smaragdisormus jonka mummo jätti Emmalle. Ja Patilla on tietokone, se on aika uusi, hän osti sen irtisanomisrahoilla, se voi olla jonkun arvoinen... Ovatko ne tallella? Vai onko ne viety?»

»Me selvitämme. Siinäkö oli kaikki arvoesineet?»

»No, eihän heillä ole mitään oikeasti arvokasta. Ennen heillä oli iso katumaasturi, mutta se piti palauttaa, koska heillä ei ollut varaa maksaa autolainaa. Ja sitten on kai Jennyn vaatteet – hän käytti niihin paljon rahaa ennen kuin Pat menetti työnsä – mutta kuka muka tekee tällaista käytettyjen vaatteitten takia?»

Jotkut tekevät tällaista paljon vähemmästäkin, mutta arvelin ettei jutussa ollut kyse siitä. »Milloin näitte heidät viimeksi?»

Fionan piti miettiä. »Tapasin Jennyn Dublinissa ja käytiin kahvilla. Tänä kesänä, ehkä kolme neljä kuukautta sitten. Patia en ole nähnyt pitkään aikaan – huhtikuussa kai. Miten se venähtikin niin pitkäksi –»

»Entä lapsia?»

»Huhtikuussa, samalla kuin Patia. Olin täällä Emman synttäreillä, hän täytti kuusi.»

»Huomasitteko silloin mitään tavallisuudesta poikkeavaa?»

»Niin kuin mitä?»

Pää ja leuka pystyssä, heti puolustuskannalla. Sanoin: »Ihan mitä tahansa. Ehkä vieras, joka ei tuntunut kuuluvan joukkoon. Keskustelu joka kuulosti oudolta.»

»Ei. Ei ollut yhtään mitään outoa. Siellä oli Emman luokkakavereita, ja Jenny hankki pomppulinnan – voi ei, Emma ja Jack... Siis molemmat, ovatko he varmasti molemmat...? Eikö toinen heistä voi olla vaan loukkaantunut, siis vaan...»

»Neiti Rafferty», sanoin niin lempeästi ja jämäkästi kuin osasin, »olen varsin varma että he eivät ole pelkästään loukkaantuneita. Ilmoitamme teille heti, jos kuulemme jotain uutta, mutta juuri nyt teidän täytyy pysyä mukana tässä keskustelussa. Muistattehan, että jokainen sekunti on tärkeä.»

Fiona painoi käden suunsa eteen ja nielaisi kuuluvasti. »Niin.»

»Hyvä.» Ojensin uuden tupakan ja naksautin sytkäriä. »Milloin puhuitte viimeksi Jennyn kanssa?»

»Eilisaamuna.» Tätä hänen ei tarvinnut miettiä. »Soitan hänelle joka aamu puoli yhdeksältä, heti kun pääsen töihin. Juodaan kahvit ja kerrotaan kuulumiset, ihan muutaman minuutin puhelu. Vähän niin kuin aamunavaus.»

»Kuulostaa mukavalta. Millainen Jenny oli eilen?»

»Normaali! Hän oli ihan normaali! Ei hänessä ollut mitään, siis vannon, olen miettinyt sitä puhelua eikä ollut mitään –»

»Varmasti», sanoin rauhoittelevasti. »Mistä te puhuitte?»

»Asioista vaan, en minä tiedä. Yksi kämppäkavereistani soittaa bassoa, hänen bändillään on kohta keikka ja kerroin siitä Jennylle. Jenny sanoi etsivänsä netistä stegosauruslelua, koska Jack oli tuonut perjantaina esikoulusta kaverin kylään ja he etsivät stegosaurusta pihalta... Jenny kuulosti olevan ihan kunnossa. Siis ei ollut mitään.»

»Olisiko hän kertonut, jos jotain olisi ollut pielessä?»

»Kyllä luulisin. Olisi. Olisi varmasti.»

Mikä ei kuulostanut yhtään varmalta. Kysyin: »Onko teillä läheiset välit?»

Fiona sanoi: »Meitä ei ole kuin me kaksi.» Sitten hän ymmärsi, ettei se ollut mikään vastaus. »Joo. Ollaan läheisiä. Tai siis oltiin läheisempiä nuorempina, teini-iässä – sen jälkeen mentiin ikään kuin eri suuntiin. Ja nykyään on hankalampi pitää yhteyttä, kun Jenny asuu täällä.»

»Miten pitkään hän on asunut täällä?»

»He ostivat talon joskus kolme vuotta sitten.» Siis vuonna 2006, nousukauden huipulla. Olipa ostohinta mikä hyvänsä, nykyään tönön arvo oli enää puolet siitä. »Siihen aikaan täällä ei ollut muuta kuin peltoa. He ostivat talon piirustusten perusteella. Minusta he olivat ihan hulluja, mutta Jenny oli onnessaan, hän oli ihan hirveän innostunut – oma talo...» Fionan suu alkoi vääntyä, mutta hän sai hillittyä itsensä. »He muuttivat tänne ehkä vuoden päästä siitä. Heti kun talo oli valmis.»

Kysyin: »Entä te? Missä te asutte?»

»Dublinissa. Ranelaghissa.»

»Sanoitte, että kimppakämpässä.»

»Niin. Minä ja kaksi muuta tyttöä.»

»Mitä teette työksenne?»

»Olen valokuvaaja. Yritän saada näyttelyä kasaan, mutta sitä odotellessa teen töitä Studio Pierressä – muistatteko Pierren, hän oli siinä TV-sarjassa irlantilaisten huippuhäistä. Minä hoidan yleensä pikkulapsikuvauksia, tai jos Keithillä – Pierrellä – on kahdet häät samana päivänä, niin hoidan niistä toiset.»

»Olitteko tänä aamuna lapsikuvauksissa?»

Hänen piti muistella asiaa, koska se oli niin kaukainen. »En. Kävin läpi kuvia, viime viikon kuvia. Lapsen äiti tulee tänään hakemaan albumin.»

»Mihin aikaan lähditte tänne?»

»Joskus varttia yli yhdeksän. Työkaverini lupasi koota sen albumin.»

»Missä Studio Pierre on?»

»Phoenix Parkin laidalla.»

Ainakin tunnin päässä Broken Harbourista, etenkin kun oli aamuruuhka ja autona oli tuo pieni rottelo. Kysyin: »Olitteko ollut huolissanne Jennystä?»

Taas sähköiskumainen päänpudistus.

»Oletteko varma? Näitte aika kovasti vaivaa sen tähden, että joku ei vastannut puhelimeen.»

Kireä olankohautus. Fiona asetteli styroksimukin varovasti pystyyn viereensä ja napautti siihen tuhkia. »Halusin varmistaa, että hän on kunnossa.»

»Miksi ei olisi ollut?»

»No siksi! Me soitamme aina. Joka päivä, vuosien ajan. Ja enkö muka ollut oikeassa? Hän ei ollut kunnossa.»

Fionan leuka vavahti. Kumarruin ojentamaan hänelle nenäliinan enkä vetäytynyt heti takaisin. »Neiti Rafferty», sanoin. »Tiedämme molemmat, että asiaan liittyy muutakin. Ette te lähtenyt töistä asiakkaan suututtamisen uhalla ja ajanut tunnin matkaa pelkästään siksi, että sisarenne oli kolme varttia tavoittamattomissa. Olisitte voinut olettaa, että hän lepäsi migreenin takia tai että hän oli hukannut puhelimensa tai että lapsilla oli flunssaa, tai sille olisi voinut olla monta sataa muutakin selitystä, ja jokainen niistä olisi ollut paljon todennäköisempi kuin tämä. Sen sijaan teitte heti sen johtopäätöksen, että jokin on hätänä. Teidän pitää nyt kertoa minulle, miksi.»

Fiona puraisi alahuultaan. Ilma lemusi tupakansavulta ja kärähtäneeltä villalta – hän oli pudottanut kuumaa tuhkaa jonnekin takkinsa päälle – ja Fiona itse uhosi kosteaa, kitkerää hajua, joka levisi hänen henkäystensä mukana ja tihkui hänen huokosistaan. Mielenkiintoinen havainto täältä etulinjasta on, että paljas suru haisee puista riivityiltä lehdiltä ja pirstotuilta oksilta. Vihreältä säröiseltä kirkaisulta.

»Ei se mitään ollut», hän sanoi viimein. »Siitä on jo iät ajat, monta kuukautta. Olin melkein unohtanut sen, kunnes...»

Odotin.

»Sitä vain... Hän soitti yhtenä iltana. Hän sanoi, että talossa oli käynyt joku.»

Aistin Richien ryhdistäytyvän vieressäni niin kuin terrieri, joka valmistautuu säntäämään kepin perään. »Ilmoittiko hän asiasta poliisille?» kysyin.

Fiona hieroi tupakkansa sammuksiin ja pudotti tumpin mukiin. »Ei se sellainen juttu ollut. Ei ollut mitään ilmoitettavaa. Siis että ei ollut mitään rikottuja ikkunoita tai särjettyjä lukkoja, eikä sieltä viety mitään.»

»Mikä hänet sitten sai epäilemään, että talossa oli käynyt joku?»

Jälleen olankohautus, tällä kertaa entistäkin kireämpi. Fiona oli painanut päänsä. »Hänestä vain tuntui siltä. En minä tiedä.»

Tiukkuus alkoi viedä äänensävyssäni tilaa lempeydeltä: »Neiti Rafferty, tämä voi olla tärkeää. Mitä hän tarkalleen sanoi?»

Fiona veti henkeä syvään ja vavahtaen ja tunki hiuksia korvansa taa. »Hyvä on», hän sanoi. »Hyvä on, hyvä on. Eli Jenny soitti minulle ja kyseli, että olenko minä teettänyt kopioita heidän avaimistaan. Minulla oli heidän avaimensa suunnilleen kaksi sekuntia viime talvena, Jenny ja Pat menivät lasten kanssa viikoksi Kanarialle ja he halusivat, että joku pääsee taloon sisään jos tulee tulipalo tai jotain. Joten minä vastasin että en tietenkään –»

»Otitteko?» Richie kysyi. »Siis kopiot.» Hän onnistui vaikeassa tehtävässä: hän kuulosti pelkästään kiinnostuneelta eikä tippaakaan syyttävältä. Hyvä niin, koska sen ansiosta minun ei tarvitsisi antaa hänelle huutia todistajan päälle puhumisesta, tai ei ainakaan kovin paljon.

»En! Miksi olisin ottanut?»

Fionan selkä oli suoristunut hetkessä. Richie kohautti olkapäitään ja soi hänelle pienen anteeksipyytelevän hymyn. »Kunhan tarkistan. Pakkohan se on kysyä.»

Fiona lysähti takaisin kumaraan. »Niin. Niin kai.»

»Eikä kukaan muu siis olisi voinut teettää kopioita sen viikon aikana? Ette jättänyt avaimia minnekään, mistä kämppäkaverinne tai joku työkaveri olisivat voineet ottaa ne – ei mitään sellaista? Niin kuin sanoin, meidän täytyy kysyä.»

»Minulla oli ne avainnipussa. Joten eivät ne missään kassakaapissa olleet – töissä pidän niitä käsilaukussa ja kotona keittiön avainnaulassa. Mutta kukaan ei ole voinut tietää, mitkä avaimet ne olivat, vaikka se olisi heitä kiinnostanut. Tuskin edes kerroin kellekään, että minulla ylipäätään on ne.»

Hänen kämppäkaverinsa ja työkaverinsa puhutettaisiin tästä huolimatta perusteellisesti, ja heidän taustansa tutkittaisiin tietysti myös. »Palataan siihen puhelinkeskusteluun», minä sanoin. »Kerroitte siis Jennylle, ettette ollut kopioinut hänen avaimiaan...»

»Niin. Jenny sanoi, että jollain ne nyt kumminkin on, ja minä olin ainoa joille ne oli annettu. Kesti varmaan puoli tuntia ennen kuin hän uskoi, etten tiennyt yhtään mistä hän puhui, ja sitten vasta hän suostui kertomaan mitä siinä oli oikein tapahtunut. Hän oli ollut lasten kanssa iltapäivällä kaupungilla, jossain kaupoilla kai, ja kun hän palasi kotiin, siellä oli käyty nuuskimassa.»

Fiona oli alkanut repiä nenäliinaansa riekaleiksi, ja valkoisia haituvia leijaili hänen punaiselle takilleen. Hänellä oli pienet ja hoikkasormiset kädet, ja kynnet olivat pureskellut. »Kysyin että mistä hän sen tiesi, ja ensin hän ei suostunut sanomaan, mutta lopulta sain hänet kakaisemaan, että verhot oli pantu takaisin paikoilleen ihan väärin, ja sieltä puuttui puoli pakettia kinkkua, ja kynä joka hänellä oli jääkaapin vieressä kauppalistojen tekoa varten. Sanoin, että älä nyt viitsi, ja hän löi melkein luurin korvaan. Joten minun piti rauhoitella häntä, ja kun hän lakkasi räyhäämästä, hän kuulosti tosi säikähtäneeltä. Siis pelkäsi ihan oikeasti. Eikä Jenny ole mikään nyhverö.»

Tämä oli yksi niistä syistä, joiden vuoksi olin ripittänyt Richietä siitä että hän oli yrittänyt lykätä keskustelua. Jos jonkun saa puhumaan heti sen jälkeen, kun hän on kohdannut maailmanlopun, voi hyvin olla ettei hän pysty lopettamaan puhumista. Jos odottaa seuraavaan päivään, hän on ehkä jo alkanut rakentaa tuhoutuneita puolustusmekanismejaan uudelleen – ihminen työskentelee nopeasti, kun panokset ovat kovat – mutta jos hänet yhyttää heti sienipilven purkauduttua, hän paljastaa kaiken, niin pomolleen antamansa salaisen lempinimen kuin vaikka pornomieltymyksensä. »Onhan se ihan ymmärrettävää», sanoin. »Sellainen on varmasti ahdistavaa.»

»Siis kinkkusiivuja ja kynä! Jos häneltä olisi viety korut, tai puolet alusvaatteista tai jotain, niin olisi pillastunut sitten. Mutta että tällaista... sanoin hänelle, että jos joku on päässyt jostain kumman syystä sinne sisään, niin eipä kyllä tunnu miltään Hannibal Lecteriltä.»

Ennen kuin hän ehti tajuta mitä oli tullut sanoneeksi, kysyin häneltä: »Mitä Jenny siihen?»

»Hän raivostui minulle taas. Sanoi ettei häntä varsinaisesti haitannut se, mitä se hämärämies oli tehnyt varmasti, vaan se mistä kaikesta oli epävarmuutta. Niin kuin että oliko hän käynyt lasten huoneissa ja penkonut heidän tavaroitaan – Jenny sanoi että jos olisi ollut varaa, hän olisi heittänyt pois kaikki lasten tavarat ja ostanut uutta tilalle, ihan varmuuden vuoksi. Mihin kaikkeen se kävijä oli koskenut – Jenny sanoi että kaikki näytti olevan yhtäkkiä sentin verran väärässä paikassa, tai jollain lailla tuhrittua. Ja miten hän pääsi sisään. Ja miksi hän tuli sisään – se Jennyä vaivasi tosi paljon. Hän toisteli, että miksi juuri me, mitä hän meistä halusi, näytetäänkö me joltain hyvältä kohteelta, vai siis mitä.»

Fionaa puistatti äkisti, ja hän taipui kouristuksen myötä melkein kaksin kerroin. Sanoin luontevasti väliin: »Hyvä kysymys. Talossa on hälytysjärjestelmä, tiedättekö asennettiinko se silloin?»

Fiona pudisti päätään. »Minä kysyin, mutta Jenny sanoi että ei asennettu. Hän ei ollut ikinä huolissaan päivisin – luulen että he panivat sen päälle vasta yöksi nukkumaan mennessä, mutta silloinkin pelkästään siksi, että täkäläiset nuoret pitivät näissä tyhjissä taloissa bileitä sun muuta, ja ne saattoivat karata välillä aika pahasti käsistä. Jenny sanoi, että päivisin asuntoalue oli melkein autio – no niin kuin näette – joten hän ei vaivautunut pitämään hälytintä päällä. Mutta siitä päivästä lähtien kuulemma piti. Hän sanoi, että jos minulla on ne avaimet, viisainta olla käyttämättä niitä. Hän aikoi vaihtaa hälyttimen koodin saman tien ja pitää hälyt päällä vuorokauden ympäri ja sillä hyvä. Niin kuin sanoin, hän kuulosti tosi pelästyneeltä.»

Mutta hälytin oli ollut poissa päältä silloin, kun konstaapelit olivat särkeneet oven ja me neljä olimme lampsineet pitkin Jennyn kallisarvoista taloa. Ilmeisin selitys oli, että jos talossa oli käynyt joku ulkopuolinen, Spainit olivat avanneet hänelle oven itse, ja säikähdyksestään huolimatta Jenny ei ollut pelännyt tätä ihmistä. »Vaihdattiko hän lukot?»

»Kysyin sitäkin, että aikoiko vaihdattaa. Hän arpoi sitä mutta sanoi lopulta, ettei varmaan, koska se maksaisi parisataa euroa eikä budjetti riittänyt. Hälytin sai kelvata. Hän sanoi, ettei edes niin haittaisi jos se tyyppi yrittäisi sisään uudestaan. Jenny melkein toivoi sitä. Sittenpä ainakin tiedettäisiin. Niin kuin sanoin, Jenny ei ole mikään nössö.»

»Missä Pat oli ollut sinä päivänä? Sattuiko tämä ennen kuin hän menetti työpaikkansa?»

»Ei, kun jälkeen. Hän oli mennyt Athloneen työhaastatteluun – siihen aikaan heillä oli vielä kaksi autoa.»

»Mitä Pat tuumi mahdollisesta murrosta?»

»En tiedä. Jenny ei sanonut. Ajattelin... totta puhuen arvelin, ettei Jenny ollut kertonut Patille. Jenny puhui puhelimessa hiljaa – se saattoi johtua siitä, että lapset nukkuivat, mutta talohan on tosi iso. Ja hän sanoi koko ajan 'minä' – minä vaihdan hälyttimen koodin, minä en saa sitä mahtumaan budjettiin, minä hoitelen sen äijän jos saan hänet kiinni. Eikä 'me'.»

Ja tässä se taas tuli: pikkuasia joka oli väärässä paikassa, lahja jonka varalta olin kehottanut Richietä pitämään silmänsä auki. »Miksei hän olisi kertonut Patille? Eikö hänen olisi pitänyt tehdä se heti ensimmäiseksi, jos hän uskoi että talossa oli käynyt tunkeilijoita?»

Jälleen olankohautus. Fiona oli painanut leuan rintaan. »Siksi kai, ettei hän halunnut huolestuttaa Patia. Patilla oli jo tarpeeksi murehdittavaa ennestäänkin. Ajattelin, että siksi Jenny varmaan ei aikonut vaihdattaa lukkojakaan. Se ei olisi onnistunut Patin tietämättä.»

»Eikö se ollut teistä vähän outoa – ja riskialtistakin? Jos joku oli murtautunut Patin kotiin, eikö hänellä ollut oikeus tietää siitä?»

»Ehkä, tiedä häntä, mutta minä en oikeasti uskonut, että siellä oli käynyt ketään. Koska mikä oli todennäköisin selitys? Sekö että Pat otti kynän ja söi ne hemmetin kinkut ja lapset räpläsivät verhoja, vai se että siellä kävi aavemurtovaras, joka pystyi kävelemään seinien läpi ja halusi tehdä voileivän?»

Fionan ääni alkoi muuttua kireämmäksi ja äänensävy puolustelevammaksi. Kysyin: »Sanoitteko tuota Jennylle?»

»Joo, jotakuinkin. Siitä asiat vain pahenivat. Hän alkoi paasata siitä etttä kynä oli hotellista, jossa he olivat käyneet häämatkalla, joten se oli tärkeä esine ja Pat ymmärsi olla liikuttamatta sitä, ja hän tiesi tarkkaan miten paljon kinkkua siinä paketissa oli ollut –»

»Onko Jenny sellainen ihminen, joka pitää lukua tuollaisista asioista?»

Hetken päästä Fiona sanoi niin kuin sanat olisivat tehneet kipeää: »Tavallaan joo. Kyllä kai. Jenny... Hän haluaa tehdä kaiken oikein. Joten kun hän lakkasi käymästä töissä, hän otti kotiäidin hommat tosi vakavasti. Tiedättehän, talo oli ihan tahraton, hän syötti lapsille luomuruokaa eikä ikinä eineksiä, hänellä oli DVD:llä treeniohjelmia joita hän teki joka päivä, jotta palaisi entisiin mittoihin... Kyllä hän saattoi tietää tarkalleen, mitä hänellä oli jääkaapissa.»

Richie kysyi: »Tiedättekö, mistä hotellista se kynä oli?»

»Golden Bay Resortista Malediiveilta –» Fiona kohotti päätään ja jäi tuijottamaan Richietä. »Uskotteko oikeasti...? Uskotteko että joku oikeasti vei sen? Uskotteko että se on se ihminen, joka, joka, uskotteko että hän tuli takaisin ja –»

Fionan ääni alkoi ajautua vaaralliseen syöksykierteeseen. Kysyin ennen kuin hän ehti romahtaa: »Milloin tämä välikohtaus oli, neiti Rafferty?»

Hän katsoi minua vauhkoin ilmein, pusersi revittyä nenäliinapaperia möykyksi kädessään ja oikaisi taas itsensä. »Ehkä kolme kuukautta sitten.»

»Heinäkuussa.»

»Tai saattoi se olla aiemminkin. Mutta kesällä joka tapauksessa.»

Painoin mieleeni, että meidän pitäisi etsiä Jennyn puhelutiedoista iltasoitot Fionalle ja verrata niiden ajankohtia mahdollisiin ilmoituksiin asiattomista liikkujista Ocean Viewissä. »Ja senkö jälkeen heillä ei ollut enää tuontapaisia ongelmia?»

Fiona veti nopeasti henkeä, ja kuulin tuskaisaa rahinaa kurkun kuristuessa. »On sitä voinut tapahtua senkin jälkeen. En minä voi tietää. Jenny ei olisi kertonut siitä minulle sen ensimmäisen kerran jälkeen.» Hänen äänensä alkoi väristä. »Käskin hänen ryhdistäytyä. Lakata puhumasta paskaa. Luulin...»

Hän päästi äänen, joka toi mieleen potkaistun koiranpennun, painoi kädet suunsa eteen ja alkoi taas itkeä ankarasti. Kesti hetken ennen kuin ymmärsin, mitä hän sanoi nenäliinapaperin ja räkäkerroksen alta. »Luulin että Jenny oli hullu», hän ähki yhä uudestaan. »Luulin että hän sekoaa. Voi herranjumala, minä luulin että hän oli hullu.»

4

FIONASTA EI IRTOAISI sinä päivänä juuri muuta. Hänen rauhoitteluunsa olisi kulunut paljon enemmän aikaa kuin meillä oli varaa käyttää. Uusi kenttämies oli saapunut. Käskin hänen kerätä nimiä ja puhelinnumeroita – perhettä, ystäviä, työpaikkoja ja työkavereita Jennyn ja Patin vaippaiästä alkaen – viedä Fionan sairaalaan ja pitää huolen siitä, että Fiona ymmärsi olla avaamatta suutaan median lähettyvillä. Sitten luovutimme Fionan hänelle. Nainen itki yhä.

Otin kännykän esille ja aloin valita numeroa jo ennen kuin käänsimme heille selkämme – olisi ollut helpompi ottaa yhteyttä radion kautta, mutta liian monella toimittajalla ja sekopäällä on nykyään skanneri. Tartuin Richietä käsipuolesta ja kiskoin häntä kadulla eteenpäin. Merituuli puhalsi yhä raikkaana ja avarana ja erotteli Richien tukkaa töyhdöiksi; minä maistoin suussani suolan maun. Siellä, missä olisi pitänyt olla jalkakäytäviä, oli heinikossa kulkevia kapeita hiekkapolkuja.

Bernadette yhdisti minut konstaapelille, joka oli sairaalassa Jenny Spainin kanssa. Hän oli osapuilleen kaksitoistavuotias, hän oli kotoisin joltain maatilalta ja hän oli anaalisen pikkutarkka, mikä sopi tarkoituksiini. Annoin hänelle käskyt: kun Jennifer Spain pääsisi pois leikkauksesta, sikäli kuin selviäisi siitä hengissä, hänen piti saada oma potilashuone, ja konstaapelin oli vahdittava ovea kuin rottweiler. Kukaan ei saanut päästä huoneeseen näyttämättä papereita, kukaan ei mennyt sinne saattamatta, eivätkä uhrin omaiset saaneet mennä sinne ollenkaan. »Uhrin sisko on tulossa sinne ihan pian, ja äiti ilmaantuu ennemmin tai myöhemmin. He eivät mene siihen huoneeseen.» Richie norkoili vieressäni kynttä pureskellen ja puhelimen lähelle kumartuneena, mutta tämän kuullessaan hän kääntyi katsomaan minua. »Jos he haluavat kuulla jonkin selityksen, niin kuin varmasti haluavat, niin ette sano heille että minä käskin. Te vain pahoittelette, sanotte että tämä on normaalikäytäntö jota teidän ei ole lupa rikkoa, ja toistelette samaa kunnes he luovuttavat. Ja järjestäkää itsellenne mukava tuoli, poika hyvä. Olette siellä pitkään.» Suljin puhelimen.

Richie katsoa tihrusti minua vastavaloon. »Sinusta tuo on ilmeisesti liioittelua?» minä kysyin.

Hän kohautti olkapäitään. »Jos siskon puheet siitä asuntoon tunkeutumisesta pitivät paikkansa niin onhan se aika karmivaa.»

Sanoin: »Sinä siis luulet, että rupean tiukkoihin turvatoimiin sen takia? Siksi että siskon tarina on 'karmiva'?»

Richie astahti kauemmas käsiään kohottaen, ja tajusin että olin korottanut ääntäni. »Sitä minä vaan että –»

»Jos minulta kysytään, kuomaseni, niin meidän hommissamme ei ole mitään 'karmivaa'. Karmivuus on jotain, mitä penskoille tarjotaan halloweenina. Minä vain pelaan varman päälle. Näyttäisimme aika hölmöiltä, jos joku marssisi sairaalaan ja hoitaisi homman loppuun. Huvittaisiko sinua selitellä sitä medialle? Tai haluatko selittää tarkastajalle, jos huomenna lehtien etusivuilla on lähikuva Jenny Spainin vammoista?

»En.»

»Et. Enkä halua minäkään. Ja jos sen välttäminen vaatii pientä liioittelua, niin vaatikoon. Mutta mennään nyt sisälle taloon ennen kuin iso paha tuuli jäädyttää sinulta munat.»

Richie piti suunsa kiinni, kunnes pääsimme Spainien pihaan. Sitten hän sanoi varovasti: »Omaiset.»

»Mitä heistä?»

»Sanoit ettet halua heidän menevän Jennyn luo.»

»En niin. Panitko merkille Fionan puheista sen ainoan todellisen tiedonjyvän siellä kaiken 'karmivan' seassa?»

Richie sanoi vastahakoisesti: »Hänellä oli talon avaimet.»

»Niin», minä sanoin. »Hänellä oli avaimet.»

»Hän on ihan rikki. Ehkä minä olen hyväuskoinen, mutta minusta se näytti vilpittömältä.»

»Ehkä se oli vilpitöntä, ehkä ei. Minä tiedän vain sen, että hänellä oli avaimet.»

»'He ovat mahtavia, he rakastavat toisiaan, he rakastavat lapsiaan...' Fiona puhui kuin he olisivat olleet yhä elossa.»

»Entä sitten? Jos hän pystyy feikkaamaan kaiken muunkin, niin sitten kyllä tuonkin. Eikä hänen suhteensa siskoon ollut niin mutkaton kuin hän yrittää esittää. Me vietämme Fiona Raffertyn kanssa vielä pitkät tovit.»

»Niin», Richie sanoi, mutta kun työnsin oven auki, hän jäi kynnykselle hieroskelemaan takaraivoaan hermostuneen näköisenä. Varoin kuulostamasta enää vihaiselta, kun kysyin häneltä: »Mitä nyt?»

»Se toinen juttu, mitä Fiona sanoi.»

»Niin mikä?»

»Pomppulinnat eivät ole halpoja. Minun siskoni halusi vuokrata semmoisen siskontyttöni ensimmäiselle ehtoolliselle. Parisataa euroa.»

»Mitä ajat takaa?»

»Se perheen rahatilanne. Patrickhan sai potkut helmikuussa? Huhtikuussa heillä oli vielä niin paljon pätäkkää, että hankkivat Emman synttäreille pomppulinnan. Mutta heinäkuussa he ovat jo niin puilla paljailla, ettei ole varaa vaihdattaa lukkoja, vaikka Jenny epäilee että kämpässä on käynyt joku.»

»Entä sitten? Patrickin irtisanomispaketti alkoi huveta.»

»Niin, varmaan. Sepä juuri. Ja se hupeni nopeammin kuin olisi pitänyt. Minulla on mennyt monelta kaverilta työ alta. Kaikki, jotka ovat olleet töissä muutaman vuoden samassa paikassa, ovat saaneet säästettyä sen verran että pärjäävät hyvän aikaa, jos ovat nuukia.»

»Mitä sitten epäilet? Uhkapelejä? Huumeita? Kiristystä?» Viina on tämän maan pahetilastoissa kaukana noiden edellä, mutta viina ei vedä pankkitiliä sileäksi muutamassa kuukaudessa.

Richie kohautti olkapäitään. »Ehkä joo. Tai ehkä he vain jatkoivat kuluttamista siihen malliin kuin Patrick olisi ollut yhä töissä. Pari kaveriani teki niinkin.»

Minä sanoin: »Sellaista se sinun sukupolvessasi on. Patin ja Jennyn sukupolvessa. Eivät ole ikinä menneet vararikkoon eivätkä ole nähneet tätä maata vararikossa, joten eivät pysty kuvittelemaan mitään sellaista vaikka se tapahtuu silmien edessä. Onhan sillä lailla mukava elää – paljon mukavampi kuin minun suku-polvellani. Puolet meistä on sellaisia, että vaikka kieriskelisimme rahoissa, miettisimme että uskaltaako ostaa toisetkin kengät. Pel-käisimme koko ajan kadulle joutumista. Mutta teidän tavassanne on kääntöpuolensakin.»

Tekniikan väki työskenteli talossa – joku huikkasi jotain, mikä päättyi sanoihin: »...onko yhtään ylimääräistä?» ja Larry huusi takaisin hilpeällä äänellä: »Onhan minulla, tottahan toki, katso sieltä minun...»

Richie nyökkäsi. »Pat Spain ei ollut varautunut rahattomuu-teen», hän sanoi, »koska muuten hän ei olisi kärtsännyt rahaa pomppulinnaan. Ehkä hän oli varma, että saisi viimeistään syk-syksi uuden työpaikan, tai sitten hän oli varma, että saisi käteistä jollain muulla keinolla. Jos hänelle alkoi valjeta, että niin ei käy, ja raha alkaa loppua...» Hän ojensi sormensa kohti särjetyn oven kulmaa mutta veti kätensä ajoissa pois. »Miehelle tulee melkoiset paineet, kun hän tajuaa ettei pysty elättämään perhettään.»

Sanoin: »Eli veikkaat yhä Patrickia.»

Richie vastasi sanansa huolellisesti asetellen: »En veikkaa ketään ennen kuin nähdään, mitä mieltä tohtori Cooper on. Kun-han sanon.»

»Hyvä. Patrick on kyllä ehdokkaiden kärjessä, mutta kisassa on vielä paljon matkaa jäljellä. Joku ulkopuolinen ehtii vielä hyvin nousta ykköseksi. Joten seuraavaksi yritetään etsiä joku, joka pys-tyy rajaamaan kisaajien määrää. Ehdotan että vaihdetaan pari sanaa Cooperin kanssa ennen kuin hän lähtee, ja sitten selvitetään, onko naapureilla mitään mielenkiintoista kerrottavaa. Sen jälkeen Larry ja hänen iloiset veikkonsa pystyvät varmaan jo antamaan jonkinlaisen väliaikatiedotteen ja yläkerta on heidän jäljiltään jo siinä kunnossa, että voimme mennä etsimään vihjeitä siitä, miksi raha oli ehkä loppumassa. Miltä kuulostaa?»

Richie nyökkäsi. »Hyvin hoksattu se pomppulinna», sanoin taputtaen häntä olalle. »Mennään nyt selvittämään, saako Cooper selville voittajasuosikin.»

Talo oli muuttunut aivan toiseksi: pohjaton hiljaisuus oli kadonnut kuin tuulen hälventämä sumu, ja ilma hehkui ja kuhisi tehokasta, itsevarmaa työtä. Kaksi Larryn miehistä kävi järjestelmällisesti läpi veriroiskeita: toinen tiputteli pyyhkäisynäytteitä koeputkiin, toinen otti valokuvat kohdista, joista näytteet olivat peräisin. Laiha tyttö, jolla holtittoman iso nenä, kierteli talossa videokamera kädessään. Sormenjälkimies irrotti teippiä ikkunankahvasta, kartoittaja vislaili luonnostellessaan. Kaikki tekivät työtä tasaiseen tahtiin, joka kertoi että he valmistautuivat olemaan täällä kauan.

Larry kyykisteli keittiössä keltaisten todistemerkkien keskellä. »Onpahan sotku», hän sanoi nautiskellen kun näki meidät. »Meillä kestää täällä iät ajat! Kävittekö täällä keittiössä kun olitte täällä ennen meitä?»

»Jäimme ovelle», sanoin. »Mutta kenttämiehet olivat täällä kyllä.»

»Niinpä tietysti. Älä päästä heitä pois töistä ennen kuin ovat antaneet kengänjälkensä poissulkemista varten.» Hän suoristautui ja painoi kädellä ristiselkäänsä. »Voi mähnä, minusta on tulossa liian vanha näihin hommiin. Cooper on yläkerrassa lasten luona, jos häntä etsit.»

»Emme häiritse häntä. Onko näkynyt jälkeäkään aseesta?»

Larry pudisti päätään. »*Nada.*»

»Entä mistään viestistä?»

»Lasketaanko sellainen viesti kuin 'kananmunia, teetä, suihkusaippuaa'? Muuten ei ole mitään. Mutta jos viittaatte tähän kaveriin tässä» – nyökkäys kohti Patrickia – »niin tekin kyllä tiedätte, että moni mies jättää viestit kirjoittamatta. Pitää olla vahva ja vaitonainen loppuun asti.»

Joku oli kääntänyt Patrickin selälleen. Iho oli kelmeä ja suu roikkui auki, mutta murhatutkija oppii näkemään sellaisen ohi – hän oli ollut komea mies, jämerä leuka ja suorat kulmakarvat, sellainen kaveri johon tytöt ihastuvat. Sanoin: »Emme tiedä mitä epäilemme. Löytyikö mitään lukitsematonta? Takaovi tai ikkuna?»

»Ei toistaiseksi. Turvatoimet olivat ihan kohtalaiset. Ikkunoissa vahvat lukot, tuplaikkunat, takaovessa kunnon lukko – ei mikään luottokortilla avattava. En yritä tulla teidän tontillenne, kunhan sanon ettei tämä talo ole helpoimmasta päästä murtautua, varsinkaan niin ettei jää jälkiä.»

Larrykin veikkasi siis Patrickia. »Avaimista puheen ollen», sanoin, »kerro jos löydätte yhtään. Taloon on teetetty ainakin kolmet avaimet. Ja katsokaa jos löytyisi kynä, jossa lukee 'Golden Bay Resort'. Hetkinen –»

Cooper tulla pujotteli eteisen läpi niin kuin se olisi ollut täynnä törkyä. Hänellä oli lämpömittari toisessa ja salkku toisessa kädessä. »Ylikonstaapeli Kennedy», hän sanoi alistuneella äänellä niin kuin olisi elätellyt toivoa, että minä jotenkin katoaisin tästä jutusta. »Ja konstaapeli Curran.»

»Tohtori Cooper», minä sanoin. »Toivottavasti emme häiritse.»

»Suoritin juuri loppuun alustavat tutkimukset. Ruumiit voidaan nyt siirtää.»

»Onko teillä tarjota meille mitään uutta tietoa?» Cooperissa minua ärsyttää muun muassa se, että rupean hänen seurassaan puhumaan samaan tapaan kuin hän.

Cooper kohotti salkkuaan ja katsoi kysyvästi Larrya, ja Larry sanoi hyväntuulisesti: »Voitte panna tuon keittiön oven viereen, siellä ei tapahdu mitään mielenkiintoista.» Cooper laski salkun hellävaroin ja kumartui panemaan lämpömittarinsa pois.

»Näyttää siltä, että molemmat lapset tukehdutettiin painamalla jotakin suun eteen», hän sanoi. Tunsin Richien liikahtelevan vieressäni pykälää hermostuneemmin. »Asiaa on liki mahdoton diagnosoida varmasti, mutta ilmeisten vammojen ja myrkytysoireiden puute saa minut epäilemään kuolinsyyksi hapenpuutetta, eikä lapsissa ole ensinkään merkkejä siteellä kuristamisesta eikä sellaista kongestiota tai sidekalvojen verenvuotoa, joka yleensä yhdistetään käsin kuristamiseen. Teknisen tutkinnan tulee etsiä tyynyistä merkkejä syljestä ja limasta, koska ne olisivat osoituksia siitä, että tyynyt painettiin uhrien kasvoille» – Cooper vilkaisi Larrya, ja tämä näytti hänelle peukkua – »joskaan ruumiinnesteiden esiintyminen ei olisi tässä tapauksessa niin sanotusti savuava ase, koska kyseiset tyynyt olivat uhrien vuoteissa. Ruumiinavauksessa, joka alkaa huomisaamuna tasan kuudelta, yritän rajata mahdollisia kuolinmekanismeja tarkemmin.»

Sanoin: »Onko merkkejä seksuaalisesta väkivallasta?» Richie nytkähti niin kuin olisi saanut minulta sähköiskun. Cooper vilkaisi häntä olkapääni yli huvittuneen halveksuvasti.

»Alustavien tutkimusten mukaan», hän sanoi, »ei ole merkkejä seksuaalisesta väkivallasta, ei äskettäisestä eikä kroonisesta. Tutkin tätä mahdollisuutta tietysti tarkemmin ruumiinavauksessa.»

»Totta kai», minä sanoin. »Entä tämä uhri tässä? Voitteko kertoa mitään?»

Cooper otti salkustaan paperin ja tutki sitä odottavasti, kunnes minä ja Richie menimme hänen viereensä. Paperille oli tulostettu tyypillisen miesvartalon ääriviivat edestä ja takaa nähtyinä. Etupuolen kaavio oli piirretty punakynällä täyteen pisteiden ja viirujen kauheita morseaakkosia.

Cooper sanoi: »Aikuinen mies sai rintakehään neljä vammaa esineestä, joka näyttää yksiteräiseltä veitseltä. Yksi vammoista» – hän napautti vaakasuuntaista punaista viivaa kaavion rintakehän vasemman puolen keskellä – »on melko matala viiltohaava. Terä on osunut kylkiluuhun keskiviivan lähellä ja liukunut ulospäin luuta pitkin noin kolmentoista sentin matkan, mutta ei näytä tunkeutuneen syvemmälle. Tämä on aiheuttanut varmasti huomattavaa verenvuotoa, mutta hoitamattomanakaan haava ei olisi ollut kuolettava.»

Cooperin sormi siirtyi kaaviokuvassa ylemmäs kolmeen lehdenmuotoiseen punaiseen läiskään, jotka muodostivat jonkinnäköisen puolikaaren vasemman solisluun alta rintakehän keskelle. »Muut vakavat vammat ovat pistohaavoja, niin ikään yksiteräisestä veitsestä. Tämä tunkeutui vasemman puolen ylempien kylkiluiden välistä, tämä osui rintalastaan, ja tämä tunkeutui pehmytkudokseen rintalastan vieressä. Ennen kuin ruumiinavaus on suoritettu loppuun, en voi tietenkään sanoa mitään haavojen syvyyksistä tai kulkusuunnista tai kuvailla niiden aiheuttamia vaurioita, mutta ellei päällekarkaaja ollut poikkeuksellisen vahva, isku suoraan rintalastaan on tuskin saanut aikaan juuri muuta kuin ehkä irronneen luunsirun. Mielestäni voimme olettaa, että joko ensimmäinen tai kolmas näistä vammoista aiheutti kuoleman.»

Valokuvaajan salamavalo räpsähti ja jätti hehkuvan jälkikuvan leijumaan silmieni eteen. Seinille levinneet verikiekurat kiemurtelivat kirkkaina. Hetken olin varma, että haistoin ne. Kysyin: »Onko puolustautumisesta aiheutuneita vammoja?»

Cooper osoitti pikaisesti sormellaan kaavion käsivarsien punaista pilkkuparvea. »Oikean käden kämmenessä on matala kahdeksansenttinen viiltohaava, ja vasemman kyynärvarren lihaksessa on vähän syvempi haava – uskaltautuisin arvaamaan, että suuri osa rikospaikan verestä on peräisin tästä jälkimmäisestä haavasta, koska sen vuoto on varmasti ollut runsasta. Uhrissa esiintyy myös joukko pienempiä vammoja – pikkuhaavoja, hiertymiä ja ruhjeita molemmissa kyynärvarsissa, jotka ovat tyypillisiä kamppailun jälkiä.»

Patrick oli voinut olla kamppailussa kummalla puolella hyvänsä, eikä viilto kämmenessäkään kertonut mitään varmaa: joko se oli tullut puolustautuessa tai käsi oli livennyt terään, kun hän oli puukottanut. »Ovatko veitsihaavat voineet olla itseaiheutettuja?» kysyin.

Cooperin kulmakarvat kohosivat niin kuin olisin ollut vähä-älyinen lapsi, joka onnistuu sanomaan jotain mielenkiintoista. »Olette oikeassa, ylikonstaapeli Kennedy, se on tosiaan mahdollista. Toki se vaatisi huomattavaa tahdonvoimaa, mutta kyllä se on ehdottomasti yksi mahdollisuuksista. Matala viiltohaava on voinut olla merkki epäröinnistä, varovainen ensimmäinen yritys, jonka perässä on tullut syvempiä ja onnistuneempia iskuja. Tällainen toimintamalli on varsin yleinen itsemurhissa, jotka tehdään viiltämällä ranteet auki. En näe mitään syytä, miksei sitä voisi esiintyä muissakin metodeissa. Sikäli kuin uhri oli oikeakätinen – mikä pitää varmistaa ennen kuin ryhdymme edes teoretisoimaan – vammojen sijainti ruumiin vasemmalla puolen olisi konsistenttia itseaiheutetun vahingon kanssa.»

Fionan ja Richien 'karmiva' tunkeilija oli putoamassa voittotaistelusta vähä vähältä ja katoamassa taaksemme taivaanrantaan. Hänen mahdollisuutensa eivät olleet vielä aivan menneet, mutta Patrick Spain oli vahvasti pääjoukon keulilla ja rynnisti pitkin loppusuoraa. Tätä olin ounastellut alusta saakka, mutta jostain syystä tunsin pienen pettymyksen häivähdyksen. Rikostutkijat ovat metsästäjiä: he haluavat saaliikseen pimeästä kuhisevasta viidakosta jäljittämänsä valkoturkkisen leijonan eivätkä mitään vesikauhuista kotikissaa.

Tunteeseen vaikutti myös oma heikkouteni eli se, että olin tavallaan säälinyt Pat Spainia. Niin kuin Richie oli todennut, kaveri oli sentään yrittänyt.

Tana French

Kysyin: »Osaatteko sanoa kuolinaikaa?»
Cooper kohautti olkapäitään. »Tämä on korkeintaan arvio niin kuin aina, eikä sen tarkkuutta ainakaan paranna se, että pääsin tutkimaan ruumiita viipeellä. Siitä on kuitenkin apua, että talon termostaatti on asetettu pitämään sisälämpötila 21 asteessa. Voin sanoa luottavaisesti, että kaikki kolme uhria kuolivat aikaisintaan aamukolmelta ja viimeistään viideltä, ja arvio kallistuu todennäköisesti enemmän varhaisemman vaihtoehdon suuntaan.»
»Onko vihjeitä siitä, kuka kuoli ensin?»
Cooper sanoi hitaasti kuin älykääpiölle: »He kuolivat kolmen ja viiden välillä. Jos todistusaineistosta olisi ilmennyt lisäseikkoja, olisin kertonut niistä.»
Cooper keksii joka jutussa ihan vain huvikseen jonkin tekosyyn, jonka turvin hän voi mollata minua tärkeiden työtovereideni nähden. Keksin vielä joskus, millainen valitus minun pitää tehdä jotta hän jättää minut rauhaan, mutta toistaiseksi – ja hän tietää sen – olen antanut asian olla, koska hän valitsee tölväisyilleen ovelasti aina hetket jolloin minulla on tärkeämpääkin miettimistä. »Epäilemättä olisitte», sanoin. »Entä ase? Voitteko kertoa jotain siitä?»
»Yksiteräinen veitsi. Kuten sanoin.» Cooper oli kyykistynyt taas salkkunsa ääreen ja sujutteli kaaviota sinne. Hän ei edes vaivautunut suomaan minulle musertavaa katsetta.
»Mutta meillä on jotain sanottavaa siitä asiasta», Larry sanoi, »siis jos teillä ei ole mitään sitä vastaan, tohtori Cooper.» Cooper heilautti armollisesti kättään – jostain syystä hän ja Larry tulevat keskenään toimeen. »Tules tänne, Tykitys. Katso mitä pikku ystäväni Maureen löysi ihan sinua ajatellen. Tai tarkemmin sanottuna oli löytämättä.»
Videokameraa käyttelevä nenätyttö siirtyi kauemmas keittiön laatikoista ja osoitti sormellaan. Kaikissa laatikoissa oli mutkikkaat lapsilukkohärvelit, ja ymmärsin miksi: ylimmässä laatikossa oli siisti muovikotelo, jonka kannen sisäpuolella luki kaaressa »Cuisine Bleu» hienoin kirjaimin. Kotelossa oli pehmustetut kolot viidelle veitselle. Neljä niistä oli paikoillaan – isoin oli pitkä leikkuuveitsi, pienin oli sievä kapine, joka olisi mahtunut kämmenelleni. Kaikki hohtelivat häijyinä ja partaveitsenterävinä. Toiseksi isoin veitsi puuttui.

»Tuo laatikko oli auki», Larry sanoi. »Sen ansiosta huomasimme asian näin pian.»

Minä sanoin: »Eikä viidennestä veitsestä näy jälkeäkään.»

Päänpudistuksia pitkin huonetta.

Cooper oli keskittynyt riisumaan hanskojaan sirosti sormi kerrallaan. Kysyin häneltä: »Tohtori Cooper, voisitteko vilkaista tänne ja sanoa, sopisiko se veitsi kenties uhrin haavoihin?»

Cooper pysyi selin minuun. »Valistunut mielipide vaatisi haavojen perusteellisen tutkimuksen sekä pinnalta että poikkileikkauksena, mieluiten niin, että kyseinen veitsi on saatavilla vertailua varten. Näytänkö minä siltä, että olen suorittanut sellaisen tutkimuksen?»

Nuorempana olisin menettänyt hermoni Cooperiin harva se päivä, mutta nykyisin osaan hillitä itseni, enkä suo hänelle ikimaailmassa sitä iloa että kilahdan. Sanoin: »Jos voitte jotenkin sulkea tämän veitsen pois laskuista – vaikka terän koon tai kahvan muodon perusteella – niin meidän täytyy tietää se nyt ennen kuin lähetän toistakymmentä apulaista etsimään sitä turhaan.»

Cooper huokasi ja katsahti puolisen sekuntia koteloon päin. »En näe syytä sulkea sitä pois vaihtoehdoista.»

»Mainiota. Larry, saammeko ottaa yhden näistä mukaamme, jotta etsintäryhmä tietää minkä näköistä veistä pitää hakea?»

»Siitä vain. Käykö tämä? Kotelon koloista päätellen se on aika samanlainen kuin puuttuvakin, vähän pienempi vain.» Larry tarttui keskimmäiseen veitseen, pudotti sen näppärästi läpinäkyvään todistepussiin ja ojensi sen minulle. »Anna takaisin, kun et enää tarvitse.»

»Näin teen. Tohtori Cooper, osaatteko arvella, miten pitkälle uhri on kulkenut haavojen tuottamisen jälkeen? Miten kauan hän on voinut pysyä pystyssä?»

Cooper tuijotti minua taas kuin vähäjärkistä. »Alle minuutin», hän sanoi. »Tai mahdollisesti useita tunteja. Kaksi metriä tai mahdollisesti kilometrin. Päättäkää itse, Kennedy, koska minä en valitettavasti voi antaa sellaista vastausta kuin haluatte. Asiassa on aivan liikaa muuttujia, jotta voisin esittää valistuneen arvauksen, ja riippumatta siitä mitä te tekisitte minun sijassani, en aio esittää valistumatonta arvausta.»

»Tykitys, jos tarkoitat että olisiko uhri voinut hankkiutua aseesta eroon», Larry sanoi avuliaasti, »voin kertoa ainakin sen, että hän ei ole käynyt ulkona etuoven kautta. Eteisessä ja ovessa ei ole pisaraakaan verta. Hänellä olisi ollut kengänpohjat ihan veressä, ja kädet samaten, ja eikö hän olisi ollut jo niin heikossa kunnossa, että olisi pitänyt ottaa tukea jostain?» Cooper kohautti olkapäitään. »Olisi kyllä. Ja katsokaa sitä paitsi ympärillenne: kaveriparasta roiskui verta kuin sprinkleristä. Hänestä olisi jäänyt tahroja joka paikkaan eikä vain joksikin siistiksi leivänmuruvanaksi. Ehei, niin se on että tämä kaveri ei käynyt enää etuovella eikä yläkerrassa sen jälkeen kun draama sai alkunsa.»

»Tämä selvä», minä sanoin. »Jos se veitsi löytyy, niin ilmoittakaa minulle heti. Jätämme teidät nyt rauhaan. Kiitos, pojat.»

Salamavalo leimahti taas. Tällä kertaa se paiskasi silmieni eteen Patrick Spainin siluetin. Se oli kirkkaanvalkoinen, ja sen kädet olivat levällään niin kuin hän olisi ollut heittäytymässä rugbytaklaukseen, tai putoamassa.

»Eli», Richie sanoi mennessämme autolle. »Ei sitten ollutkaan sisäpiirin homma.»

»Ei se niin yksinkertaista ole, poikaseni. Patrick Spain on voinut mennä takapihalle ja jopa kiivetä aidan yli, tai hän on voinut vain avata ikkunan ja nakata veitsen niin pitkälle kuin jaksaa. Ja muista, että Patrick ei ole tässä ainoa epäilty. Älä unohda Jenny Spainia. Cooper ei ole tutkinut vielä häntä. Ties vaikka hän on pystynyt hyvinkin poistumaan talosta, jemmaamaan veitsen, palaamaan sisään ja asettautumaan nätisti miehensä viereen. Tämä on voinut olla itsemurhasopimus, tai ehkä hän on suojellut Patrickia – Jenny kuulostaa tyypiltä, joka voisi hyvinkin käyttää viimeiset minuuttinsa perheen maineen varjelemiseen. Tai sitten tämä on ollut Jennyn keikka alusta loppuun.»

Keltainen Fiat oli poissa. Fiona oli matkalla sairaalaan yrittämään pääsyä Jennyn luo – toivottavasti kenttämies oli ratissa, koska Jenny voisi ajaa päin puuta itkukohtauksen tullen. Paikalle oli kuitenkin tullut uusia autoja, jotka olivat rykelmänä ruumishuoneen pakettiauton luona. Ehkä siellä oli toimittajia, tai alueen asukkaita joita konstaapelit eivät päästäneet lähemmäs rikospaikkaa, mutta veikkasin että kyse oli minulle lähetetyistä tutkinta-apulaisista. Lähdin autoja kohti. »Ja mietipä tätäkin», sanoin Richielle. »Kukaan ulkopuolinen ei olisi mennyt tuonne aseettomana siinä toivossa, että saisi tilaisuuden penkoa keittiönlaatikoita ja löytäisi jotain hyödyllistä. Hän olisi tuonut oman aseensa.»

»Ehkä hän toikin, mutta sitten hän huomasi ne veitset ja arveli, että parempi käyttää jotain mitä ei voi yhdistää häneen. Tai ehkei hän aikonut tappaa ketään. Tai ehkä se veitsi ei olekaan murha-ase, vaan hän pölli sen harhautukseksi.»

»Ehkä. Siinä on yksi syy, miksi se pitää löytää äkkiä. Pitää varmistaa, ettei se vie meitä väärille urille. Haluatko kertoa toisenkin syyn?»

Richie vastasi: »Ennen kuin siitä hankkiudutaan eroon.»

»Aivan. Oletetaan että tämä on ulkopuolisen työtä: miehemme – tai naisemme – heitti veitsen varmaan viime yönä veteen, jos hänellä on yhtään järkeä päässä, mutta jos hän sattuu olemaan niin tyhmä ettei tullut ajatelleeksi sitä, niin tämä touhu täällä saa hänet viimeistään tajuamaan, ettei ole hyvä idea jättää veristä veistä pyörimään tänne jonnekin. Jos hän jätti sen asuntoalueelle, haluamme pidättää hänet kun hän tulee hakemaan sitä. Jos hän vei sen kotiinsa, haluamme saada hänet kiinni kun hän lähtee heittämään sitä pois. Olettaen siis, että hän asuu täällä.»

Kaksi lokkia räpsähti sorakasasta lentoon toisilleen kirkuen, ja Richien pää pyörähti niiden suuntaan. Hän sanoi: »Tekijä ei löytänyt Spaineja vahingossa. Tämä ei ole sellainen paikka, jonne joku päätyy ohikulkumatkallaan ja kohtaa sattumalta uhreja, jotka herättävät halun toimia.»

»Ei niin», minä sanoin. »Ei yhtään sellainen paikka. Jos tekijä ei ole kuollut tai täkäläisiä, niin hän tuli tänne varta vasten.»

Apulaisissa oli seitsemän poikaa ja yksi tyttö, kaikki vähän alle kolmikymppisiä, ja he oleskelivat autojensa luona yrittäen näyttää valppailta ja virallisilta ja valmiilta kaikkeen. Kun he näkivät meidän tulevan, he suoristautuivat ja nykivät takinhelmoja alemmas, ja isoin kaveri heitti tupakkansa pois. Osoitin tumppia ja sanoin: »Mikä on jatkosuunnitelmasi tuon suhteen?»

Mies näytti hölmistyneeltä. Sanoin: »Et kai aikonut jättää sitä tuohon? Tekniikka voi löytää sen tuosta ja lähettää dna-testeihin.

Halusitko päästä suurimmaksi epäillyksi vai suurimmaksi ajan-
haaskaajaksi?»

Hän poimi tumpin kiireesti ja sohi sen takaisin askiinsa, ja
kaikki kahdeksan saivat samalla varoituksen: silloin kun he oli-
vat mukana minun tutkinnassani, heillä ei ollut varaa hutiloida.
Marlboro-mies oli lehahtanut tulipunaiseksi, mutta hän sai kärsiä
porukan kokonaisedun nimissä.

Sanoin: »Näyttää jo paljon paremmalta. Minä olen ylikonstaa-
peli Kennedy, ja tässä on konstaapeli Curran.» En kysynyt hei-
dän nimiään, sillä meillä ei ollut aikaa kättelyihin ja jutteluihin, ja
sitä paitsi olisin kuitenkin unohtanut nimet. En pidä kirjaa apu-
laisteni lempivoileivistä ja lasten syntymäpäivistä, pidän kirjaa
siitä mitä he tekevät ja tekevätkö he sen hyvin. »Saatte tarkemmat
tiedot jutusta myöhemmin, mutta toistaiseksi riittää kun tiedätte,
että etsimme Cuisine Bleu -merkkistä veistä, kaareva 15-senttinen
terä, musta muovikahva, kuuluu samaan veitsisettiin kuin tämä,
hyvin samannäköinen mutta vähän isompi.» Näytin todistepus-
sia. »Onko teillä kaikilla kamerapuhelimet? Ottakaa kuva, jotta
muistatte tarkkaan mitä etsitte. Poistakaa kuvat ennen kuin läh-
dette tänä iltana rikospaikalta. Muistakaakin.»

He ottivat puhelimensa esiin ja kierrättivät pussia varovasti niin
kuin se olisi ollut saippuakuplista tehty. Sanoin: »Kuvailemani
veitsi on vahva ehdokas murha-aseeksi, mutta tällä alalla ei ole
takeita mistään, joten jos näette pusikoissa jonkin toisen veitsen,
älkää herran tähden marssiko sen ohi pelkästään siksi, ettei se sovi
kuvaukseen. Etsimme myös mahdollisia verisiä vaatteita, jalan-
jälkiä, avaimia ja kaikkea mikä näyttää olevan vähänkään väärässä
paikassa. Jos löydätte jotain mikä tuntuu lupaavalta, mitä teette?»

Nyökkäsin Marlboro-miehelle – jos nöyryyttää jotakuta,
hänelle pitää antaa tilaisuus palauttaa heti kunniansa. Hän sanoi:
»Emme koske siihen. Emme jätä sitä vahtimatta. Soitamme tek-
niikan pojat paikalle valokuvaamaan ja pussittamaan sen.»

»Aivan. Ja soitatte myös minulle. Haluan nähdä kaiken mitä
löydätte. Konstaapeli Curran ja minä menemme puhuttamaan
naapureita, joten otamme talteen toistemme puhelinnumerot
– pidämme nämä jutut toistaiseksi poissa radiosta. Täällä on paska
kenttä, joten jos puhelu ei mene läpi, niin tekstaatte. Älkää jättäkö

viestejä vastaajaan. Ymmärsivätkö kaikki?» Kauempana tiellä ensimmäinen toimittajamme oli asettunut pittoreskin rakennustelineen eteen ja kuvasi pätkää kameralle yrittäen estää takinliepeitään lepattamasta tuulessa. Parin tunnin kuluessa hänenlaisiaan olisi täällä jo muutama tusina. Moni heistä ei arkailisi murtautua rikostutkijan puhelinvastaajaan.

Vaihdoimme numerot. »Tänne tulee pian lisää etsijöitä», minä sanoin, »ja heidän tullessaan annan teille muita töitä, mutta meidän pitää päästä alkuun nyt heti. Aloitamme takapihalta. Lähtekää pihamuurin luota, edetkää poispäin, katsokaa ettei etsintäalueittenne väliin jää rakoa, tiedätte kyllä nämä hommat. Menkää.»

Spainien aidan takana oleva paritalo oli tyhjillään – autio, sillä olohuoneessa ei näkynyt muuta kuin sanomalehdestä rytistetty paperitollo ja arkkitehtonisesti vaikuttava hämähäkinseitti – mikä oli paska juttu. Lähimmät ihmiselämän merkit olivat kahden talon päässä vastakkaisessa suunnassa, talossa numero 5. Sen nurmikko oli kuivahtanut, mutta ikkunoissa oli pitsiverhot ja talon edessä oli lastenpyörä kyljellään.

Pitsien takana näkyi liikettä, kun lähestyimme etuovea. Joku oli tarkkaillut meitä.

Oven avasi tukeva nainen, jolla oli litteät epäluuloiset kasvot ja ohueksi poninhännäksi haalitut tummat hiukset. Hänellä oli väljä pinkki huppari, kireät harmaat leggingsit, jotka eivät olleet onnistunut asuvalinta, ja paljon rusketusvoidetta, joka ei jostain syystä estänyt häntä näyttämästä kelmeältä. »Niin?»

»Poliisista», sanoin ja näytin virkamerkkiäni. »Voimmeko tulla vaihtamaan pari sanaa?»

Hän katsoi virkamerkkini valokuvaa niin kuin se ei olisi täyttänyt hänen korkeaa vaatimustasoaan. »Minä kävin vähän aikaa sitten ulkona ja kysyin noilta poliiseilta, että mitä täällä oikein tapahtuu. Käskivät mennä takaisin sisälle. On minulla oikeus kävellä omalla kadulla. Ette te sitä voi kieltää.»

Tästä oli tulossa tosi leppoisaa. »Ymmärrän», sanoin. »Jos haluatte poistua asunnostanne, he eivät estä teitä.»

»Parempi ettei. Enkä minä yrittänyt 'poistua asunnostani'. Halusin vain tietää mitä tapahtuu.»

»On tapahtunut rikos. Haluaisimme puhua kanssanne.»

Hänen katseensa siirtyi minusta ja Richiestä takanamme näkyvään toimintaan, ja uteliaisuus voitti varovaisuuden. Niin siinä yleensä käy. Hän vetäytyi pois oven edestä.

Talo oli samanlainen kuin Spaineillakin, mutta sisällä näytti kovin toisenlaiselta. Eteiskäytävä oli kapeampi lattialle kasatun tavaran vuoksi – Richie kolautti nilkkansa lastenvaunujen pyörään ja oli päästää suustaan jotain epäammattimaista – ja olohuoneessa oli sotkuista ja liian kuumaa. Räikeänkirjavat tapetit, ruuankäryä ja kosteiden vaatteiden hajua. Lattialla istui ehkä kymmenvuotias pulska poika, ja hän pelasi suu auki jotain pleikkaripeliä, joka oli ilmiselvästi kielletty alaikäisiltä. »Hän on kipeänä poissa koulusta», nainen sanoi. Hän oli pannut kätensä puolustelevasti puuskaan.

»Se on hyvä meidän kannaltamme», sanoin pojalle nyökäten. Poika ei välittänyt meistä vaan jatkoi peliohjaimensa hakkaamista. »Hän voi ehkä auttaa meitä. Minä olen ylikonstaapeli Kennedy ja tässä on konstaapeli Curran. Ja te olette...?»

»Sinéad Gogan. Rouva Sinéad Gogan. Jayden, sammuta se.» Naisen puheennuotti oli jostain Dublinin karuhkoilta laitamilta.

»Rouva Gogan», sanoin samalla kun istuuduin kukkakuvioiselle sohvalle ja kaivelin esiin muistilehtiötäni, »miten hyvin tunnette naapurinne?»

Hän nytkäytti päätään Spainien talon suuntaan. »Nuoko?»

»Spainit, niin.»

Richie oli tullut perässäni sohvalle. Sinéad Goganin pienten terävien silmien katse kiersi meissä, mutta hetken päästä hän kohautti olkapäätään ja istahti nojatuoliin. »Moikkailtiin vaan. Ei oltu mitään ystäviä.»

»Sinä sanoit että se on snobilehmä», Jayden sanoi zombinräiskinnän keskeltä.

Äiti mulkaisi poikaansa, mutta poika ei huomannut. »Ole sinä hiljaa.»

»Tai mitä?»

»Tai muuten.»

Minä sanoin: »Onko hän snobilehmä?»

»En minä ole niin sanonut. Näin tuolla ambulanssin. Mitä siellä on sattunut?»

»On tapahtunut rikos. Mitä osaatte kertoa Spaineista?»

»Ammuttiinko siellä joku?» Jayden halusi tietää. Penska osasi totisesti tehdä kahta asiaa yhtä aikaa.

»Ei. Mikä Spaineissa on snobia?»

Sinéad kohautti olkapäitään. »Ei mikään. Ihan kivaa porukkaa.» Richie raaputti kynällä nenänvarttaan. »Ai oikeasti?» hän kysyi vähän arasti. »Koska siis – enhän minä mitään tiedä, en ole ennen tavannut heitä, mutta se kämppä näytti minusta aika lesolta. Sen huomaa, kun porukka luulee itsestään liikoja.»

»Olisittepa nähneet ennen. Siellä pihalla oli se iso katumaasturi, ja äijä pesi ja kiillotti sitä joka viikonloppu, ihan vaan että pääsi mahtailemaan. Sehän loppuikin sitten lyhyeen.»

Sinéad röhnötti yhä nojatuolissaan kädet puuskassa ja paksut jalat harallaan, mutta tyytyväisyys alkoi syrjäyttää töykeyttä hänen äänestään. Tavallisesti en antanut uusien poikien kysellä puhutettavilta ensimmäisenä työpäivänään, mutta Richien tulokulma oli hyvä ja pääsimme pitemmälle hänen puheenkorostuksellaan kuin minun. Annoin hänen jatkaa.

»Ei ole enää paljon millä mahtailla», Richie myönsi.

»Mutta ei se niitä estä. Luulevat vieläkin olevansa jotain hienoja. Jayden sanoi sille pikkutytölle jotain –»

»Minä sanoin että se on tyhmä huora», Jayden ilmoitti.

»– ja se emäntä tuli tänne meuhkaamaan, että miksi meidän lapset ei tule keskenään *juttuun* ja voitaisiinko ne mitenkään saada tekemään *yhteistyötä*. Siis tiedätkö sillä lailla ihan feikkiä? Esittää niin mukavaa. Minä sanoin, että pojat on poikia ja koittakaa kestää. Siitä se ei tykännyt, nykyään se pitää pikku prinsessansa kaukana meistä. Niin kuin ei oltaisi sille tarpeeksi hyviä. Se on vaan kateellinen.»

»Mistä asiasta?» minä kysyin.

Sinéad tuijotti minua happamasti. »Se on kateellinen meille. Minulle.» En keksinyt yhtään syytä, miksi Jenny Spain olisi kadehtinut näitä ihmisiä, mutta se oli ilmeisesti sivuseikka. Tämä meidän Sinéadimme oli luultavasti sitä mieltä, että Beyoncékin oli hänelle kateellinen kun ei ollut lähettänyt polttarikutsua.

»Aivan», sanoin. »Milloin tämä tarkkaan ottaen tapahtui?»

»Keväällä. Huhtikuussa ehkä. Miten niin? Väittääkö se, että Jayden on tehnyt niille jotain? Koska Jayden ei ikinä –»

Hän oli jo nousemassa tuolistaan painavana ja uhkaavana. »Ei, ei, ei», minä sanoin rauhoittelevasti. »Milloin näitte Spainit viimeksi?»

Sinéad tuli hetken päästä siihen tulokseen, että minua saattoi uskoa, ja asettui takaisin tuoliinsa. »Sen jälkeen ei ole tavattu sillä lailla, että olisi puhuttu. Näen niitä joskus, mutta ei minulla ole ollut sen jälkeen enää mitään sanottavaa niille. Näin kun emäntä meni lastensa kanssa taloon eilen iltapäivällä.»

»Mihin aikaan?»

»Ehkä varttia vaille viisi. Oli varmaan hakenut nuoremman penskan esikoulusta ja käynyt kaupoilla, koska sillä oli pari kaupan kassia mukana. Näytti tosi ylhäiseltä. Pikku-ukko juonitteli ja halusi sipsejä. Hemmoteltu kakara.»

»Olitteko te ja miehenne kotona eilisiltana?» minä kysyin.

»Joo. Mihinpä me täältä. Missään ei ole mitään. Lähin pubi on kaupungissa parinkymmenen kilsan päässä.» Whelan's ja Lynch's olivat arvatenkin jääneet betonin ja rakennustelineiden alle, mutta niiden uusia hienoja korvaajia ei ollut vielä pystytetty. Tunsin hetken ajan nenässäni Whelan'sin sunnuntailounaan: rasvassa paistettuja pakastekananugetteja ja pakasteranskalaisia, tupakansavua, Cidona-limsaa. »Hirveän pitkä matka, ja sitten ei voi juoda, kun pitää ajaa takaisinkin. Ei sinne busseja mene. Mitä järkeä?»

»Kuulitteko mitään tavallisuudesta poikkeavaa?»

Hän tuijotti minua taas, tällä kertaa vihamielisemmin, sen näköisenä kuin olisin syyttänyt häntä jostain ja minua pitäisi ehkä lyödä tuopilla päähän. »Mitä minä muka olisin kuullut?»

Jayden hihitti äkkiä. Sanoin: »Jayden, kuulitko sinä jotain?»

»Ai niin kuin huutoja?» Jayden kysyi. Hän ei edes katsonut meihin.

»No, kuulitko huutoja?»

Tympääntynyt irvistys. »En.» Joku toinen rikospoliisi kohtaisi Jaydenin tulevina vuosina jossain ihan toisessa asiassa.

»Mitä sinä sitten kuulit? Meitä voi auttaa mikä tahansa tieto.»

Sinéadin kasvoilla oli yhä sama ilme: varovaisuudella jatkettua vihamielisyyttä. Hän sanoi: »Me ei kuultu mitään. Meillä oli telkkari päällä.»

»Niin», Jayden sanoi. »Ei mitään.» Kuvaruudulla räjähti jotain. Poika sanoi »paska» ja uppoutui takaisin peliin.

Kysyin: »Entä miehenne, herra Gogan?»

»Ei sekään mitään kuullut.»

»Voisimmeko varmistaa asian suoraan häneltä?»

»Se on kaupungilla.»

»Milloin hän palaa?»

Olankohautus. »Mikä tämä juttu nyt oikein on?»

Sanoin: »Voitteko kertoa, oletteko nähnyt kenenkään menevän Spainien taloon äskettäin, tai tulevan sieltä ulos?»

Sinéadin suu suipistui. »Minä en kyttää naapureita», hän kivahti, mikä tarkoitti että asia oli aivan päinvastoin, sikäli kuin asiasta oli ollut vielä epäilystä.

»Ette tietenkään», sanoin. »Mutta en tarkoita kyttäämistä. Ette ole sokea tai kuuro, joten kuulette varmasti jos väkeä tulee tai menee, tai ainakin kuulette heidän autonsa. Moniko tämän kadun taloista on asuttuja?»

»Neljä. Me ja ne, ja tuolla toisessa päässä on kaksi taloa. Miten niin?»

»Eli jos näette jonkun tässä päässä katua, tiedätte että hän on tullut Spainien luo. Onko heillä ollut vieraita viime aikoina?»

Sinéad pyöritteli silmiään. »No jos on käynyt, niin minä en ole nähnyt. Onko selvä?»

»Eivät taida olla niin suosittuja kuin luulevat», Richie sanoi pieni virne naamallaan.

Sinéad virnuili takaisin. »No se.»

Richie kumartui lähemmäs. Hän sanoi kuin kahden kesken: »Vaivautuuko sinne enää yhtään kukaan?»

»Eipä enää nykyään. Silloin kun muutettiin tänne, niin niillä kävi vieraita aina sunnuntaisin. Samanlaista porukkaa kuin nekin, isot katumaasturit ja kaikki, purjehtivat siellä viinipullo kädessä kun ei kaljatölkit kelvanneet. Grillasivat pihalla. Lesoilivat silläkin.»

»Muttei enää nykyään?»

Virne leveni. »Se loppui siihen, kun ukolta meni työpaikka. Oli niillä viime keväänä lapsen synttärit, mutta sen jälkeen en ole nähnyt siellä yhtään vierasta. Niin kuin minä sanoin, niin minä en tosiaan kyttää naapureita. Mutta tuolla laillahan se aina menee.»

Tana French

»Niin menee. Kertokaahan yksi asia. Onko teillä ollut riesaa hiiristä, rotista tai mistään sellaisesta?»

Tämä kiinnitti Jaydenin huomion. Hän jopa painoi pausenappia. »Ei vitsi! Söikö rotat ne?»

»Ei», vastasin.

»Ai jaa», Jayden sanoi pettyneenä mutta jatkoi tuijottamista. Pojassa oli jotain hermostuttavaa. Hänen silmänsä olivat elottomat ja värittömät kuin mustekalalla.

Hänen äitinsä sanoi: »Ei meillä ole rottia. Vaikka voisi ihan hyvin olla, kun täällä on viemärit tässä kunnossa. Muttei ole ainakaan vielä näkynyt.»

Richie sanoi: »Täällä ei vissiin ole kovin hääviä?»

»Ihan hirveä kaatopaikka», Jayden sanoi.

»Ai? Miten niin?»

Jayden kohautti olkapäitään. Sinéad sanoi: »Oletteko katselleet paikkoja täällä?»

»Näyttää minusta ihan ookoo alueelta», Richie sanoi yllättyneenä. »Hienoja taloja, paljon tilaa, olette sisustaneet kämpän kivasti...»

»No niin mekin luultiin. Tämä näytti ihan hyvältä piirustuksissa. Minäpä näytän –»

Sinéad hilasi itsensä ähkäisten ylös tuolista, kumartui edessämme – olisin mieluusti jättänyt sen maiseman näkemättä – ja alkoi kaivella pikkupöydälle kertynyttä läjää, jossa oli ainakin juorulehtiä, sokerinmuruja, itkuhälytin ja puoliksi syöty lihapasteija rasvaisella lautasella. »Siinä», hän sanoi ja lykkäsi Richielle myyntiesitteen. »Luultiin että ostettiin tuommoinen.»

Esitteen kannessa luki OCEAN VIEW samalla koukerokirjoituksella kuin asuntoalueen sisäänkäynnin kyltissä, ja kannen valokuvassa oli naurava pariskunta, joka halasi kahta mainoskatalogista reväistyä lasta lumenvalkoisen talon ja välimerensinisten aaltojen edessä. Sisäsivuilla esiteltiin valikoima: neljän makuuhuoneen asuntoja, viiden makuuhuoneen asuntoja, omakotitaloja, paritaloja, mitä vain ihmisen mieli halasi, kaikki suorastaan hehkuvan puhtaina ja niin taitavasti photoshopattuina, että niitä oli vaikea arvata pienoismalleiksi. Asuntotyypeillä oli omat nimetkin: Timantti oli autotallillinen viiden makuuhuoneen omakotitalo,

Topaasi oli kahden makuuhuoneen paritaloasunto, Smaragdi ja Helmi ja kaikki muut olivat jotain siltä väliltä. Me olimme ilmeisesti Safiirissa. Perässä oli lisää koukerokirjaintekstiä, joka sirkutti hurmioituneesti uimarannasta, päiväkodista, vapaa-ajankeskuksesta, lähikaupasta, leikkikentästä: »Omavarainen lintukoto, jossa kaikki moderniin luksuselämään vaadittavat palvelut ovat kotiovellasi.»

Kuvien olisi pitänyt näyttää suorastaan seksikkäiltä, sillä kuten aiemmin sanoin, minä rakastan uudisrakennuskohteita vaikka muut nyrpistelisivät niille nenäänsä. Niissä on jotain elämänmyönteistä, ne ovat ikään kuin tulevaisuuden puolesta lyötyjä vetoja. Mutta jostain syystä – ehkä siksi että olin nähnyt todellisuuden – esite tuntui minusta siltä mitä Richie kutsui karmivaksi.

Sinéad tökkäsi esitettä töppösormellaan. »Tuommoista meille luvattiin. Tuommoista kaikkea. Se lukee ihan sopimuksessa.»

»Ja saitte jotain muuta?» Richie kysyi.

Sinéad tuhahti. »No miltä näyttää?»

Richie kohautti olkapäitään. »Täällä on vielä työt kesken. Voi tästä tulla hyväkin.»

»Mutta kun ei niistä töistä tule saamari soikoon valmista. Näitä lakattiin ostamasta, kun tuli taantuma, ja rakentajat lakkasivat rakentamasta. Kun mentiin joku kuukausi sitten aamulla ulos, niin niitä ei näkynyt missään. Eikä kaivureita tai mitään. Eikä ole sen jälkeen näkynyt.»

»No voi jumaliste», Richie sanoi päätään pudistellen.

»Jumaliste, niin. Täällä on alakerran vessa sökönä, mutta putkimies joka asensi sen ei tule korjaamaan, koska hänelle ei ole maksettu mistään töistä. Kaikki sanovat että pitää hakea käräjiltä korvausta, mutta kenet me muka käräjille haastetaan?»

»Eikö rakennuttajat?» minä ehdotin.

Hän tuijotti minua taas elottomin ilmein niin kuin olisi miettinyt, pitääkö näin tyhmää jätkää jo lyödä. »No kuule kyllä meille tuli joo sekin mieleen. Muttei niitä saa kiinni mistään. Rupesivat lyömään luuria korvaan, ja nyt ne ovat vaihtaneet numeronsa. Käytiin teikäläistenkin puheilla. Sanoitte, ettei meidän vessa ole *poliisiasia*.»

Richie kohotti esitettä kiinnittääkseen taas Sinéadin huomion. »Entäs kaikki nämä muut jutut täällä, päiväkodit ja sellaiset?»

Tana French

»Niin, ne», Sinéad sanoi. Hänen suunsa rypistyi inhosta. Ilme teki hänestä entistä rumemman. »Niitä ei ole muualla kuin tuossa paperilla. Valitettiin päiväkodista moneen kertaan – ostettiin tämä muun muassa sen takia, mutta sitten haloo, eipä kuulu mitään. Sitten se lopulta avattiin. Ja sitten se suljettiin kuukauden päästä, koska sinne ei tullut kuin viisi lasta. Eikä ole leikkikenttää, ja se tontti on ihan kuin jostain Bagdadista. Lapset leikkivät siellä henkensä kaupalla. Vapaa-ajankeskusta ei ole edes rakennettu. Valitettiin siitäkin, ja ne asensivat tyhjään taloon kuntopyörän ja sanoivat että siinä. Sitten se pyörä varastettiin.»

»Entä lähikauppa?»

Iloton nauruntuhahdus. »Just joo. Kauppa on kahdeksan kilsan päässä, ja sekin on bensa-asemalla moottoritien varressa. Täällä ei ole edes katuvaloja! Pelottaa että henki menee, kun käy ulkona pimeällä, siellä voi olla raiskaajia tai vaikka mitä – Ocean View Closen päässä on iso maahanmuuttajaporukka, ne ovat vuokranneet sieltä talon. Ja jos minulle käy jotain, niin tuleeko teiltä ketään auttamaan? Ukko soitti teille muutama kuukausi sitten, kun maankiertäjät bilettivät tuolla tien toisella puolella. Tulitte vasta aamulla. Teille olisi ollut ihan sama, vaikka meiltä olisi poltettu koti ja oltaisiin jääty taivasalle.»

Toisin sanoen tietojen nyhtäminen Sinéadista olisi yhtä hauskaa jatkossakin. Sanoin: »Tiedättekö, onko Spaineilla ollut tällaisia ongelmia, rakennusfirman kanssa tai bilettäjien tai kenenkään?»

Olankohautus. »En minä tiedä. Niin kuin minä sanoin, ei oltu mitään ylimpiä ystäviä, jos ymmärrätte mitä meinaan. Mitä siellä on oikein sattunut? Onko siellä kuoltu?»

Ruumishuoneen pojat kantaisivat ruumiit ulos ennen pitkää. »Ehkäpä Jayden voisi odottaa toisessa huoneessa.»

Sinéad mittaili poikaa katseellaan. »Ihan turha. Kuuntelee kumminkin ovenraosta.» Jayden nyökkäsi.

Minä sanoin: »Siellä on tapahtunut väkivallanteko. En voi kertoa yksityiskohtia, mutta tutkimme rikosta murhana.»

»Jumankauta», Sinéad henkäisi ja huojahti lähemmäs meitä. Hänen suunsa ammotti märkänä ja ahnaana. »Kuka siellä on tapettu?»

»Emme voi kertoa.»

»Kävikö se äijä vaimonsa kimppuun?»

Jayden oli unohtanut pelinsä. Zombi oli jähmettynyt kuvaruudulle kesken kaatumisensa.

»Onko teillä syytä epäillä, että hän olisi tehnyt niin?»

Taas tuo varovainen silmäluomien värähdys. Sinéad lysähti takaisin tuoliinsa ja pani kätensä takaisin puuskaan. »Minä vaan kysyin.»

»Rouva Gogan, jos epäilette sellaista niin teidän täytyy kertoa meille.»

»En tiedä eikä kiinnosta.»

Hän puhui tietysti potaskaa, mutta tuollainen sakea jääräpäisyys oli minulle tuttu ilmiö – mitä enemmän painostaisin, sitä enemmän se kovettuisi. »Hyvä on», sanoin. »Oletteko nähneet asuntoalueella viime kuukausina ketään vieraita ihmisiä?»

Jayden päästi ilmoille kimeän kikatuksen. Sinéad sanoi: »Ei täällä näy ikinä paljon ketään. Ja kaikki täällä ovat vieraita. Ei täällä paljon kaveerata keskenään. Minulla on omatkin ystävät, ei minun tarvitse roikkua naapureissa.»

Toisin sanoen naapurit eivät olisi suostuneet seurustelemaan Goganien kanssa vaikka siitä olisi maksettu. Hekin olivat varmaan kateellisia. »Entä oletteko nähneet ketään, joka ei ole tuntunut kuuluvan tänne? Ketään joka olisi huolestuttanut teitä jostain syystä?»

»En muita kuin ne ulkomaalaiset siellä Closessa. Niitä on siinä talossa monta kymmentä. Minä veikkaan että siellä on paljon laittomia maahanmuuttajia. Mutta ette te varmaan aio tutkia sitäkään asiaa.»

»Ilmoitamme siitä asiaankuuluvalle osastolle. Onko kukaan käynyt teidän ovellanne? Ehkä myymässä jotain? Kysymässä, voiko teiltä tarkastaa putket tai sähköt?»

»No just joo. Niin kuin muka ketään kiinnostaisi meidän sähköt... siis ei jumalauta!» Sinéadin selkä suoristui. »Murtautuiko sinne joku psyko? Niin kuin siinä telkkarisarjassa, joku sarjamurhaaja?»

Hänen olemuksensa vilkastui. Pelko pyyhki ilmeettömyyden hänen kasvoiltaan. Sanoin: »Emme voi kertoa yksityiskohtia –»

»Meinaan että jos se oli joku sellainen, niin kerrotte minulle nyt heti! Minä en jää tänne odottamaan, että joku sairas paska tulee ja kiduttaa, te katsoisitte sitäkin vierestä tumput suorina ettekä tekisi yhtään mitään –»

Tämä oli ensimmäinen tieto, joka herätti hänessä varsinaisia tunteita. Naapurin haamunsiniset lapset olisivat olleet hänelle pelkkää juorumateriaalia, eivät sen todempaa kuin joku TV-sarja, mutta nyt vaara oli muuttunut omakohtaiseksi. Sanoin: »Sen voin taata, että emme katsoisi sitä vierestä.»

»Älkää pilkatko! Minä menen radioon, menen ihan varmana, soitan Joe Duffy Show'hun –»

Sen jälkeen koko loppututkinta pitäisi hoitaa mediamyrskyn keskellä, ja kaikki kyselisivät hysteerisinä, miksei poliisi välitä tavallisesta kansalaisesta. Minulla on kokemusta asiasta. Se tuntuu siltä kuin seisoisi pallotykin edessä ja joku ampuisi sillä kiljuvan nälkäisiä mopseja päin naamaa. Ennen kuin ehdin keksiä mitään rauhoittelevaa, Richie kumartui sanomaan naama totisena: »Rouva Gogan, teillä on täysi oikeus huolestua. Totta kai, tehän olette äiti.»

»No niinpä. Minun pitää ajatella lapsia. En minä aio –»

»Oliko se joku pedofiili?» Jayden tiedusteli. »Mitä se teki niille?»

Aloin ymmärtää, miksi Sinéad ei piitannut pojan puheista. »Kyllähän te tiedätte, ettei me voida kertoa läheskään kaikkea», Richie sanoi. »Mutten voi jättää äitiä murehtimaan turhaan, joten luotan siihen ettette kerro tätä eteenpäin. Sovitaanko niin?»

Ensin aioin keskeyttää tämän, mutta Richie oli hoitanut puhutuksen toistaiseksi hyvin, ja Sinéad oli sitä paitsi rauhoittumassa ja vanha ahnas ilme alkoi hiipiä taas esiin pelon alta. »Joo. Sovitaan.»

»Sanotaanko nyt näin», Richie sanoi. Hän kumartui lähemmäs. »Teillä ei ole mitään pelättävää. Jos tuolla liikkuu joku vaarallinen tyyppi, ja sanon *jos*, niin me ollaan jo varauduttu kaikkeen tarvittavaan.» Richie piti vaikuttavan tauon ja ilmehti kulmakarvoillaan epämääräisen merkitsevästi. »Ymmärrätte varmaan?»

Hämmentynyt hiljaisuus. »Joo», Sinéad sanoi lopulta. »Totta kai.»

»Ymmärrätte tietysti. Mutta muistakaa nyt, ettei sitten sanaakaan.»

Sinéad sanoi hurskaan näköisenä: »En tietenkään.» Hän kertoisi tietysti kaikille tutuilleen, mutta mitäpä kerrottavaa hänellä toisaalta oli – hän ei voinut kuin vihjailla tietäväisen näköisenä jostain salaisesta tiedosta, jota ei saanut paljastaa. Näppärästi toimittu. Arvostukseni Richietä kohtaan kasvoi pykälän verran.

»Ja ettehän ole enää huolissanne? Nyt kun tiedätte.»

»Niin joo, en. Hyvä näin.»

Itkuhälyttimestä kuului hurjistunut rääkäisy. »Siis voi vittu», Jayden sanoi. Sen jälkeen hän painoi play-nappia ja pani zombien äänet kovemmalle.

»Vauva heräsi», Sinéad sanoi liikahtamatta minnekään. »Täytyy mennä.»

Sanoin: »Onko vielä jotain, mitä voisitte kertoa Spaineista? Tuleeko mieleen mitään?»

Taas olankohautus. Litteiden kasvojen ilme ei muuttunut, mutta silmissä välähti jokin. Kävisimme Goganeilla vielä toistekin.

Pihamaalla sanoin Richielle: »Arvaa mikä on oikeasti karmivaa? Tuo penska.»

»Jep», Richie sanoi. Hän kaiveli korvaansa ja vilkaisi taakseen kohti Goganin taloa. »Hän jätti kertomatta jotain.»

»Poikako? Äiti kyllä. Mutta että poikakin?»

»Ehdottomasti.»

»Hyvä on. Kun palaamme heidän luokseen, sinä voit jututtaa poikaa.»

»Ai minä?»

»Pärjäsit äsken hyvin. Yritä miettiä jossain välissä, miten hoidat pojan puhuttamisen.» Työnsin muistilehtiöni taskuun. »Mutta keneltä muulta haluaisit kysellä Spaineista?»

Richie käänsi katseensa takaisin minuun. »Arvaa mitä?» hän sanoi. »Ei harmainta aavistusta. Normaalisti sanoisin, että jutellaan perheille, naapureille, uhrien kavereille ja työtovereille, miehen kantapubin äijille, niille jotka näkivät heidät viimeksi. Mutta kumpikaan heistä ei ollut töissä. Täällä ei ole miehelle pubia. Heillä ei käynyt kylässä ketään, ei edes sukulaisia, kun asuvat näin kaukana. Voi olla ettei kukaan ole nähnyt heitä moneen viikkoon, paitsi ehkä koulun portilla. Ja naapurit olivat tuollaisia.»

Richie osoitti taloa takaraivollaan. Jayden oli painautunut olohuoneen ikkunaan peliohjain kädessään ja roikotti yhä suutaan auki. Kun hän huomasi minun katsovan takaisin, hän ei edes räpäyttänyt silmiään.

»Voi raasuja», Richie sanoi hiljaa. »Heillä ei ollut ketään.»

5

KADUN TOISEN PÄÄN kaksi perhettä olivat poissa kotoa, töissä tai missä lie. Cooper oli lähtenyt, arvatenkin sairaalaan tutkimaan sitä mitä Jenny Spainista oli jäljellä. Ruumishuoneen auto oli tiessään – ruumiitkin menisivät samaan sairaalaan odottamaan Cooperin tutkimusta pari kerrosta Jennyn alapuolella, sikäli kuin hän oli vielä hengissä.

Tekninen tutkinta ahkeroi yhä. Larry huiskautti minulle kättään keittiöstä. »Tules tänne, sinä nuorimies. Katso tätä.»

»Tämä» oli kaikki viisi itkuhälyttimen katselulaitetta siististi keittiötasolla läpinäkyvissä todistepusseissa ja mustan sormenjälkijauheen peitossa. »Viides löytyi tuolta nurkasta lastenkirjojen alta», Larry sanoi voitonriemuisena. »Teidän ylhäisyytenne pyysi katselulaitteita, joten teidän ylhäisyytenne myös saa katselulaitteita. Ovat aika hyviäkin. En ole vauvanvarusteitten asiantuntija, mutta sanoisin että nämä ovat parhaasta päästä. Ne kääntyvät, niillä voi zoomata, niissä on päivisin värikuva ja öisin automaattinen mustavalkoinen infrapuna, varmaan keittävät aamulla kananmunatkin...» Hän kävelytti kahta sormea laitteiden päällä ja naksutteli tyytyväisenä kieltään. Sitten hän valitsi yhden laitteen ja painoi sen virtanappia pussimuovin läpi. »Arvaapa mikä tämä on. Sano nyt.»

Näyttö vaaleni mustavalkoiseksi kuvaksi: sen molemmilla laidoilla näkyi harmaita lieriöitä ja suorakulmioita, ilmassa leijui valkoisia tomuhiukkasia, ja keskellä oli hahmoton musta läiskä. Minä sanoin: »Mikä tappaja-ameeba tuo on?»

»Mietin ihan samaa. Mutta sitten Declan – tuo kaveri tuolla, vilkutapa Declan näille mukaville miehille – hän huomasi että tämä kaappi tässä on ihan pikkuisen raollaan, joten hän vilkaisi sisään. Ja arvaa mitä?»

Larry heilautti kaapinoven teatraalisesti auki. »Katsokaa, katsokaa.»

Näimme synkänpunaisen valoringin, joka tuijotti meitä hetken ja himmeni sitten näkymättömiin. Oven sisäpinnassa oli kamera, joka oli kiinnitetty paikoilleen ilmastointiteipillä. Teippiä näytti kuluneen täyden rullan verran. Murolaatikot ja hernetölkit oli tungettu hyllyjen reunoihin. Joku oli iskenyt niiden keskelle seinään lautasenkokoisen reiän.

»Siis mitä helvettiä», minä sanoin.

»Älähän hoppuile. Ennen kuin sanot mitään, vilkaisepa tätä.»

Vielä yksi katselulaite. Samat sumeat mustavalkoisen sävyt; vinoja kattopalkkeja, maalipurkkeja, jokin piikikäs mekaaninen häkkyrä, josta en saanut selvää. Sanoin: »Onko tämä vintiltä?»

»Sieltäpä sieltä. Ja tuo härveli lattialla, se on ansa! Eikä mikään soma pikku hiirenloukku vaan jalkaraudat. En ole kokenut erämies, mutta näyttää siltä kuin tuohon pysähtyisi puumakin.»

Richie kysyi: »Onko siinä syöttiä?»

»Pidän tuosta pojasta», Larry sanoi minulle. »Fiksu kaveri, alkaa heti miettiä olennaisia. Pääsee vielä pitkälle. Ei, konstaapeli Curran, valitettavasti siinä ei ole syöttiä, joten emme tiedä mitä ihmettä he yrittivät oikein pyydystää. Räystään alla on aukko, josta joku olisi voinut päästä sisään – älä nyt innostu, Tykitys, ei se ole ihmisen mentävä reikä. Ehkä siitä olisi mahtunut läpi joku laihdutuskuurilla oleva kettu, muttei mikään sellainen, mihin vaaditaan karhunraudat. Etsimme vintiltä jätöksiä ja tassunjälkiä siinä toivossa, että ne olisivat antaneet vihjettä, muttei siellä ole mitään hämähäkinkakkaa isompaa. Jos uhreillanne oli tuholaisongelma, niin olivat aika huomaamattomia tuholaisia.»

Sanoin: »Onko sormenjälkiä?»

»On luoja paratkoon, kymmenittäin. Pitkin kameroita, ansaa ja sitä vintinluukun viritystä. Mutta nuori Gerry sanoi minulle – tätä ei sitten saa ottaa täytenä totuutena – hän sanoi että hyvin alustavan vilkaisun perusteella ei ole aihetta epäillä, että ne kuuluisivat muille kuin uhrille – siis tietysti tälle uhrille tässä eikä lapsille. Sama koskee vintin jalanjälkiä: aikuinen mies, ja kengänkoko täsmää tähän kaiffariin.»

»Entä reiät seinissä? Löytyikö niiden ympäriltä mitään?»

Hylkymaa

»Sielläkin on sormenjälkiä kahmalokaupalla – puhuit totta kun lupasit järjestää meille täällä tekemistä. Koosta päätellen siellä on paljon lasten hipelöintijälkiä. Lopuista Gerry sanoo enimmäkseen samaa: ei ole syytä olettaa, että kuuluisivat muille kuin uhrille, mutta Gerryn pitää varmistaa asia labrassa. Näin ex tempore sanoisin, että uhrit tekivät reiät itse eivätkä ne liity mitenkään viime yöhön.»

Sanoin: »Katso nyt tätä paikkaa, Larry. Minä en ole mikään sottapytty, mutta minun kämppäni ei ole ollut näin hyvässä kuosissa kertaakaan muuttopäivän jälkeen. Nämä olivat enemmän kuin siisteysihmisiä. Heillä oli sampoopullotkin tarkasti rivissä! Saat viisikymppiä, jos löydät yhdenkin pölyhiukkasen. Mitä järkeä oli pitää talo hirveällä vaivalla tiptopkunnossa ja iskeä sitten reikiä seiniin? Ja jos piti iskeä reikiä, miksei niitä korjattu? Tai edes peitetty?

»Ihmiset ovat hulluja», Larry sanoi. Hänen mielenkiintonsa alkoi hiipua; häntä kiinnostaa vain se, mitä on tapahtunut, ei se, miksi niin on tapahtunut. »Siis ihan jokainen. Kyllä sinun pitäisi se jo tietää, Tykitys. Mutta tarkoitan vain sanoa, että jos nuo reiät teki joku ulkopuolinen, seinät on luultavasti puhdistettu sen jälkeen tai tekijällä on ollut hanskat.»

»Onko reikien ympärillä muuta? Verta, huumejäämiä tai mitään?»

Larry pudisti päätään. »Ei verta, ei kolojen sisällä eikä ympärillä, paitsi siellä minne on roiskunut tätä sotkua. Emme ole löytäneet huumejäämiä, mutta jos sinusta tuntuu että niitä on voinut jäädä meiltä huomaamatta, kutsun tänne huumekoiran.»

»Älä vielä, ellei vastaan tule jotain mikä viittaa siihen suuntaan. Entä täällä, tässä veressä? Onko sellaisia jälkiä, jotka ovat varmasti muiden kuin uhriemme jättämiä?»

»Katso nyt tätä paikkaa. Luuletko meidän olleen täällä pitkäänkin? Kysy uudestaan joskus viikon päästä. Näet itsekin, että täällä olisi voinut marssia vaikka koko Draculan torvisoittokunta, mutta veikkaan että suurin osa jäljistä on kenttämiesten ja ensihoitajien löntystelyä. Täytyy vain toivoa, että varsinaisesta rikoksesta ehti kuivua jokunen jälki sen verran, että ne ovat pysyneet koossa vaikka niiden päällä on tarvottu ristiin rastiin. Sama koskee verisiä kädenjälkiä. Niitä on vaikka kuinka, mutta mistäpä sen tietää, onko mikään niistä enää hyödyllinen.»

Larry oli omassa elementissään. Hän rakastaa vaikeuksia ja marmattamista. »Ja jos joku saa niitä talteen niin sinä, Lar. Onko näkynyt mitään merkkiä uhrien puhelimista?»

»Tahtosi on lakini. Vaimon kännykkä oli hänen omalla yöpöydällään, miehen puhelin oli eteisen pöydällä, ja panimme ihan huvin ja urheilun vuoksi lankapuhelimenkin pussiin. Ja tietokoneen myös.»

»Loistavaa», sanoin. »Lähettäkää kaikki kyberrikoskeskukseen. Entä löytyikö avaimia?»

»Vaimon käsiveskassa eteisen pöydällä oli koko setti: kaksi etuoven avainta, takaoven avain, autonavain. Ja toinen täysi setti oli miehen takintaskussa. Eteisen pöydän laatikossa oli talon varaavaimet. Ei ole näkynyt Golden Bay Resortin kynää ainakaan toistaiseksi, mutta ilmoitamme jos löytyy.»

»Kiitos, Larry. Me menemme penkomaan yläkertaa, jos sopii.»

»Ja minä kun luulin, että tämä on taas joku tylsä yliannostuskuolema», Larry sanoi iloisena kun lähdimme. »Kiitos itsellesi, Tykitys. Olen sinulle palveluksen velkaa.»

Spainien makuuhuone hehkui kodikkaan lämpimissä kullankeltaisen sävyissä – verhot oli pidetty kiinni, jotta kuolaavat naapurit ja kauko-objektiiveja käyttävät toimittajat eivät näkisi sisään, mutta Larryn porukka oli jättänyt meitä varten valot päälle otettuaan sormenjäljet katkaisimista. Ilmassa tuntui se vaikeasti määriteltävä ja intiimi asutun paikan tuoksu, vieno häivähdys sampoota, partavettä ja ihmisen ihoa.

Yhdellä seinällä oli vaatekomero, ja nurkissa oli kaksi kermanvalkoista lipastoa, sellaisia kaarevareunaisia jotka joku oli hinkannut santapaperilla vanhan ja mielenkiintoisen näköisiksi. Jennyn puolen lipaston päällä oli kolme kehystettyä valokuvaa. Kaksi niistä esitti punaisia ruttuisia vauvoja, mutta keskimmäisessä oli hääkuva, joka oli otettu jonkin hienon kartanohotellin portaikossa. Patrickilla oli smokki, pinkki solmio ja pinkki ruusu napinlävessä, Jennyllä oli vartalonmyötäinen puku jonka laahus levittyi portaille heidän eteensä. Vaaleanpunainen ruusukimppu, paljon tummaa puuta, auringonvalo virtasi kiiloina porrastasanteen koristeellisesta ikkunasta. Jenny oli kaunis, tai oli ainakin ollut. Keskimittainen, nätti hoikka vartalo, pitkät hiukset jotka hän oli suoristanut ja vaalentanut ja taivutellut joksikin mutkikkaaksi härveliksi päänsä päälle. Patrick oli ollut siihen aikaan paremmassa kunnossa, leveärintainen ja litteävatsainen. Jenny oli asettunut hänen kainaloonsa, ja molempien hymy ylsi korvasta korvaan.

Sanoin: »Aloitetaan lipastoista», ja lähdin kohti Jennyn lipastoa. Jos jollakulla tästä kaksikosta oli salaisuuksia jemmassa niin vaimolla. Maailma olisi toisenlainen paikka, paljon hankalampi meille ja paljon autuaampi tietämättömille aviomiehille, jos naiset vain osaisivat heittää tavaroitaan pois.

Ylimmässä laatikossa oli meikkejä, pillerilevy – maanantain pilleri oli poissa, häneltä ei ollut jäänyt yhtään väliin – ja sinisamettinen korulipas. Jenny piti ilmeisesti koruista, sillä lippaassa oli kaikenlaista halvoista helyistä hienoihin ja aistikkaisiin luomuksiin, jotka näyttivät aika hintavilta – entinen vaimoni on jalokivien ystävä, joten minäkin ymmärrän karaattien päälle. Fionan mainitsema smaragdisormus oli tallella, se oli pantu mustaan kolhiintuneeseen lahjarasiaan odottamaan Emman kasvamista isoksi. Sanoin: »Katsos tätä.»

Richie kohotti katseensa Patrickin kalsarilaatikosta – hän työskenteli nopeasti ja näppärästi, ravisti vain hetken boksereita ja heitti ne sitten kasaan lattialle. Hän sanoi: »Eli tämä ei ollut ryöstö.»

»Luultavasti ei. Ei ainakaan mikään ammattilaiskeikka. Jos hommat ovat menneet pieleen, amatööri on voinut säikähtää ja lähteä karkuun, mutta ammattilainen – tai velkojen perijä – olisi ottanut sen mitä tuli hakemaan.»

»Amatööri ei sovi kuvaan. Niin kuin puhuttiin, niin tämä ei ollut satunnainen teko.»

»Totta. Osaatko esittää teorian, joka selittää sen mitä tiedämme nyt?»

Richie rullasi sukkaparin erilleen ja heitti sukat pinoon samalla kun pani ajatuksiaan järjestykseen. »Se tunkeilija josta Jenny puhui», hän sanoi hetken päästä. »Oletetaan että hänellä oli joku

Tana French

keino päästä sisään toistekin, ehkä monesti. Fiona sanoi itsekin, ettei Jenny olisi kertonut siitä hänelle.»

En nähnyt piilotettuja kondomeja korurasian pohjalla enkä rauhoittavia lääkkeitä jemmattuna meikkisiveltimien keskelle. Sanoin: »Mutta sen Jenny kertoi Fionalle, että hän aikoi ruveta pitämään hälytintä päällä. Miten tunkeutuja pääsi sen ohi?»

»Pääsihän hän silloin ensimmäisellä kerralla lukkojenkin ohi. Patrick ilmeisesti uskoi, että hän tuli vintin kautta. Ehkä Patrick oli oikeassa. Naapuritalon katon kautta kenties.»

»Jos Larry ja hänen väkensä olisivat löytäneet vintiltä sisääntuloreitin, he olisivat kertoneet siitä meille. Ja hehän sanoivat etsineensä.»

Richie alkoi taitella sukkia ja boksereita huolellisesti takaisin laatikoon. Me emme yleensä vaivaudu jättämään paikkoja järjestykseen. En osannut sanoa, ajatteliko Richie Jennyä, joka joutuisi palaamaan tänne – oli näet hyvin epätodennäköistä, että joku suostuisi ostamaan talon – vai Fionaa, joka joutuisi tyhjentämään paikat. Joka tapauksessa Richien olisi pidettävä empaattisuutensa kurissa. Hän sanoi: »No hyvä on, ehkä tulija pystyi kiertämään hälyttimet. Ehkä hän tekee sitä työkseen. Ehkä hän valitsi Spainit kohteeksi juuri siksi. Kävi asentamassa heidän hälyttimensä, ei saanut heitä mielestään...»

»Esitteen mukaan hälytinjärjestelmä tuli talon mukana. Se oli täällä jo ennen Spaineja. Vähän vähemmän nyt noita Sähköputkimies-teorioita, poikaseni.» Jennyn alusasulaatikko oli jaettu siististi seksikkäisiin juhla-asuihin, valkoisiin treenivaatteisiin ja vaaleanpunavalkoisiin röyhelöalkkareihin, joita arvelin arkivaatteiksi. Ei mitään pervoa eikä mitään leluja – Spainit olivat ilmeisesti olleet turvallisen konservatiivisia. »Mutta oletetaan nyt hetki, että mies löysi keinon päästä sisään. Mitä sen jälkeen?»

»Hän alkoi tulla röyhkeämmäksi ja löi ne reiät seiniin. Sen jälkeen asiaa ei voinut salata mitenkään Patrickilta. Ehkä Patrick oli samoilla linjoilla kuin Jenny – ehkä hänkin halusi tietää, mikä on homman nimi, ja yllättää tyypin eikä estää hänen pääsyään tai pelottaa häntä pois. Niinpä hän asetti valvontakameroita paikkoihin, joissa tiesi tai uskoi tunkeilijan käyneen.»

»Eli se vintin ansa oli tunkeilijan pyydystystä varten. Tarkoitus oli ottaa kaveri kiinni verekseltään ja pitää hänet aloillaan poliisin tuloon asti.»

Richie sanoi: »Tai kunnes Patrick olisi käsitellyt häntä tarpeeksi. Riippuu vähän tilanteesta.»

Kohotin kulmiani. »Sinulla on kieroutunut mielenlaatu, poikaseni. Se on hyvä asia. Mutta älä silti päästä sitä ihan valloilleen.»

»Jos joku olisi pelotellut sinun vaimoasi ja uhannut lapsiasi...» Richie ravisteli Patrickin khakihousuja. Ne näyttivät hänen luisevan persuksensa vierellä valtavilta, kuin jonkun supersankarin vaatekappaleelta. Hän sanoi: »Niin silloin voisi tehdä mieli antaa vähän runtua.»

»Tuossahan on melkein palikat kohdallaan. Siis ihan oikeasti.» Työnsin Jennyn alusasulaatikon kiinni. »Paitsi yksi juttu: miksi?»

»Tarkoitatko, että miksi se mies olisi valinnut kohteekseen Spainit?»

»Tarkoitan, että miksi hän olisi tehnyt mitään tuollaista? Tässä olisi ollut kyse monen kuukauden vainoamisesta, joka huipentui joukkomurhaan. Miksi hän valitsi tämän perheen? Miksi hän murtautui sisään eikä tehnyt mitään sen pahempaa kuin söi kinkkusiivuja? Miksi hän murtautui tänne uudestaan ja löi seinät rei'ille? Miksi hän äityi murhaamaan? Miksi hän otti riskin ja aloitti lapsista? Miksi hän tukehdutti heidät mutta puukotti aikuisia? Miksi hän teki mitään tuollaista?»

Richie kaiveli khakihousujen takataskusta viisikymmensenttisen ja kohautti olkapäitään – ele oli kuin lapsella, hartiat kohosivat korvien korkeudelle. »Ehkä hän on joku seko.»

Keskeytin puuhani. »Tuonko aiot kirjoittaa tutkintakertomukseen? 'Emmäätiiä, ehkä se on silleen niinku ihan seko?'»

Richie punastui mutta ei perääntynyt. »En minä tiedä miksi lääkärit sitä sanovat. Mutta tiedät mitä meinaan.»

»Itse asiassa en tiedä, poikaseni. 'Seko' ei ole mikään syy. Mielenterveysongelmia on hirveän montaa sorttia, monet niistä eivät aiheuta väkivaltaista käytöstä, ja kaikissa niissä on joku logiikka, vaikka siinä ei tuntuisikaan olevan järkeä meidän mielestämme. Kukaan ei teurasta perhettä siksi, että oli vaan tänään vähän seko fiilis.»

»Sinä pyysit teoriaa, joka selittää sen mitä tähän asti tiedetään. Parempaan en pysty.»

»Sellainen teoria, joka rakentuu sen pohjalle että tekijä on 'seko', ei ole mikään teoria. Se on lintsaamista. Laiskaa ajattelua. Odotan herra konstaapelilta parempaa.»

Käänsin hänelle selkäni ja rupesin taas tutkimaan lipastoa, mutta aistin hänen seisovan yhä takanani liikkumatta. Sanoin: »Antaa kuulua.»

»Mietin vaan sitä, mitä sanoin sille Goganin emännälle. Ettei hänen tarvitse pelätä ketään hullua. Halusin vaan estää häntä soittelemasta radioon, mutta on hänellä kyllä ihan oikeuskin pelätä. En tiedä mitä sanaa pitäisi sinun mielestäsi käyttää, mutta jos se kaveri on seko, häntä ei ole tarvinnut erikseen ärsyttää. Hän on tullut ja tappanut joka tapauksessa.»

Työnsin laatikon kiinni, asetuin nojaamaan lipastoon ja työnsin kädet taskuihin. »Muutama sata vuotta sitten eli yksi filosofi», totesin, »joka sanoi että aina pitää etsiä yksinkertaisinta selitystä. Eikä hän tarkoittanut helppoja selityksiä. Hän tarkoitti selityksiä, jotka tarvitsevat kaikkein vähiten höystettä varmojen tietojen lisäksi. Vähiten jossittelua ja arvuuttelua, vähiten ventovieraita jotka ovat ehkä vain sattuneet osumaan paikalle. Ymmärrätkö mitä yritän sanoa?»

Richie sanoi: »Et usko, että täällä oli mitään tunkeutujaa.»

»Väärin. Uskon että meidän ainoat varmat tietomme ovat Patrick ja Jennifer Spain, ja sellaiset selitykset, jotka kytkeytyvät jotenkin heihin, tarvitsevat vähemmän höystettä kuin muut. Nämä tapahtumat ovat voineet saada alkunsa kahdesta paikasta, joko talon ulkopuolelta tai sisäpuolelta. En sano, että täällä ei ole ollut tunkeilijaa. Sanon, että vaikka tappaja olisikin tullut ulkopuolelta, yksinkertaisin selitys on se, että syy hänen tuloonsa on lähtöisin talon sisältä.»

»Siis hetkinen», Richie sanoi. »Eli joku ulkopuolinen on sinun mielestäsi yhä mahdollisuus. Ja sanoit, että sen vintinluukun virityksen tarkoitus oli ehkä ottaa kiinni noiden reikien tekijä. Minä en nyt oikein...»

Huokasin. »Richie. Kun puhuin jostain ulkopuolisesta, tarkoitin kaveria joka on lainannut Patrick Spainille uhkapelirahaa.

Tai jotain Jennyn salapanoa. Tai Fiona Raffertya. En tarkoittanut ketään helvetin freddykruegeria. Etkö ymmärrä eroa?»

»Joo», Richie sanoi. Hänen äänensä oli tasainen, mutta leuan asento kertoi, että hän alkoi ärsyyntyä. »Ymmärrän.»

»Tiedän että tämä juttu näyttää – mitä sanaa sinä käytitkään – 'karmivalta'. Tiedän että tämä on sellainen tapaus, joka panee mielikuvituksen laukkaamaan. Sitä suuremmalla syyllä meidän täytyy pitää jalat maassa. Todennäköisin selitys täällä on edelleen sama kuin silloin, kun olimme matkalla tänne: ihan normaali murha-itsemurha.»

»Tuo», Richie sanoi osoittaen reikää vuoteen yläpuolella. »Tuo ei ole mikään normaali juttu. Siis muun muassa.»

»Mistä sinä sen tiedät? Ehkä Patrick Spainilla kävi työttömänä aika pitkäksi ja hän rupesi tekemään jotain remonttia, tai ehkä sähköissä on jotain pielessä niin kuin arvelit ja hän päätti korjata kaiken itse eikä maksaa sähkömiehelle – se selittäisi senkin, miksei hälytin ollut päällä. Tai ehkä talossa oli sittenkin rotta, ja Spainit saivat sen kiinni ja jättivät ansan vintille siltä varalta, että rotan kaverit tulevat nuuskimaan. Ehkä nuo kolot suurenevat aina, kun tästä ajaa auto ohi, ja he halusivat kuvata videota todisteeksi raastupaan. Kaikki tämän jutun omituisuudet voivat johtua huonosta rakentamisesta.»

»Uskotko tosiaan noin? Siis ihan oikeasti?»

Sanoin: »Richie ystäväni, minä uskon että mielikuvitus on vaarallinen asia. Sääntö numero kuusi, tai missä kohtaa nyt ollaankaan menossa: kun pidät kiinni siitä selityksestä, joka on mukavan tylsä ja vaatii kaikkein vähiten mielikuvitusta, niin hyvin menee.»

Sen jälkeen rupesin taas penkomaan Jenny Spainin T-paitoja. Tunnistin joitakin vaatemerkkejä; hänellä oli sama maku kuin entisellä vaimollani. Richie jäi hetkeksi seisomaan mutta pudisti sitten päätään, pani viisikymmensenttisen pyörimään lipaston päällä ja alkoi taitella Patrickin khakihousuja. Jätimme toisemme vähäksi aikaa rauhaan.

Salaisuus, jota olin odottanut, oli Jennyn lipaston alimman laatikon perällä. Möykky, joka oli sullottu vaaleanpunaisen kašmirvillatakin hihaan. Kun ravistin sitä, paksulle kokolattiamatolle pyörähti jotain pientä ja kovaa, joka oli taiteltu tiukasti nenäliinaan.

»Richie», sanoin, mutta hän oli jo laskenut villapaidan käsistään ja tullut katsomaan.

Se oli pyöreä rintamerkki, sellainen halpa metallinen, joita voi ostaa katukojuista jos haluaa rintaansa hampunlehden tai bändin nimen. Sen maali oli karissut osittain pois, mutta sen tunnisti yhä vaaleansiniseksi. Merkin toisessa laidassa oli hymyilevä keltainen aurinko ja toisessa jotain valkoista, ehkä kuumailmapallo tai leija. Niiden välissä luki keltaisilla kuplakirjaimilla: *Minä käyn JoJolla!*

Sanoin: »Mitä tästä tuumit?»

Richie sanoi: »Näyttää ihan normimerkiltä» ja katsoi minua ilmeettömästi.

»Niin minustakin, mutta säilytyspaikka ei. Pystytkö heittämään jonkun normiselityksen sille?»

»Ehkä lapset piilottivat sen sinne. Jotkut lapset tykkäävät piilotella tavaroita.»

»Ehkä.» Käänsin merkin ympäri kämmenelläni. Neulassa oli kaksi kapeaa ruosteraitaa kohdissa, joista se oli ollut pitkään pujotettuna saman vaatekappaleen läpi. »Mutta haluaisin silti tietää, mikä se on. Kuulostaako JoJo sinusta mitenkään tutulta?»

Richie pudisti päätään. »Cocktailbaari? Ravintola? Esikoulu?»

»Voi olla. En ole ikinä kuullutkaan, mutta tämä on voinut lopettaa jo ajat sitten. Merkki ei näytä uudelta. Tai paikka voi olla Malediiveilla tai jossain muualla missä he kävivät lomilla. Mutten ymmärrä, miksi Jenny Spainin olisi pitänyt piilottaa jotain sellaista. Ymmärtäisin jos jotain kallista, niin kuin vaikka rakastajan antaman lahjan, mutta että tämmöisen?»

»Jos hän tulee tajuihinsa...»

»Niin kysymme häneltä, mitä tässä on taustalla. Joskaan hän ei välttämättä kerro sitä meille.»

Käärin merkin takaisin nenäliinaan ja etsin sille todistepussin. Jenny hymyili minulle lipaston päältä Patrickin kainalosta. Hän oli ollut älyttömän nuori kaikkien meikkikerrostensa ja tällättyjen hiustensa alla. Ilmeestä säteilevä voitonriemu kertoi, että tulevaisuus oli hänen mielessään pelkkää kultaista sumua: *Ja he elivät onnellisina elämänsä loppuun asti.*

Cooper oli tullut tällä välin paremmalle tuulelle, luultavasti siksi että tämä tapaus oli kipeydessään aivan asteikon yläpäästä. Hän soitti minulle sairaalasta sen jälkeen, kun oli päässyt vilkaisemaan Jenny Spainia. Siinä vaiheessa Richie ja minä olimme jo siirtyneet tutkimaan Spainien vaatekaappeja. Olimme löytäneet enimmäkseen samaa kuin lipastostakin: ei mitään huippumuotia mutta kylläkin trendikästä tavaraa, ja sitä oli paljon – Jennyllä oli kolmet Uggin kengät. Ei huumeita, ei käteistä, ei pimeää puolta. Patrickin kaapin ylähyllyllä oli vanhassa keksirasiassa kuihtuneita korsia, sileäksi hioutuneita rantakiviä, vaalenneita simpukankuoria ja ajopuunkappale jonka pinnassa oli vihreää hilseilevää maalia. Lapset olivat arvatenkin keränneet ne rantakävelyillä ja antaneet ne isille lahjaksi sitten kun hän tuli töistä kotiin.

»Ylikonstaapeli Kennedy», Cooper sanoi. »Ilahdutte varmasti kuullessanne, että eloon jäänyt uhri on yhä elossa.»

»Tohtori Cooper», sanoin. Panin puhelun kaiuttimeen ja pitelin BlackBerryäni minun ja Richien välissä. Richie laski kätensä, jossa oli kourallinen kravatteja – paljon Hugo Bosseja – ja keskittyi kuuntelemaan. »Kiitos ilmoituksesta. Miten hän voi?»

»Hänen tilansa on yhä kriittinen, mutta lääkärin mielestä hänellä on erinomaiset mahdollisuudet selviytyä.» Päästin äänettömän ilonhuudon Richielle, mutta hän vain ilmehti pidättyvästi. Jos Jenny Spain jäisi eloon, se olisi mukavaa meidän kannaltamme mutta vähemmän mukavaa hänen kannaltaan. »Uskaltaudun sanomaan, että olen samaa mieltä, joskaan elävät potilaat eivät toki ole erikoisalaani.»

»Voitteko kertoa hänen vammoistaan?»

Tuli tauko, jonka aikana Cooper mietti antaisiko hän minun odottaa virallista raporttiaan, mutta hänen hyvä tuulensa kesti. »Hän sai lukuisia haavoja, joista useat ovat merkittäviä. Viiltohaava oikeasta poskipäästä oikeaan suupieleen. Pistohaava, joka alkaa rintalastasta ja ohjautuu sivulle oikeaan rintaan. Pistohaava heti oikean lapaluun alapuolelle. Ja pistohaava alavatsaan navan oikealle puolelle. On myös joukko pienempiä viiltoja kasvoihin, kaulaan, rintakehään ja käsivarsiin – nämä eritellään ja kaavioidaan raportissani. Ase oli yksiteräinen veitsi tai veitsiä, samantyyppinen kuin se, jolla iskettiin Patrick Spainia.»

Kun joku tuhoaa naisen kasvot, etenkin nuoren ja kauniin naisen, taustalla on melkein aina jotain henkilökohtaista. Näin silmänurkastani taas tuon hymyn ja nuo vaaleanpunaiset ruusut ja käänsin niille selkäni.

»Häntä iskettiin myös takaraivoon, heti keskilinjan vasemmalle puolelle, painavalla esineellä jonka iskuala oli noin golf-pallon kokoinen ja muotoinen. Molemmissa ranteissa ja kyynär-varsissa on tuoreita mustelmia – niiden muodot ja paikat ovat tyypillisiä manuaaliselle pidättelylle kamppailun aikana. Seksuaalisesta väkivallasta ei ole merkkejä, eikä hän ole ollut hiljattain yhdynnässä.»

Joku oli käsitellyt Jenny Spainin perusteellisesti. Sanoin: »Miten vahva hyökkääjän tai hyökkääjien olisi pitänyt olla?»

»Haavojen reunoista päätellen teräase näyttää olleen äärimmäisen terävä, mikä tarkoittaa, että pisto- ja viiltohaavojen tuottamiseen ei ole vaadittu erityistä voimaa. Tylpän aseen tuottamassa päävammassa kaikki riippuu aseen luonteesta: jos se esimerkiksi tuotettiin tosiaan golfpallolla, jota hyökkääjä piteli kädessään, se on vaatinut huomattavasti voimaa, mutta jos sen aiheutti golfpallo, joka on pantu pitkän sukan kärkiosaan, liikevoima on korvannut lihasvoimaa niin, että lapsikin olisi voinut tehdä sen. Ranteiden mustelmat antavat ymmärtää, että lapsi ei todellisuudessa tehnyt sitä – hyökkääjän sormet lipesivät kamppailun aikana niin, että minun on mahdoton arvioida rouva Spainia pidätelleiden käsien kokoa, mutta sen voin sanoa, etteivät ne kuuluneet pienelle lapselle.»

»Ovatko vammat voineet mitenkään olla itseaiheutettuja?» Rikostutkijan pitää aina tuplatarkistaa kaikki asiat, ilmeisimmät-kin, tai joku puolustusasianajaja tekee sen myöhemmin hänen puolestaan.

»Vaatisi suunnattoman lahjakasta itsemurhakandidaattia», Cooper sanoi käyttäen jälleen ääliönpuhutusääntään, »puukottaa itseään lapaluun alle, lyödä itseään takaraivoon ja sitten, silmän-räpäystä ennen tajuttomuutta, piilottaa molemmat aseet niin perusteellisesti, että ne ovat vältelleet löytymistä ainakin muuta-man tunnin. Koska meiltä puuttuu näyttöä siitä, että rouva Spain on koulutettu käärmeihminen ja taikuri, voimme luultavasti sul-kea itse aiheuttamisen pois mahdollisuuksien joukosta.»

»Luultavasti? Vai ehdottomasti?»

»Jos epäilette puheitani, ylikonstaapeli Kennedy», Cooper sanoi herttaiseen sävyyn, »voitte toki yrittää samaa temppua itse.» Sitten hän katkaisi puhelun.

Richie rapsutti korvantaustaansa kuin koira ja mietti ankarasti. Sitten hän sanoi: »Siinä meni Jenny pois laskuista.»

Panin puhelimen takintaskuuni. »Mutta Fiona ei. Ja jos hän kävi Jennyn kimppuun – syystä tai toisesta – niin hän saattoi hyvin iskeä kasvoihin. Ehkä hän kyllästyi elämään sisaruksista rumempana. Heippa vaan isosisko, et saa avointa arkkua, et ole enää perheen kaunotar.»

Richie mietti hääkuvaa. »Ei Jenny ole oikeasti kauniimpi kuin hän. Laitetumpi vaan.»

»Lopputulos on sama. Jos he menivät kahdestaan yökerhoon, tiedän aika varmasti kumpi keräsi miesten katseet ja kumpi oli lohdutuspalkinto.»

»Mutta tuo kuva on Jennyn häistä. Ei hän välttämättä ole noin tällätty yleensä.»

»Mistä vetoa että on. Tuossa laatikossa on enemmän meikkejä kuin mitä Fiona on käyttänyt koko ikänään, ja melkein jokainen vaate täällä on kalliimpi kuin Fionan koko asu – ja Fiona tiesi sen kyllä itsekin. Muistatko sen huomautuksen Jennyn kalliista kampeista? Jenny on näyttävä nainen ja Fiona ei ole, ja sillä hyvä. Ja nyt kun puhutaan miesten katseista, niin mietipä sitäkin, että Fiona suhtautui erittäin suojelevasti Patrickiin. Hän sanoi kolmeen kertaan, että oli tuntenut Patrickin kauan. Haluaisin tietää vähän enemmän sen asian taustoista. Olen nähnyt urallani kummempiakin kolmiodraamoja.»

Richie nyökkäsi ja tarkasteli yhä hääkuvaa. »Fiona on pieni nainen. Luuletko että hän olisi pärjännyt Patrickin kokoiselle kaverille?»

»Terävällä veitsellä ja yllätysmomentin turvin kyllä, luulisin. En väitä että hän on epäiltyjen listan kärjessä, muttemme voi jättää häntä ihan vielä pois laskuista.»

Kun rupesimme taas etsimään, Fiona kohosi listalla pari pykälää ylöspäin. Patrickin vaatekaapin pohjalle, kenkähyllyn taakse, oli talletettu jättipotti, tukeva harmaa mappilaatikko. Se oli poissa silmistä – laatikko ei sopinut sisustukseen – muttei selvästikään poissa mielestä, sillä he olivat panneet sinne tarkasti järjestykseen melkein kaikki paperinsa kolmen viime vuoden ajalta. Olisin voinut suudella laatikkoa. Jos minun pitäisi valita vain yksi tulokulma uhrin elämään, valitsisin aina raha-asiat. Sähköpostiviesteissä ja ystävyyssuhteissa ja jopa päiväkirjamerkinnöissä on aina monta kerrosta potaskaa, mutta luottokorttierittelyt eivät valehtele koskaan.

Kansio vietäisiin kyllä asemalle, jotta voisimme tutustua siihen tarkemmin, mutta halusin tehdä heti yleiskatsauksen. Istuuduimme sängylle – Richie epäröi hetken niin kuin olisi pelännyt saastuttavansa sen, tai sen saastuttavan hänet – ja aloimme levitellä papereita.

Päällimmäisenä olivat kaikkein tärkeimmät asiakirjat: neljä syntymätodistusta, neljä passia, vihkitodistus. Heillä oli voimassa oleva henkivakuutus, joka maksaisi asuntolainan pois, jos jompikumpi heistä kuolisi. Heillä oli ollut toinenkin henkivakuutus, kaksisataa tonnia Patrickista ja sata tonnia Jennystä, mutta sen vakuutuskausi oli päättynyt kesällä. Testamenteissaan he jättivät kaiken toisilleen, ja molempien kuollessa kaikki meni Fionalle, mukaan lukien lasten huoltajuus. On paljon ihmisiä, joille maistuisi muutama sata tonnia ja uusi talo – ja jotka pitäisivät niistä vielä enemmän, jos mukana ei tulisi paria lasta.

Mutta kun pääsimme käsiksi tiliotteisiin, Fiona Rafferty putosi listalla niin alas, että hyvä jos häntä enää näkyi. Spainit olivat pitäneet asiat yksinkertaisina – kaikki rahaliikenne hoidettiin samalta tililtä, mikä oli plussaa meidän kannaltamme. Ja aivan kuten olimme arvelleetkin, he olivat pennittömiä. Patrick oli saanut vanhasta työpaikastaan mukavan irtisanomiskorvauksen, mutta sen jälkeen tilille oli tullut rahaa vain hänen työttömyystuistaan ja lapsilisistä. Ja he olivat jatkaneet kuluttamista. Helmikuussa, maaliskuussa, huhtikuussa rahaa oli lähtenyt tililtä samaan tahtiin kuin ennenkin. Toukokuussa he olivat alkaneet hillitä rahankäyttöään. Elokuussa koko perhe oli elänyt jo pienemmällä summalla kuin minä yksinäni.

Se oli kuitenkin tapahtunut liian myöhään. Asuntolainan lyhennys oli rästissä kolmelta kuukaudelta, ja lainanantaja – jokin epämääräisen kuuloinen viritys nimeltä HomeTime – oli lähettänyt kaksi kirjettä, joista jälkimmäisen sävy oli paljon ikävämpi kuin ensimmäisen. Kesäkuussa Spainit olivat vaihtaneet kuukausimaksulliset kännykkäliittymänsä prepaideihin, ja kumpikin oli käytännössä lakannut soittamasta ihmisille – he olivat niitanneet yhteen neljän kuukauden puhelinmaksuerittelyt, eikä teinityttö olisi pärjännyt sillä määrällä varmaan viikkoakaan. Katumaasturi oli palannut heinäkuun lopussa sinne mistä oli tullutkin. Volvosta heillä oli rästissä yhden kuukauden maksut, luottokorttilaskuista neljän kuukauden lyhennykset ja sähkölaskuista viisikymmentä euroa. Viimeisen tiliotteen mukaan käyttötilillä oli 314 euroa 57 senttiä. Jos Spainit olivat harrastaneet hämäräpuuhia, he olivat olleet niissä joko huonoja tai erittäin hyviä.

Säästäväisiksi ryhtyessäänkin he olivat pitäneet kiinni langattomasta laajakaistayhteydestään. Minun oli saatava kyberrikoskeskus luokittelemaan se tietokone mahdollisimman kiireelliseksi kohteeksi. Patrick ja Jenny olivat ehkä eläneet eristyksissä, mutta heillä oli ollut koko netti juttuseuranaan, ja jotkut kertovat kyberavaruuteen sellaista mitä eivät kertoisi parhaille ystävilleenkään.

Tavallaan voisi sanoa, että he olivat olleet puilla paljailla jo ennen kuin Patrick menetti työpaikkansa. Hän oli ansainnut hyvin, mutta heidän luottokortissaan oli ollut kuuden tonnin luottoraja ja se oli ollut melkein tapissa – paljon kolminumeroisia maksuja tavarataloihin ja muutamalle nettisivustolle, joiden tyttömäiset nimet kuulostivat epämääräisen tutuilta – ja siihen päälle vielä kaksi autolainaa ja asuntolaina. Mutta vain viattomat uskovat köyhyyden riippuvan tuloista ja menoista. Kuka tahansa taloustieteilijä osaa kertoa, että köyhyys on tunne. Finanssikriisi ei tullut siksi, että ihmiset olivat yhtäkkiä köyhempiä kuin edellisenä päivänä – se tuli siksi, että ihmiset alkoivat yhtäkkiä pelätä.

Tammikuussa, kun Jenny oli käyttänyt 270 euroa jollain nettisivustolla nimeltä »Shoe 2 You», Spaineilla oli mennyt vielä aivan hyvin. Heinäkuussa, kun hän ei ollut uskaltanut vaihdattaa lukkoja tunkeilijalta suojautumiseksi, he olivat olleet ihan persaukisia.

Kun hyökyaalto iskee, jotkut tarraavat tiukasti kiinni ja säilyttävät otteensa – he eivät anna keskittymisensä herpaantua, he jaksavat ajatella positiivisesti ja kuvitella ulospääsytietä, kunnes se aukeaa heille. Toiset menettävät otteensa. Vararikko johdattaa heitä paikkoihin, joita he eivät ole osanneet ennen kuvitellakaan. Se voi sysiä lainkuuliaisen kansalaisen sille samealle ja sortuvaiselle reunalle, jolla kaikenlaiset rikokset tuntuvat olevan aivan käden ulottuvilla. Se voi kitkeä ihmisestä kaiken lauhkeuden ja kunnollisuuden, eikä jäljelle jää kuin kynnet, hampaat ja kauhu. Saatoin melkein haistaa sen pelon, tympeänlemuisen kuin mätänevä merilevä, joka huokui pimeältä kaapinperältä, missä Spainit olivat pitäneet hirviötään lukkojen takana. Sanoin: »Näyttää siltä, ettei meidän tarvitsekaan ruveta selvittelemään siskon suhdehistoriaa.»

Richie alkoi taas kuljettaa peukaloaan tiliotteella ja pysäytti sen tuolle surkuteltavalle viimeiselle sivulle. »Ei helvetti», hän sanoi päätään pudistellen.

»Kunnon mies, on vaimo ja lapsia, on talo ja elämä mallillaan. Sitten simsalabim, kaikki alkaa luhistua hänen ympäriltään. Työ menee alta, auto menee alta, talo on jo menossa – ties vaikka Jenny olisi aikonut jättää hänet, kun hänestä ei ollut enää elättäjäksi, ja uhkasi viedä lapset mukanaan. Se on voinut sysätä hänet reunan yli.»

»Kaikki tapahtui alle vuodessa», Richie sanoi. Hän laski tiliotteet sängylle HomeTimen kirjeiden viereen ja piti niistä kiinni sormenpäillään niin kuin ne olisivat olleet radioaktiivisia. »Joo. On voinut sysätä.»

»Tässä on vielä paljon jossittelua. Mutta jos Larryn pojat eivät löydä todisteita ulkopuolisista, ja jos ase löytyy jostain helposti tavoitettavasta paikasta, ja jos Jenny Spain ei herää ja kerro hyvin uskottavaa tarinaa siitä miten joku muu kuin hänen miehensä teki tämän... Tämä juttu voi olla ohi paljon pikemmin kuin odotimme.»

Juuri silloin puhelimeni soi uudestaan.

»Ja kas niin», sanoin kaivellessani sitä taskusta. »Mitä vetoa että joku apulaisista soittaa ja kertoo, että ase löytyi jostain mukavan läheltä?»

Soittaja oli Marlboro-mies, ja hän oli niin innoissaan, että ääni säröili kuin teinillä. »Herra ylikonstaapeli», hän sanoi. »Tulkaa katsomaan.»

Hän odotti meitä Ocean View Walkilla, joka oli talorivi – ei sitä oikein voinut kaduksikaan sanoa – Ocean View Risen ja meren välissä. Kun kuljimme talojen ohi, muiden apulaisten päitä putkahteli esiin seinien rei'istä niin kuin uteliaita eläimiä. Marlboromies huiskutti meille ensimmäisen kerroksen ikkunasta.

Talosta oli saatu valmiiksi vain rakenteet ja katto, ja harkkopintaiset seinät olivat kiemurtelevien köynnöskasvien peitossa. Pihatien ja avoimena ammottavan oviaukon tukkeena oli rinnankorkuista heinää ja piikkihernettä. Jouduimme kiipeämään ruosteiselle rakennustelineelle köynnöksiä jaloistamme ravistellen ja heilauttamaan itsemme sisään ikkuna-aukosta.

Sisällä Marlboro-mies sanoi: »En ollut varma, pitäisikö... Tai siis että tiedän että teillä on kiire, mutta käskitte soittaa jos löydämme mitään mielenkiintoista. Ja tämä...»

Joku oli muuttanut yläkerran kaikessa rauhassa omaksi yksityisluolakseen. Siellä oli makuupussi, sellainen järeä malli joka oli tarkoitettu puoliammattimaisille eräreissuille, ja sen jalkopäähän oli pantu karkea betonimöhkäle painoksi. Ikkuna-aukkoihin oli levitetty tuulensuojaksi paksua muovipeitettä. Kolme kahden litran vesipulloa siististi rivissä seinustalla. Läpinäkyvä muovinen säilytyslaatikko, johon mahtui naftisti deodoranttipuikko, saippuapala, pyyheliina, hammasharja ja hammastahnaputkilo. Harja ja rikkalapio puhtaaksi lakaistussa nurkassa – missään ei näkynyt hämähäkinseittejä. Supermarketin muovikassi, jonka sisällä oli toinen betonilohkare, pari tyhjää urheilujuomapulloa, suklaapatukoiden kääreitä ja rytistetystä tinapaperista pilkistävä voileivänkuori. Sellainen vanhojen naisten käyttämä muovinen sadeviitta ripustettuna kattopalkkiin lyötyyn naulaan. Ja mustat kiikarit makuupussin päällä kolhiintuneen kotelonsa vieressä.

Kiikarit eivät näyttäneet erityisen kalliilta, mutta eipä niiden ollut tarvinnutkaan olla. Takaseinän ikkuna-aukot antoivat suoraan Patrick ja Jenny Spainin viehättävään lasikeittiöön, joka oli vain kymmenen metrin päässä. Larry ja hänen jenginsä keskustelivat siellä juuri jostain keittiön säkkituoliin liittyvästä.

»Voi herra jeesus», Richie sanoi hiljaa.

Minä en sanonut sanaakaan. Olin niin vihainen, että olisin vain karjunut. Kaikki mitä olin tiennyt tästä jutusta oli kääntynyt ylösalaisin ja romahtanut niskaani. Tämä ei ollut mikään palkka-tappajan tähystyspaikka, sellaisen joka oli pestattu hakemaan rahaa tai huumeita takaisin – ammattilainen olisi siivonnut jäl-kensä ennen keikan hoitamista, emmekä olisi ikinä saaneet tietää, että hän oli ollut täällä. Tämä oli se Richien sekomies, joka toi jut-tuun kaikki omat ongelmansa.

Patrick Spain oli sittenkin yksi sadasta. Hän oli tehnyt kaiken oikein. Hän oli mennyt naimisiin lapsuudenkaverinsa kanssa, he olivat saaneet kaksi tervettä lasta, hän oli ostanut mukavan talon ja raatanut maksaakseen sen ja täyttääkseen sen kaikenlaisella säih-kyvällä, joka teki siitä täydellisen kodin. Hän oli tehnyt joka juma-lan asian, mitä mieheltä edellytetään. Sitten tämä pikku paska oli marssinut paikalle halpoine kiikareineen ja räjäyttänyt kaiken tuh-kaksi viimeistä atomia myöten, eikä Patrickille ollut jäänyt muuta kuin niskoille vieritetyt epäilyt syyllisyydestä.

Marlboro-mies silmäili minua levottomana, sillä hän pelkäsi tyrineensä taas. »Kas vain», sanoin viileästi. »Epäilykset Patrickia kohtaan taisivat juuri laantua vähän.»

»Tämä on kuin melkein joku tarkka-ampujan asema.»

»Tämä on täsmälleen kuin tarkka-ampujan asema. No niin, kaikki ulos. Konstaapeli, soittakaa kavereillenne ja käskekää hei-dän vetäytyä takaisin rikospaikalle. Käskekää kulkea huolettoman näköisesti, sillä lailla kuin ei olisi tapahtunut mitään merkittävää, mutta menkää nyt heti.»

Richie kohotti kulmiaan; Marlboro-mies avasi suunsa, mutta jokin ilmeessäni sai hänet sulkemaan sen saman tien. Sanoin: »Se tyyppi voi tarkkailla meitä parhaillaan. Sillä sehän on ainoa asia, minkä tiedämme hänestä. Hän tykkää tarkkailla. Takaan, että hän on norkoillut lähistöllä koko aamun nähdäkseen, mitä tuu-maamme hänen kättensä työstä.»

Oikealla, vasemmalla ja suoraan edessä oli riveittäin kesken-tekoisia taloja, jotka tungeksivat toljottamaan meitä. Takanamme oli ranta täynnä hiekkadyynejä ja suuria suhisevia ruohomättäitä; rannan molemmin puolin oli kukkulat, joiden juurilla törrötti rosoisia kivirivejä. Hän oli voinut piiloutua minne vain. Kään-nyinpä minne hyvänsä, tuntui kuin minulla olisi ollut tähtäinris-tikko otsassani.

Sanoin: »Tämä touhuaminen on voinut säikäyttää hänet vetäytymään joksikin aikaa kauemmas – jos meillä on käynyt tuuri, hän ei huomannut että löysimme tämän. Ja kun hän palaa takaisin, haluamme hänen luulevan, että hänen pikku piilopaikkansa on yhä turvallinen. Hänen on nimittäin pakko palata tänne heti kun pääsee. Tuon takia.» Nyökkäsin alaviistoon kohti Larrya ja hänen ryhmäänsä, jotka liikuskelivat valoisassa keittiössä. »Lyön vetoa koko rahalla, ettei hän kykene pysyttelemään poissa.»

6

MURHA ON ENNEN kaikkea kaaosta. Meidän työmme on pohjimmiltaan yksinkertaista: me vastustamme kaaosta järjestyksen nimissä.

Muistan millainen tämä maa oli varttuessani. Kävimme kirkossa, söimme päivällistä saman pöydän ääressä koko perheen voimin, eikä lapselle olisi tullut mieleenkään haistattaa aikuiselle vittua. Oli silloin paljon pahaakin, en minä sitä unohda, mutta kaikki tiesivät tarkalleen paikkansa eikä kukaan rikkonut sääntöjä tuosta vain. Jos tämä tuntuu sinusta pikkujutulta, jos se kuulostaa tylsältä tai vanhanaikaiselta tai hölmöltä, mietipä tätä: ennen ihmiset hymyilivät ventovieraille, sanoivat päivää naapureille, jättivät ovensa lukitsematta ja auttoivat mummoja kantamaan ostoksensa. Ja murhatilastot olivat nollan pinnassa.

Jossain vaiheessa me aloimme villiintyä. Villiys pääsi ilmakehään kuin virus, ja se leviää yhä. Katso vaikka kakaralaumoja, jotka vaeltavat vuokrataloalueilla aivottomina ja pidäkkeettöminä kuin paviaanit ja etsivät jotakin tai jotakuta jonka voi hakata paskaksi. Katso bisnesmiehiä, jotka tyrkkäävät raskaana olevia naisia syrjään päästäkseen junassa istumapaikalle, pakottavat nelivetomaastureillaan pienemmät autot antamaan tietä ja raivoavat naama punaisena aina kun maailma julkeaa olla heitä vastaan. Katso kuinka teinit kehittävät itkupotkuraivareita, kun eivät saa jotain juuri sillä sekunnilla kuin haluavat. Kaikki mikä erottaa meidät eläimistä on rapautumassa, huuhtoutumassa pois hiekan tavoin, katoamassa tai kadonnut jo.

Viimeinen askel matkalla villiyteen on murha. Me seisomme sinun ja sen välissä. Me sanomme silloin, kun kukaan muu ei sitä sano: *Täällä on sääntöjä. Täällä on rajoja. Täällä on muureja jotka eivät siirry.*

Minulla on harvinaisen huono mielikuvitus, mutta niinä iltoina kun mietin, oliko päivässäni mitään järkeä, ajattelen näin: kun aloimme muuttua ihmisiksi, aivan ensimmäiseksi vedimme luolan oven eteen viivan ja sanoimme: *Villiys pysyy ulkona.* Minä teen samaa kuin ensimmäiset ihmiset. He rakensivat muureja pitääkseen meren loitolla. He puolustivat kotinsa tulisijaa susilta.

Keräsin koko tutkintaporukan koolle Spainien olohuoneeseen – se oli siihen tarkoitukseen ihan liian pieni, mutta tätä keskustelua ei voinut mitenkään käydä näyteikkunakeittiössä. Apulaiset kuuntelivat ripirinnan ja varoivat astumasta matolle tai tönäisemästä telkkaria niin kuin Spainit olisivat yhä vaatineet vierailtaan hyviä tapoja. Kerroin porukalle, mitä takapihan aidan takana oli. Yksi tekniikan pojista päästi pitkän ja matalan vihellyksen.

»Kuule Tykitys», Larry sanoi. Hän oli asettunut mukavasti sohvalle. »Enhän minä sinua epäile, tiedämme kumpikin ettei sellainen kannata, mutta eikö ole mitään mahdollisuutta, että se oli vain joku koditon tyyppi joka löysi itselleen vähäksi aikaa mukavan makuupaikan?»

»Makuupaikan jossa oli kiikarit ja kallis makuupussi eikä mitään muuta? Ei mitään mahdollisuutta, Lar. Se asema oli perustettu vain yhtä tarkoitusta varten: Spainien vakoiluun.»

»Eikä se mies ole koditon», Richie sanoi. »Tai jos on, hänellä on joku pesupaikka sekä itselleen että makuupussilleen. Siellä ei haissut.»

Sanoin lähimmälle apulaiselle: »Soittakaa koirayksikköön ja käskekää lähettää tänne partiokoira mahdollisimman pian. Sanokaa, että etsimme murhasta epäiltyä ja tarvitsemme parhaan jäljestäjäkoiran joka niillä on.» Mies nyökkäsi ja peruutti eteiseen kaivaen jo samalla puhelinta taskustaan. »Ennen kuin se koira saa tilaisuuden hankkia vainun, kukaan muu ei mene siihen taloon. Te kaikki» – nyökkäsin apulaisille – »voitte jatkaa aseen etsintää, mutta pysykää tällä kertaa loitolla siitä piilopaikasta. Menkää talon etupuolelle, tutkikaa sen molemmilta sivuilta ja edetkää rantaan. Kun koiranohjaaja tulee, tekstaan teille kaikille ja palaatte sitten pikavauhtia tänne. Tämän talon etupuolelle pitää saada aikaiseksi täysi kaaos: juoksentelua, huutamista, ajelua valot ja pillit päällä, kerääntymistä koolle niin kuin katsomaan jotain – järjestäkää siitä niin iso näytös kuin pystytte. Ja valitkaa sitten joku pyhimys, tai mitä nyt sitten harrastattekin, ja rukoilkaa häneltä että jos miehemme katselee, härdellinne houkuttelee hänet talon eteen katsomaan mitä tapahtuu.»

Richie nojaili seinään kädet taskuissa. Hän sanoi: »Ainakin häneltä jäi kiikarit tuonne. Jos hän haluaa nähdä, mikä on meininki, hänen pitää tulla talon etupuolelle katsomaan läheltä.»

»Voi hänellä tietysti olla toisetkin kiikarit, mutta toivotaan. Jos hän tulee tarpeeksi lähelle, voimme ehkä jopa ottaa hänet kiinni, mutta se on luultavasti liikaa pyydetty. Tämä koko asuntoalue on yksi sokkelo, ja hänellä on niin paljon piilopaikkoja, että niillä pärjää monta kuukautta. Mutta sitä odotellessa panemme koiran kiertelemään sitä asemapaikkaa ja hakemaan vainun makuupussista – ohjaaja voi tuoda pussin alas, ellei hän saa koiraa ylös – ja panemme sen töihin. Yksi, siis nimenomaan yksi tekniikan työntekijä menee sinne koirakon mukana, huomaamattomasti. Hän kuvaa videot ja ottaa sormenjäljet ja lähtee heti. Kaikki muu saa odottaa siellä.»

»Gerry», Larry sanoi osoittaen nuorta honteloa kaveria, ja tämä nyökkäsi. »Lännen nopein sormenjälkiteippaaja.»

»Hyvä, Gerry. Jos löydät jälkiä, lähdet suoraan labraan ja teet siellä temput. Me muut pidämme yllä toimintaa talon edessä niin pitkään kuin tarvitset, ja sen jälkeen palaamme vanhoihin hommiimme. Meillä on aikaa tasan kello kuuteen. Sen jälkeen poistumme alueelta. Talon sisällä olijat voivat jatkaa töitä senkin jälkeen, mutta ulkopuolen pitää näyttää siltä, että olemme pakanneet kamppeet ja menneet yöksi kotiin. Miehellemme pitää saada reitti selväksi.»

Larryn kulmakarvat olivat melkein pälvikaljussa kiinni. Oli uhkapeliä panna koko illan työt pantiksi tästä yhdestä mahdollisuudesta – todistajien muistikuvat voivat muuttua jo seuraavaan päivään mennessä, sadekuuro voi huuhtoa pois veret ja vainut, vuorovesi voi kiskaista pois heitetyt aseet ja veritahraiset vaatteet merelle ikuisiksi ajoiksi – eikä ollut minun tapaistani harrastaa uhkapeliä. Mutta tämä tapaus ei ollut tavallinen. »Palaamme töihin sitten kun tulee pimeää», sanoin.

»Oletat siis, ettei koira saa sitä kaveria kiinni», Larry huomautti. »Arveletko että hän on joku taitava tekijä?»

Näin apulaisten liikahtelevan niin kuin ajatus olisi lähettänyt valppauden väreet kulkemaan heidän lävitseen. »Siitä me aiomme ottaa selvää», sanoin. »Luultavasti ei ole, koska muuten hän olisi siivonnut jälkensä, mutta en ota riskejä. Aurinko laskee puoli kahdeksan maissa tai ehkä vähän sen jälkeen. Kahdeksalta tai puoli yhdeksältä, heti kun meitä ei enää näe, konstaapeli Curran ja minä menemme asemapaikkaan ja vietämme yön siellä.» Tavoitin Richien katseen, ja hän nyökkäsi. »Sillä välin kaksi rikostutkijaa partioi asuntoalueella – edelleen huomaamattomasti – ja pitää silmällä kaikkea mahdollista toimintaa, varsinkin toimintaa joka on suuntaamassa tännepäin. Onko halukkaita?»

Kaikkien apulaisten kädet pomppasivat pystyyn. Valitsin Marlboro-miehen – hän oli ansainnut sen – ja penskan, joka näytti niin nuorelta ettei yksi uneton yö tyrmäisi häntä loppuviikoksi. »Pitäkää mielessä, että hän voi tulla tänne asuntoalueen ulkopuolelta mutta hän voi olla myös jo alueen sisällä. Hän saattaa piileskellä jossain hylätyssä talossa, tai sitten hän asuu täällä ja valitsi Spainit kohteekseen sen vuoksi. Jos siis huomaatte mitään mielenkiintoista, soittakaa minulle saman tien. Ei käytetä vieläkään radioita. Meidän täytyy olettaa, että se kaveri harrastaa valvontavehkeitä ja on niin perehtynyt asiaan, että omistaa skannerin. Jos joku henkilö näyttää lupaavalta, varjostakaa häntä jos voitte, mutta tärkeintä on varmistaa, ettei hän huomaa teitä. Jos saatte pienenkin aavistuksen, että hän on teistä jyvällä, niin pakitatte heti ja raportoitte minulle. Onko selvä?»

He nyökkäsivät. Minä sanoin: »Tarvitsen myös kaksi teknikkoa viettämään yön täällä.»

»Ei minua», Larry sanoi. »Tiedät että rakastan sinua, Tykitys, mutta minulla on sovittu tapaaminen ja olen liian vanha koko yön hommiin, pahoittelut kaksimielisyydestä.»

»Ei haittaa. Jollekulle varmasti maistuu ylityölisät, vai kuinka?» Larry esitti leukansa valahtavan rintaan asti – minulla on maine miehenä, joka ei valtuuta ylitöitä. Muutama tekniikan työntekijä nyökkäsi. »Voitte tuoda makuupussit ja torkkua vuorotellen olohuoneessa jos haluatte. Minulle riittää, että täällä on jotain jatkuvaa ja näkyvää toimintaa. Tuokaa tavaroita autostanne ja viekää takaisin, ottakaa pyyhkäisynäytteitä keittiössä, viekää sinne läppäri ja avatkaa näytölle joku ammatillisen näköinen kaavio... Teidän tehtävänne on pitää miehemme niin kiinnostuneena, ettei hän malta olla menemättä pesäänsä katsomaan kiikareillaan, mitä te teette.»

»Syötti», sanoi sormenjälkiteknikko Gerry.

»Aivan. Meillä on syötti, jäljestäjät ja metsästäjät, emmekä voi kuin toivoa, että miehemme kävelee ansaan. Pidämme kuuden ja auringonlaskun välissä parin tunnin tauon. Hakekaa jotain syötävää, käykää asemalla jos teidän pitää ilmoittautua, hakekaa kaikki mitä tarvitsette väijyyn. Mutta sitä odotellessa päästän teidät takaisin hommiinne. Kiitos, hyvät pojat ja tytöt.»

He hajaantuivat – kaksi teknikoista heitti lanttia ylityöhön menosta, pari apulaista yritti tehdä vaikutusta minuun tai tovereihinsa tekemällä muistiinpanoja. Rakennusteline oli leimannut palttooni hihaan ruostetahran. Löysin taskustani nenäliinan ja menin keittiöön kostuttamaan sitä.

Richie tuli perässä. Sanoin: »Jos kaipaat syötävää, voit mennä etsimään sen bensa-aseman, josta Goganin emäntä puhui.»

Hän pudisti päätään. »Ihan hyvä näin.»

»Hyvä. Ja tämä yö sopii?»

»Joo. Ei haittaa.»

»Kuudelta menemme asemalle kertomaan tilanteen tarkastajalle. Sitten käymme hakemassa kotoa kaiken mitä tarvitsemme, yhytämme taas toisemme ja palaamme tänne.» Richie ja minä ehtisimme kaupunkiin nopeasti, ja jos tarkastajan luona ei menisi liian pitkään, ehtisin ehkä ottaa yhteyttä Dinaan ja lähettää hänet taksilla Gerin luo. »Voit vapaasti merkitä tämän yön ylitöiksi jos haluat. Minä en aio.»

»Mikset?»

»En usko ylitöihin.» Larryn pojat olivat katkaisseet vedet ja irrottaneet hajulukon siltä varalta, että miehemme oli peseytynyt, mutta hanasta tippui vielä viimeisiä pisaroita. Sieppasin ne nenäliinaan ja pyyhin sillä hihaani.

»Kuulin kyllä. Mutta miksi?»

»En ole lapsenlikka enkä tarjoilija. En laskuta tuntipohjalta. Enkä ole mikään poliitikko, joka yrittää saada kolmet korvaukset jokaisesta työnrippusestaan. Minulle maksetaan palkkaa siitä, että teen työni, vaikka se tarkoittaisi mitä tahansa.»

Richie ei vastannut siihen mitään. Hän sanoi vain: »Olet ilmeisesti aika varma, että se tyyppi tarkkailee meitä?»

»Päinvastoin. Luultavasti hän on monen kilometrin päässä, töissä jos hänellä on työpaikka, ja jos hänellä oli kanttia mennä sinne tänään. Mutta niin kuin Larrylle sanoin, en jätä mitään sattuman varaan.»

Silmänurkassani välähti jotain valkoista. Jo ennen kuin huomasin liikkuneeni, olin ikkunassa valmiina säntäämään takaovelle. Yksi teknikoista oli takapihalla kyykyssä laatoituskiven päällä ja pyyhki näytteitä.

Richie antoi tapahtuneen puhua puolestaan sillä välin, kun minä suoristauduin ja tungin nenäliinan salkkuuni. Sitten hän sanoi: »No, ehkä 'varma' ei sitten ole oikea sana. Mutta uskot että hän tarkkailee meitä.»

Spaineista valunut Rorschachin läiskä oli tummenemassa ja kuivumassa reunoiltaan. Harmaa iltapäivävalo sinkoili sen takaisissa ikkunoissa edestakaisin ja langetti sinne tänne yllättäviä heijastuskuvia: kieppuvia lehtiä, seinänkaistale, linnun säpsähdyttävä syöksysukellus pilveä vasten. »Joo», sanoin. »Uskon. Uskon että hän tarkkailee.»

Loppuiltapäivänä meillä ei ollutkaan muuta tekemistä kuin odotella yötä. Media oli alkanut parveilla talon lähistöllä – myöhemmin kuin olin odottanut. Toimittajien navigaattorit eivät selvästikään tykänneet tästä paikasta yhtään sen enempää kuin minunkaan laitteeni. He tekivät samaa kuin aina: norkoilivat rikospaikkanauhan takana saadakseen kuvaa taloon ja pihalle kulkevista teknikoista ja vetivät kameran edessä spiikkejä niin vakavalla äänellä kuin osasivat. Media on minun nähdäkseni välttämätön paha. Se hankkii leipänsä siitä eläimestä, joka meillä kaikilla on sisällämme, ja levittelee otsikkoihinsa syötiksi uhrien verta, jotta hyeenat tulisivat nuuskuttelemaan. Siitä on kuitenkin myös sen verran hyötyä, että meidän kannattaa pysyä hyvissä väleissä toimittajien kanssa. Tarkastin kampaukseni Spainien kylppärin peilistä ja menin ulos antamaan heille lausunnon. Olin harkinnut hetken ajan vilpittömästi, että lähettäisin Richien puolestani. Ajatus, että Dina kuulisi minun ääneni puhuvan Broken Harbourista, sai närästyksen polttelemaan rintaani. Toimittajia oli paikalla parisenkymmentä. Kaikenlaista väkeä laatulehdistä tabloideihin ja valtakunnantelevisiosta paikallisradioihin. Puhuin niin lyhyesti ja monotonisesti kuin osasin – siltä varalta että he tosiaan siteeraisivat minua eivätkä vain näyttäisi kuvaa tapahtumapaikasta – ja annoin heille sellaisen käsityksen, että kaikki neljä Spainia olivat kuolleita kuin kivi. Tekijä katsoisi varmasti uutiset, ja halusin tuudittaa hänet itsetyytyväisyyteen ja turvallisuudentunteeseen. Ketään ei jäänyt todistamaan, täydellinen rikos, onnittelehan toki itseäsi kun olet tuollainen voittajatyyppi ja tule sitten vielä kertaalleen katsomaan mestarillista työnjälkeäsi.

Etsintäryhmä ja koiranohjaaja saapuivat pian tämän jälkeen, mikä tarkoitti että meillä oli yllin kyllin esittäjiä etupihan draamaan – Goganin emäntä ja hänen poikansa eivät enää jaksaneet edes teeskennellä välinpitämätöntä vaan työnsivät päänsä ovenraosta, ja toimittajat venyttivät rikospaikkanauhan melkein poikki päästäkseen näkemään mitä oli tekeillä, mitä pidin hyvänä merkkinä. Kumarruin eteisessä katsomaan jotain samaa mielikuvitusasiaa kuin muutkin, huusin merkityksetöntä ammattislangia ovesta pihalle, hölköttelin etupihalla hakemassa tavaroita autostani. Minun oli suunnattoman vaikea olla vilkuilematta, näkyikö talosokkelossa liikettä tai heijastuiko kenties jossain valoa kiikarinlinsseistä. En kuitenkaan kohottanut katsettani kertaakaan.

Koira oli kiiltävänlihaksikas seefferi. Se sai makuupussista vainun silmänräpäyksessä, seurasi sitä tien päähän ja kadotti sen sitten. Panin ohjaajan kävelyttämään koiraa pitkin Spainien taloa – jos miehemme katseli meitä, halusin hänen luulevan, että olimme kutsuneet koirakon sinne. Sen jälkeen käskin etsintäryhmän ottaa vastuun aseen haeskelusta ja lähetin tutkinta-apulaiset uusiin tehtäviin. Käskin yhden mennä Emman kouluun – äkkiä ennen kuin koulupäivä päättyisi – ja puhua hänen opettajalleen, ystävilleen ja vanhemmilleen. Toisen lähetin Jackin esikouluun samalla ohjeistuksella. Kolmannen käskin käydä kaikissa kaupoissa koulujen lähellä, selvittää mistä Jenny sai ne Sinéad Goganin näkemät ostoskassit ja kysyä, näkikö kukaan myyjistä jonkun seurailevan Jennyä tai oliko kellään valvontakamerakuvaa. Neljännen passitin sairaalaan, jossa Jenny oli hoidettavana. Käskin hänen puhuttaa kaikkia sinne tulleita omaisia, selvittää ketkä olivat jättäneet tulematta, varmistaa että jokainen heistä ymmärsi pitää suunsa kiinni ja pysytellä kaukana mediasta. Hänen piti myös käydä kaikissa sairaaloissa sadan kilometrin säteellä, kysyä niistä tietoja viime yön puukotusvammoista ja toivoa, että meidän poikamme sai kamppailussa haavan. Jonkun piti soittaa asemalle ja selvittää, olivatko Spainit soitelleet poliisille viimeisen puolen vuoden aikana. Jonkun piti ottaa yhteyttä Chicagon poliisilaitokseen ja käskeä jonkun sieltä välittää tieto Patin veljelle Ianille. Jonkun piti tavoittaa kaikki tämän jumalanhylkäämän paikan asukkaat ja uhata heitä kaikella mahdollisella vankeustuomiota myöten, jos he kertoisivat medialle jotain mitä eivät kertoneet ensin meille. Hänen piti myös selvittää, olivatko asukkaat nähneet Spaineja, olivatko he huomanneet mitään kummallista, olivatko he nähneet yhtään mitään.

Richie ja minä palasimme tutkimaan taloa. Tunnelma oli toisenlainen nyt kun Spainit olivat muuttuneet harvinaisiksi taruhahmoiksi, kuin laululinnuiksi jota ei koskaan nähdä elossa: heistä oli tullut viattomia uhreja, läpikotaisin puhtoisia. Aiemmin olimme kaivelleet tietoa siitä, mitä he olivat tehneet väärin. Nyt etsimme tietoa siitä, mikä oli koitunut heidän kohtalokseen. Kuitteja jotka kertoisivat, kuka oli myynyt heille ruokaa, bensaa, lastenvaatteita. Onnittelukortteja jotka kertoisivat, ketkä olivat käyneet Emman synttäreillä, paperia jossa listattaisiin jonkin asukasyhdistyksen kokouksen osanottajat. Etsimme välkkyvää viehettä, joka oli tarttunut johonkin teräväkyntiseen elukkaan ja kiskonut sen tänne heidän perässään.

Ensimmäisenä raportoi apulainen, jonka olin lähettänyt Jackin esikouluun. »Herra ylikonstaapeli», hän sanoi. »Jack Spain ei käynyt sitä koulua.»

Olimme löytäneet numeron listasta, joka oli kirjoitettu tyttömäisen pyöreällä käsialalla ja kiinnitetty nastalla puhelinpöydän yläpuolelle: lääkäri, poliisiasema, työpaikka – se oli ruksittu yli – E koulu, J esikoulu. »Eikö hän ole ollut siellä ikinä?»

»Kyllä hän kävi sitä kesäkuuhun asti. Kesäloman alkuun. Hänet oli listattu oppilaaksi syksyllekin, mutta Jennifer Spain soitti elokuussa ja peruutti hänen paikkansa. Poika oli kuulemma päätetty pitää sittenkin kotona. Esikoulun johtajanainen epäilee, että ongelmana oli raha.»

Richie kumartui lähemmäs puhelinta – istuimme yhä Spainien sängyllä papereita penkomassa. »James terve, Richie Curran täällä. Saitko ylös yhtään Jackin kaverien nimiä?»

»Sain. Siellä oli kolme poikaa, jotka mainittiin erikseen.»

»Hyvä», minä sanoin. »Mene puhuttamaan heitä ja vanhempia. Ilmoittele sitten taas meille.»

Richie sanoi: »Kysypä vanhemmilta, milloin ne näkivät Jackin viimeksi. Ja milloin he toivat poikansa viimeksi Spaineille leikkimään.»

»Tapahtuu. Soitan teille takaisin mahdollisimman pian.»

»Tee niin.» Lopetin puhelun. »Mikä ajat takaa?»

»Fionahan kertoi, että kun hän puhui Jennyn kanssa eilisaamuna, Jenny sanoi että Jack oli tuonut kotiin jonkun esikoulukaverinsa. Mutta jos Jack ei ollutkaan esikoulussa...»

»Jenny saattoi hyvin tarkoittaa sellaista kaveria, jonka Jack oli saanut viime vuonna.»

»Muttei se kuulostanut siltä, eihän? Ehkä se oli pelkkä väärinymmärrys, mutta sinähän sanoit, että etsitään kaikkea mikä ei sovi kuvaan. En ymmärrä miksi Fiona olisi valehdellut sellaisesta, tai miksi Jenny olisi valehdellut Fionalle, mutta...»

Mutta jos jompikumpi oli valehdellut, se olisi joka tapauksessa mukava tietää. Sanoin: »Ehkä Fiona keksi koko jutun siksi, että heillä oli eilisaamuna ilmiriita ja hän tuntee siitä nyt syyllisyyttä. Tai ehkä Jenny valehteli siksi, ettei halunnut paljastaa Fionalle miten vähissä rahoissa he olivat. Sääntö numero seitsemän, tai ainakin sinnepäin: kaikki valehtelevat. Tappajat, todistajat, ohikulkijat, uhrit. Kaikki.»

Muut apulaiset ilmoittautuivat yksi kerrallaan. Chicagon poikien mukaan Ian Spainin reaktio oli ollut »ihan kohdallaan» – normaali sekoitus järkytystä ja surua, ei mitään epäilyttävää. Ian sanoi, etteivät hän ja Pat olleet juuri sähköpostitelleet, mutta

joka tapauksessa Pat ei ollut maininnut mitään kyttääjiä, yhteen-
ottoja tai huolestuttavia tyyppejä. Jennyllä ei ollut juuri enempää
sukua kuin Patrickillakaan – hänen äitinsä oli tullut jo sairaalaan
ja hänellä oli serkkuja Liverpoolissa, mutta siinä kaikki. Äidinkin
reaktio oli ollut ihan kohdallaan, ja hän oli käyttäytynyt asiaan-
kuuluvan hysteerisesti, kun häntä ei ollut päästetty Jennyn luo.
Sairaalaan lähetetty apulainen oli lopulta saanut häneltä lyhyen
lausunnon, joskaan sillä ei välttämättä ollut mitään arvoa, koska
Jennyn ja äidin välit olivat olleet etäiset ja äiti tiesi Spainien elä-
mästä vähemmän kuin Fiona. Apulainen oli taivutellut häntä
lähtemään kotiin, mutta hän oli leiriytynyt Fionan kanssa sairaa-
laan, missä oli sentään se hyvä puoli, että tietäisimme mistä hei-
dät löytää.

Emma oli käynyt koulua ihan oikeastikin, ja opettajat olivat
luonnehtineet häntä mukavan perheen mukavaksi tytöksi. Hän
oli suosittu, hyväkäytöksinen, miellyttämishaluinen, ei mikään
nero mutta pysyi opetuksessa kärryillä. Apulaisella oli lista opet-
tajista ja ystävistä. Lähiseudun päivystyspoleilla ei ollut hoi-
dettu epäilyttäviä puukotushaavoja, eikä Spaineilta ollut soitettu
meille. Ocean Viewin ovilla kysely ei ollut tuottanut tulosta:
asuntoalueella oli ehkä 250 taloa, niistä viidessäkymmenessä
tai kuudessakymmenessä oli asumisen merkkejä, noin puolessa
näistä oli joku kotona, eikä kukaan noista parista tusinasta ollut
tiennyt Spaineista juuri mitään. Kukaan heistä ei uskonut näh-
neensä tai kuulleensa mitään epätavallista, mutta he eivät voineet
olla varmoja, koska aina oli autolla rällääjiä, aina oli puolivillejä
teinejä jotka vaelsivat tyhjillä kaduilla sytyttämässä kokkoja ja
etsimässä särjettävää.

Jennyn ostokset olivat peräisin lähimmän kaupunkipahasen
supermarketista. Noin neljältä edellisenä iltapäivänä hän oli osta-
nut maitoa, jauhelihaa, sipsejä ja vielä jotain muuta, mitä kassatyttö
ei muistanut – marketti haki parhaillaan kuittitietoja ja valvonta-
kamerakuvaa. Tytön mukaan Jenny oli näyttänyt ihan normaalilta,
kiireiseltä ja vähän stressaantuneelta mutta kohteliaalta. Kukaan
ei ollut puhunut perheelle, kukaan ei ollut seurannut heitä ulos, ei
ainakaan niin että tyttö olisi huomannut. Hän muisti perheen vain
siksi, että Jack oli hyppinyt ja laulanut ostoskärryissä, ja kassalla

Jack oli ilmoittanut pukeutuvansa halloweenina isoksi pelottavaksi eläimeksi.

Me löysimme omissa etsinnöissämme kaikenlaista pientä sälää, kuin hylkytavaraa vuorovesirannalta. Valokuva-albumeita, osoitekirjoja, kortteja joissa onniteltiin Spaineja kihlautumisesta, naimisiinmenosta, lasten syntymästä. Kuitteja hammaslääkäristä, lääkärin vastaanotolta, apteekista. Merkkasin joka nimen ja joka numeron muistikirjaani. Kysymysmerkkien lista alkoi vähitellen lyhentyä ja mahdollisten kontaktien lista pidentyä.

Kyberrikoskeskuksesta soitettiin minulle loppuiltapäivästä ja kerrottiin, että siellä oli vilkaistu alustavasti sitä mitä olin lähettänyt. Olimme Emman huoneessa. Minä olin käynyt läpi hänen koulureppuaan (paljon pinkkivoittoisia väriliitupiirroksia, TÄNÄÄN MINÄ OLEN PRINSESSA kirjoitettuna huteran hartailla tikkukirjaimilla), ja Richie oli kyykistellyt selaamassa Emman kirjahyllyn satukirjoja. Nyt kun Emma oli poissa ja vuoteesta oli otettu lakanat – ruumishuoneen pojat olivat kietoneet hänet lakanoihin ja ottaneet koko hoidon mukaansa siltä varalta, että tekijästä oli irronnut kuituja tai ihokarvoja – huone oli henkeä ahdistavan autio, sen tuntuinen kuin Emma olisi viety sieltä tuhat vuotta sitten eikä kukaan olisi astunut sinne sen koommin.

Tietotekniikkainsinöörin nimi oli Kieran tai Ciran tai jotain. Hän oli nuori ja hän puhui nopeasti, ja hänellä oli selvästi hauskaa: tämä oli varmasti paljon lähempänä sitä työtä, johon hän oli kuvitellut hakeutuneensa, kuin lapsipornon etsintä kovalevyiltä, tai mitä hän nyt sitten tavallisesti tekikin työkseen. Puhelimista ei ollut tullut esiin mitään huomiota herättävää eikä itkuhälyttimissä ollut mitään mielenkiintoista, mutta tietokone oli eri juttu. Joku oli pyyhkinyt sieltä tiedostoja.

»En halunnut käynnistää konetta ja tuhota samalla tietoja tiedostojen avauspäivämääristä. Ja ties vaikka siinä olisi ollut kuolleen miehen kytkin, joka pyyhkii koko koneen tyhjäksi kun se käynnistetään. Joten ihan ensimmäiseksi kopioin kovalevyn.»

Panin puhelun kaiuttimeen. Yläpuoleltamme kuului ilkeää ja itsepintaista helikopterin pörinää, ja se tuli liian matalalta – mediahan se siellä. Jonkun tutkinta-apulaisen pitäisi selvittää, mistä puljusta oli kyse, ja kieltää sitä julkaisemasta kuvia tekijän piilopaikasta.

»Tökkäsin kopion kiinni omaan koneeseeni ja menin katsomaan selaimen sivuhistoriaa – sieltä jos mistä löytyy jotain mielenkiintoista. Paitsi että tällä koneella ei ole sivuhistoriaa. Siis siellä ei ole mitään. Ei yhtäkään sivua.»

»He käyttivät nettiä siis vain sähköpostiin.» Tiesin jo itsekin Jennyn nettiostosten takia, ettei asia ollut niin.

»Bzzz, väärä vastaus. Kukaan ei käytä nettiä pelkästään sähköpostiin. Minun mummonikin löysi Val Doonicanin fanisivuille, ja mummolla on tietokone vain siksi, että minä ostin ettei hän masentuisi ukin kuoltua. Selaimen voi asettaa pyyhkimään sivuhistorian aina kun ohjelman sulkee, mutta useimmat eivät tee niin. Sitä asetusta näkee julkisten paikkojen koneissa, nettikahviloissa sun muissa. Mutta tarkistin kumminkin, ja ei, selainta ei ole asetettu pyyhkimään sivuhistoriaa. Niinpä katsoin, oliko selainhistoriasta ja väliaikaistiedostoista poistettu mitään, ja voilà: joku poisti manuaalisesti kaiken tänä aamuna kello 4.08.»

Richie, joka kyykisteli yhä lattialla, tavoitti katseeni. Olimme keskittyneet kokonaan tähystyspaikkaan ja murtojälkiin. Meille ei ollut tullut mieleenkään, että miehellämme voisi olla hienovaraisempiakin tunkeutumiskeinoja, vähemmän näkyviä kissanluukkuja joista pääsi vaeltelemaan pitkin Spainien elämää. Minussa heräsi halu vilkaista olkani yli, varmistaa ettei mikään tarkkaillut minua Emman vaatekaapista. »Hyvin löydetty», sanoin.

Insinööri ei ollut lopettanut vielä. »Eli sen jälkeen minua kiinnosti tietysti tietää, mitä muuta se jätkä teki kun räpläsi siellä. Joten etsin kaikkea, mitä oli poistettu samaan aikaan. Ja arvaa mitä löytyi? Outlookin koko PST-tiedosto. Pyyhitty pois. Kello 4.11.»

Richie oli pönkännyt muistikirjansa sängylle pystyyn ja teki siihen muistiinpanoja. Minä sanoin: »Eli siinäkö olivat heidän sähköpostinsa?»

»Aivan. Kaikki sähköpostiviestit, mitä he ovat ikinä lähettäneet ja vastaanottaneet. Sähköpostiosoitteet myös.»

»Onko mitään muuta deletoitu?»

»Ei, siinä kaikki. Koneella on muutakin tavaraa – kaikkia perusjuttuja, valokuvia ja asiakirjoja ja musiikkia – mutta mitään niistä ei ole avattu tai muokattu viimeisen vuorokauden aikana.

Se jätkänne meni koneelle, kävi käsiksi suoraan nettitietoihin ja häipyi sitten heti.»

»'Se jätkämme'», minä sanoin. »Oletko varma, etteivät omistajat tehneet sitä itse?»

Kieran tai Cian tuhahti. »Ei mitään mahdollisuutta.»

»Miksei?»

»Koska he eivät ole mitään tietokoneneroja. Arvaa mitä siinä koneella on ihan heti työpöydällä? Tiedosto nimeltä – siis ihan oikeasti nyt – siellä on tiedosto nimeltä 'Salasanat'. Ja yllätyt varmaan kun sanon, että siellä on kaikki heidän salasanansa. Sähköposti, nettipankki, ihan kaikki. Mutta ei siinä vielä mitään. He käyttivät yhtä ja samaa salasanaa moneen paikkaan. Keskustelufoorumeille, Ebayhin ja myös koneen omana salasanana. 'Emma-Jack'. Aavistin heti pahinta, mutta koska en halua tuomita ketään suoralta kädeltä, en ruvennut takomaan päätäni näppikseen ennen kuin soitin Larrylle ja kysyin, onko koneen omistajilla muksuja ja mitkä heidän nimensä ovat. Hän sanoi – valmistaudu pahimpaan – Emma ja Jack.»

Minä sanoin: »Kai he olettivat, että jos tietokone pöllittäisiin, varas ei tietäisi lasten nimiä, joten hän ei saisi konetta edes käynnistettyä eikä voisi lukea tuota tiedostoakaan.»

Insinööri päästi ponnekkaan huokauksen, joka kertoi että hän oli juuri luokitellut minut samaan kastiin kuin Spainit. »Siis en minä tässä nyt sitä. Minun tyttökaverini nimi on Adrienne, ja tökkisin itseltäni silmät puhki lusikkahaarukalla ennen kuin käyttäisin sitä salasanana yhtään missään, koska joku taso nyt olla pitää. Usko kun sanon, että jos on niin avuton että käyttää jumalauta lastensa nimiä salasanana, niin ei puhettakaan mistään kovalevyjen pyyhkimisestä, hyvä kun pystyy pyyhkimään oman perseensä. Tämän teki joku muu.»

»Joku jolla on tietokonetaitoja.»

»Niin, jonkun verran. Ainakin enemmän kuin koneen omistajilla. Ei hän ollut välttämättä mikään ammattilainen, mutta hän tunsi nämä vehkeet.»

»Miten paljon aikaa siihen tarvittiin?»

»Koko hommaanko? Ei paljoa. Hän sammutti koneen kello 4.17. Sisään ja ulos alle kymmenessä minuutissa.»

Richie kysyi: »Luuletko että se tyyppi tiesi, että te saisitte selville mitä hän on tehnyt? Vai uskooko hän peittäneensä jälkensä?» Insinööri päästi epäselvän äännähdyksen. »Se vähän riippuu. Moni konna luulee, että me olemme jotain luolamiehiä jotka osaavat nippa nappa käynnistää koneen. Ja monella konnalla on juuri sen verran tietokonetaitoja, että pystyy järjestämään itsensä kuseen, varsinkin jos hänellä on kiire niin kuin tällä teidän jätkällänne on ehkä ollut. Jos hän olisi oikeasti halunnut räjäyttää ne tiedostot atomeiksi, tai peittää jälkensä niin etten minä saisi tietää kenenkään koskeneen koneeseen, niin siihen olisi ollut keinoja – tiedostonpoisto-ohjelmia – mutta se olisi vaatinut enemmän aikaa ja älliä. Jätkällänne oli pulaa jommastakummasta, tai molemmista. Mutta noin yleisesti ottaen veikkaisin, että hän tiesi että me huomaisimme deletoinnit.»

Mutta hän oli poistanut tiedostot siitä huolimatta. Niissä oli ollut jotain hyvin tärkeää. Sanoin: »Ole kiltti ja kerro, että saat ne tiedot palautettua.»

»Osan kyllä varmaan. Kysymys kuuluu, että miten suuren osan. Meillä on palautusohjelmia joita aion kokeilla, mutta jos se jätkä kirjoitti tiedostojen päälle moneen kertaan – ja hänenä olisin tehnyt sillä lailla – niin ne tiedostot menevät vähän mössöksi. Ne kehvelit korruptoituvat ihan tarpeeksi tavallisessa käytössäkin, ja jos sekaan heitetään vähän tahallista deletointia, niin tuloksena voi olla pelkkää soppaa. Mutta jättäkää se minun huolekseni.»

Hän kuulosti siltä kuin olisi jo hinkunut töihin. »Tee minkä pystyt», sanoin. »Pidämme peukkuja.»

»Ei tarvitse. Jos en pärjää jonkun säheltävän amatöörin deletenapille, niin sama kun lopetan nämä isojen poikien hommat ja haen töitä jostain it-tukihelvetistä. Löydän teille kyllä jotain. Luottakaa minuun.»

»'Säheltävä amatööri'», Richie sanoi kun panin puhelimeni pois. Hän kyyristeli yhä lattialla ja sormeili hajamielisesti kirjahyllyn päällä olevaa kehystettyä valokuvaa: Fiona ja joku tyyppi, jolla oli ruskea roikkutukka, pitelivät sylissään pikkuruista Emmaa, joka oli hukkua kastemekkonsa pitseihin. Koko kolmikko hymyili. »Selvitti kumminkin salasanan, jolla pääsee koneelle.»

»Niin», sanoin. »Joko tietokone oli valmiiksi auki kun hän tuli tänne – keskellä yötä – tai sitten hän tiesi lasten nimet.»

»Tykitys!» Larry sanoi onnellisena ja loikkasi pois keittiön ikkunoiden luota, kun näki meidät oviaukossa. »Juuri se mies, jota ajattelin. Tulehan tänne, ja ota tuo lahjakas nuorimies mukaasi. Olet kohta hyvin tyytyväinen minuun.»

»Juuri nyt riittäisi jos voisin olla tyytyväinen ihan mihin tahansa. Mitä löytyi?»

»Mikä olisi parasta, mitä sinulle voi tänään tapahtua?»

»Älä arvuuttele, Lar. Nyt en jaksa. Mitä olet loihtinut esiin?»

»Ei siinä ollut mitään loihtimista. Tämä oli vanhaa kunnon moukantuuria. Muistat varmaan, että konstaapelisi rynnistivät täällä kuin puhvelilauma kiima-aikana?»

Heristin hänelle sormeani. »Eivät ne minun konstaapeleitani olleet, ystävä hyvä. Jos minulla olisi konstaapeleita, he kulkisivat rikospaikoilla varpaisillaan. Et ikinä edes huomaisi heitä.»

»No, nämä kaverit totisesti huomasi. Siis totta kai heidän piti pelastaa elävä uhri, mutta näytti siltä kuin he olisivat menneet lattialle piehtaroimaan. Mutta siis. Luulin ettei sieltä voisi löytää mitään savisia kumpparinjälkiä pienempää, mutta usko tai älä, jotenkin he onnistuivat olemaan tuhoamatta koko rikospaikkaa. Mainiot poikani löysivät kädenjälkiä. Kolme kappaletta. Verisiä.»

»Tehän olette yksiä aarteita!» minä sanoin. Pari teknikkoa nyökkäsi minulle. Heidän työrytminsä alkoi hidastua; hommat alkoivat olla lopuillaan, ja he kulkivat vielä paikkoja hitaasti läpi varmistaakseen, etteivät olleet sivuuttaneet mitään. Kaikki näyttivät väsyneiltä.

»Älä vielä innostu», Larry sanoi. »Tuossa ei ollut paras osuus. Sillä kaverillanne oli nimittäin valitettavasti hanskat.»

»No paska», sanoin. Typerinkin rikollinen ymmärtää nykyään pitää hanskoja, mutta aina voi toivoa poikkeusta, sitä ainoaa joka on niin murhanhimonsa pauloissa, että kaikki muu pyyhkiytyy mielestä.

»Älä nyt valita. Löysimme sentään todisteet siitä, että talossa oli viime yönä joku muukin. Minä kun luulin, että sellaisella on jotain väliä.»

Hylkymaa

»Sillä on paljonkin väliä.» Muistin taas, miten olin kipannut yläkerran makuuhuoneessa kaiken syyllisyyden Patin niskaan, ja itseinho kuohahti sisälläni. »Emme syytä hanskoista sinua, Lar. Pysyn kannassani, olet oikea aarre.»

»No totta kai olen. Tulehan tänne katsomaan niitä jälkiä.»

Ensimmäinen kädenjälki oli olkapään korkeudella yhdessä takapihalle antavista maisemaikkunoista. Kämmen ja viisi sormenpäätä. Larry sanoi: »Huomaatko tekstuurin, nuo pienet pisteet tuossa? Nahkahanska. Ja isot kädet. Ei ollut mikään miehenrääpäle.»

Toinen jälki oli kiertynyt lasten kirjahyllyn kulman ympärille niin kuin miehemme olisi tarttunut siihen pysytelläkseen pystyssä. Kolmas oli tasainen jälki tietokonepöydän keltaisessa maalipinnassa, tietokoneesta jääneen vaaleamman kohdan vieressä, niin kuin mies olisi laskenut siihen kätensä samalla kun luki jotakin koneen näytöltä.

Sanoin: »Tuosta me tulimmekin kysymään sinulta. Siis tuosta koneesta: löysittekö siitä sormenjälkiä ennen kuin lähetitte sen labraan?»

»Yritimme. Niinhän sitä luulisi, että näppäimistöt ovat ihanteellisia pintoja. Mutta kun eivät ole. Näppäimiä ei painella koko sormenpäällä vaan pienellä osalla, ja niitä painellaan yhä uudestaan vähän eri kulmista... Niin kuin joku painaisi paperille sata eri sanaa päällekkäin ja sitten meidän pitäisi selvittää lause, josta ne ovat peräisin. Eniten toivoa on aina hiirestä – saimme pari osittaista, jotka ovat ehkä melkein käyttökelpoisia. Niiden lisäksi ei ole mitään niin isoa tai selvää, että se kelpaisi näytöksi.»

»Entä verta? Siis näppäimistössä tai hiiressä?»

Larry pudisti päätään. »Monitorissa oli vähän roiskeita, ja näppäimistön kyljessä oli pari pisaraa. Mutta ei tahroja näppäimillä tai hiiressä. Kukaan ei ole käyttänyt niitä verisin sormin, jos sitä kysyt.»

Sanoin: »Eli näyttää siltä, että tietokoneasia tuli ennen murhia – ainakin ennen aikuisia. Aika härski tyyppi, peukaloi perheen nettihistoriaa samalla kun perhe nukkui yläkerrassa.»

»Tietokone ei tullut välttämättä ensin», Richie sanoi. »Nuo hanskat – ne olivat nahkaa ja ne olivat jäykät, varsinkin jos niissä

125

oli paljon verta. Ehkei hän pystynyt kirjoittamaan niillä, joten hän riisui ne. Ne olisivat pitäneet sormet puhtaana...»

Useimmat tulokkaat pitävät ensimmäisillä reissuilla suunsa kiinni ja nyökkäilevät kaikelle mitä sanon. Yleensä se on viisas siirto, mutta silloin tällöin tunnen ehkä jonkinlaisen yksinäisyyden häivähdyksen, kun näen muiden työparien väittelevän ja pallottelevan teorioita ja haukkuvan toisiaan vaikka miten tyhmiksi. Richien kanssa työskentely alkoi tuntua hyvältä. »Ja sitten hän istuutui tuohon räpläämään Patin ja Jennyn nettihistoriaa samalla, kun he vuotivat metrin päässä kuiviin», sanoin. »Härski tyyppi, oli miten oli.»

»Haloo?» Larry sanoi väliin heiluttaen meille kättään. »Muistatteko minut? Muistatteko kun kerroin, etteivät kädenjäljet ole se paras osuus?»

»Minusta on mukava jättää jälkiruoka viimeiseksi», sanoin. »Kerro se mukava osuus ihan omaan tahtiin, Larry.»

Hän tarttui meitä molempia käsipuolesta ja käänsi meidät kohti hyytyvää verilammikkoa. »Miespuolinen uhri makasi tässä, eikö vaan? Mahallaan, pää kohti eteisen ovea, jalat kohti ikkunaa. Sinun puhveliesi mukaan nainen oli hänen vasemmalla puolellaan – makasi vasemmalla kyljellään kasvot mieheen päin ja miehen käsivarsi päänsä alla. Ja täällä, aika tarkkaan 45 sentin päässä siitä missä naisen selkä on varmaankin ollut, on tämä.»

Hän osoitti lattiaa ja sitä jacksonpollockmaista verisöherrystä, joka säteili lammikosta. Sanoin: »Onko se kengänjälki?»

»Itse asiassa parisataa kengänjälkeä, taivas varjele. Mutta katsopa tätä jälkeä tässä.»

Richie ja minä kumarruimme lähemmäs. Jälki oli niin himmeä, että minun oli vaikea erottaa sitä kaakelien marmorikuvioinnista, mutta Larry ja hänen poikansa näkevät sellaista mitä me muut emme.

»Tämä eroaa muista», Larry sanoi. »Se on verinen jälki miesten vasemman jalan lenkkarista, koko 45 tai 46. Ja kuunnelkaa: se ei kuulu kummallekaan ensihoitajalle – joillain on sentään järkeä pitää kengänsuojuksia – eikä se kuulu kummallekaan uhrillenne.»

Larry pullisteli tyytyväisyydestä niin, että suojahaalari oli revetä. Hänellä oli syytäkin olla mielissään. »Larry», minä sanoin. »Taidan rakastaa sinua.»

»Mene muiden jatkoksi. Mutta en halua herättää liikaa toivoa. Ensinnäkin tämä on vain jalanjäljen puolikas – joku puhveleistasi tuhosi toisen puoliskon – ja toisekseen jos kaverisi ei ole täysi ääliö, tuo kenkä on jo Irlanninmeren pohjassa. Mutta jos sattuisit jotenkin pääsemään siihen käsiksi, niin siinä kohtaa meillä kävi se varsinainen tuuri: tämä jälki on täydellinen. En olisi osannut tehdä parempaa itse. Kun saamme vietyä kuvat labraan, voimme kertoa sinulle koon, ja jos annat tarpeeksi aikaa, niin hyvin mahdollisesti myös valmistajan ja mallin. Jos löydät itse kengän, niin täsmään sen kengänjälkeen alta minuutin.»

Sanoin: »Kiitos, Larry. Olit oikeassa niin kuin aina: tuo on paras osuus.»

Olin jo tavoittanut Richien katseen ja lähtenyt kohti ovea, kun Larry läpsäytti minua käsivarteen. »Enhän minä vielä sanonut, että siinä kaikki. Tämä on kyllä vasta alustavaa tietoa, Tykitys, etkä sitten siteeraa minua missään tai joudun ehkä ottamaan sinusta avioeron. Mutta sanoit että sinua kiinnostaa kaikki tieto siitä, miltä kamppailu on ehkä näyttänyt.»

»Ainahan minua. Kaikki tiedonmuruset otetaan kiitollisuudella vastaan.»

»Näyttää siltä, että kamppailu rajoittui tähän huoneeseen, aivan kuten arvelitkin. Mutta täällä se oli sitten kyllä kova. Sitä käytiin koko huoneen mitalta – no, näette itsekin miten täällä on kaikki paikat hajalla, mutta tarkoitan sitä mitä tapahtui puukottamisen alettua. Tuolla toisella laidalla on säkkituoli, jota on viilletty verisellä veitsellä, tämänpuoleisessa seinässä on iso veriroiske pöydän yläpuolella, ja niitten väliltä olemme laskeneet ainakin yhdeksän erillistä roisketta.» Larry osoitteli niitä, ja ne alkoivat pistää seinästä silmääni värikylläisinä kuin maali. »Osa niistä on luultavasti peräisin miespuolisen uhrin käsivarresta – kuulitte mitä Cooper sanoi, siitä vuoti verta joka paikkaan, ja jos hän puolustautui huitomalla kättään, veri lensi ympäriinsä. Ja osa roiskeista on peräisin luultavasti siitä, että kaverinne huitoi aseellaan. Ainakin he kaksi harrastivat kovasti paljon huitomista. Ja roiskeet ovat eri korkeuksilla ja ne ovat tulleet eri kulmista: kaverinne iski veitsellä silloin kun uhrit taistelivat vastaan, silloin kun he olivat maassa...»

Richien olkapää nytkähti, ja hän yritti peitellä asiaa raapimalla itseään niin kuin ötökkä olisi puraissut. Larry sanoi melkein lempeään sävyyn: »Itse asiassa se on tosi hyvä juttu. Mitä sotkuisempi taistelu, sitä enemmän siitä jää todisteita: jälkiä, karvoja, kuituja... Minä otan aina mieluiten tämmöisen mukavan verisen rikospaikan.»

Osoitin eteiseen vievää ovea. »Entä tuolla? Pääsivätkö he lähimainkaan tuonne?»

Larry pudisti päätään. »Ei siltä näytä. Puolentoista metrin säteellä tuosta ovesta ei ole sitten niin mitään: ei roiskeita, ei verisiä jalanjälkiä paitsi kenttämiehiltä ja ensihoitajilta, ei mitään poissa paikoiltaan. Kaikki on juuri niin kuin Jumala ja sisustajat sen tarkoittivat.»

»Onko täällä keittiössä puhelinta? Ehkä langatonta?»

»Emme ainakaan ole löytäneet.»

Sanoin Richielle: »Huomaat varmaan, mitä ajan takaa.»

»Joo. Lankapuhelin oli eteisen pöydällä.»

»Aivan. Miksei Patrick tai Jennifer mennyt sinne soittamaan hätänumeroon, tai ainakin yrittänyt? Miten tekijä pystyi pidättelemään yhtä aikaa molempia?»

Richie kohautti olkapäitään. Hänen katseensa kulki yhä seinällä roiskeesta toiseen. »Kuulit mitä Goganin emäntä sanoi», hän totesi. »Meillä ei ole tällä alueella kovin hyvä maine. Ehkä he ajattelivat, että turha yrittää soittaa.»

Mielikuva painautui kalloni sisäpintaa vasten: Pat ja Jenny Spain ovat kaulaansa myöten kauhussa mutta uskovat, että me olemme niin kaukana ettei kannata edes soittaa, että kaikki mahdolliset turvaajat olivat hyljänneet heidät, että he olivat aivan kahdestaan keskellä pimeyttä ja joka puolella pauhaavaa merta, vastassaan mies jolla oli veitsi toisessa kädessä ja heidän lastensa kuolemat toisessa. Richien leuan kireästä liikkeestä päättelin, että hän kuvitteli samaa. Sanoin: »Toinen mahdollisuus on, että oli kaksi erillistä kamppailua. Miehemme teki työnsä yläkerrassa, ja sitten joko Pat tai Jenny heräsi ja kuuli kun hän oli poistumassa – Pat tuntuu uskottavammalta, Jenny ei lähtisi niin todennäköisesti tutkimaan asiaa yksinään. Pat juoksi hänen peräänsä, sai hänet kiinni täällä, yritti estää häntä pakenemasta. Se selittäisi talosta siepatun aseen ja kamppailun laajuuden: miehemme yritti saada ison, vahvan ja hurjistuneen ukon pois niskastaan. Tappelu herätti Jennyn, mutta kun hän ehti paikalle, miehemme oli jo nujertanut Patin ja pääsi vapaasti Jennyn kimppuun. Koko tilanne on voinut olla ohi hyvin nopeasti. Tällaisen sotkun tekemisessä ei kestä kauaa, kun apuna on veitsi.»

Richie sanoi: »Silloin lapset olisivat olleet pääkohteita.»

»Siltä se näyttää joka tapauksessa. Lapset on murhattu järjestelmällisesti ja siististi: heihin liittyi jokin suunnitelma, ja kaikki meni suunnitelman mukaan. Aikuiset olivat verinen ja holtiton sekasotku, joka olisi voinut päättyä helposti ihan toisin. Joko mies ei ollut suunnitellut kohtaavansa aikuisia ollenkaan, tai hänellä oli suunnitelma heidänkin varalleen ja se meni pieleen. Kummassakin tapauksessa hän aloitti lapsista. Se kertoo, että he olivat luultavasti hänen pääkohteensa.»

»Tai sitten toisinpäin», Richie sanoi. Hänen katseensa oli siirtynyt pois minusta ja palannut kaaokseen. »Pääkohde olivat aikuiset, tai toinen heistä, ja verinen sotku kuului suunnitelmaan. Sitä hän tavoittelikin. Lapset olivat vain jotain mistä piti päästä eroon, jotta he eivät heräisi ja tulisi häiritsemään mukavaa osuutta.»

Larry oli ujuttanut sormen huppunsa alle ja raaputti sieltä missä hänen hiusrajansa olisi pitänyt olla. Hän alkoi kyllästyä tähän psykologiseen rupatteluun. »Aloitti hän mistä hyvänsä, sanoisin että hän lopetti poistumalla takaovesta eikä etupuolelta. Eteinen on puhdas, samoin etupiha, mutta löysimme kolme veritahraa takapihan kiveyksiltä.» Hän viittoi meitä katsomaan ikkunasta ja osoitti: siistejä keltaisia nauhoja, yksi heti oven ulkopuolella, kaksi nurmikon reunalla. »Pinnat ovat epätasaisia, joten emme saa selville, millaisia tahroja ne ovat – voivat olla jalanjälkiä, tai siirtymiä siitä että joku pudotti verisen esineen, tai veripisaroita jotka ovat suttaantuneet jostain syystä, esimerkiksi niin että hän vuoti verta ja astui sitten veren päälle. Sikäli kuin tässä vaiheessa tiedetään, jompikumpi lapsista on voinut saada haavan polveensa monta päivää sitten. Emme voi kertoa muuta kuin että tuolla ne ovat.»

Sanoin: »Eli hänellä on takaoven avain.»

»Joko se tai teleportteri. Ja löysimme takapihalta vielä yhden jutun, josta haluatte varmaan kuulla. Kun on se ullakon luukku ja muu.»

Larry heilutteli sormiaan yhden poikansa suuntaan, jolloin poika nosti todistepussipinosta yhden pussin ja esitteli sitä meille. »Ellei kiinnosta, niin sitten vain heitämme roskiin. Inhottava raato.»

Se oli punarinta, tai ainakin suurin osa punarinnasta. Jokin oli irrottanut siltä pään pari päivää sitten. Rosoreunaisessa mustassa aukossa kiemurteli vaaleita otuksia.

»Kiinnostaa», sanoin. »Pystytkö mitenkään selvittämään, kuka sen tappoi?»

»Ei tosiaankaan ole minun alaani, mutta yksi labran pojista harrastaa viikonloppuisin erähommia. Jäljestää mäyriä mokkasiinit jalassa tai jotain. Kysyn häneltä.»

Richie kumartui katsomaan punarintaa lähempää: pikkuruiset koukistuneet kynnet, multakokkareita kirkkaissa rintahöyhenissä. Raato haisi jo, mutta hän ei näyttänyt huomaavan sitä. Hän sanoi: »Useimmat elikot olisivat syöneet tuon tapettuaan sen. Kissat, ketut ja kaikki sellaiset. Ne olisivat repineet siltä suolet auki. Ne eivät tapa huvin vuoksi.»

»En olisi arvannut sinua erämieheksi», Larry sanoi kulmiaan kohottaen.

Richie kohautti olkapäitään. »En minä olekaan. Sain vain joksikin aikaa siirron maaseudulle, Galwayhin. Sikäläisten poikien puheista jäi mieleen jotain.»

»No kerro, Krokotiili-Dundee. Mikä repisi punarinnalta pään ja jättäisi loput rauhaan?»

»Minkki ehkä? Tai näätä.»

Minä sanoin: »Tai ihminen.» Kun näin punarinnan jäänteet, en ajatellut vintin ansaa. Ajattelin heti Emmaa ja Jackia, jotka ryntäävät varhain jonakin aamuna takapihalle leikkimään ja löytävät kasteiselta nurmikolta raadon. Miehemme piilopaikasta olisi nähnyt mainiosti kaiken. »Ihmiset tappavat huvin vuoksi ihan koko ajan.»

Kahtakymmentä vaille kuudelta tutkimme jo leikkihuonealuetta ja keittiönikkunoista tuleva valo alkoi viiletä iltaa kohti. Sanoin Richielle:»Voitko hoitaa tämän loppuun?» Hän vilkaisi minua mutta ei kysynyt mitään.»Onnistuu.» »Palaan vartin päästä. Ole valmiina lähtemään silloin takaisin asemalle.» Nousin pystyyn – nivelet notkahtivat ja raksahtivat, olin tulossa liian vanhaksi tällaiseen – ja jätin Richien penkomaan kyykyssä kuvakirjoja ja väriliitupurkkeja, ympärillään veriroiskeita joita Larry ja hänen ryhmänsä eivät enää tarvinneet. Lähtiessäni tulin potkaisseeksi vasemmalla jalallani jonkinlaista sinistä pehmoeläintä, jolloin se päästi kimeän kikatuksen ja alkoi laulaa. Sen ohkainen, imelä ja epäinhimillinen jollotus seurasi minua eteiseen ja pihalle.

Päivän hiipuessa asuntoalue alkoi herätä eloon. Mediaväki oli pakannut kamppeensa ja mennyt kotiin helikopteri mukanaan, mutta talossa, jossa olimme puhuneet Fiona Raffertylle, oli lauma pieniä poikia jotka sinkoilivat sinne tänne, roikkuivat rakennustelineistä ja olivat sysivinään toisiaan alas korkeista ikkunoista. Heidän mustat siluettinsa tanssivat palavaa taivasta vasten. Tien päässä jotkut teinit istuivat tiiviinä rykelmänä ja hartiat lysyssä aidalla, joka kiersi rikkaruohojen valtaamaa pihaa, eivätkä edes yrittäneet peitellä sitä, että joivat, tupakoivat ja tuijottivat minua. Joku veti jossain raivokkaasti rinkiä isolla moottoripyörällä, jonka pakoputkessa ei ollut äänenvaimenninta; kauempaa kuului hellittämätön rapmusiikin jytke. Linnut lentelivät sisään ja ulos tyhjistä ikkunanrei'istä, ja kadunvieren piikkilankaisessa tiilikasassa vilisti jokin, joka lähetti matkaan pienen tomuvyöryn.

Asuntoalueen takasisäänkäynnillä oli kaksi isoa kivistä portinpylvästä, ja niiden välisessä aukossa, siellä missä portin olisi pitänyt olla, kasvoi sankkaa ja pitkänä huojuvaa heinää. Heinikko kuiskaili rauhoittavasti, tarrasi tiukasti nilkkoihini ja kiskoi minua taaksepäin, kun laskeuduin loivaa rinnettä kohti hiekkadyynejä.

Etsintäpartio oli vuorovesirajassa kaivelemassa merilevää ja kuplivia koloja, joihin rantakotilot olivat hautautuneet. Etsijät suoristautuivat yksi kerrallaan, kun he näkivät minun tulevan. Sanoin:»Onko tärpännyt?»

He näyttivät minulle keräämiään todistepusseja kuin palelevat lapset, jotka raahautuvat löytöineen kotiin jonkin pitkän ja irvokkaan aarteenetsintäretkensä jälkeen. Tupakantumppeja, siideritölkkejä, käytettyjä kondomeja, rikkinäisiä nappikuulokkeita, revittyjä T-paitoja, elintarvikepakkauksia, vanhoja kenkiä: jokaisella tyhjällä talolla oli jotain tarjottavaa, jokainen tyhjä talo oli vallattu tavalla tai toisella – lapset etsivät paikkoja joissa yllyttää toisiaan uhkarohkeuksiin, pariskunnat etsivät omaa rauhaa tai jännitystä, teinit etsivät jotain hajotettavaa, eliöt hakivat paikkaa jossa lisääntyä ja kasvaa. Hiiriä, rottia, lintuja, rikkaruohoja, pieniä ahkeria hyönteisiä. Luonto ei salli minkään paikan jäädä tyhjäksi eikä haaskaa mitään. Sillä sekunnilla, kun rakentajat ja kiinteistönvälittäjät olivat lähteneet, muut olennot olivat ryhtyneet muuttamaan sisään.

Muutama partion löydöistä oli säilyttämisen arvoisia. Kaksi veistä: rikkinäinen linkkuveitsi, joka oli luultavasti liian pieni etsimäksemme aseeksi, ja perhosveitsi, joka olisi voinut olla kiinnostava, ellei se olisi ollut umpiruosteessa. Kolme talonavainta, joita pitäisi verrata Spainien lukkoihin. Huivi, jonka tumma kovettunut läikkä voisi osoittautua vereksi. »Hyvää tavaraa», sanoin. »Antakaa kaikki tekniikan Boylelle ja menkää kotiin. Jatkatte siitä mihin jäitte tasan kello kahdeksalta aamulla. Minä olen silloin ruumiinavauksissa, mutta liityn seuraanne heti kun pääsen. Kiitos, hyvät naiset ja herrat. Hyvin toimittu.»

He lähtivät paarustamaan dyynien halki asuntoalueelle päin hanskoja käsistään kiskoen ja jäykkiä niskojaan hieroen. Minä jäin rannalle. Partio varmasti olettaisi, että halusin miettiä hetken rauhassa tätä juttua – joko pohtia todennäköisyyksien synkkää matematiikkaa tai antaa pienten kuolleiden kasvojen täyttää mieleni niin pitkäksi aikaa kuin tarvitsi. Jos miehemme tarkkaili minua, hän oletti varmasti samaa. Mutta en minä sitä. Olin budjetoinut nämä kymmenen minuuttia päiväni aikatauluun, sillä halusin kokeilla, pärjäisinkö sitä rantaa vastaan.

Pysyttelin selin asuntoalueeseen ja kaikkeen siihen runneltuun toivoon, jonka paikalla oli ennen ollut talovaunujen väliin vedettyjä pyykkinaruja ja niillä kuivuvia kirkkaanvärisiä uimapukuja. Varhain noussut kuu vilkkui ohuiden savukiehkuraisten pilvien takana, kalpeana kalpeaa taivasta vasten. Sen alla meri oli harmaa ja rauhaton, itsepintainen. Merilinnut alkoivat vallata vuorovesirajaa takaisin itselleen nyt, kun etsijät olivat lähteneet. Seistyäni muutaman minuutin paikoillani ne unohtivat minut ja rupesivat taas kipittelemään ruokansa perässä ja päästelemään kiljaisujaan, kimeitä ja puhtaita kuin tuulen ujellus kuluneiden kivien lomassa. Kun joku yölintu oli kirkaissut aikoinaan talovaunumme lähellä ja säikäyttänyt Dinan hereille, äitini oli siteerannut hänelle Shakespearea: *Älä pelkää, ääniä on täynnä tämä saari, suloisia säveliä, jotka eivät ahdista vaan viihdyttävät.*

Tuuleen oli tullut kylmää terää, joten käänsin takinkaulukseni pystyyn ja työnsin kädet taskuihin. Olin astunut tälle rannalle viimeksi viisitoistavuotiaana – olin juuri alkanut ajaa tosissani partaani, totuttelin upouusiin hartioihini ja olin jo seuraavalla viikolla menossa ensimmäistä kertaa treffeille; hän oli newryläinen ihmetyttö nimeltä Amelia, joka nauroi kaikille vitseilleni ja maistui mansikoilta. Olin siihen aikaan erilainen: sähköistynyt ja huimapäinen tyyppi, joka heittäytyi päistikkaa jokaiseen tilaisuuteen pitää hauskaa tai yrittää jotain uhkarohkeaa – olin silkkaa liikevoimaa, ja sitä oli niin paljon, että se olisi riittänyt sinkauttamaan minut vaikka kiviseinästä läpi. Kun me pojat väänsimme kättä tehdäksemme vaikutuksen tyttöihin, kaipasin niin kovasti Amelian aplodeja, että haastoin Dean Gorryn kolmesti ja voitin hänet joka kerta, vaikka hän oli tuplasti minua isompi.

Katselin veden yli yöhön, joka tuli nousuveden myötä, enkä tuntenut yhtikäs mitään. Ranta näytti joltain, minkä olin nähnyt muinoin jossain vanhassa elokuvassa, ja se kuumapäinen poika tuntui henkilöhahmolta jossain kirjassa, jonka olin lukenut lapsena ja antanut pois. Mutta jokin humisi jossain kaukana selkäruotoni sisällä ja syvällä kämmenissäni; se oli kuin ääni joka on liian matala kuultavaksi, se oli kuin varoitus, kuin sellonkieli silloin, kun äänirauta löytää juuri oikean sävelkorkeuden ja herättää kielen eloon.

7

JA TIETYSTI, JUMALAUTA totta kai, Dina oli odottamassa minua. Ensimmäiseksi pikkusiskostani Dinasta huomaa sen, että hän on sillä tavoin kaunis että kaikki, niin miehet kuin naisetkin, unohtavat mistä olivat puhumassa kun hän astuu huoneeseen. Hän on kuin sellainen vanhojen tussipiirustusten keiju: hoikka kuin tanssija, iho joka ei rusketu koskaan, kalpeat täyteläiset huulet ja valtavat siniset silmät. Hän kävelee niin kuin liitäisi tuuman verran maanpinnan yläpuolella. Yksi taiteilija, jonka kanssa hän seurusteli joskus, sanoi että hän oli »puhtaan prerafaeliittinen», mikä olisi tuntunut herttaisemmalta jos hän ei olisi lempannut Dinaa kaksi viikkoa myöhemmin. Ei niin, että asia olisi tullut yllätyksenä. Dinan toinen huomiota herättävä piirre on se, että hän on umpikaheli. Moni terapeutti ja psykiatri on diagnosoinut vuosien mittaan kaikenlaista, mutta asian ydin on, ettei hän pärjää maailmassa. Se vaatisi kykyjä, jotka ovat jääneet häneltä ottamatta haltuun. Hän pystyy feikkaamaan niitä muutaman kuukauden kerrallaan, joskus jopa vuodenkin, mutta sellainen vaatii häneltä keskittymistä kuin nuorallatanssi, ja lopulta hän alkaa aina huojua ja putoaa. Sen jälkeen hän hylkää senhetkisen paskaduuninsa, hänen senhetkinen poikakaverinsa hylkää hänet – miehet jotka pitävät haavoittuvista naisista pitävät Dinasta, kunnes hän näyttää heille mitä haavoittuvuus oikeasti tarkoittaa – ja sitten hän päätyy minun tai Gerin ovelle, yleensä johonkin järjettömään aikaan aamuyöstä, ja puhuu ihan sekavia.

Mutta välttääkseen ennalta-arvattavuuden hän ilmaantui sinä iltana työpaikalleni. Asemamme on Dublinin linnassa, ja koska se on turistinähtävyys – kahdeksansadan vuoden edestä rakennuksia jotka ovat puolustaneet tätä kaupunkia tavalla tai toisella

– sinne voi marssia kadulta kuka vain. Richie ja minä olimme kulkemassa rivakasti mukulakivetyksen poikki kohti poliisiaseman rakennusta ja minä olin järjestelemässä tapauksen faktoja päässäni niin, että saisin esitettyä ne O'Kellylle, kun jokin pimeydenhaituva irtosi varjonreunasta ja lennähti seinustalta meitä kohti. Hätkähdimme molemmat. »Mikey!» Dina sanoi aavistus hurjuutta äänessään, ja rautalangankireät sormet kiertyivät ranteeni ympärille. »Sinun pitää tulla hakemaan minut nyt heti! Kaikki täällä sysivät minua.»

Kun olin nähnyt hänet viimeksi, ehkä kuukausi sitten, hänellä oli ollut pitkät, vaaleat ja lainehtivat hiukset ja jonkinlainen hulmuava kukkamekko. Sittemmin hänelle oli tullut grungevaihe: hiukset oli värjätty kiiltävänmustiksi ja saksittu jazztyttömäiseksi polkkatukaksi – otsatukka näytti siltä kuin hän olisi leikannut sen itse – ja hänellä oli valtava harmaa villatakinreuhka, sen alla valkoinen alusmekko ja jalassa prätkäsaappaat. On aina huono merkki, kun Dina vaihtaa tyyliään. Sätin itseäni siitä, etten ollut käynyt tarkastamassa hänen vointiaan niin pitkään aikaan.

Siirsin hänet kauemmas Richiestä, joka yritti nostaa alaleukaansa mukulakivetykseltä. Richie näytti siltä kuin olisi katsonut minua aivan uudessa valossa. »En jätä sinua, kultarakas. Mikä hätänä?»

»Minä en pysty, Mikey, minulla tuntuu jotain tukassa, siis tiedätkö, tuuli raapiutuu minun tukkaani? Se sattuu, se sattuu aina vaan, minä en löydä, siis en katkaisinta sitä nappia sitä keinoa jolla se lakkaa.»

Mahani muuttui kovaksi ja raskaaksi möykyksi. »Hyvä on», sanoin. »Hyvä on. Haluatko tulla vähäksi aikaa minun kämppääni?»

»Meidän pitää mennä! Sinun pitää kuunnella.»

»Me menemme kyllä, kultarakas. Mutta jos odotat vielä pikku hetken?» Ohjasin häntä kohti yhden linnarakennuksen portaita. Rakennus oli jo suljettu päivän turistien jäljiltä. »Istu tässä minun mielikseni.»

»Miksi? Minne sinä menet?»

Hän oli ajautumaisillaan paniikkiin. »Ihan tuohon viereen», sanoin ja näytin sormella. »Minun pitää hankkiutua eroon työparistani, jotta voidaan lähteä kahdestaan kotiin. Ei mene kuin pari sekuntia.»

»En minä halua sinun työpariasi. Mikey, ei siellä ole tilaa, miten me survotaan mahtumaan?»

»Niinpä. En minäkään halua häntä sinne. Lähetän hänet vain ensin matkoihinsa, niin sitten voidaan lähteä.» Istutin hänet portaille. »Jooko?»

Dina veti polvet koukkuun ja painoi suunsa kyynärtaipeeseen. »Joo», hän sanoi tukahtuneesti. »Älä viitsi, joo joo!»

Richie oli tutkivinaan viestejä puhelimestaan antaakseen meidän puhua rauhassa. Tarkkailin yhä toisella silmällä Dinaa. »Kuule Richie. En ehkä pääse tulemaan tänä yönä. Vieläkö haluat mennä sinne?»

Näin kysymysmerkkien pomppivan hänen päässään, mutta hän tiesi milloin kannattaa pitää suunsa kiinni. »Totta kai.»

»Hyvä. Ota joku mies – tai nainen, jos haluat sen... minkä lie nimisen. Hän voi kirjata ne ylityötunneiksi, mutta josko antaisit hänen ymmärtää, että kirjaamatta jättäminen olisi parempi urasiirto. Jos siellä tapahtuu jotain, niin soitat minulle heti! Ihan sama vaikka se tuntuisi sinusta vähäpätöiseltä, ihan sama vaikka uskoisit että pystyt hoitamaan sen itsekin, soitat minulle silti. Onko selvä?»

»On.»

»Ja oikeastaan – vaikkei tapahtuisi mitään, niin soita silti, jotta pysyn kärryillä tilanteesta. Joka tunti tasalta. Jos en vastaa, annat soida kunnes vastaan. Onko selvä?»

»On.»

»Kerro tarkastajalle, että minulle tuli hätätapaus mutta ei huolta, tilanne on hallinnassa ja palaan töihin viimeistään huomisaamuna. Kerro hänelle tämän päivän asioista ja ensi yön suunnitelmista – pystytkö?»

»Eiköhän se onnistu joo.»

Richien suupielen mutristuminen kertoi, ettei hän pitänyt kysymyksestäni, mutta hänen egonsa ei ollut juuri silloin tärkeysjärjestyksessäni ensimmäisenä. »Ei mitään 'eiköhän', hoidat hommat ja sillä hyvä. Kerro tarkastajalle, että tutkinta-apulaisille on annettu käskyt huomiseksi, etsijöille samoin, ja tarvitsemme sukellusryhmän tutkimaan lahtea mahdollisimman varhain. Heti kun olet puhunut hänelle, pane toimeksi. Tarvitset ruokaa, lämpimiä vaatteita, kofeiinitabletteja – kahvi ei kannata, koska siellä on paha juttu jos kusettaa puolen tunnin välein – ja lämpökiikarit: meidän pitää olettaa, että sillä kaverilla on jotain pimeänäkö-vehkeitä, enkä halua että hän pääsee yllättämään sinut. Ja tarkista aseesi.» Useimmat meistä pärjäävät koko uransa ottamatta asetta kertaakaan kotelostaan. Jotkut tulkitsevat sen luvaksi kohdella asetta välinpitämättömästi.

»Joo, olen ollut parissa väijyssä ennenkin», Richie sanoi sen verran tasaisella äänellä, etten osannut tulkita näyttikö hän minulle keskaria. »Nähdäänkö täällä huomisaamuna?»

Dina alkoi käydä rauhattomaksi ja järsi lankoja irti villatakistaan. »Ei täällä. Yritän päästä Brianstowniin jossain kohtaa tätä yötä, mutta en välttämättä pääse. Jos en, niin tavataan sairaalassa ruumiinavauksissa. Kuudelta, äläkä herran tähden myöhästy, tai meidän pitää paikata lopun aamua Cooperin pelihousuja.»

»Järjestyy.» Richie pani puhelimensa taskuun. »Ehkä nähdään siellä. Muussa tapauksessa teemme parhaamme, ettemme tyri.»

Sanoin: »Älkää tyrikö.»

»Emme tyri», Richie sanoi lempeämmin. Hän kuulosti melkein siltä kuin olisi rauhoitellut. »Lykkyä tykö.»

Hän nyökkäsi minulle ja lähti kohti aseman ovea. Sen verran fiksu hän oli, ettei vilkaissut taakseen. »Mikey!» Dina sihahti tarraten minua tiukasti takinselkämyksestä. »Joko voidaan mennä!»

Käännyin sekunnin murto-osaksi katsomaan himmenevää taivasta ja lausuin hätäisen ja kiihkeän rukouksen sille, mitä siellä nyt sattui olemaan: *Suo miehellemme enemmän itsehillintää kuin uskon hänellä olevan. Älä päästä häntä ryntäämään suoraan Richien syliin. Anna hänen odottaa minua.*

»Tulehan», sanoin ja otin Dinan kainalooni – hän painautui kylkeeni kyynärpäät terävinä ja hengittäen kiivaasti kuin säikähtänyt eläin. »Mennään.»

Tällaisina päivinä Dina pitää saada ensimmäiseksi sisälle. Se, mikä näyttää hulluudelta, on pitkälti pelkkää hermojännitystä, vapaasti kelluvaa kauhua joka kasvaa sitä mukaa kuin virtaukset kuljettavat sitä ja joka pääsee takertumaan kaikkeen ohi ajelehtivaan. Hän jähmettyy maailman valtavuuden ja arvaamattomuuden edessä niin kuin saaliseläin, joka ei pääse pois aukealta paikalta. Kun hän pääsee tuttuun suljettuun tilaan, jossa ei ole muukalaisia, meteliä eikä äkkiliikkeitä, hän rauhoittuu ja on pitkät pätkät selväjärkinenkin silloin, kun odottelemme yhdessä huonon hetken ohi menemistä. Dina oli yksi näkökohdista, jotka otin huomioon ostaessani tämän asunnon sen jälkeen, kun entinen vaimoni ja minä myimme talomme. Erosimme hyvään aikaan, tai niin ainakin vakuuttelen itselleni: kiinteistömarkkinat olivat nousussa, ja minun puoliskollani myyntihinnasta sai käsirahan neljännen kerroksen kolmioon finanssikeskustassa. Paikka on sen verran keskeinen, että voin kävellä töihin, sen verran trendikäs, että tunsin eron jälkeen itseni vähän vähemmän luuseriksi, ja sen verran korkealla, että Dina ei säiky kadun ääniä.

»Joo luojan kiitos jo oli aikakin», hän sanoi hurjan helpotuksen vallassa, kun avasin asunnon oven. Hän työntyi ohitseni ja painoi selkänsä ovenvieren seinää vasten silmät kiinni ja syvään hengitellen. »Mike, minun pitää päästä pyyhesuihkuun, pääseekö?»

Etsin hänelle pyyhkeen. Hän tipautti käsilaukkunsa lattialle, katosi kylppäriin ja paiskasi oven kiinni perässään.

Kun Dina on huonona, hän saattaa pysyä suihkussa koko yön, kunhan lämmin vesi ei lopu ja hän tietää, että heti oven ulkopuolella on kaveri. Kuulemma hänellä on parempi olo suihkun alla, koska sen ansiosta hänen mielensä tyhjenee, mikä on niin monen sortin jungilaisuutta etten edes tiedä mistä aloittaa. Heti kun kuulin, että vesi valui ja hän alkoi lauleskella, suljin olohuoneen oven ja soitin Gerille.

Tällainen puhelinsoitto inhottaa minua enemmän kuin melkein mikään muu maailmassa. Gerillä on kymmenen, yhdentoista ja viidentoista ikäiset lapset, työpaikka parhaan kaverinsa sisustusfirman kirjanpitäjänä ja aviomies, jota hän ei näe tarpeeksi. Kaikki nuo ihmiset tarvitsevat häntä. Minulta eivät tarvitse tässä maailmassa mitään muut kuin Dina ja Geri ja isä, ja Geri tarvitsee minulta ennen kaikkea sitä, etten soita hänelle tällä asialla. Yritän välttää sitä kaikin keinoin. En ole tuottanut hänelle pettymystä vuosikausiin.

»Mick! Odota pikku hetki, että saan pyykin päälle –» Paukautus, nappien naksuttelua, koneenhuminaa. »No niin. Onko kaikki hyvin? Saitko viestin minulta?»

»Joo, sain. Geri –»

»Andrea! Minä näin tuon! Annat sen Colmille heti takaisin tai minä annan hänen ottaa sinulta sinun omasi, etkä sinä varmaan sitä halua? No et niin.»

»Geri! Kuuntele. Dina on taas sekoamassa. Hän on täällä minun luonani, hän on suihkussa, mutta minulla on tekemistä mikä on pakko tehdä. Voinko heittää hänet teille?»

»Voi taivas...» Kuulin kuinka ilmat tyhjenivät hänestä. Geri on meidän optimistimme: hän toivoo yhä, kahdenkymmenen tällaisen vuoden jälkeenkin, että jokainen kerta on viimeinen, että jonain aamuna Dina herää parantuneena. »Voi itku, voi pientä raukkaa. Ottaisin mielelläni, mutta en tänä iltana. Ehkä parin päivän päästä, jos hän on vielä –»

»En voi odottaa paria päivää, Geri. Minulla on iso juttu menossa, teen lähiajat kahdeksantoista tunnin päivää, enkä minä voi ottaa häntä töihinkään mukaan.»

»Kuule Mick, minä en vaan voi. Sheilalla on mahatautia, sitä minä olin sanomassa, ja hän on tartuttanut sen isäänsäkin – molemmat oksentelivat vuoron perään koko viime yön ja veikkaan että Colm ja Andrea sairastuvat ihan pian. Olen siivonnut oksennuksia ja pessyt pyykkiä ja keittänyt 7-Upia koko päivän, ja näköjään teen samaa yöllä. En pärjäisi, jos täällä olisi Dinakin. Ei vaan onnistuisi.»

Dinan huonot vaiheet kestävät kolmesta päivästä kahteen viikkoon. Pidän aina lomapäiviä varalla niitä varten, eikä O'Kelly kysele mitään, mutta tällä kertaa lomailu ei käynyt. Sanoin: »Entäs isä? Edes tämän kerran. Eikö hän voisi...?»

Geri antoi hiljaisuuden vaikuttaa. Kun olin lapsi, isä oli suoraselkäinen ja solakka mies, jonka kirkkaat ja teräväsärmäiset toteamukset eivät jättäneet sijaa vaihtoehdoille: *Juomari voi houkuttaa naisia, mutta he eivät ikinä kunnioita häntä. Niin huonoa tuulta ei olekaan, ettei raitis ilma ja kuntoilu sitä parantaisi. Maksa aina velka ennen eräpäivää, niin et elä ikinä nälässä.* Hän osasi korjata kaiken, kasvattaa kaikkea, laittaa ruokaa ja siivota ja silittää vaatteita kuin ammattilainen silloin kun piti. Äidin kuolema jyräsi hänet täysin. Hän asuu yhä Terenuressa siinä samassa talossa, jossa me kasvoimme. Geri ja minä käymme viikonloppuisin hänen luonaan vuorotellen siivoamassa vessan, panemassa pakastimeen seitsemän tasapainoista ateriaa ja tarkistamassa, että televisio ja puhelin toimivat yhä. Keittiössä on yhä ne huumehappoisen oranssit kiehkuratapetit, jotka äiti valitsi 70-luvulla; minun koirankorville luetut ja hämähäkinseittien peittämät koulukirjani ovat tallella huoneessani isän rakentamassa kirjahyllyssä. Jos menen olohuoneeseen kysymään häneltä jotain, hän kääntää muutaman sekunnin päästä katseensa televisiosta, tuijottaa minua, sanoo: »Poika. Mukava nähdä», ja rupeaa sitten taas katsomaan australialaisia saippuasarjoja telkkari mykällä. Silloin kun hän on rauhaton, hän nousee välillä sohvalta ja kiertää muutaman kerran takapihan ympäri tohvelit jalassa.

Sanoin: »Geri, ole kiltti. Täksi yöksi vain. Dina nukkuu koko huomisen, ja toivon että saan työkuviot kuntoon huomisillaksi. Auttaisit nyt.»

»Auttaisin jos pystyisin, Mick. Ei se kiireestä johdu, tiedät ettei se minua haittaa...» Taustaäänet olivat vaimentuneet – Geri oli siirtynyt kauemmas lapsista voidakseen puhua heidän kuulemattaan. Kuvittelin hänet seisomaan ruokailuhuoneessa, joka on täynnä kirkkaanvärisiä villapaitoja ja läksykirjoja, ja kiskomaan vaaleaa hiussuortuvaa irti huolellisesta kampauksestaan, jonka hän laitattaa joka viikko kampaamossa. Tiesimme kumpikin, etten olisi ehdottanut isää jos en olisi epätoivoinen. »Mutta tiedäthän sinä, millaiseksi Dina menee jos hänen seurassaan ei ole joka hetki, ja minun täytyy pitää huolta Sheilasta ja Philistä... Mitä minä tekisin sitten, jos toinen heistä alkaa oksentaa keskellä yötä? Jätänkö heidät siivoamaan omat sotkunsa? Vain jätänkö Dinan, ja sitten hän alkaa mesota ja herättää koko talon?

Annoin hartioitteni lysähtää seinää vasten ja hieraisin kasvojani. Asuntoni tuntui tunkkaiselta, siellä lemusi se valesitruunan hajuinen kemikaali jota siivooja käytti. »Joo», sanoin. »Tiedän. Älä huoli.»

»Mick. Jos me emme pärjää hänen kanssaan... ehkä meidän pitäisi ruveta miettimään jotain paikkaa, jossa pärjätään.»

»Ei», minä sanoin. Sana tuli suustani niin terävästi, että säpsähdin itsekin, mutta Dinan laulu ei katkennut. »Pärjään täällä. Kaikki onnistuu kyllä.»

»Selviätkö sinä varmasti? Voitko järjestää itsellesi sijaisen töihin?»

»Ei tämä ole sellainen työ. Keksin jotain.»

»Voi Mick, olen pahoillani. Ihan totta. Heti kun täällä voidaan vähän paremmin –»

»Ei se mitään. Sano molemmille, että kyselin heidän vointinsa perään, ja yritä olla saamatta samaa pöpöä. Jutellaan pian.»

Kaukainen raivonhuuto jostain Gerin puolelta. »Andrea! Mitä minä äsken sanoin sinulle? ... Niin, Mick, kyllähän Dina voi olla paremmassa kunnossa jo aamulla. Ei sitä ikinä tiedä.»

»Niin voi. Toivotaan.» Dina älähti ja sulki suihkun – lämmin vesi oli loppunut. »Täytyy mennä», sanoin. »Yritä pärjätä», ja sitten panin puhelimen piiloon ja asettauduin näppärästi keittiöön vihanneksia pilkkomaan ennen kuin kylpyhuoneen ovi avautui.

Tein itselleni naudanlihawokkia – Dinalla ei ollut nälkä. Suihku oli rauhoittanut hänet: hän käpertyi sohvalle T-paidassa ja collegehousuissa, jotka oli ottanut vaatekaapistani, tuijotteli tyhjyyteen ja hieroi tukkaansa haaveellisesti pyyhkeelläni. »Shh», hän sanoi kun yritin kysyä varovasti hänen päivästään. »Älä puhu. Kuuntele. Eikö ole kaunista?»

Minä kuulin vain liikenteen muminaa neljän kerroksen päästä alapuoleltamme ja syntetisaattorimusiikkia, jota yläkerran pariskunta soittaa joka ilta nukuttaakseen lapsensa. Kaipa se oli omalla tavallaan rauhallista, ja kun olin pidellyt koko päivän lankoja käsissäni kaikissa syheröisissä keskusteluissa, tuntui hyvältä kokata ja syödä hiljaisuudessa. Olisin halunnut katsoa uutiset nähdäkseni, missä valossa toimittajat esittivät tapahtumat, mutta se ei tullut kysymykseen.

Päivällisen jälkeen keitin kahvia, ja paljon. Papujen jauhautumisen ääni teki Dinan uudestaan levottomaksi: hän kiersi paljain jaloin rauhatonta rinkiä pitkin olohuonetta, otti kirjoja hyllystä, selasi niitä hetken ja pani ne takaisin vääriin paikkoihin. »Olitko sinä menossa tänä iltana ulos?» hän kysyi selin minuun. »Siis niin kuin treffeille tai jotain?»

»Nyt on tiistai. Ei kukaan mene treffeille tiistaina.»

»Voi herranjestas Mikey, hanki vähän spontaaniutta. Käy ulkona, vaikka huomenna olisi koulupäivä. Riehaannu joskus.»

Kaadoin itselleni mukillisen espressonvahvuista kahvia ja suuntasin nojatuolilleni. »En taida olla spontaania tyyppiä.»

»No tarkoittako tuo sitten, että käyt treffeillä viikonloppuisin? Siis että onko sinulla tyttökaveri?»

»En ole varmaan sanonut ketään tyttökaverikseni sen jälkeen, kun täytin kaksikymmentä. Aikuisilla on kumppaneita.»

Dina oli työntävinään kaksi sormea kurkkuunsa ja säesti elettä ääniefekteillä. »Keski-ikäisillä homomiehillä vuodelta 1995 on kumppaneita. Seurusteletko sinä kenenkään kanssa? Panetko ketään? Annatko kellekään laakeja jugurttisingostasi? Oletko –»

»No en, Dina. Seurustelin yhden ihmisen kanssa vielä vähän aikaa sitten, me lopetimme suhteen, enkä aio yrittää uudestaan vähään aikaan. Onko selvä?»

»En tiennyt», Dina sanoi paljon hiljempaa. »Anteeksi.» Hän vajosi sohvan käsinojaa vasten. »Puhutko vielä Lauran kanssa?» hän kysyi hetken päästä.

»Toisinaan.» Lauran nimen ääneen lausuminen täytti huoneen hänen terävänmakean parfyyminsa tuoksulla. Otin ison kahvihörpyn häätääkseni hajun nenästäni.

»Aiotteko te palata yhteen?»

»Emme. Hänellä on joku. Lääkäri. Veikkaan että hän soittaa lähiaikoina ja kertoo, että he ovat kihloissa.»

»Ahhh», Dina sanoi pettyneenä. »Minä tykkään Laurasta.»

»Niin minäkin. Sen takia menin naimisiin hänen kanssaan.»

»Miksi sitten otit hänestä eron?»

»En ottanut. Hän otti minusta.» Laura ja minä olemme toimineet aina sivistyneesti ja kertoneet kaikille, että ero oli yhteinen päätös, se ei ollut kenenkään vika, kasvoimme eri suuntiin ja muuta tavanmukaista joutavaa, mutta nyt olin liian väsynyt sellaiseen.

»Oikeastiko? Miksi?»

»Siksi. Dina, en jaksa tällaista tänä iltana.»

»No joo joo», Dina sanoi tuskastuneen näköisenä. Hän nousahti jäntevästi sohvalta ja meni keittiöön, ja kuulin hänen availevan kaappeja. »Miksei sinulla ole mitään syötävää? Minulla on hirveä nälkä.»

»On siellä vaikka mitä. Jääkaappi on täynnä. Voin laittaa sinulle wokkia, ja pakkasessa on lampaanmuhennosta, tai jos haluat jotain kevyempää niin voit syödä puuroa, tai –»

»Yäk, älä viitsi. En minä sellaista tarkoita. Vitut mistään viidestä ravintoryhmästä ja antioksidanteista ja läpäläpäläpä. Minä haluan jätskiä, tai sellaisen paskan hampurilaisen jonka voi lykätä mikroon.» Kaapinovi pamahti kiinni, ja hän palasi huoneeseen pidellen myslipatukkaa mahdollisimman kaukana itsestään. »Mysliä! Mikä tyttö sinä muka olet?»

»Kukaan ei pakota syömään sitä.»

Dina kohautti olkapäitään, heittäytyi takaisin sohvalle ja alkoi nakertaa patukankulmaa sen näköisenä kuin voisi saada siitä myrkytyksen. Hän sanoi: »Olit onnellinen silloin, kun olit Lauran kanssa. Se oli tavallaan kummallista, koska sinä et ole mikään luonnostaan onnellinen ihminen enkä ollut tottunut näkemään sinua sellaisena. Kesti vähän aikaa ennen kuin edes tajusin, mitä oli tapahtunut. Mutta se oli mukavaa.»

Sanoin: »Niin oli.»

Laura oli kaunis samalla suitulla ja paljon työtä vaativalla tavalla kuin Jennifer Spain. Sinä aikana kun tunsin hänet, hän oli laihdutuskuurilla aina paitsi jouluisin ja syntymäpäivinä. Hän levittää itseruskettavaa voidetta kolmen päivän välein, suoristaa hiuksiaan elämänsä jokaisena aamuna, eikä koskaan poistu kotoaan muuten kuin täydessä meikissä. Tiedän että jotkut miehet haluavat naisensa sellaisina kuin luonto on tarkoittanut, tai ainakin teeskentelevät haluavansa, mutta se, miten uljaasti Laura taisteli luontoa vastaan, oli yksi niistä monista syistä joiden vuoksi rakastin häntä. Minulla oli tapana nousta aamuisin vartti etuajassa, jotta pääsin katselemaan hänen valmistautumistaan päivään. Silloinkin kun hän oli myöhässä ja tiputteli kiroillen tavaroita, hänen aamupuuhiensa seuraileminen oli levollisinta mitä elämä saattoi minulle tarjota, niin kuin olisin katsellut kuinka kissa panee maailmaa järjestykseen nuolemalla turkkiaan. Arvelin että sellainen tyttö – tyttö joka teki niin kovasti töitä ollakseen odotusten mukainen – halusi elämältään odotusten mukaisia asioita: kukkia, hienoja koruja, kivan talon, aurinkolomia ja miehen, joka rakastaa häntä ja keskittyy pitämään hänestä huolen koko loppuikänsä. Sellaiset tytöt kuin Fiona Rafferty ovat minulle täysiä mysteerejä, en osaa kuvitella, miten heitä voisi edes yrittää ymmärtää, ja sellainen ahdistaa minua. Lauran kanssa ollessani minusta tuntui, että minulla oli mahdollisuus tehdä hänet onnelliseksi. Olin täysi ääliö kun en osannut aavistaa, että hän tosiaan halusi aivan kaikkea sitä mitä naisten aina odotetaan haluavan, vaikka olin tuntenut oloni turvalliseksi hänen kanssaan juuri sen takia.

Dina sanoi katsomatta minuun päin: »Minustako se johtui? Se, että Laura jätti sinut?»

»Ei», sanoin kiireesti. Puhuin totta. Laura sai tietää Dinasta jo varhain, ja arvattavalla tavalla. Hän ei ikinä vihjannutkaan siihen suuntaan, tuskin edes ikinä ajatteli, että Dina oli jonkun muun kuin minun vastuullani ja että minun täytyisi pitää siskoni sekoilut kotimme ulkopuolella. Sellaisina iltoina, kun Dina yöpyi vierashuoneessamme ja palasin vuoteeseen hänen nukahdettuaan viimein, Laura silitteli aina tukkaani. Siinä kaikki.

Dina sanoi: »Ei kukaan halua huolia elämäänsä tällaista kuraa. Minäkään en haluaisi.»

»Ehkä jotkut naiset eivät halua. En menisi sellaisten kanssa naimisiin.»

Dina tuhahti. »Sanoin että tykkäsin Laurasta. En sanonut, että hän on minusta pyhimys. Miten tyhmäksi sinä oikein minua luulet? Tiedän kyllä, ettei hän halunnut ovelleen jotain hullua ämmää sotkemaan koko vitun viikkoa. Muistatko sen yhden kerran, kun teillä oli kynttilät palamassa, viinilasit, musiikkia ja molemmilla tukka sekaisin? Hän varmaan vihasi minua hirveästi.»

»Ei vihannut. Ei ole ikinä vihannut.»

»Et kertoisi jos olisi. Minkä muunkaan takia hän olisi jättänyt sinut? Laura oli hulluna sinuun. Eikä se sinunkaan vikasi voinut olla, et hakannut etkä huoritellut häntä, tiedän että kohtelit häntä kuin jotain prinsessaa. Olisit hakenut hänelle vaikka kuun taivaalta. Sanoiko hän, että siskosi tai minä? Haluan elämäni takaisin, järkkää se sekopää pois täältä?»

Dina alkoi taas kerätä kierroksia, ja hänen selkänsä painautui sohvan käsinojaa vasten. Hänen silmissään välähti pelko.

Sanoin: »Laura jätti minut, koska haluaa lapsia.»

Dina pysähtyi kesken hengenvedon ja jäi tuijottamaan suu auki. »Ai helvetti, Mikey. Etkö sinä pysty saamaan lapsia?»

»En tiedä. Ei yritetty.»

»Eli...?»

»En halua lapsia. En ole ikinä halunnut.»

Dina mietti tätä hiljaa ja imeskeli hajamielisesti myslipatukkaansa. Hetken päästä hän sanoi: »Laurasta tulisi varmaan paljon lunkimpi, jos hän saisi lapsia.»

»Ehkä. Toivottavasti hän saa tilaisuuden selvittää, tuleeko. Mutta minun kanssani hän ei olisi niitä saanut. Laura tiesi sen naimisiin mennessään. Pidin siitä huolen. En ikinä johtanut häntä harhaan.»

»Mikset sinä halua lapsia?»

»Jotkut eivät vain halua. Ei se tee minusta luonnonoikkua.»

»En minä sanonut sinua luonnonoikuksi. Sanoinko muka? Kysyin vaan, että miksi.»

Sanoin: »En kannata sitä, että murhatutkijat hankkivat lapsia. Ne tekevät tutkijasta hellämielisen. Hän ei enää kestä paineita ja luultavasti hoitaa työnsä päin persettä ja varmaan kasvattaa lapsetkin päin persettä. Ei voi saada molempia. Minä valitsen työn.»

»Voi taivas mitä potaskaa. Ei kukaan jätä hankkimasta lapsia siksi, ettei 'kannata' sitä. Sinä syytät kaikesta aina työtäsi, se on niin hirveän tylsää ettet arvaakaan. Mikset sinä halua lapsia?»

»En minä syytä työtäni. Otan sen vakavasti. Jos sellainen on tylsää, niin pyydän anteeksi.»

Dina pyöritteli silmiään ja päästi valtavan mukakärsivällisen huokauksen. »Hyvä on», hän sanoi hidastaen puhettaan niin, että hänen idiootti puhekumppaninsakin pysyi perässä. »Lyön vetoa kaiken mitä omistan, mikä ei ole paljon mitään mutta kumminkin, että koko murharyhmäsi ei steriloi itseään ekana työpäivänään. Sinulla on työkavereina tyyppejä, joilla on lapsia. He tekevät täsmälleen samaa työtä kuin sinäkin. He eivät voi päästää koko ajan murhaajia karkuun, koska muuten he saisivat potkut. Vai mitä? Olenko oikeassa?»

»Joillain tyypeillä on perhettä. Joo.»

»Mikset sinä sitten halua lapsia?»

Kahvi alkoi vaikuttaa. Huoneisto tuntui pieneltä ja rumalta, keinovalo ankaralta; minulla oli niin kova hinku päästä ulos ja kaahata takaisin Broken Harbouriin, että pomppasin melkein tuoliltani. Sanoin: »Koska riski on liian iso. Se on niin valtava, että sen ajatteleminenkin oksettaa. Siksi.»

»Riski», Dina sanoi hetken hiljaisuuden perästä. Hän käänsi myslipatukkansa käärepaperin huolellisesti nurin ja tarkasteli sen kiiltävää nurjaa puolta. »Et tarkoita työtäsi. Tarkoitat minua. Että lapsista tulisi samanlaisia kuin minusta.»

Sanoin: »En minä sinua pelkää.»

»Ketä sitten?»

»Minua.»

Dina katseli minua, ja hehkulamppu heijastui kahtena pikkuruisena virvatulena noista tutkimattomista hailakansinisistä silmistä. Hän sanoi: »Sinusta tulisi hyvä isä.»

»Kyllä varmaan. Mutta luultavasti ei tarpeeksi hyvä. Koska jos olemme kumpikin väärässä ja osoittautuisin kamalaksi isäksi, mikäs sitten neuvoksi? En voisi tehdä asialle enää yhtikäs mitään. Siinä vaiheessa kun asia selviää, on jo myöhäistä: lapset ovat jo maailmassa, eikä heitä voi takaisin lähettää. Ei voi kuin kasvattaa heitä kieroon päivä kerrallaan ja katsella, kuinka täydelliset vauvat muuttuvat täysiksi raunioiksi silmien edessä. En minä pysty siihen, Dina. Joko en ole tarpeeksi tyhmä tai sitten en ole tarpeeksi rohkea, mutten pysty ottamaan sitä riskiä.»

»Geri pärjää ihan hyvin.»

»Geri pärjää loistavasti», minä sanoin. Geri on hyväntuulinen ja rento ihminen ja äitinä luonnonlahjakkuus. Aina kun hänelle syntyi lapsi, soittelin hänelle vuoden verran joka päivä – väijykeikat, kuulustelut, riidat Lauran kanssa, kaikki muu sai jäädä sen puhelun ajaksi – pelkästään varmistaakseni, että hänellä oli kaikki hyvin. Kerran hän kuulosti niin vaisulta ja käheä-ääniseltä, että usutin Philin lähtemään töistä kotiin tarkistamaan, miten hän voi. Gerillä oli nuha ja hän varmastikin tuumi, että minun sietäisi tuntea itseni ääliöksi, mutta en minä tuntenut. Paras pelata varman päälle, aina.

»Minä haluan lapsia jonain päivänä», Dina sanoi. Hän rutisti käärepaperin tolloksi ja nakkasi sen roskakorin suuntaan muttei osunut. »Sinusta se on varmaan tosi paska ajatus.»

Päänahkani jäätyi siitä ajatuksesta, että seuraavan kerran hän tulisi ovelleni raskaana. »Et tarvitse minun lupaani.»

»Mutta olet silti sitä mieltä.»

Kysyin: »Mitä Fabiolle kuuluu?»

»Hänen nimensä on Francesco. Ei siitä varmaan tule mitään. En tiedä.»

»Minusta olisi parempi hankkia lapsia vasta sitten, kun sinulla on joku johon voit varmasti luottaa. Ehkä olen vanhanaikainen, mutta silti.»

»Meinaat että siltä varalta, että sekoan. Siltä varalta, että pääni rupeaa räjähtämään samalla kun hoidan jotain pientä kolmiviikkoista vauvaa. Jonkun pitää olla paikalla vahtimassa minua.»

»En minä niin sanonut.»

Dina oikaisi jalkansa sohvalle ja tutki varpaankyntensä vaaleansinistä helmiäislakkausta. Hän sanoi: »Minä huomaan aina, kun olen sekoamassa. Haluatko tietää miten?»

En halua tietää ikinä mitään siitä, mitä Dinan päässä tapahtuu. Sanoin: »No miten?»

»Kaikki alkaa kuulostaa ihan väärältä.» Hän vilkaisi minua hiustensa suojista. »Jos vaikka riisun illalla paitani ja pudotan sen lattialle, se sanoo *plumps* niin kuin kivi joka putoaa lampeen. Tai kerran kun olin menossa töistä kotiin, niin kenkäni, aina kun kenkäni koskettivat maata niin ne vinkaisivat niin kuin ansaan joutunut hiiri. Se oli hirveää. Lopulta piti istahtaa jalkakäytävälle riisumaan ne jalasta ja tarkistamaan, ettei siellä oikeasti ollut hiirtä – kyllä minä tiesin ettei ollut, en minä tyhmä ole, mutta varmistin vaan. Silloin minä tajusin sen. Siis sen, mitä oli tapahtumassa. Mutta minun oli silti pakko mennä taksilla kotiin. En kestänyt kuunnella sitä koko matkaa. Kuulosti kuin se elukka olisi ollut ihan tuskissaan.»

»Dina. Sinun pitäisi mennä puhumaan noista jutuista jollekulle. Aina kun niitä tapahtuu.»

»Niinhän minä menenkin. Kun olin tänään töissä ja avasin yhden meidän isoista jääkaapeista ja otin sieltä bageleita, se rätisi niin kuin tuli, niin kuin siellä olisi ollut metsäpalo. Joten lähdin töistä ja tulin sinun luoksesi.»

»Ja hyvä niin. Olen iloinen että tulit. Mutta tarkoitan jotain ammattilaista.»

»Lääkäreitä», Dina sanoi suutaan vääntäen. »En enää muista, montaako olen koittanut. Ja mitä hyötyä niistä on ikinä ollut?»

Dina oli sentään hengissä, mikä oli minulle tärkeää, ja minusta sen olisi pitänyt olla tärkeää hänellekin, mutta ennen kuin ehdin huomauttaa asiasta, puhelimeni soi. Samalla kun tartuin siihen, vilkaisin rannekelloani: tasan yhdeksän, hienoa Richie. »Kennedy», sanoin noustessani pystyyn ja siirtyessäni kauemmas Dinasta.

»Ollaan asemissa», Richie sanoi niin hiljaa, että minun piti painaa puhelinta korvaa vasten. »Ei liikettä.»

»Ja teknikot ja apulaiset hoitavat omia hommiaan?»

»Joo.»

»Onko mitään ongelmia? Kohtasitteko sinne mennessä ketään? Onko mitään, mitä minun pitäisi tietää?»

»Ei. Hyvin menee.»

»Sitten puhutaan uudestaan tunnin päästä, tai pikemmin jos tapahtuu jotain. Lykkyä tykö.»

Lopetin puhelun. Dina väänsi pyyhettä tiukalle kierteelle ja tarkkaili minua terävästi kiiltävän hiuslipareensa alta. »Kuka siellä oli?»

»Työhommia.» Panin kännykän taskuun, povitaskuun. Dinan mielessä on vainoharhaisiakin nurkkauksia. Hän ei saanut päästä piilottamaan puhelintani siksi, että kuvitteli minun puhuvan hänestä jonkun lääkärin kanssa tai, mikä vielä parempaa, vastaamaan puhelimeen ja ilmoittamaan Richielle, että puuhamme olivat paljastuneet ja Richien sietäisi kuolla syöpään.

»Minä luulin että sinä olet vapaalla.»

»Olenkin. Jotakuinkin.»

»Mitä se 'jotakuinkin' muka tarkoittaa?»

Hän oli alkanut pusertaa pyyhettä tiukemmin. Vastasin huolettoman kuuloisesti: »Se tarkoittaa, että joskus muiden pitää kysyä minulta jotain. Murharyhmässä ei olla ikinä kokonaan vapaalla. Tuo oli työparini. Luultavasti hän soittaa vielä muutaman kerran tänä yönä.»

»Miksi?»

Tartuin kahvimukiini ja lähdin keittiöön täyttämään sitä. »Näit hänet tänään. Hän on juuri aloittanut nämä työt. Hänen pitää kysyä minulta ennen kuin hän tekee mitään tärkeitä päätöksiä.»

»Tärkeitä päätöksiä mistä?»

»Mistä tahansa.»

Dina alkoi kuopia kädessään olevaa rupea sormenkynnel-
lään lyhyin ja raskain vedoin. »Joku kuunteli tänään iltapäivällä
radiota», hän sanoi. »Töissä.»

Voi perse. »No mitä siellä sanottiin?»

»No sanottiin että jossain on ruumis ja poliisi pitää kuole-
maa epäilyttävänä. Mainittiin Broken Harbour. Siellä puhui joku
tyyppi, joku poliisi. Kuulosti sinulta.»

Ja sen jälkeen pakastin oli alkanut päästellä metsäpalon ääniä.
Sanoin varovasti, samalla kun istuuduin takaisin nojatuoliini: »Vai
niin.»

Kynnenraaputus voimistui. »Älä tee noin. Älä helvetti tee
noin.»

»Miten?»

»Älä vedä naamalle tuota tyhmää kankiperseisen poliisin
ilmettä. Älä puhu minulle niin kuin jollekin idioottitodistajalle,
jonka kanssa voi leikkiä koska hän ei uskalla sanoa vastaan. Minua
sinä et pelota. Tajuatko?»

Oli turha väitellä. Sanoin tyynesti: »Asia selvä. En yritä pelo-
tella sinua.»

»Lakkaa sitten venkoilemasta ja kerro!»

»Tiedät etten voi puhua työasioista. Tämä ei ole henkilökoh-
taista.»

»No voi jeesus, miten helvetissä tämä muka ei ole henkilökoh-
taista? Minä olen sinun siskosi! Voiko paljon henkilökohtaisem-
maksi mennä?»

Hän oli kiilautunut tiukasti sohvannurkkaansa kantapäät
koholla niin kuin aikoisi syöksyä kimppuuni, mikä oli epätoden-
näköistä muttei mahdotonta. Sanoin: »Totta. Tarkoitin etten
salaile mitään henkilökohtaisesti juuri sinulta. En voi puhua näistä
asioista kellekään.»

Dina järsi kyynärvarttaan ja katseli minua kuin vihollista;
hänen viiruiksi kavenneet silmät loistivat kylmää eläimellistä viek-
kautta. »Hyvä on», hän sanoi. »Katsotaan sitten vaan uutiset.»

Olin toivonut, ettei hän tulisi ajatelleeksi sitä. »Luulin, että
pidit rauhasta ja hiljaisuudesta.»

»Jos se on niin julkinen asia, että koko hemmetin maa tietää siitä, niin ei se Jeesuksen nimessä voi olla niin luottamuksellista, etten minä saa katsoa. Vai mitä? Kun ottaa huomioon, ettei se ole 'henkilökohtaista'.»

»Voi nyt herran tähden, Dina. Olen ollut töissä koko päivän. Kaikkein viimeksi minä haluan katsoa työasioita kotona telkkarista.»

»Kerro sitten, mitä vittua oikein tapahtuu! Tai minä katson uutiset etkä sinä voi estää kuin väkipakolla. Sitäkö sinä haluat?»

»Hyvä on», sanoin käteni kohottaen. »Selvä. Kerron mikä on tilanne, jos sinä rauhoitut. Se tarkoittaa sitäkin, että lakkaat puremasta kättäsi.»

»Oma on käteni, saamari. Mitä se sinua kiinnostaa?»

»En pysty keskittymään niin kauan kuin teet sitä. Päätä itse.»

Hän mulkaisi minua uhmakkaasti, paljasti pienet valkoiset hampaansa ja puraisi vielä kerran, lujaa, mutta kun en reagoinut mitenkään, hän pyyhki käsivartensa T-paitaan ja istuutui käsiensä päälle. »No niin. Oletko tyytyväinen?»

Sanoin: »Ei siellä ollut pelkästään yhtä ruumista. Se oli neljän hengen perhe. He asuivat Broken Harbourissa – nykyään sitä sanotaan Brianstowniksi. Joku murtautui heidän taloonsa viime yönä.»

»Miten heidät tapettiin?»

»Emme tiedä ennen kuin vasta ruumiinavauksen jälkeen. Näyttää siltä, että tappaja käytti veistä.»

Dina tuijotti tyhjyyteen eikä liikkunut, ei edes hengittänyt, ennen kuin sai asian mietittyä valmiiksi. »Brianstown», hän sanoi lopulta hajamielisesti. »Onpa tyhmä ääliönimi. Sen keksijältä pitäisi panna pää ruohonleikkurin alle ja pitää siellä. Oletko varma?»

»Nimestäkö?»

»Ei! Voi jumalauta. Niistä vainajista!»

Hieroin leukaniveltäni rentouttaakseni sitä vähän. »Joo. Olen varma.»

Hänen katseensa oli muuttunut taas keskittyneeksi: se kohdistui minuun, räväyhtämättä. »Olet varma, koska hoidat juttua itse.»

En vastannut.

»Sanoit, ettet halua katsoa siitä uutisia, koska olet hoitanut sitä koko päivän. Niin sinä sanoit.»

»Murhajutun katsominen telkkarista on työtä. Minkä tahansa murhajutun. Se on minun ammattini.»

»Joo joo joo seli seli, tämä murhajuttu on sinun. Vai mitä?»

»Mitä väliä sillä on?»

»On sillä sitä väliä, että jos kerrot, saat vaihtaa puheenaihetta.»

Sanoin: »Joo, hoidan minä sitä juttua. Minä ja muutama muu tutkija.»

»Hmm», Dina sanoi. Hän viskasi pyyhkeensä kohti kylppärin ovea, ponnisti ylös sohvalta ja alkoi kiertää taas huonetta tarmokkaasti ja konemaisesti. Saatoin melkein kuulla ääntä, kuin hyttysen ininää, kun se olio, joka hänen sisällään elää, alkoi kerätä kierroksia.

Sanoin: »Ja nyt vaihdetaan puheenaihetta.»

»Joo», Dina sanoi. Hän otti käteensä pienen vuolukivinorsun, jonka Laura ja minä olimme tuoneet yhtenä vuonna kotiin Kenian-lomaltamme, puristi sitä tiukasti ja tutki sitten kiinnostuneena niitä punaisia jälkiä, jotka se jätti hänen käteensä. »Minä muuten mietin, aiemmin. Kun odottelin sinua. Minä haluan muuttaa kämppää.»

»Hyvä», sanoin. »Voidaan katsoa kämppiä netistä saman tien.» Dinan asunto on paskaloukko. Hänellä olisi varaa kelvolliseen kämppään, mutta kerrostalot kuulemma herättävät hänessä halun hakata päätä seinään, joten hän päätyy aina johonkin ränsistyneeseen yrjöjenaikaiseen taloon, joka on muutettu 60-luvulla soluasunnoiksi, ja hänellä on kylppärikaverina aina joku karvainen luuseri, joka väittää olevansa muusikko ja jota täytyy muistuttaa toistuvasti siitä, että Dinan veli on poliisi.

»Ei», Dina sanoi. »Kun kuuntele nyt herran tähden. Minä haluan muuttaa sitä, en muuttaa sieltä. Koska se kutittaa. Yritin jo vaihtaa kämppää, menin kysymään yläkerran tytöiltä haluavatko he vaihtaa päittäin, koska eihän se heitä kutita kyynärpäitten sivuilta ja sormenkynsien alta niin kuin minua. Ei se ötököistä johdu, minä sinun pitäisi nähdä olen niin siisti, minä luulen että se johtuu vaan siitä paskasta maton kuvioinnista. Sanoin sen heille mutta ne ämmät eivät kuunnelleet, toljottivat suu auki, isot tyhmät kalat, onkohan niillä lemmikkikala lemmikkinä? Joten koska minä en voi muuttaa pois, minun pitää muuttaa kämppää, minä haluan siirtää huoneita. Kai me naulattiin ne aiemmin paikoilleen mutten minä muista, Mikey, muistatko sinä naulasitko sinä?»

Richie soitti joka tunti tasatunnein niin kuin oli luvannutkin ja kertoi, että taaskaan ei ollut tapahtunut mitään. Välillä Dina antoi minun vastata ensimmäisen pirahduksen jälkeen, järsi sormeaan sillä välin kun puhuin ja odotti puhelun loppumista ennen kuin pani taas isompaa vaihdetta silmään: *Kuka se oli, mitä hän halusi, mitä sinä kerroit hänelle minusta...* Välillä minun piti odottaa parin kolmen pirahduksen verran, kun Dina alkoi kiertää huonetta nopeammin ja puhua kovempaa peittääkseen soittoäänen, enkä päässyt vastaamaan ennen kuin hän väsähti ja lysähti sohvalle tai matolle. Kun yritin vastata kello yhden soittoon, hän löi puhelimen kädestäni ja hänen äänensä kohosi kirkunaksi: *Sinä et välitä vit minä yritän sanoa sinulle jotain yritän puhua sinulle, älä sinä sulje korviasi tuon takia kuka lie, sinä kuuntelet kuuntelet kuuntelet...*

Vähän kolmen jälkeen hän nukahti sohvalle kesken lauseen, tiukalle kerälle käpertyneenä ja pää tyynyjen väliin tungettuna. Hän puristi T-paitani helmaa nyrkissään ja imeskeli sen kangasta.

Hain vierashuoneesta peiton ja asettelin sen hänen päälleen. Sitten himmensin valot, hain mukillisen kylmää kahvia ja istuuduin ruokapöydän ääreen pelaamaan pasianssia puhelimellani. Peruuttava kuorma-auto piipitti kaukana alapuolellamme; rapussa lyötiin ovi kiinni, mutta paksu kokolattiamatto vaimensi ääntä. Dina kuiskaili unissaan. Hetken aikaa satoi ja ikkunoista kuului hiljaista suhinaa ja ropinaa, kunnes sekin hiipui hiljaisuudeksi.

Minä olin viidentoista, Geri kuudentoista ja Dina melkein kuuden, kun äitimme tappoi itsensä. Olin tavallaan osannut odottaa sitä päivää niin kauan kuin muistin, mutta äiti oli ovela niin kuin kaikki ihmiset, joiden mielessä on jäljellä enää yksi halu, joten hän valitsi päivän johon emme olleet varautuneet. Isä, Geri ja minä suhtauduimme häneen ympäri vuoden kuin kokopäivätyöhön: tarkkailimme ensimmäisiä merkkejä kuin peitetehtäviin määrätyt agentit, maanittelimme häntä syömään kun hän ei päässyt ylös sängystä, piilotimme kipulääkkeet sellaisina päivinä kun hän ajelehti talossa kuin kylmä kohta huoneilmassa, pitelimme häntä kädestä aamuun asti kun hän ei lakannut itkemästä, valehtelimme reippaasti ja sujuvasti kuin huijarit naapureille, sukulaisille, kaikille kysyjille. Mutta kesäisin me kaikki viisi vapauduimme kahdeksi viikoksi. Broken Harbourissa oli jotain – ehkä ilmanala, maisemanvaihdos tai luja päätös olla pilaamatta meidän lomaamme – mikä muutti äidin nauravaksi tytöksi. Hän kohotteli käsiään aurinkoon varovasti ja hämmästyneenä niin kuin ei olisi voinut uskoa, miten lempeältä se tuntui hänen ihollaan. Hän juoksi hietikolla kilpaa kanssamme ja suukotteli isän niskaa, kun levitti tälle aurinkorasvaa selkään. Niinä kahtena viikkona me emme laskeneet terävien veitsien määrää emmekä ponkaisseet yöllä pystyyn joka äänestä, koska lomalla äiti oli aina onnellinen.

Kaikkein onnellisin hän oli sinä kesänä, kun täytin viisitoista. Ymmärsin syyn siihen vasta jälkeenpäin. Hän odotti lomamme viimeiseen yöhön asti ennen kuin käveli veteen.

Ennen sitä yötä Dina oli ollut terhakka pikku kujeilija ja inttäjä, joka puhkesi vähän väliä kuplivaan ja tarttuvaan kikatukseen. Sen yön jälkeen lääkärit kehottivat meitä tarkkailemaan hänessä »emotionaalisia seurauksia» – nykyaikana hänet olisi kiidätetty suoraan terapiaan, niin kuin varmaan meidät kaikki, mutta se oli 80-lukua ja tässä maassa uskottiin yhä, että terapia oli rikkaille ja hekin olisivat kaivanneet vain potkua perseelle. Me tarkkailimme, ja olimme siinä hyviä – aluksi vahdimme Dinaa vuorokauden ympäri ja istuimme hänen vuoteensa vieressä kun hän säpsähteli ja mumisi unissaan – mutta ei hän näyttänyt olevan sen huonommassa kunnossa kuin minä tai Gerikään, ja ainakin hän näytti olevan paljon paremmassa kuosissa kuin isämme. Dina imi peukaloaan ja itki paljon. Ajan mittaan hän palasi normaaliksi, tai niin meistä ainakin näytti. Sinä päivänä, kun hän herätti minut tunkemalla märän kasvopyyhkeen paitani sisään ja juoksi pois naurusta kiljuen, Geri sytytti kynttilän Neitsyt Marialle kiitokseksi siitä, että Dina oli tullut takaisin.

Minäkin sytytin kynttilän. Yritin nähdä kaiken positiivisessa valossa ja vakuuttelin itselleni, että uskoin myönteiseen kehitykseen. Pohjimmiltani kuitenkin tiesin, ettei sellainen yö katoa noin vain. Olin oikeassa. Se yö kaivautui syvälle Dinan arimpaan paikkaan ja käpertyi vuosikausiksi odottamaan oikeaa hetkeä.

Kun se oli paisunut riittävän lihavaksi, se havahtui ja söi itsensä pintaan.

Emme olleet ikinä jättäneet Dinaa yksin hänen kohtaustensa aikana. Toisinaan hän eksyi harhapoluille ennen kuin pääsi minun tai Gerin luo; hän oli saapunut ovellemme joskus mustelmilla ja joskus kokkelipäissään, ja kerran häneltä oli kiskaistu parin sentin läiskä hiuksia juuriltaan. Geri ja minä yritimme aina selvittää mitä oli tapahtunut, mutta emme koskaan olettaneet että Dina kertoisi.

Mietin, ilmoittaisinko pitäväni sairaspäivän. Melkein ilmoitinkin – minulla oli jo puhelin kädessä ja olin valmis soittamaan osastolle ja kertomaan, että olin saanut siskontytöltä ikävän mahataudin ja jonkun muun pitäisi hoitaa juttua, kunnes pääsisin pois vessasta. Sellaisella tempulla olisi ollut tyrmäävä vaikutus urakehitykseeni, mutta en minä sen takia soittamatta jättänyt, vaikka kaikki tuttuni olisivat varmasti luulleet niin. Jätin soittamatta siksi, että kuvittelin mielessäni kuinka Pat ja Jenny Spain olivat taistelleet kuolemaan saakka omin päin, koska uskoivat meidän hylänneen heidät. Oli aivan sietämätön ajatus, että osoittaisimme heidän luulonsa todeksi.

Muutamaa minuuttia ennen neljää menin makuuhuoneeseeni, panin kännykkäni äänettömälle ja katselin sen näyttöä, kunnes sille ilmaantui Richien nimi. Lisää tapahtumattomuutta; hän alkoi kuulostaa uniselta. Sanoin: »Jos viiteen mennessä ei tule toimintaa, voitte ruveta panemaan kamppeita kasaan. Sano sille minkä lie nimiselle ja muille apulaisille, että menevät ottamaan unta palloon ja ilmoittautuvat töihin taas puolilta päivin. Sinä varmaan pärjäät vielä muutaman tunnin ilman unia?

»Ei tunnu missään. Minulla on vielä kofeiinitabuja jäljellä.» Tuli hetken hiljaisuus, kun hän etsi oikeaa tapaa asian ilmaisemiseen. »Nähdään kai sairaalalla? Vai...?»

»Kyllä vain, poikaseni. Tasan kuudelta. Käske sen jonkun nimisen heittää sinut sinne matkallaan kotiin. Ja pidä huoli, että saat jostain aamiaista koneeseen, koska emme enää pysähdy teelle ja paahtoleivälle sen jälkeen, kun lähdemme liikkeelle. Nähdään pian.»

Kävin suihkussa, ajoin partani, löysin puhdasta vaatetta ja söin lautasellisen myslia nopeasti ja niin hiljaa kuin pystyin. Sitten kirjoitin Dinalle viestin: *Huomenta, unikeko – piti mennä töihin, mutta palaan mahdollisimman pian. Syö sillä välin kaikkea mitä keittiöstä löydät, lue/katsele/kuuntele kaikkea mitä hyllystä löydät, käy taas suihkussa – kämppä on sinun. Soita minulle/Gerille heti jos on jotain hankalaa tai jos vain tekee mieli jutella. M.*

Jätin viestin sohvapöydälle, samoin puhtaan pyyhkeen ja toisen myslipatukan. En jättänyt avaimia – olin miettinyt asiaa pitkään, mutta lopulta kyse oli siitä, oliko suurempi riski jättää hänet tulipalon tullen lukkojen taakse vai päästää hänet mahdollisesti vaeltelemaan jollekin epämääräiselle kadulle ja törmäämään väärään ihmiseen. Oli huono viikko luottaa sen enempää tuuriin kuin ihmiskuntaankaan, mutta jos pitää valita, valitsen aina tuurin.

Dina käännähti sohvalla ja jähmetyin hetkeksi, mutta sitten hän vain huokasi ja painautui syvemmälle tyynyjen väliin. Hänen kapea käsivartensa roikkui peiton ulkopuolella maidonvalkeana, ja punaiset hampaanjäljet erottuivat siitä vielä hailakoina puoliympyröinä. Vedin peittoa ylemmäs peittääkseni käsivarren. Sitten kiskoin palttoon ylleni, pujahdin hiljaa asunnosta ja suljin oven takanani.

8

RICHIE OLI ODOTTAMASSA sairaalan ulkopuolella varttia vaille kuudelta. Tavallisesti olisin lähettänyt paikalle jonkun kenttämiehen – virallisesti ottaen me olimme siellä vain tunnistamassa ruumiit ja minä voin käyttää aikani aina hyödyllisemminkin – mutta tämä oli Richien ensimmäinen juttu, ja hänen oli nähtävä ruumiinavaus. Ellei hän näkisi sitä, jutut alkaisivat kiertää. Sitä paitsi Cooper pitää siitä, että hänen ruumiinavauksiaan katsotaan, ja jos Richie pääsisi hänen suosioonsa, meillä olisi mahdollisuus saada asioita tarvittaessa läpi pikavauhtia.

Oli vielä yö, se kylmä sarastusta edeltävä pimeyden ohenemisen hetki, joka imee luista ja ytimistä viimeisetkin voimat, ja ilmassa oli purevuutta. Sairaalan sisäänkäynnin valo oli lämmötöntä, hytisevää valkeutta. Richie nojaili kaiteeseen ämpärinkokoiset pahvimukit käsissään ja potkiskeli rytistettyä folionpalaa jalkojensa välissä. Hän oli kalpea ja hänellä oli pussit silmien alla, mutta oli hän kyllä aivan hereillä. Kaiken lisäksi hän oli pukenut ylleen puhtaan paidan – se oli yhtä halpa kuin edellinenkin, mutta annoin pisteitä siitä, että hän oli ylipäätään tullut ajatelleeksi asiaa. Minun kravattinikin hänellä oli kaulassa.

»Terve», hän sanoi ojentaen toisen mukeista minulle. »Ajattelin että tarvitset tätä. Maistuu tosin tiskiaineelta. Sairaalan kanttiinista.»

»Kiitos», sanoin. »Kai.» Oli se suunnilleen kahvia. »Miten viime yö meni?»

Richie kohautti olkapäitään. »Olisi mennyt paremmin, jos se äijä olisi ilmaantunut.»

»Kärsivällisyyttä, poikaseni. Roomaakaan ei rakennettu päivässä.»

Toinen olankohautus, foliopallolle jota hän oli alkanut potkia kovempaa. Tajusin että hän olisi halunnut tarjota minulle miehemme heti aamusta siistissä paketissa, kaatona joka todisti että Richie oli mies. Hän sanoi: »Teknikot kuulemma saivat sentään paljon tehtyä.»

»Hyvä.» Nojauduin kaiteeseen hänen vieressään ja yritin kaataa kahvia sisääni; yksi haukotuksen aavistuskin, niin Cooper potkisi minut pois salista. »Miten partioijat pärjäsivät?»

»Mukavasti kai. Pysäyttivät muutaman auton, joita tuli asuntoalueelle, mutta kaikki kilvet täsmäsivät Ocean Viewin osoitteisiin. Olivat vain porukkaa menossa kotiin. Yksi teinilauma kokoontui taloon kadun toisessa päässä, toivat pari pulloa mukanaan ja soittivat musiikkia kovalla. Puoli kahden maissa siellä kiersi auto hitaasti korttelia, mutta kuski oli nainen ja hänellä oli itkevä vauva takapenkillä, joten pojat päättelivät, että hän yritti nukuttaa sitä. Siinä kaikki.»

»Oletko sitä mieltä, että jos joku hämärämies olisi hiiviskellyt siellä, partio olisi huomannut hänet?»

»Ellei hänellä ollut tosi hyvä tuuri, niin joo.»

»Eikö ollut enää mediaväkeä?»

Richie pudisti päätään. »Ajattelin että ne olisivat iskeneet kiinni naapureihin, mutta ei.»

»Varmaan ne etsivät nyt omaisia häirittäväksi. Omaisilta kuulee mehukkaampia juttuja. Viestintäosastolla näyttää olevan media hanskassa, toistaiseksi ainakin. Vilkaisin aamupainoksia: ei ollut mitään mitä me emme jo tietäisi, eikä mitään siitä että Jenny Spain on elossa. Joskaan sitä emme voi salata enää pitkään. Se tyyppi pitää saada talteen nopeasti.» Joka etusivulla oli ollut huutavan kokoiset otsikot ja enkelimäinen kuva Emmasta ja Jackista. Meillä oli viikko tai enintään kaksi aikaa saada se äijä kiinni ennen kuin muuttuisimme kelvottomiksi tunareiksi ja tarkastaja muuttuisi hyvin tyytymättömäksi.

Richie yritti vastata, mutta haukotus keskeytti hänet. »Saitko yhtään unta?» minä kysyin.

»En. Ensin puhuttiin että pidettäisiin vahtivuoroja, mutta tiesitkö että maaseudulla on ihan pirun kova meteli? Kaikki selittävät rauhasta ja hiljaisuudesta, mutta se on ihan täyttä paskaa. Meri pauhaa, ja siellä oli varmaan sadan lepakon bileet, ja hiiret tai jotkut vilistelivät pitkin taloja. Ja jossain lähistöllä vaelsi joku otus – kuulosti tankilta, kun se meni pitkin pusikoita. Yritin bongata sen kiikareilla, mutta se meni talojen väliin ennen kuin löysin. Joku iso kumminkin.»

»Oliko liian karmivaa?»

Richie hymyili vinosti. »Pystyin olemaan kakkaamatta pöksyyn. Ja vaikka olisi ollut hiljaistakin, niin halusin olla hereillä. Kaiken varalta.»

»Minä olisin ajatellut samoin. Miten jakselet?»

»Ihan hyvin. Vähän olen romuna, mutten ole kyykkäämässä kesken ruumiinavauksen.»

»Jos saadaan jossain välissä päivää torkuttua pari tuntia, pystytkö valvomaan toisenkin yön?»

»Jos saan vähän vielä tätä» – hän kohotti kahvimukiaan – »niin kyllä varmasti joo. Samat kuviot kuin viime yönäkin, vai?»

»Ei», sanoin. »Yksi hulluuden määritelmistä on se, ystävä hyvä, että yritetään aina vain samaa ja toivotaan että saadaan joskus eri tulos. Jos miehemme pystyi vastustamaan syöttiä viime yönä, hän pystyy vastustamaan sitä tänäkin yönä. Tarvitsemme paremman syötin.»

Richien pää kääntyi minua kohti. »Ai jaa? Minä luulin että meillä oli ihan kohtalainen syötti. Vielä pari yötä, niin veikkaan että saadaan hänet.»

Kohotin hänelle mukiani. »Kiitos luottamuksesta. Mutta fakta on se, että arvioin kaverimme väärin. Hän ei ole kiinnostunut meistä. Jotkut tekijät eivät malta pysyä erossa poliiseista – he änkeävät mukaan tutkintaan tavalla tai toisella, eikä Herra Avuliaasta pääse sen jälkeen millään eroon. Meidän miehemme ei ole sellainen, koska muuten olisimme jo saaneet hänet kiinni. Meidän puuhamme tai tekniikan poikien puuhat eivät kiinnosta häntä tippaakaan. Mutta arvaat varmaan, kenestä hän on hyvin kiinnostunut?»

»Spaineista?»

»Kymmenen pistettä ja papukaijamerkki. Spaineista.»

»Vaan kun meillä ei ole Spaineja. Tai siis Jenny joo, mutta –»

»Mutta vaikka Jenny pystyisi auttamaan meitä, haluan pitää hänet salassa mahdollisimman pitkään. Aivan. Mutta meillä on se... mikä sen naisen nimi nyt oli, sen apulaisen?»

»Oates. Konstaapeli Janine Oates.»

»Hän juuri. Et ehkä pannut merkille, mutta kaukaa ja sopivassa yhteydessä Oates menisi luultavasti Fiona Raffertysta. Sama pituus, sama ruumiinrakenne, samanlainen tukka – Oatesilla se on onneksi paljon paremmassa järjestyksessä, mutta kyllä hän varmaan suostuisi sotkemaan sen, jos pyytäisimme. Annetaan hänelle punainen duffelitakki, niin sillä hyvä. Eivät he oikeasti ole mitenkään samannäköisiä, mutta sen huomatakseen pitää päästä katsomaan Oatesia kunnolla, ja sitä varten tarvitaan kiikarit ja kunnon tarkkailupaikka.»

Richie sanoi: »Keräämme kamppeemme taas kuudelta, Oates ajaa talolle – kai meillä on autohallissa keltainen Fiat?»

»En ole varma, mutta jos ei ole, niin riittää kun partioauto heittää hänet talolle. Hän menee taloon ja viettää illan tehden kaikkea sellaista, mitä kuvittelee että Fiona Rafferty voisi tehdä, ja tekee sen niin osoittelevasti kuin pystyy – vaeltaa pitkin taloa järkyttyneen näköisenä verhot auki, lukee Patin ja Jennyn papereita ja sen sellaista. Sillä välin me odotamme.»

Richie joi kahviaan irvistäen tahattomasti joka kulauksella ja mietti asiaa. »Uskotko että tekijä tietää, kuka Fiona on?»

»Minusta on hiton hyvä mahdollisuus, että tietää. Muista, ettemme tiedä missä hän on tullut tekemisiin Spainien kanssa. Ehkä jossain sellaisessa tilanteessa, jossa Fionakin oli mukana. Vaikkei olisi ollutkaan – koska Fiona ei ehkä ole käynyt talossa muutamaan kuukauteen – niin miehemme on hyvin voinut tarkkailla perhettä jo paljon aikaisemmin.»

Matalien kukkuloiden siluetti alkoi erottua taivaanrannassa tummempana tummuutta vasten. Jossakin kukkuloiden takana sarastuksen valo eteni Broken Harbourin hiekalla ja tunkeutui kaikkiin niihin tyhjiin taloihin, myös siihen kaikista tyhjimpään. Kello oli viittä vaille kuusi. Sanoin: »Oletko ollut ikinä ruumiinavauksessa?»

Richie pudisti päätään. Hän sanoi: »Kaikilla on joskus eka kerta.»

»Niin on, mutta yleensä se ei ole tällaista. Tästä tulee häijyä. Sinun pitäisi kyllä olla siellä, mutta jos et oikeasti pysty, niin sinun pitää sanoa se tässä kohtaa. Voidaan kertoa, että olet nokosilla väijyn jälkeen.»

Richie rutisti kahvimukin ja tipautti sen roskikseen napakalla ranneliikkeellä. »Mennään», hän sanoi.

Ruumishuone oli sairaalan kellarikerroksessa. Tilat olivat pienet ja katot matalalla, ja kaakelilattioiden saumalaastiin oli pinttynyt likaa ja varmaan pahempaakin. Huoneilma oli kylmää ja kosteaa, liikkumatonta. »Herrat rikostutkijat», Cooper sanoi ja silmäili Richietä odottava virne kasvoillaan. Cooper on ehkä viidenkymmenen, mutta loisteputkivalaistuksessa ja valkoisten kaakelien ja metallipintojen keskellä hän näytti ikivanhalta: harmahtavalta ja näivettyneeltä, kuin jostain hallusinaatiosta putkahtaneelta avaruusolennolta, jolla on tutkimuspuikot valmiina. »Onpa hauska nähdä teitä. Aloittanemme aikuisesta miehestä: ikä ennen kauneutta.» Hänen takanaan seisova obduktiopreparaattori, raskastekoinen ja ilmeettömästi tuijottava mies, veti kylmäkaapin lokeron auki hirvittävän kirskunan saattelemana. Aistin pikkuruisesta nytkähdyksestä vieressäni, että Richie jännitti hartiansa.

He rikkoivat ruumispussin sinetit ja avasivat vetoketjun, jolloin alta paljastui Pat Spain veren kangistamassa pyjamassaan. Hänet valokuvattiin vaatetettuna ja alastomana, häneltä otettiin verinäyte ja sormenjäljet, ja sitten Cooper ja preparaattori kumartuivat ottamaan dna-näytteitä nyppimällä hänen ihoaan pinseteillä ja leikkaamalla hänen sormenkynsiään. Tämän jälkeen preparaattori käänsi instrumenttitarjottimen Cooperin käden ulottuville.

Ruumiinavaukset ovat raakoja tapahtumia. Untuvikot hätkähtävät aina sitä, että siinä missä he ovat odottaneet hienovaraisuutta, pikkuruisia skalpelleja ja täsmäviiltoja, he näkevätkin kuinka ruumista sahataan nopeasti ja huolettomasti leipäveitsillä ja ihoa revitään auki kuin tarrapaperia. Cooper näyttää työssään enemmän teurastajalta kuin kirurgilta. Hänen ei tarvitse murehtia toimenpiteistä jääviä arpia eikä varoa nirhaisemasta valtimoita. Hän operoi lihalla, joka ei ole enää kallisarvoista. Sen jälkeen kun Cooper ei tarvitse ruumista, sitä ei tarvitse kukaan muukaan enää koskaan.

Richie pärjäsi hyvin. Hän ei sävähtänyt, kun oksasakset napsauttelivat Patin rintakehän auki tai kun Cooper taitteli Patin kasvot kaksin kerroin tai kun kallosaha nostatti ilmaan vienoa kitkerää palaneen luun hajua. Kun preparaattori tipautti maksan vaa'alle, lurtsahdus sai Richien hätkähtämään mutta ei sen enempää.

Cooper liikehti ketterästi ja tehokkaasti, saneli asioita mikrofoniin eikä piitannut lainkaan meistä. Pat oli syönyt juustovoileivän ja sipsejä kolme neljä tuntia ennen kuolemaansa. Valtimoiden ja maksan rasvakertymät kertoivat, että hänen olisi pitänyt harrastaa vähemmän sipsejä ja enemmän liikuntaa, mutta kaikkiaan hän oli hyvässä kunnossa: ei näkyviä sairauksia, ei poikkeavuuksia, ammoin murtunut solisluu ja kukkakaalikorvat jotka saattoivat olla rugbyvammoja. Sanoin hiljaa Richielle: »Terveen miehen arpia.»

Lopulta Cooper suoristautui, venytteli selkäänsä ja kääntyi meidän puoleemme. »Yhteenvetona totean», hän ilmoitti meille tyytyväisenä, »että rikospaikalla esittämäni alustava lausunto oli paikkansapitävä. Kuten muistatte, esitin että kuolinsyy oli joko tämä haava» – hän painoi Pat Spainin rintakehän keskellä olevaa viiltoa skalpellillaan – »tai tämä.» Hän tökkäisi Patin solisluun alla olevaa haavaa. »Itse asiassa kumpikin näistä on ollut mahdollisesti kuolettava. Ensimmäisessä terä kimposi rintalastan keskireunasta ja raapaisi keuhkolaskimoa.»

Cooper taitteli Patin ihoa auki – pidellen sitä varovasti peukalon ja etusormen välissä – ja osoitti skalpellillaan, jotta Richie ja minä ymmärtäisimme tarkalleen mitä hän tarkoitti. »Ellei olisi ollut muita haavoja, tämä haava olisi aiheuttanut hoitamattomana kuoleman noin kahdessakymmenessä minuutissa, koska veri valui vähitellen tutkittavan rintaonteloon. Todellisuudessa tämä tapahtumakulku kuitenkin keskeytyi.»

Hän antoi ihon valahtaa takaisin paikoilleen ja nosti solisluun alla olevaa liparetta. »Tässä on se haava, joka osoittautui kuolettavaksi. Terä tunkeutui kolmannen ja neljännen kylkiluun välistä solisluun keskilinjan kohdalla ja aiheutti senttimetrin pituisen laseraation sydämen oikeaan kammioon. Verenhukka on ollut nopeaa ja mittavaa. Verenpaineen aleneminen on johtanut tajuttomuuteen viidessätoista tai kahdessakymmenessä sekunnissa ja kuolemaan ehkä kaksi minuuttia myöhemmin. Kuolinsyy oli massiivinen verenvuoto.»

Ei siis ollut mahdollista, että Pat itse oli hankkiutunut aseista eroon – en toki ollut uskonutkaan sellaiseen enää hetkeen. Cooper nakkasi skalpellin instrumenttitarjottimelle ja nyökkäsi preparaattorille, joka oli pujottamassa lankaa paksuun kaarevaan neulaan ja hyräili samalla itsekseen. Sanoin: »Entä kuolinsyy?»

Cooper huokasi. Hän sanoi: »Ymmärtääkseni uskotte tällä hetkellä, että talossa oli kuolemien aikaan läsnä viides osapuoli.»

»Niin näyttö meille kertoo.»

»Hmm», Cooper sanoi. Hän näpäytti kaavultaan lattialle jotakin, mitä ei auttanut ajatella. »Ja tämä varmastikin johdattaa teidät olettamaan, että tämä tutkittava» – nyökkäys Pat Spainia kohti – »oli henkirikoksen uhri. Valitettavasti kaikilla meillä ei ole varaa oletella. Kaikki haavat voivat täsmätä sekä päällekarkaukseen että itse aiheuttamiseen. Kuolintapa oli joko henkirikos tai itsemurha, eli määrittämätön.»

Joku puolustusasianajaja ihastuisi tuohon lauseeseen. Sanoin: »Jätetään se sitten paperille toistaiseksi tyhjäksi kohdaksi ja palataan asiaan, kun on enemmän näyttöä. Jos labra löytää hänen sormenkynsiensä alta dna:ta –»

Cooper kumartui puhumaan riippuvaan mikkiin ja sanoi: »Kuolinsyy: määrittämätön.» Se hänen pikku virneensä siirtyi minusta Richieen. »Älkää nyt masentuko, ylikonstaapeli Kennedy. Seuraavan tutkittavan kuolinsyystä tuskin on epäilystä.»

Emma Spain tuli esiin kaapistaan lakanat taiteltuina siististi ympärilleen kuin käärinliinoiksi. Richie säpsähti vieressäni, ja kuulin nopeaa rahinaa, kun hän alkoi raaputtaa taskunsa sisäkangasta. Kaksi yötä sitten Emma oli käpertynyt mukavasti noihin samoihin lakanoihin ja saanut hyvänyönsuukon. Jos Richien ajatukset lähtisivät tuollaisille poluille, saisin jouluun mennessä uuden työparin. Siirsin jalkojani, tuuppasin häntä kyynärpäähän ja rykäisin. Cooper tuijotti minua pitkään tuon pienen valkoisen hahmon toiselta puolen, mutta Richie ymmärsi viestini ja jähmettyi paikoilleen. Obduktiopreparaattori taitteli lakanat auki.

Tiedän rikostutkijoita, jotka oppivat katsomaan ruumiinavausten pahimmat kohdat näkemättä varsinaisesti mitään. Cooper kajoaa kuolleisiin lapsiin löytääkseen kajoamisen merkkejä, ja tutkija tuijottaa tiukasti näkemättä muuta kuin sumeutta. Mutta minä näen kaiken. Katselen rävähtämättä. Uhreilla ei ole ollut sananvaltaa siihen, mitä heille on tehty. Minä olen heihin verrattuna jo muutenkin niin hemmoteltu, ettei minulla ole varaa kainostella katsomista.

Emma oli Patrickia pahempi tapaus paitsi nuoruutensa takia myös siksi, että hän oli niin tahraton. Tämä kuulostaa ehkä kieroutuneelta, mutta mitä pahemmat vammat, sitä helpompi ruumiinavaus. Kun ruumis näyttää jo valmiiksi teurasjätteessä liotetulta, Y-viilto ja irrotettavan kallonlaen riipivä rasahdus eivät tunnu juuri missään. Vammat antavat mahdollisuuden keskittyä poliisia kiinnostaviin asioihin; ne muuttavat uhrin ihmisestä näytekappaleeksi, joka koostuu pelkistä pakottavista kysymyksistä ja tuoreista johtolangoista. Mutta Emma oli vain pikkutyttö, jolla oli siloiset jalkapohjat, pisamainen nykerönenä ja kohonneen pyjamanhelman alta paljastunut pullottava napa. Olisi voinut vannoa, että hän oli vain hiuskarvan päässä elävästä, että jos vain osaisi kuiskata oikeat sanat hänen korvaansa ja tietäisi paikan jota koskettaa, hänet voisi herättää. Se, mitä Cooper hänelle pian tekisi meidän nimissämme, oli kymmenen kertaa karumpaa kuin mikään mitä murhaaja oli tehnyt.

Preparaattori riisui paperipussit, jotka oli sidottu käsien ympärille todisteiden suojaamiseksi, ja Cooper kumartui Emman ylle kädessään palettiveitsi, jolla hän aikoi raaputtaa näytteitä sormenkynsistä. »Ah», hän sanoi äkkiä. »Mielenkiintoista.»

Hän otti pinsetit, näpräsi niillä Emman kättä ja suoristautui sitten pidellen pinsettejä koholla. »Nämä olivat etusormen ja keskisormen välissä», hän sanoi.

Neljä ohutta ja vaaleaa hiusta. Vaaleatukkainen mies kumartui pinkin myllätyn sängyn ylle, tuo pikkuinen tyttö pani vastaan... Sanoin: »Dna. Riittääkö noista dna-näytteeseen?»

Cooper hymyili minulle kuivasti. »Hillitkää intonne, ylikonstaapeli. Mikroskooppivertailu on tietysti tarpeen, mutta väristä ja tekstuurista päätellen näyttää hyvin todennäköiseltä, että nämä hiukset ovat uhrin omasta päästä.» Hän pudotti ne todistepussiin, otti esiin täytekynänsä ja alkoi kirjoittaa jotakin pussin nimilappuun. »Olettaen, että näyttö osoittaa oikeaksi alustavan hypoteesin tukehduttamisesta, esittäisin teoriaksi, että uhrin kädet oli vangittu hänen päänsä vierille tyynyllä tai muulla aseella ja että koska hän ei kyennyt kynsimään hyökkääjää, hän kiskoi viimeisinä tajunnan hetkinään omia hiuksiaan.»

Siinä kohtaa Richie lähti. Ei sentään lyönyt nyrkillä reikää seinään tai yrjönnyt lattialle. Kääntyi vain kannoillaan, käveli ulos ja sulki oven perässään.

Preparaattori hihitti. Cooper tuijotti ovea pitkään ja hyytävästi.

»Pyydän anteeksi konstaapeli Curranin puolesta», sanoin.

Cooper käänsi tuijotuksensa minuun. »En ole tottunut siihen», hän sanoi, »että ruumiinavaukseni keskeytetään ilman erinomaista syytä. Onko teillä, tai onko teidän kollegallanne, erinomainen syy?»

Se siitä toivosta, että Richie olisi päässyt Cooperin suosioon. Ja se oli ongelmistamme pienin. Se vinoilu, jota Richie oli ehkä saanut kuulla Quigleylta osastohuoneessa, ei ollut mitään verrattuna siihen, mikä häntä odottaisi jatkossa, ellei hän hankkiutuisi takaisin ruumiinavaussaliin ja katsoisi hommaa loppuun. Uhkana oli elinikäinen lempinimi. Cooper tuskin levittäisi sanaa – hän haluaa asettua juoruilun yläpuolelle – mutta pilke preparaattorin silmässä kertoi, ettei hän malttanut odottaa kertomaan pääsyä.

Pidin suuni kiinni, kun Cooper kävi läpi ulkoista tutkintaa. Ei enää ikäviä yllätyksiä, taivaan kiitos. Emma oli kuusivuotiaaksi vähän keskimittaista pitempi, keskipainoinen, terve kaikilla Cooperin käytössä olevilla tarkastustavoilla. Ei ollut parantuneita luunmurtumia, ei palovammoja tai arpia, ei mitään niistä kauheista jäljistä, joita ruumiillinen tai seksuaalinen kaltoinkohtelu tuottaa. Hampaat olivat puhtaat ja terveet, ei paikkoja; kynnet olivat siistit ja leikatut, tukka oli saksittu vähän aikaa sitten. Hän oli viettänyt lyhyen elämänsä hyvässä hoidossa.

Ei puhjenneita verisuonia silmissä, ei mustelmia huulissa merkkinä siitä, että jotakin oli painettu hänen suulleen, ei mitään mikä kertoisi, mitä tappaja oli tehnyt hänelle. Yhtäkkiä Cooper, joka katseli kynälampulla Emman suuhun kuin lastenlääkäri, sanoi: »Hm.» Hän tarttui taas pinsetteihinsä, kallisti Emman päätä takakenoon ja ohjaili pinsetit syvälle kurkkuun.

»Mikäli muistan oikein», hän sanoi, »uhrin vuoteella oli lukuisia koristetyynyjä, joihin oli kirjailtu inhimillistettyjä eläimiä erivärisillä villalangoilla.»

Kissanpentuja ja koiranpentuja, jotka tuijottelivat taskulampun valossa. »Aivan», sanoin.

Cooper veti pinsetit Emman suusta näyttävällä kädenliikkeellä. »Siinä tapauksessa», hän sanoi, »uskon että meillä on näyttöä kuolinsyystä.»

Villalangan haituva. Se oli märkä ja tummunut, mutta kuivuessaan se muuttuisi roosanpunaiseksi. Ajattelin kissanpennun höristettyjä korvia ja koiranpennun roikkuvaa kieltä.

»Niin kuin olette nähneet», Cooper sanoi, »tukehduttaminen jättää usein niin vähän jälkiä, että sitä on mahdoton diagnosoida varmasti. Mutta jos tässä tapauksessa villa täsmää johonkin hänen vuoteellaan olleeseen tyynyyn, tekninen tutkinta voi hyvinkin pystyä nimeämään murha-aseen. Hän kuoli joko happikatoon tai happikadon aiheuttamaan sydämenpysähdykseen. Kuolintapa oli henkirikos.»

Hän tipautti langanpätkän todistepussiin. Sulkiessaan sitä hän nyökkäsi, ja hänen huulillaan käväisi tyytyväinen hymy.

Sisäelintutkimus kertoi samaa: terve pieni tyttö, ei mitään merkkiä siitä, että hän olisi ikinä sairastanut tai loukkaantunut. Emman vatsassa oli osittain sulanut ateria, jossa oli jauhelihaa, perunamuusia, kasviksia ja hedelmiä – jauhelihaperunapaistosta ja jälkiruoaksi hedelmäsalaattia, syöty kahdeksisen tuntia ennen kuolemaa. Spainit tuntuivat perheateriatyypeiltä, ja mietin miksi Pat ja Emma olivat syöneet sinä iltana eri ruokia, mutta se oli sellainen pikkuasia, joka voisi jäädä pysyvästi vaille selitystä. Vähän kuralla oleva maha ei kestänyt paistosta, lapselle annettiin sitä ruokaa jota hän ei suostunut syömään päivällä – murha pyyhkäisee pikkuasiat tieltään, ja ne katoavat siihen punaiseen tsunamiin ikuisiksi ajoiksi.

Kun preparaattori alkoi tikata Emmaa kiinni, sanoin: »Tohtori Cooper, voisitteko odottaa hetken, kun käyn hakemassa konstaapeli Curranin? Hän haluaa varmasti nähdä loput tästä.»

Cooper riisui veriset hanskansa. »En ole varma, mistä saitte sellaisen vaikutelman. Konstaapeli Curranilla oli täysi mahdollisuus nähdä 'loput tästä', niin kuin te sitä kutsuitte. Ilmeisesti hän katsoo olevansa tällaisten arkipäiväisyyksien yläpuolella.»

»Konstaapeli Curran tuli tänne suoraan koko yön valvontatehtävästä. Luonto kutsui tapansa mukaan, eikä hän halunnut keskeyttää työtänne uudestaan tulemalla takaisin sisään. Minusta häntä ei tulisi rangaista siitä, että hän on ollut palveluksessa kaksitoista tuntia putkeen.»

Cooper vilkaisi minua tympääntyneenä, kun en ollut keksinyt edes mitään sen luovempaa. »Konstaapeli Curranin teoreettiset sisuskalut eivät ole minun ongelmani.»

Hän kääntyi pudottamaan hanskansa biovaarallisten jätteiden roskikseen, ja kannen kalahdus kertoi, että keskustelu oli päättynyt. Sanoin tasaisella äänellä: »Konstaapeli Curran haluaa epäilemättä palata tänne seuraamaan Jack Spainin ruumiinavausta. Ja mielestäni on tärkeää, että hän tekee niin. Olen valmis kaikkiin ylimääräisiin ponnistuksiin, jotta tämä tutkinta saa kaiken tarvitsemansa, ja haluaisin uskoa, että kaikki siihen osallistuvat ajattelevat samoin.»

Cooper kääntyi ympäri, kaikessa rauhassa, ja katsoi minua kuin hai. »Aivan silkasta mielenkiinnosta haluaisin kysyä», hän sanoi, »yritättekö te kertoa minulle, miten minun pitää hoitaa ruumiinavaukseni?»

En hätkähtänyt. »En», sanoin lempeällä äänellä. »Kerron teille, miten minä hoidan tutkintojani.»

Hän suipisti suunsa kireämmälle kuin kissan peräreikä, mutta lopulta hän kohautti olkapäitään. »Aion sanella viidentoista seuraavan minuutin ajan muistiinpanojani Emma Spainista. Sen jälkeen siirryn Jack Spainiin. Kaikki, jotka ovat salissa, kun aloitan prosessin, voivat jäädä. Kaikki, jotka eivät ole huoneessa siinä vaiheessa, pidättäytyvät häiritsemästä toistakin ruumiinavausta astumalla sisään.»

Ymmärsimme molemmat, että joutuisin maksamaan tästä ennemmin tai myöhemmin. »Kiitos, tohtori», sanoin. »Arvostan tätä.»

»Uskokaa kun sanon, että teillä ei ole mitään syytä kiittää minua. Minulla ei ole aikeita poiketa hitustakaan tavanomaisesta rutiinistani sen enempää teidän kuin konstaapeli Curraninkaan vuoksi. Ja koska asia on näin, minun täytynee ilmoittaa teille, että tavanomaiseen rutiiniini ei kuulu rupattelu ruumiinavausten välissä.» Sen jälkeen hän käänsi minulle selkänsä ja alkoi puhua taas mikkiin.

Ulos lähtiessäni tavoitin Cooperin huomaamatta obduktio-preparaattorin katseen ja osoitin häntä sormellani. Hän yritti näyttää hämmentyneen viattomalta, mikä ei pukenut häntä, mutta pidin katsekontaktia yllä, kunnes hän luovutti. Jos sana tästä leviäisi, hän tietäisi kenen puheille tulisin.

Nurmikko oli yhä kuurassa, mutta valo oli kirkastunut helmenharmaaksi – aamu. Sairaala alkoi heräillä päivään. Kaksi vanhaa naista parhaissa päällystakeissaan nousi portaita tukien toisiaan ja puhuen kovaan ääneen asioista, joita en olisi mielelläni kuullut, ja nuori potilaanasuinen kaveri nojaili oven vieressä polttamassa tupakkaa.

Richie istui muurilla sisäänkäynnin lähellä kengänkärkiään tuijottaen ja kädet syvällä takkinsa taskuissa. Se oli itse asiassa ihan kohtalainen takki, harmaa ja hyvin leikattu. Hän sai sen näyttämään farkkutakilta.

Hän ei kohottanut katsettaan, kun varjoni lankesi hänen ylleen. Hän sanoi: »Anteeksi.»

»Ei ole mitään anteeksi pyydettävää. Ei minulta.»

»Joko hän lopetti?»

»Emman kanssa kyllä. Hän siirtyy kohta Jackiin.»

»Voi jeesus kristus», Richie sanoi hiljaa taivaalle. En saanut selvää, oliko se kiroilua vai rukoilua.

Sanoin: »Lapset ovat hirveitä. Siitä ei pääse yli eikä ympäri. Kaikki me käyttäydymme niin kuin ei tuntuisi missään, mutta totuus on, että se on yhtä murhaa joka ikiselle meistä joka ikinen kerta. Et ole ainoa.»

»Olin varma että kestäisin sen. Satavarma.»

»Se olikin oikea ajattelutapa. Aina pitää ajatella etukäteen positiivisesti. Epäilykset vievät tässä lajissa tuhoon.»

»En ole ikinä hajonnut tuolla lailla. Oikeasti. Rikospaikallakin minulla oli kaikki hyvin. Ei mitään ongelmaa.»

»Ei niin. Rikospaikka on eri juttu. Ensivilkaisu tuntuu pahalta, mutta sen jälkeen pahin on ohi. Se ei lyö koko ajan silmille.»

Näin aataminomenan hypähtävän, kun hän nielaisi. Hetken päästä hän sanoi: »Ehkei minusta ole tähän.»

Sanat kuulostivat siltä kuin ne olisivat tehneet kipeää hänen kurkussaan. Sanoin: »Oletko varma, että haluat että sinusta on tähän?»

»En ole ikinä muuta halunnutkaan. Lapsenakaan. Näin silloin yhden telkkariohjelman – siis dokumentin enkä mitään keksittyä paskaa.» Nopea viirusilmäinen vilkaisu minuun päin, jotta hän näki nauroinko hänelle. »Joku vanha tapaus, tyttö joka tapettiin maaseudulla. Tutkija kertoi siitä miten se ratkaistiin. Ajattelin, että hän oli fiksuin jätkä jonka olin ikinä nähnyt. Siis paljon fiksumpi kuin yliopistonprofessorit ja sellaiset, koska hän sai asioita aikaan. Tärkeitä asioita. Tuntui että... *Siinä. Tuota minä haluan tehdä.*»

»Ja nyt opettelet tekemään. Niin kuin eilen sanoin, siinä kestää. Et voi olettaa, että hanskaat kaiken ensimmäisenä päivänä.»

»Niin», Richie sanoi. »Tai sitten se Quigley on oikeassa ja minun pitäisi suksia takaisin autovarkauspuolelle pidättämään vähän lisää serkkujani.»

»Sitäkö hän sanoi sinulle eilen? Kun minä olin tarkastajan luona?»

Richie haroi hiuksiaan. »Sama sille», hän sanoi uupuneesti. »Ei minua kiinnosta, mitä Quigley sanoo. Minua kiinnostaa vaan, onko hän oikeassa.»

Pyyhin pölyjä muurista ja istahdin hänen viereensä. »Richie poikaseni», sanoin. »Annas kun kysyn jotain.»

Hänen päänsä kääntyi minuun päin. Hänellä oli taas se ruokamyrkytyksen saaneen ilme. Laskin sen varaan, ettei hän oksentaisi puvulleni.

»Varmaan tiedät, että minulla on tämän osaston korkeimmat selvitysprosentit.»

»Joo. Tiesin jo tullessa. Kun tarkastaja sanoi, että hän laittaa minut sinun pariksesi, olin iloinen.»

»Ja nyt kun olet nähnyt minut työssä, mistä veikkaat sen ratkaisuprosentin johtuvan?»

Richie näytti vaivautuneelta. Hän oli selvästikin esittänyt itselleen saman kysymyksen keksimättä vastausta.

»Siitäkö, että olen osastohuoneen fiksuin mies?»

Hän esitti jonkinlaisen olankohautuksen ja kiemurruksen välimuodon. »Mistä minä sen tiedän?»

»Eli en ole. Vai johtuuko se siitä, että olen jonkinlainen ajatuksia lukeva ihmepoika, sellainen joita näkee telkkarissa?»

»Niin kuin sanoin, en minä voi –»

»Et voi tietää. Aivan. Annapa siis kun minä kerron: minulla ei ole sen kummemmat aivot tai vaistot kuin muillakaan.»

»En minä niin väittänytkään.»

Aamun hailakassa valossa hänen kasvonsa näyttivät kalpeilta ja ahdistuneilta, hirvittävän nuorilta. »Tiedän. Mutta yhtä kaikki en ole mikään nero. Olisin halunnut olla. Uran alussa olin jonkun aikaa varma, että olin joku poikkeustyyppi. Aivan varma.»

Richie katseli minua varuillaan, yrittäen selvittää oliko hän saamassa tässä haukkuja. Hän sanoi: »Milloin...?»

»Ai milloin tajusin, etten ole superpoika?»

»Niin kai. Niin.»

Kukkulat olivat kadonneet sumuun, näkyi vain ajoittaisia vilahduksia vihreästä siellä täällä. Oli mahdoton erottaa, missä maa päättyi ja taivas alkoi. »Varmaan paljon myöhemmin kuin olisi pitänyt», sanoin. »Ei ollut mitään yksittäistä hetkeä, joka olisi jäänyt mieleen. Sanotaan nyt vaan, että kun vanhenin ja viisastuin, niin se tuli selväksi. Tein muutaman sellaisen virheen, joita en olisi saanut tehdä, ja minulta jäi huomaamatta muutama sellainen asia, jotka superpoika olisi huomannut. Ennen kaikkea tein matkan varrella töitä parin sellaisen miehen kanssa, jotka olivat oikeasti kovia tekijöitä, sellaisia kuin minäkin halusin olla. Ja kävi ilmi, että pystyin huomaamaan heidän ja minun välisen eron, kun sitä esiteltiin minulle ihan nenän edessä. Toisin sanoen olen kai nippa nappa tarpeeksi fiksu huomaamaan, etten ole kovin fiksu.»

Richie ei sanonut mitään, mutta hän kuunteli kyllä. Tuttu valppaus oli hiipimässä hänen ilmeeseensä ja työntämässä syrjään kaiken muun; hän näytti melkein taas poliisilta. Sanoin: »Olihan se ikävä yllätys, kun selvisi etten ole mitenkään ihmeellinen. Mutta niin kuin aiemmin sanoin, niillä eväillä mennään mitä on. Muuten voi ostaa saman tien menolipun epäonnistumiseen.»

Richie sanoi: »Joten se ratkaisuprosentti...?»

»Ratkaisuprosentti», toistin. »Minun ratkaisuprosenttini on mitä on kahdesta syystä: teen helvetisti töitä ja pidän kaiken hallinnassa. Tilanteet, todistajat, epäillyt ja etenkin itseni. Jos osaa sen tarpeeksi hyvin, sillä voi paikata melkein mitä tahansa puutteita. Jos ei osaa – Richie, jos menettää asioiden hallinnan niin sitten ei auta vaikka olisi millainen nero. Sama kun kerää kampsunsa ja lähtee kotiin. Viis kravateista, viis kuulustelutekniikoista ja kaikesta muustakin mistä on puhuttu pari viime viikkoa. Ne ovat pelkkiä oireita. Loppujen lopuksi kaikessa on kyse hallinnasta. Ymmärrätkö mitä yritän sanoa?»

Richien suu alkoi asettua tuimaksi viivaksi, mikä oli juuri sitä mitä halusin nähdä. »Hallitsen itseni. Cooper pääsi vain hätkäyttämään.»

»Älä sitten enää hätkähdä.»

Hän puraisi poskeaan. »Joo. Ymmärrän. Ei toistu.»

»Sitähän minäkin.» Läimäytin häntä olalle. »Ajattele positiivisesti, Richie. On hyvin mahdollista, ettet voi enää tämän kurjemmin aamua viettää, ja selvisit silti. Ja jos sinulle valkenee jo työn kolmannella viikolla, ettet ole mikään superpoika, niin sinulla on käynyt tuuri.»

»Ehkä.»

»Usko vain. Sinulla on koko loppu-ura aikaa justeerata itseäsi tavoitteittesi mukaiseksi. Se on lahja, ystävä hyvä. Älä heitä sitä hukkaan.»

Päivän tappiot alkoivat saapua sairaalaan: haalaripukuinen mies painoi veristä liinaa kätensä ympärille, kaitakasvoinen ja riutuneen näköinen tyttö kantoi pöllämystyneen näköistä pikkulasta. Cooperin kello tikitti, mutta päätöksen oli tultava Richieltä eikä minulta.

Hän sanoi: »Osastolla ei varmaan unohdeta tätä ikinä?»

»Älä siitä huoli. Minä hoidan.»

Hän katsoi suoraan minua kohti ensimmäistä kertaa ulkosalle tuloni jälkeen. »En minä halua että sinä pidät puoliani. En ole mikään lapsi. Osaan pitää puoleni.»

Sanoin: »Sinä olet työparini. Minun tehtäväni on pitää sinun puoliasi.»

Tämä yllätti hänet. Näin jonkin muuttuvan hänen ilmeessään, kun ajatus meni perille. Hetken päästä hän nyökkäsi. Hän sanoi: »Voinko vielä...? Siis että päästääkö Cooper minut takaisin sisään?»

Vilkaisin kelloani. »Päästää, jos liikutaan liukkaasti.»

»Selvä», Richie sanoi. Hän päästi pitkän puhalluksen, haraisi hiuksiaan ja nousi pystyyn. »Mennään.»

»Hyvä homma. Ja kuule Richie.»

»Niin.»

»Älä anna tämän masentaa. Tämä on pikku kupru. Sinulla on kaikki eväät murhatutkijaksi.»

Hän nyökkäsi. »Yritän ainakin parhaani. Kiitti, Kennedy. Kiitos.» Sitten hän nykäisi kravattinsa suoraksi ja lähdimme kohti sairaalan ovea rinnatusten.

Richie selvisi Jackin ruumiinavauksesta. Se oli paha paikka: Cooper eteni kaikessa rauhassa ja varmisti, että näimme joka yksityiskohdan, ja Richielle olisi käynyt köpelösti jos hän olisi kääntänyt katseensa hetkeksikään. Ei kääntänyt. Hän tarkkaili toimitusta vakaasti, säpsähtelemättä ja juuri silmäänsäkään räpäyttämättä. Jack oli ollut terve, hyvin ravittu ja ikäisekseen isokokoinen, ja polvien ja kyynärpäiden arvista päätellen liikunnallisesti aktiivinen. Hän oli syönyt jauhelihaperunapaistosta ja hedelmäsalaattia samoihin aikoihin kuin Emmakin. Korvantaustojen jäämät kertoivat, että hän oli käynyt kylvyssä ja kiemurrellut niin, että kaikkea sampoota ei ollut saatu huuhdeltua pois. Sitten hän oli mennyt nukkumaan, ja myöhään yöllä joku oli tappanut hänet – arvatenkin tyynyllä tukehduttamalla, joskaan hänen tapauksessaan siitä ei voinut olla varma. Hänellä ei ollut puolustautumisvammoja, mutta Cooper painotti, että se ei merkinnyt mitään; hän oli voinut kulkea kuoleman rajan yli nukkuessaan, tai hän oli voinut huutaa viimeiset sekuntinsa tyynyyn joka esti häntä panemasta vastaan. Richien naama oli lysähtänyt suun ja nenän ympäriltä niin kuin hän olisi laihtunut viisi kiloa ruumishuoneelle tulon jälkeen.

Ulos päästessämme oli jo ruokatunnin aika, mutta eipä meillä kummallakaan ollut nälkä. Sumu oli hälvennyt, mutta oli yhä hämärää kuin sarastuksen aikaan; taivaalla roikkui sankka kylmä pilvilautta, ja taivaanrannan kukkuloiden vihreys oli synkkää ja savunharmaata. Sairaalaliikenne oli vilkastunut: väkeä kulki ulos ja sisään, ambulanssi toi nahkaisiin prätkävaatteisiin pukeutuneen nuoren kaverin, jonka jalka oli taittunut luonnottomaan asentoon, hoitajanasuinen tyttölauma nauroi katketakseen jollekin mitä yhden puhelimessa näkyi. Sanoin: »Sinä selvisit. Hienoa, herra konstaapeli.»

Richie päästi käheän äänen, joka oli puoliksi yskähdys ja puoliksi yökkäys, ja vedin takinhelmaani kauemmas, mutta hän vain pyyhkäisi suutaan ja terästäytyi. »Niukin naukin, joo.»

Sanoin: »Ajattelet varmaan, että kun pääset seuraavan kerran nukkumaan niin otat pari raakaa viskipaukkua alle. Älä ota. Et todellakaan halua nähdä sellaisia unia, joista et pysty heräämään.»

»Voi jeesus», Richie sanoi hiljaa, muttei minulle.

»Keskity tavoitteeseen. Siihen päivään, kun kaverimme saa elinkautisen, koska silloin on vielä kirsikkana kakussa, jos tiedät että hoidit matkan varrella kaiken oikein.»

»Sikäli kuin saadaan hänet kiinni. Jos ei saada...»

»Ei mitään jossitteluja, ystävä hyvä. Minä en etene sillä mielin. Me saamme hänet.»

Richie tuijotti yhä tyhjyyteen. Asetuin muurin päälle mukavammin ja otin esiin kännykkäni, jotta hän sai tilaisuuden vedellä henkeä. »Hankkiudutaan ajan tasalle», sanoin samalla, kun puhelin hälytti. »Katsotaan, mitä maailmassa on tapahtunut tällä välin.» Richie havahtui ja istuutui viereeni.

Soitin ensiksi asemalle. O'Kelly kaipasi varmasti täyttä tilannetiedotetta ja tilaisuutta ilmoittaa minulle, että oli aika lakata pelleilemästä ja ottaa joku kiinni, ja soin ne molemmat hänelle mielelläni. Halusin myös kuulla uutisia itse. Etsijät olivat löytäneet säärikarvahöylän, kakkuvuoan ja pienen hasisjemman. Sukellusryhmä oli löytänyt pahoin ruostuneen polkupyörän ja kasan rakennusjätettä; sukeltajat jatkoivat yhä työtään, mutta virtaus oli niin vahva, etteivät he uskoneet minkään pienemmän esineen pysyneen siellä paikoillaan paria tuntia pitempään. Bernadette oli järjestänyt meille tutkintahuoneen – yhden niistä paremmista, joissa on paljon työpöytiä, kelvollisen kokoinen tussitaulu ja toimiva DVD-videonauhuriyhdistelmä, jotta joku voi katsoa valvontakamerakuvaa ja Spainien kotivideoita – ja pari apulaista oli juuri panemassa paikkoja kuntoon. He ripustivat seinille rikospaikkakuvia, karttoja ja listoja ja järjestivät työvuorolistaa vinkkipuhelimessa päivystämiseen. Loput olivat kentällä aloittamassa sitä pitkää prosessia, jonka aikana puhuttaisimme jokaista joka oli ikinä kohdannut Spainit. Yksi kenttämiehistä oli tavoittanut Jackin esikoulukavereita, mutta useimmat heistä eivät olleet kuulleet

Spaineista sitten kesäkuun, kun koulusta oli jääty lomalle. Erään pojan äiti sanoi, että Jack oli tullut sen jälkeen pari kertaa kylään leikkimään, mutta jossain vaiheessa elokuuta Jenny oli lakannut vastaamasta puheluihin. Nainen oli myös maininnut jotain sen suuntaista, että sellainen ei ollut ollenkaan Jennyn tapaista.

»Elikkä», sanoin lopetettuani puhelun. »Jompikumpi siskoista valehtelee, joko Fiona tai Jenny. Hyvin hoksattu. Ja tästä kesästä alkaen Jenny suhtautui kummallisesti Jackin pikku ystäviin. Se vaatii selityksen.»

Richie näytti terveemmältä nyt kun hänellä oli jotain mihin keskittyä. »Ehkä se nainen teki jotain mikä suututti Jennyn. Ei sen kummempaa.»

»Tai ehkä Jennyä vain hävetti myöntää, että heidän oli pitänyt ottaa Jack pois esikoulusta. Mutta on häntä voinut vaivata jokin muukin. Ehkä sen naisen aviomies oli vähän turhan tuttavallinen, tai ehkä joku esikoulun työntekijöistä oli tehnyt jotain mikä pelotti Jackia, eikä Jenny oikein tiennyt mitä tekisi asialle... Oli mitä oli, meidän pitää ottaa siitä selvää. Muista sääntö numero kaksi, tai mikä se nyt olikaan: omituinen käytös on lahja meille.»

Olin juuri aikeissa kuunnella saamani ääniviestit, kun kännykkä soi. Siellä oli se tietokonevelho, Kieran tai mikä lie, ja hän alkoi puhua jo ennen kuin sain sanottua nimeni. »Eli olen yrittänyt palauttaa selainhistoriaa ja selvittää, mikä siellä oli niin tärkeää että joku halusi poistaa sen. Täytyy myöntää, että toistaiseksi tämä on ollut pikku pettymys.»

»Odotas hetki», sanoin. Kuuloetäisyydellä ei ollut ketään, joten panin puhelun kaiuttimeen. »Jatka.»

»Täällä on kourallinen URL-osoitteita ja niiden pätkiä, mutta joukossa on vain Ebayta, lastenhoitofoorumeita, pari urheilukeskustelupalstaa, yksi koti ja puutarha -palsta ja joku saitti, joka myy naisten alusvaatteita. Joka oli hauska minun kannaltani, mutta ei hyödyllinen teille. Minä odotin ehkä salakuljetusoperaatiota tai koiratappelurinkiä tai jotain. En näe mitään syytä, miksi se äijänne olisi halunnut pyyhkiä pois uhrin rintsikkakoot.»

Kieran kuulosti enemmänkin uteliaan kiinnostuneelta kuin pettyneeltä. Sanoin hänelle: »Ehkei rintsikkakokoja. Mutta keskustelupalstat ovat eri juttu. Onko merkkejä siitä, että Spaineilla olisi ollut ongelmia kyberavaruudessa? Ovatko he suututtaneet ketään, onko kukaan ollut heille ikävä?»

»Mistä minä sen tiedän? Vaikka osuisin oikealle saitille, en minä voi tuosta vain katsoa, mitä he siellä tekivät. Joka palstalla on vähintään muutama tuhat jäsentä. Vaikka oletettaisiin, että uhrinne olivat rekisteröityjä jäseniä eivätkä pelkkiä lukijoita, en tiedä, keitä pitäisi etsiä.»

Richie sanoi: »Eikö niillä ollut kaikki salasanat samassa tiedostossa? Etkö voi käyttää sitä?»

Kieran alkoi menettää kärsivällisyyttään maallikkoidioottien seurassa. Kaverilla oli matala pitkästymiskynnys. »Miten minä sitä käytän? Tyrkytänkö salasanoja kaikkiin kirjautumisikkunoihin kaikilla maailman nettisivustoilla, kunnes pääsen kirjautumaan jonnekin? Salasanatiedostossa ei mainittu foorumien käyttäjätunnuksia, ja monesti ei edes sivuston nimeä vaan alkukirjaimet tai jotain. Eli minulla on täällä tiedostossa esimerkiksi rivi, jolla lukee 'WW – EmmaJack», muttei minulla ole harmainta hajua, tarkoittaako WW WeightWatchersia vai World of Warcraftia, eikä tietoa siitä, mitä käyttäjätunnusta he käyttivät sillä sivustolla, joka tämä nyt sattuu olemaan. Keksin naisen käyttäjätunnuksen Ebayhin, koska sen palautesivulta löytyi pari osumaa nimellä 'sparklyjenny'. Kun kokeilin kirjautua sisään sillä, niin osui ja upposi. Lastenvaatteita ja luomivärejä, sikäli kuin kiinnostaa. Mutta muilta saiteilta ei ole löytynyt tuollaisia vihjeitä, ei ainakaan vielä.»

Richie oli ottanut muistikirjansa esiin ja kirjoitti siihen. Minä sanoin: »Etsi kaikilta sivustoilta nimellä sparklyjenny ja sen muunnelmilla – jennysparkly ja sitä rataa. Jos he eivät olleet fiksuja salasanojen suhteen, todennäköisesti eivät myöskään käyttäjätunnusten.»

Melkein kuulin kuinka Kieran väänsi naamaansa tuskastuneena. »No kuule, on tuo käynyt mielessä minullakin. Toistaiseksi ei ole näkynyt muita sparklyjennyjä, mutta jatketaan etsintää. Onko mitään mahdollisuutta saada käyttäjätunnuksia suoraan uhrilta? Säästäisi paljon aikaa.»

»Hän ei ole tullut tajuihinsa vielä», sanoin. »Miehemme pyyhki selaushistorian jostain hyvästä syystä. Arvelen, että hän on voinut vaania Patia tai Jennyä netissä. Jos viime aikoina on ollut jotain draamaa, eiköhän sen löydä aika helposti.»

»Kuka, minäkö? Älä viitsi! Ota vaikka joku satunnainen kahdeksanvuotias lukemaan näitä foorumeita, kunnes sen aivosolut tekevät itsemurhan. Tai vaikka simpanssi.»

»Poikaseni, oletko huomannut miten paljon mediahuomiota tämä juttu kerää? Tähän tarvitaan nyt parhaat voimat joka vaiheeseen. Eikä mitään simpansseja.» Kieran päästi pitkän ja työlästyneen huokauksen mutta ei väittänyt vastaan. »Keskity ensiksi viimeiseen viikkoon. Jos meidän täytyy mennä kauemmas, niin sitten voidaan tehdä sekin.»

»Keiden 'meidän', Kemosabe? Siis meinaan että vaikken olekaan mikään fiksu, niin löydän varmaan vielä enemmänkin sivustoja sitä mukaa kuin palautusohjelma etenee. Jos uhrinne kävivät monella foorumilla, minä ja kaverini voimme tutkia ne joko nopeasti tai perusteellisesti. Valitse kummin.»

»Nopeasti riittää urheilupalstoille, ellette löydä jotain lupaavaa. Vilkaiskaa vain pikaisesti, onko mitään äskettäistä draamaa. Lastenhoitopalstoilla ja koti ja puutarha -foorumeilla olette perusteellisia. Naiset ovat niitä jotka puhuvat, niin netissä kuin tosimaailmassakin.»

Kieran ähkäisi. »Pelkäsinkin että sanot noin. Se mammapalsta on yksi Harmageddon koko paikka, siellä on menossa joku ydinsota unikoulusta ja 'pistäytymismenetelmästä'. Olisin voinut ihan mieluusti elää elämäni loppuun tietämättä mikä se on.»

»Niin kuin vanha viisaus sanoo, ei oppi ojaan kaada. Kestä se kuin mies. Haussa on kotiäiti, jolla on taustaa PR-alalta, kuusivuotias tytär, kolmivuotias poika, asuntolaina josta on maksueriä rästissä, aviomies joka sai helmikuussa potkut ja täysi setti taloushuolia. Tai näin oletamme. Voimme olla pahasti väärässäkin, mutta toistaiseksi mennään näin.»

Richie kohotti katseensa muistikirjastaan. »Mitä meinaat?»

Sanoin: »Netissä Jennyllä on voinut olla seitsemän lasta, meklarifirma ja kartano Long Islandilla. Hän on voinut asua hippikommuunissa Goalla. Netissä valehdellaan. Tuskin se on sinulle yllätys.»

»Niin että korvat heiluu», Kieran myötäili. »Koko ajan.»

Richie katsoi minua epäilevästi. »No deittisivustoilla kyllä. Jos lisää muutaman sentin, vähentää muutaman kilon ja keksii itselleen Jaguarin tai tohtorintutkinnon, pääsee valkkaamaan luksusosastolta. Mutta että joku nainen puhuisi potaskaa muille naisille, joita ei tapaa varmaan ikinä? Mitä iloa siitä on?»

Kieran tuhahti. »Nyt on pakko kysyä, Kemosabe. Onko työparisi käynyt ikinä netissä?»

Sanoin: »Jos joku ei kestä nykyään omaa elämäänsä, hän menee nettiin ja hankkii uuden. Jos kaikki juttukaverit uskovat että hän on jetset-elämää viettävä rokkitähti, he kohtelevat häntä sellaisena, ja silloin hänestä tuntuukin sellaiselta. Kun tarkemmin miettii, niin miten se tunne eroaa siitä että olisi jetset-rokkitähti oikeasti, ainakin osa-aikaisesti?»

Richien ilme oli entistä epäilevämpi. »Siten, ettei hän ole mikään jetset-elämää viettävä rokkitähti. Hän on edelleen se sama tahvo kirjanpito-osastolta. Hän syö edelleen raksuja yksiössään Blanchardstownissa, vaikka koko maailma luulisi että hän juo samppanjaa viiden tähden hotellissa Monacossa.»

»Kyllä ja ei, Richie. Ihmiset eivät ole noin yksinkertaisia. Elämä olisi paljon mutkattomampaa, jos vain sillä olisi väliä mitä ihminen on oikeasti, mutta me olemme sosiaalisia eläimiä. Muiden mielipiteet ja oma minäkuvakin ovat tärkeitä. Niillä on merkitystä.»

»Toisin sanoen ihmiset puhuvat paskaa tehdäkseen vaikutuksen muihin», Kieran sanoi hilpeänä. »Siinä ei ole mitään uutta. Liha-avaruudessa sitä on harrastettu aina, ja kyberavaruudessa se on entistä helpompaa.»

Minä sanoin: »Ne keskustelupalstat ovat voineet olla paikkoja, joissa Jenny pääsee pakoon kaikkea mikä hänen elämässään on pielessä. Siellä hän on voinut olla kuka huvittaa.»

Richie pudisteli päätään, mutta ele oli muuttunut epäuskoisesta hämmentyneeksi. Kieran kysyi: »Eli mitä haluatte että etsin?»

»Pidä silmällä kaikkia jotka sopivat hänen tietoihinsa, mutta vaikkei kukaan natsaisi, voi hän silti olla siellä. Etsi kaikkia joilla on pahaa känää toisen käyttäjän kanssa, kaikkia jotka kertovat joutuneensa vaanijan tai häirinnän uhreiksi – netissä tai tosielämässä – ja kaikkia jotka kertovat, että heidän miestään tai lastaan on vaanittu tai häiritty. Jos löydät jotain lupaavaa, soita meille. Onko sähköposteista löytynyt mitään?»

Näppäimistö lonksui taustalla. »Toistaiseksi pelkkiä tekstinsirpaleita. Täällä on postia maaliskuulta joltain Fi-nimiseltä tyypiltä, joka haluaa tietää onko Emmalla Seikkailija Doran DVD-boksia, ja joku talon asukas on lähettänyt kesäkuussa ansioluettelonsa jotain rekrytointihommaa varten, mutta muuten täällä on käytännössä vaan roskapostia. Ellei 'Koveta kankesi hänen nautinnokseen' ole jotain salakieltä, niin meillä ei ole mitään hyödyllistä.»

Sanoin: »Jatka sitten etsimistä.»

Kieran sanoi: »Älkää hermoilko. Niin kuin sanoit, se teidän ukkonne ei pyyhkinyt masiinaa puhtaaksi pelkästään esitelläkseen taitojaan. Jotain löytyy ennemmin tai myöhemmin.»

Hän lopetti puhelun. Richie sanoi hiljaa: »Että hän olisi istunut siellä jumalan selän takana esittämässä rokkitähteä ihmisille, joita ei tapaa varmasti ikinä. Miten jumalattoman yksinäinen pitää olla, että harrastaa sellaista?»

Panin puhelimeni pois kaiutintilasta siksi aikaa, kun tutkin varmuuden vuoksi vastaajaviestini – Richie ymmärsi yskän, hivuttautui seinustalla kauemmas minusta ja tutki muistikirjaansa silmät tihrulla niin kuin sieltä olisi voinut löytää tappajan kotiosoitteen. Minulla oli viisi viestiä. Ensimmäisen oli lähettänyt O'Kelly kukonlaulun aikaan; hän halusi tietää missä olin, miksei Richie ollut saanut miestämme kiinni viime yönä, oliko Richiellä yllään jotain muuta kuin kiiltävät verkkarit, ja halusinko minä muuttaa mieltäni ja ottaa tähän juttuun työparikseni jonkun oikean murhatutkijan. Toinen viesti oli Geriltä, joka pyysi taas anteeksi eilisiltaista ja toivoi, että töissä menee hyvin ja että Dinalla oli jo parempi olo: »Ja kuule Mick, jos hän on vielä huonona niin minä voin ottaa hänet ensi yöksi, ei haittaa yhtään – Sheila on jo toipumaan päin ja Phil on käytännössä terve, hän on oksentanut puolenyön jälkeen vain kerran, joten heitä hänet vaan meille heti kun ehdit. Olen ihan tosissani.» Yritin olla miettimättä sitä, oliko Dina jo herännyt ja mitä hän tuumi siitä, että olin jättänyt hänet lukkojen taa.

Kolmas viesti oli Larrylta. Hänen porukkansa oli etsinyt tarkka-ampujapesäkkeen sormenjälkiä koneelta mutta ei ollut löytänyt mitään, joten miehemme ei ollut rekisterissä. Neljäs oli taas O'Kellyltä: sama viesti kuin aikaisemminkin, mutta bonuksena kirosanoja. Viides oli tullut vain kaksikymmentä minuuttia aiemmin, joltain sairaalan yläkerran lääkäriltä. Jenny Spain oli hereillä.

Pidän murhajutuista muun muassa siksi, että uhrit ovat pääsääntöisesti kuolleita. Ystävät ja omaiset ovat tietysti elossa, mutta heidät me voimme lähettää parin puhutuksen jälkeen rikosuhripäivystykseen, elleivät he ole epäiltyjä, missä tapauksessa heidän puhuttamisensa ei syö mieltä ihan niin pahasti. En yleensä kerro tätä kellekään, koska en halua että minua pidetään pipipäänä tai – mikä pahempaa – nössönä, mutta kuollut lapsi on minulle aina mukavampi kuin lapsi, joka itkee silmät päästään samalla kun yritän saada hänet kertomaan, mitä se paha mies teki seuraavaksi. Kuolleet uhrit eivät tule aseman edustalle parkumaan ja rukoilemaan vastauksia, heitä ei tarvitse patistella elämään uudelleen jokaista hirvittävää hetkeä, eikä minun tarvitse ikinä murehtia sitä, miten heidän loppuelämälleen käy jos ryssin tutkinnan. He pysyvät ruumishuoneella valovuosien päässä kaikesta siitä, minkä voin hoitaa hyvin tai huonosti, ja antavat minun keskittyä ihmisiin jotka lähettivät heidät sinne.

Yritän tällä sanoa, että Jenny Spainin puhuttaminen sairaalassa oli pahin työpainajaiseni todeksi tulleena. Tavallaan olin toivonut että puhelu olisi sitä toista lajia, sitä jossa kerrotaan että hän oli menehtynyt tulematta tajuihinsa ja että hänen tuskansa oli kohdannut rajansa.

Richien pää oli kääntynyt minua kohti, ja tajusin että pusersin puhelinta kädessäni. Hän sanoi: »Tuli vissiin uutisia?»

Sanoin: »Voimme näköjään sittenkin kysyä Jenny Spainilta niitä käyttäjätunnuksia. Hän on herännyt. Mennään yläkertaan.»

Jennyn huoneen edustalla odottava lääkäri oli vaalea ja laiha mies, joka yritti kovasti näyttää ikäistään vanhemmalta pitämällä hiuksiaan keski-ikäisen jakauksella ja kasvattelemalla partaa. Hänen takanaan ovea vartioiva konstaapeli – johtui ehkä väsymyksestäni, että kaikki näyttivät suunnilleen kaksitoistavuotiailta – vilkaisi minua ja Richietä ja otti heti asennon leukaa rintaansa vetäen.

Näytin virkamerkkiäni. »Rikosylikonstaapeli Kennedy. Onko hän edelleen hereillä?»

Lääkäri tutki virkamerkkiä huolellisesti, mikä oli hyvä juttu. »On kyllä. Tuskin te kuitenkaan ehditte puhua hänen kanssaan pitkään. Hänellä on vahva kipulääkitys, ja tuon mittakaavan vammat ovat väsyttäviä sinänsä. Sanoisin, että hän nukahtaa pian.»

»Mutta hän on kuitenkin poissa vaaravyöhykkeeltä?»

Lääkäri kohautti olkapäitään. »Ei ole mitään takeita. Ennuste on optimistisempi kuin vielä pari tuntia sitten, ja olemme varovaisen toiveikkaita mitä tulee hänen neurologiseen toimintakyyynsä, mutta infektioriski on edelleen valtava. Tiedämme tarkemmin muutaman päivän päästä.»

»Onko hän sanonut mitään?»

»Tiedätte varmaan siitä kasvovammasta? Hänen on vaikea puhua. Yhdelle hoitajalle hän sanoi, että janottaa. Hän kysyi kuka minä olen. Ja hän sanoi pari kolme kertaa 'sattuu', kunnes lisäsimme kipulääkitystä. Siinä kaikki.»

Konstaapelin olisi pitänyt olla Jennyn vieressä siltä varalta, että puhekyky palaisi, mutta olin käskenyt hänen vartioida ovea ja hän oli päättänyt pyhästi toteuttaa käskyni. Soimasin itseäni siitä, etten ollut määrännyt tänne omilla aivoilla varustettua rikospoliisia vaan jonkun esiteini-ikäisen robotin. Richie kysyi: »Tietääkö hän? Siis perheestään?»

Lääkäri pudisti päätään. »Ei minun tietääkseni. Veikkaan että hänellä on retrogradista amnesiaa. Se on varsin yleistä päävammojen jälkeen. Yleensä ohimenevää, mutta siitäkään ei ole takeita.»

»Ettekä te ole kertonut hänelle?»

»Ajattelin, että te haluatte kertoa itse. Eikä hän ole kysynyt. Hän... No, näette sitten mitä tarkoitan. Hän ei ole hyvässä kunnossa.»

Lääkäri oli puhunut hiljaa, ja nyt hänen katseensa hakeutui jonnekin olkapääni yli. Sitä ennen en ollut huomannut, että käytävän kovalla muovituolilla nukkui nainen selkä seinää vasten, iso kukkakuvioinen käsilaukku tiukasti sylissä ja kaula epämukavan näköisesti vinossa. Hän ei näyttänyt kaksitoistavuotiaalta. Hän näytti vähintään satavuotiaalta – valkoiset hiukset karkailivat nutturasta, kasvot olivat turvonneet ja punehtuneet itkemisestä ja uupumuksesta – mutta tuskin hän oli yli seitsemänkymmenen. Tunnistin hänet Spainien valokuva-albumeista: Jennyn äiti.

Tutkinta-apulaiset olivat ottaneet häneltä lausunnon edellis-päivänä. Meidän pitäisi palata puhuttamaan häntä ennemmin tai myöhemmin, mutta sillä hetkellä meitä odotti Jennyn huoneessa niin paljon tuskaa, ettei sitä tarvinnut hakea käytävältä lisäksi. »Kiitos», sanoin paljon hiljempaa kuin aiemmin. »Kertokaa jos tilanne muuttuu.»

Ojensimme virkamerkkimme konstaapelille, ja hän tutki niitä joka kulmasta suunnilleen viikon verran. Rouva Rafferty siirsi jal-kojaan ja vaikeroi unissaan, ja minä olin jo taklaamaisillani konstaa-pelin pois tieltä kun hän tuli onneksi viimein siihen tulokseen, että olimme oikealla asialla. »Herra ylikonstaapeli», hän sanoi ponte-vasti, ja kun hän oli ojentanut virkamerkit takaisin ja siirtynyt oven edestä, astuimme Jenny Spainin huoneeseen.

Kukaan ei olisi arvannut Jennyä siksi hääkuvissa säihkyneeksi unelmatytöksi. Silmät olivat kiinni, silmäluomet olivat turvonneet ja sinipunaiset. Hiukset, jotka valuivat leveän valkoisen sideharson alta tyynylle, olivat suorrukkeiset ja monen päivän pesemättömyyden jäljiltä hiirenharmaiksi tummuneet. Joku oli yrittänyt putsata niistä verta pois, mutta sitä näkyi yhä siellä täällä takkuisina möykkyinä ja hiuslatvojen piikkeinä. Oikean posken peittona oli haavaside, joka oli teipattu paikoilleen puolihuolimattoman näköisesti. Kädet, jotka olivat pienet ja sirot niin kuin Fionallakin, lojuivat velttoina vaalean-sinisellä pampulapeitolla, ja käsivarren isoon läikikkääseen mustel-maan johti ohut letku. Kynnet olivat moitteettoman huolitellut, siroiksi holvikaariksi viilatut ja pehmeän punertavanbeeseiksi maa-latut, paitsi ne pari kolme kynttä, jotka olivat katkenneet pahasti. Nenästä tuli lisää letkuja, jotka kiersivät korvien ympäri ja luikerte-livat rintakehän päälle. Kaikkialla ympärillä oli piippaavia koneita, valuvia nestepusseja ja metallipinnoista heijastuvaa valoa.

Kun Richie sulki oven perässämme, Jennyn silmät avautuivat.

Hän tuijotti meitä huumaantuneena ja sameasilmäisenä saa-dakseen selvää, olimmeko totta. Hän oli syvällä kipulääkityksen syövereissä. »Rouva Spain», sanoin lempeällä äänellä, mutta hän säpsähti silti ja kädet nytkähtivät puolustusasentoon. »Minä olen ylikonstaapeli Michael Kennedy, ja tässä on konstaapeli

Richard Curran. Pystyisitteköhän te puhumaan meidän kanssamme hetken?»

Jennyn katse tarkentui hitaasti minuun. Hän kuiskasi – ääni kuului sideharson ja vammojen alta paksuna ja sakeana: »Jotain tapahtui.»

»Niin. Valitettavasti.» Käänsin sängyn viereen tuolin ja istuuduin siihen. Richie teki samoin sängyn toisella puolella.

»Mitä tapahtui?»

Sanoin: »Teidän kimppuunne käytiin kotonanne toissa yönä. Haavoituitte vakavasti, mutta lääkärit ovat pitäneet teistä hyvää huolta ja sanovat, että toivutte kyllä. Muistatteko päällekarkauksesta mitään?»

»Päällekarkaus.» Hän yritti uida pintaan, vaikka lääkkeiden valtava paino pusersi hänen mieltään. »En. Miten... Mitä...» Sitten hänen katseensa valpastui, ja säkenöivän sinisistä silmistä hohti silkka kauhu. »*Lapset. Pat.*»

Ruumiini jokainen lihas olisi halunnut ponkaista huoneesta pois. Sanoin: »Olen hirvittävän pahoillani.»

»Ei! Ovatko he – missä –»

Jenny yritti nousta istualleen. Voimat eivät riittäneet siihen lähimainkaan, mutta rimpuilu olisi hyvinkin voinut repiä tikkejä auki. »Olen hirvittävän pahoillani», toistin. Laskin käteni hänen olalleen ja painoin häntä alaspäin niin hellävaroin kuin osasin. »Emme voineet asialle mitään.»

Tällaisten sanojen jälkeinen hetki voi muotoutua millaiseksi hyvänsä. Olen nähnyt ihmisten ulvovan, kunnes ääni karhentuu kuulumattomaksi. Toiset jähmettyvät niin kuin toivoisivat, että hetki sivuuttaa heidät kokonaan ja menee repimään jonkun muun rintakehän riekaleiksi, jos he vain pysyvät hiljaa ja liikkumatta. Olen estänyt ihmisiä, kun he ovat yrittäneet lyödä päätään seinään siinä toivossa, että isku karkottaisi kivun. Jenny Spain oli kaiken tällaisen tuolla puolen. Hän oli puolustautunut jo toissa yönä niin ankarasti, ettei hänellä ollut siihen enää voimia. Hänen päänsä retkahti takaisin kuluneen tyynyliinan päälle, ja hän itki hiljaa, tasaisesti ja loputtomasti.

Kasvot punehtuivat ja vääristyivät, mutta hän ei tehnyt elettäkään kätkeäkseen niitä. Richie kumartui tarttumaan häntä kädestä, siitä jossa ei ollut tippaa, ja hän puristi Richien kättä kunnes rystyset muuttuivat valkoisiksi. Hänen takanaan oli laite, joka piippasi hiljaa ja tasaisesti. Keskityin laskemaan piippauksia ja toivoin hartaasti, että olisin ottanut mukaan vettä, purkkaa, pastilleja, mitä tahansa mikä helpottaisi nielemistä.

Pitkän ajan kuluttua itku väsytti itsensä ja Jenny jäi makaamaan liikkumatta ja tuijottamaan katon hilseilevää maalipintaa samein punaisin silmin. Sanoin: »Rouva Spain, teemme kaiken voitavamme.»

Hän ei katsonut minuun. Sama sakeankarhea kuiskaus: »Oletteko varmoja? Näittekö... Näittekö te heidät itse?»

»Valitettavasti olemme aivan varmoja.»

Richie sanoi lempeästi: »Lapsenne eivät kärsineet, rouva Spain. He eivät tienneet mitä tapahtui.»

Jennyn suu alkoi kouristella. Sanoin nopeasti, ennen kuin hän ehti taas tempautua surun vietäväksi: »Rouva Spain, voitteko kertoa, mitä muistatte siitä yöstä?»

Hän pudisti päätään. »En tiedä.»

»Ei se mitään. Ymmärrämme kyllä. Voitteko keskittyä hetkeksi muistelemaan, josko jotain palaisi mieleen?»

»En minä... Ei tule mitään. En pysty...»

Hän jännittyi, ja ote Richien kädestä tiukkeni taas. Sanoin: »Ei se mitään. Mitä muistatte viimeiseksi?»

Jenny tuijotti tyhjää, ja hetken luulin, ettei hän ollut enää tajuissaan, mutta sitten hän kuiskasi: »Lasten pesun. Emma pesi Jackin tukan. Meni sampoota silmiin. Jack meinasi itkeä. Pat... kädet Emman mekon hihoissa, niin kuin olisi tanssittu, että Jack alkaisi nauraa...»

»Hyvä», minä sanoin, ja Richie puristi hänen kättään kannustavasti. »Oikein hyvä. Pienikin tieto voi auttaa meitä. Ja entä lasten pesun jälkeen...?»

»En tiedä. En tiedä. Seuraavaksi tuli se lääkäri –»

»Hyvä on. Se saattaa palata mieleen. Mutta voitteko sitä odotellessa kertoa, onko kukaan häirinnyt teitä viime kuukausina? Onko ollut ketään, joka olisi saanut teidät huolestumaan? Ehkä joku tuttu, joka on käyttäytynyt vähän omituisesti, tai ehkä olette nähnyt lähettyvillä jonkun, joka on saanut olonne hermostuneeksi?»

»En ketään. En mitään. Kaikki on ollut hyvin!»

»Sisarenne Fiona mainitsi, että taloonne tunkeuduttiin kesällä. Voitteko kertoa siitä?»

Jennyn pää liikahti tyynyllä kuin satutettu olento. »Ei se ollut mitään. Pikkujuttu.»

»Fiona kuulosti siltä, että se silloin oli aika iso juttu.»

»Fiona liioittelee. Minä olin silloin vain stressaantunut. Huolestuin turhasta.»

Richie katsoi minua silmiin sängyn toiselta puolen. Jotenkin Jenny kykeni valehtelemaan.

Sanoin: »Talonne seinissä on reikiä. Liittyvätkö ne jotenkin murtoon?»

»Ei! Ne ovat... Eivät ne mitään ole. Remonttihommia.»

»Rouva Spain», Richie sanoi. »Oletteko varma?»

»Olen. Ihan varma.»

Lääkkeiden ja vammojen tuomasta sumeudesta huolimatta hänen ilmeessään oli jotakin kovaa ja tiivistä kuin teräs. Muistin Fionan sanat: *Jenny ei ole mikään nyhverö.*

Kysyin: »Millaisia remonttihommia?»

Odotimme, mutta Jennyn katse oli taas samennut. Hänen hengityksensä oli niin pinnallista, että rintakehä hädin tuskin kohoili. Hän kuiskasi: »Väsyttää.»

Ajattelin Kierania ja hänen käyttäjätunnusjahtiaan, mutta Jenny ei takuulla löytäisi mielensä raunioista mitään tunnuksia. Sanoin lempeällä äänellä: »Vielä muutama kysymys, ja sitten saatte levätä. Nainen nimeltä Aisling Rooney – hänen poikansa Karl oli Jackin esikoulukaveri – hän mainitsi yrittäneensä ottaa teihin yhteyttä kesällä, mutta te lakkasitte vastaamasta hänen puheluihinsa. Muistatteko sen?»

»Aislingin. Joo.»

»Miksette soittanut takaisin?»

Olankohautus, ei juuri nytkäystä kummempi, mutta se sai hänet silti irvistämään. »En vain soittanut.»

»Oliko teillä ollut riitaa? Kenenkään sen perheen jäsenen kanssa?»

»Ei. Ei heissä ole mitään. Unohdin vaan soittaa.»

Jälleen sama teräksinen häivähdys. Olin kuin en olisi huomannut sitä ja jatkoin eteenpäin. »Kerroitteko sisarellenne Fionalle, että Jack toi viime viikolla esikoulukaverinsa teille kotiin?»

Pitkän tovin kuluttua Jenny nyökkäsi. Hänen leukansa oli alkanut väpättää.

»No, toiko?»

Kyyneleet pirahtivat Jennyn poskille. Hän sai sanottua: »...olisi pitänyt –» mutta sitten nyyhkäys taittoi hänet kaksin kerroin kuin nyrkinisku vatsaan. »Väsyttää... älkää...»

Hän pyyhkäisi Richien käden syrjään ja peitti silmänsä kyynärvarrellaan. Richie sanoi: »Annamme teidän nyt levätä. Käykö jos lähetämme tänne jonkun rikosuhrituesta?»

Jenny pudisti päätään ja haukkoi henkeä. Hänen sorminiveltensä ihopoimuissa oli kuivunutta verta. »Ei. Älkää... ei... ihan... yksin vaan.»

»Voin luvata, että he osaavat asiansa. Tiedän ettei mikään lievitä tätä, mutta he auttavat pääsemään tämän yli. He ovat auttaneet monia, joille on tapahtunut tällaista. Antaisitteko heidän yrittää?»

»En minä...» Hän sai vedettyä henkeä, ja huokaus oli matalaääninen vavahdus. Hetken päästä hän kysyi: »Mitä?» Kipulääkkeet olivat taas sulkemassa hänen aivojaan.

»Ei mitään», Richie sanoi lempeästi. »Voimmeko tuoda teille jotain?»

»En minä...»

Hänen silmänsä olivat painumassa kiinni. Hän oli vaipumassa uneen, ja se olikin paras paikka hänelle. »Tulemme uudestaan, kun jaksatte enemmän. Jätämme tänne käyntikorttimme. Jos muistatte jotain, ihan mitä tahansa, niin soittakaa jommallekummalle meistä.»

Jenny päästi äänen, joka oli puoliksi vaikerrus ja puoliksi nyyhkäys. Hän nukkui jo, vaikka kyyneleet vierivät yhä hänen kasvoillaan. Panimme korttimme pöydälle sängyn viereen ja lähdimme.

Käytävällä kaikki oli niin kuin ennenkin: konstaapeli seisoi edelleen asennossa ja Jennyn äiti nukkui yhä tuolissaan. Hänen päänsä oli kallistunut kenoon ja ote käsilaukusta oli höltynyt; sormet säpsähtelivät laukun kuluneella kahvalla. Lähetin konstaapelin huoneeseen niin hiljaa kuin pystyin ja johdatin Richien nopeasti kulman taa ennen kuin pysähdyin panemaan muistikirjani taskuun.

Richie sanoi: »Olipa mielenkiintoista.» Hän kuulosti vaisulta mutta ei järkyttyneeltä – elävät eivät ahdistaneet häntä niin. Hän pärjäsi aina, kun pystyi suuntaamaan myötätuntonsa johonkuhun. Jos olisin ollut hakemassa pitkäaikaista työparia, me olisimme olleet kuin luodut toisillemme. »Paljon valheita noin lyhyessä ajassa.»

»Sinäkin siis huomasit sen. Niillä voi olla merkitystä tai sitten ei – kuten sanoin, kaikki valehtelevat – mutta siitä pitää ottaa selvä. Palaamme Jennyn luo myöhemmin.» Sain työnnettyä muistikirjan takkini taskuun vasta kolmannella yrittämällä. Käännyin Richiestä poispäin, jotta hän ei huomaisi sitä.

Hän norkoili vierelläni ja katsoi minua silmät sirrillään. »Onko sinulla kaikki kunnossa?»

»Ei minulla ole mitään hätää. Miten niin?»

»Näytät vähän...» Hän vaaputti kättään puolelta toiselle. »Tuolla oli aika karua. Ajattelin että ehkä...»

Sanoin: »Jospa olettaisit, että minä kestän kaiken minkä sinäkin. Tuo ei ollut karua. Tuo oli tämän työn arkea – niin kuin sinullekin selviää, kun saat vähän kokemusta. Ja vaikka se olisikin ollut ihan saatanan karua, olisin selvinnyt siitäkin. Muistatko sen juttuhetken, joka meillä oli aiemmin hallinnasta? Eikö se mennyt perille?»

Richie pakitti kauemmas, ja tajusin että äänensävyni oli ollut terävämpi kuin olin halunnut. »Kunhan kysyin.»

Tajusin kunnolla vasta hetken päästä, että se oli tosiaan ollut pelkkä viaton kysymys. Hän ei ollut yrittänyt tökkiä heikkoja kohtiani tai tasata tilejä ruumishuonevälikohtauksen jälkeen, hän oli vain halunnut pitää huolta työparistaan. Sanoin ystävällisemmin: »Ja kiitos kysymästä. Anteeksi kun äyskin. Entä sinä? Onko kaikki hyvin?»

»Ei mitään hämminkiä.» Hän avasi irvistäen kätensä – näin syvät sinipunaiset painaumat kohdissa joihin Jenny oli iskenyt kyntensä – ja vilkaisi olkansa yli. »Entä äiti? Aiommeko me... Milloin me päästämme hänet sisään?»

Lähdin kulkemaan kohti portaikkoa, joka johti uloskäynnille. »Milloin hän vain haluaa, kunhan joku on valvomassa. Soitan konstaapelille ja ilmoitan hänelle asiasta.»

»Entä Fiona?»

»Sama koskee häntä: aivan tervetullut, jos hänelle sopii, että paikalla on muitakin. Ehkä hän saa Jennyn vähän rauhoittumaan ja puristaa hänestä enemmän irti kuin me.»

Richie pysytteli perässäni eikä sanonut mitään, mutta aloin päästä kärryille hänen hiljaisuuksistaan. »Sinusta minun pitäisi keskittyä siihen, miten he voivat auttaa Jennyä, eikä siihen, miten he voivat auttaa meitä. Ja sinusta minun olisi pitänyt päästää heidät sinne jo eilen.»

»Jenny on keskellä helvettiä. Ja he ovat hänen perhettään.»

Nousin portaat nopeasti. »Aivan, poikaseni. Nimenomaan. He ovat perhettä, eli meillä ei ole pienintäkään toivoa tajuta heidän suhdedynamiikkaansa, tai ei ainakaan vielä. En tiennyt, miten pari tuntia mamman tai systerin seurassa olisi vaikuttanut Jennyn kertomukseen, enkä halunnut tietääkään. Ehkä äiti on kova syyllistäjä, joka olisi saanut Jennyn katumaan entistä enemmän sitä ettei ottanut tunkeilijaa tosissaan, joten meidän kanssamme puhuessaan Jenny olisi jättänyt mainitsematta sen seikan, että mies murtautui taloon useita kertoja. Ehkä Fiona olisi varoittanut Jennyä siitä, että epäilemme Patia, eikä Jenny olisi puhunut meille ollenkaan siinä vaiheessa kun olisimme päässeet puhuttamaan häntä. Ja muista, että vaikka Fiona ei olekaan epäiltyjen listan kärjessä, hän on silti listalla – ainakin siihen asti kun selvitämme, miksi tekijä valitsi uhreiksi juuri Spainit – ja Fiona olisi ollut myös perinnönsaaja, jos Jenny olisi kuollut. Vaikka uhri kaipaisi miten kipeästi halia, en päästä häntä puhumaan perijänsä kanssa ennen kuin puhun hänelle itse.»

»Niinpä kai», Richie sanoi. Portaiden alapäässä hän antoi tietä sairaanhoitajalle, joka työnteli kiiltävästä metallista ja mutkalle väännetystä muovista tehtyjä kärryjä, ja jäi sitten katselemaan hoitajan loittonemista. »Olet varmaan oikeassa.»

Sanoin: »Taidan olla sinusta aika tunteeton sika?»

Hän kohautti olkapäitään. »Olen väärä mies arvioimaan sitä.»

»Voin ollakin. Riippuu määritelmästä. Koska kuule Richie, minun mielestäni tunteeton sika on sellainen, joka pystyy katsomaan Jenny Spainia silmiin ja sanomaan hänelle: *Valitan, emme saa perheenne teurastajaa kiinni, koska minä keskityin varmistamaan että kaikki tykkäävät minusta, moikka nähdään*, ja sitten lampsisin kotiin mukavalle illalliselle ja hyville yöunille. Sellaiseen minä en pysty. Joten jos minun pitää tehdä matkan varrella jotain pikkuisen tunteetonta, jotta noin ei kävisi, niin olkoon niin.» Ulkoovet vavahtivat auki ja viileä sateenkastelema ilma pyyhkäisi ylitsemme. Ahdoin sitä keuhkoihini minkä pystyin.

Richie sanoi: »Puhutaan nyt sille konstaapelille. Ennen kuin Jennyn äiti herää.»

Richie näytti harmaassa raskaassa valossa ihan kamalalta – verestävät silmät, riutuneet ja elottomat kasvot. Ellei hänellä olisi ollut siedettävät vaatteet, sairaalavartijat olisivat luulleet häntä narkkariksi. Poika oli näännyksissä. Kello lähestyi kolmea. Yövuoromme alkaisi viiden tunnin päästä.

»Anna mennä», sanoin. »Pirauta hänelle.» Richien ilme kertoi, että minä näytin yhtä kamalalta kuin hänkin. Joka hengenvedossani maistui yhä hyytynyt veri ja desinfiointiaine niin kuin sairaalailma olisi liimautunut minuun kiinni ja imeytynyt huokosiini. Melkein toivoin, että olisin ollut tupakkamies. »Ja sitten päästään täältä pois. Meidän on aika mennä kotiin.»

9

HEITIN RICHIEN CRUMLINIIN hänen asunnolleen, joka oli vaaleanruskeassa rivitalossa – hilseilevä maalipinta kertoi, että se oli vuokra-asunto, ja aidankaiteisiin kahlitut polkupyörät kertoivat, että hänellä oli pari kämppäkaveria. »Nuku vähän», sanoin. »Ja muista mitä sanoin: ei viinaa. Tänä iltana pitää olla terävänä. Tavataan aseman edessä varttia vaille seitsemän.» Kun hän työnsi avainta lukkoon, näin hänen päänsä lysähtävän eteenpäin niin kuin hänellä ei olisi ollut enää voimia kannatella sitä.

Dina ei ollut soittanut minulle. Olin yrittänyt pitää sitä merkkinä siitä, että hän luki kirjoja tai katsoi telkkaria kaikessa rauhassa tai oli ehkä yhä nukkumassa, mutta tiesin ettei hän soittaisi vaikka kiipeilisi seinille. Silloin kun Dinalla menee hyvin, hän vastaa tekstareihin ja joskus puheluihinkin. Kun ei mene, hän ei luota kännykkäänsä senkään vertaa että koskettaisi sitä. Mitä lähemmäs pääsin kotia, sitä tiheämmäksi ja räjähdysherkemmäksi hänen hiljaisuutensa tuntui muuttuvan; se oli kitkeränhajuista sumua, jonka halki minun piti työntyä päästäkseni ovelleni.

Dina istui jalat ristissä olohuoneeni lattialla. Hänen ympärillään oli kirjoja hujan hajan niin kuin hurrikaani olisi tempaissut ne hyllystäni, ja hän oli juuri repimässä irti sivua Moby Dickistä. Hän katsoi minua tiukasti silmiin, viskasi sivun edessään olevaan kasaan, heitti sitten Melvillen seinään niin että jysähti ja tarttui toiseen kirjaan.

»Mitä vittua –?» Pudotin salkkuni ja sieppasin kirjan hänen kädestään; hän yritti potkaista minua sääreen mutta hypähdin kauemmas. »Siis mitä helvettiä Dina?»

»Sinä saatanan pillunaamamulkku, sinä lukitsit minut tänne, mitä muka olisi pitänyt, istua täällä kiltti tyttö niin kuin sinun koira? Et sinä omista et voi pakottaa minua!»

Hän syöksyi tarttumaan uuteen kirjaan, mutta pudottauduin polvilleni ja tartuin häntä ranteista. »Dina. Kuuntele minua. Kuuntele. En voinut jättää sinulle avaimia. Minulla ei ole kuin yhdet.»

Dina päästi kimakan naurunvingahduksen, joka paljasti hänen hampaansa. »Joo joo joo varmaan, herra Anaalilla jolla on kirjat aakkosjärjestyksessä ei muka ole vara-avaimia? Arvaa mitä minä aioin tehdä? Minä aioin sytyttää tämän tuleen!» Hän kallisti hurjannäköisenä päätään kohti edessään lojuvaa revittyjen sivujen kasaa. »Eiköhän sitten joku päästä minut ulos, kun savuhälytin raikaa ihan kunnolla, eikä sinun snobit juppinaapurit olisi silloin yhtään iloisia, voi hyvänen aika sitä melua, ja vielä keskellä rauhallista asuinaluetta –»

Dina olisi kyllä tosiaan sytyttänyt ne paperit. Mahassani muljahti, kun ajattelin asiaa. Otteenikin ehkä höltyi, sillä Dina yritti riuhtaista itsensä vapaaksi ja pääsi melkein heittäytymään uudestaan kirjojen kimppuun. Puristin tiukemmin ja tönäisin hänet seinää vasten; hän yritti sylkeä päälleni, mutta suusta ei tullut mitään ulos. »Dina! Dina. Katso minuun.»

Hän vääntelehti ja potki vastaan ja päästi hurjistunutta hyminää yhteen puristettujen hampaittensa välistä, mutta pidin kiinni, kunnes hän jähmettyi ja katseemme kohtasivat. Hänen silmänsä olivat siniset ja kesyttömät kuin siamilaiskissalla. »Kuuntele nyt», sanoin kasvot melkein kiinni hänen kasvoissaan. »Minun piti lähteä töihin. Luulin että nukut vielä, kun tulen kotiin. En halunnut herättää sinua sen takia, että päästäisit minut sisään. Joten otin avaimet mukaan. Siinä kaikki. Ei tässä ole mitään muuta. Ymmärrätkö?»

Dina pohti kuulemaansa. Vähitellen, hiven kerrallaan, hänen ranteensa rentoutuivat käsissäni. »Ikinä enää tee tuollaista», hän sanoi viileästi. »Ikinä. Soitan sinne sinun poliiseillesi ja sanon, että pidät minua täällä lukkojen takana ja raiskaat minut joka päivä joka tavalla. Katsotaan, miten se sinun työsi sitten sujuu. Herra ylikonstaapeli.»

»Voi herranjumala, Dina.»

»Soitan varmasti.»

»Tiedän kyllä.»

»Hei, älä nyt mulkoile tuolla lailla. Jos sinä lukitset minut tänne niin kuin jonkun eläimen tai kahelin, niin oma vikasi jos minun täytyy päästä ulos jollain tavalla. Ei ollut minun vikani vaan sinun.»

Tappelu oli ohi. Hän irtautui otteestani kädenhuiskautuksella, joka näytti siltä kuin hän olisi hätistänyt itikoita, ja alkoi järjestellä tukkaansa sormenpäillään. »Hyvä on», sanoin. Sydämeni moukaroi. »Hyvä on. Anteeksi.»

»Siis ihan oikeasti, Mikey. Se oli tyhmästi tehty.»

»Joo. Näköjään.»

»Ei näköjään vaan ilmiselvästi!» Dina nousi lattialta, tunkeutui ohitseni käsiään pudistellen ja nenäänsä paheksuvasti nyrpistellen ja lähti pujottelemaan leviteltyjen kirjojen seassa. »Voi jestas mikä sotku.»

Sanoin: »Minulla on töitä huomennakin, enkä ehdi teettää vara-avaimia. Ajattelin että haluaisit ehkä mennä Gerin luo siksi aikaa, että ehdin teettää ne.»

Dina voihkaisi. »Siis Gerille, voi taivas. Hän kertoo minulle lapsistaan. Siis että kyllähän minä niitä rakastan ja kaikkea, mutta että kuulisin jostain Sheilan kuukautisista ja Colmin finneistä? Ihan liikaa infoa.» Hän heittäytyi sohvalle niin että pompahti ja rupesi tunkemaan jalkojaan motoristinsaappaisiinsa. »Mutten jää tännekään, jos sinulla ei ihan oikeasti ole vara-avaimia. Saatan mennä Jezzerille. Voinko lainata puhelinta? Minulla on puheaika lopussa.»

Minulla ei ollut aavistustakaan, kuka tai mikä Jezzer oli, mutta hän ei kuulostanut tyypiltä minun mieleeni. Sanoin: »Kultarakas, minä kaipaan sinulta nyt palvelusta. Oikeasti. Minulla on nyt aika raskas kuorma, ja tuntuisi paljon paremmalta jos tietäisin, että olet Gerin luona. Tiedän että tämä on tyhmää ja tiedän että pitkästyt siellä henkihieveriin, mutta siitä olisi minulle iso apu. Ole kiltti.»

Dina kohotti päätään ja tuijotti minua rävähtämättömillä siamilaissilmillään kengännauha käsiensä ympärille kiedottuna. »Se sinun juttusi», hän sanoi. »Se Broken Harbourin juttu. Se on sinulle arka paikka.»

Perhana, tyhmä tyhmä tyhmä: kaikkein viimeksi minä halusin hänen ajattelevan tätä juttua. »Eipä oikeastaan», sanoin pitäen ääneni huolettomana. »Enemmän tässä on se, että minun täytyy pitää silmällä Richietä – siis työpariani, sitä aloittelijaa josta kerroin. Siinä on kova työ.»

»Miksi? Onko hän tyhmä?»

Keräsin itseni lattialta. Olin kolauttanut käsikähmän aikana polveni, mutta olisi huono ajatus paljastaa sitä Dinalle. »Ei yhtään tyhmä, kokematon vain. Fiksu poika, hyvä rikostutkija hänestä tulee, mutta hänellä on paljon opittavaa. Minun tehtäväni on opettaa häntä. Siihen kun pannaan päälle kahdeksantoista tunnin työvuorot, niin tästä tulee pitkä viikko.»

»Kahdeksantoista tunnin vuoroja Broken Harbourissa. Minusta sinun pitäisi vaihtaa juttuja päittäin jonkun kanssa.»

Irtauduin sekamelskasta ja yritin olla ontumatta. Kasassa oli varmaan sata revittyä sivua, jokainen arvatenkin eri kirjasta. Yritin olla ajattelematta asiaa. »Ei meillä semmoinen systeemi ole. Eikä minulla ole hätää, kultarakas. Ihan oikeasti.»

»Hmm.» Dina keskittyi taas kengännauhoihinsa ja alkoi nykiä niitä nopein terävin kädenliikkein. »Minä olen sinusta huolissani», hän sanoi. »Tiedätkö sinä sitä?»

»Älä ole. Jos haluat auttaa minua, parhaiten autat jos menet mielikseni Gerin luo yöksi tai pariksi. Jooko?»

Dina sitoi kengännauhansa jonkinlaiselle hienolle tuplarusetille ja vetäytyi tutkimaan sitä. »Hyvä on», hän sanoi kärsivällisesti huokaisten. »Mutta sinun pitää heittää minut sinne. Bussit raapivat liikaa. Ja teetä äkkiä ne vara-avaimet.»

Heitin Dinan Gerille ja kieltäydyin tekosyihin vedoten menemästä sisälle – Geri olisi halunnut minun jäävän päivälliselle, koska »et sinä tätä pöpöä saa, Colm ja Andreakaan eivät ole varmaan saaneet, luulin että Colmilla oli vähän aikaa sitten maha kuralla, mutta hän sanoo että ihan hyvä olo – Pookie, maahan! – en tiedä mitä hän siellä vessassa teki niin pitkään, mutta oma on asiansa...» Dina katsoi minua hänen selkänsä takaa, väänsi naamansa äänettömään huutoon ja muotoili huulillaan sanat *Jäät minulle velkaa*, kun Geri paimensi hänet sisään puhettaan jatkaen ja koira hyppi ja haukkui heidän ympärillään.

Palasin kotiin, heitin vähän tavaroita matkakassiin, kävaisin suihkussa ja otin tunnin tirsat. Sen jälkeen pukeuduin kuin teini ensimmäisille treffeilleen, ajatellen pelkästään kaveria jonka halusin kohdata: kravatti ja kauluspaita siltä varalta, että pääsisin kuulustelemaan häntä, kaksi villapaitaa, jotta pystyisin odottelemaan häntä kylmässä, ja paksu tumma paltoo, jotta pysyisin häneltä piilossa oikeaan hetkeen asti. Kuvittelin mielessäni, kuinka hänkin pukeutui jossain ja ajatteli Broken Harbouria. Mietin, luuliko hän olevansa yhä metsästäjä vai ymmärsikö hän muuttuneensa riistaksi.

Richie odotteli Dublinin linnan takaportilla varttia vaille seitsemältä urheilukassi olallaan. Yllään hänellä oli toppatakki, pipo ja vartalonmuodoista päätellen jokainen omistamansa fleecepaita. Ajoin juuri ja juuri rajoitusten mukaan Broken Harbouriin peltojen hämärtyessä ympärillämme, ja matkan edetessä ilmaan levisi turvesavun ja kynnetyn maan makea tuoksu. Oli jo hämärää, kun pysäköimme Ocean View Paradelle – aivan eri puolelle asuntoaluetta kuin missä Spainien talo oli, keskelle rakennustyömaita missä ei ollut ketään äkkäämässä vierasta autoa – ja jatkoimme kävellen.

Olin opetellut asuntoalueen kartan ulkoa, mutta tuntui silti kuin olisimme eksyneet heti kun nousimme autosta. Yö oli laskeutumassa; taivas oli seljennyt ja muuttunut syvänsinivihreäksi ja kohoava kuu sai katonharjat hohtamaan himmeänvalkoisina, mutta kaduilla oli pimeää – aidanpätkiä ja valottomia lyhtypylväitä ja retkottavaa kanaverkkoa ilmestyi tyhjästä vähän väliä ja katosi taas muutaman askeleen päästä. Silloin kun varjomme vähän erottuivat, ne olivat vieraita ja vääristyneitä, olalla kantamiemme kassien kyttyräselkäisiksi muuttamia. Askeleittemme äänet seurasivat meitä kuin perässäkulkijat, kimpoilivat paljaista seinistä ja lätisivät liejuuntuneilla polunpätkillä. Emme puhuneet, sillä meitä suojaava iltahämärä saattoi suojata ketä tahansa muutakin, missä tahansa.

Meren ääni oli likipimeydessä aiempaa suurempi, voimakkaampi, hämmentävämpikin, sillä se tuntui kohoavan meitä kohti joka suunnasta yhtä aikaa. Partiopoliisien vanha tummansininen Peugeot ilmestyi takaamme kuin aaveauto niin lähellä meitä, että hätkähdimme molemmat, sillä meren matala tasainen pauhu peitti moottorin äänen. Siinä vaiheessa kun tajusimme, keistä oli kyse, auto oli jo kadonnut keskelle taloja, joiden ikkuna-aukoista näkyi tähtiä.

Ocean View Risellä tielle alkoi langeta valosuorakulmioita. Yksi niistä valaisi Spainien talon eteen pysäköityä keltaista Fiatia – vale-Fionamme oli asemissa. Ocean View Walkin päässä ohjasin Richien kulmatalon varjoon ja kuiskasin hänen korvaansa: »Kiikarit.»

Hän kyykistyi kaivamaan kassiaan ja otti esiin lämpökiikarit. Varustepuoli oli antanut hänelle hyvän vehkeen, vaikka hän tulokas olikin. Tähdet katosivat ja pimeä katu heräsi haamumaiseen puolieloon, jossa köynnöskasvit roikkuivat kalpeina korkeilta harmailta aidoilta ja niittykasvit risteilivät valkoisena pitsinä siellä missä olisi pitänyt olla jalkakäytävää. Parilla pihalla näkyi pieniä hehkuvia hahmoja, jotka kyyhöttivät nurkissa tai vilistivät rikkaruohojen seassa, ja yhdessä puunlatvassa nukkui kolme aavemaista sepelkyyhkyä päät siipien alla. Mitään sen isompaa lämmintä ei kuitenkaan ollut näköpiirissä. Katu oli hiljainen, kuului vain meri ja köynnöksiä harova tuuli ja yksinäinen lintu, joka huusi rannalla muurin takana. »Reitti näyttää selvältä», sanoin Richien korvaan. »Mennään. Varovasti.»

Kiikarit kertoivat, että miehemme pesässä ei ollut mitään elollista, ei ainakaan niissä nurkissa jotka näin. Rakennustelineet olivat ruosteen karhentamat, ja tunsin niiden tärisevän painomme alla. Yläkerrassa kuu loimotti sisään ikkuna-aukosta, jonka suojamuovit oli kääritty ja kiinnitetty aukon sivuille kuin verhot. Huone oli tyhjennetty; tekninen tutkinta oli vienyt kaikki tavarat etsiäkseen niistä sormenjälkiä, kuituja, hiuksia, ruumiinnesteitä. Seinillä ja ikkunalaudoissa oli mustia sormenjälkijauheen pyyhkäisyjä.

Spainien talossa paloivat kaikki valot, ja kämppä näytti isolta majakalta, joka lähetti viestiä miehellemme. Vale-Fiona oli keittiössä punainen duffelitakki edelleen yllään; hän oli täyttänyt Spainien vesipannun ja odotteli sen kiehumista keittiötasoon nojaten. Hän piteli mukista molemmin käsin ja tuijotti ilmeettömänä sormivärimaalauksia, jotka oli kiinnitetty jääkaapin oveen. Pihalla kuunvalo osui kiiltäviin lehtiin ja muutti ne valkoisiksi ja värjyviksi, ja näytti siltä kuin kaikki puut ja pensasaidat olisivat puhjenneet yhtä aikaa kukkaan.

Levitimme tavaramme sinne, minne miehemme oli levittänyt omansa: piilopaikan peräseinustalle, jotta meillä olisi varmuuden vuoksi esteetön näköala Spainien keittiöön ja näkisimme myös rannalle antavasta ikkuna-aukosta, jota hän oli käyttänyt ovenaan. Muiden aukkojen päälle jätetyt suojamuovit kätkivät meidät tarkkailijoilta, joita kenties piileskeli viidakossa ympärillämme. Yöstä oli tulossa kylmä, ja maa olisi ennen sarastusta kuurassa, joten levitin makuupussini istuma-alustaksi ja puin takkini alle vielä yhden villapaidan. Richie polvistui lattialle kiskomaan tavaraa kassistaan kuin lapsi telttaretkellä: termospullo, suklaakeksipaketti ja folioon kääritty voileipäpino, joka oli hiukan lytistynyt. »Ihan hirveä nälkä», hän sanoi. »Otatko voileipää? Toin tarpeeksi meille molemmille siltä varalta, ettet sinä ehdi tehdä evästä.»

Olin sanomassa vaistomaisesti ei, mutta samassa tajusin että hän oli oikeassa, en ollut muistanut ottaa ruokaa mukaan – Dina – ja että minullakin oli armoton nälkä. »Kiitos», sanoin. »Mielellään.»

Richie nyökkäsi ja tyrkkäsi voileipäpinoa minun suuntaani. »Juustoa ja tomaattia tai kalkkunaa tai kinkkua. Ota siitä jokunen.»

Otin juusto- ja tomaattileivän. Richie kaatoi termoskannunsa korkkiin vahvaa teetä ja tarjosi korkkia minulle. Kun näytin vesipulloani, hän joi teen yhdellä kulauksella ja kaatoi itselleen toisen korkillisen. Sitten hän asettui mukavasti selkä seinää vasten ja kävi käsiksi voileipäänsä.

Richie ei näyttänyt olevan siinä käsityksessä, että tänä yönä käytäisiin syvällisiä ja merkityksellisiä keskusteluja, mikä oli hyvä asia. Tiedän rikostutkijoita, jotka avautuvat toisilleen väijyssä. Minä en avaudu. Pari untuvikkoa oli yrittänyt sitä kanssani, joko siksi että he oikeasti pitivät minusta tai sitten tehdäkseen itseään pomolle tykö. En vaivautunut selvittämään, kummasta oli kyse, ennen kuin lopetin touhun alkuunsa. »Nämä ovat hyviä», sanoin ja otin toisen leivän. »Kiitos.»

Ennen kuin tuli niin pimeä, että kaikki voisivat asettua asemiinsa, otin yhteyttä apulaisiin. Vale-Fionan ääni oli vakaa, ehkä turhankin vakaa, ja hän sanoi ei kiitos, kun kysyin tarvitsiko hän apuvoimia. Marlboro-mies ja hänen kaverinsa sanoivat, että me olimme jännittävintä mitä he olivat nähneet koko iltana.

Richie huvensi järjestelmällisesti leipäpinoaan ja tähyili viimeisen talorivin takana näkyvälle tummalle rannalle. Hänen teensä lohdullinen tuoksu tuntui tuovan huoneeseen lämpöä. Jonkin ajan kuluttua hän sanoi: »Olikohan Broken Harbourissa joskus oikeasti satama.»

»Oli täällä», minä sanoin. Richie oletti varmasti, että olin tehnyt taustatutkimusta; olin herra tylsimys, joka oli käyttänyt lyhyet joutohetkensä tiedonmetsästykseen netissä. »Tämä oli kauan sitten kalastajakylä. Laiturin jäänteet voivat näkyä vieläkin rannan eteläpäässä, jos oikein etsii.»

»Siksikö tämä oli Broken Harbour? Koska laituri oli hajalla?»

»Ei. Se tulee sanasta *breacadh*, päivänkoitto. Varmaan siksi, että tämä oli hyvä paikka auringonnousun katseluun.»

Richie nyökkäsi. Hän sanoi: »Täällä oli varmaan hienoa ennen kuin nämä rakennettiin.»

»Varmaan», sanoin. Meren tuoksu vyöryi muurin yli ja ikkunaaukosta sisään laveana ja kesyttömänä ja miljoonaa päihdyttävää salaisuutta kantaen. En luota siihen tuoksuun. Se iskee ihmisessä koukkunsa johonkin järjen ja sivistyksen pintakerroksia syvempään – niihin solumme osasiin, jotka kelluivat meressä jo ennen kuin meillä oli mieli – ja kiskoo kunnes seuraamme sitä aivottomina kuin kiimaiset eläimet. Kun olin teinipoika, se haju sai minut kiehumaan, kipinöi lihaksissani kuin sähkö, pakotti minut kiipeilemään talovaunumme seinille kunnes vanhempani päästivät minut vapaaksi noudattamaan sen kutsua ja syöksymään kaikkien sen lupaamien kutkuttavien kerran elämässä -kokemusten perään. Nykyään olen viisaampi. Se haju ei tee hyvää. Se houkuttelee meidät hyppimään korkeilta kallioilta, heittäytymään valtavia aaltoja vastaan, jättämään taaksemme kaiken rakkaan ja uhmaamaan tuhansien kilometrien avovettä, jotta näkisimme mitä vastarannalla on. Se haju oli ollut miehemme nenässä toissa yönä, kun hän oli laskeutunut rakennustelineitä pitkin ja kiivennyt Spainien aidan yli.

Richie sanoi: »Kohta lapset sanovat, että tuolla talossa kummittelee.»

»Varmaan.»

»Usuttavat toisiaan, että kuka uskaltaa mennä koskettamaan ovea. Ja käydä sisällä.»

Kirkkaankeltaisilla perhosilla koristellut lampunvarjostimet, jotka Jenny oli ostanut idylliselle perheelleen, loistivat alapuolellamme. Yksi niistä puuttui, koska se oli viety Larryn labraan. »Puhut siihen malliin kuin talo jäisi tyhjilleen», sanoin. »Hillitse vähän tuota negatiivisuutta, poikaseni. Jennyn täytyy myydä tuo talo heti kun hän pystyy. Toivota hänelle onnea. Sitä kyllä tarvitaan.»

Richie sanoi ykskantaan: »Vielä muutama kuukausi, niin koko asuntoalue jää tyhjilleen. Se on mennyttä kalua. Kukaan ei osta täältä asuntoa, ja vaikka ostaisikin, täällä voi valita sadoista taloista. Meinaatko muka, että joku valitsisi tuon?» Hän kallisti päätään kohti ikkunaa.

»Minä en usko aaveisiin», sanoin. »Etkä sinäkään, et ainakaan työajalla.» En sanonut hänelle että ne aaveet, joihin uskoin, eivät olleet kiinni Spainien veritahroissa. Niitä oli pitkin tätä asuntoaluetta, ne lepattelivat kuin isot koiperhoset oviaukoissa ja tyhjillä myllätyillä tonteilla, ne törmäilivät heikosti valaistuihin ikkunoihin suut auki ja äänettömästi ulvoen – nämä aaveet olivat kaikki ne ihmiset, joiden olisi pitänyt asua täällä. Nuoret miehet, jotka olivat haaveilleet vaimojensa kantamisesta näiden kynnysten yli, vauvat jotka olisi pitänyt tuoda näiden talojen pehmeisiin lastenhuoneisiin, teinit joiden olisi pitänyt saada ensisuudelmansa nojaillessaan näihin ikuisesti pimeiksi jääviin lyhtypylväisiin. Oikeasti tapahtuneiden asioiden haamut muuttuvat ajan mittaan etäisiksi; kun ne ovat nirhaisset meitä pari miljoonaa kertaa, niiden terä tylsyy arpikudokseemme ja ne hiutuvat ohuiksi. Mutta tapahtumatta jääneiden asioiden haamut viiltävät meitä ikuisesti kuin partaveitset.

Richie oli tuhonnut puolet voileivistä ja pyöritteli foliota palloksi kämmeniensä välissä. Hän sanoi: »Saanko kysyä jotain?»

Hän lähestulkoon viittasi. Minusta tuntui taas siltä kuin olisin puskenut harmaata hiusta ja käyttänyt kaksiteholinssejä. Huomasin tärkeilevän äänensävyni, kun vastasin: »Ei sinun Richie tarvitse pyytää minulta lupaa. Minun työhöni kuuluu vastata kysymyksiisi.»

»Aivan», Richie sanoi. »No, minä tässä mietin että miksi me olemme täällä.»

»Maan päälläkö?»

Hän ei tiennyt oliko tarkoitus nauraa. »Ei kun siis... täällä. Väijyssä.»

»Olisitko mieluummin kotona nukkumassa?»

»Ei! Tosi hyvä näin, en haluaisi olla missään muualla. Mutta minä vain mietin. Että... ei kai sillä ole väliä, kuka täällä on? Jos kaverimme ilmaantuu, kuka tahansa voi pidättää hänet. Olin kuvitellut, että sinä... En minä tiedä. Delegoisit.»

Sanoin: »Ei sillä varmaan olekaan väliä pidätyksen kannalta. Mutta se voi vaikuttaa siihen, mitä sen jälkeen tulee. Jos minä olen se, joka panee miehen rautoihin, suhde alkaa oikeassa sävyssä. Näytän heti kärkeen, kuka määrää. Ihannemaailmassa hoitaisin pidätyksen aina itse.»

»Muttet hoida. Et joka kerta.»

»Ei minussa ole taikaa, ystävä hyvä. En ehdi joka paikkaan. Joskus pitää antaa mahdollisuus muillekin.»

Richie sanoi: »Muttei tällä kertaa. Kukaan ei pääse yrittämään ennen kuin me väsymme niin, että kellahdamme kumoon. Eikö ole näin?»

Hänen äänestään kuultava hymy tuntui minusta hyvältä, koska se kertoi hänen pitävän itsestäänselvyytenä sitä, että valvoisimme yhdessä. »Näin on», sanoin. »Ja minulla on niin paljon kofeiinitabletteja, että pärjäämme hyvän aikaa.»

»Johtuuko tämä siitä, että jutussa on lapsia?»

Hymy oli haihtunut äänestä. »Ei», sanoin. »Jos kyse olisi pelkästään lapsista, olisi sama antaa jonkun kenttämiehen napata tekijä. Mutta minä haluan olla se, joka pidättää Pat Spainin tappajan.»

Richie jäi odottamaan tarkkaillen minua. Kun en jatkanut puhetta, hän kysyi: »Minkä takia?»

Ehkä se johtui polvieni narinasta ja niskani jäykkyydestä rakennustelineellä kiipeillessä, siitä veltosta tunteesta että olin käymässä vanhaksi ja väsyneeksi. Ehkä minua oli juuri sen vuoksi alkanut kiinnostaa, mitä osaston muut pojat puhuivat toisilleen niinä pitkinä ja pitkäveteisinä öinä, joiden jälkeen he tulivat osastohuoneeseen yhtä jalkaa ja sopivat asioista pelkästään kulmiaan kohottamalla tai päätään kallistamalla. Ehkä se johtui niistä parin viime päivän hetkistä, joina minusta oli tuntunut siltä kuin en olisi vain perehdyttänyt aloittelijaa työhön vaan Richie ja minä olisimme tehneet yhteistyötä rinta rinnan. Ehkä se johtui siitä kavalasta merentuoksusta, joka pyyhki estot rantahiekkaan. Ehkä se oli silkkaa väsymystä. »Sanopa yksi juttu», sanoin. »Mitä luulet että olisi tapahtunut, jos tekijämme olisi ollut edes pikkuisen taitavampi? Siivonnut tämän paikan ennen kuin lähti saalistamaan, siivonnut jalanjälkensä, jättänyt aseet rikospaikalle?»

»Meille ei olisi jäänyt kuin Pat Spain.»

En nähnyt Richiestä pimeässä juuri mitään, vain pään asennon ikkunaa vasten ja minun suuntaani kohotetun leuan. »Niin. Luultavasti. Ja vaikka meillä olisi ollut aavistus, että juttuun liittyy joku muukin... Mitä luulet että muut olisivat ajatelleet, jos meillä ei olisi ollut esittää hänestä kuvausta eikä yhtäkään todistetta siitä, että hän edes oli olemassa? Mitä se Goganin emäntä olisi ajatellut, tai koko Brianstown, tai kadunmies joka näkee tämän jutun uutisissa? Tai Patin ja Jennyn perheet?»

Richie sanoi: »Että Pat sen teki.»

»Ihan niin kuin ajattelimme mekin.»

»Ja oikea tekijä olisi jäänyt vapaalle jalalle. Ehkä valmistautumaan seuraavaan tekoon.»

»Ehkä niin. Mutta en minä sitä nyt aja takaa. Vaikka se tyyppi olisi mennyt viime yönä kotiin ja löytänyt itselleen mukavan hirttäytymispaikan, niin hän olisi silti tehnyt Pat Spainista murhaajan. Kaikille, jotka olisivat kuulleet Pat Spainista, hän olisi ollut mies joka murhasi naisensa ja vuodekumppaninsa. Ja heidän yhteiset lapsensa.» Jo pelkkä näiden sanojen lausuminen sai sen sirinän taas kuulumaan kalloni sisällä. Pahuutta.

Richie sanoi melkein lempeästi: »Hän on kuollut. Ei se häntä enää satuttaisi.»

»On kuollut joo. Kaksikymmentäyhdeksän vuotta elämää, eikä hän enempää saa. Hänen olisi pitänyt saada viisikymmentä, kuusikymmentä vuotta lisää, mutta tämä tyyppi päätti ottaa ne häneltä pois. Eikä sekään riittänyt, vaan se tyyppi halusi palata ajassa taaksepäin ja ottaa pois ne surkean vähäiset kaksikymmentäyhdeksän vuottakin. Viedä Patilta kaiken, mitä hän oli ikinä ollut. Hänelle ei olisi jäänyt mitään.» Näin tuon pahuuden kuin mustana tarttuvaisena pölynä, joka levisi tästä huoneesta hitaasti peittämään talot ja pellot ja pimentämään kuunvalon.» Se on ihan perseestä», sanoin. » Se on niin perseestä, ettei minulla riitä sanat kuvaamaan.»

Istuimme siinä puhumatta mitään sillä välin, kun Fionamme löysi rikkalapion ja alkoi lakaista lautasen sirpaleita keittiönlattian nurkasta. Jonkin ajan kuluttua Richie avasi keksipaketin ja tarjosi siitä minulle, ja kun pudistin päätäni, hän söi tasaiseen tahtiin puoli pakettia. Jonkin ajan päästä hän sanoi:» Voinko kysyä yhtä asiaa?»

» Siis ihan oikeasti Richie, lopeta tuo jo. Et paljon herätä luottamusta tekijässämme, jos viittaat kesken kuulustelun ja kysyt, saatko puhua.»

Tällä kertaa Richie hymyili.» Vaan kun kysyisin henkilökohtaista asiaa.»

En kerro henkilökohtaisista asioista, jos kysyjä on harjoittelija, mutta toisaalta en olisi käynyt koko tätä keskustelua harjoittelijoiden kanssa. Yllätyin, miten hyvältä tuntui unohtaa konkarin ja keltanokan roolit ja kaikki niiden mukanaan tuomat raja-aidat ja asennoitua niin, että tässä puhui vain kaksi miestä.» Anna tulla», sanoin.» Kerron sitten jos menee asiattomaksi.»

» Mitä isäsi tekee?»

» Eläkkeellä. Entinen pysäköinninvalvoja.»

Richie nauraa hörähti. Sanoin:» Mitä hauskaa siinä on?»

» Ei mitään. Minä vaan... ajattelin jotain porvarillisempaa. Vaikka yksityiskoulun opettajaa. Maantiedonopettajaa tai sellaista. Mutta nyt kun kerroit, niin kuulostaa ihan uskottavalta.»

» Pitäisikö tuo tulkita kohteliaisuudeksi?»

Richie ei vastannut. Hän tunki taas suklaakeksin suuhunsa ja hieroi muruja sormistaan, mutta aistin hänen miettivän. Jonkin ajan päästä hän sanoi:» Sanoit silloin toissa päivänä, ettei ketään tapeta jos hän ei itse kerjää sitä. Pahoja asioita sattuu lähinnä pahoille ihmisille. Mutta se on ylellisyyttä, että voi ajatella noin. Ymmärrätkö mitä meinaan?»

Mieleeni pyrki vihjaus jostain kivuliaammasta kuin pelkkä ärtymys, mutta pakotin sen pois.» Enpä voi sanoa ymmärtäväni, poikaseni. Minun kokemukseni mukaan – enkä halua mahtailla sillä, että olen oikeasti kokeneempi – elämästä saa irti lähinnä sen, mitä on itse kylvänyt. Ei aina, mutta yleensä. Jos uskoo pärjäävänsä, niin pärjää. Jos uskoo, että ansaitsee elämältä pelkkää paskaa, niin sitä saa. Ihmisen sisäinen todellisuus muovaa hänen ulkoista todellisuuttaan joka päivä. Jos käsität.»

Richie katseli allamme näkyvän keittiön lämpimänkeltaisia valoja. »Minä en tiedä, mitä minun isäni tekee. Hän ei ole ollut ikinä kuvioissa.» Richie sanoi sen toteavasti, niin kuin olisi joutunut sanomaan sen liian monta kertaa ennenkin. »Kasvoin kaupungin vuokrakämpässä – tiesit varmaan jo. Näin kun ihmisille sattui kaikenlaista pahaa, vaikkeivät he itse sitä kerjänneet. Kaikenlaista.»

Sanoin: »Ja silti sinä olet tässä. Olet eliittiosaston rikostutkija, teet sitä työtä jota olet aina halunnut, hoidat vuoden isointa juttua ja olet hemmetin lähellä ratkaista sen. Minusta sinä todistat puheeni oikeaksi.»

Richie ei kääntynyt katsomaan minua. »Veikkaan että Pat Spain ajatteli samoin kuin sinä.»

»Ehkä niin. Mitä sitten?»

»No, häneltä meni silti työpaikka. Raatoi hiki hatussa, ajatteli positiivisesti, teki kaiken oikein mutta päätyi kortistoon. Miten hän sen kylvi?»

»Se oli helvetin epäreilu homma, ja minä myönnän heti, ettei niin olisi pitänyt tapahtua. Mutta älä viitsi, nythän on lama. Poikkeusolosuhteet.»

Richie pudisti päätään. »Joskus pahoja asioita vaan sattuu», hän sanoi.

Taivas oli runsastähtinen; en ollut nähnyt niitä niin paljon vuosikausiin. Takanamme meren ja heinikossa suhisevan tuulen äänet sulautuivat yhdeksi tasaiseksi hyväilyksi, joka siveli yön selkää. Sanoin: »Ei noin voi ajatella. Vaikka se olisi tottakin. Pitää uskoa, että jossain vaiheessa useimmat saavat tavalla tai toisella ansionsa mukaan.»

»Tai muuten mitä?»

»No miten muuten pääsee aamulla ylös sängystä? Ei se ole mitään ylellisyyttä, että uskoo syihin ja seurauksiin. Se on ihmiselle ihan välttämätöntä, niin kuin kalsium tai rauta. Vähän aikaa pärjää ilman, mutta lopulta se alkaa jäytää sisuksia. Oikeassa olet, että toisinaan elämä ei ole reilua. Siinä kohtaa me tulemme kuvaan mukaan. Sitä varten meitä ylipäätään on. Me tartumme tilanteeseen ja korjaamme sen.»

Alapuolellamme sytytettiin valot Emman huoneeseen – Fionamme piti katsojien mielenkiintoa yllä. Valo muutti verhot läpikuultavan, pehmeän pinkeiksi, ja pienten eläinten siluetit loikkivat pitkin kangasta. Richie nyökkäsi ikkunaan päin. Hän sanoi: »Tuota me emme voi korjata.»

Hänen äänensä oli täynnä aamuista käyntiä ruumishuoneella. »Emme niin», sanoin. »Tuota ei voi korjata. Mutta voimme sentään varmistaa, että oikeat ihmiset saavat maksaa ja oikeat ihmiset saavat tilaisuuden siirtyä elämässään eteenpäin. Siihen me pystymme. Tiedän ettei sellainen pelasta maailmaa. Mutta me sentään teemme siitä paremman paikan.»

»Uskotko noin?»

Hänen kohotetut kasvonsa olivat kuunvalossa valkoiset ja kovin nuoret. Hän toivoi kiihkeästi, että olin oikeassa. »Joo», sanoin. »Uskon minä. Saatan olla naiivi, ja siitä minua on syytettykin pariin otteeseen, mutta uskon. Kohta ymmärrät, mitä tarkoitan. Odotahan, kun saamme sen tyypin kiinni. Odotahan, kun menet sinä iltana kotiin ja tiedät nukkumaan mennessä, että hän on telkien takana ja pysyy siellä kolmen elinkautisen verran. Eiköhän maailma näytä sen jälkeen sinustakin paremmalta paikalta.»

Fionamme avasi Emman verhot ja tähysi takapihalle hoikkana tummana siluettina pinkkiä tapettia vasten. Richie tarkkaili häntä ja sanoi: »Toivotaan.»

Asuntoalueelle levittäytynyt hauras valojen verkko oli alkanut haihtua sitä mukaa kuin asuttujen katujen kirkkaita säikeitä räpsähteli pimeiksi. Richie hieroi hansikkaitaan yhteen ja puhalsi niihin. Fionamme kulki tyhjissä huoneissa valoja sytytellen ja sammutellen, verhoja avaten ja sulkien. Kylmyys imeytyi piilopaikan betoniin ja tunkeutui siitä päällystakkini läpi selkärankaan.

Yö jatkui jatkumistaan. Muutaman kerran kuului ääniä – pitkä luikerrus heinikossa allamme, rapinaa ja kahinaa kadun toisen puolen talosta, jokin villi kimeä vingahdus – jotka saivat meidät ponnahtamaan pystyyn ja painautumaan seiniä vasten valmiina toimintaan ennen kuin mielemme edes käsitti, että olimme kuulleet jotain. Lämpökiikareissa näkyi kertaalleen kettu, joka hehkui kadulla pää ryhdikkäästi pystyssä ja jotain pientä suustaan roikottaen. Toisella kertaa kiikareissa erottui mutkitteleva valoviiva, joka viuhtoi pihojen läpi tiilten ja rikkaruohojen seassa. Joinakin kertoina reagoimme niin hitaasti, että kuulimme vain viimeiset kivenropinat tai näimme huojuvia muratteja tai katoavan valonvälähdyksen. Kesti joka kerralla pitempään ennen kuin sykkeemme tasaantuivat ja pystyimme taas istuutumaan. Alkoi tulla myöhä. Miehemme oli jossain lähettyvillä, hän oli kahden vaiheilla, hän keskittyi ankarasti tekemään päätöstä.

»Ai niin, unohdin», Richie sanoi äkkiä vähän yhden jälkeen. »Toin nämä.» Hän kumartui ottamaan urheilukassistaan mustan kotelon, jossa oli kiikarit.

»Kiikarit?» Ojensin käteni, ja kun Richie antoi ne, avasin kotelon ja katsoin. Ne näyttivät halvoilta, eivätkä ne olleet peräisin varusteosastolta, koska niissä oli yhä uuden muovin tuoksu. »Oletko ostanut nämä ihan tätä varten?»

»Ne ovat samaa mallia kuin meidän kaverillamme», Richie sanoi vähän häpeillen. »Ajattelin että meilläkin pitäisi olla sellaiset. Nähdään sama mitä hänkin.»

»Ei jeesus. Älä sano että olet niitä tunnetyyppejä, jotka ovat kovasti sitä mieltä että pitää nähdä asiat tappajan silmin ja hinkata samalla omaa intuitiotaan.»

»No en, hemmetti! Tarkoitin ihan kirjaimellisesti. Niin kuin että pystyikö hän erottamaan ilmeitä, näkikö hän mitä tietokoneen näytöllä tapahtui – verkkosivuja joilla Spainit kävivät, tai mitä nyt vaan. Sellaista.»

Näin kuunvalossakin, että hän punastui hurjasti. Se tuntui minusta koskettavalta – ei pelkästään ajatus siitä, että hän oli käyttänyt omaa rahaansa ja aikaansa oikeanlaisten kiikarien hankkimiseen, vaan myös se, miten avoimesti hän välitti siitä mitä mieltä minä olin. Sanoin lempeämmin ja kiikareita takaisin tarjoten: »On se hyvä ajatus. Vilkaise vaan, ei sitä tiedä mitä löytyy.»

Richie näytti siltä kuin olisi toivonut kiikarien katoavan mutta sääti niitä sitten ja nojasi kyynärpäillään ikkunalautaan tarkentaakseen katseensa Spainien taloon. Fionamme oli tiskialtaan luona huuhtelemassa mukiaan. Sanoin: »Mitä näkyy?»

»Näen Janinen naaman tosi selvästi, siis niin että tietäisin mitä hän sanoo, jos osaisin lukea huulilta. Tietokoneen näyttöä en näkisi, jos se olisi tuolla, koska kulma on väärä, mutta erotan kirjojen nimet kirjahyllystä ja sen pikku tussitaulun, jolla on kauppalista: kananmunia, teetä, suihkusaippuaa. Siitä tiedosta voi varmaan olla iloa? Jos tekijä pystyi lukemaan joka ilta Jennyn kauppalistat, hän tiesi aina minne Jenny oli menossa seuraavana päivänä...»

»Kannattaa selvittää. Pitää keskittyä valvontakameroiden kuviin Jennyn kauppamatkan varrelta ja katsoa, ilmestyykö niihin aina joku tyyppi.» Fiona käänsi tiskialtaan ääressä äkisti päätään niin kuin hän olisi aistinut meidän katsovan häntä. Näin ilman kiikareitakin, että häntä puistatti.

»Voi vitsi», Richie sanoi yhtäkkiä niin kuuluvasti, että hätkähdin. »Anteeksi. Mutta katsos tätä.»

Hän ojensi kiikarit minulle. Käänsin ne keittiöön ja säädin ne omalle näölleni, joka oli masentavan paljon huonompi kuin Richiellä. »Mitä pitää katsoa?»

»Älä keittiötä. Katso taaemmas eteiseen. Katso etuovea.»

»Mitä siitä?»

»No», Richie sanoi, »siinä heti etuoven vasemmalla puolella.»

Käänsin kiikareita vasemmalle, ja siinä se oli: hälyttimen paneeli. Vihelsin hiljaa. En erottanut numeroita, mutta ei olisi tarvinnutkaan, sillä koodia näppäilevien sormien seuraaminen olisi kertonut minulle kaiken tarvittavan. Vaikka Jenny Spain olisi vaihtanut koodin joka päivä, muutaman minuutin oleskelu täällä ylhäällä sillä välin, kun Spainit panivat hälytintä päälle, olisi tehnyt Jennyn varovaisuuden tyhjäksi. »Kappas vain», sanoin. »Richie, ystävä hyvä, pyydän anteeksi kun herjasin kiikareitasi. Näköjään tiedämme nyt, miten joku on voinut ohittaa hälyttimen. Hyvin hoksattu. Vaikka miehemme ei ilmaantuisikaan, tämä yö ei ole mennyt hukkaan.»

Richie painoi päänsä ja hieroi nenäänsä sen näköisenä, että hän oli puolittain nolostunut ja puolittain mielissään. »Vaan ei toki vielä tiedetä, miten hän sai avaimet. Hälyttimen koodista ei ole mitään iloa ilman sitä.»

Silloin puhelimeni alkoi väristä takintaskussani. Marlboromies.»Kennedy», vastasin.

Konstaapelin ääni oli vain hitusen kuiskausta kovempi. »Herra ylikonstaapeli, nyt täällä tapahtui jotain. Tänne kääntyi mies Ocean View Lanelta. Se on umpikuja, joka on asuntoalueen pohjoismuuria vasten, eikä siellä ole kuin työmaita. Sieltä ei ole voinut tulla ketään muuten kuin kiipeämällä muurin yli. Pitkähkö kaveri ja tummat vaatteet, muttemme halunneet mennä liian lähelle, joten siinä kaikki mitä näimme. Varjostimme häntä etäältä, kunnes hän kääntyi Ocean View Lawnsille. Sekin on umpiperä eikä siellä ole yhtään valmista taloa, joten kellään ei ole mitään järkevää syytä mennä sinne. Emme tietenkään halunneet seurata häntä sinne, mutta tarkkailemme Ocean View Lawnsin alkupäätä. Toistaiseksi sieltä ei ole tullut ketään pois, mutta hän on voinut kiivetä taas muurin yli. Yritämme kiertää takapuolelle siltä varalta, että näemme hänet siellä.»

Richie oli kääntynyt katsomaan minua, ja kiikarit roikkuivat unohdettuina hänen kädestään. Sanoin: »Hyvin havaittu. Aivan, pysykää vahdissa ja tehkää nopea kierros alueella. Jos saatte nähtyä miehen niin hyvin, että voitte antaa meille kuvauksen, niin hieno homma, mutta älkää herran tähden ottako sitä riskiä, että pelotatte hänet pois. Jos huomaatte jonkun, älkää hidastako, älkää tarkkailko häntä avoimesti, ajelkaa vain ja jutelkaa keskenänne ja nähkää mitä näette. Menkää.»

En voinut panna puhelua kaiuttimeen niin kauan kuin miehemme oli vapaalla jalalla ja hän saattoi olla mikä tahansa kahahdus seinäköynnöksissä. Osoitin puhelinta ja viitoin Richietä tulemaan lähemmäs. Hän kyykistyi viereeni ja työnsi korvan melkein kiinni puhelimeen.

Tutkinta-apulaisten vaimeita ääniä – toinen heistä rapisteli karttaa ja selvitteli suuntia, toinen pani autossa vaihteen silmään ja moottori hyrisi. Joku rummutti kojelautaa sormillaan. Sitten, hetkeä myöhemmin, äänekästä ja sekavaa puheenporinaa – »Ja vaimo sanoi minulle, että anna mennä, voit sinä pitää sen roskiksessa muitten kanssa!» – ja teennäinen naurunremakka.

Richie ja minä lakkasimme hengittämästä, kun istuimme siinä päät melkein kiinni puhelimessa. Puheenporina yltyi ja hiipui. Kului tovi, joka tuntui melkein viikolta, minkä jälkeen Marlboromies puhui vielä hiljaisemmalla äänellä, joskin kohoava innostuksen aalto yritti kiskoa sitä mukaansa. »Herra ylikonstaapeli. Me ohitimme juuri miehen, ehkä 180-senttisen, hoikkarakenteisen, menossa itään pitkin Ocean View Avenueta – se on ihan Ocean View Lawnsin vieressä aidan toisella puolen. Ei ollut katuvaloja, joten emme nähneet häntä kunnolla, mutta hänellä on tumma keskipituinen takki, tummat farkut ja tumma pipo. Kävelytyylin perusteella sanoisin, että pari-kolmekymppinen.»

Kuulin Richien vetävän henkeä niin että sihahti. Kysyin aivan yhtä hiljaisella äänellä: »Äkkäsikö hän teidät?»

»Ei. Tai siis en voi mennä vannomaan, mutten oikeasti usko. Hän vilkaisi taakseen kun kuuli meidät ja painoi sitten leukaa rintaan, muttei ottanut hatkoja, ja niin kauan kuin näimme hänet peruutuspeilistä, hän jatkoi katua pitkin samaan tahtiin ja samaan suuntaan.»

»Ocean View Avenue. Onko siellä asukkaita?»

»Ei ole. Pelkkiä seiniä.»

Kukaan ei siis pääsisi sanomaan, että vaarantaisimme ihmisiä jos päästäisimme sen otuksen kulkemaan vapaana yössä ja etsiytymään luoksemme omin päin. Enkä olisi ollut huolissani, vaikka Ocean View Avenue olisi ollut täynnä herttaisia perheitä ja lukitsemattomia ovia. Tämä ei ollut mikään umpimähkäinen joukkomurhaaja, joka ammuskelee kaikkea mitä eteen tulee. Tämän miehen mielessä ei ollut mitään muuta tärkeää, tai ylipäätään mitään muuta, kuin Spainit.

Richie oli mennyt kassinsa luo pysytellen kyykyssä, jotta hänen siluettinsa ei näkyisi ikkuna-aukoista, ja otti esiin taitellun paperinpalan. Hän levitti sen eteemme lattialle kalpeaan suorakaiteen muotoiseen kuunvaloläikkään. Siinä oli asuntoalueen kartta.

»Hyvä», minä sanoin. »Ottakaa yhteys konstaapeli...» Napsautin sormiani Richielle ja osoitin Spainien keittiön suuntaan; hän muotoili suullaan nimen *Oates*. »Konstaapeli Oatesiin. Ilmoittakaa hänelle, että näyttää olevan kohta tilanne päällä. Käskekää hänen varmistaa, että ovet ja ikkunat ovat lukossa ja hänellä on ase ladattuna. Sitten hänen pitää ruveta siirtelemään tavaroita – papereita, kirjoja, DVD-levyjä, ihan sama mitä – talon etupuolelta keittiöön niin näkyvästi kuin mahdollista. Te kaksi vetäydytte paikkaan, jossa näitte sen tyypin ensimmäisen kerran. Jos hän jänistää ja yrittää palata teidän ohitsenne, pidätätte hänet. Älkää soittako minulle enää, ellei ole kiireellistä asiaa. Me ilmoitamme teille, jos jotain tapahtuu.»

Panin puhelimen taskuun. Richie osoitti karttaa sormellaan: Ocean View Avenue oli asuntoalueen luoteisnurkassa. »Tässä», hän sanoi hyvin hiljaa, sihahtaen meren jylinässä. »Jos hän on tulossa meidän suuntaamme ja pysyttelee tyhjillä kaduilla ja oikoo aitojen yli, häneltä kuluu matkaan kymmenen, ehkä viisitoista minuutta.»

»Kuulostaa uskottavalta. En usko että hän tulee suoraan tänne, koska hän varmasti pelkää, että olemme löytäneet tämän piilon. Hänen pitää nuuskia ensin paikkoja ennen kuin hän päättää, tuleeko tänne. Hän katselee, onko poliiseja tai vieraita autoja tai jotain toimintaa... Sanotaan että kaikkiaan kaksikymmentäviisi minuuttia.»

Richie vilkaisi minua. »Jos hän päättää, että täällä on liian vaarallista, ja ottaa hatkat, niin sitten kenttämiehet saavat hänet kiinni. Emmekä me.»

»Sopii minulle. Jos hän ei tule tänne, hän on vain joku tyyppi joka on iltakävelyllä autiossa paikassa. Voimme selvittää hänen henkilöllisyytensä ja rupatella hänen kanssaan mukavia, mutta ellei hän ole niin tyhmä, että hänellä on ne hemmetin lenkkarit jalassa tai hän esittää täyden tunnustuksen, emme pysty pitämään häntä putkassa. Ja minulle käy hyvin, että joku muu pidättää hänet ja joutuu heittämään hänet muutaman tunnin päästä takaisin tänne. Emme halua antaa hänelle sellaista tunnetta, että hän on päässyt päihittämään sinut ja minut.» Mutta oli turha miettiä, mitä tekisimme jos hän ottaisi hatkat, koska tiesin että hän tulisi tänne, tiesin sen yhtä varmasti kuin pystyin haistamaan hänet – hän oli minulle kuumaa pistävää myskinhajua, joka uhosi katoista ja rakennusjätteistä ja kiemurteli koko ajan lähemmäs. Olin tiennyt hänen palaavan tähän pesään siitä asti, kun olin nähnyt sen. Karkuteille lähtenyt eläin palaa ennemmin tai myöhemmin kotiin.

Richien ajatukset olivat olleet samansuuntaiset. Hän sanoi: »Kyllä hän tulee. Hän on tullut jo lähemmäs kuin kertaakaan viime yönä ja haluaa kuollakseen tietää, mikä täällä on meininki. Kunhan hän näkee Janinen...»

Minä sanoin: »Siksi me panimme hänet viemään tavaraa keittiöön. Veikkaan, että ensimmäiseksi se mies katselee Spainien taloa etupihan puolelta, kadun takana olevilta rakennustyömailta käsin. Ajatuksena on, että mies äkkää Janinen sieltä ja haluaa tietää, mitä hän niillä tavaroilla tekee, mutta sen selvittääkseen hänen pitää tulla tänne taakse. Talot ovat niin lähekkäin, ettei hän mahdu tulemaan niiden välistä, joten hän ei voi tulla tänne aidan yli ja pihan kautta. Hänen pitää tulla tänne Ocean View Walkia pitkin.»

Kadun alkupää oli pimeä ja talojen varjostama, mutta tännempänä katu kääntyi kuunvaloon. Sanoin: »Minä tarkkailen kadun alkupäätä kiikarien kanssa. Sinä tarkkailet toista päätä. Ilmoita minulle, jos näkyy ihan mitä tahansa liikettä. Jos hän tulee tänne, niin yritetään hoitaa asiat hiljaa, koska olisi mukava jos asukkaat eivät saisi tietää mitään, mutta hän ei ehkä anna siihen mahdollisuutta. Ja sitä ei saa unohtaa hetkeksikään, että tämä jätkä on vaarallinen. Aiemmasta päätellen ei ole syytä olettaa, että hän on aseistettu, mutta toimimme silti niin kuin olisi. Oli asetta tai ei, hän on vesikauhuinen eläin ja me olemme hänen pesässään. Pidä tarkkaan mielessä, mitä hän teki tuolla, ja lähde aina siitä, että hän tekee saman meille jos saa tilaisuuden.»

Richie nyökkäsi. Hän ojensi minulle kiikarit ja alkoi heitellä tavaroitaan kassiinsa nopeasti ja tehokkaasti. Minä taittelin kartan, tungin Richien ruokakääreet muovipussiin ja panin pussin piiloon. Muutaman sekunnin päästä huoneessa oli taas pelkkää tyhjää lautalattiaa ja harkkopintaa niin kuin emme olisi siellä olleetkaan. Viskasin kassimme pimeään nurkkaan pois tieltä.

Richie meni tien loppupään puoleisen ikkuna-aukon luo, kyykistyi ikkunalaudan viistoon varjoon ja irrotti suojamuovin nurkkaa, jotta näki ulos. Minä vilkaisin Spainien taloa; Fionamme tuli keittiöön vaatekasa sylissään, laski vaatteet pöydälle ja lähti. Kun katsoin yläkertaan, näin Jackin huoneen ikkunasta juuri ja juuri, että Patin ja Jennyn makuuhuoneessa hohti valo. Painauduin

Tana French

kadun alkupäähän antavan ikkuna-aukon viereen ja nostin kiikarit silmilleni.

Ne muuttivat meren näkymättömäksi, pohjattomaksi mustuudeksi. Kadun alkupäässä rakennustelineiden mattaharmaa siksakki jatkui kaukaisuuteen; tien yli liihotti pöllö, joka ajelehti ilmavirtausten mukana kuin palava paperiarkki. Tapahtumattomuus jatkui aina vain.

Luulin että silmäluomeni olivat jähmettyneet auki, mutta olin kai räpäyttänyt silmiäni. Ensin kadun alkupää oli tyhjä, mutta seuraavassa hetkessä mies leiskui kadunvarren varjoisten raunioiden välissä valkoisena ja hurjana kuin enkeli. Hänen kasvonsa olivat niin kirkkaat, ettei niitä oikein kestänyt katsoa. Hän seisoi liikkumatta ja kuunnellen kuin gladiaattori areenan sisäänkäynnillä: pää pystyssä, kädet koholla kyljistä, kourat puoliavoimina, valmiina.

En hengittänyt. Tarkkailin häntä sivusilmällä ja kohotin käteni, jotta kiinnittäisin Richien huomion. Kun Richien pää kääntyi minua kohti, osoitin ikkunaa ja viitoin häntä tulemaan luokseni.

Richie kyyristyi matalaksi ja hiipi lattian poikki ikkunani toiselle puolen niin kuin olisi ollut painoton. Kun hän painoi selkänsä seinää vasten, näin hänen kätensä laskeutuvan pistoolin kahvalle.

Miehemme asteli tietä pitkin hitaasti ja varovasti, ja hänen päänsä käännähteli pienimpienkin äänten suuntaan. Käsissä ei ollut mitään, eikä kasvoilla pimeänäkölaitetta; oli vain hän. Pihojen pienet hehkuvat eläimet suoristuivat kerältä ja pinkaisivat pois, kun hän lähestyi. Hehkuessaan siinä keskellä metallin ja betonin verkkoa hän näytti maailman viimeiseltä ihmiseltä.

Kun hän oli enää yhden talon päässä, laskin kiikarini ja pitkä hohtava hahmo muuttui silmänräpäyksessä mustaksi sykkyräksi, vaaraksi joka hiipi yössä kohti jonkun kotiovea. Viitoin Richielle ja vetäydyin ikkuna-aukon luota varjoihin. Richie hivuttautui vastakkaiseen peränurkkaan, ja kuulin hänen hengittävän kiivaasti, kunnes hän hetken päästä huomasi asian itsekin ja pakottautui rauhoittumaan. Miehemme ensi kosketuksen paino nostatti metalliputkessa värähdyksen, joka kiersi rakennustelineitä pitkin koko talon ympäri ja tuntui kietovan meidät mustaan hehkuun.

Värinä yltyi hänen kiivetessään ja muuttui hiljaiseksi hyrinäksi, kuin rummunpärinäksi, mutta lopulta se hiipui. Miehen pää ja hartiat ilmestyivät ikkunaan tummempina tummuutta vasten. Näin hänen kääntelevän päätään kohti nurkkia, mutta huone oli leveä ja varjot kätkivät meidät.

Hän heilautti itsensä ikkunasta, ja liikkeen vaivattomuus kertoi, että hän oli tehnyt sen tuhat kertaa ennenkin. Heti kun hänen jalkansa koskettivat lattiaa ja hän kääntyi kohti tarkkailuikkunaansa, tulin nurkastani esiin ja heittäydyin hänen kimppuunsa takaapäin. Hän päästi käheän henkäyksen ja horjahti eteenpäin; sain otettua hänestä niskalenkin, väänsin hänen kätensä korkealle selän taakse ja paiskasin hänet seinää vasten. Ilma pakeni hänestä yhdellä terävällä ähkäisyllä. Kun hän avasi silmänsä, hän tuijotti suoraan Richien pistooliin.

Sanoin: »Poliisi. Älä liiku.»

Hänen jokainen lihaksensa oli jäykistynyt – mies oli kuin terästangoista tehty. Sanoin viileänterävällä äänellä, joka tuntui kuuluvan jollekulle muulle: »Minä panen sinulle nyt käsiraudat, koska se on turvallisinta kaikkien kannalta. Onko sinulla mukana mitään sellaista, mistä meidän pitäisi tietää?»

Hän ei näyttänyt kuulevan minua. Irrotin hitaasti otteeni ja pidin häntä silmällä, eikä hän liikahtanut tai edes sävähtänyt, kun riuhtaisin häneltä kädet selän taakse ja napsautin raudat tiukasti kiinni. Richie teki hänelle ruumiintarkastuksen nopeasti ja kovakouraisesti ja heitti kaiken löytämänsä lattialle kasaan: taskulamppu, nenäliinapaketti, pastillirasia. Henkkarit ja rahat ja avaimet olivat epäilemättä siellä minne hän oli piilottanut autonsakin. Hänellä oli ollut kevyet kantamukset sen varmistamiseksi, ettei minkään kilahdus paljastaisi häntä.

Sanoin: »Minä riisun sinulta nyt käsiraudat, jotta pääset kiipeämään telineitä alas. En usko että yrität mitään tyhmää, ja jos yrität, sillä ei ole muuta vaikutusta kuin että minä ja työparini tulemme pahalle tuulelle. Me menemme nyt asemalle juttelemaan. Sinun tavarasi palautetaan siellä. Onko sinulla jotain tätä vastaan?»

Hän oli jossain muualla, tai ainakin yritti kovasti olla. Silmät, jotka olivat kuunvalossa sirrillään, tuijottivat jonnekin ikkunantakaiselle taivaalle Spainien talon suunnassa. »Hyvä», minä sanoin kun kävi selväksi, etten saisi vastausta. »Päättelen, ettei sinulla ole mitään tätä vastaan. Jos asia muuttuu, voit ilmoittaa saman tien. Nyt mennään.»

Richie kiipesi alas ensin, vaivalloisesti, toinen kasseistamme olallaan. Pitelin kiinni miehemme ranteiden välissä olevasta käsirautojen ketjusta, kunnes Richie näytti minulle alhaalta peukkua. Sitten napsautin raudat auki ja sanoin: »Mene. Ei äkkiliikkeitä.»

Kun tartuin häntä olkapäästä ja lähdin työntämään häntä oikeaan suuntaan, hän havahtui ja kompuroi paljaan lattian poikki. Ikkuna-aukolle päästyään hän jäi hetkeksi seisomaan; näin että ajatus käväisi hänen mielessään, mutta ennen kuin ehdin sanoa mitään, hän kai tajusi että siltä korkeudelta hänellä murtuisi vähintään nilkat. Hän heilautti itsensä aukosta ja alkoi kiivetä tottelevaisesti kuin koira.

Yksi takavuosien tuttuni antoi minulle poliisikoulussa lempinimen, kun tein jossain jalkapallo-ottelussa maalin hirveällä tykityksellä. En yrittänyt päästä nimestä eroon, koska se antoi minulle maineen, jonka ylläpitämiseksi täytyi ponnistella. Sillä hetkellä kun olin yksin tuossa kauheassa huoneessa, joka oli täynnä kuunvaloa ja merenpauhua ja kuukausien odottelua ja tarkkailua, ajattelin jossakin kaukana mieleni perukoilla: *Kaksi vuorokautta, neljä ratkaistua rikosta. Siinä vasta tykitys.* Ymmärrän että tällainen on monen mielestä sairasta, ja ymmärrän myös miksi, mutta se ei muuta sitä tosiasiaa, että te tarvitsette minua.

10

RICHIE JA MINÄ pysyttelimme asumattomilla kaduilla, kun kuljetimme miestämme käsikynkästä niin kuin olisimme auttaneet kaveria kotiin pitkän ja pahan ryyppyillan jälkeen. Kukaan meistä ei sanonut sanaakaan – useimmat olisivat edes kysyneet jotain, jos heidät olisi lyöty rautoihin ja raahattu maijaan, mutta tämä tyyppi ei. Meren ääni vaimeni vähitellen ja antoi tilaa muulle yölle: lepakoiden kimitykselle, tuulelle joka tempoi unohdettujen pressujen nurkkia. Teinien säröilevät huudot kantautuivat jonkin aikaa korviimme kaukaa ja ohkaisina ja kimmahtelivat sinne tänne betonista ja tiilistä. Kerran kuulin ankaran nielaisun, joka kuulosti siltä kuin miehemme olisi itkenyt, mutten kääntynyt katsomaan. Hän oli ohjaillut toimintaani jo tarpeeksi.

Panimme hänet automme takapenkille, ja Richie jäi nojailemaan konepeltiin sillä välin, kun minä menin kuuloetäisyyden ulkopuolelle soittelemaan. Lähetin partiomiehet etsimään autoa, joka oli ehkä pysäköity jonnekin asuntoalueen lähelle, ilmoitin syötillemme, että hän sai mennä kotiin, ja kerroin yöpäivystäjällemme, että meille pitäisi laittaa kuulusteluhuone valmiiksi. Sitten ajoimme Dubliniin hiljaisuuden vallitessa. Asuntoalueen aavemainen mustuus, tyhjästä ilmestyviä rakennustelineiden luurankoja, joiden siluetit piirtyivät terävinä tähtitaivasta vasten, ja sitten moottoritien sulava vauhti ja ilmestyviä ja katoavia kissansilmiä samalla, kun kuu liikkui vierellämme samaan tahtiin suurena valvovana silmänä. Sitten vähitellen kaupungin lisääntyviä värejä ja liikettä, juoppoja ja pikaruokaloita, maailman heräämistä eloon suljettujen ikkunoittemme takana.

Osastolla oli hiljaista, paikalla oli vain kaksi päivystysvuorossa olevaa kaveria, ja kun kuljimme oven ohi, he kohottivat katseensa kahveistaan nähdäkseen, kuka oli ollut yömetsällä ja tuonut jotain kotiin. Veimme miehemme kuulusteluhuoneeseen. Richie irrotti hänen rautansa, ja minä lukea jollotin hänen oikeutensa kyllästyneen kuuloisena niin kuin kyse olisi ollut pelkästä merkityksettömästä paperityöstä. Sana »asianajaja» sai häneltä vastaukseksi tarmokkaan päänpudistuksen, ja kun panin kynän hänen käteensä, hän allekirjoitti kysymättä mitään. Allekirjoitus oli tempoileva kiemura, josta ei erottunut muuta kuin alkukirjain C. Otin paperin ja lähdin.

Menimme tarkkailuhuoneeseen katselemaan häntä yksisuuntaisen peilin kautta. Tämä oli ensimmäinen kerta, kun näin hänet kunnolla. Lyhyeksi leikattu ruskea tukka, korkeat poskipäät, törröttävä leuka jossa oli parin päivän punertava sänki. Hänellä oli musta duffelitakki, joka oli ollut ahkerassa käytössä, paksu harmaa poolokauluksinen villapaita ja haalistuneet farkut. Juuri oikeat vaatteet öiseen vaaniskeluun. Jalassaan hänellä oli retkeilykengät; lenkkarit hän oli hylännyt. Hän oli vanhempi kuin olin luullut, ja pitempi – melkein kolmekymppinen ja lähes 180-senttinen – mutta niin laiha, että näytti pitkään nälkälakossa olleelta. Juuri tuo laihuus oli supistanut hänet nuoremmaksi, pienemmäksi, vaarattomammaksi. Sen harhakuvan turvin hän oli ehkä päässyt sisään Spainien ovesta.

En nähnyt hänessä haavoja tai mustelmia, mutta vaatteiden alla saattoi olla piilossa mitä tahansa. Väänsin kuulusteluhuoneen termostaattia isommalle.

Tuntui hyvältä nähdä hänet siellä. Useimmat kuulusteluhuoneemme kaipaisivat ruokkoamista ja ehostusta, mutta rakastan niiden jokaista senttiä. Ne ovat meidän omaa reviiriämme, ja ne pitävät meidän puoliamme. Broken Harbourissa tuo kaveri oli ollut seinien läpi kulkeva varjo, veren ja meriveden jodinhajuinen tuulahdus, mies jolla oli kuunvalon sirpaleita silmissään. Täällä hän oli pelkkä äijä. Niin ne kaikki ovat, kun ne saa näiden neljän seinän sisälle.

Hän istui epämukavalla tuolillaan selkä kyyryyn jähmettyneenä ja tuijotti pöydälle laskemiaan nyrkkejä niin kuin olisi valmistautunut kidutukseen. Hän ei ollut edes vilkuillut ympärilleen nähdäkseen, millaisessa huoneessa hän oli – linoleumilattiassa oli vanhoja tupakanjälkiä ja purukuminjämiä, seinillä oli töherryksiä, pöytä ja arkistokaappi oli pultattu kiinni lattiaan, videokameran punainen valo tarkkaili häntä nurkassa katonrajasta. Kysyin: »Mitä osaamme sanoa hänestä?»

Richie katseli häntä tarkkaavaisesti, nenä melkein kiinni lasissa. »Aineissa hän ei ole. Ensin ajattelin, että ehkä hän roinaa jotain kun on noin laiha, mutta ei.»

»Ei ainakaan juuri nyt. Se on hyvä juttu meidän kannaltamme, sillä jos hän puhuu nyt, hän ei pääse myöhemmin sanomaan että se oli pelkkää huumehourailua. Entä mitä muuta?»

»Yksineläjä. Yöeläjä.»

»Aivan. Kaikki viittaa siihen, että hän pysyttelee mieluummin ihmisistä etäällä kuin ottaa lähikontaktia – hän sai tyydytystä katselemisesta ja murtautui sisään silloin, kun Spainit olivat poissa kotoa, eikä silloin kun he olivat nukkumassa. Joten sitten kun on aika ruveta hiostamaan häntä, käymme ihan naamariin kiinni, sekä sinä että minä yhtä aikaa. Ja koska hän on yöeläjä, hiostamisen pitää alkaa lähempänä aamua, kun hän alkaa hyytyä. Onko vielä jotain muuta?»

»Ei vihkisormusta. Asuu hyvin todennäköisesti yksin, joten kukaan ei huomaa yöpoissaoloja eikä kysy, mitä hän hommaa.»

»Ja siitä on meidän kannaltamme sekä hyötyä että haittaa. Ei ole ketään kämppistä, joka voisi todistaa että hän tuli tiistaiyönä kotiin kuudelta aamulla ja käytti pesukonetta neljä tuntia putkeen, mutta toisaalta ei myöskään ole ketään, jonka takia hänen pitäisi piilotella asioita. Kun löydämme hänen kämppänsä, hän on saattanut jättää meille sinne jonkun pienen lahjan – verisiä vaatteita tai sen häämatkakynän. Ehkä jonkun voitonmerkin, jonka hän vei toissa yönä.»

Mies liikahti, kouri naamaansa, hieroi kömpelösti suutaan. Huulet olivat turvonneet ja halkeilleet niin kuin hän olisi ollut pitkään ilman vettä.

Richie sanoi: »Hänellä ei ole säännöllistä päivätyötä. Ehkä hän on työtön tai sitten itsensätyöllistäjä, tai ehkä hän tekee vuorotyötä tai osa-aikahommia – jotain sellaista, minkä ansiosta hän pystyi viettämään öitä siellä piilopaikassa aina kun halusi, ilman että seuraava työpäivä meni plörinäksi. Pelkästään vaatteista päätellen sanoisin, että hän on keskiluokkaa.»

Tana French

»Samaa mieltä. Eikä hän ole ollut tekemisissä poliisin kanssa – muista, että sormenjälkiä ei ollut rekisterissä. Hän ei varmaan edes tunne ketään, jolla on kokemusta tällaisista tilanteista. Hänen on pakko olla hämmentynyt ja peloissaan. Se on hyödyllistä meille, mutta hyödyntäminen kannattaa säästää siihen tilanteeseen, kun sitä oikeasti tarvitaan. Hänet kannattaa pitää mahdollisimman rauhallisena, jotta nähdään miten pitkälle päästään sillä lailla, ja sitten kun on aika hiostaa, niin säikäytetään häneltä paskat housuun. Keskiluokkainen kaveri, kunnioittaa varmaan auktoriteetteja, ei tunne systeemejä... Hän pysyy täällä, kunnes potkimme hänet pois.»

»Niin. Varmaan.» Richie piirteli hajamielisesti abstrakteja kuvioita huuruun, jota hänen henkäyksistään oli jäänyt lasiin. »Ja siinä on kaikki, mitä minä pystyn hänestä tulkitsemaan. Siis tiedätkö? Kaveri on niin järjestelmällinen, että pystyy rakentamaan sen piilopaikan, mutta niin epäjärjestelmällinen, ettei edes vaivaudu purkamaan sitä jälkeenpäin. Niin fiksu, että pääsee sisälle taloon, ja niin pöljä, että ottaa murha-aseet mukaansa. Hänellä on niin paljon itsehillintää, että hän pystyi odottamaan monta kuukautta, muttei pysty odottamaan murhan jälkeen edes kahta yötä ennen kuin palaa piilopaikkaansa – ja onhan hänen ollut pakko tajuta, että me vahtisimme siellä. En saa hänestä tolkkua.»

Kaiken lisäksi mies näytti aivan liian heiveröiseltä näiden tekojen tekijäksi. Mutta se ei hämännyt minua. Monet kaikkein julmimmista kiinni ottamistani saalistajista ovat näyttäneet pehmoisilta kuin kissanpennut, ja he ovat aina olleet kaikkein säyseimmillään heti murhan jälkeen, kun ovat olleet uupuneita ja tyydytettyjä. Sanoin: »Hänellä ei ole sen enempää itsehillintää kuin paviaanilla. Ei niillä ikinä ole. Kaikkihan me olemme halunneet joskus tappaa jonkun – älä väitä ettet sinä ole. Nämä tyypit erottaa meistä se, etteivät he estä itseään tekemästä sitä oikeasti. Kun pintaa raaputtaa, he ovat pelkkiä eläimiä. Kiljuvia, paskaa viskovia ja kurkkuja raatelevia eläimiä. Sellaisten kanssa me olemme tekemisissä. Älä ikinä unohda sitä.»

Richie ei näyttänyt vakuuttuneelta. Sanoin: »Sinusta minä olen kai liian ankara heille? Yhteiskunta on ollut heille epäreilu, ja minulta pitäisi herua enemmän sympatiaa?»

»Ei ihan niin. Mutta... jos hänellä ei ole itsehillintää, miten hän on pystynyt pidättelemään itseään tähän asti?»

Sanoin: »No ei hän olekaan pystynyt. Emme selvästikään tiedä kaikkea.»

»Mitä meinaat?»

»Niin kuin sanoit, tuo tyyppi vietti ainakin muutaman kuukauden, ehkä pitempäänkin, pelkästään tarkkailemalla Spaineja ja ehkä hiippailemalla välillä taloon kun he eivät olleet kotona. Se ei johtunut mistään mahtavasta itsehillinnästä vaan siitä, ettei hän tarvinnut silloin enempää saadakseen fiksinsä. Ja sitten, yhtäkkiä, hän suorastaan ryntää pois mukavuusalueeltaan. Vaihtaa kiikarit täyteen lähikontaktiin. Niin ei käynyt ilman syytä. Suunnilleen viimeisen viikon aikana tapahtui jotain. Jotain tärkeää. Meidän pitää selvittää mitä.»

Kuulusteluhuoneessa miehemme hieroi silmiään rystysillä ja tuijotteli sitten käsiään niin kuin olisi etsinyt niistä verta, tai kyyneliä. »Ja vielä yksi juttu», sanoin. »Hän kokee, että hänellä on vahva tunnetason yhteys Spaineihin.»

Richie lakkasi piirtelemästä. »Meinaatko? Minä taas ajattelin, ettei tämä ollut henkilökohtaista. Se, miten hän pysytteli etäällä...»

»Ei. Jos hän olisi ollut ammattilainen, hän olisi jo kotona. Hän olisi älynnyt, ettei häntä ole pidätetty, joten hän ei olisi edes noussut autoomme. Eikä hän myöskään ole sosiopaatti, joka näki Spainit pelkkinä kivoina esineinä. Lapset tapettiin helläkätisesti ja aikuiset lähietäisyydeltä, Jennyn kasvot tuhottiin... Hänellä oli tunteita Spaineja kohtaan. Omasta mielestään hänellä oli hyvin läheinen suhde heihin. Hyvin todennäköisesti heillä ei ollut muuta varsinaista kanssakäymistä kuin se, että Jenny hymyili hänelle joskus ruokakaupan jonossa, mutta ainakin omassa päässään hän on kuvitellut, että heillä oli yhteys.»

Richie henkäisi taas lasiin ja palasi piirtelemään kuvioitaan, tällä kertaa vähän hitaammin. »Olet varma, että hän on meidän miehemme», hän sanoi. »Vai?»

Sanoin: »On liian varhaista sanoa varmaksi yhtään mitään.» En voinut mitenkään kertoa hänelle, että korvieni jyskytys oli paisunut autossa niin kovaksi, kun tuo mies oli istunut vieressäni, että olin melkein pelännyt ajavani ojaan. Mies kyllästi ilman ympäriltään vinksahtaneisuudella, joka haisi väkevältä ja vastenmieliseltä kuin nafta, niin kuin häntä olisi liotettu siinä. »Mutta jos kysyt henkilökohtaista mielipidettäni, niin joo. Totta helvetissä. Tuossa hän on.»

Kaveri kohotti päätään niin kuin olisi kuullut minut, ja hänen silmänsä, joiden ympärykset olivat turvonneet ja punehtuneet kivuliaan näköisesti, liikkuivat nopeasti sinne tänne. Hänen katseensa pysähtyi hetkeksi yksisuuntaiseen peiliin. Ehkä hän oli nähnyt tarpeeksi poliisisarjoja tietääkseen, mikä se oli; ehkä se otus, joka oli räpistellyt kalloni sisällä autossa, pystyi liikkumaan toiseenkin suuntaan ja kirkui nyt hänen takaraivossaan varoittaakseen, että minä olin täällä. Hänen katseensa tarkentui ensimmäistä kertaa, ja näytti siltä kuin hän olisi tuijottanut minua suoraan silmiin. Sitten hän veti nopeasti henkeä ja kohotti päättäväisesti leukaansa.

Minulla oli niin kova hinku mennä huoneeseen, että sormenpäitä kihelmöi. »Annetaan hänen tuumailla vielä vartti», sanoin. »Sitten sinä menet tuonne.»

»Yksinkö?»

»Sinua hän ei pidä niin suurena uhkana kuin minua. Olet lähempänä hänen ikäänsä.» Ja oli myös luokkaero: tuollainen mukava keskiluokkainen poika voisi helposti pitää Richien tapaista slummien kasvattia jonain alaluokan ääliönä. Osaston pojat olisivat tyrmistyneet jos olisivat nähneet, että päästän upouuden keltanokan huseeraamaan kuulusteluissa, mutta Richie ei ollut mikään tavallinen keltanokka ja tämä tuntui kahden miehen työltä. »Kunhan saatat hänet rauhalliseen mielentilaan. Siinä kaikki. Selvitä hänen nimensä, jos pystyt. Hae hänelle teetä. Älä ota puheeksi mitään juttuun liittyvää, äläkä taivaan tähden anna hänen pyytää lakimiestä. Saat puhua hänen kanssaan muutaman minuutin, ja sitten minä tulen sisään. Käykö?»

Richie nyökkäsi. Hän sanoi: »Luuletko että saat hänestä tunnustuksen irti?»

Useimmat murhaajat eivät tunnusta ikinä. Vaikka heille näyttäisi heidän omat sormenjälkensä murha-aseessa, uhrin veren heidän vaatteissaan ja valvontakameran kuvaa, jossa he kalauttavat uhria päähän, he suoltavat silti närkästyneinä tarinoita viattomuudestaan ja ulisevat syylliseksi lavastamisesta. Yhdeksällä ihmisellä kymmenestä itsesuojeluvaisto ulottuu järkeä syvemmälle, ajatteluakin syvemmälle. Aina pitää rukoilla, että kohtaa sen kymmenennen ihmisen, sen jolla on itsesuojeluvaistossa synnynnäinen särö ja särön alla jotain vielä väkevämpää – tarve tulla ymmärretyksi, tarve miellyttää puhekumppaniaan, joskus jopa omatunto. Pitää rukoilla, että hän on jossain luuytimiäkin pimeämmässä sopukassaan haluton pelastamaan itsensä; että kun hän seisoo kalliolla, hänen on vastustettava halua hypätä. Kun sen särön löytää, kaikki paine kohdistetaan siihen.

Sanoin: »Siihen me tähtäämme. Tarkastaja tulee yhdeksältä, joten meillä on kuusi tuntia aikaa. Hoidetaan tämä niin valmiiksi, että voimme tarjoilla jutun hänelle siististi paketissa ja rusetin kera.»

Richie nyökkäsi taas. Hän riisui takkinsa ja kolme paksua villapaitaansa ja pudotti ne tuolille, minkä jälkeen hän näytti hiutuneessa tummansinisessä T-paidassaan kaidalta ja hontelolta kuin teinipoika. Hän seisoi lasin ääressä levollisesti ja liikehtimättä ja katseli, kuinka mies painui pöydän ääressä yhä syvempään lysyyn, kunnes vilkaisin kelloani ja sanoin: »Mene.» Silloin hän hieraisi hiuksensa pystyyn, laski juoma-automaatista kaksi mukillista vettä ja meni.

Hän toimi tyylikkäästi. Astui huoneeseen mukia kohottaen ja sanoi: »Terve, piti tuoda tämä jo aiemmin mutta tuli muuta hommaa... Kelpaako tämä? Vai otatko mieluummin teetä?» Hän puhui leveämmin korostaen kuin äsken. Luokkanäkökulma oli tullut hänenkin mieleensä.

Miehemme oli ollut loikata nahoistaan, kun ovi oli auennut, ja yritti yhä saada hengitystään tasaantumaan. Hän pudisti päätään.

Richie norkoili hänen lähettyvillään viisitoistavuotiaan näköisenä. »Oletko varma? Tai kahvia?»

Toinen päänpudistus.

»Selvä homma. Sano vaan, jos tarvitset tätä lisää.»

Kaveri nyökkäsi ja tarttui vesimukiin. Tuoli notkahti hänen painonsa alla. »Hetkonen», Richie sanoi. »Äijä on antanut sinulle sen risan tuolin.» Salavihkainen vilkaisu kohti ovea niin kuin minä olisin voinut olla sen takana. »Vaihdetaan. Ota sinä tämä.»

Miehemme siirtyi kömpelösti pöydän toiselle puolen. Tuskinpa vaihdoksella oli merkitystä, koska kuulusteluhuoneessa kaikkien tuolien on tarkoitus olla epämukavia, mutta hän sanoi silti hiljaa, niin hiljaa että hädin tuskin kuulin: »Kiitti.»

»Ei mitään. Konstaapeli Richie Curran.» Richie tarjosi kättään. Miehemme ei tarttunut siihen. Hän sanoi: »Onko minun pakko kertoa nimi?» Ääni oli hiljainen ja matala, miellyttävän kuuloinen, joskin vähän karhea niin kuin hän ei olisi käyttänyt sitä viime aikoina kovin paljon. Korostus ei kertonut minulle mitään; hän olisi voinut olla kotoisin mistä tahansa.

Richie näytti yllättyneeltä. »Etkö halua kertoa? Mikset?»

Hetken päästä mies sanoi itsekseen: »...sillä mitään väliä...» Richielle hän sanoi mekaanisen kädenpuristuksen myötä: »Conor.»

»Conor kuka?»

Sekunnin murto-osan tauko. »Doyle.» Ei se ollut oikea nimi, mutta sama sille. Aamun tullen löytäisimme joko hänen asuntonsa tai autonsa, tai molemmat, ja kaluaisimme ne putipuhtaiksi löytääksemme muun muassa henkkarit. Nyt ei tarvittu muuta kuin jotain millä kutsua häntä.

»Hauska tavata, herra Doyle. Ylikonstaapeli Kennedy tulee kohta, niin pääset aloittamaan hänen kanssaan.» Richie istahti pöydänkulmalle tasapainoilemaan puolella persuksella. »Pakko kyllä sanoa, että hyvä kun ilmestyit sinne. Halusin sieltä jo pois ja vähän äkkiä. Tiedän että moni maksaa isot rahat että pääsee merenrannalle telttailemaan, mutta maaseutu ei kyllä sovi meikäläisen tyyliin, jos ymmärrät mitä tarkoitan.»

Conor kohautti olkapäitään pienen nytkähdyksen verran. »On siellä rauhallista.»

»Minua ei paljon huvita mitkään rauhalliset. Minä olen kaupunkilaispoika, ja valitsen kyllä metelin ja ruuhkat jos saa valita. Ja siellä oli niin kylmäkin, että tahtoi munat jäätyä. Oletko sinä sieltäpäin?»

Conor katsahti terävästi Richieen, mutta Richie vain hörppi vettään ja katseli ovelle päin – mitäpä muutakaan hän teki kuin jutteli ajankuluksi odotellessaan minua. Conor sanoi: »Brianstownista ei ole kukaan kotoisin. Sinne vain muutetaan.»

»Sitä minä meinasinkin, että asutko sinä siellä? Minä en jumalauta kyllä asuisi vaikka maksettaisiin mitä.»

Richie odotti viattoman uteliaan näköisenä, kunnes Conor sanoi: »En. Dublinissa.»

Eli ei sikäläisiä. Richie oli karsinut yhden mahdollisuuden ja säästänyt meiltä paljon turhaa vaivaa. Hän kohotti hilpeänä mukiaan nostaakseen maljan: »Hyvä me dublinilaiset. Maailman paras paikka. Eikä lähdettäisi täältä edes kantamalla, eihän?»

Taas olankohautus. »Minä asuisin kyllä maalla. Se vähän riippuu.»

Richie pyydysti jalallaan ylimääräisen tuolin ja veti sen rahikseen, jotta voisi asettua mukavasti mielenkiintoista juttutuokiota varten. »Asuisitko oikeasti? Mistä se riippuu?»

Conor pyyhkäisi leukaansa kämmenellään – kovakouraisesti, ryhdistäytyäkseen, sillä Richie sysi häntä pois tasapainosta ja tökki pieniä reikiä hänen keskittymiseensä. »En minä tiedä. Jos olisi perhettä. Olisi lapsilla tilaa leikkiä.»

»Aivan», Richie sanoi. »No siinä se. Minä olen poikamies, minä tarvitsen sellaisen paikan, jossa voi ottaa vähän kuppia ja tavata tyttöjä. En pärjää ilman sellaista, ymmärrät varmaan.»

Olin tehnyt oikein kun olin lähettänyt hänet sisään. Hän oli rento kuin auringonpalvoja, ja hän teki loistavaa työtä. Olin valmis lyömään vetoa, että Conor oli mennyt kuulusteluhuoneeseen aikoen pitää suunsa tiukasti kiinni, tarvittaessa vaikka vuosia. Joka rikostutkijalla, Quigleyllakin, on erikoislahjoja, pieniä asioita jotka he osaavat paremmin kuin kukaan muu. Osastolla tiedetään aina, kenet pitää pyytää avuksi, jos todistaja kaipaa asiantuntijan rauhoittelua tai jos tarvitaan joku pätevä kovistelemaan. Richiellä oli yksi kaikkein harvinaisimmista lahjoista. Hän osasi uskotella todistajalle vastoin kaikkea näyttöä, että tässä on nyt vain kaksi ihmistä rupattelemassa, samaan tapaan kuin minä ja Richie olimme rupatelleet odotellessamme siinä piilopaikassa. Richie osasi näyttää siltä kuin hän olisi nähnyt edessään vain toisen ihmisen eikä ratkaistavaa tapausta tai konnaa, joka pitää panna lukkojen taakse yhteiskunnan edun nimissä. Tämä oli hyvä tietää.

Conor sanoi: »Baarissa käyntiin kyllästyy. Sitä lakkaa kaipaamasta.»

Richie kohotti kätensä. »Uskon kun sanot. Mitä sitten alkaa kaivata tilalle?»

Tana French

»Jotain syytä mennä kotiin. Vaimoa. Lapsia. Omaa rauhaa. Yksinkertaisia asioita.»

Hänen ääntään halkoi jokin hidas ja raskas, kuin tumman veden alla häämöttävä varjo. Se oli suru. Ensimmäistä kertaa koin hitusen myötätuntoa kaveria kohtaan. Sen myötä minussa heräsi myös niin suuri inho, että tunne oli singota minut saman tien kuulusteluhuoneeseen murtamaan häntä.

Richie pani etusormensa ristiin. »Pois se minusta», hän sanoi hyväntuulisesti.

»Odota vain.»

»Olen kaksikymmentäkolme. Kestää vielä kauan ennen kuin biologinen kello alkaa tikittää.»

»Odota vain. Yökerhot, samannäköisiksi meikatut tytöt, kaikilla ihan naula päässä jotta voivat esittää muuta kuin mitä ovat. Vähän ajan päästä se alkaa yököttää.»

»Ai jaa. Poltitko joskus näppisi? Toit kotiin missin ja heräsit haaskan vierestä?»

Richie virnuili. Conor sanoi: »Ehkä. Sinnepäin.»

»Tuttu tilanne. Se on aina paha, kun juo naiset hyvännäköisiksi. Mutta mistä sinä sitten haet naisia, jos klubit ei kiinnosta?»

Olankohautus. »En käy paljon missään.»

Mies oli alkanut kääntää selkäänsä Richielle, sulkea häntä ulos, joten oli tullut aika muuttaa asetelmaa. Astuin kuulusteluhuoneeseen niin että paukahti: tempaisin oven auki ja kiepautin tuolin niin, että pääsin istumaan Conoria vastapäätä. Richie lakkasi kiireesti nojailemasta pöytään ja istuutui viereeni. Rojahdin syvälle tuoliini ja nyin paidanhihojani. »Conor», sanoin. »Sinusta en tiedä, mutta minä haluaisin hoitaa tämän niin äkkiä, että saadaan tänä yönä nukuttuakin. Mitä sanot siihen?»

Ennen kuin hän ehti kehittää vastausta, kohotin kättäni. »Ehei hetkinen, Speedy Gonzalez. On sinulla varmaan paljonkin sanottavaa, mutta sitten omalla vuorollasi. Anna kun minä kerron sinulle ensin muutaman asian.» Heille pitää opettaa, että heistä on tullut minun omaisuuttani, että tästä hetkestä eteenpäin minä päätän, milloin he puhuvat, juovat, tupakoivat, nukkuvat, kusevat. »Minä olen ylikonstaapeli Kennedy, tässä on konstaapeli Curran, ja sinä olet täällä vain vastailemassa meidän kysymyksiimme. Sinua ei ole pidätetty eikä mitään vastaavaa, mutta meidän täytyy jutella. Olen aika varma, että tiedät mistä tässä on kyse.»

Conor pudisti päätään, yksi kova ravistus. Hän oli vajoamassa takaisin raskaaseen hiljaisuuteensa, mutta minulle se kävi kyllä, toistaiseksi ainakin.

»Kaveri hei», Richie sanoi moittivasti. »Älä nyt viitsi. Mistä luulet, että tässä on kyse? Suuresta junaryöstöstäkö?»

Ei vastausta. »Jätä mies rauhaan, Curran. Hän tekee vain niin kuin käskettiin. Minä sanoin, että pitää odottaa omaa vuoroa, ja juuri niin hän tekee, vai mitä Conor? Ja hyvä niin. Se on aina hyvä, kun on säännöt selvillä.» Liitin sormenpääni yhteen ja katselin käsiäni mietteliäänä. »Kuule Conor, et varmaan vietä mielelläsi yötä tällä tavalla. Onhan se ymmärrettävää. Mutta jos katsot asiaa oikealta kantilta, siis katsot ihan tarkkaan, niin sinulla on käynyt tänä yönä tuuri.»

Hänen katseessaan oli silkkaa terävää epäuskoa.

»Totta se on, kuomaseni. Sinä tiedät ja me tiedämme, ettet olisi saanut leiriytyä siihen taloon, koska se ei ole sinun, eihän?»

Ei mitään. »Tai ehkä minä olen erehtynyt», sanoin. »Jos kysymme rakennusfirmalta, niin ehkä sieltä kerrotaan, että olet maksanut sinne mukavan käsirahan. Olenko minä anteeksipyynnön velkaa? Oletko sinä sittenkin omistavaa luokkaa?»

»En.»

Naksautin kieltäni ja heristin hänelle sormeani. »Sitähän minäkin. Tuhma poika! Vaikkei siellä ketään asukaan, et sinä silti saa sinne muuttaa kimpsuinesi ja kampsuinesi. Sekin lasketaan murroksi. Laki ei pidä vapaapäivää pelkästään siksi, että sinun teki mieli lomamökkiä eikä kukaan muu käyttänyt sitä.»

Yritin puhua niin alentuvasti kuin ikinä osasin, ja sainkin piikiteltyä Conorin puhumaan. »En minä mitään murtanut. Kävelin vain sisään.»

»Jospa annetaan lakimiesten selittää meille, miksi se on sivuseikka. Siis jos niin pitkälle mennään, mikä ei» – nostin sormeni – »ole välttämätöntä. Koska niin kuin sanoin, Conor, sinä olet hyvin onnekas nuorimies. Konstaapeli Curran ja minä emme ole oikeasti kovin kiinnostuneita mistään onnettomista murtosyytteistä, emme tänä yönä. Ilmaistaan asia vaikka näin, että kun kaksi metsästäjää lähtee yöllä metsälle, he etsivät suurriistaa. Jos ei löydy muuta kuin vaikka kani, niin heille kelpaa sekin, mutta jos kanin jäljet johdattavat harmaakarhun luo, he päästävät pupun loikkimaan rauhassa kotiin sillä välin, kun jahtaavat karhua. Ymmärrätkö mitä ajan takaa?»

Siitä hyvästä hän mulkaisi minua tympääntyneesti. Monikin pitää minua tärkeilevänä ääliönä, joka pitää ihan liikaa omasta äänestään, ja se sopii minulle oikein hyvin. Minua saa ihan vapaasti väheksyä, koska väheksyjä laskee suojauksensa.

»Yritän sanoa, poika, että sinä olet tässä vertauskuvassa se kani. Jos pystyt osoittamaan meille jotain isompaa, niin pompi pois vaan. Muussa tapauksessa sinun karvainen pikku pääsi päätyy takan ylle.»

»Mitä pitäisi osoittaa?»

Aggressiivinen kuohahdus äänessä riitti kertomaan, että hän tiesi ennen kuin kysyi. En välittänyt siitä. »Me metsästämme tietoa, ja sinä olet oikea mies antamaan sitä. Koska silloin kun valitsit taloa murtopuuhiisi, sinulla kävi tuuri. Kuten olet varmasti huomannut, pienestä pesästäsi näkee suoraan alas Ocean View Rise 9:n keittiöön. Niin kuin sinulla olisi ollut oma tositeeveekanava, jossa oli ohjelmaa vuorokauden ympäri.»

»Ja se oli kyllä maailman tylsin tositeeveekanava», Richie sanoi. »Etkö olisi voinut mennä vaikka strippiluolan naapuriin? Tai jonkun yläosattomissa viihtyvän tyttöporukan?»

Osoitin häntä sormellani. »Mutta emmehän me tiedä, oliko siellä tylsää. Sitä me olemme täällä selvittämässä. Conor, kerrohan. Asuiko yhdeksikössä tylsää porukkaa?»

Conor käänteli kysymystä mielessään ja tunnusteli, oliko siinä vaaranpaikkoja. Lopulta hän sanoi: »Siellä oli perhe. Mies ja nainen. Pikkutyttö ja pikkupoika.»

»No helvetti ihanko tosi, Sherlock. Anteeksi nyt vaan, mutta sen me kyllä saimme selville ihan itsekin. Tämä on kumminkin rikospoliisi. Mutta millaisia he ovat? Miten he viettävät aikaansa? Tulevatko he keskenään toimeen? Onko siellä halimista vai huutokilpailuja?»

»Ei mitään huutokilpailuja. He vain...» Suru liikahti hänen äänessään taas, tummana ja suunnattomana. »Pelasivat pelejä.»

»Millaisia pelejä? Jotain Monopolia?»

»Nyt ymmärrän miksi valitsit juuri heidät», Richie sanoi silmiään pyöritellen. »Silkkaa jännitystä.»

»Ja kerran he rakensivat sinne keittiöön linnakkeen pahvilaatikoista ja huovista. Leikkivät neljästään inkkareita ja länkkäreitä. Lapset kiipeilivät miehen päällä, ja heillä oli vaimon huulipunaa sotamaalina. Iltaisin mies ja vaimo istuskelivat takapihalla, kun lapset oli pantu nukkumaan. Viinipullo. Vaimo hieroi miehen selkää. Naureskelivat.»

Tämä oli pisin puhe, jonka olimme häneltä kuulleet. Hän halusi kuollakseen puhua Spaineista, hän hinkui tilaisuutta siihen. Nyökkäilin, otin esiin muistikirjani ja piirtelin siihen syheröitä, jotka olisivat voineet olla muistiinpanoja. »Tämä on hyvää matskua, Conor kuomaseni. Juuri tällaista me haemme. Jatka vaan. Sanoisitko, että he ovat onnellisia? Onko se hyvä avioliitto?»

Conor sanoi hiljaa: »Sanoisin, että se oli kaunis avioliitto. Kaunis.»

Oli. »Et nähnyt, että mies olisi tehnyt vaimolle ikinä mitään ikävää?»

Conorin pää käännähti minua kohti. Turvotuksen ja punoituksen keskeltä näkyvät silmät olivat harmaat ja kylmät kuin vesi. »Niin kuin mitä?»

»Sano sinä.»

»Mies toi vaimolle vähän väliä lahjoja: kaikenlaista pientä, hienoa suklaata, kirjoja, kynttilöitä – vaimo tykkäsi kynttilöistä. He suutelivat kun kulkivat toistensa ohi keittiössä. Niin monta vuotta yhdessä, mutta olivat silti ihan hulluina toisiinsa. Mies olisi mieluummin kuollut kuin satuttanut vaimoaan. Onko selvä?»

»Hei, uskon minä», sanoin kohottaen käteni. »Mutta täytyy kysyä.»

»No siinä sait vastauksen.» Conor oli tuijottanut minua silmiä räpäyttämättä. Hänen sänkiset kasvonsa näyttivät karheilta ja ahavoituneilta niin kuin hän olisi viettänyt liian paljon aikaa kylmässä meri-ilmassa.

»Ja olen siitä kiitollinen. Siksi me täällä olemme, että saataisiin faktat kuntoon.» Tein huolellisen merkinnän kirjaani. »Ja lapset. Millaisia he ovat?»

Conor sanoi: »Tyttö.» Suru tulvahti hänen äänessään lähelle pintaa. »Niin kuin pieni nukke, tai satukirjan pikkutyttö. Aina pinkkiä yllä. Hän piti selässään siipiä, keijukaisen siipiä –»

»Tyttö? Siis kuka?»

»Se pikkutyttö.»

»Älä nyt viitsi leikkiä, kaveri. Totta kai sinä tiedät lasten nimet. Eivätkö he muka ikinä huudelleet toisilleen takapihalla? Eikö äiti huutanut heitä ikinä syömään? Käytä nyt herran tähden heidän nimiään.»

Conor sanoi hiljaa, niin kuin olisi yrittänyt kohdella nimeä hellästi: »Emma.»

»Aivan. Kerro lisää Emmasta.»

»Emma. Hän tykkäsi kotihommista: puki päälle pienen essunsa ja leipoi riisimurokarkkeja. Hänellä oli pieni liitutaulu, ja hän pani nukkeja sen eteen ja leikki opettajaa, joka opetti niille aakkosia. Yritti opettaa veljelleenkin, mutta veli ei malttanut pysyä paikoillaan vaan kaatoi nuket ja lähti menemään. Mutta tyttö oli rauhallinen. Iloinen.»

Taas *oli.* »Entä veli? Millainen hän on?»

»Äänekäs. Aina nauramassa ja huutamassa – ei edes selviä sanoja, huusi vain että sai pidettyä meteliä, koska se oli hänestä niin hauskaa että nauroi katketakseen. Hän –»

»Sano nimi.»

»Jack. Hän kaateli Emman nukkeja niin kuin sanoin, mutta sitten hän auttoi nostamaan ne pystyyn ja antoi niille pusuja, että paranevat. Antoi niille hörppyjä mehulasistaan. Emma oli kerran kotona sairaana, flunssa tai jotain. Jack toi hänelle pitkin päivää tavaraa, omia lelujaan ja oman huopansa. Mukavia lapsia molemmat. Kilttejä lapsia. Mahtavia.»

Richien jalat liikahtivat pöydän alla; hänen oli vaikea sivuuttaa kuulemaansa. Naputtelin kynällä hampaitani ja tutkin muistiinpanojani. »Minäpä sanon jotain mielenkiintoista minkä olen huomannut, Conor. Puhut koko ajan imperfektissä. Pelasivat pelejä, Pat toi Jennylle lahjoja... Onko siihen tullut joku muutos?»

Conor tuijotti kuvajaistaan yksisuuntaisesta peilistä niin kuin olisi mittaillut katseellaan muukalaista, arvaamatonta ja vaarallista. Hän sanoi: »Häneltä meni työpaikka. Patilta.»

»Mistä tiedät?»

»Hän oli siellä päivisin.»

Ja niin oli ollut Conorkin, mikä viittasi siihen, ettei hänkään ollut mikään ahkera pikku työmuurahainen. »Senkö jälkeen ei enää leikitty inkkareita ja länkkäreitä? Ei enää halittu pihalla?»

Taas tuo kylmänharmaa välähdys. »Työttömyys hajottaa ihmiseltä pään. Ei pelkästään Patilta. Vaan monelta.»

Äkkisyöksy puolustelemaan; en tiennyt yrittikö hän puolustaa Patia vai itseään. Nyökkäsin pohtivaisesti. »Sellainenko Pat sinun mielestäsi oli? Pää hajalla?»

»Ehkä.» Varovaisuuden kerrostuma alkoi taas kasaantua hänen mieleensä ja jäykistää hänen selkäänsä.

»Mistä sinä sait sen käsityksen? Anna jotain esimerkkejä.»

Toispuolinen hartiannytkäytys, joka saattoi olla olankohautus. »En minä muista.» Äänensävyn lopullisuus kertoi, ettei hän aikonut muistellakaan.

Nojauduin syvemmälle tuoliini ja tein kaikessa rauhassa valemuistiinpanoja, jotta hän sai aikaa asettua. Ilma oli lämpenemässä ja painautumassa meitä vasten tiiviinä ja pistelevänä kuin villapaita. Richie puuskahteli kuuluvasti ja leyhytteli kasvojaan paidallaan, mutta Conor ei näyttänyt huomaavan mitään. Takki pysyi hänen yllään.

Sanoin: »Pat jäi työttömäksi jo muutama kuukausi sitten. Milloin aloit viettää aikaa Ocean Viewissä?»

Hetken hiljaisuus. »Jonkun aikaa sitten.»

»Vuodenko? Vai kahden?»

»Ehkä vuoden. Ehkä vähemmän. En ole pitänyt kirjaa.»

»Entä miten usein kävit siellä?»

Sillä kertaa pitempi hiljaisuus. Varovaisuus oli alkanut kiteytyä. »Se vähän riippuu.»

»Mistä?»

Olankohautus.

»En minä kaipaa tässä mitään leimattua tuntilistaa, Conor. Anna vain jotain osviittaa. Joka päivä? Kerran viikossa? Kerran kuussa?»

»Pari kertaa viikossa ehkä. Varmaan harvemmin.»

Mikä tarkoitti, että vähintään joka toinen päivä. »Mihin aikaan? Päivisin vai öisin?»

»Öisin yleensä. Joskus päivisin.»

»Entä toissa yönä? Kävitkö silloin pikku lomamökissäsi?»

Conor nojautui taaksepäin tuolillaan, pani kädet puuskaan ja keskittyi kattoon. »En muista.»

Se keskustelu päättyi siihen. »Selvä», minä sanoin nyökäten. »Jos et halua puhua siitä ihan vielä, kyllä se meille käy. Voidaan puhua jostain muusta. Puhutaan sinusta. Mitä sinä hommaat silloin, kun et punkkaa autiotaloissa? Onko työpaikkaa?»

Ei mitään. »No voi nyt herran tähden, mies», Richie sanoi turhautuneena. »Tämä on kuin hohtimilla kiskoisi. Mitä sinä kuvittelet, että aiomme tehdä? Pidättää sinut siksi, että olet joku IT-tukihenkilö?»

»En tukihenkilö. Webbisuunnittelija.»

Ja nettisivujen tekijä olisi tiennyt enemmän kuin tarpeeksi tietokoneista, jotta hän olisi voinut pyyhkiä Spainien koneen tyhjäksi. »No siinä näet, Conor. Oliko se nyt niin vaikeaa? Eikä nettisivuhommissa ole mitään häpeämistä. Rahakasta hommaa.»

Iloton nauruntuhahdus, joka suuntautui kattoon. »Niinkö luulet?»

»Taantuma», Richie sanoi sormiaan napsauttaen ja osoitti sitten Conoria. »Vai mitä? Sinulla meni mukavasti, hommat olivat lupaavalla mallilla ja webbisuunnittelit menemään, mutta sitten tuli talouskriisi ja pam, jouduit tuosta vaan työkkäriin.»

Jälleen sama terävä naurahdusta lähentelevä ääni. »Olisinkin joutunut. Olen yksityisyrittäjä. Ei heru työttömyyskorvauksia. Kun työ loppui, rahantulokin loppui.»

»Ei hemmetti», Richie sanoi äkkiä silmät suurina. »Oletko sinä koditon? Koska me voimme auttaa. Minä soitan pariin paikkaan –»

»En minä hemmetti mikään koditon ole. Ei ole mitään hätää.»

»Ei sitä tarvitse hävetä. Nykyään on paljon porukkaa –»

»Mutta minä en ole.»

Richie näytti epäileväiseltä. »Ai jaa? Asutko omakotitalossa vai kerrostalossa?»

»Kerros.»

»Missä?»

»Killesterissä.» Se oli kaupungin pohjoislaidalla – sieltä pääsi oikein hyvin käymään säännöllisesti Ocean Viewissä.

»Asuuko siellä ketä muita? Tyttökaveria? Kämppiksiä?»

»Ei ketään. Minä vain. Onko selvä?»

Richie nosti kätensä pystyyn. »Yritän vain auttaa.»

»En tarvitse apuasi.»

»Minulla on kysymys, Conor», minä sanoin pyöritellen kynää sormieni välissä ja katsellen pyörimistä kiinnostuneena. »Onko sinulla kämpässäsi juoksevaa vettä?»

»Mitä sinä siitä?»

»Olen jepari. Haluan urkkia. Onko juoksevaa vettä?»

»Joo. On peräti sekä kylmää että lämmintä.»

»Onko sähköt?»

Conor sanoi katolle: »No voi nyt helvetti.»

»Siisti suutasi, poikaseni. Onko sähköt?»

»On. On sähköt. Ja lämmitys. Ja liesi. Jopa mikroaaltouuni. Mikä äitimuori sinä olet?»

»Kaukana siitä, kaveri hyvä. Koska minun kysymykseni kuuluu, että jos sinulla on kiva kodikas poikamiesboksi kaikilla mukavuuksilla ja vielä mikro päälle, miksi hitossa sinä vietät yösi kuseksien ikkunoista jääkylmässä loukossa Brianstownissa?»

Tuli hiljaisuus. Sanoin: »Nyt pitää tulla vastaus, Conor.»

Hän kohotti leukaansa päättäväisenä. »Siksi. Minä tykkään siitä.»

Richie nousi pystyyn, venytteli ja alkoi kävellä pitkin huoneen seinustoja sellaiseen notkuvaan joustavapolviseen tapaan, joka olisi ollut varoitusmerkki millä tahansa sivukujalla. Minä sanoin: »Tuo ei riitä, kaveri. Koska toissa yönä, kun sinä 'et muista' mitä olit tekemässä – ja keskeytä toki jos tämä ei ole sinulle uutta tietoa – joku meni Spainien taloon ja tappoi koko porukan.»

Hän ei vaivautunut teeskentelemään, että asia oli hänelle yllätys. Suu kiristyi niin kuin hänen lävitseen olisi kulkenut raastava kouristus, mutta mikään muu ei liikkunut.

Sanoin: »Joten meitä luonnollisesti kiinnostavat kaikki, joilla on yhteyksiä Spaineihin – varsinkin sellaiset, joilla se yhteys on sanotaanko epätavallinen, ja sanoisin että sinun leikkimökkisi kuuluu siihen joukkoon. Voisi jopa sanoa, että asia kiinnostaa meitä kovasti. Vai mitä, konstaapeli Curran?»

»Se kiehtoo meitä», Richie sanoi Conorin selän takaa. »Olisikohan se sopiva sana tähän?» Hän teki Conorin levottomaksi. Hänen uhkaava käyntinsä ei suinkaan pelottanut miestä, mutta se rikkoi hänen keskittymisensä ja esti häntä sulkeutumasta hiljaisuuteensa. Tajusin, että pidin työnteosta Richien kanssa aina vain enemmän.

»'Kiehtoo' sopisi kyllä. Eikä edes 'riivaa' olisi väärin sanottu. Kaksi pientä lasta on kuollut. Itsehän olen valmis tekemään kaikkeni, että se kyrvänimijä joka tappoi heidät saadaan linnaan, enkä varmaan ole ainoa. Haluaisin kuvitella, että kuka tahansa kunnollinen yhteiskunnan jäsen toivoisi samaa.»

»Näin on», Richie sanoi hyväksyvästi. Hän oli alkanut kiertää rinkiään lähempää ja nopeammin. »Kai Conor on samoilla linjoilla? Olethan sinä varmaan kunnollinen yhteiskunnan jäsen?»

»Ei aavistusta.»

Sanoin ystävällisesti: »No, otetaan siitä selvää. Aloitetaan tästä: kun harrastit murtopuuhiasi ehkä vuoden verran – et pitänyt ajasta tietenkään tarkkaa lukua, sinä vain viihdyit siellä – satuitko huomaamaan ketään epämääräistä tyyppiä Ocean Viewin ympäristössä?»

Olankohautus.

»Oliko tuo kieltävä vastaus?»

Ei mitään. Richie huokasi äänekkäästi ja alkoi vinguttaa kengänpohjiaan linoleumilla joka askeleella, ja ääni oli hirveä. Conor irvisti. »Joo. Kieltävä vastaus. En nähnyt ketään.»

»Entä toissa yönä? Koska nyt pitää lopettaa höpöpuheet. Sinä olit siellä silloin. Näitkö ketään mielenkiintoista?»

»Minulla ei ole teille mitään kerrottavaa.»

Kohotin kulmiani. »Kuule Conor, minä en usko tuota. Koska minä näen tässä vain kaksi vaihtoehtoa. Joko sinä näit mitä tapahtui, tai sitten sinä olit se, mitä tapahtui. Jos vaihtoehto yksi, niin sinun pitää ruveta puhumaan nyt heti. Jos vaihtoehto kaksi... no, haluat pitää suusi kiinni juuri siksi. Vai mitä?»

Ihmiset yleensä reagoivat, kun heitä syytetään murhasta. Hän vain jurnutti ja tuijotti peukalonkynttä.

»Jos keksit jonkun vaihtoehdon joka minulta jäi huomaamatta, poikaseni, niin kerro se toki meillekin. Kaikki lahjoitukset otetaan kiitollisina vastaan.»

Richien kenkä vingahti parin sentin päässä Conorin takana, ja hän hätkähti. Hän sanoi, kireyttä äänessään: »Niin kuin sanoin, minulla ei ole teille mitään kerrottavaa. Valitkaa omat vaihtoehtonne, ei se minun ongelmani ole.»

Pyyhkäisin kynäni ja muistikirjani syrjään edestäni ja kumarruin pöydän yli hänen naamansa eteen niin, ettei hän voinut katsoa muualle. »On se sinun ongelmasi, poikaseni. Kyllä se jumalauta on. Koska minä ja konstaapeli Curran ja koko tämän maan poliisivoimat, joka ikinen meistä, haluaa saada nalkkiin sen paskakasan joka teurasti tämän perheen. Ja sinä olet meillä suoraan tähtäimessä. Sinä olet se tyyppi, joka on tapahtumapaikalla ilman mitään kunnon syytä, joka on vakoillut Spaineja vuoden verran, joka suoltaa meille potaskaa silloin kun kuka tahansa syytön mies auttaisi meitä… Mitä luulet, että se kertoo meille?»

Olankohautus.

»Se kertoo, että sinä olet murhaava sika. Sanoisin, että se on hyvinkin sinun ongelmasi, kuomaseni.»

Conorin leukaperät kiristyivät. »Jos haluatte uskoa noin, minä en mahda asialle mitään.»

»Voi taivas», Richie sanoi tuskastuneen näköisenä. »Kylläpä sitä nyt piehtaroidaan itsesäälissä.»

»Sanokaa sitä miksi haluatte.»

»Siis hei älä nyt viitsi! Mahdat asialle vaikka mitä. Voit esimerkiksi auttaa meitä: kerro kaikki mitä näit Spainien kämpässä tapahtuvan ja toivo, että kertomuksessasi on jotain meille hyödyllistä. Mutta sinäkö aiot vain mököttää siinä niin kuin joku penska, joka on jäänyt kiinni hasan poltosta? Älä ole noin lapsellinen. Siis oikeasti.»

Conor mulkaisi Richietä häijysti mutta ei tarttunut pyydykseen. Hän piti suunsa kiinni.

Vajosin takaisin tuoliini, kohensin kravattisolmuani ja vaihdoin puheennuottini lempeämmäksi, melkein uteliaaksi. »Olemmeko me käsittäneet tämän väärin, Conor? Ehkei tämä ollut sitä miltä näyttää. Minä ja konstaapeli Curran emme olleet paikalla, ja siellä on voinut tapahtua paljon muutakin kuin tiedämme. Ehkei tämä olekaan murha vaan pelkkä tappo. Voin kuvitella, kuinka juttu on alkanut itsepuolustuksena mutta karannut sitten käsistä. Olen valmis uskomaan sen. Mutta emme voi uskoa sitäkään, ellet sinä kerro omaa versiotasi tarinasta.»

Conor sanoi tyhjälle tilalle jossain pääni yläpuolella: »Ei tässä ole mitään helvetin tarinaa.»

»No mutta onhan. Ei kai tässä voi nyt enää sitä kiistää? Tarina voi olla: 'En ollut sinä yönä Brianstownissa ja tässä on alibini.' Tai: 'Olin siellä ja näin jonkun hiipparin, ja tässä on kuvaus hänestä.' Tai: 'Spainit yllättivät minut kun murtauduin sisään, kävivät päälle ja minun piti puolustautua.' Tai: 'Olin piilopaikassani pössyttelemässä pilveä, mutta sitten kaikki musteni ja seuraavaksi muistan, kun istuin kylpyammeessani yltä päältä veressä.' Kaikki nuo vaihtoehdot uppoaisivat meihin, mutta meidän pitää kuulla tarina sinun suustasi. Muuten oletamme pahinta. Kai sinä sen ymmärrät. Vai kuinka?»

Hiljaisuus, joka oli ahdettu niin täyteen jääräpäisyyttä että tunsin sen tökkivän kyynärpäällä kylkeeni. Vielä nykyäänkin on rikostutkijoita, jotka olisivat ratkaisseet ongelman muutamalla iskulla munuaisiin, joko vessakäynnin aikana tai videokameran mentyä mystisesti epäkuntoon. Sellainen oli houkuttanut minuakin kerran tai pari nuorempana, mutta en ollut langennut kiusaukseen – muksiminen sopii Quigleyn tapaisille ääliöille, joilla ei ole muita työkaluja pakissaan – ja olin pitänyt sellaiset ajatukset loitolla jo pitkään. Tuon huoneen sakeassa ja hiostavassa hiljaisuudessa tajusin kuitenkin ensimmäistä kertaa, miten helposti rajan saattoi ylittää. Conorin kädet näyttivät siinä pöydänreunaa puristaessaan vahvoilta ja pitkäsormisilta, isoilta ja pystyviltä. Kun katselin niiden selvästi erottuvia jänteitä ja verille purtuja kynsiä, ajattelin mitä ne olivat tehneet, ajattelin Emman kissatyynyä ja hänen etuhampaittensa rakoa ja Jackin pehmeitä vaaleita kiharoita, ja mieleni teki hakata ne kädet moukarilla veriseksi mössöksi. Ajatuskin sai veren tykyttämään kaulassani. Minua kammotti, miten syvällä sisuksissani kaipasin sitä, miten luonnolliselta ja mutkattomalta tarpeelta se tuntui.

Tukahdutin halun ankarasti ja odotin kunnes sykkeeni tasaantui. Sitten huokasin ja pudistin päätäni, pikemminkin suruissani kuin vihoissani. »Conor, Conor, Conor. Mitä luulet saavuttavasi tällä? Kerro sentään se. Luuletko oikeasti, että tuo pikku esityksesi tekee meihin niin suuren vaikutuksen että lähetämme sinut kotiin ja unohdamme koko jutun? Meinaatko että tykkäisimme niin paljon miehestä, joka ei anna tuumaakaan periksi, ettemme vaivaisi häntä millään ikävillä murhilla?»

Hän tuijotti tyhjää silmät viiruina ja päättäväisen näköisenä. Hiljaisuus venyi. Hyräilin itsekseni ja annoin tahtia rummuttamalla sormenpäilläni pöytää, ja Richie istui pöydänreunalla polveaan hytkyttäen ja rystysiään antaumuksellisesti rusautellen, mutta Conor ei enää pannut merkille sellaista. Hyvä jos huomasi, että olimme siellä.

Lopulta Richie venytteli ja haukotteli teatraalisesti ja vilkaisi kelloaan. »Hei kuule kaveri, aiotaanko tässä olla koko yö?» hän tiedusteli. »Koska jos aiotaan, minä tarvitsen kahvia, että pysyn perässä tässä kuulustelussa. On niin paljon vauhtia ja vaarallisia tilanteita.»

Minä sanoin: »Ei hän vastaa sinulle, konstaapeli. Meille pidetään nyt mykkäkoulua.»

»Voiko hän pitää sitä täältä käsin samalla, kun me käymme kanttiinissa? Minä kyllä nukahdan tähän paikkaan, jos en saa kahvia koneeseen.»

»Miksipä ei. Tämä pikku paskiainen ällöttääkin minua.» Naksautin kynäni kiinni. »Conor, jos sinun pitää saada mökötykset mökötettyä ennen kuin pystyt puhumaan meille niin kuin aikuinen ihminen, niin ole hyvä vaan, mutta me emme aio jäädä tänne katselemaan sitä vierestä. Usko tai älä, sinä et ole maailmankaikkeuden keskipiste. Meillä on paljon kiireellisempääkin tekemistä kuin katsella, kun iso mies käyttäytyy kuin hemmoteltu kakara.»

Conor ei räpäyttänyt silmäänsäkään. Naksautin kynääni muistikirjaa vasten, panin molemmat taskuun ja taputin taskua. »Tulemme takaisin kun joudamme. Jos sinun pitää päästä vessaan, paukuta ovea ja toivo että joku kuulee. Näkyillään.»

Richie sieppasi lähtiessään Conorin mukin pöydältä ja piteli sitä varovasti pohjasta kahdella sormella. Osoitin mukia ja sanoin Conorille: »Siinä kaksi lempiasiaamme, sormenjäljet ja dna-näyte. Kiitos, kaveri. Säästit meiltä paljon aikaa ja vaivaa.» Sitten

Tana French

vinkkasin hänelle silmää, näytin peukkua ja paiskasin oven kiinni perässämme.

Tarkkailuhuoneessa Richie kysyi: »Oliko se ookoo, että järjestin meidät pois tuolta? Ajattelin vaan että... Siis että meillä oli tullut ikään kuin seinä vastaan. Ja tuumin, että minun on helpompi panna peli poikki menettämättä kasvoja, vai?»

Hän hieroi nilkkaansa jalkaterällään ja näytti huolestuneelta. Otin kaapista todistepussin ja heitin sen hänelle. »Hyvin sinä toimit. Olet oikeassa, meidän piti järjestäytyä uudelleen. Onko herännyt mitään ajatuksia?»

Richie pudotti mukin todistepussiin ja etsi katseellaan kynää. Ojensin hänelle omani. »On. Arvaa mitä? Hän tuntuu tutulta. Tuo naama siis.»

»Olet katsellut häntä jo pitkään, kello on paljon, alat olla ihan kuitti. Oletko varma, ettei mielesi tee tepposia?»

Richie kyykistyi pöydän ääreen kirjoittamaan pussin etikettiin. »Joo, olen varma. Olen nähnyt hänet joskus ennenkin. Mietin, että oliko se silloin kun olin paritusrikospuolella.»

Tarkkailuhuoneen lämpöä säädetään samasta termostaatista kuin kuulusteluhuoneenkin. Hölläsin kravattiani. »Hänellä ei ole rekisteriä.»

»Tiedän. Muistaisin kyllä, jos oltaisiin pidätetty hänet. Mutta tiedät sinäkin sen, kun joku tyyppi pistää silmään ja hänestä näkee, että jotain hämärää on tekeillä, mutta kun ei ole näyttöä, niin panee vaan naaman muistiin ja odottaa, että hän tulee uudestaan vastaan. Mietin että...» Hän pudisti päätään tyytymättömän näköisenä.

»Jätä asia hautumaan. Kyllä se tulee mieleen. Ja kerro sitten kun tulee, koska tälle tyypille pitää löytyä henkilöllisyys ja pian. Oliko jotain muuta?»

Richie kirjoitti pussiin nimikirjaimensa, minkä jälkeen se oli valmis luovutettavaksi todistevarastoon, ja antoi sitten kynäni takaisin. »Oli. Tämä tyyppi on sellainen, että ärsyttäminen ei tehoa häneen yhtään. Häntä vitutti tuolla äsken ihan kunnolla, mutta mitä enemmän hän suuttuu, sitä vähemmän hän puhuu. Tarvitaan eri tulokulma.»

Sanoin: »Niin tarvitaan. Se sinun häirintäsi oli hyvä temppu, hyvin hoksattu, mutta emme pääse sen avulla enää tämän pitemmälle. Eikä kovistelukaan tepsi. Yhden asian suhteen olin väärässä: hän ei pelkää meitä.»

Richie pudisti päätään. »Ei niin. On hän kovasti varuillaan, mutta että pelkäisi... ei. Ja asiahan on niin, että hänen pitäisi pelätä. Minä veikkaan yhä, että hän on neitsyt näissä asioissa. Ei hän käyttäydy niin kuin tuntisi kuviot. Koko tämän homman olisi pitänyt jo panna hänet paskantamaan housuun. Miksei pane?»

Conor istui kuulusteluhuoneessa yhä liikkumatta, selkä jäykkänä ja kämmenet pöytää vasten. Hän ei olisi mitenkään voinut kuulla meitä, mutta madalsin silti ääntäni. »Liikaa itseluottamusta. Hän luulee peittäneensä jälkensä ja uskoo, ettemme mahda hänelle mitään, jos hän ei tunnusta itse.»

»Ehkä niin joo. Mutta täytyyhän hänen tietää, että meillä on kokonainen porukka käymässä taloa läpi täikammalla siltä varalta, että häneltä unohtui sinne jotain. Sen luulisi huolestuttavan häntä.»

»Nuo ovat ylimielisiä sikoja koko sakki. Luulevat että ovat fiksumpia kuin me. Älä anna sen vaivata, koska pitkän päälle siitä on meille etua. Juuri tuollaiset tyypit menevät palasiksi sitten, kun heille lyö eteen jotain sellaista mitä ei voi enää sivuuttaa.»

»Entä jos...» Richie sanoi arasti ja vaikeni sitten. Hän pyöritteli pussia edestakaisin ja katseli sitä eikä minua. »Ei mitään.»

»Entä jos mitä?»

»Sitä minä vaan. Että jos hänellä on pitävä alibi tai jotain, ja jos hän tietää että me törmäämme siihen ennemmin tai myöhemmin...»

Sanoin: »Tarkoitat siis, että entä jos hän on huoleton viattomuuttaan.»

»Niin. Käytännössä.»

»Ei mitään mahdollisuutta, kuomaseni. Jos hänellä on alibi, miksei hän kerro sitä ja lähde kotiin? Luuletko, että hän hööpöttää meitä huvin vuoksi?»

»Ehkä. Kaveri ei ole erityisen ihastunut meihin.»

»Vaikka hän olisi viaton kuin sylilapsi – eikä muuten ole – niin ei hän silloinkaan olisi noin viilipytty. Viattomat säikähtävät ihan yhtä paljon kuin syylliset, monesti enemmänkin koska eivät ole ylimielisiä mulkkuja. Ei heidän tietenkään tarvitsisi pelätä, muttei auta vaikka sen sanoisi heille.»

Richie vilkaisi minua ja kohotti kulmiaan monitulkintaisesti. Sanoin: »Jos he eivät ole tehneet mitään väärää, niin fakta on, että heillä ei ole mitään pelättävää. Mutta faktoilla ei ole aina väliä.»

»Niin kai. Joo.» Richie hieroi leuansivuaan, jonne olisi jo tässä vaiheessa pitänyt kasvaa sänki. »Vaan on yksi toinenkin juttu. Miksei hän usuta meitä Patin perään? Ollaan tarjottu hänelle vaikka kuinka monta paikkaa. Se olisi helppoa kuin mikä: 'Joo, herra konstaapeli, nyt kun mainitsitte niin se Pat tosiaan sekosi kun jäi työttömäksi, läpsi vaimoaan, pieksi lapsiaan, viime viikolla näin kun hän uhkaili perhettä veitsellä...' Ei hän pöljä ole, kyllä hänen on täytynyt tajuta tilaisuutensa. Miksei hän tarttunut siihen?»

Sanoin: »Miksi luulet, että olen tarjonnut hänelle noita paikkoja?»

Richie kohautti olkapäitään, ja ele oli mutkikas, kiusaantunut kiemurrus. »En minä tiedä.»

»Luulit että olen huolimaton ja että minulla kävi vain tuuri, kun miehemme ei hyödyntänyt niitä. Väärin, poikaseni. Minähän sanoin jo ennen kuin mentiin tuonne, että Conor uskoo muodostaneensa jonkun yhteyden Spaineihin. Meidän piti saada tietää, millainen yhteys se oli. Kiilasiko Pat Spain hänen eteensä moottoritiellä ja nyt hän uskoo, että kaikki hänen vaikeutensa ovat Patin syytä eikä tuuri käänny ennen kuin Pat on kuollut ja kuopattu, vai jutteliko hän jossain juhlissa Jennylle ja päätti, että heidät kaksi on tähtiin kirjoitettu?»

Conor ei ollut liikahtanut. Valkoinen ledivalo kiilteli hänen kasvojensa hikikalvosta; hän näytti kelmeältä avaruusolennolta, joka oli haaksirikkoutunut tänne vieraalta planeetalta, eksynyt matkallaan vielä valovuosia pahemmin kuin me osasimme edes kuvitella.

Sanoin: »Ja me saimme vastauksemme. Conor Mikälie välittää Spaineista omalla kipeällä tavallaan. Kaikista neljästä. Hän ei usuttanut meitä Patin suuntaan, koska hän ei halunnut saattaa Patia liriin edes itsensä pelastamiseksi. Omasta mielestään hän rakasti Spaineja. Ja sen avulla me saamme hänet nalkkiin.»

Jätimme hänet huoneeseen tunniksi. Richie vei kuppinsa todistehuoneeseen ja kaatoi siihen paluumatkalla väsähtänyttä kahvia – kanttiinin kahvi vaikuttaa lähinnä itsesuggestion voimalla, mutta on se parempaa kuin ei mikään. Otin yhteyttä partioiviin konstaapeleihin. He olivat edenneet asuntoalueelta poispäin ja havainneet toistakymmentä pysäköityä autoa, mutta tarkistettaessa niille kaikille oli löytynyt pätevä syy olla sillä seudulla, ja he alkoivat kuulostaa väsyneiltä. Käskin heidän jatkaa etsimistä. Richie ja minä jäimme tarkkailuhuoneeseen katselemaan miestä. Käärimme hihamme ja avasimme oven selälleen.

Kello oli melkein viisi. Käytävän toisessa päässä yöpäivystäjät pysyttelivät hereillä heittelemällä toisilleen koripalloa ja haukkumalla toistensa heittotarkkuutta. Conor istui tuolissaan liikkumatta ja kädet polvilla. Jonkin aikaa hänen huulensa liikkuivat niin kuin hän olisi lausua supattanut jotakin säännöllisessä ja rauhoittavassa rytmissä. »Rukoileeko tuo?» Richie kysyi hiljaa viereestäni.

»Toivottavasti ei. Jos Jumala käskee hänen pitää turpansa kiinni, niin tästä tulee meille vielä raskasta.»

Koripallo tiputti osastohuoneessa jotain pöydältä, toinen päivystäjistä sanoi jotain kekseliästä, ja toinen alkoi nauraa. Conor huokasi syvään, ja hengitysliike kohotti ja lysähdytti koko hänen ruumistaan suurena aaltona. Hän oli lakannut supattamasta ja näytti siltä kuin olisi vaipumassa jonkinlaiseen transsiin. Sanoin: »Mennään.»

Astuimme remakasti sisään kuumuutta valitellen ja naamojamme kuulustelukertomuslomakkeilla leyhytellen ja ojensimme Conorille kupillisen haaleaa ja paskanmakuista kahvia – menneet olivat menneitä, olimme kaikki taas kavereita. Kelasimme takaisin turvalliselle maaperälle, jolla olimme olleet ennen kuin hän vaikeni – näitkö Patin ja Jennyn ikinä riitelevän, näitkö heidän huutavan, näitkö heidän lyövän lapsia... Tilaisuus puhua Spaineista houkutteli Conorin pois mykkyydestään, mutta hänen kertomansa mukaan Spainit olivat perhe, joka saattoi kiiltokuvatkin häpeään. Kun rupesimme puhumaan hänen aikatauluistaan – mihin aikaan menet yleensä Brianstowniin, mihin aikaan menet nukkumaan – hänen muistinsa hataroitui taas. Hän alkoi selvästi tuntea olonsa turvalliseksi, koska hän uskoi jo tietävänsä, miten kuulustelijat toimivat. Oli oikea hetki siirtyä asioissa eteenpäin.

Sanoin: »Mikä on viimeinen kerta, kun voit varmasti sanoa olleesi Ocean Viewissä?»

»En muista. Ehkä viime –»

»Hopsista», minä sanoin. Nousin äkkiä pystyyn ja keskeytin Conorin kättäni kohottamalla. »Hetkinen.»

Tartuin BlackBerryyni, painoin jotain nappia, jotta näyttöön syttyi valo, vedin puhelimen taskustani ja päästin vihellyksen. »Sairaalasta», sanoin Richielle nopeasti puoliääneen ja näin silmänurkastani, että Conorin pää tempautui pystyyn niin kuin häntä olisi potkaistu selkään. »Tämä voi olla sitä, mitä on odotettu. Keskeytä kuulustelu siihen asti, kun tulen takaisin.» Ja ovesta mennessäni sanoin: »Haloo, tohtori.»

Vahdin toisella silmällä rannekelloani ja toisella yksisuuntaista peiliä. Viisi minuuttia ei ollut ikinä tuntunut niin pitkältä ajalta, mutta vielä pitempi se oli Conorille. Hänen jännittynyt itsehillintänsä oli hajonnut sirpaleiksi: mies siirteli persaustaan niin kuin tuolia olisi kuumennettu, rummutteli jaloillaan, järsi kynsinauhojaan verille. Richie tarkkaili häntä kiinnostuneena mutta ei sanonut mitään. Lopulta Conor tivasi: »Kuka siellä soitti?»

Richie kohautti olkapäitään. »Mistä minä tiedän?»

»Hän sanoi, että tätä te olette odottaneet.»

»Me olemme odottaneet yhtä sun toista.»

»Sairaala. Mikä sairaala?»

Richie hieroi niskaansa. »Hei kuule», hän sanoi puolittain huvittuneena ja puolittain kiusaantuneena, »ehkä sinulta on jäänyt hoksaamatta, että meillä on tässä rikostutkinta menossa. Emme me toitota kaikille, mitä hommaamme.»

Conor unohti Richien olemassaolon. Hän nojasi kyynärpäillään pöytään, risti kätensä suun eteen ja jäi tuijottamaan ovea.

Annoin hänen odottaa vielä hetken. Sitten törmäsin sisään, paiskautin oven kiinni ja sanoin Richielle: »Nyt päästiin asiaan.»

Richie kohotti kulmiaan. »Ai jaa? Mahtavaa.»

Käänsin tuolini Conorin puolelle pöytää ja istuuduin niin lähelle, että polvemme olivat koskettaa. »Conor», sanoin ja lätkäisin puhelimen pöydälle hänen eteensä. »Sano, ketä veikkaat soittajaksi.»

Hän pudisti päätään. Hän tuijotti puhelinta. Aistin kuinka hänen ajatuksensa hurjastelivat ja kimpoilivat holtittomiin suuntiin kuin hallinnasta karannut kilpa-auto.

»Kuuntele tarkkaan, kaveri: tästä eteenpäin sinulla ei ole aikaa venkoilla. Yhtäkkiä sinulla on ihan hirveä kiire, vaikket ehkä vielä ymmärrä sitä. Joten kerrohan, ketä veikkaat soittajaksi.»

Hetken päästä Conor sanoi hiljaa käsiinsä: »Sairaalaa.»

»Mitä?»

Henkäys. Hän pakotti selkänsä suoraksi. »Sinä sanoit jo. Sairaalasta.»

»Sillä lailla. Ja mitä veikkaat, kuka sieltä sairaalasta soitti minulle?»

Taas päänpudistus.

Läimäytin pöytää juuri sen verran kovaa, että hän hätkähti. »Kuulitko mitä sanoin äsken venkoilusta? Herää nyt ja mieti. Kello on jumalauta viisi aamulla, minun elämässäni ei ole nyt mitään muuta kuin Spainien juttu, ja sairaalasta soitettiin juuri. Miksihän vitussa sieltä mahdettiin soittaa, Conor?»

»Yksi heistä. Yksi heistä on siinä sairaalassa.»

»Aivan. Sinä mokasit, poika. Jätit yhden Spaineista henkiin.»

Hänen kaulalihaksensa jännittyivät niin kireälle, että ääni rahisi. »Kuka heistä?»

»Sanopa sinä, kaveri. Ketä toivoisit? Kerro nyt. Jos pitäisi valita, kenen toivoisit sen olevan?»

Hän olisi vastannut mihin tahansa, kunhan jatkaisin puhetta. Hetken päästä hän sanoi: »Emman.»

Nojauduin taaksepäin tuolillani ja nauroin ääneen: »Sehän on herttaista. Oikeasti. Ajattelit siis, että se suloinen pikkutyttö ansaitsee ehkä elää? Myöhäistä, Conor. Tuollaista olisi pitänyt ajatella toissa yönä. Emma on nykyään ruumishuoneen kaapissa. Hänen aivonsa ovat lasipurkissa.»

»Kuka sitten –»

»Olitko toissa yönä Brianstownissa?»

Hän oli noussut puolittain tuoliltaan ja tarttunut pöydänreunaan selkä kyyryssä ja ilme vauhkona. »*Kuka* –»

»Minä esitin sinulle kysymyksen. Toissa yönä. Olitko sinä siellä, Conor?»

»Joo. Joo. Olin minä siellä. Sano kuka – kenet –»

»Pyydä kauniisti.»

»Voisitko kertoa.»

»Sillä lailla. Sinulta jäi hoitamatta Jenny. Jenny on elossa.»

Conor tuijotti minua. Hänen suunsa aukesi ammolleen, mutta ulos tuli vain valtava ilmanpuuska niin kuin häntä olisi lyöty mahaan.

»Hän elää ja hengittää, ja lääkäri tuossa soitti juuri, että hän on hereillä ja haluaa puhua meille. Ja arvaamme varmaan kaikki, mitä hän sanoo.»

Conor hädin tuskin kuuli minua. Hän vain haukkoi henkeä.

Sysäsin hänet takaisin tuolilleen, ja hän antoi myöten niin kuin hänen polvensa olisivat muuttuneet nesteeksi. »Conor. Kuuntele. Minähän sanoin, ettei sinulla ole aikaa haaskattavaksi, ja olin ihan tosissani. Parin minuutin päästä me lähdemme sairaalaan puhumaan Jenny Spainille. Ja heti kun lähdemme, en enää eläissäni välitä mistään, mitä sinä sanot. Tässä se nyt on. Tämä on sinun viimeinen mahdollisuutesi.»

Se viesti upposi. Hän tuijotti minua vauhkona ja leuka veltoksi valahtaneena.

Vedin tuolini vielä lähemmäs ja kumarruin eteenpäin, kunnes otsamme melkein koskettivat. Richie tuli takaa istumaan pöydälle, niin lähelle että hänen reitensä oli kiinni Conorin käsivarressa. »Anna kun selitän sinulle jotain», sanoin hiljaisella ja tasaisella äänellä suoraan hänen korvaansa. Aistin hänen hajunsa: hikeä ja jotain kesytöntä aromia, kuin halkaistun puun tuoksua. »Minä satun uskomaan, että sinä olet pohjimmiltasi kunnon tyyppi. Tästä eteenpäin kaikki joita kohtaat, siis ihan joka ikinen, uskoo että sinä olet sairas, sadistinen ja psykopaattinen sika, joka pitäisi nylkeä elävältä ja ripustaa näytille. Minulta on ehkä lähdössä loppukin järki ja saatan vielä katua tätä, mutta olen heidän kanssaan eri mieltä. Minusta sinä olet hyvä tyyppi, joka päätyi jostain syystä paskaan tilanteeseen.»

Conorin silmät olivat sokeat, mutta kulmakarvat värähtivät aavistuksen, joten tiesin että hän kuuli sanani. »Sen vuoksi, ja siksi ettei jatkossa kukaan anna sinulle enää mitään saumaa, olen valmis tekemään kaupat. Jos todistat että olen oikeassa ja kerrot mitä tapahtui, niin minä kerron syyttäjille, että sinä autoit meitä. Toimit niin kuin pitää, koska tunsit katumusta. Sillä on väliä sitten, kun tulee tuomionluvun aika. Oikeussalissa katumus on yhtä kuin samanaikaiset tuomiot, Conor. Mutta jos todistat että olen erehtynyt sinun suhteesi, jos jatkat venkoilua, minä kerron syyttäjille senkin ja moni meikäläinen yrittää kaikkensa, että saisit mahdollisimman kovan tuomion. Minä en tykkää siitä, kun erehdyn ihmisten suhteen. Se vituttaa. Me kasaamme sinulle syytteet kaikesta mitä vain keksimme ja haemme perättäisiä tuomiota. Tiedätkö mitä se tarkoittaa?»

Hän pudisti päätään – en tiennyt oliko se kieltävä vastaus vai yrittikö hän vain selvitellä ajatuksiaan. Minulla ei ole mitään sanomista tuomioihin eikä paljon syytteisiinkään, ja tuomari, joka antaa lastenmurhista samanaikaisia tuomioita, ansaitsee pakkopaidan ja turpaanvedon, mutta sillä ei ollut nyt väliä. »Se tarkoittaa kolmea elinkautista peräjälkeen, Conor, ja vielä muutamaa vuotta päälle murhayrityksestä ja murroista ja omaisuuden vahingoittamisesta ja kaikesta muusta mitä nyt suinkin saadaan kehitettyä. Se tietää kuuttakymmentä vuotta, siis ihan vähimmillään. Miten vanha sinä olet, Conor? Millaiset mahdollisuudet sinulla on nähdä vapautuspäivä, joka on kuudenkymmenen vuoden päässä?»

»Kyllä tuo voi sen nähdä», Richie sanoi väliin ja kumartui tarkastelemaan häntä arvioivasti. »Vangeista pidetään hyvä huoli. Ketään ei haluta päästää pois etuajassa, ei edes arkussa. Mutta pakko varoittaa, että sinä saat siellä sitten ihan paskaa seuraa. Sinua ei päästetä tavallisten vankien sekaan, koska selviäisit siellä enintään pari päivää, joten sinut pannaan pedojen kaveriksi. Eli juttuseurasi on aina kohtalaisen kipeää, mutta toisaalta sinulla on paljon aikaa hankkia ystäviä.»

Silmäkulmat värähtivät jälleen – tämä uhkaus oli tehonnut. »Tai sitten voit säästää itsesi paljolta helvetiltä ihan tässä näin», jatkoin. »Jos saat samanaikaiset tuomiot, arvaa monestako vuodesta silloin puhutaan? Suunnilleen viidestätoista. Eihän se ole yhtään mitään. Miten vanha sinä olet viidentoista vuoden päästä?»

»Minulla on aika huono matikkapää», Richie sanoi silmäillen

Conoria taas kiinnostuneen näköisenä, »mutta veikkaisin että ehkä 44, 45. Ja muukin kuin Einstein tajuaa, että siinä on iso ero, pääseekö linnasta 45-vuotiaana vai ysikymppisenä.»

»Tämä työpari ja ihmistaskulaskimeni on oikeassa, Conor. Reilu nelikymppinen on vielä niin nuori, että voi tehdä työuran, mennä naimisiin ja saada puoli tusinaa lasta. Elää elämän. En tiedä tajuatko tätä, poikaseni, mutta sitä minä sinulle tässä tarjoan. Elämää. Mutta tarjous on kertaluontoinen ja se päättyy viidessä minuutissa. Jos elämäsi on sinulle minkään arvoinen, siis yhtään minkään, niin viisainta ruveta puhumaan.»

Conor taivutti päätään taakse ja paljasti pitkälinjaisen kaulansa ja sen tyvessä olevan pehmeän kohdan, jossa veri sykkii heti ihon alla. »Elämäni», hän sanoi, ja huuli kaartui ilmeeseen, joka saattoi olla vihanirvistys tai sitten kauhea hymy. »Tehkää minulle mitä haluatte. Minulle on ihan sama.»

Hän laski nyrkkinsä pöydälle päättäväisen näköisenä ja tuijotti suoraan eteensä kohti yksisuuntaista peiliä.

Olin mokannut. Kymmenen vuotta aiemmin olisin luullut jo menettäneeni hänet ja ruvennut tässä vaiheessa ahdistamaan häntä niin hurjasti, että hän olisi karannut aina vain kauemmas. Nykyään tiedän, koska olen oppinut sen kantapään kautta, että tällaisessa tilanteessa minun pitää antaa muiden asioiden vaikuttaa hyväkseni. Minun pitää rauhoittua, pysytellä vähän etäämmällä ja antaa työn edetä omalla painollaan. Nojauduin tuolillani taaksepäin, tutkin kuvitteellista tahraa hihassani ja annoin hiljaisuuden venyä välillämme, jotta edellinen keskustelumme pääsi haihtumaan ilmasta ja imeytymään seinäkirjoitusten sotkemaan lastulevyyn ja naarmutettuun linoleumiin. Kuulusteluhuoneemme ovat todistaneet, kun miehiä ja naisia on pakotettu heidän mielensä rajojen tuolle puolen, kuulleet sen rasahduksen kun he murtuvat, nähneet kun heistä on valahtanut ulos asioita, joita maailmassa ei pitäisi olla. Nämä huoneet voivat imeä itseensä mitä tahansa ja sulkea sen sisäänsä niin, ettei jäljelle jää mitään.

Kun ilmasta oli tyhjentynyt kaikki paitsi pöly, sanoin hyvin hiljaa: »Mutta Jenny Spainista sinä välität.»

Conorin suupielessä nytkähti lihas.

»Tiedän, et osannut odottaa että ymmärtäisin sen. Luulit varmaan ettei kukaan ymmärtäisi? Mutta minä käsitän, Conor. Minä käsitän, miten paljon sinä välitit kaikista neljästä.»

Taas sama nytkähdys. »Miksi?» hän kysyi, ja sanat pakottautuivat ulos vastoin hänen tahtoaan. »Miksi sinä niin luulet?»

Nojasin kyynärpääni pöytään ja kumarruin häntä kohti asettaen ristityt käteni aivan hänen viereensä niin kuin olisimme olleet parhaat kaverukset kertomassa loppuillasta pubissa, miten paljon rakastimme toisiamme. »Siksi, että minä ymmärrän sinua», sanoin. »Kaikki Spaineissa, kaikki siinä huoneessa jonka perustit naapuriin, kaikki mitä olet sanonut tänä iltana kertoo minulle, että he olivat sinulle tärkeitä. Maailmassa ei taida olla ketään, joka olisi tärkeämpi?»

Hänen päänsä kääntyi minua kohti. Nuo harmaat silmät olivat kirkkaat kuin tyyni vesi; yön hermojännitys ja tunnemyrskyt olivat huuhtoutuneet niistä pois. »Niin», hän sanoi. »Ei ole ketään.»

»Sinä rakastit heitä. Vai mitä?»

Nyökkäys.

Sanoin: »Anna kun Conor kerron suurimman salaisuuden, jonka olen elämässäni saanut selville. Ihminen ei tarvitse muuta kuin sen, että hän pystyy tekemään rakastamansa ihmiset onnellisiksi. Pärjäämme ilman kaikkea muuta, voimme asua vaikka sillan alla pahvilaatikossa, kunhan elämämme nainen ilahtuu kun tulemme illalla siihen laatikkoon. Mutta jos emme pysty siihen...»

Silmänurkastani näin, että Richie hivuttautui kauemmas, pois pöydän päältä, ja jätti meidät kaksi taikapiiriimme. Conor sanoi: »Pat ja Jenny olivat onnellisia. Maailman onnellisimmat ihmiset.»

»Mutta sitten se onni katosi, etkä sinä pystynyt antamaan sitä heille takaisin. Varmaan joku tai jokin olisi voinut tehdä heidät taas onnellisiksi, mutta sinä se et ollut. Tiedän tarkkaan miltä se tuntuu, Conor, kun rakastaa toista niin paljon että tekisi hänen hyväkseen mitä tahansa, repisi vaikka oman sydämensä rinnasta ja tarjoilisi sen hänelle kastikkeessa, jos se häntä auttaisi, mutta kun ei auta. Se ei auta saatana yhtään. Ja mitä sitten kun tajuat sen, Conor? Mitä voit tehdä silloin? Mitä silloin on jäljellä?»

Hänen kätensä lojuivat pöydällä tyhjät kämmenet ylöspäin. Hän sanoi niin hiljaa, että hyvä kun kuulin: »Silloin odotetaan. Kun ei muutakaan voi.»

»Ja mitä pitempään odotat, sitä enemmän suutut. Itsellesi, heille ja koko tälle vitunmoisen karsealle maailmalle. Kunnes et pysty enää ajattelemaan selkeästi. Kunnes et enää oikein tajua mitä teet.»

Hänen sormensa koukistuivat kireisiin nyrkkeihin.

»Conor», sanoin niin hiljaa, että sanat leijailivat kuumassa seisovassa ilmassa painottomina kuin höyhenet. »Jenny on kärsinyt tarpeeksi kymmenen eliniän edestä. En halua tätä helvettiä hänelle enää yhtään enempää. Mutta jos sinä et kerro mitä tapahtui, minun pitää mennä sairaalaan ja panna hänet kertomaan sinun puolestasi. Minun pitää pakottaa hänet elämään uudestaan joka hetki toissa yöstä. Arveletko että hän kestää sen?»

Conorin pää huojui puolelta toiselle.

»Niin, tuskinpa hän kestää. Siinä voi hyvin käydä sillä lailla, että hänen mielensä lipeää niin kauas reunan yli, ettei hän nouse sieltä enää takaisin, mutta minulla ei ole muita vaihtoehtoja kuin esittää ne kysymykset. Sinulla on vaihtoehtoja, Conor. Sinä voit säästää Jennyn edes tältä. Jos rakastat häntä, nyt sinun on aika osoittaa se. Nyt voit helpottaa tilannetta. Toista tilaisuutta et saa.»

Conor katosi jonnekin kasvojensa taa, kasvojen jotka olivat kulmikkaat ja ilmeettömät kuin naamio. Hänen ajatuksensa kiisivät taas tuhatta ja sataa, mutta tällä kertaa hän piti kilpa-auton hallinnassa ja työskenteli hurjasta vauhdista huolimatta tehokkaasti. Minä en edes hengittänyt. Richie nojaili seinään liikkumatta kuin kivi.

Sitten Conor veti nopeasti henkeä, hieraisi poskiaan ja kääntyi katsomaan minua. »Minä murtauduin heidän taloonsa», hän sanoi kirkkaalla äänellä ja toteavasti niin kuin olisi kertonut, minne joku auto on parkkeerattu. »Minä tapoin heidät. Tai ainakin luulin että tapoin. Senkö te halusitte tietää?»

Kuulin Richien puhaltavan ilmaa ulos ja päästävän samalla pienen tahattoman uikahduksen. Kallonsisäinen huminani paisui surinaksi, joka kuulosti syöksyvältä ampiaisparvelta, ja sitten se vaimeni.

Odotin kuulevani loput, mutta Conorkin odotteli. Hän vain katseli minua turvonneilla punareunaisilla silmillään ja odotti. Useimmat tunnustukset alkavat sanoilla *ei se sellaista ollut kuin luulette* ja jatkuvat loputtomiin. Tappajat yrittävät täyttää huoneen sanoilla peittääkseen totuuden partaveitsenterävät reunat; he todistelevat yhä uudelleen, että siinä vain kävi niin tai että uhri kerjäsi sitä tai että kuka tahansa olisi tehnyt hänen asemassaan samoin. Useimmat jatkavat todisteluaan kunnes kuulijan korvat halkeavat, jos heitä ei pysäytä. Conor ei yrittänyt todistella mitään. Hän oli sanottavansa sanonut.

Sanoin: »Miksi?»

Hän pudisti päätään. »Ei sillä väliä.»

»On sillä väliä uhrien omaisille. Sillä on väliä tuomarille.»

»Ei ole minun ongelmani.»

»Tarvitsen motiivin mukaan lausuntoosi.»

»Keksi jotain. Allekirjoitan mitä vain haluat.»

Useimmat tekijät rentoutuvat sen jälkeen, kun joki on ylitetty. He ovat kuluttaneet kaiken tarmonsa siihen, että pitävät kiinni lähtörannan valheista. Sen jälkeen kun virtaus on tempaissut heidät mukaansa, heitellyt heitä sinne tänne ja paiskannut heidät pöllämystyneinä ja henkeä haukkoen toiselle rannalle niin kovaa että hampaat irtoavat, he uskovat että vaikein on jo ohi. He herpaantuvat reporangoiksi, alkavat joskus täristä hillittömästi, tai sitten he itkevät, tai sitten he eivät voi lakata puhumasta tai nauramasta. He eivät ole vielä huomanneet, että tällä rannalla maasto on toisenlaista ja että asiat muuttuvat heidän ympärillään: tutut kasvot haihtuvat näkyvistä, maamerkit katoavat kaukaisuuteen, eikä mikään palaa enää entiselleen. Conor oli toista maata. Hän oli yhä jännittynyt kuin odottava eläin, silkkaa keskittymistä koko mies. Taistelumme jatkui yhä jollain sellaisella tavalla, jota en ymmärtänyt.

Jos rupeaisin vänkäämään hänen kanssaan motiivista, hän voittaisi, eikä kuulusteltava saa voittaa. Sanoin: »Miten pääsit taloon sisälle?»

»Avaimella.»

»Minkä oven?»

Pieni tauon hitunen. »Takaoven.»

»Mistä sinä sen sait?»

Taas sama hitunen, mutta vähän pitempi. Hän varoi sanojaan.
»Löysin.»

»Milloin?»

»Joku aika sitten. Muutama kuukausi, ehkä aiemmin.»

»Mistä?»

»Kadulta talon edestä. Pat pudotti sen.»

Aistin ihollani, että hänen äänestään kuultava pieni kiemurtelu oli valehtelua, mutten aivan hahmottanut, mistä hän valehteli ja miksi. Richie sanoi huoneennurkasta Conorin selän takaa: »Et nähnyt katua piilopaikastasi. Mistä tiesit, että hän pudotti sen avaimen?»

Conor mietti tätä hetken. »Näin kun hän tuli yhtenä iltana töistä kotiin. Menin myöhemmin illalla kävelylle, huomasin avaimen ja päättelin, että Pat sen pudotti.»

Richie tuli pöytämme ääreen ja veti alleen tuolin vastapäätä Conoria. »Etkä huomannut. Siellä ei ole katuvaloja. Mikä teräsmies sinä olet? Näetkö sinä pimeässä?»

»Oli kesä. Valoisaa illallakin.»

»Sinäkö hiiviskelit heidän kämppänsä ympärillä silloinkin, kun oli vielä valoisaa? Kun he olivat vielä hereillä? Älä nyt viitsi. Oikeinko sinä yritit tulla pidätetyksi?»

»No, ehkä se oli sitten aamunkoitteessa. Löysin avaimen, teetin kopion ja pääsin sisään. Se siitä.»

Sanoin: »Monestiko?»

Jälleen tuo pieni hiljaisuus, kun hän testaili mahdollisia vastauksia mielessään. Sanoin terävästi: »Älä haaskaa aikaasi, poikaseni. Ihan turha syöttää minulle potaskaa. Se vaihe on jo kaukana takana. Monestiko sinä kävit Spainien talossa?»

Conor hieroi otsaansa ranteellaan ja yritti säilyttää itsehillintänsä. Jääräpäisyyden väliseinä alkoi huojua. Adrenaliini ei riitä ikinä määräänsä pitemmälle – pian hän olisi jo niin väsynyt, että hyvä kun pysyisi tuolillaan. »Muutaman kerran. Ehkä tusinan. Mitä väliä sillä on? Olin siellä toissa yönä. Niin kuin sanoin jo.»

Sillä oli väliä, koska hän tunsi talon. Hän olisi löytänyt pimeässäkin yläkertaan, lastenhuoneisiin, lasten sänkyjen ääreen. Richie kysyi: »Otitko ikinä mitään mukaasi?»

Näin, että Conor etsiskeli jostain voimia kieltävään vastaukseen mutta antoi sitten periksi. »Pikkujuttuja vaan. En minä ole mikään varas.»

»Millaisia juttuja?»

»Mukin. Kourallisen kuminauhoja. Kynän. En mitään arvokasta.»

Sanoin: »Ja veitsen. Eipä unohdeta veistä. Mitä sinä sillä teit?»

Sen olisi pitänyt olla vaikea kysymys, mutta Conor kääntyi puoleeni niin kuin olisi ollut siitä kiitollinen. »Mereen. Oli nousuvesi.»

»Mistä kohtaa heitit?»

»Kallioilta. Rannan eteläpäästä.»

Sitä veistä ei löytyisi ikinä. Se oli tässä vaiheessa jo puolimatkassa Cornwalliin jonkin pitkän kylmän merivirran viemänä ja heilahteli ties monenko sylen syvyydessä merilevien ja sokeiden pehmeiden olentojen keskellä. »Entä se toinen ase? Se jolla löit Jennyä?»

»Sama.»

»Mikä se ase oli?»

Conor taivutti päätään taakse, ja hänen huulensa raottuivat. Suru, joka oli häämöttänyt hänen äänensä takana koko yön, kohosi esiin. Juuri suru – eikä väsymys – oli se, joka imi hänen tahdonvoimaansa ja huvensi keskittymiskykyä. Suru oli syönyt hänet sisältä ontoksi; se oli ainoa, mitä hänessä oli jäljellä.

Hän sanoi: »Maljakko. Metallinen, hopeanvärinen, siinä oli painava jalusta. Yksinkertainen, ja kaunis. Jenny pani siihen aina pari ruusua ja asetti sen pöydälle, kun hän laittoi hienoja illallisia heille kahdelle...»

Conor päästi vaimean äänen, puoliksi nielaisun ja puoliksi ähkäisyn, sellaisen jonka hukkuva päästää vaipuessaan pinnan alle. Sanoin: »Kelataanpa vähän takaisin. Aloitetaan siitä kohtaa, kun menit taloon. Mitä kello oli silloin?»

Conor sanoi: »Minä haluan nukkumaan.»

»Heti kun olet selostanut asiat meille. Oliko siellä hereillä ketään?»

»Minä haluan nukkua.»

Meidän piti saada talteen koko tarina tarkkoine tilanneselostuksineen, ja siihen piti saada mukaan yksityiskohtia, jotka vain murhaaja tietäisi, mutta kello oli pian kuusi ja Conor olisi kohta niin väsynyt, että puolustusasianajaja voisi vedota siihen. Sanoin lempeällä äänellä: »Hyvä on. Kohta tämä on ohi, poika. Tehdäänkö niin, että panet vain paperille sen mitä kerroit meille, ja minä vien sinut sitten jonnekin missä saa unta palloon. Käykö näin?»

Hän nyökkäsi, ele oli toispuoleinen nytkähdys niin kuin pää olisi muuttunut yhtäkkiä liian raskaaksi kaulan kantaa. »Joo. Minä panen paperille. Jos jätätte minut rauhaan siksi aikaa, että kirjoitan. Käykö?»

Häneltä oli voimat niin lopussa, ettei hän mitenkään jaksaisi ruveta kikkailemaan lausuntonsa kanssa. »Käy se», sanoin. »Jos se auttaa sinua, niin ilman muuta. Mutta ensin meidän pitää saada tietää sinun oikea nimesi. Kuulustelukertomusta varten.»

Hetken epäilin, että hän vaikenisi taas, mutta vastustelunhalu oli tiessään. »Brennan», hän sanoi vaisusti. »Conor Brennan.»

Minä sanoin: »Hyvin tehty.» Richie kävi vaivihkaa nurkkapöydän luona hakemassa kuulustelukertomuslomakkeen minulle. Kaivoin esiin kynäni ja täytin lomakkeeseen jämerillä tikkukirjaimilla: CONOR BRENNAN.

Totesin hänet pidätetyksi, varoitin häntä toistamiseen ja kävin taas paperista läpi hänen oikeutensa. Conor ei edes kohottanut katsettaan. Panin kuulustelukertomuksen ja kynäni hänen käteensä, ja jätimme hänet huoneeseen.

»Kappas vain», sanoin heittäessäni muistikirjani tarkkailuhuoneen pöydälle. Puhdas voitonriemu kupli ruumiini jokaisessa solussa kuin samppanja; minun teki mieli loikata pöydälle kuin joku Tom Cruise ja huutaa: *Minä rakastan tätä työtä!* »Sehän oli paljon helpompaa kuin kuvittelin. Malja meille, Richie ystäväni. Tiedätkö mitä me olemme? Mehän olemme pirun hyvä tiimi.»

Vatkasin hänen kättään ja läimäytin häntä olalle. Hän hymyili leveästi. »Siltä se ainakin tuntui.»

»Ilman muuta. Minulla on ollut uran mittaan monta työparia, ja voin sanoa käsi sydämellä, että tuo oli ihan sitä itseään. On ollut sellaisiakin kavereita, joiden kanssa yhteistyö ei ole sujunut noin jouhevasti vuosienkaan jälkeen.»

»Hyvä homma, joo. Hienoa oli.»

»Siinä vaiheessa kun tarkastaja tulee töihin, meillä on jo lausunto allekirjoitettuna, leimattuna ja hänen pöydälleen toimitettuna. Tuskin minun tarvitsee selittää sinulle erikseen, miten se vaikuttaa sinun urakehitykseesi. Katsotaan, rupeaako se Quigleyn mulkku enää aukomaan sinulle päätään. Kaksi viikkoa osastolla, ja olet jo ratkaissut vuoden kovimman jutun. Miltä se tuntuu?»

Richie veti kätensä pois kourastani vähän liian äkkiä. Hän hymyili yhä, mutta hymyssä oli jotain epävarmaa. Kysyin: »Mitä nyt?»

Hän nyökkäsi kohti yksisuuntaista peiliä. »Katso nyt häntä.»

»Kyllä hän kirjoittaa sen ihan nätisti. Älä hänestä huoli. Totta kai hän tulee vielä katumapäälle, mutta se tunne iskee vasta huomenna. Emotionaalinen krapula. Siinä vaiheessa meillä on jo kansio puoliksi valmiina syyttäjälle.»

»En minä sitä. Sitä keittiön sotkua minä vaan ajattelen... Kuulit kun Larrykin sanoi, että kamppailu oli kova. Miksei tuolla tyypillä ole enempää kolhuja?»

»Koska ei ole. Koska tämä on tosielämää, ja joskus asiat eivät mene tosielämässä niin kuin luulisi.»

»Minä vaan...» Hymy oli kaikonnut. Richie tunki käsiään syvemmälle taskuihinsa ja tuijotti lasia. »Pakko hei kysyä. Oletko ihan varma, että hän sen teki?»

Samppanjakuplat alkoivat haihtua suonistani. Sanoin: »Et kysy tuota nyt ensimmäistä kertaa.»

»Tiedän joo.»

»Anna kuulua sitten. Mikä sinua risoo?»

Hän kohautti olkapäitään. »En minä tiedä. Sinä vaan olet ollut koko ajan mahdottoman varma.»

Kiukku iski minuun kuin lihaskouristus. »Kuule Richie», sanoin keskittyen pitämään ääneni rauhallisena. »Kerrataanpa tätä tilannetta nyt hetki. Meillä on tarkka-ampujan väijypaikka, jonka Conor Brennan perusti vaaniakseen Spaineja. Hän myönsi itsekin, että murtautui heidän taloonsa moneen kertaan. Ja nyt, Richie, nyt hän on saatana tunnustanut! Kerro minulle poikaseni, mitä helvettiä sinä vielä haluat? Mitä helvettiä siihen vaaditaan, että olet varma?»

Richie pudisteli päätään. »On meillä paljon näyttöä. En minä sitä sano. Mutta silloinkin kun meillä ei ollut mitään muuta kuin se väijypaikka, sinä olit satavarma.»

»Entä sitten? Siltä varalta ettet huomannut, niin minä olin oikeassa. Onko sinulla hiekkaa pimpissä sen takia, että ymmärsin asian ennen sinua?»

»Minua vaan hermostuttaa, kun ollaan liian varmoja liian varhain. Se on vaarallista.»

Kouristus iski jälleen niin voimakkaana, että minun oli purtava hammasta. »Sinä siis haluaisit, että pidetään vielä mieli avoimena. Niinkö?»

»Niin. Niin minusta.»

»Selvä. Hyvä ajatus. Mutta miten pitkään? Kuukausiako? Vuosiako? Siihen asti, että Herra lähettää enkelikuorot laulamaan sinulle äijän nimeä neliäänisessä harmoniassa? Haluatko että jäkitämme tässä vielä kymmenen vuoden päästäkin ja tuumailemme, että voihan se olla Conor Brennan, mutta voi olla Venäjän mafiakin, kannattaa ehkä tutkia sitäkin mahdollisuutta vähän perusteellisemmin ennen kuin tehdään hätiköityjä johtopäätöksiä?»

»En! Sanon vaan –»

»Jossain vaiheessa on vain pakko olla varma, Richie. Pakko. Ei ole muita vaihtoehtoja. Ennemmin tai myöhemmin pitää lakata arpomasta.»

»Kyllä minä sen tiedän. En minä tarkoita mitään kymmeniä vuosia.»

Huoneessa oli kuuma kuin jossain sellissä tukalana elokuun päivänä. Ilma tuntui sakealta ja seisovalta ja se tukki keuhkot kuin märkä sementti. »No mitä helvettiä sinä sitten tarkoitat? Mitä sinä vielä kaipaat? Kun löydämme muutaman tunnin päästä Conor Brennanin auton, Larry ja hänen poikansa löytävät sieltä Spanien verta joka paikasta. Samoihin aikoihin he toteavat, että hänen sormenjälkensä täsmäävät niihin, joita he löysivät sieltä piilopaikasta. Ja muutaman tunnin päästä sen jälkeen, olettaen että Luoja on armelias ja saamme käsiimme ne hanskat ja lenkkarit, he todistavat että sen verisen kengänjäljen ja ne veriset kämmenenjäljet jätti Conor Brennan. Lyön kuukauden palkasta vetoa. Oletko sen jälkeen varma?»

Richie hieroi niskaansa ja irvisti. Sanoin:»No voi nyt herran tähden. Selvä. Antaa kuulua sitten. Minä hemmetti takaan, että meillä on iltaan mennessä kouraantuntuvat todisteet siitä, että hän oli talossa kun perhe tapettiin. Miten aiot selittää sen?»

Conor kirjoitti kuulustelukertomustaan pää kumarassa ja käsi suojelevasti lomakkeen ympärillä. Richie katseli häntä. Hän sanoi:»Tuo tyyppi rakasti Spaineja. Niin kuin sanoit. Oletetaan, siis vaan oletetaan, että hän oli toissa yönä piilopaikassaan – ehkä hän katseli, kun Jenny oli tietokoneella. Sitten Pat tuli alakertaan ja kävi Jennyn kimppuun. Conor hätääntyi ja yritti mennä lopettamaan tappelua. Pinkoi alas piilostaan, loikkasi aidan yli ja meni takaovesta sisään. Mutta silloin oli jo myöhäistä. Pat oli kuollut tai kuolemaisillaan, Conor uskoi että Jennykin oli kuollut – hän tuskin tutki asiaa kovin tarkasti, kun oli niin hädissään ja verta oli joka paikassa. Ehkä juuri hän järjesti Jennyn makaamaan Patin viereen, jotta he voisivat olla yhdessä.»

»Koskettavaa. Mutta miten selität tyhjennetyn tietokoneen? Ja puuttuvat aseet? Mistä ne johtuvat?»

»Siihenkin pätee se, että hän välittää Spaineista. Hän ei halua, että Pat saa syyt niskoilleen. Hän tyhjensi tietokoneen koska uskoi, että Jennyn puuhat netissä saattoivat saada Patin kilahtamaan – tai hän tietää varmasti, että niin se juuri meni. Sitten hän keräsi aseet ja heitti ne menemään, jotta kaikki näyttäisi tunkeutujan tekemältä.»

Pidin tauon ja vedin henkeä, jotten rupeaisi räyhäämään Richielle. »No, tuo on ihan soma pikku satu, poikaseni. Suorastaan sydämeenkäyvä. Muttei se muuta ole. Tarina on ihan hyvä, mutta sivuutat kokonaan sen kysymyksen, että miksi helvetissä Conor sitten tunnusti.»

»Siksi. Sen takia mitä tuolla tapahtui.» Richie nyökkäsi peililasin suuntaan. »Sinähän käytännössä sanoit hänelle, että aiot panna Jenny Spainin pakkopaitaan, ellei hän kerro sinulle mitä haluat.»

Sanoin äänensävyyn, joka oli niin hyinen että Richietä paljon tyhmempikin olisi tajunnut sen varoitukseksi: »Onko konstaapelilla jotain sanomista siihen, miten minä teen työtäni?»

Hän kohotti kätensä pystyyn. »En minä yritä kaivella virheitä. Sanon vaan, että sen takia hän tunnusti.»

»Eikä tunnustanut, herra konstaapeli. Ei jumalauta todellakaan sen takia. Hän tunnusti siksi, että hän sen teki! Ne minun paskapuheeni siitä, että hän rakasti Jennyä, vaikuttivat vain niin että ne avasivat hänen lukkonsa. Mutta hänen ovensa taakse ne eivät panneet mitään, mitä siellä ei ollut saatana jo ennestään. Ehkä sinulla on näistä hommista erilainen kokemus, tai ehkä sinä olet vain parempi rikostutkija, mutta minun on ihan tarpeeksi vaikea saada ihmisiä tunnustamaan jotain sellaista, mitä he ovat tehneet. Voin turvallisin mielin sanoa, etten ole urani aikana kertaakaan saanut ketään tunnustamaan sellaista, mitä hän ei ole tehnyt. Jos Conor Brennan sanoo, että hän on tekijämme, niin se johtuu siitä että hän sen teki.»

»Mutta hän ei ole samanlainen kuin useimmat muut. Sanoit niin itsekin, ja olemme sanoneet molemmat samaa. Hän on erilainen. Hänessä on jotain omituista.»

»On hän kyllä omituinen. Muttei hän mikään jeesus ole. Ei hän ole tullut tänne antamaan henkeään Pat Spainin syntien tähden.»

Richie sanoi: »On tässä muutakin omituista kuin hän itse. Entä itkuhälyttimet? Ne eivät olleet tuon sinun Conorisi tekosia. Entä ne reiät seinissä? Siinä talossa tapahtui jotain ihan ilman häntäkin.»

Nojauduin seinää vasten niin että mätkähti ja panin kädet puuskaan. En tiedä johtuiko se väsymyksestä tai siitä kalpeasta keltaisenharmaasta aamunkoitosta, joka levisi parhaillaan suttuiseksi läiskäksi ikkunaan, mutta samppanjanporeinen voitonriemu oli haihtunut minusta kokonaan. »Sanohan poikaseni, miksi sinä oikein vihaat Pat Spainia. Oletko jotenkin kaunainen, kun hän oli sellainen yhteiskunnan tukipylväs? Koska jos olet, niin varoitan heti, että kannattaa hankkiutua siitä tunteesta eroon ja vähän äkkiä sittenkin. Sinulle ei ole joka murhajutussa tarjolla jotain kivaa keskiluokan poikaa, jonka syyksi voi panna kaiken.»

Richie suorastaan ampaisi eteeni sormi ojossa. Hetken luulin, että hän tökkäisi minua rintaan, mutta sen verran hänellä oli vielä järkeä päässä, ettei tehnyt niin. »Ei tämä liity mitenkään mihinkään yhteiskuntaluokkiin. Ei mitenkään. Minä olen poliisi. Ihan

niin kuin sinäkin. En minä ole mikään läskipäinen alaluokan huns-
votti, jonka sinä toit tänne hyvää hyvyyttäsi siksi, että tänään on
joku työelämään tutustumispäivä roskaväelle.»
    Hän oli liian lähellä ja ihan liian vihainen. Sanoin: »Käyttäydy
sitten niin kuin poliisi. Rauhoitu, konstaapeli. Vedä itsesi kasaan.»
    Richie tuijotti minua vielä hetken mutta kääntyi sitten, nojata
rojahti lasia vasten ja tunki kädet syvälle taskuihinsa. »No sano
sinä sitten minulle, miksi olet niin varma, että Pat Spain ei ole
tekijä. Miksi sinä noin tykkäät hänestä?»
    Minulla ei ollut mitään velvollisuutta selitellä vaikuttimiani
jollekin kiihtyneelle keltanokalle, mutta halusin selittää. Halusin
sanoa mitä ajattelin, ja halusin takoa selitykseni syvälle Richien
kalloon. »Siksi, että Pat Spain noudatti sääntöjä», sanoin. »Hän
teki kaiken sen, mitä kunnon kansalaiselta vaaditaan. Tappajat
eivät elä sillä tavoin. Sanoin sinulle jo ihan alussa, että tällaiset
tilanteet eivät putkahda tyhjästä. Omaiset lässyttävät tällaisten jut-
tujen tullen aina mediassa, että uskomatonta miten hän teki täl-
laista, hän oli sellainen partiopoika, ei hän ollut tehnyt eläissään
mitään pahaa, he olivat maailman onnellisin aviopari. Se on ihan
täyttä roskaa. Aina, siis aivan joka ikinen kerta, käy ilmi että kaveri
oli partiopoika paitsi että hänellä oli kilometrin pituinen rikos-
rekisteri, tai ettei hän ollut tehnyt ikinä pahaa paitsi että terrorisoi
vaimoaan minkä ehti, tai että he olivat maailman onnellisin avio-
pari paitsi sitä pikkujuttua, että mies nussi vaimon siskoa. Missään
ei ole tullut ilmi pienintäkään vihjettä siitä, että Pat olisi kuulunut
siihen joukkoon. Sanoit itsekin, että Spainit yrittivät parhaansa.
Pat yritti. Hän oli kunnon miehiä.»
    Richie ei liikahtanut. »Kunnon miehetkin murtuvat.»
    »Harvoin. Hyvin harvoin. Ja siihen on syynsä. Ja syy on se, että
hyvillä tyypeillä on elämässään asioita jotka pitävät heidät raiteilla
silloin, kun tulee vaikeat ajat. Heillä on työpaikat, perheet ja vas-
tuut. Heillä on sääntöjä, joita he ovat noudattaneet koko ikänsä.
Varmaan tämä kuulostaa sinusta tylsältä, mutta fakta on, että nämä
asiat vaikuttavat joka päivä. Ne estävät heitä ylittämästä rajoja.»
    »Eli kaikki johtuu siitä, että Pat oli mukava keskiluokan
poika», Richie sanoi elottomalla äänellä. »Yhteiskunnan tukipyl-
väs. Sen takia hän ei voinut olla murhaaja.»

En halunnut ruveta riitelemään tästä, en ainakaan tunkkaisessa tarkkailuhuoneessa järjettömään aikaan aamusta, kun hiki liimasi paitaani kiinni selkään. Sanoin: »Kaikki johtuu siitä, että hänellä oli jotain mitä rakastaa. Hänellä oli koti – totta kai se oli paskaloukko jumalan selän takana, mutta luulisi sinunkin huomanneen ensivilkaisulla, että Pat ja Jenny rakastivat sitä paikkaa viimeistä neliötä myöten. Patilla oli nainen, jota hän oli rakastanut siitä asti kun molemmat olivat olleet kuusitoistavuotiaita, ja 'he olivat yhä hulluina toisiinsa' niin kuin Brennan sanoi. Patilla oli kaksi lasta kiipeilemässä niskassaan. Sellaiset asiat pitävät kunnon miehiä kasassa, Richie. Heillä on jotain mistä välittää. Ihmisiä joista huolehtia. Ihmisiä joita rakastaa. Sellaiset asiat estävät heitä luisumasta reunan yli tilanteissa, joissa joku sitoumukseton tyyppi lähtisi heti vapaaseen pudotukseen. Ja sinä yrität saada minut uskomaan, että Pat muuttui tuosta vain ja tuhosi kaiken ilman mitään syytä.»

»Oli siihen syy. Sanoit itsekin, että hän oli ehkä menettämässä kaiken. Työpaikka oli mennyt, kämppä oli menossa, vaimo ja lapsetkin saattoivat olla lähdössä. Sitä on tapahtunut pitkin koko maata. Parhaansa yrittävät ovat nimenomaan niitä, jotka kilahtavat sitten kun yrittäminen ei enää auta.»

Olin yhtäkkiä aivan uuvuksissa; kaksi unetonta yötä upottivat minuun kyntensä ja ryhtyivät kiskomaan minua alas koko painollaan. Sanoin: »Tässä ei ole kilahtanut kuin Conor Brennan. Siinä meillä on mies, jolla ei ole mitään hävittävää: ei työtä, ei perhettä, ei edes järkeä tallella. Lyön vaikka mistä vetoa, että kun rupeamme penkomaan hänen elämäänsä, emme löydä tiivistä ystäväpiiriä tai tärkeitä lähiomaisia. Brennanilla ei ole mitään, mikä pitäisi hänet raiteillaan. Hänellä ei ole mitään mitä rakastaa, paitsi Spainit. Hän on elänyt kokonaisen vuoden niin kuin joku erakon ja Unabomberin ristisiitos, jotta voisi kytätä heitä. Sinun pikku teoriasikin pohjaa siihen, että Conor oli harhainen kilipää joka vakoili Spaineja jumalauta kolmelta aamulla. Sillä tyypillä on päässä vikaa, Richie. Hän ei ole terve. Siitä ei pääse yli eikä ympäri.»

Richien takana, kuulusteluhuoneen ankaranvalkoisessa valossa, Conor oli laskenut kynän kädestään ja hieroi sormenpäillä silmiään synkän päättäväisessä rytmissä. Mietin, milloin hän oli nukkunut viimeksi. »Muistatko mitä puhuttiin? Mikä on yksinkertaisin ratkaisu? Se istuu sinun takanasi. Jos löydät todisteet siitä, että Pat oli häijy perkele joka hakkasi perhettään minkä ehti samalla kun oli jättämässä heitä ukrainalaisen alusvaatemallin takia, niin palataan sitten asiaan. Siihen asti laitan rahani psykolle vaanijalle.»

Richie vastasi: »Sanoit itsekin, että 'psyko' ei ole mikään motiivi. Ne puheet siitä, että hän meni tolaltaan kun Spainit eivät olleet onnellisia, ovat ihan joutavia. He olivat olleet vaikeuksissa jo monta kuukautta. Väitätkö, että hän päätti toissa yönä noin vain, niin äkkiä ettei ehtinyt piilopaikkaansa tyhjentää, että telkkarista ei tule mitään hyvää ohjelmaa, minäpä tiedän, ajan Spainien luo ja tapan koko porukan? Älä nyt viitsi. Sinä sanot, että Pat Spainilla ei ollut motiivia. Mikä piru tämän kaverin motiivi sitten oli? Miksi helvetissä hän olisi halunnut, että kukaan heistä kuolee?»

Murha on silläkin tavoin ainutlaatuinen rikos, että se pakottaa meidät kysymään miksi. Varkaudet, raiskaukset, petokset, huumekaupat, koko inhottavaan litaniaan on aina sisäänrakennettuina samat inhottavat selitykset. Riittää kun asettaa syyllisen syyllisenmuotoiseen reikään. Mutta murha vaatii vastauksia.

Jotkut rikostutkijat eivät välitä. Viralliselta kannalta katsottuna he ovat oikeassa: jos voi todistaa kuka sen teki, laki ei velvoita osoittamaan syytä. Vaan minä välitän. Kun sain kerran hoidettavakseni jutun, joka näytti umpimähkäiseltä autosta ammuskelulta, kävin monta viikkoa – senkin jälkeen kun ampuja oli pidätetty ja meillä oli tarpeeksi todisteita tuomita hänet kymmeneen kertaan – perusteellisia keskusteluja jokaisen harvapuheisen ja kyttiä vihaavan nilkin kanssa siinä paskalääväkaupunginosassa jossa ampuja asui, kunnes yksi heistä tuli päästäneeksi suustaan, että uhrin setä oli ollut kaupassa töissä ja kieltäytynyt myymästä tupakka-askia ampujan kaksitoistavuotiaalle siskolle. Sinä päivänä kun lakkaamme kysymästä syytä, sinä päivänä kun päätämme että vastaus ihmiselämän lakkauttamiseen on *siksi*, poistumme siltä rajalta joka on luolan sisäänkäynnin edessä ja päästämme kaiken villiyden tunkeutumaan ulvoen sisään.

Sanoin: »Usko kun sanon, että otan siitä selvää. Meillä on Brennanin työkaverit joita jututtaa, meillä on hänen kämppänsä tutkittavana, meillä on Spainien tietokone – ja Brennanin, jos hänellä on

sellainen –, meillä on rikosteknistä todistusaineistoa odottamassa
analysointia... Jostain sieltä löytyy motiivi. Valitan kun minulla ei
ole esittää palapelin jokaista palaa kahden vuorokauden päästä
siitä, kun meille on annettu tämä juttu, mutta lupaan että löydän
ne. Hankitaan nyt tämä saatanan kuulustelukertomus ja mennään
kotiin.»

Lähdin kohti ovea, mutta Richie jäi paikoilleen. Hän sanoi:
»Työpari. Muistatko kun sanoit aamulla niin? Me ollaan työ-
pari.»

»Niin. Niin ollaan. Mitä siitä?»

»Sitä, että sinä et päätä molempien puolesta. Me päätetään
asioista yhdessä. Ja minä sanon, että jatketaan vielä Pat Spainin
selvittelyä.»

Hänen asentonsa – jalat harallaan ja hartiat jännittyneinä
– kertoi ettei hän aikonut antaa periksi taistelutta. Tiesimme kum-
pikin, että voisin tunkea hänet takaisin laatikkoonsa ja paiskata
kannen päälle. Yksikin moittiva raportti minulta, ja Richie lentäisi
murharyhmästä takaisin hoitamaan autovarkauksia tai paritusri-
koksia ainakin muutamaksi vuodeksi, luultavammin lopullisesti.
Riittäisi kun ottaisin asian puheeksi, vihjaisin kerran hienovarai-
sesti, niin hän pakittaisi – tekisi Conorin paperityöt loppuun ja
jättäisi Pat Spainin lepäämään rauhassa. Ja siihen päättyisi se oras-
tava suhde, joka oli saanut alkunsa sairaalan parkkipaikalla alle
vuorokausi sitten.

Suljin oven. »Hyvä on», sanoin. Annoin itseni rojahtaa sei-
nää vasten ja yritin puristaa jännitystä pois hartioistani. »Hyvä
on. Ehdotan näin. Meidän pitää tutkia suunnilleen viikon verran
Conor Brennania, jotta saadaan jutusta vedenpitävä – olettaen
että hän on miehemme. Ehdotan, että sinä aikana sinä ja minä
pidämme yllä myös rinnakkaista tutkintaa Pat Spainista. Tarkas-
taja O'Kelly tykkäisi tästä ajatuksesta vielä vähemmän kuin minä
tykkään – hän sanoisi sitä ajan ja työvoiman haaskuuksi – joten
emme tee siitä suurta numeroa. Jos ja kun asia tulee puheeksi, me
olemme vain varmistamassa, että Brennanin puolustusasianajajat
eivät löydä Patista mitään sellaista, mitä he voivat käyttää savu-
verhona oikeudenkäynnissä. Tämä tietää paljon pitkiä työvuoroja,
mutta kestän sen jos sinäkin kestät.»

Richie näytti olevan jo pystyyn nukahtamaisillaan, mutta hän oli niin nuori että asia korjaantuisi muutaman tunnin unilla. »Kestän minä.»

»Sitä minäkin. Jos Patista löytyy jotain varteenotettavaa, niin vetäydymme tutkimaan tilannetta uudestaan. Miltä tämä kuulostaa?»

Hän nyökkäsi. »Hyvältä», hän sanoi. »Hyvältä kuulostaa.»

Sanoin: »Tämän viikon sana on sitten *hienovarainen*. Niin kauan kuin ei löydy mitään varteenotettavaa näyttöä, en rupea sylkemään Pat Spainin ruumiin päälle haukkumalla häntä murhaajaksi päin hänen omaistensa kasvoja, enkä katso vierestä kun sinäkään teet niin. Jos annat kenellekään heistä vihiä siitä, että Patia kohdellaan epäiltynä, tämä loppuu siihen. Onko selvä?»

»On. Aivan selvä.»

Kuulusteluhuoneessa kynä lojui yhä tuherretulla kuulustelukertomuslomakkeella ja Conor nuokkui niiden yllä kämmenentyvet silmiä vasten painettuina. Sanoin: »Tarvitsemme unta koko porukka. Luovutetaan hänet käsiteltäväksi, kirjoitutetaan kertomus puhtaaksi, jätetään ohjeet apulaisille ja mennään sitten kotiin punkkaamaan muutamaksi tunniksi. Tavataan täällä kahdeltatoista. Mennään nyt katsomaan, mitä hän on kirjoittanut meille.»

Sieppasin villapaitani tuolin päältä ja kumarruin tunkemaan niitä kassiini, mutta Richie pysäytti minut. »Kiitos», hän sanoi.

Hän ojensi kättään ja katsoi minua vakaa katse vihreissä silmissään. Kun kättelimme, hänen puristuksensa voima yllätti minut.

»Ei tarvitse kiitellä», sanoin. »Näin työparit tekevät.»

Sana jäi roikkumaan ilmaan välillemme kirkkaana ja lepattavana kuin sytytetty tulitikku. Richie nyökkäsi. »Hieno homma», hän sanoi.

Läimäytin häntä pikaisesti olalle ja rupesin taas pakkaamaan. »No niin. Sinusta en tiedä, mutta minun on pakko päästä torkuille.»

Heitimme tavarat kasseihimme, panimme pahvimukit ja muoviset kahvilusikat roskiin, sammutimme valot ja suljimme tarkkailuhuoneen oven. Conor ei ollut liikahtanut. Käytävän pään ikkunasta näkyi yhä tuhruisen väsynyt kaupungin aamunkoitto, mutta sen hyytävyys ei enää vaikuttanut minuun. Johtui ehkä vieressäni hehkuvasta nuoruuden tarmosta, että voitonkuplat olivat palanneet suoniini ja tunsin olevani taas aivan hereillä – suoraselkäinen, vahva ja raudanluja, valmiina kaikkeen mitä tuleman piti.

11

PUHELIN KISKOI MINUT ylös unten merenpohjasta. Nousin pintaan sätkien ja henkeä haukkoen – hetken ajan luulin, että ulina oli peräisin palohälyttimestä ja että Dina oli lukinnut minut asuntooni liekkien kohotessa. »Kennedy», sanoin kun ajatukseni saivat maata jalkojensa alle.

»Tämä ei ehkä liity mitenkään juttuusi, mutta käskit soittaa jos löytyy jotain muita keskustelupalstoja. Tiedät varmaan mikä on yksityisviesti?»

Mikä hänen nimensä olikaan, tietokonemies, Kieran. »Suunnilleen», sanoin. Makuuhuoneessani oli pimeää, ja vuorokaudenaika olisi voinut olla mikä tahansa. Kierähdin toiselle kyljelleni ja hamusin yöpöydän lamppua. Äkillinen valonloimotus pisteli silmiä.

»No niin, elikkä joillain keskustelupalstoilla voi säätää asetukset niin, että jos saa yksityisviestin, siitä menee kopio sähköpostiin. Pat Spain – tai saattoi olla Jenniferkin mutta oletan että Pat, ymmärrät kohta miksi – hän oli aktivoinut sen asetuksen ainakin yhdellä palstalla. Ohjelmamme pelasti yksityisviestin, joka tuli foorumilta nimeltä Wildwatcher – sen on pakko olla se salasanatiedoston 'WW', ei voi olla World of Warcraft.» Kieran kuulosti työskentelevän kaakkoon väännetyn housemusiikin rauhoittavassa tahdissa. Päässäni jyskytti jo. »Se on joltain Martin-nimiseltä tyypiltä, se on lähetetty kesäkuun 13. päivä ja siinä lukee: 'En yritä ruveta vänkäämään, mutta jos se on oikeasti minkki niin minä laittaisin ilman muuta myrkkyä varsinkin jos sinulla on lapsia ne paskiaiset ovat häjyjä' – kirjoitettu näin – 'hyökkäävät lapsen kimppuun tuosta vaan.' Lainaus päättyy. Liittyykö tapaukseen minkkiä?»

Herätyskelloni näytti kymmenen yli kymmentä. Sikäli kuin oli vielä torstaiaamu, olin nukkunut alle kolme tuntia. »Oletko vilkaissut sitä Wildwatcher-palstaa?»

»En, kun otin sen sijan pedikyyrin. Joo, olen vilkaissut. Se on foorumi, jolla porukka voi keskustella kohtaamistaan villieläimistä – tai ei nyt siis kovin villeistä, koska se on brittisivusto, joten enimmäkseen siellä puhutaan jostain kaupunkiketuista. Tai sitten siellä kysellään, että mikä on tuo ihana ruskea lintunen joka pesii meidän sinisateessa. Mutta kun hain foorumilta sanalla 'minkki', löytyi keskusteluketju jonka on aloittanut käyttäjä nimeltä Pat-the-lad kesäkuun 12. päivän aamuna. Hän oli uusi käyttäjä, ja näyttää siltä että hän rekisteröityi palstalle juuri sitä viestiä varten. Haluatko että luen?»

»Minulla on nyt yksi juttu kesken», sanoin. Silmäni tuntuivat siltä kuin joku olisi hieronut niihin hiekkaa, ja suuni samoin. »Voitko lähettää minulle sähköpostilla linkin sinne?»

»*No problemo.* Mitä haluat, että teen Wildwatcherille? Tsekkaanko nopeasti vai perusteellisesti?»

»Nopeasti. Jos kukaan ei ruvennut Pat-the-ladille hankalaksi, voit luultavasti siirtyä muille sivustoille, toistaiseksi ainakin. Sitä perhettä ei tapettu minkin takia.»

»Kuulostaa hyvältä. Näkyillään taas, Kemosabe.» Hetkeä ennen kuin Kieran lopetti puhelun kuulin kuinka hän väänsi musiikkinsa niin kovalle, että ääni olisi riittänyt murskaamaan luita.

Menin pikasuihkuun ja valutin aina vain kylmempää vettä, kunnes katseeni ei enää harittanut. Peilistä näkyvät kasvoni ärsyttivät minua: näytin tuimalta ja päättäväiseltä kuin mies, joka tavoittelee saalista, enkä kuin mies, jonka saalis on jo turvallisesti näytillä vitriinissä. Otin läppärini, ison vesilasin ja vähän hedelmiä – Dina oli haukannut päärynästä, muuttanut mieltään ja pannut sen takaisin jääkaappiin – ja istuuduin sohvalle tutkimaan Wildwatcheria.

Pat-the-lad oli rekisteröitynyt foorumille 12. kesäkuuta kello 9.23 ja aloittanut keskusteluketjunsa kello 9.35. Tämä oli ensimmäinen kerta, kun kuulin hänen äänensä. Hän kuulosti mukavalta tyypiltä: mutkattomalta ja suoraan asiaan menevältä, mieheltä joka osasi kertoa asioista olennaisen: *Terve kaverit, minulla on kysymys. Asun Irlannin itärannikolla, ihan merenrannassa jos sillä on merkitystä. Viime viikkoina olen kuullut ullakolta outoja ääniä. Juoksemista, paljon raapimista, jotain kovaa mikä kierii lattialla niin, että siitä lähtevää ääntä voi kuvailla naputukseksi/tikitykseksi. Menin katsomaan, mutta missään ei näkynyt jälkeäkään eläimistä. Siellä on vieno tuoksahdus, jota on vaikea kuvailla, vähän niin kuin savun/ myskin haju, mutta voi liittyä ihan vain taloonkin (?putket kuumenevat liikaa?). Löysin päätyräystään alta yhden ulos menevän reiän, mutta sen koko on vain noin 15 x 8 senttiä. Äänet tuntuvat lähtevän jostain isommasta. Tutkin pihaa mutten löytänyt merkkejä pesistä, eikä näkynyt reikiä joiden kautta joku olisi voinut kaivautua aidan alta (aita on puolitoista metriä korkea). Onko mielipiteitä, mistä voi olla kyse / ehdotuksia, mitä asialle voi tehdä? Minulla on pieniä lapsia, joten pitää tietää jos se on vaarallista. Kiitos!*

Wildwatcher-foorumi ei ollut mitenkään kuhisevan aktiivinen, mutta Patin ketju oli kyllä huomattu, sillä vastauksia oli yli sata. Ensimmäisissä väitettiin, että hänellä oli talossa rottia tai ehkä oravia ja että pitäisi kutsua tuholaistorjuja. Pat palasi parin tunnin päästä vastaamaan: *Kiitos kaverit luulen että siellä on vain 1 eläin, ei kuulu ikinä ääntä kuin 1 paikasta kerrallaan. Tuskin se on rotta tai orava – mietin ensin samaa mutta viritin hiirenloukun jossa oli iso nokare maapähkinävoita eikä tärpännyt, paljon meteliä sinä yönä mutta aamulla ansaan ei oltu koskettu. Eli jotain mikä ei syö pähkinävoita!*

Joku kysyi, mihin aikaan se eläin oli aktiivisimmillaan. Samana iltana Pat kirjoitti: *Ensin kuulin sitä vain öisin sänkyyn menon jälkeen, mutta voi johtua siitä etten kuunnellut päiväsaikaan. Aloin kiinnittää huomiota ehkä viikko sitten ja sitä kuuluu pitkin päivää/yötä, ei mitään selviä aikatauluja. Viimeiset 3 päivää huomannut selvästi voimistuvaa ääntä aina kun vaimo laittaa ruokaa, varsinkin lihaa – otus riehaantuu täysin. Totta puhuen vähän karmivaa. Tänään vaimo laittoi päivällistä (lihapataa) ja minä olin lasten kanssa pojan huoneessa joka on keittiön yläpuolella. Otus rapisteli ja kolisteli niin kuin olisi yrittänyt tulla katosta läpi. Ihan pojan sängyn yläpuolella joten vähän huolestuttaa. Onko muita ajatuksia?*

Foorumilaiset alkoivat kiinnostua. He arvelivat otusta kärpäksi, minkiksi, näädäksi. He lähettivät valokuvia hoikista jäntevistä eläimistä, joiden avoimissa suissa näkyi siroja mutta häijyjä hampaita. Ehdotettiin, että Pat levittelisi ullakolle jauhoa saadakseen talteen elikon tassunjälkiä, ottaisi kuvia niistä ja sen jätöksistä ja lähettäisi ne foorumille. Sitten joku halusi tietää, mistä siellä edes hälistiin. *Mix sä edes oot täällä?? Laita vintille rotanmyrkkyä niin sillä hoituu. Vai oox sä joku hellämieli joka ei haluu tappaa tuholaisia?? Jos oot niin saat ansion mukaan.*

Käyttäjät unohtivat Patin ullakon ja alkoivat huutaa toisilleen eläinten oikeuksista. Siitä tuli kunnon riita – kaikki haukkuivat kaikkia muita murhaajiksi – mutta kun Pat palasi seuraavana päivänä asiaan, hän piti päänsä kylmänä ja pysytteli kaukana mellastuksesta. *Mieluiten en käytä myrkkyä paitsi ihan viime keinona. Ullakon lattiassa on rakoja joista pääsee välikattoon (? siellä tilaa ehkä 20 senttiä?). Olen katsonut taskulampulla, en löytänyt mitään epäilyttävää mutten halua että se ryömii sinne kuolemaan, koska sitten koko talo haisee ja pitää purkaa vintinlattia että sen saa pois. Samasta syystä en tukkinut räystään koloa, en halua että se jää tänne vahingossa satimeen. En ole nähnyt jätöksiä mutta pidän silmällä ja kokeilen vinkkiä tassunjäljistä.*

Kukaan ei enää kiinnittänyt häneen huomiota; joku oli jo verrannut jotakuta toista Hitleriin, niin kuin näissä tilanteissa aina käy. Myöhemmin samana päivänä moderaattori lukitsi ketjun. Patthe-lad ei kirjoitellut foorumille enää sen jälkeen.

Oli ilmiselvää, että vintin kamerat ja seinien reiät liittyivät näihin keskusteluihin tavalla tai toisella, mutta kaikki ei silti vieläkään täsmännyt. En osannut kuvitella noiden viestien järkevänoloista kirjoittajaa jahtaamaan näätää pitkin taloa moukari kädessä niin kuin joku pölhökomedian hahmo, mutten myöskään voinut kuvitella häntä istuskelemaan paikoillaan ja vahtimaan itkuhälyttimen videonäyttöä samalla kun jokin järsi hänen seiniinsä isoja koloja, semminkin kun hänen lapsensa olivat vain parin metrin päässä siitä.

Oli miten oli, tämän olisi pitänyt merkitä sitä, että meidän kannatti unohtaa itkuhälyttimet ja seinäkolot. Niin kuin olin Kieranille sanonut, Conor Brennan ei ollut tehnyt joukkomurhaa siksi, että joku minkki oli vakuuttanut hänet sen tarpeesta. Tämä ongelma kuului Jennylle tai hänen kiinteistönvälittäjälleen, ei meille. Mutta olin luvannut Richielle, että tutkisimme edelleen

Pat Spainia ja kaikkea mahdollista hänen elämäänsä liittyvää, joka kaipasi selitystä. Vakuuttelin itselleni, että tässä pilvessä oli paljon hopeareunusta – mitä enemmän mahdollisuuksia saisimme suljettua pois, sitä vähemmän tilaisuuksia puolustuksella olisi kylvää hämmennystä oikeudenkäynnissä.

Laitoin itselleni teetä ja muroja – ajatus Conorista syömässä vankila-aamiaistaan mätkähti särmikkäänä mieleeni ja herätti minussa tuimaa tyydytystä – ja luin foorumiketjun uudelleen kaikessa rauhassa. Tiedän murhatutkijoita, jotka etsivät muistoesineikseen tällaisia heikkoja kaikuja uhrin äänestä, sameita heijastuksia hänen kasvoistaan. He haluavat, että uhri herää eloon heidän mielessään. Minä en halua. Tällaiset revityt paperinpalat eivät auta minua ratkomaan juttuja, eikä minua kiinnosta mikään pateettinen ja helppohintainen herkistely sen äärellä, että seuraan jonkun ihmisen pahaa aavistamatonta taaperrusta kohti kuilun reunaa. Annan kuolleiden pysyä kuolleina.

Pat oli kuitenkin eri juttu. Conor Brennan oli niin kovasti yrittänyt tahrata hänen kuvansa, hitsata ikuisiksi ajoiksi tappajan naamion hänen ruhjotuille kasvoilleen. Jos tavoittaisin häivähdyksen Patin todellisista kasvoista, se tuntuisi siltä kuin pääsisin sivaltamaan iskun hyvyyden puolesta.

Jätin Larryn puhelimeen viestin, jossa pyysin hänen erämiesalaistaan vilkaisemaan Wildwatcherin ketjua, menemään mahdollisimman pian Brianstowniin ja arvioimaan, mikä eläin talossa oli ehkä ollut. Sitten vastasin Kieranin sähköpostiin. *Kiitos tästä. Tuollaisen vastaanoton jälkeen Pat Spain meni ilmeisesti eläinongelmineen jollekin toiselle foorumille. Pitää selvittää minne. Kerro jos löydät jotain.*

Kello oli kahtakymmentä vailla kaksitoista, kun saavuin tutkintahuoneeseen. Kaikki apulaiset olivat joko töissä tai kahvitauolla, mutta Richie istui työpöytänsä ääressä nilkat tuolinjalkojen ympärillä kuin teinillä ikään ja nenä kiinni tietokoneruudussa. »Terve», hän sanoi kohottamatta katsettaan. »Pojat löysivät kaverisi auton. Tummansininen Opel Corsa, diesel vuosimallia -03.»

»Kuten hänenlaiselleen tyyli-ikonille sopii.» Ojensin Richielle pahvisen kahvimukin. »Siltä varalta ettet ehtinyt hakea itse. Missä se oli parkissa?»

»Kiitos. Sillä mäellä, joka on lahden eteläpäässä. Hän oli piilottanut sen puiden lomaan pois tieltä, joten pojat huomasivat sen vasta päivänvalossa.»

Parin kilometrin päässä asuntoalueelta, ehkä kauempanakin. Conor oli halunnut pelata varman päälle. »Loistavaa. Onko se jo viety Larrylle?»

»Hinataan sinne juuri.»

Nyökkäsin tietokoneruudun suuntaan. »Onko löytynyt mitään mielenkiintoista?»

Richie pudisti päätään. »Kaveriasi ei ole pidätetty ikinä, tai ei ainakaan Conor Brennanin nimellä. Pari ylinopeussakkoa, mutta paikat ja päivämäärät eivät täsmää minnekään, missä minä olen ollut passissa.»

»Yrität siis vieläkin muistella, miksi hän tuntuu tutulta?»

»Joo. Veikkaan että olen nähnyt hänet kauan sitten, koska muistissani hän on nuorempi, joku parikymppinen. Ehkei tähän liity mitään, mutta haluan olla varma.»

Heitin takin tuolini selkämykselle ja hörppäsin kahvia. »Mietin tässä, että tunteekohan joku muukin Conorin ennestään. Meidän pitää aika pian puhuttaa Fiona Raffertya, näyttää hänelle Conorin kuvaa ja katsoa miten hän reagoi. Jotenkin hän sai käsiinsä Spainien avaimen – en usko sitä soopaa mitä hän suolsi avaimen löytämisestä aamukävelyllä – ja Fiona on ainoa jolla se oli. Minun on vaikea pitää sitä sattumana.»

Siinä kohtaa Quigley tuli luokseni lipevän näköisenä ja kopautti minua käsivarteen aamun tabloidilehdellä. »Minä tässä kuulin», hän henkäisi kuin olisi kertonut likaista salaisuutta, »että sinä sait viime yönä jonkun kiinni siinä isossa ja tärkeässä jutussasi.»

Quigley herättää minussa aina halun oikoa kravattiani ja tarkastaa, onko minulla ruuantähteitä hampaanväleissä. Hän haisi siltä kuin olisi syönyt aamiaista pikaruokapaikassa, mikä selittäisikin paljon, ja hänen ylähuulensa kiilteli rasvasta. »Kuulit oikein», sanoin vetäytyen vähän kauemmas hänestä.

Hänen pienet turvonneet silmänsä suurenivat vähän, kun hän katsoi minua. »Eikös se käynyt aika äkkiä?»

»Siitä meille maksetaan, kuomaseni. Konnien pidättämisestä. Kokeilisit sinäkin joskus.»

Quigleyn suu suipistui. »Voi sentään, sinähän olet ihan puolustuskannalla. Vaivaako epäilys? Pelkäätkö että olet pidättänyt väärän tyypin?»

»Seuraa toki tilanteen kehittymistä. En usko että olen, mutta pidä samppanjat kylmässä kaiken varalta.»

»Äläs nyt. Älä pura epävarmuuttasi minuun. Minähän vain iloitsen sinun puolestasi, ja sanon sen ääneen.»

Hän osoitti lehdellään rintaani tuohtuneen loukkaantuneena – kokemus kärsityistä vääryyksistä on polttoaine, joka pitää Quigleyn käynnissä. »Sepä kauniisti ajateltu», sanoin ja käännyin taas kohti työpöytää viestittääkseni, että keskustelu oli päättynyt. »Jos minulla tulee tässä jonain päivänä aika pitkäksi, niin otan sinut mukaani tutkimaan jotain isoa juttua ja näytän miten hommat hoidetaan.»

»Niin, aivan. Jos hoidat tämän jutun kotiin, alat saada taas kaikki isot ja hienot jutut. Sepä sinulle tietysti maistuisi. Toiset meistä» – tämän hän sanoi Richielle – »toiset meistä haluavat vain ratkoa murhajuttuja eivätkä välitä mediahuomiosta, mutta tämä meidän Kennedymme on vähän eri maata. Hän tykkää valokeilasta.» Quigley heristi sanomalehteä: ENKELIT TEURASTETTIIN VUOTEISIINSA ja sumea lomakuva Spaineista nauramassa jollain rannalla. »No, eipä siinä kai mitään väärää ole. Kunhan työ tulee hoidettua.»

»Mitä, sinäkö haluat ratkoa murhajuttuja?» Richie kysyi yllättyneenä.

Quigley sivuutti sen. Minulle hän sanoi: »Eikö olisi aivan mainiota, jos onnistuisit tällä kertaa? Sitten kaikki voisivat unohtaa sen toisen kerran.» Hän kohotti jopa kätensä taputtaakseen minua käsivarrelle, mutta mulkaisuni pysäytti hänet. »Eli lykkyä tykö! Me täällä toivomme koko porukka, että löysitte oikean kaverin.» Hän virnuili minulle, vilautti peukkua ja lyllersi pois pilaamaan jonkun muun aamua.

Richie vilkutti hänelle heipat maanisen ylipirteä hymy kasvoillaan ja seurasi hänen poistumistaan ovesta. Sitten Richie sanoi: »Mikä se toinen kerta oli?»

Raporttien ja todistajanlausuntojen pino oli alkanut kasvaa työpöydälläni mukavasti. Lehteilin papereita. »Yksi juttuni meni

Tana French

muutama vuosi sitten keturalleen. Veikkasin väärää miestä, ja minulta meni pidätys sivu suun. Mutta Quigley puhui kyllä paskaa, koska kukaan ei muista sitä juttua nykyään. Hän itse vain on takertunut asiaan, koska se oli hänelle sen vuoden kohokohta.»

Richie nyökkäsi. Hän ei näyttänyt tippaakaan yllättyneeltä. »Hänellä oli ihan myrkyllinen ilme, kun sanoit että näytät miten hommat hoidetaan. Teillä taitaa olla jotain vanhoja kahinoita?»

Yhdellä apulaisista oli paha tapa kirjoittaa pelkillä isoilla kirjaimilla, ja siitä oli tehtävä loppu. »Ei ole mitään kahinoita. Quigley on paska työssään, ja hänen mielestään se on kaikkien muiden vika. Minä saan sellaisia juttuja joita hän ei saa ikinä, joten on minun syyni että hän saa jämäjutut, ja minä ratkon tapaukseni, mikä esittää hänet entistä huonommassa valossa, joten on minun syytäni ettei hän pysty ratkomaan murhia edes Cluedossa.»

»Kaveri on melkein yhtä fiksu kuin parsakaali», Richie sanoi. Hän istuskeli rennosti tuolillaan peukalonkynttään purren ja katsellen yhä ovea, josta Quigley oli mennyt. »Ja hyvä niin. Hän puukottaisi sinua mieluusti selkään. Jos hän ei olisi tyhmä kuin vasemman jalan saapas, joutuisit vaikeuksiin.»

Laskin todistajanlausunnot kädestäni. »Mitä Quigley on puhunut minusta?»

Richien jalat alkoivat tanssahdella tuolin alla. »Tuota vaan. Sitä mitä kuulit äsken.»

»Entä aiemmin?» Richie yritti näyttää ilmeettömältä, mutta hänen jalkansa vipattivat yhä. »Kuule Richie. Nyt ei ole kyse minun herkistä tunteistani. Jos hän vaikeuttaa meidän yhteistyösuhdettamme, niin minun pitää tietää siitä.»

»Ei vaikeuta. En edes muista mitä hän sanoi. Ei mitään ilmiselvää.»

»Quigley ei sano ikinä mitään ilmiselvää. Mutta mitä hän sanoi?»

Levoton olankohautus. »Jotain soopaa vaan siitä, että keisarilla ei ole niin paljon vaatteita kuin hän luulee, ja ylpeys käy lankeemuksen edellä. Ei niissä jutuissa ollut edes järkeä.»

Toivoin että olisin lytännyt sen pikku paskiaisen vielä pahemmin äsken, kun siihen oli tilaisuus. »Entä muuta?»

»Eikä muuta. Siinä vaiheessa minä hankkiuduin hänestä eroon. Hän selitti, että hiljaa hyvä tulee, ja minä kysyin, että miksei hän itse ollut päässyt sillä periaatteella mihinkään. Siitä hän ei tykännyt.»

Suorastaan hätkähdin sitä pientä hölmöä lämmöntulvahdusta, jonka tunsin sisälläni kun kuulin että poika oli pitänyt minun puoliani. Sanoin: »Ja siksi sinä siis pelkäsit, että minä olen hätiköinyt Conor Brennanin suhteen.»

»En! Kuule sillä ei ole mitään tekemistä Quigleyn kanssa. Ei mitään.»

»Hyvä niin. Koska jos luulet että Quigley on sinun puolellasi, sinua odottaa ikävä yllätys. Olet nuori ja lupaava, joten on sinun syytäsi että hän on keski-ikäinen epäonnistuja. Jos hän saisi päättää, en tiedä kumman meistä hän upottaisi ensimmäisenä.»

»Tajuan minä senkin. Se läski mulkku sanoi minulle joku aika sitten, että minä olisin ehkä enemmän 'kotonani' hoitamassa taas autovarkauksia, ellei minulla sitten ole liikaa 'tunnesiteitä' sen puolen epäiltyihin. En kuuntele mitään hänen puheitaan.»

»Hyvä. Älä kuuntele jatkossakaan. Hän on sellainen musta aukko, että jos menet liian lähelle, hän kiskoo sinut mukaansa. Pysy aina mahdollisimman kaukana kaikesta negatiivisuudesta, poikaseni.»

»Minä pysyn mahdollisimman kaukana joutavista mulkuista. Hän ei kisko minua mihinkään. Miten hitossa hän edes on päässyt tälle osastolle?»

Kohautin olkapäitäni. »Kolme mahdollisuutta. Joko hän on sukua jollekulle, tai hän panee jotakuta, tai hänellä on ikävää tietoa jostakusta. Valitse siitä. Minä itse luulen, että jos hänellä olisi suhteita, tietäisin siitä jo, eikä hän näytä minusta miltään femme fatalelta. Vaihtoehdoksi jää siis vain kiristys. Mikä on sekin hyvä syy jättää Quigley rauhaan.»

Richien kulmat kohosivat. Hän sanoi: »Luuletko että hän on vaarallinen? Oikeasti? Tuo pösilö?»

»Älä aliarvioi Quigleyta. On hän tyhmä, mutta ei niin tyhmä kuin luulet, koska silloin hän ei olisi päässyt tänne. Hän ei ole vaarallinen minulle – tai sinullekaan, kunhan et tee mitään tyhmää – mutta ei hän silti ole mikään harmiton idiootti. Suhtaudu häneen niin kuin mahatautiin: elämä voi muuttua hänen takiaan aika pahanhajuiseksi ja hänestä kestää ikuisuuden päästä eroon, joten yritä vältellä häntä, muttei hän pysty tekemään pahaa vahinkoa, ellet ole jo valmiiksi heikko. Mutta pidä mielessä, että jos olet jo ennestään haavoittuva ja hän saa tilaisuuden iskeä sinuun kiinni, niin sitten joo. Silloin hän voi olla vaarallinen.»

»Sinähän se määräät», Richie sanoi hilpeästi, sillä vertaus oli saanut hänet hyvälle mielelle, vaikkei hän kuulostanutkaan järin vakuuttuneelta. »Pysyttelen kaukana Ripulimiehestä.»

En vaivautunut pitämään naamaani peruslukemilla. »Ja siinä muuten toinen juttu. Älä rupea härkkimään häntä. Tiedän että me muut kiusaamme Quigleyta, emmekä mekään saisi, mutta mepä emme olekaan tulokkaita. Vaikka Quigley olisi millainen kusipää hyvänsä, sinä näytät nenäkkäältä kakaralta jos rupeat soittamaan hänelle poskea – etkä vain hänen silmissään vaan koko osaston. Pelaat silloin suoraan Quigleyn pussiin.»

Richie hymyili takaisin. »Asia selvä. Vaan kun hän kerjää sitä.»

»Niin tekee. Mutta sinun ei tarvitse antaa.»

Hän painoi käden sydämelleen. »Olen kunnolla. Oikeasti. Mitä tänään on ohjelmassa?»

Palasin käymään läpi paperipinoani. »Tänään selvitetään, miksi Conor Brennan teki mitä teki. Hänellä on oikeus kahdeksan tunnin uniinsa, joten emme voi koskea häneen ainakaan pariin tuntiin. Mutta minulla ei ole kiire. Ehdotan, että tällä kertaa annamme hänen odotella meitä.» Kun epäilty on pidätetty, meillä on kolme päivää aikaa ennen kuin meidän pitää asettaa hänet syytteeseen tai päästää hänet vapaaksi, ja aioin käyttää kaiken tarvittavan ajan. Tarina päättyy ainoastaan televisiosarjoissa siihen, että tekijän tunnustus on nauhalla ja hänelle napsautetaan raudat ranteisiin. Oikeissa rikostutkinnoissa se napsautus on vasta alkua. Siinä vaiheessa tilanne muuttuu siten, että epäilty putoaa tärkeysjärjestyksen kärjestä aivan hännille. Sen jälkeen kun hänet on saatu talteen, rikostutkijat eivät näe hänen naamaansa välttämättä päiväkausiin. He keskittyvät vain pykäämään muureja, jotta hän pysyy tallessa.

Sanoin: »Menemme nyt O'Kellyn puheille. Sitten jututamme apulaisia ja panemme heidät käymään läpi Conorin ja Spainien elämää. Heidän pitää löytää risteyskohta, jossa Spainit ovat voineet kiinnittää Conorin huomion – kaikki kolme olivat samoissa bileissä, joku firma pestasi yhtä aikaa Patin vastaamaan rekrytoinnista ja Conorin tekemään verkkosivuja. Conor sanoi, että hän on kytännyt perhettä suunnilleen vuoden, mikä tarkoittaa että apulaisten pitää keskittyä vuoteen 2008. Sillä välin sinä ja minä tutkimme Conorin kämpän ja yritämme muurata umpeen jotain aukkoja – etsimme kaikkea mikä voisi tarjota motiivin, kaikkea mikä auttaisi ymmärtämään, miten hän pääsi käsiksi Spaineihin tai heidän avaimiinsa.»

Richie sormeili haavaa leuassaan – oikeastaan hänen olisi ollut turha ajaa partaansa, mutta toisaalta raakkaus kertoi oikeasta asenteesta – ja yritti löytää oikeaa tapaa kysyä. Sanoin: »Älä huoli, en minä ole unohtanut Pat Spainia. Minulla on sinulle jotain näytettävää.»

Avasin tietokoneen ja menin Wildwatcherin sivulle. Richie veti tuolinsa lattian poikki, jotta hän pystyi lukemaan tekstiä olkapääni takaa.

»Jaa», hän sanoi lopetettuaan. »Tuo kai voisi selittää katselulaitteet. Koska sellaisiahan tyyppejä on. Niitä jotka innostuvat eläinten tarkkailusta. Virittävät kokonaisia valvontakamerasysteemeitä, jotta pääsevät vahtimaan takapihansa kettuja.»

»Niin kuin katsoisi Big Brotheria, paitsi että kilpailijat ovat fiksumpia. Mutten usko että tässä on kyse siitä. Pat oli selvästi huolissaan siitä, että eläin kohtaa lapset. Ei hän olisi houkutellut eläimiä huvin vuoksi. Kuulostaa siltä, että hän halusi vain päästä elukasta eroon.»

»Joo. Siitä on pitkä matka puoleen tusinaan kameraan.» Hiljaisuus sillä välin, kun Richie luki tekstit uudestaan. »Ne reiät seinissä», hän sanoi varovasti. »Pitäisi olla aika iso eläin, että sellaisia tekee.»

»Ehkä, ehkä ei. Minulla on väkeä selvittämässä asiaa. Onko kukaan tavoittanut rakennustarkastajaa, joka voi vilkaista taloa ja tutkia onko siellä maanvajoamaa tai mitä lie?»

»Tarkastajan raportti on pinossa. Graham hoiti sen.» Kuka tämä Graham sitten mahtoi ollakaan. »Lyhyesti sanottuna talo on ihan romuna. Puolessa seinistä on kapillaarikosteutta, sitten on maanvajoamaa – sillä ne halkeamat selittyvät – ja putkissakin on jotain vikaa josta en tajunnut mitä, mutta olennaista on että koko paikkaan olisi pitänyt tehdä täysi putkiremontti vuodessa tai parissa. Sinéad Gogan puhui ihan asiaa niistä rakennuttajista: täysiä koijareita koko porukka. Huiskivat talot pystyyn, myivät ne ja pakenivat paikalta ennen kuin kukaan äkkäsi mitä vilunkipeliä he pelasivat. Mutta rakennustarkastaja sanoo, että mitkään näistä ongelmista eivät selitä seinien reikiä. Se päätyräystään reikä on voinut johtua maanvajoamasta, mutta muut eivät.» Richie kääntyi katsomaan minua. »Jos Pat teki ne reiät itse jahdatessaan jotain oravaa...»

Sanoin: »Ei se ollut orava. Emmekä tiedä, tekikö hän ne. Kukas meistä nyt tekee hätiköityjä johtopäätöksiä?»

»Sanon vaan, että jos. Tehdä nyt reikiä omiin seiniin...»

»Olisihan se raju temppu. Mutta ajattele, jos kämpässäsi vilistäisi salaperäinen elukka ja haluaisit siitä eroon, mutta sinulla ei olisi rahaa tuholaistorjujan pestaamiseen. Mitä tekisit itse silloin?»

»Tukkisin sen räystäsreiän. Jos se vemmeltäjä jäisi vahingossa satimeen sisälle, odottaisin pari päivää että sille tulee nälkä, avaisin reiän taas jotta se pääsee häipymään ja yrittäisin sitten uudestaan. Jos se ei lähtisi senkään jälkeen, levittelisin myrkkyä. Jos se kuolisi seinien sisään ja koko talo alkaisi haista, niin sitten vasta tarttuisin vasaraan. En aiemmin.» Richie työnsi itsensä pois pöytäni luota ja rullasi tuolillaan takaisin omalle työpisteelleen. »Jos Pat teki ne reiät, niin kyllä tässä on päästä viirannut muillakin kuin Conorilla.»

»Niin kuin sanoin. Otamme siitä kyllä selvää. Mutta siihen asti –»

»Tiedän. Pidän pääni kiinni aiheesta.»

Richie heilautti takkinsa ylleen ja alkoi tökkiä kravattisolmuaan – hän halusi tarkistaa sen edustavuuden pilaamatta sitä. Sanoin: »Hyvältä se näyttää. Mennään etsimään tarkastaja.»

Richie oli unohtanut jo Quigleyn. Minä en. Olin jättänyt kertomatta Richielle sen, että Quigley ei suostu menemään lähellekään reiluja tappeluita. Hänen erikoislahjansa on kyky vainuta hyeenan tavoin kaikki heikot ja haavoittuneet, eikä hän käy kenenkään kimppuun ellei ole varma, että pystyy peittoamaan uhrinsa. Oli ilmiselvää, miksi hän oli valinnut kohteekseen Richien.

Uusi tulokas, työväenluokkainen poika jonka pitää todistaa ties kuinka monella tavalla että hän kuuluu porukkaan, näsäviisas penska joka ei osaa pitää kieltään kurissa. Richietä oli helppoa ja turvallista härnätä puhumaan itseään hankaluuksiin. Mutta sitä minä en tajunnut – ja tämä olisi ehkä huolettanut minua ellen olisi leijunut hyvän tuuleni nosteessa – miksi Quigley oli valinnut kohteekseen myös minut.

O'Kelly oli onnessaan. »Siinäpä juuri miehet, joita olen odottanut», hän sanoi käännähtäen tuolillaan meitä kohti, kun koputimme hänen työhuoneensa oveen. Hän osoitti tuoleja – meidän piti raivata pinoittain sähköpostitulosteita ja loma-anomuslomakkeita ennen kuin mahduimme istumaan, sillä O'Kellyn huone näyttää aina siltä kuin paperit olisivat voittamaisillaan sodan – ja kohotti saamaansa kappaletta raportistamme. »No niin. Sanokaa minulle, etten näe unta.»

Kerroin hänelle pääkohdat. »Se pikku kusiainen», O'Kelly sanoi lopetettuani, joskaan ei kovin kiivaasti. Tarkastaja on ollut murharyhmässä pitkään ja nähnyt kaikenlaista. »Ja tunnustusko pitää kutinsa?»

Sanoin: »Se mitä tiedämme toistaiseksi pitää kutinsa, joo, mutta hän rupesi kaipaamaan nukkumataukoaan ennen kuin pääsimme yksityiskohtiin asti. Yritämme hänen kanssaan uudestaan myöhemmin tänään, tai sitten huomenna.»

»Mutta se mulkku on siis meidän miehemme. Sinulla lienee sen verran näyttöä, että voin mennä median eteen kertomaan Brianstownin väelle, että he voivat taas nukkua yönsä rauhassa. Onko asia näin?»

Richiekin katsoi minuun. Sanoin: »Siellä on nyt turvallista.»

»Sen minä halusinkin kuulla. Olen hätistellyt toimittajia kauemmas kepillä, ja puolet niistä pikkupiruista takuulla toivoo, että se mulkku iskisi uudestaan, jotta heillä olisi töitä. Tämä panee stopin heidän laukalleen.» O'Kelly nojautui tuolillaan taaksepäin tyytyväisesti huokaisten ja osoitti töpöllä etusormellaan Richien suuntaan. »Curran. Nostan käden pystyyn ja tunnustan, etten halunnut sinua tähän juttuun. Kertoiko Kennedy sitä?»

Richie pudisti päätään. »Ei kertonut, herra tarkastaja.»

»No, en halunnut. Luulin että olet liian vihreä edes pyyhkimään omaa persettäsi ilman että joku pitelee rullaa.» Huomasin silmänurkastani, että Richien suupieli värähti, mutta hän nyökkäsi vakavailmeisenä. »Olin väärässä. Ehkä minun pitäisi käyttää aloittelijoita useamminkin, jotta nuo laiskat köntykset tuolla saisivat jotain mietittävää. Hyvin toimittu.»

»Kiitän, herra tarkastaja.»

»Ja mitä tulee tähän tyyppiin» – hän osoitti peukalollaan minua – »moni täällä sanoi minulle, ettei häneen kannata koskea pitkällä tikullakaan. Olisi pitänyt kuulemma panna hänet kiipeämään takaisin entisiin hommiinsa ihan pohjalta asti. Pakottaa hänet todistamaan, että hänestä on vielä tähän.»

Vielä päivää aiemmin minussa olisi herännyt tässä kohtaa hirveä halu löytää ne kusipäät ja pakottaa heidät syömään sanansa. Mutta tänään kello kuuden uutiset tekisivät sen puolestani. O'Kelly tarkkaili minua terävin katsein. »Ja toivottavasti olen onnistunut siinä, herra tarkastaja», sanoin sulavasti.

»Tiesin että onnistuisit, koska muuten en olisi uskaltanut laskea varaasi. Käskin heidän painua mielipiteineen muualle, ja olin oikeassa. Tervetuloa takaisin.»

»Mukava olla täällä taas.»

»Epäilemättä. Arvioin sinut oikein, ja sinä arvioit oikein tämän nuoren miehen. Tällä osastolla on paljon poikia, jotka istuisivat tässä vaiheessa vielä kikkeli kädessä ja odottaisivat, että tunnustus tipahtaa heidän syliinsä. Milloin aiotte esittää syytteet sille teidän kusiaisellenne?»

Sanoin: »Haluaisin odottaa täydet kolme päivää. Haluan varmistaa, ettei juttuun jää yhtään säröä.»

»Tuollainen tämä meidän Kennedymme on», O'Kelly sanoi Richielle. »Kun hän iskee kiinni tekijään, niin Luoja sitä parkaa auttakoon. Seuraa häntä ja ota opiksesi. Siitä vaan, siitä vaan» – jalomielinen kädenhuiskautus – »käyttäkää niin paljon aikaa kuin haluatte. Olette ansainneet sen. Minä hoidan lykkäykset. Ja nyt kun tässä ollaan, niin haluatteko vielä jotain muuta? Lisää miehiä? Lisää ylityötunteja? Sanokaa vain.»

»Juuri nyt ei ole tarvetta millekään. Jos tilanne muuttuu, niin ilmoitan.»

»Tehkää se», O'Kelly sanoi. Hän nyökkäsi meille, järjesteli raporttimme sivut ja heitti ne pöydällään olevaan pinoon; keskustelu oli päättynyt. »Painukaahan nyt pois täältä ja näyttäkää noille muille reppanoille, miten hommat hoidetaan.»

Käytävällä, turvallisen välimatkan päässä O'Kellyn ovesta, Richie tavoitti katseeni ja kysyi: »Eli meinaako tämä, että minulla on nyt lupa pyyhkiä oma perseeni?»

Tarkastajalle vinoilee monikin, mutta hän on minun pomoni ja hän on pitänyt minusta aina huolta, ja otan molemmat seikat vakavasti. »Se on kielikuva», sanoin.

»Kyllä minä sen tajusin. Mitä se vessapaperirulla siinä edustaa?»

»Quigleyta?» minä sanoin, ja palasimme tutkintahuoneeseen nauraen.

Conorin kämppä oli kellariasunto korkeassa tiilitalossa, jonka ikkunanpuitteiden maali hilseili. Hänen ovensa oli talon takana, ja sinne pääsi pitkin kapeita portaita, joiden kaiteet olivat ruosteessa. Asunto – makuuhuone, pikkuruinen olohuoneen ja keittiön yhdistelmä, vielä pienempi kylpyhuone – näytti siltä kuin Conor olisi unohtanut sen olemassaolon jo kauan sitten. Se ei ollut törkyinen, tai ei ainakaan ihan, mutta nurkissa oli lukinseittejä, tiskialtaassa oli ruuantähteitä ja linoleumiin oli liiskautunut kiinni kaikenlaista. Jääkaapissa oli eineksiä ja Spriteä. Conorin vaatteet olivat laadukkaita mutta pari vuotta vanhoja, puhtaita mutta vain puoliksi viikattuja ja vaatekaapin pohjalle myttyihin pantuja. Hänen paperinsa olivat pahvilaatikossa olohuoneen nurkassa – laskuja, tiliotteita, kuitteja yhdessä kasassa, ja osaa kirjekuorista ei ollut edes avattu. Jos näkisin vähän vaivaa, pystyisin varmaan osoittamaan tarkalleen sen kuukauden, kun hän oli päästänyt elämästään irti.

Ei ilmiselvästi verisiä vaatteita, ei vaatteita pyykkikoneessa, ei kuivumaan ripustettuja vaatteita, ei verisiä lenkkareita – tai ylipäätään lenkkareita – mutta vaatekaappiin pannut kahdet kengät olivat kokoa 45. Sanoin: »En ole ikinä nähnyt hänen ikäistään miestä, jolla ei ole yksiäkään lenkkareita.»

»Heitti ne pois», Richie sanoi. Hän oli kääntänyt Conorin patjan seinää vasten ja kuljetti hanskaan verhottua kättään pitkin sen alapintaa. »Luulen että sen hän teki ihan ensiksi, kun pääsi maanantaiyönä kotiin. Puki päälle puhtaat vaatteet ja hankkiutui likaisista eroon niin pian kuin pystyi.»

»Eli hän heitti ne jonnekin tänne lähistölle, jos meillä on tuuria. Kutsutaan muutama poika etsimään lähitienoon roskiksista.»
Kävin läpi vaatemyttyjä tutkien taskuja ja tunnustellen, oliko saumoissa kosteutta. Asunnossa oli kylmä, sillä öljykäyttöinen huoneenlämmitin oli pois päältä ja lattian läpi tuli hyytävää ilmaa. »Vaikkei kamppeissa olisikaan verta, niistä voi silti olla hyötyä. Jos nuori Conor yrittää vedota puolustuksessaan johonkin mielenhäiriöön – eikä hänellä oikeasti ole enää muitakaan vaihtoehtoja – niin sitten voimme huomauttaa, että hän yritti peittää jälkensä, mikä tarkoittaa että hän tiesi tehneensä väärin, mikä tarkoittaa että hän oli yhtä järjissään kuin sinä ja minä. Juridiselta kannalta siis.»

Tilasin paikalle etsijöitä, joilla olisi onni päästä roskispartioon – kämppä oli niin maanalainen, että minun oli mentävä ulos saadakseni puhelimeen kenttää; Conorkaan ei olisi voinut puhua ystävilleen vaikka hänellä olisi niitä ollutkin. Sitten siirryimme olohuoneeseen.

Siellä oli hämärää senkin jälkeen, kun sytytimme valot. Ikkuna oli pään korkeudella, ja siitä avautui näkymä harmaaseen tasaiseen seinään. Minun oli kallistettava pääni vaakatasoon ennen kuin näin kapean kaistaleen taivasta; linnut kieppuivat tummaa pilveä vasten. Asunnon lupaavimmat kapineet – jättimäinen tietokone, jonka näppäimistöllä oli maissihiutaleita, ja kolhiintunut kännykkä – olivat Conorin pöydällä, mutta niihin emme voineet koskea ilman Kierania. Kirjoituspöydän vieressä oli vanha puinen hedelmälaatikko, jonka rapistuneessa leimassa näkyi hymyilevä ja appelsiinia pitelevä tummatukkainen tyttö. Avasin laatikon kannen. Sisälle oli jemmattu Conorin matkamuistot.

Pesussa haalistunut siniruutuinen huivi, jonka kudoksessa oli yhä tallella muutama pitkä vaalea hius. Puoliksi palanut vihreä lasipurkkikynttilä, joka täytti laatikon nostalgisen makealla kypsien omenien tuoksulla. Kämmenen kokoisesta muistilehtiöstä repäisty sivu, jonka rutut oli oiottu huolellisesti. Sivulle oli piirretty nopein voimakkain vedoin – ehkä ajankuluksi puhelinkeskustelun aikana – rugbynpelaaja joka juoksi pallo kainalossa. Se

Conorin mainitsema muki – lohjennut, teetahrainen ja unikonku-
villa koristeltu. Ja hänen mainitsemansa kourallinen kuminauhoja,
järjesteltyinä siististi kuin aarteet. Lapsen väriliitupiirustus, jossa
oli neljä keltaista päätä, sininen taivas, lentäviä lintuja ja musta
kissa loikoilemassa kukkivassa puussa. X:n muotoinen haalistu-
nut vihreä muovimagneetti, jota oli pureskeltu. Tummansininen
kynä, jossa luki kultaisilla kiehkurakirjaimilla: *Golden Bay Resort
– porttisi paratiisiin!*

Työnsin etusormellani huivin pois piirustuksen alanurkan
päältä. Siihen oli kirjoitettu huterilla tikkukirjaimilla EMMA, ja
nimen vieressä oli päivämäärä. Taivasta ja kukkia tahriva ruosteen-
ruskea väri ei ollut maalia. Emma oli piirtänyt tämän kuvan maa-
nantaina, varmaan koulussa, kun hänellä oli ollut elinaikaa enää
kourallinen tunteja.

Tuli pitkä hiljaisuus. Polvistuimme lattialle ja tunsimme nenäs-
sämme puulaatikon ja omenan tuoksun.

»Eli siinä on todisteemme», minä sanoin. »Conor oli talossa
Spainien kuolinyönä.»

Richie sanoi: »Kyllä minä sen tiedän.»

Uusi hiljaisuus, ja tällä kertaa se ehti venyä kireämmälle sillä
välin kun kumpikin odotti, että toinen katkaisisi sen. Yläkerran
asunnosta kuului korkeiden korkojen terävää kopinaa paljaalla
lattialla. »No niin», sanoin ja panin kannen varovasti takai-
sin laatikon päälle. »No niin. Pannaan pussiin, etiketti päälle ja
eteenpäin.»

Ikivanha oranssi sohva oli melkein kokonaan piilossa villapai-
tojen, DVD-levyjen ja tyhjien muovipussien alla. Kävimme kasaa
läpi kerros kerrokselta etsien verta, ravistellen tavaroita ja pudo-
tellen niitä lattialle. »Ei herran tähden», sanoin löytäessäni kesä-
kuun alun TV-lehden ja puolitäyden pussin etikkasipsejä. »Katso
nyt tätä.»

Richie hymyili minulle vinosti ja näytti talouspaperitolloa, jolla
oli pyyhitty jotain kahvin näköistä. »Olen nähnyt pahempaakin.»

»Niin minäkin, mutta ei tätä silti voi hyväksyä. Ihan sama,
vaikka kaveri olisi ollut puilla paljailla. Itsekunnioitus ei maksa
mitään. Spainit olivat ihan yhtä persaukisia kuin hänkin, mutta
heidän kämppänsä oli tahraton.» En ollut jättänyt ruuantähteitä

tiskialtaaseen mätänemään edes synkimpinä aikoinani heti avioeron jälkeen. »Ei hänellä sellainen kiirekään ollut, ettei olisi joutanut tarttua tiskirättiin.»

Richie oli päässyt käsiksi sohvatyynyihin. Hän nosti yhden niistä paikoiltaan ja kuljetti kättään pitkin sohvanrunkoa ruuanmurujen seassa. »Vuorokauden ympäri tässä paikassa ilman työpaikkaa minne mennä ja ilman rahaa jolla lähteä kaupungille. Kyllä semmoiseen pää hajoaa. En minäkään olisi välttämättä viitsinyt siivota.»

»Muista, ettei hän ollut täällä jumissa vuorokauden ympäri. Conorilla oli yhä menopaikkoja. Hän puuhasi ahkerasti Brianstownissa.»

Richie avasi sohvatyynynpäällisen vetoketjua ja työnsi kätensä sisään. »Totta kyllä», hän sanoi. »Ja arvaa mitä? Sen takia tämä kämppä on kaatopaikka. Tämä ei ollut hänen kotinsa. Se piilopaikka Brianstownissa oli hänelle koti. Ja se oli siisti kuin mikä.»

Hoidimme etsinnän perusteellisesti: tutkimme laatikoiden alapinnat, kirjahyllyjen taustat, pakastimeen pantujen ylivuotisten roskaruokaeinesten pakkaukset – kytkimme jopa Richien puhelimen kaikkiin asunnon pistorasioihin Conorin laturin avulla, jotta olisi varmaa ettei mikään niistä ollut pelkkä kätköpaikan julkisivu. Asiapaperilaatikko lähtisi asemalle meidän mukanamme siltä varalta, että Conor oli käyttänyt jotain pankkiautomaattia pari minuuttia Jennyn jälkeen tai säilyttänyt kuitit webbisuunnittelusta Patin firman laskuun, mutta kävimme paperit silti huvin vuoksi nopeasti läpi. Tiliotteet noudattivat samaa masentavaa kaavaa kuin Patilla ja Jennyllä: kohtalaiset tulot ja vankat säästöt, sitten pienemmät tulot ja hupenevat säästöt, sitten vararikko. Koska Conor oli itsensätyöllistäjä, hänen mahalaskunsa ei ollut ollut yhtä dramaattinen kuin Pat Spainilla – vähitellen kävi vain niin, että maksetut palkkiot pienenivät ja niitä tuli harvemmin – mutta hänelle oli tullut seinä vastaan jo aiemmin. Luisu oli alkanut loppuvuodesta 2007, ja säästöihinsä hän oli alkanut kajota vuoden 2008 puolivaiheilla. Siinä vaiheessa tilille ei ollut tullut rahaa moneen kuukauteen.

Puoli kolmen aikaan olimme jo lopettelemassa ja panemassa tavaroita entisille paikoilleen, mikä tarkoitti tässä tapauksessa sitä, että palautimme oman keskitetyn sotkumme Conorin hajautetuksi sotkuksi. Meidän systeemillämme kämppä oli näyttänyt paremmalta.

Sanoin: »Tiedätkö mikä tässä asunnossa pistää silmään?»

Richie työnteli kirjoja takaisin hyllyihin kourakaupalla ja nostatti samalla pieniä pölypyörteitä. »No?»

»Täällä ei ole jälkeäkään kenestäkään muusta. Ei tyttökaverin hammasharjaa, ei valokuvia Conorista kavereittensa kanssa, ei synttärikortteja. Kalenterissa ei lue »soita isälle» tai »Joen kanssa pubiin kasilta» tai vastaavaa. Mikään ei vihjaa, että Conor olisi tavannut joskus elämässään toisen ihmisen.» Työnsin DVD-levyjä telineeseensä. »Muistatko kun sanoin, ettei hänellä ollut mitään mitä rakastaa?»

»Kaikki voi olla digitaalisena. Moni meidän ikäinen pitää kaiken puhelimella tai tietokoneella – valokuvat ja tapaamiset...»

Yksi kirjoista pudota läiskähti hyllyltä lattialle; Richie käännähti katsomaan minua suu auki ja risti kätensä takaraivolle. »Jumalauta», hän sanoi. »Valokuvat!»

»Jatkuuko tuo lause jotenkin, poikaseni?»

»Jumalauta! Minä tiesin että olen nähnyt hänet. Eipä mikään ihme että hän välitti heistä –»

»Richie.»

Hän hieraisi poskiaan, veti syvään henkeä ja puhalsi ilmat ulos. »Siis muistatko kun kysyit viime yönä Conorilta, kenen Spaineista hän toivoi jääneen henkiin? Ja hän sanoi että Emman. Ei hemmetti mikään ihme. Hän on Emman kummisetä.»

Se kehystetty valokuva Emman kirjahyllyssä: taikinanaamainen vauva valkoisessa pitsimekossa, Fiona pynttäytyneenä, hänen vierellään pitkäkuontaloinen mies. Muistan että mies näytti poikamaiselta ja hymyili, mutta kasvot eivät palanneet mieleen. Sanoin: »Oletko varma?»

»Olen joo. Olen varma. Muistatko sen kuvan Emman huoneessa? Conor oli silloin nuorempi ja hän on laihtunut paljon ja leikannut tukkansa lyhyeksi, mutta vannon että hän se oli.»

Valokuva oli mennyt asemalle niin kuin kaikki muukin, mistä oli tunnistettavissa Spainien tuntemia ihmisiä. »Tarkistetaan se kuva», sanoin. Richie oli jo ottamassa puhelintaan esiin. Hyvä ettemme juosseet portaita ylös.

Vinkkilinjamme päivystäjä kaivoi valokuvan esiin, otti siitä kuvan puhelimellaan ja lähetti sen takaisin Richielle viidessä minuutissa. Kuva oli pieni ja vähän pikselöitynyt – ja Conor näytti onnellisemmalta ja levänneemmältä kuin olisi voinut ikinä kuvitella – mutta hän se oli. Jämerä mies aikamiehen puvussaan piteli Emmaa kuin jotakin lasista tehtyä, ja Fiona kurotti hänen editseen pujottamaan sormeaan vauvan pikkuruiseen nyrkkiin.

»Ei saatana», Richie sanoi hiljaa ja puhelinta tuijottaen.

»Joo», minä sanoin. »Siinäpä se kiteytettynä.»

»Ei ihme, että hän tiesi kaiken Patin ja Jennyn suhteesta.»

»Aivan. Mokoma kyrpä. Nauroi meille kaikessa rauhassa koko ajan.»

Richien suupieli värähti. »Ei näyttänyt minusta siltä että nauraa.»

»Ei naura ainakaan sitten, kun näkee tuon kuvan. Mutta hän ei näe sitä ennen kuin saamme hommat valmiiksi. Meillä pitää olla kaikki ojennuksessa ennen kuin menemme lähellekään Conoria. Sinäkö kaipasit motiivia? Veikkaan isolla rahalla, että kaikki johtaa tuohon kuvaan.»

»Se on voinut alkaa tosi kaukaa.» Richie napautti ruutua. »Tuo tuossa on kuuden vuoden takaa. Jos Conor ja Spainit olivat siihen aikaan parhaita kavereita, he olivat tunteneet toisensa jo jonkun aikaa. Ainakin opiskeluaikoina, varmaan jo koulussa. Motiivi on voinut syntyä missä kohtaa tahansa. Jotain sattuu, kaikki unohtavat sen, sitten Conorin elämä menee perseelleen ja yhtäkkiä joku viidentoista vuoden takainen asia tuntuu taas hirveän tärkeältä...»

Hän puhui siihen tapaan kuin olisi viimein uskonut, että Conor oli miehemme. Kumarruin tutkimaan puhelinta lähempää, jotta olisin kätkenyt hymyni. »Tai se voi olla joku paljon tuoreempi juttu. Jossain kohtaa kuuden viime vuoden aikana heidän suhteensa on mennyt niin pahasti mönkään, että Conor ei ole voinut nähdä kummityttöään kuin kiikareilla. Kiinnostaisi kovasti tietää, mitä siinä tapahtui.»

»Kyllä se saadaan selville. Puhutaan Fionalle, puhutaan heidän vanhoille kavereilleen –»

»Joo, niin puhutaan. Nyt se pikku sika on nalkissa.» Mieleni teki siepata Richien pää kainalooni niin kuin olisimme olleet kaksi teiniääliötä, jotka syventävät kaverisuhdettaan muksimalla toisiaan käsivarteen. »Richie ystäväni, sinä tienasit juuri koko vuoden palkkasi.»

Richie hymyili leveästi ja punastui. »No enkä. Olisi se selvinnyt ennemmin tai myöhemmin.»

»Niin olisi joo. Mutta ennemmin on hirveän paljon parempi kuin myöhemmin. Voimme vapauttaa puolentusinaa tutkinta-apulaista selvittelemästä, ostivatko Conor ja Jenny bensaa samalta asemalta vuonna 2008, ja sen myötä saamme puolentusinaa uutta mahdollisuutta löytää ne vaatteet ennen kuin roska-auto hakee ne pois... Sinä olet ottelun tähtipelaaja, ystävä hyvä. Voit onnitella itseäsi.»

Hän kohautti olkapäitään ja hieroi nenäänsä peitelläkseen punastumistaan. »Tuuria vaan.»

»Ja paskat. Sellaista ei olekaan. Tuurista on hyötyä vain silloin, kun tekee ensin pätevää kunnollista tutkijantyötä, ja juuri niin kävi nytkin. Sanopa sinä, mitä teemme seuraavaksi.»

»Fiona Rafferty. Niin pian kuin pystytään.»

»Totta mooses. Soita sinä hänelle, hän tykkäsi enemmän sinusta.» Tämän myöntäminen ei edes kirpaissut minua. »Yritä saada hänet tulemaan asemalle mahdollisimman nopeasti. Jos hän tulee alle kahteen tuntiin, minä tarjoan lounaan.»

Fiona oli sairaalassa – se sama laite piippasi taustalla tasaiseen tahtiin – ja jopa hänen »haloonsa» kuulosti aivan loppuun ajetulta.

Richie sanoi: »Neiti Rafferty, konstaapeli Curran täällä. Olisiko teillä hetki aikaa?»

Pieni hiljaisuus. »Hetkinen», Fiona sanoi. Hän sanoi vaimennetusti, kuin käsi puhelimen edessä: »Minun pitää hoitaa tämä puhelu. Olen ihan tuossa ulkona. Huikkaa jos tarvitset.» Ovi naksahti ja piippaus katosi. »Haloo?»

Richie sanoi: »Olen pahoillani, että jouduitte lähtemään sisarenne viereltä. Miten hän pärjää?»

Hetken hiljaisuus. »Eipä hyvin. Samalla lailla kuin eilen. Silloinhan te puhuitte hänelle? Ennen kuin meitä edes päästettiin huoneeseen.»

Fionan äänessä oli terävyyttä. Richie sanoi rauhallisesti: »Puhuimme joo, muutaman minuutin. Emme halunneet väsyttää häntä liikaa.»

»Aiotteko te palata tänne kyselemään? Koska älkää tulko. Hänellä ei ole teille mitään kerrottavaa. Hän ei muista mitään. Hyvä jos pystyy edes puhumaan. Itkee vain. Niin kuin me kaikki.» Fionan ääni tärisi. »Ettekö te voi vaan... jättää häntä rauhaan? Oikeasti?»

Richie oli jo oppinut jotain: hän ei vastannut kysymykseen. Hän sanoi: »Soitin koska meillä on teille uutisia. Siitä kerrotaan myöhemmin telkkarissa, mutta ajattelin että kuulette mieluummin meiltä. Aiotaan pidättää eräs henkilö.»

Hiljaisuus. Sitten: »Se ei ollut Pat. Minähän sanoin. Minähän sanoin teille.»

Richie ja minä katsahdimme toisiamme. »Joo, niin sanoitte.»

»Kuka – Voi taivas. Kuka hän on? Miksi hän teki sen? Miksi?»

»Me selvitämme vielä sitä. Ajattelimme, että voisitte auttaa. Pystyttekö tulemaan Dublinin linnaan puhumaan asiasta? Kerromme tarkempaa tietoa siellä.»

Jälleen hetki äänettömyyttä, kun Fiona yritti sisäistää kuulemaansa. »Joo. Joo, ilman muuta. Mutta siis voinko minä, voiko se odottaa hetken? Äiti lähti käymään kotona nukkumassa enkä halua jättää Jennyä yksin – äiti tulee takaisin kuudelta, ja minä pääsisin teille ehkä seitsemäksi. Ehtiikö silloin vielä?»

Richie katsoi minua kysyvästi, ja nyökkäsin. »Ehtii oikein hyvin», hän sanoi. »Ja neiti Rafferty, teettekö meille palveluksen ettekä kerro tästä vielä siskollenne. Ja pitäkää huoli, ettei äitinnekään sano mitään. Käykö? Sitten kun epäilty on asetettu syytteeseen ja niin poispäin, me voimme kertoa hänelle, mutta asiat ovat vasta alullaan emmekä halua järkyttää häntä turhaan, jos jokin menee vikaan. Lupaisitteko sen?»

»Joo. En sano mitään.» Nopea hengenveto. »Se tyyppi. Olkaa kiltti ja sanokaa. Kuka hän on?»

Richie sanoi lempeästi: »Puhutaan myöhemmin. Pitäkää huoli siskostanne. Ja itsestänne myös. Nähdään pian.» Hän katkaisi puhelun ennen kuin Fiona ehti jatkaa kyselemistään.

Katsoin rannekelloani. Se näytti vähää vaille kolmea; vielä neljä tuntia odotteluaikaa. »Et sitten saanut ilmaista lounasta, päivänsäde.»

Richie pani puhelimensa pois ja soi minulle pikaisen hymyn. »Ja minä kun olisin tilannut heti hummeria.»

»Riittääkö tonnikalasalaatti? Minä haluaisin mennä Brianstowniin katsomaan, miten etsintäpartioilla menee, ja yrittämään uudestaan Goganin penskan kanssa, mutta otetaan jotain syömistä matkalta mukaan. Minulla kärsii maine, jos sinä kuolet nälkään.»

»Tonnikalasalaatti käy hyvin. En halua pilata mainettasi.»

Hän hymyili yhä. Vaatimaton tai ei, Richie oli joka tapauksessa onnellinen mies. »Kiitos kun välität», sanoin. »Lopettele sinä täällä sisällä. Minä kilautan Larrylle ja käsken hänen tuoda poikansa tänne, ja sitten voidaan lähteä täältä.»

Richie hypähteli portaat alas kaksi askelmaa kerrallaan. »Tykitys!» Larry sanoi ilahtuneena. »Olenko sanonut viime aikoina, että rakastan sinua?»

»En kyllästy ikinä kuulemaan sitä. Mitä minä nyt olen tehnyt?»

»Se auto. Siellä on kaikki mitä mies voi toivoa, eikä ole edes syntymäpäiväni.»

»Kerro lisää. Jos kerran olen lähetellyt sinulle lahjapaketteja, ansaitsen tietää mitä niissä on.»

»No, ensimmäinen juttu ei ollut varsinaisesti autossa sisällä. Kun pojat rupesivat hinaamaan autoa, renkaan päältä putosi avainnippu. Meillä on auton avaimet, meillä on kaksi talonavaimen näköistä – toinen on Chubbin ja toinen Yalen avain – ja nyt rummunpärinää kiitos, meillä on Spainien takaoven avain.»

»No nyt oli makoisa uutinen», minä sanoin. Ensin hälytyskoodi ja sitten tämä. Kunhan saisimme tietää, mistä Conor oli saanut avaimensa – ja yksi ilmeinen vastaus oli tulossa juttelemaan muutaman tunnin päästä – niin sitten koko syheröinen kysymys taloon pääsystä ratkeaisi nätisti. Patin ja Jennyn mukava vankka talo oli ollut yhtä turvassa tunkeutujilta kuin teltta uimarannalla.

»Arvelinkin että pitäisit siitä. Ja kun pääsimme autoon sisälle asti, niin voi että. Minä sitten niin rakastan autoja. Olen nähnyt kavereita, jotka suunnilleen kylpevät desinfiointiaineessa sen jälkeen kun tekevät tekosensa, mutta vaivautuvatko he putsaamaan autonsa? Eivät vaivaudu. Tämä on oikea hiusten ja kuitujen ja mullan ja kaiken muunkin mukavan pesä, ja jos harrastaisin vedonlyöntiä, veikkaisin isolla rahalla, että vähintään yksi löydös täsmää rikospaikkaan. Täällä on lisäksi kurainen kengänjälki kuskinpuolen matossa. Meidän pitää käsitellä sitä ennen kuin nähdään paljonko siitä irtoaa yksityiskohtia, mutta se on miehen lenk-karista, kokoa 45 tai 46.»

»Aina paranee.»

»Ja sitten on tietysti se», Larry sanoi kainosti, »että täällä on verta.»

Siinä vaiheessa se ei enää edes yllättänyt. Toisinaan tässä työssä tulee vastaan päiviä, joina arpa on aina suosiollinen eikä tarvitse kuin ojentaa kätensä, kun siihen jo tipahtaa pulska ja mehukas todiste. »Paljonko?»

»Tahroja joka paikassa! Ovenkahvassa ja ratissa on vain pari, koska hän on riisunut hanskansa ennen kuin on palannut autolle, mutta kuskinpenkki on ihan verinen – lähetämme kaikki näytteet dna-tutkimuksiin, mutta uskaltaudun arvaamaan, että ne täsmää-vät uhreihin. Kerro, olenko tehnyt sinusta onnellisen.»

»Maailman onnellisimman miehen», sanoin. »Ja vastineeksi minulla on sinulle toinenkin pikku lahja. Richie ja minä olemme epäillyn asunnolla vähän vilkuilemassa. Sitten kun joudat, olisi mukava jos tulisit tänne käymään paikan läpi kunnolla. Nähdäk-semme täällä ei ole verta – valitan – mutta on toinen tietokone ja toinen puhelin, jotta nuori Kieran pysyy kiireisenä, ja varmaan sinäkin löydät täältä jotain mielenkiintoista.»

»Minun maljani on ylitsevuotavainen. Tulen sinne niin pian kuin pääsen livistämään täältä. Oletteko sinä ja uusi ystäväsi sil-loin vielä siellä?»

»Luultavasti emme. Palaamme rikospaikalle. Onko se sinun mäyränjäljestäjäkaverisi siellä?»

»Kyllä vain. Käsken hänen jäädä odottamaan teitä. Ja sääs-tän sinulle myöhemmäksi ison halin. *Ciao ciao*.» Larry lopetti puhelun.

Jutun palaset olivat loksahtamassa kohdalleen. Aistin sen suo-rastaan ruumiillisena tuntemuksena, niin kuin omat selkänika-mani olisivat asettuneet ojoon pienin itsevarmoin naksahduksin ja sallineet minun suoristautua ja haukata keuhkojen täydeltä hap-pea ensimmäistä kertaa päiväkausiin. Killester on meren lähellä, ja hetken minusta tuntui kuin olisin tavoittanut häivähdyksen suo-laista ilmaa, villiä ja vahvaa tuoksua, joka tunkeutui kaupungin hajujen läpi saavuttaakseen juuri minut. Kun työnsin puhelimeni taskuun ja lähdin laskeutumaan portaita, huomasin hymyileväni harmaalle taivaalle ja kaarteleville linnuille.

Richie kasasi rojua takaisin sohvalle. Sanoin: »Larrylla on hauskaa Conorin auton kimpussa. Hiuksia, kuituja, jalanjälki ja – kuunteles tätä – avain Spainien takaoveen. Richie ystäväni, tänään on onnenpäivämme.»

»Hyvä. Hieno homma, joo.» Richie ei kohottanut katsettaan.

Sanoin: »Mikä nyt on?»

Hän kääntyi niin kuin olisi raahautunut pois upottavasta unesta. »Ei mikään. Hyvin menee.»

Hänen kasvoillaan oli huolestuneen keskittynyt ja sulkeutunut ilme. Jotain oli nyt tapahtunut.

Sanoin: »Richie.»

»Pitää vaan saada se voileipä. Tuli vähän paska olo yhtäkkiä, tiedätkö sen kun käy niin. Matala verensokeri varmaan. Ja tämä ilmanlaatu täällä, ja kaikki –»

»Richie. Jos jotain on sattunut, niin sinun pitää kertoa minulle.»

Richie katsoi minua silmiin. Hän näytti nuorelta ja hurjan eksyneeltä, ja kun hänen huulensa raottuivat, tiesin että hän aikoi pyytää apua. Sitten jokin hänen ilmeessään yhtäkkiä umpeutui ja hän sanoi: »Ei ole sattunut mitään. Oikeasti. Joko mennään?»

Kun muistelen Spainien tapausta syvällä loputtomien öitteni syövereissä, mieleeni kohoaa aina tämä hetki. Kaikki muu, kaikki muut matkan varrella sattuneet lipsahdukset ja kompastukset, olisi voitu hyvittää. Mutta tämä on se, johon olen takertunut tiukimmin, koska se viiltää kaikkein terävimmin. Kylmää tunkkaista ilmaa, heikko auringonsäde joka hohtaa seinässä ikkunan ulkopuolella, kuivahtaneen leivän ja omenien tuoksua.

Tiesin että Richie valehteli minulle. Hän oli nähnyt jotain, kuullut jotain, asettanut jonkin palan paikoilleen ja nähnyt vilaukselta upouuden kuvan. Minun tehtäväni oli painostaa, kunnes hän tunnustaisi. Ymmärrän sen ja ymmärsin sen silloinkin siinä matalakattoisessa asunnossa, jonka pöly kihelmöi käsissäni ja tukki ilman. Ymmärsin – tai olisin ymmärtänyt jos olisin ryhdistäytynyt huolimatta uupumuksestani ja kaikista muistakin seikoista, jotka eivät kelpaa selitykseksi – että Richie oli minun vastuullani.

Luulin että hän oli äkännyt jotain, mikä todistaisi lopullisesti että Conor oli syyllinen, ja halusi ensin toipua rauhassa ylpeytensä kokemasta kolauksesta. Ajattelin että jokin oli vihjannut hänelle motiivista ja että hän halusi edetä sillä polulla muutaman askeleen pitemmälle ennen kuin olisi asiasta varma ja voisi ottaa asian puheeksi kanssani. Tulin ajatelleeksi muita osaston työpareja, niitä jotka olivat porskuttaneet pitempään kuin useimmat avioparit – miten ketterästi he tasapainottelivat käsitellessään toisiaan, miten heidän keskinäinen luottamuksensa oli jotain kiinteää ja käytännöllistä kuin takki tai kahvimuki, sellaista mistä harvoin puhutaan, koska se on aina käytössä.

Sanoin: »Joo. Sinullekin maistuisi varmaan kahvi, koska minulle ainakin. Lähdetään täältä.»

Richie heitti viimeiset Conorin rojut sohvalle, tarttui oranssin laatikon sisältävään todistepussiin ja työntäytyi ohitseni vetäen samalla hanskaa kädestään hampaittensa avulla. Kuulin kuinka hän raijasi laatikkoa ylös portaita.

Ennen kuin sammutin valot, katselin vielä kerran ympärilleni ja etsin huoneen joka kolkasta sitä salaperäistä asiaa, joka oli hypännyt yhtäkkiä Richien silmille. Asunto oli äänetön ja juro, se oli jo kääntymässä jälleen sisäänpäin ja palaamassa hylätyksi. Siellä ei ollut mitään.

12

RICHIE YRITTI PARHAANSA ajomatkallamme Broken Harbouriin: hän piti juttua yllä kertomalla pitkää tarinaa kenttämiesaikojensa kommelluksesta. Hänen oli pitänyt mennä väliin, kun kaksi ikivanhaa veljestä oli piessyt toisiaan syystä, joka liittyi jotenkin lampaisiin – molemmat veljet olivat kuuroja, ja heidän perämetsämurteensa oli niin leveää, ettei Richie saanut siitä selvää. Tarina päättyi siihen, että veljekset yhdistivät voimansa kaupunkilaispoikaa vastaan ja Richien piti poistua talosta kävelykeppien tökkiessä häntä persauksille. Hän yritti pelleillä parhaansa mukaan ja pitää keskustelumme turvallisella maaperällä. Minä leikin mukana: kerroin omia pikkukämmejäni univormuajoilta, tempauksia joihin minun ja kaverini ei olisi pitänyt ryhtyä poliisikoulussa, sellaisia juttuja joissa on vitsihuipennus lopussa. Se olisi ollut mukava ajomatka ja lystikäs rupattelutuokio, ellei välissämme olisi ollut ohutta varjoa, joka hämärsi tuulilasin ja alkoi paksuuntua aina kun puheemme taukosi.

Sukellusryhmä oli löytänyt kalastusveneen, joka oli ollut sataman pohjassa pitkään, ja sukeltajat tekivät selväksi, etteivät he uskoneet löytävänsä enää mitään sen kiinnostavampaa. Seistessään siinä sukelluspuvuissaan kasvottomina ja sulavalinjaisina he saivat sataman näyttämään uhkaavan sotilaalliselta. Kiitimme heitä, puristimme heidän liukkaita hanskakäsiään ja käskimme heidän mennä kotiin. Etsintäpartion jäsenet, jotka olivat edenneet pitkin asuntoaluetta, olivat likaisia, väsyneitä ja vittuuntuneita. He olivat löytäneet kahdeksan vaihtelevan muotoista ja kokoista veistä, jotka kaikki oli selvästikin kylvetty maastoon edellisyönä, koska se oli ollut teinien mielestä hulvattoman hauska tapa kapinoida systeemiä vastaan, mutta jokainen veitsi pitäisi silti tutkia.

Käskin partion siirtyä etsimään mäeltä, jonne Conor oli piilottanut autonsa. Oman tarinansa mukaan hän oli heittänyt aseet veteen, mutta siinä Richie oli oikeassa, että Conor pelaili kanssamme pelejä. Niin kauan kuin emme tienneet tarkkaan, mitä pelejä ja miksi, kaikki hänen sanomisensa piti tarkistaa.

Spainien aidan päällä istui pitkänhontelo kaveri, jolla oli vaaleat rastaletit ja pölyinen parkatakki. Hän poltteli sätkää ja näytti kaikin puolin epäilyttävältä. Sanoin: »Voimmeko jotenkin auttaa?»

»Morjens», hän sanoi ja tumppasi sätkänsä kengällään. »Rikostutkijoita varmaan? Minä olen Tom. Larry pyysi minua jäämään tänne ja juttelemaan teidän kanssanne.»

Teknisen tutkinnan työntekijöillä on matalammat pukeutumisvaatimukset kuin meillä, mihin myötävaikuttavat sekä labratakit ja rikospaikkahaalarit että se, että he työskentelevät yleisöltä piilossa, mutta tämä kaveri erottui siitäkin joukosta. Sanoin: »Ylikonstaapeli Kennedy ja konstaapeli Curran. Oletko täällä puhumassa siitä vintin eläimestä?»

»Joo. Haluatteko että mennään sisälle katsomaan, mikä meininki?»

Penska näytti olevan ihan pilvessä, mutta yritin olla tuomitsematta häntä vielä, koska tiedän että Larry on raivokkaan nirso työtoveriensa suhteen. »Tehdään niin», sanoin. »Teidän väkenne löysi takapihalta kuolleen punarinnan. Vilkaisitko sitä?»

Tom jemmasi tumpin sätkäpussiinsa, kumartui kieltonauhan alta ja lähti laahustamaan etuovelle. »Joo toki, mutta ei siinä ollut paljon nähtävää. Lar sanoi, että te haluatte tietää tappoiko sen eläin vai ihminen, mutta ötökät ovat jo syöneet haavan pilalle. Elikkä minä en pysty sanomaan muuta kuin että se oli vähän repaleinen. Siis semmoinen, ettei sitä ole tehty terävällä veitsellä. Ehkä se on tehty sahalaitaisella terällä, siinä tapauksessa varmaan tylsällä, tai ehkä hampailla. Mahdoton sanoa.»

Richie kysyi: »Millaisilla hampailla?»

Tom virnisti. »Ei ihmisen hampailla. Meinaatko että se teidän murhaajanne oli niin kuin joku Ozzy?»

Richie virnuili takaisin. »Aivan joo. Hyvää halloweenia, minä olen liian vanha puremaan lepakoita, tässä teille punarinta.»

»Vittu vähänkö olisi kipeää», Tom sanoi hilpeästi. Joku oli paikannut Spainien oven – ronskisti, vain muutamalla ruuvilla ja munalukolla – jotta toimittajat ja makaaberit töllistelijät pysyisivät poissa. Tom alkoi kaivella taskustaan avainta. »Mutta ei. Nyt puhutaan eläimen hampaista. Se on voinut olla rotta tai kettu, paitsi että ne olisivat syöneet varmaan myös sisälmykset sun muut eivätkä vaan päätä. Jos se oli eläin, veikkaan näätäeläintä. Hilleriä tai minkkiä. Tai jotain muuta siitä heimosta. Ne harrastavat huvikseen tappamista.»

Sanoin: »Samaa tämä Currankin arveli. Sopisiko näätäeläin siihen menoon, jota vintillä oli?»

Munalukko naksahti, ja Tom työnsi oven auki. Talossa oli kylmä – joku oli sulkenut lämmityksen – ja heikko sitruunantuoksu oli haihtunut. Sen tilalla haisi hiki, rikospaikkahaalarien muovisen kemiallinen katku ja vanha veri. Rikospaikkojen siivoaminen ei ole meidän tehtävämme. Jätämme niin tappajan kuin meidän itsemmekin tekemät sotkut jälkeemme, ja eloonjääneet saavat joko tilata paikalle ammattisiivoojat tai hoitaa työn itse.

Tom lähti kohti portaikkoa. »Joo, minä luin sen teidän uhrinne Wildwatcher-ketjun. Siinä hän on varmaan oikeassa, että hiiret ja rotat ja oravat voi sulkea pois laskuista, koska ne olisivat iskeneet heti kiinni maapähkinävoihin. Ensimmäiseksi minulla tuli mieleen, että onkohan naapureilla kissaa. Mutta siihen ei sovi pari asiaa. Kissa ei olisi syönyt siltä punarinnalta pelkkää päätä, eikä kissa pyörisi kovin pitkään vintillä paljastumatta – se alkaisi naukua että pääsisi alas vintinluukusta tai semmoista. Kissat eivät varo ihmisiä sillä lailla kuin villieläimet. Sitä paitsi uhrihan sanoi, että haistoi myskintuoksua tai jotain. Myskiä tai savua. Ei kuulosta minusta kissanpissalta. Mutta useimmista näätäeläimistä lähtisi kyllä myskinhaju.»

Tom oli kaivanut jostain esiin porrastikkaat ja pannut ne porrastasanteelle luukun alle. Löysin taskulamppuni. Makuuhuoneiden ovet olivat yhä raollaan, ja näin vilaukselta Jackin tyhjennetyn sängyn.

»Varovasti», Tom sanoi heilauttaessaan itsensä ylös luukusta. Yläpuolellamme syttyi taskulamppu. »Nouskaa sitten vasemmalta puolelta. Tähän teidän ei kannata törmätä.»

Ansa oli vintin lattialla vain muutaman sentin päässä luukun oikeasta reunasta. Olin nähnyt siitä vain kuvia. Kolmiulotteisena se näytti väkevämmältä ja rivommalta: häijyt hampaat harottivat, ja taskulampun valo langetti sulavalinjaiset kaaret leukojen väliin. Kun loukkua vain vilkaisikin, kuuli heti mielessään hurjan suhahduksen ja luita murskaavan jysähdyksen. Kukaan meistä ei mennyt lähemmäs sitä.

Lattian poikki harhaili pitkä kettinki, joka kytki ansan matalassa nurkkauksessa olevaan metalliputkeen. Putken ympärillä oli pölyisiä kynttilänjalkoja ja nuoremmille lapsille tarkoitettuja muovileluja. Tom tökkäsi kettinkiä kengänkärjellään mutta pysytteli siitä muuten etäällä. »Ansarauta», hän sanoi. »Häijy kapine. Pari puntaa kalliimmissa raudoissa on pehmusteet tai pieni rako leukojen välissä, jotta ei tule niin pahaa jälkeä, mutta tämä on perinteinen vehje, jossa ei ole hienosteltu yhtään. Elukka menee hakemaan syöttiä ja painaa levyjä, ja sitten leuat loksahtavat kiinni eikä niistä pääse irti. Jonkun ajan päästä eläin kuolee verenvuotoon tai stressiin ja uupumukseen, ellei metsästäjä tule noutamaan sitä. Ehkä se voisi järsiä jalkansa poikki, mutta varmaan se kuolisi sitä ennen verenhukkaan. Näissä raudoissa on kahdeksantoista sentin kita, ja sellaisilla saisi kiinni vaikka suden. Uhrinne ei tiennyt mitä jahtasi, mutta ainakin hänellä oli hiton kova halu saada se kiinni.»

»Entä sinä?» kysyin. Toivoin, että Pat olisi älynnyt asentaa vintilleen valot. En halunnut kääntää taskulamppuani pois ansasta – tuntui että se voisi hivuttautua pimeydessä lähemmäs, kunnes joku astuisi harhaan – mutta toisaalta minua vähän kammotti sekin, etten nähnyt nurkkiin. Meren ääni kuului kovana pauhuna kattotiilten ja eristeiden ohuen vaipan läpi. »Mitä sinä luulet, että hän jahtasi?»

»No. Ensimmäinen kysymys on siis sisäänpääsy. Se ei ollut ongelma.» Tom kohotti katsettaan. Peräseinän yläreunassa – minun käsittääkseni Jackin huoneen yläpuolella – näkyi himmeänharmaa valoläiskä.

Huomasin mitä rakennustarkastaja oli tarkoittanut: reikä oli rosoreunainen aukko, joka näytti siltä kuin seinä olisi kerta kaikkiaan repeytynyt irti katosta. Richie päästi ilottoman puhahduksen, joka kuulosti joltain naurun tapaiselta. »Katsokaa nyt tuota», hän sanoi. »Ei ihme, etteivät rakennuttajat vastaa Goganien puheluihin. Minäkin pystyisin rakentamaan paremman asuntoalueen vaikka legoista.»

Tom sanoi: »Useimmat näätäeläimet ovat ketteriä vintiöitä. Ne olisivat päässeet ilman muuta tuon takapihan aidan yli, jos talon lämpö tai ruuanlaiton haju olisi houkutellut niitä. Eihän tuo näytä eläimen tekemältä reiältä, mutta eläin olisi voinut ehkä laajentaa sitä. Katsokaa tuossa.» Reiän rosoisessa ja rapautuneessa yläreunassa oli nakerrettuja eristeitä. »Tuo on voitu tehdä kynsillä ja hampailla, mutta voi se olla pelkkää säänkin vaikutusta. Vaikea sanoa varmaksi. Ja täällä on samanlaista meininkiä.»

Taskulampun valokiila heilahti takanani puolelta toiselle. Käännyin ympäri melkein loikaten, mutta Tom siellä vain osoitteli lampullaan yhtä peränurkan kattopalkkia. Hän sanoi: »Eikö ole aika päheitä?»

Kattopalkissa risteili syviä naarmuja, jotka kulkivat rinnakkaisina kolmen tai neljän viirun sarjoina. Osalla naarmuista oli mittaa monta kymmentä senttiä. Palkki näytti siltä kuin sen kimppuun olisi käynyt jaguaari. Tom sanoi: »Voivat olla peräisin kynsistä tai sitten jostain koneesta, tai veitsestä tai vaikka jostain puukepistä johon on lyöty nauloja. Valitkaa siitä.»

Tuo penska alkoi ottaa minua aivoon – ehkä se johtui hänen »hei jäbä relaa» -asenteestaan asioihin, jotka tarvitsivat mielestäni vakavoitumista, tai sitten vain siitä, että kaikki tähän juttuun osoitetut tutkijat tuntuivat olevan neljätoistavuotiaita ja että me ilmeisesti värväsimme väkeä nykyään skeittipuistoista. Sanoin: »Sinä se asiantuntija olet, poikaseni. Sinä olet täällä kertomassa meille, mitä mieltä olet. Eli valitse itse.»

Tom kohautti olkapäitään. »Jos veikata pitää, niin sanoisin että eläin se on. Mutta sitä en voi arvioida mitenkään, että milloin se on ollut täällä. Nuo naarmut on voitu tehdä silloin, kun tämä oli vielä rakennustyömaana ja palkkien päältä puuttui katto tai ne lojuivat pitkin tonttia. Se voisi olla uskottavampaakin, kun on kyse vain yhdestä palkista. Mutta jos joku eläin on tehnyt ne täällä ylhäällä, niin vautsi. Näettekö miten isot raot joka viirun välissä on?»

Hän käänsi valokiilansa jälleen viiltoihin. »Siis parin sentin levyiset. Nuo eivät ole kärpän tai minkin tekemiä. Noitten tekijällä on ollut ihan saatanan isot käpälät. Jos se teidän uhrinne metsästi tätä elikkoa, niin ansan koossa ei ollut yhtään liioittelua mukana.» Keskustelu kävi hermoilleni pahemmin kuin olisi pitänyt. Vintin näkymättömät nurkkaukset tuntuivat kuhisevan heiveröisiä nakutusääniä ja pieniä punaisia silmiä; kaikki vaistoni olivat nostaneet karvansa pystyyn ja paljastaneet hampaansa valmiina taistelemaan. Sanoin: »Pitääkö meidän nähdä täällä vielä jotain? Vai voidaanko käydä keskustelu loppuun jossain sellaisessa paikassa, missä minun pesulalaskuni ei tuplaannu minuutin välein?»

Tom näytti aavistuksen yllättyneeltä. Hän tarkasteli pitkän parkatakkinsa etumusta, joka näytti siltä kuin hän olisi painiskellut villakoirien kanssa. »Ai», hän sanoi. »Aivan. Mutta joo, siinä oli tärkeimmät. Etsin kyllä jätöksiä, karvoja ja pesimisen merkkejä, muttei onnannut. Mennään vissiin alakertaan?»

Laskeuduin alas viimeisenä ja osoitin loukkua taskulampullani koko matkan. Sekä Richie että minä nojauduimme tahattomasti kauemmas, kun kuljimme ansan ohi.

»No niin», sanoin porrastasanteella samalla kun otin esiin nenäliinan ja ryhdyin putsaamaan takkiani – pöly oli inhottavaa ainetta, ruskeaa ja tarttuvaista kuin jokin myrkyllinen teollisuuden sivutuote. »Sanohan, minkä kanssa tässä ollaan tekemisissä.»

Tom parkkeerasi persuksensa mukavasti porrastikkaille, kohotti kätensä ja rupesi laskemaan sormillaan. »Joo, eli lähdetään varmaan siitä että se on näätäeläin? Irlannissa ei ole hillereitä. Kärppiä on, mutta ne ovat pikkuruisia, alle puolikiloisia, joten eivät ne ehkä pysty pitämään sellaista meteliä kuin se kaverinne kuvaili. Mäntynäädät ovat painavampia ja kovia kiipeilemään, mutta lähin metsä on tuolla kukkulalla lahden päässä, joten täällä se olisi vähän poissa omasta ympäristöstään, enkä sitä paitsi ole löytänyt mainintoja mäntynäätähavainnoista näillä main. Mutta minkki, se voisi sopia tähän. Minkit viihtyvät veden äärellä» – hän kallisti päätään veden suuntaan – »joten täällähän sillä olisi mukavaa. Ne tappavat huvikseen, ne kiipeilevät, ne eivät pelkää yhtään mitään, eivät edes ihmisiä, ja ne haisevat pahalta.»

Sanoin: »Ja ne ovat häijyjä pikkupirulaisia. Voisivat ilman muuta käydä lapsen kimppuun. Jos sellainen olisi talossa, niin siitä haluaisi päästä eroon aika hemmetin äkkiä. Olenko oikeassa?»

Tom liikautti päätään, mutta eleestä ei oikein saanut selvää. »Kyllä kai joo. Ne ovat ihan hullun aggressiivisia – olen kuullut että minkki on käynyt parikymmenkiloisen karitsan kimppuun, järsinyt silmän ja sitä kautta aivot ja siirtynyt sitten seuraavaan uhriin. Tappanut yhdessä yössä pari tusinaa karitsaa. Ja jos minkki ahdistetaan nurkkaan, se käy minkä tahansa päälle. Joten en kyllä tosiaan tykkäisi, jos sellainen muuttaisi omaan kämppään. Mutten ole ihan vakuuttunut, että tässä on kyse minkistä. Se on enintään kotikissan kokoinen. Sen ei olisi tarvinnut leventää tuloreikää, se ei ole mitenkään voinut jättää tuollaisia kynnenjälkiä, eikä sen pyydystämiseen ole tarvittu noin isoja rautoja.»

Sanoin: »Nuo todisteet eivät sulje mitään pois. Sinun mukaasi emme voi olettaa, että vintin eläin on aiheuttanut sen enempää reiät kuin kattopalkin jäljetkään. Mitä rautoihin tulee, uhrimme ei tiennyt mitä oli metsästämässä, joten hän ajatteli ettei vara venettä kaada. Minkki on yhä mahdollisuus.»

Tom tarkasteli minua lievästi yllättyneenä, ja tajusin että äänessäni oli ollut särmää. »No, joo. Tai että siis en voi mennä vannomaan, että täällä on ollut yhtään mitään, joten mikään todiste ei varsinaisesti sulje mitään pois. Kaikki on hypoteettista, vai mitä? Sanon vaan, mitkä merkit sopivat mihinkin.»

»Hienoa. Ja moni niistä sopii minkkiin. Onko muita mahdollisuuksia?»

»Toinen mahdollisuus on saukko. Meri on ihan tuossa noin ja saukoilla on valtavat reviirit, joten joku yksilö on voinut asua rannalla ja laskea tämän talon osaksi reviiriään. Ja ne ovat tosi isoja vötkäleitä, pituutta puolesta metristä melkein metriin ja painoa kymmenisen kiloa, joten saukko olisi voinut jättää jäljet kattopalkkiin ja se olisi ehkä joutunut laajentamaan aukkoa. Ja saukko voi heretä hyvinkin leikkisäksi, joten ne kieriskelyäänet voivat selittyä sillä – jos se vaikka löysi yhden noista kynttilänjaloista tai lasten lelun tai jotain ja kieritteli sitä pitkin ullakon lattiaa...»

»Melkein metrinen ja kymmenkiloinen», sanoin Richielle. »Juoksentelee talossa ihan lasten yläpuolella. Kuulostaa semmoiselta asialta, josta järkevä ja tervejärkinen mies voisi huolestua aika lailla. Olenko oikeassa?»

»Top top», Tom sanoi lauhkeasti ja käsiään kohottaen. »Hidastakaa vähän. Koska ei saukkokaan sovi tähän ihan täydellisesti. Se jättää kyllä hajujälkiä mutta tekee sen jätöksillä, eikä uhri löytänyt mitään. Minä katselin vähän ympäriinsä enkä löytänyt minäkään. En vintiltä enkä vintinlattialta enkä takapihalta.»

Vaikka olimme päässeet vintiltä, talo tuntui yhä levottomalta, siltä kuin siellä olisi kuhissut jotain. Kun rupesin ajattelemaan, miten ohut se kipsilevy oli johon nojasin, minua alkoi kutittaa. Sanoin: »Enkä minäkään haistanut mitään. Haistoitteko te?» Richie ja Tom pudistivat päätään. »Joten ehkä Pat ei haistanut ulosteita vaan saukon itsensä, ja nyt haju on haihtunut, koska eläin ei ole ollut täällä vähään aikaan.»

»Ehkä niin. Koska kyllähän ne haisevat. Mutta... siis en minä oikein tiedä siitäkään.» Tom katseli kaukaisuuteen silmiään siristäen ja tunki sormensa rastalettien väliin raaputtaakseen päänahkaansa. »Ei tässä ole pelkästään se hajujuttu. Tämä ei ylipäätään tunnu saukon käyttäytymiseltä. Sillä hyvä. Ne eivät ihan oikeasti ole mitään kiipeilijöitä – siis olen kyllä kuullut, että saukko voi kiivetä, mutta se on sitten jo etusivun uutinen, jos ymmärrätte. Ja vaikka tämä olisikin kiivennyt, kyllä senkokoinen eläin olisi varmaan huomattu, jos se olisi kulkenut ylös alas ulkoseinää pitkin. Sitä paitsi se on ihan täysi villieläin. Se ei ole sellainen kaupungistunut otus joka viihtyy ihan ihmisten naapurissa niin kuin rotat ja ketut. Saukot pysyvät ihmisestä kaukana. Jos täällä on saukko, niin se on ihan vitun omituinen tyyppi. Sellainen josta muut saukot sanovat poikasilleen, että älkää menkö tuon pihamaalle.»

Richie nyökkäsi lattialistan yläpuolella olevan reiän suuntaan. »Olet varmaan nähnyt nuo?»

Tom nyökkäsi. »Ehkä vähän häröjä, vai mitä? Uhreilla oli tämmöinen hieno talo, jossa on joka paikka sävy sävyyn, mutta sitten heitä ei muka haitannut että seinissä on järkyttävät reiät. Kyllä maailmassa on sitten kummallista porukkaa.»

»Olisiko saukko voinut tehdä nuo? Tai minkki?»

Tom kyykistyi tutkimaan reikää ja kallisteli päätään joka puolelle niin kuin hänellä olisi ollut koko viikko aikaa. »Ehkä», hän sanoi lopulta. »Auttaisi jos olisi seinänhiluja tallella, jotta tiedettäisiin edes onko reiät tehty sisäpuolelta vain ulkopuolelta, mutta uhrinne olivat kovaa siivousväkeä. Joku on jopa vetänyt reunat santapaperilla tasaisiksi – katsokaa tuossa – joten vaikka tuossa olisikin ollut kynnenjälkiä tai puremajälkiä, niin ei ole enää. Niin kuin sanoin, niin ihme juttu.»

Vastasin: »Pyydän seuraavia uhrejamme asumaan jossain lää-vässä. Mutta sillä välin yritetään pärjätä tällä mitä on.»

»Pärjätään», Tom totesi hilpeästi. »Minkistä täytyy kyllä sanoa, että se ei olisi pystynyt tähän. Se ei harrasta paljon kaiva-mista ellei ole pakko, ja sellaisilla pikku käpälillä...» Hän heilautti käsiään. »Kipsilevy on aika ohutta, mutta minkiltä kestäisi silti ikuisuuden saada aikaan tuollaista tuhoa. Saukot harrastavat kai-vamista ja ne ovat vahvoja, joten kyllä saukko olisi tuohon pysty-nyt ihan helposti. Paitsi että jossain vaiheessa se olisi jäänyt sei-nän sisään jumiin tai purrut sähköjohtoa ja zäp, sitten olisi tullut saukkopaistia. Joten ehkä joo, mutta luultavasti ei. Auttaako se tieto?»

»Sinusta on ollut iso apu», sanoin. »Kiitos. Ilmoitamme, jos saamme tästä lisätietoa.»

»Ilman muuta», Tom sanoi suoristautuen ja näytti minulle tuplapeukkua leveä virne naamallaan. »Tämä on kyllä ihan mah-tavan seko tapaus. Olisi kiva nähdä lisääkin.»

Sanoin: »Hauskaa että pystyimme ilahduttamaan sinua. Minä otan talon avaimen, ellei sinulla ole suunnitelmia sen varalle.»

Ojensin käteni. Tom otti taskustaan kourallisen sälää, poimi seasta munalukon avaimen ja pudotti sen kämmenelleni. »Ilo oli meikäläisen puolella», hän sanoi hyväntuulisesti ja hypähteli ala-kertaan rastaletit heiluen.

Portilla Richie sanoi: »Kyllä kai univormut jättivät meille kopioita tuosta avaimesta asemalle?»

Katselimme Tomin laahustusta autolleen, joka oli odotusten mukaisesti vihreä kulahtanut Volkkarin kleinbussi. »Varmaan jät-tivät», sanoin. »Mutten halunnut että tuo ääliöpenska tuo kaikki minkkibongarikaverinsa kiertokäynnille tänne rikospaikalle. 'Siis jäbä hei, vähän päheetä!' Ei tämä ole mitään pirun viihdettä.»

»Tekniikan pojat», Richie sanoi hajamielisesti. »Kyllähän sinä tiedät, millaisia ne ovat. Larry on varmaan ihan samanlainen.»

Tana French

»Se on eri asia. Tuo tyyppi tuntuu pelkältä teiniltä. Hänen pitäisi viisastua ja kasvaa aikuiseksi. Tai ehkei minulla enää synkkaa näiden nykynuorten kanssa.»

»Eli», Richie sanoi tunkien kädet taskuihinsa. Hän ei katsonut minuun. »Ne reiät. Eivät ole maanvajoamaa. Eikä niitä ole tehnyt mikään sellainen elukka, jonka tuo kaverisi tietäisi.»

»Ei hän niin sanonut.»

»Jotakuinkin.»

»'Jotakuinkin' ei riitä näissä kuvioissa. Tuon eläintohtorimme mukaan minkki ja saukko ovat yhä mahdollisia.»

Richie sanoi: »Luuletko että jompikumpi niistä teki tuon? Siis sano käsi sydämellä. Luuletko?»

Ilmassa tuntui talven ensimmäinen aavistus, ja lapsilla, jotka yrittivät tapattaa itsensä kadun vastapuolen talonpuolikkaissa, oli pipot ja toppatakit. »En minä tiedä», sanoin. »Enkä käsi sydämellä sanottuna oikein välitäkään, sillä vaikka Pat olisi tehnyt ne reiät, ei se tee hänestä hullua himomurhaajaa. Niin kuin tuolla sisällä sanoin, mitä jos sinulla olisi kymmenkiloinen mysteerielukka ravaamassa ullakolla? Tai oletetaan, että joku 'hullun aggressiivinen' petoeläin hengailee aivan poikasi sängyn yläpuolella. Olisitko valmis lyömään parit reiät seiniin, jos uskoisit että se olisi paras mahdollisuutesi päästä elikosta eroon? Tarkoittaisiko se, että sinulla on vikaa päässä?»

»Vaan kun se ei olisi paras keino. Myrkky –»

»Oletetaan että olisit jo kokeillut myrkkyä, mutta eläin oli liian fiksu syömään sitä. Tai vielä todennäköisempi vaihtoehto: myrkky tepsi oikein hyvin, mutta eläin kuoli jonnekin seinien sisään etkä saanut selville minne. Tarttuisitko silloin moukariin? Ja tarkoittaisiko se sitä, että olisit tarpeeksi hullu teurastamaan oman perheesi?»

Tom käynnisti kleinbussinsa, ja sen pakoputkesta tuprahtava pilvi ei näyttänyt kovin ympäristöystävälliseltä. Pihasta lähtiessään hän heilautti meille ikkunasta kättään. Richie huiskutti automaattisesti takaisin, ja näin hänen kapeiden hartioidensa nousevan ja laskevan syvän hengenvedon mukana. Hän vilkaisi kelloaan ja sanoi: »Joudetaanko käymään nyt siellä Goganien luona?»

Goganien kadunpuolen ikkunaan oli ilmestynyt parvi muovilepakoita ja – osoituksena juuri niin hyvästä mausta kuin olisin voinut odottaakin – luonnollista kokoa oleva muoviluuranko. Ovi avattiin nopeasti; joku oli pitänyt meitä silmällä.

Gogan oli iso mies, jonka hyllyvä maha roikkui tummansinisten verkkarihousujen päällä. Hän oli ajellut päänsä ennakoivasti puliksi, ja Jayden oli perinyt elottoman tuijotuksensa häneltä. Hän sanoi: »Mitä?»

Minä sanoin: »Ylikonstaapeli Kennedy, ja tässä on konstaapeli Curran. Te olette herra...?»

»Gogan. Mitä te haluatte?»

Herra Gogan oli Niall Gogan, hänellä oli ikää 32 vuotta, hänellä oli kahdeksan vuoden takainen tuomio pullon heittämisestä kantapubinsa ikkunan läpi, hän oli ajellut trukkia varastossa suurimman osan aikuisiästään, ja tätä nykyä hän oli työtön, virallisesti ainakin. Sanoin: »Me tutkimme naapurin kuolemantapauksia. Voisimmeko tulla hetkeksi sisään?»

»Voitte puhua sieltäkin.»

Richie sanoi: »Lupasimme rouva Goganille, että pidämme hänet ajan tasalla. Hän oli nähkääs huolissaan. Meillä on uutisia.»

Hetken päästä Gogan siirtyi syrjään oviaukosta. Hän sanoi: »Nopeasti sitten. Meillä on kiirettä.»

Tällä kertaa saimme tavata koko perheen. He olivat olleet katsomassa saippuasarjaa ja syömässä jotain ruokaa, johon liittyi hajusta ja sohvapöydän lautasista päätellen ketsuppia ja kovaksi keitettyjä kananmunia. Jayden loikoi toisella sohvalla ja Sinéad toisella, ja vauva oli istutettu nurkkaan tuttipulloa imemään. Vauva oli elävä todiste Sinéadin uskollisuudesta – se oli ilmetty isänsä kaljua päätä ja hailakkaa tuijotusta myöten.

Siirryin sivuun ja annoin estradin Richielle. »Rouva Gogan», hän sanoi ja kumartui kättelemään. »Ei, älkää suotta nousko. Anteeksi kun tulin häiritsemään iltaanne, mutta minähän lupasin pitää teidät ajan tasalla tapahtumista.»

Sinéad oli pudota sohvalta innostuksesta. »Saitteko te sen tyypin kiinni, saitteko?»

Siirryin nurkassa olevan nojatuolin luo ja otin esiin muistikirjani – muistiinpanojen tekijä muuttuu näkymättömäksi, jos hän osaa käyttäytyä oikein. Richie meni toisen nojatuolin luo, jolloin Goganin piti mennä toiselle sohvalle ja sysätä Jaydenin jalat tieltään. Richie sanoi: »Olemme pidättäneet epäillyn.»

»Jumaliste», Sinéad henkäisi. Innokas ilme sai hänen silmänsäkin kirkastumaan. »Onko se joku psykopaatti?»

Richie pudisti päätään. »En voi kertoa hänestä paljoa. Tutkinta on yhä käynnissä.»

Sinéad tuijotti häntä suu auki ja tympääntyneenä. Hänen ilmeensä kertoi: *Tämänkö takia sinä pakotit minut mykistämään telkkarin?*

Richie sanoi: »Ajattelin, että teikäläisillä on oikeus tietää että se kaveri on poissa kaduilta. Kerron enemmän heti kun voin. Mutta juuri nyt yritämme varmistaa, että hän pysyy siellä missä on, joten meidän täytyy tiedotella niukasti.»

Goganin isäntä sanoi: »Kiitos. Olikos tämä sitten siinä?»

Richie irvisti ja hieroi takaraivoaan ujostelevan teinin näköisenä. »Tuota... no, asia on nyt näin. Minä en ole tehnyt näitä hommia pitkään, mutta yhden asian tiedän varmasti: paras mahdollinen todistaja on fiksu lapsi. Lapset menevät joka paikkaan ja näkevät joka asian. He eivät jätä asioita huomaamatta niin kuin aikuiset vaan äkkäävät kaiken mitä tapahtuu. Joten ilahduin kun tapasin tämän teidän Jaydeninne.»

Sinéad osoitti häntä sormellaan ja rupesi sanomaan: »Jayden ei nähnyt –» mutta Richie keskeytti hänet kohottamalla kätensä.

»Pikku hetki, jos sopii. Ihan vaan siksi ettei minulta katkea ajatus. Kas kun minä tiedän, että Jayden uskoo ettei nähnyt mitään, koska muuten hän olisi kertonut kaiken kun olimme täällä viimeksi. Mutta ajattelin, että ehkä hän on muistellut asioita tässä pari päivää. Fiksuissa lapsissa on sekin hyvä puoli, että niillä pysyy kaikki täällä.» Hän naputti ohimoaan. »Mietin että jos käy tuuri, niin ehkä hänelle on palannut jotain mieleen.»

Kaikki katsoivat Jaydeniin. Hän sanoi: »Mitä?»

»Muistatko mitään, mistä voisi olla apua meille?»

Jaydenin olankohautus tuli aavistuksen myöhässä. Richie oli ollut oikeassa: poika tiesi jotain.

»Siinä saitte vastauksen», Gogan sanoi.

»Jayden», Richie sanoi. »Minulla on iso liuta pikkuveljiä. Minä huomaan kyllä sen, kun joku nuori poika ei kerro kaikkea.»

Jaydenin katse kulkeutui kysyvänä sivulle ja ylös, kohti hänen isäänsä.

»Maksetaanko tästä jutusta palkkioita?» Gogan uteli.

Tämä ei ollut oikea hetki pitää puheita siitä, miten palkitsevaa on auttaa yhteiskuntaa. Richie sanoi: »Ei toistaiseksi, mutta ilmoitan jos tilanne muuttuu. Ymmärrän ettette halua sotkea pikkuveikkoanne tähän – en minäkään haluaisi teidän asemassanne. En voi kertoa muuta kuin että tämän tekijä toimi yksin. Hänellä ei ole kavereita jotka voisivat lähteä todistajien perään, ei mitään sen suuntaista. Niin kauan kuin hän pysyy poissa kaduilta, teidän perheenne on turvassa.

Gogan raaputti sänkeään leukojensa alta ja sulatteli Richien viestiä, myös sen ääneen lausumatonta osuutta. »Sekö on joku hullu?»

Richien lahja tuli taas esiin: hän hivutti tätä kuulustelua vähä vähältä keskusteluksi. Hän levitti kätensä. »En kuulkaa voi sanoa hänestä mitään. Sanon vaan sen, että pitäähän teidän lähteä joskus ulos talostakin. Töihin, työhaastatteluihin, tapaamisiin... Minä lähtisin perheeni luota rauhallisemmin mielin, jos tietäisin että se tyyppi on varmasti poissa kuvioista.»

Gogan silmäili häntä ja jatkoi tasaista raaputustaan. Sinéad äyskäisi: »Minä sanon sinulle ihan suoraan, että jos täällä juoksentelee joku hullu sarjamurhaaja niin sinun on turha yrittää pubiin, minä en istu täällä yksin odottamassa että joku sekopää –»

Gogan vilkaisi Jaydenia, joka istui sohvalla suu auki toljottaen ja hartiat lysyssä, ja heilautti sitten päätään Richien suuntaan. »Anna tulla. Kerro tuolle.»

»Mitä pitää kertoa?» Jayden tiedusteli.

»Älä esitä pöljää. Sitä mitä hän kysyy.»

Jayden vajosi syvemmälle sohvaan ja katseli varpaittensa kaivautumista kokolattiamattoon. Hän sanoi: »Täällä oli vaan yksi tyyppi. Siis tosi kauan sitten.»

Richie sanoi: »Ai jaa? Milloin?»

»Ennen kesää. Lukuvuoden lopussa.»

»No niin, tätä minä juuri meinasin. Muistat pienet asiat. Tiesin että olet fiksu kaveri. Eli kesäkuussa?»

Olankohautus. »Varmaan.»

»Missä hän oli tarkalleen?»

Jaydenin katse etsiytyi taas isään. Richie sanoi: »Hei kuule mies, sinä olet nyt hyvällä asialla. Et sinä joudu hankaluuksiin.»

Gogan sanoi: »Kerro tuolle.»

»Minä olin numero yhdessätoista. Siis siinä joka on kiinni murhatalossa. Minä olin –»

Sinéad tivasi: »Mitä vittua sinä siellä teit? Minä annan saamari ympäri korvia –»

Sitten Sinéad huomasi Richien kohotetun sormen ja lauhtui vähän, mutta hänen leukansa pysty asento kertoi, että me kaikki saisimme tästä vielä huutia. Richie kysyi: »Miten sinä pääsit numero yhteentoista?»

Jayden kiemurteli. Hänen verkkarinsa päästivät pieruäänen hinkkautuessaan tekonahkaa vasten, ja hän alkoi hihittää mutta vaikeni kun kukaan ei yhtynyt nauruun. Lopulta hän sanoi: »Minä vaan värkkäsin. Minulla oli omat avaimet ja... minä vaan värkkäsin siellä. Halusin nähdä, että toimiiko ne.»

Richie sanoi: »Sinä siis kokeilit omia avaimiasi toisten taloihin?»

Jayden kohautti olkapäitään. »No vähän joo.»

»Nostan hattua. Sehän oli äly nokkelaa. Meille ei tullut sellainen edes mieleen.» Mutta olisi pitänyt tulla, sillä olisi ollut juuri näiden rakennuttajien tapaista hankkia tänne alennuserä onnettomia lukkoja, jotka aukesivat kaikilla avaimilla. »Eli niilläkö pääsee joka taloon?»

Jayden suoristi selkäänsä ylpeänä omasta fiksuudestaan. »Ei. Etuovien avaimilla ei tee mitään. Meidän avain ei sopinut mihinkään muualle, ja minä olen kokeillut vaikka minne. Mutta siis takaoven avain. Sillä aukeaa varmaan puolet –»

Gogan sanoi: »Nyt riittää. Suu kiinni.»

»Herra Gogan», Richie sanoi. »Olin ihan tosissani kun sanoin, että poika ei joudu hankaluuksiin.»

»Luuletko sinä minua tyhmäksi? Jos hän olisi käynyt muissa taloissa – eikä muuten käynyt – niin se olisi murto.»

»Tuo ei ole tullut minulla edes mieleen. Eikä tule kellään muullakaan. Tajuatteko millaisen palveluksen Jayden tekee meille tässä? Hän auttaa meitä panemaan murhaajan lukkojen taa! Minä olen ihan onnessani siitä, että hän värkkäsi sillä avaimella.»

Gogan yritti lannistaa hänet tuijotuksellaan. »Jos yrität panna pojan syyksi myöhemmin jotain, hän peruu joka sanan.»

Richie ei hätkähtänyt. »En yritä. Uskokaa kun sanon. Enkä anna kenenkään muunkaan yrittää. Tämä on ihan liian tärkeää sellaiseen.»

Gogan murahti ja nyökkäsi Jaydenille. Poika sanoi: »Siis oikeasti? Eikö teikäläiset tulleet edes ajatelleeksi sitä avainjuttua?»

Richie pudisti päätään. »Pösilöt», Jayden sanoi puoliääneen.

»Tätä minä juuri tarkoitin. Meillä kävi tuuri kun löysimme sinut. Kerro nyt siitä takaoven avaimesta.»

»Se avaa varmaan puolet takaovista täällä. Tai siis en minä tietenkään koittanut sitä semmoisiin taloihin joissa asuu joku» – Jayden yritti näyttää korkeamoraaliselta mutta ei huijannut ketään – »mutta tyhjiin taloihin minä pääsin vaikka kuinka moneen, siis tämän kadun varressa ja pitkin Ocean View Promenadea. Helposti. Ihan ihme juttu, ettei ole tullut kellekään muulle mieleen.»

Richie sanoi: »Ja sillä pääsee taloon numero yksitoista. Sielläkö sinä tapasit sen tyypin?»

»Joo. Minä olin siellä vaan oleilemassa, ja se koputti takaoveen – varmaan se tuli aidan yli tai jotain.» Conor oli tullut piilopaikastaan. Hän oli äkännyt tilaisuuden. »Joten minä menin avaamaan sille. Kun oli niin tylsää. Täällä ei ollut mitään tekemistä.»

Sinéad kivahti: »Mitä minä olen sanonut vieraille puhumisesta? Ihan oikein sinulle, jos joku veisi sinut pakettiautoon ja –»

Jayden pyöritteli silmiään. »No haloo. Näytänkö minä ihan tyhmältä? Jos se olisi yrittänyt siepata, niin minä olisin juossut! Minä olin suunnilleen kahden sekunnin päässä täältä.»

Richie kysyi: »Mistä te puhuitte?»

Jayden kohautti olkapäitään. »Ei paljon mistään. Se kysyi että mitä minä tein siellä. Minä sanoin, että olen vaan. Se kysyi, että miten minä pääsin sisään. Joten minä kerroin niistä avaimista.»

Poika oli halunnut mahtailla muukalaiselle oveluudellaan, aivan kuten hän mahtaili nyt tehdäkseen vaikutuksen Richieen. »No mitä hän sanoi?» Richie kysyi.

»Että minä olin tosi fiksu. Se sanoi että sekin olisi halunnut sellaisen avaimen. Se asui alueen toisella laidalla, mutta sen talossa tulvi kun putket meni rikki tai jotain, joten se etsi tyhjää taloa jossa voi nukkua sen aikaa, että talo korjataan.»

Se oli hyvä tarina. Conor oli tiennyt asuntoalueesta riittävästi keksiäkseen jotain uskottavaa – Jaydenilla oli hyvä syy uskoa putkirikkoihin ja pitkittyviin korjauksiin – ja hän oli keksinyt sen nopeasti. Vikkelä-älyinen ja uskottava valehtelija, joka hyödynsi kaikkea eteensä tulevaa. Kaveri oli totisesti ovela silloin kun hän halusi jotain tarpeeksi kovasti.

»Mutta se sanoi että muissa taloissa ei ollut ovia tai ikkunoita tai sellaista, joten ne oli ihan jääkylmiä, koska muuten ne olisi pantu lukkoon eikä se olisi päässyt niihin sisään. Se pyysi minulta avainta lainaan, jotta se voisi teettää kopion ja päästä johonkin parempaan taloon. Se lupasi antaa vitosen. Minä sanoin että kympin.»

Sinéad puhkesi puhumaan: »Sinäkö annoit meidän avaimen jollekin pervolle? Saatanan ääliö –»

»Minä vaihdan lukot huomenna», Gogan sanoi tylysti. »Ole sinä hiljaa.»

Richie sanoi huolettomasti niin kuin ei olisi kuullut heitä: »Kuulosti ihan järkevältä. Eli hän antoi sinulle kympin ja sinä lainasit avainta, niinkö?»

Jayden vilkuili äitiään saadakseen selville, miten pahassa pulassa hän oli. »Joo. Entä sitten?»

»Mitä sen jälkeen tapahtui?»

»Ei mitään. Se kielsi kertomasta kellekään, koska muuten se voi joutua hankaluuksiin rakennuttajien kanssa koska ne omistaa kaikki talot. Minä sanoin että selvä.» Jälleen ovela veto: rakennuttajat eivät varmaankaan olleet Ocean Viewissä kenenkään suosiossa, tuskin edes lasten. »Se lupasi palauttaa sen avaimen sitten kiven alle – se näytti minkä. Sitten se lähti. Sanoi että kiitos. Minun piti mennä kotiin.»

»Näitkö häntä enää toiste?»

»En.»

»Palauttiko hän sen avaimen?»

»Joo. Seuraavana päivänä. Kiven alle niin kuin lupasi.»

»Tiedätkö, sopiiko se teidän avaimenne Spainien oveen?»

Tahdikkaasti muotoiltu. Jayden kohautti olkapäitään niin nopeasti ja rennosti, että epätietoisuuden oli pakko olla vilpitöntä. »En ole koittanut.»

Toisin sanoen hän ei ollut halunnut jäädä puuhistaan kiinni talossa, jonka asukkaat tiesivät missä hän asui. »Menikö se tekijä sisään takaovesta?» Sinéad tiedusteli. Hänen silmänsä olivat levällään.

»Tutkimme kaikkia mahdollisuuksia», Richie sanoi. »Jayden, miltä se kaveri näytti?»

Jayden kohautti taas hartioitaan. »Laihalta.»

»Oliko vanhempi kuin minä? Vai nuorempi?»

»Varmaan samanikäinen kuin sinä. Nuorempi kuin tuo.» Siis minä.

»Oliko pitkä? Lyhyt?»

Olankohautus. »Normaali. Ehkä vähän pitkä, niin kuin tuo.» Jälleen minä.

»Tunnistaisitko hänet, jos näkisit hänet uudestaan?»

»Joo. Varmaan.»

Kumarruin ottamaan salkustani tunnistuskuvapaperin. Yksi apulaisista oli koonnut sen meille aamulla, ja hän oli tehnyt erinomaista työtä: paperilla oli kuusi alle kolmekymppistä laihaa kaveria, joilla oli lyhyiksi kerityt ruskeat hiukset ja mittava leuka. Jaydenin pitäisi tulla vielä asemalle tekemään virallinen tunnistus rivistä, mutta tällä tavoin voisimme ainakin sulkea pois sen mahdollisuuden, että hän oli antanut avaimensa jollekin asiaan liittymättömälle hyypiölle.

Ojensin paperin Richielle, ja hän näytti sitä Jaydenille. »Onko hän joku näistä?»

Jayden otti hetkestä kaiken irti: katseli paperia eri kulmista, piteli sitä silmiensä tasalla ja siristeli. Lopulta hän sanoi: »Joo. Tuo tyyppi.»

Hänen sormensa osoitti alarivin keskimmäistä kuvaa: Conor Brennania. Richie ja minä katsahdimme toisiimme ohimennen.

»Voi ristus», Sinéad sanoi. »Poika puhui murhaajalle!» Hän kuulosti puoliksi tyrmistyneeltä ja puoliksi ihailevalta. Näin hänen miettivän, kenet tästä voisi haastaa oikeuteen.

Richie sanoi: »Oletko varma, Jayden?»

»Joo. Viitonen.» Richie tarttui tunnistusrivikuvaan, mutta Jayden tuijotti sitä yhä. »Tuoko tyyppi tappoi ne kaikki?»

Näin Richien silmäluomien värähtävän. »Tuomari ja valamiehistö päättävät, mitä hän teki.»

»Jos en olisi antanut sille avainta, olisiko se tappanut minut?»

Pojan ääni kuulosti hauraalta. Makaaberi uteliaisuus oli tiessään, ja hän näytti yhtäkkiä pelkältä pelästyneeltä pikkupojalta. Richie sanoi lempeällä äänellä: »Tuskin. Vannoa en voi, mutta veikkaan ettet ollut hetkeäkään missään vaarassa. Mutta äitisi on oikeassa, vieraille ihmisille ei saa puhua. Vai mitä?»

»Tuleeko se takaisin?»

»Ei. Hän ei tule takaisin.»

Siinä oli Richien ensimmäinen lipsahdus: tuollaista ei luvata, ei ainakaan silloin kun saatetaan vielä tarvita neuvotteluvaltteja. »Siitä me yritämme pitää huolen», sanoin sulavasti väliin ja ojensin käteni, jotta Jayden antaisi tunnistuskuvat minulle. »Jayden, sinusta on ollut suuri ja merkittävä apu. Mutta me tarvitsemme kaiken mahdollisen avun, jotta se mies pysyy siellä missä on nyt. Herra Gogan, rouva Gogan, teilläkin on ollut pari päivää aikaa miettiä, mahtaisitteko tietää jotain mikä hyödyttää meitä. Tuleeko mitään mieleen? Oletteko ehkä nähneet tai kuulleet jotain, onko jotain mikä ei ole ollut ihan kohdallaan? Keksittekö mitään?»

Tuli hiljaisuus. Vauva alkoi puhista valittavasti mutta vaikeni, kun Sinéad ojensi kätensä katsettaan kääntämättä ja hetkutti lapsen alla olevaa tyynyä. Sekä Sinéad että Goganin isäntä tuijottivat tyhjyyteen.

Lopulta Sinéad sanoi: »Ei tule mieleen mitään.» Gogan pudisti päätään.

Annoimme hiljaisuuden paisua. Vauva kiemurteli ja alkoi kitistä vastahankaisesti. Sinéad otti sen syliinsä ja hyppyytti sitä. Hän katsoi lasta, ja hänen silmänsä olivat yhtä kylmät ja elottomat kuin hänen miehellään. Uhmakkaat.

Lopulta Richie nyökkäsi. »Jos jotain tulee mieleen, teillä on tuo minun korttini. Mutta jos tekisitte yhden palveluksen? Joitain sanomalehtiä voi kiinnostaa Jaydenin tarina. Pitäkää se muutama viikko omana tietonanne, joohan?»

Sinéad imi närkästyneenä huuliaan; hän oli selvästikin jo suunnitellut ostosreissujaan ja miettinyt, missä kävisi meikattavana kuvaajaa varten. »Me voidaan puhua kelle huvittaa. Ette te voi estää.»

Richie sanoi rauhallisesti: »Sanomalehdet eivät katoa parissa viikossa mihinkään. Sitten kun olemme saaneet tämän kaverin käsiteltyä, ilmoitan teille ja voitte soittaa lehtiin. Sitä ennen pyydän teitä tekemään meille palveluksen ja välttämään tutkinnan häiritsemistä.»

Herra Gogan ymmärsi kyllä uhkauksen, vaikka vaimo ei olisikaan ymmärtänyt. Gogan sanoi: »Jayden ei puhu kellekään. Oliko siinä kaikki?»

Richie nousi pystyyn. »Vielä yksi juttu», hän sanoi, »ja sitten lähdemme vaivaamasta teitä. Voimmeko lainata hetkeksi takaovenne avainta?»

Spainien takaovi avautui sillä niin kuin lukko olisi ollut vasta öljytty. Samalla kun ovi naksahti auki, ketjun viimeinen lenkki loksahti paikoilleen: Conorin piilopaikasta oli nyt suora yhteys turmeltuun keittiöön, katkeamaton kuin kireälle vedetty kiiltelevä lanka. Olin heittää Richielle ylävitoset, mutta hän katseli aidan takana näkyviä piilopaikan ikkuna-aukkoja eikä minua.

»Eli sen takia pihalaatoilla oli veritahroja», sanoin. »Hän palasi samaa tietä kuin oli tullutkin.»

Richie oli alkanut taas liikehtiä levottomasti; sormenpäät löivät rivakkaa marssitahtia reisiin. Mikä häntä sitten vaivasikin, Goganit eivät olleet tarjonneet siihen apua. Hän sanoi: »Pat ja Jenny. Miten he oikein päätyivät tänne?»

»Mitä tarkoitat?»

»Kolmelta aamulla yöpaitasillaan. Jos he olivat sängyssä ja Conor kävi heidän päälleen, miten he päätyivät kamppailemaan tänne? Mikseivät he tapelleet makuuhuoneessa?»

»He yllättivät Conorin, kun hän oli lähdössä pois.»

»Se tarkoittaisi, että hän halusi tappaa vain lapset. Se ei sovi tunnustukseen – hän puhui vain Patista ja Jennystä. Ja eivätkö

Spainit olisi menneet tarkistamaan ensiksi lasten voinnin, kun kuulivat ääniä, ja jääneet sinne yrittämään jotain avun antamista? Kiinnostaisiko sinua joku pakeneva tunkeilija, jos omat lapsesi olisivat hädässä?»

Sanoin: »Tässä jutussa on edelleen paljon mikä kaipaa selitystä. En minä sitä kiistä. Mutta muista, että hän ei ollut mikä tahansa tunkeilija. Hän oli Spainien paras kaveri – tai entinen paras kaveri. Se on voinut vaikuttaa tapahtumien kulkuun. Odotellaan, mitä Fiona osaa kertoa meille.»

»Joo», Richie sanoi. Hän työnsi oven auki, ja keittiöön puhalsi kylmää ilmaa, joka huuhteli veren ja kemikaalien tunkkaisen hajun hetkeksi pois ja teki huoneesta yhden hengenvedon ajaksi raikkaan ja tuoreen kuin aamu. »Odotellaan.»

Löysin puhelimeni ja soitin kenttämiehille – käskin heidän lähettää paikalle jonkun munalukkoekspertin ennen kuin Goganit päättäisivät perustaa pienen sivubisneksen ja ruveta myymään matkamuistoja. Samalla kun odotin että joku vastaisi, sanoin Richielle: »Se oli hyvin hoidettu kuulustelu.»

»Kiitos.» Hän ei kuulostanut läheskään niin tyytyväiseltä itseensä kuin olisi pitänyt. »Ainakin tiedetään nyt, miksi Conor keksi sen tarinan siitä miten hän oli löytänyt Patin avaimen. Siksi ettei Jaydenille tulisi hankaluuksia.»

»Oikein ystävällistä häneltä. Moni tappaja myös ruokkii eksyneitä koiranpentuja.»

Richie katseli takapihalle, joka oli jo alkanut tuntua vähän hylätyltä – nurmesta kohoili rikkaruohoja, pensaaseen lennähtänyt sininen muovipussi sai lepattaa rauhassa. »Joo», hän sanoi. »Varmaan ruokkii.» Hän paukautti takaoven kiinni – viimeinen kylmä ilmanpuuska lennätteli keittiön lattialle ajelehtimaan jätettyjä papereita – ja käänsi avainta lukossa.

Goganin isäntä odotteli avaintaan talonsa etuovella. Jayden seisoi hänen takanaan ovenkahvasta roikkuen. Kun Richie ojensi avaimen, Jayden kiemurteli esiin isänsä kainalon alta. »Herra hei», hän sanoi Richielle.

»Niin?»

»Jos minä en olisi antanut sille miehelle sitä avainta. Niin olisiko nuo jäänyt tappamatta?»

Hän tuijotti Richietä pää takakenossa, ja hänen hailakoista silmistään loisti vilpitön kauhu. Richie sanoi lempeästi mutta vakaasti: »Tämä ei Jayden ollut sinun vikasi. Se oli sen ihmisen vika, joka teki tämän. Sillä sipuli.»

Jayden väännähti. »Mutta miten se olisi päässyt sisään, jos sillä ei olisi ollut avainta?»

»Jonkin keinon hän olisi keksinyt. Jotkut asiat vaan tapahtuvat tavalla tai toisella, ja kun sellaiset tapahtumat käynnistyvät, niin niitä ei voi pysäyttää vaikka mitä tekisi. Tämä koko juttu käynnistyi jo kauan ennen kuin sinä tapasit sen kaverin. Usko vaan.»

Richien sanat sujahtivat kalloni sisään ja kaivautuivat syvälle niskaani. Liikahdin saadakseni Richienkin liikkeelle, mutta hän keskittyi yhä Jaydeniin. Poika näytti suunnilleen puoliksi vakuuttuneelta. Hetken kuluttua hän sanoi: »Niin kait.» Hän pujahti takaisin isänsä kainalon alta ja katosi hämärään eteiseen. Ennen kuin Gogan sulki ovensa, hän tavoitti Richien katseen ja nyökkäsi hänelle lyhyesti ja vastahakoisesti.

Molemmat kadun päässä asuvat naapuriperheet olivat tällä kertaa kotona. He olivat aivan kuin kolmen päivän takaisia Spaineja: nuoriapareja, pieniä lapsia, puhtaita lattioita ja säästämällä ostettuja muodikkaita sisustusyksityiskohtia, taloja jotka olivat valmiina ottamaan vastaan olemattomia vieraita. Kukaan heistä ei ollut nähnyt eikä kuullut mitään. Kerroimme heille takaovien lukonvaihdon tarpeesta hienovaraisesti: se oli pelkkä varotoimi, mahdollinen valmistusvirhe jonka olimme saaneet selville tutkinnan aikana aivan sattumalta, ei liittynyt mitenkään rikokseen.

Kummassakin pariskunnassa toinen puoliso oli työtön ja toisella oli työpaikka, joka vaati pitkiä päiviä ja pitkiä työmatkoja. Ensimmäisessä perheessä aviomies oli irtisanottu viikko sitten, toisessa vaimo oli saanut potkut jo heinäkuussa. Vaimo oli yrittänyt ystävystyä Jenny Spainin kanssa – »Kyykimme täällä kumpikin päivät pitkät, ajattelin ettei olisi niin yksinäistä jos olisi joku juttukaveri...» Jenny oli ollut kohtelias mutta pitänyt välit etäisinä: yhteinen teekupponen oli kuulostanut hänestä aina kivalta, mutta hän ei ikinä joutanut juuri silloin eikä tiennyt, milloin joutaisi seuraavan kerran. »Ajattelin että ehkä hän oli ujo, tai ehkei hän halunnut että alkaisin luulla meitä parhaiksi kavereiksi ja tulisin kylään joka päivä, tai ehkä häntä harmitti kun en ollut kysynyt ikinä ennen – en ollut ehtinyt, hyvä jos kävin kotona kääntymässä... Mutta mitä jos hän pelkäsi että... siis että oliko se...? Voinko kysyä?»

Hän oli pitänyt itsestäänselvyytenä, että tekijä oli Pat, aivan kuten olin ennustanut Richielle ihmisten reagoivan. Sanoin: »Olemme pidättäneet erään henkilön rikokseen liittyen.»

»Voi taivas.» Nainen tarttui miehensä pöydälle laskemaan käteen. Hän oli kaunis blondi, hoikka ja huoliteltu, mutta hän oli itkenyt ennen tuloamme. »Sitten se ei siis ollut... se oli vain... joku tyyppi? Murtovaras tai joku?»

»Pidätetty henkilö ei ole talon asukas.»

Sen myötä kyyneleet alkoivat taas vuotaa. »Sittenhän... voi taivas...» Hänen katseensa kääntyi minusta taakseni keittiön perälle. Pariskunnan tytär, ehkä nelivuotias, istui siellä lattialla jalat ristissä; hän oli haudannut siloisen päänsä pehmolelutiikeriin ja mutisi menemään. »Sittenhän se olisi voinut tapahtua meillekin. Ihan yhtä lailla. Tekisi mieli sanoa, että se oli Herrassa, mutta eihän niinkään voi sanoa. Koska se tarkoittaisi että Herra halusi Spainien... Ei se Jumala ollut. Se oli pelkkää sattumaa, pelkkää tuuria. Se oli tuurissa...»

Hän puristi miehensä käsivartta rystyset valkoisina ja yritti kovasti pidätellä nyyhkäystä. Minulla oli niin kova halu sanoa hänen erehtyneen, että leukaani kivisti – halusin sanoa, että Spainit olivat vain lähettäneet jonkin kutsun merituuleen ja Conor oli vastannut siihen ja että tämä nainen ja hänen perheensä olivat rakentaneet tänne elämän joka oli turvallinen.

Sanoin: »Epäilty on pidätettynä. Hän pysyy sellissämme hyvin pitkään.»

Nainen nyökkäsi katsomatta minuun. Hänen ilmeensä kertoi, etten ollut tajunnut mistä oli kyse.

Aviomies sanoi: »Me halusimme muuttaa täältä joka tapauksessa. Olisimme häipyneet jo monta kuukautta sitten, mutta kuka tämän muka ostaisi? Nyt kun...»

Vaimo sanoi: »Me emme jää tänne. Emme jää!»

Nyyhkäys murtautui läpi. Naisen äänessä ja hänen miehensä katseessa oli sama avuttomuuden sirunen. Kumpikin heistä tiesi, etteivät he olleet lähdössä minnekään.

Palatessamme autolle puhelimeni surahti kertoakseen, että minulle oli viesti. Geri oli soittanut minulle vähän viiden jälkeen. »Mick... voi itku, inhottaa vaivata sinua, tiedän että sinulla on kaulaa myöten muita huolia, mutta ajattelin että haluat tietää – ehkä tiedätkin jo, mutta... Dina häipyi meiltä. Mick, olen tosi pahoillani, tiedän että meidän piti katsoa hänen peräänsä – ja katsoimmekin, minä jätin hänet Sheilan kanssa kahdestaan vain vartiksi kun kävin kaupassa... Onko hän tullut sinne? Tiedän että olet varmaan minulle vihainen, en ihmettele yhtään, mutta Mick, jos hän on sinun luonasi, niin voisitko soittaa ja kertoa? Olen tosi pahoillani, ihan oikeasti...»

»Voi paska», sanoin. Dina oli ollut kateissa vähintään tunnin. En mahtaisi asialle mitään ainakaan pariin tuntiin, en ennen kuin Richie ja minä olimme puhuttaneet Fionaa. Kun ajattelin, mitä Dinalle voisi tapahtua siinä ajassa, minusta alkoi tuntua siltä kuin sydämeni löisi sakeassa liejussa. »Vittusaatanan perse!»

En tajunnut pysähtyneeni ennen kuin huomasin, että Richie oli ehtinyt pari askelta edelleni ja kääntyi katsomaan minua. Hän sanoi: »Onko kaikki hyvin?»

»Kaikki hyvin», sanoin. »Tämä ei liity töihin. Minun pitää vain setviä asioita hetki.» Richie avasi suunsa, mutta ennen kuin hän sai sanotuksi mitään, käänsin hänelle selkäni ja lähdin laskeutumaan polkua takaisin sellaista vauhtia, että se oli kehotus olla seuraamatta.

Geri vastasi ensimmäisellä pirahduksella. »Mick? Onko hän siellä sinun kanssasi?»

»Ei. Milloin hän lähti?»

»Voi itku. Minä toivoin että –»

»Älä hätäile. Hän voi olla minun kotonani, tai sitten asemalla – olen ollut koko iltapäivän kenttähommissa. Mihin aikaan hän lähti?»

»Puoli viideltä suunnilleen. Sheilan kännykkä soi ja siellä oli Barry, hänen poikakaverinsa siis, joten hän meni yläkertaan puhumaan rauhassa, ja kun hän tuli takaisin niin Dina oli poissa. Dina oli kirjoittanut jääkaapin oveen rajauskynällä 'Kiitos, moi!' ja piirtänyt viestin alle oman kätensä ääriviivat, siis niin kuin vilkutukseksi. Hän vei Sheilan lompsan, siellä oli kuusikymmentä euroa joten on hänellä sentään rahaa... Heti kun pääsin kotiin ja Sheila kertoi, ajelin pitkin kortteleita etsimässä häntä – vannon että katsoin kaikkialta, kävin kaupoissa ja kurkin pihoille ja kaikkea – mutta häntä ei näkynyt. En tiennyt enää mistä muualta etsiä. Olen soittanut hänelle toistakymmentä kertaa, mutta siellä on puhelin pois päältä.»

»Miltä hän näytti tänä iltapäivänä? Alkoiko hän kyrsiintyä sinuun tai Sheilaan?» Jos Dina oli pitkästynyt... yritin muistella, oliko hän maininnut Jezzerin sukunimeä.

»Ei, kun hän voi paremmin! Paljon paremmin. Ei ollut vihainen eikä peloissaan, ei kiihtynyt mistään – puheissakin oli enimmäkseen järkeä. Hän tuntui vähän hajamieliseltä, siltä ettei oikein kuunnellut kun hänelle puhuttiin. Niin kuin olisi ajatellut jotain muuta. Mutta siinä kaikki!» Gerin ääni alkoi kiertyä kimeämmäksi. »Hän oli käytännössä ookoo, Mick, ihan oikeasti, olin ihan varma että hän oli jo parempaan päin, koska muuten en olisi ikinä jättänyt häntä kahdestaan Sheilan kanssa, en ikinä...»

»Tiedän ettet olisi. On hän varmaan ihan kunnossa.»

»Ei hän ole kunnossa, Mick. Ei ole. Hän on kaikkea muuta kuin kunnossa.»

Vilkaisin taakseni; Richie nojaili autonoveen kädet taskuissa ja katsoi rakennustyömaille päin antaakseen minulle omaa rauhaa. »Tiedät mitä tarkoitan. Varmaan hänellä tuli vain aika pitkäksi ja hän meni jonkun kaverinsa luo. Huomenna hän tulee jo takaisin ovellesi ja tuo anteeksipyynnöksi croissanteja –»

»Ei se tarkoita, että hän on kunnossa. Jos hän olisi kunnossa, hän ei pöllisi siskontyttönsä lapsenvahtirahoja. Jos hän olisi kunnossa, meidän kaikkien ei tarvitsisi olla koko ajan varpaillaan –»

»Tiedän, Geri. Mutta sitä asiaa ei voi ratkaista tänä iltana. Keskitytään nyt yhteen päivään kerrallaan. Jooko?»

Asuntoalueen reunamuurin takana näkyvä meri oli tummenemassa ja keinumassa kohti yötä. Pikkulinnut olivat taas liikkeellä ja kaivoivat ruokaa vesirajasta. Geri veti henkeä ja puhalsi sitten ilmat keuhkoistaan vavahtelevana huokauksena. »Minä olen niin saamarin kyllästynyt tähän.»

Olin kuullut tuon sävyn miljoona kertaa ennenkin sekä hänen äänessään että omassa äänessäni: uupumusta, turhautumista, harmistusta ja niiden jatkeena silkkaa kauhua. Vaikka sama ruljanssi oli käyty läpi ties kuinka monesti, emme ikinä unohtaneet, että tämä saattoi olla se kerta kun kaikki päättyisi viimein toisin: emme saisi enää kortille raapustettua anteeksipyyntöä eikä ovemme eteen ilmestyisi varastettuja kukkia, vaan joku tuore konstaapeli soittaisi keskellä yötä ja harjoittelisi meidän avullamme ikävien uutisten kertomista, ja sitten menisimme tunnistuskäynnille Cooperin ruumishuoneelle.

»Geri», minä sanoin. »Älä huoli. Minulla on vielä yksi puhutus ennen kuin voin lähteä, mutta sen jälkeen järjestän asiat. Jos löydän hänet asemalta odottamasta minua, ilmoitan sinulle. Jatka sinä soittelua hänen kännykkäänsä, ja jos hän vastaa, käske hänen mennä luokseni asemalle ja tekstaa minulle, niin että tiedän hänen tulostaan. Muussa tapauksessa etsin hänet käsiini heti kun pääsen täältä. Jooko?»

»Joo. Selvä.» Geri ei kysynyt, miten minä Dinan etsisin. Hän halusi uskoa, että kaikki järjestyisi näin yksinkertaisesti. Niin halusin minäkin. »Ja kyllä hän varmaan pärjää yksinään vielä tunnin pari.»

»Yritä sinä nukkua vähän. Minä pidän Dinan luonani tämän yön, mutta huomisaamuna minun on ehkä pakko tuoda hänet takaisin teille.»

»Tuo ihmeessä. Kaikilla menee täällä hyvin, Colm ja Andrea eivät luojan kiitos saaneet tautia... Enkä päästä häntä tällä kertaa hetkeksikään silmistäni. Lupaan sen. Kuule Mick, minä olen tosi pahoillani tästä.»

»Älä ihan tosi murehdi tätä asiaa. Sano Sheilalle ja Philille terveisiä, että toivottavasti voivat paremmin. Minä soittelen sinulle.»

Richie nojaili yhä autonoveen ja tähyili seinien ja rakennustelineiden tiheikköä, joka erottui terävästi kylmänturkoosia taivasta vasten. Kun piippasin auton keskuslukituksen auki, hän suoristautui ja kääntyi. »Moro.»

»Asiat kunnossa», sanoin. »Lähdetään.»

Avasin oman oveni, mutta Richie ei liikkunut. Hänen kasvonsa näyttivät vähenevässä valossa kalpeilta ja viisailta, paljon vanhemmilta kuin 31-vuotiaalla. Hän sanoi: »Voinko minä jotenkin auttaa?»

Ennen kuin ehdin avata suuni, mieleeni vyöryi ajatus – äkillinen ja voimakas kuin tulva-aalto ja ihan yhtä vaarallinen – että voisin kertoa tilanteesta hänelle. Mietin niitä työpareja, jotka olivat olleet yhdessä kymmenen vuotta ja tunsivat toisensa läpikotaisin, ja arvasin mitä he olisivat sanoneet tässä kohtaa: *Muistatko sen toissa illan tytön? Se oli minun siskoni, hänellä heittää päästä, en tiedä miten hänet voisi pelastaa...* Näin mielessäni pubin, näin työparin kantamassa kaljoja pöytään, ja sitten väiteltäisiin urheilusta, heiteltäisiin tuhmia vitsejä ja kerrottaisiin puolitosia kaskuja, kunnes jännitys hartioissa hellittäisi eikä enää tajuttaisi, että aivot ovat leikkaamassa kiinni; ja illan päätteeksi lähdettäisiin kotiin krapulantekeleen kanssa ja työkaverin tuki hivelisi selkäpuolta vankkumattomana kuin vuorenseinä. Mielikuva oli niin kirkas, että olisin voinut lämmitellä käsiäni sen äärellä.

Mutta seuraavassa hetkessä palasin järkiini ja ajatus alkoi kääntää vatsaani, se että leväyttäisin omia perheasioitani Richien nähtäville ja kerjäisin häneltä pääntaputusta ja vakuuttelua siitä, että kyllä kaikki järjestyy. Hän ei ollut mikään kymmenvuotinen luottokaveri tai veriveli. Hän oli lähestulkoon vieras tyyppi, joka ei ollut vaivautunut edes kertomaan, mitä hänen mieleensä oli tullut Conor Brennanin kämpässä. »Ei ole tarvetta», sanoin terävästi. Harkitsin hetken, pyytäisinkö Richietä puhuttamaan Fionaa yksinään, tai pyytäisinkö häntä vain kirjoittamaan päivän raportin ja lykkäisin Fionan tapaamista aamuun – Conor ei ollut menossa minnekään – mutta kumpikin vaihtoehto tuntui kammottavan säälittävältä. »Kiitän kyllä tarjouksesta, mutta tilanne on hallinnassa. Mennään nyt kuuntelemaan, mitä kerrottavaa Fionalla on meille.»

13

FIONA ODOTTELI MEITÄ aseman edustalla selkä kyyryssä ja lyhtypylvääseen nojaten. Hän oli nostanut punaisen duffelitakkinsa kauluksen pystyyn suojaksi kylmältä ja näytti lyhtypylvään utuisenkeltaisessa valopiirissä joltain nuotiotarinoiden eksyneeltä olennolta. Haraisin hiuksiani ja lukitsin Dinan kauas mieleni perälle. »Muista, että Fiona kuuluu yhä silmällä pidettäviin», sanoin Richielle.

Richie veti syvään henkeä niin kuin uupumus olisi päässyt yhtäkkiä yllättämään hänet. Hän sanoi: »Fiona ei antanut Conorille niitä avaimia.»

»Tiedän. Mutta hän tunsi Conorin. Heillä on yhteistä taustaa. Meidän pitää tietää siitä taustasta paljon enemmän ennen kuin voimme sulkea hänet pois laskuista.»

Fiona suoristautui, kun tulimme lähemmäs. Hän oli laihtunut kahdessa päivässä: poskipäät törröttivät terävinä, ja iho niiden päällä oli haaltunut paperinharmaaksi. Hänessä haisi sairaalan desinfioitu ja saastuttava ilmapiiri.

»Neiti Rafferty», sanoin. »Kiitos kun tulitte.»

»Voitaisiinko... käykö jos hoidetaan tämä nopeasti? Minun pitää päästä takaisin Jennyn luo.»

»Ymmärrän», sanoin ja ojensin käteni ohjatakseni hänet kohti ovea. »Toimitaan mahdollisimman nopeasti.»

Fiona ei liikahtanut. Hiukset roikkuivat hänen kasvojensa ympärillä velttoina ruskeina laineina, ja näytti siltä kuin hän olisi pessyt ne lavuaarissa sairaalan saippualla. »Sanoitte, että olette pidättäneet jonkun miehen. Sen joka teki tämän.»

Hän osoitti sanansa Richielle. Richie vastasi: »Meillä on yksi henkilö pidätettynä näihin rikoksiin liittyen, joo.»

Tana French

»Minä haluan nähdä hänet.»
Tätä Richie ei ollut osannut odottaa. Minä sanoin ketterästi väliin: »Valitettavasti hän ei ole täällä. Veimme hänet toistaiseksi vankilaan.»
»Minun pitää saada nähdä hänet. Minun pitää...» Fionan ajatus katkesi, ja hän ravisti päätään ja pyyhkäisi hiukset naaman edestä. »Voidaanko mennä sinne? Vankilaan?»
»Ei näitä asioita oikein hoideta niin, neiti Rafferty. Virka-aika on jo päättynyt, meidän pitäisi täyttää lomakkeita, ja sen jälkeen kestäisi muutaman tunnin tuoda hänet tänne, tai kauemminkin jos ei ole tarpeeksi vartijoita käytettävissä... Jos haluatte päästä takaisin sisarenne luo, tuo juttu pitää jättää toiseen kertaan.»
Tämä jätti hänelle mahdollisuuden väittää vielä vastaan, mutta häneltä oli voimat lopussa. Hetken päästä hän sanoi: »Joskus toiste. Kai minä voin nähdä hänet vielä joskus toiste?»
»Pystymme varmasti järjestämään jotain», sanoin ja ojensin taas käteni. Tällä kertaa Fiona lähti liikkeelle, poistui katulampun valopiiristä ja suuntasi kohti varjoja ja aseman etuovea.
Yksi kuulusteluhuoneista on sisustettu hempeämmäksi: kokolattiamattoa eikä linoleumia, puhtaat vaaleankeltaiset seinät, siviilituolit joista ei jää mustelmia persukseen, juomavesiautomaatti, vedenkeitin, korillinen teepusseja, kahviannospusseja ja sokeripusseja, oikeita mukeja eikä styroksikuppeja. Huone on tarkoitettu uhrien omaisille, mieleltään hauraille todistajille ja epäillyille, jotka pitäisivät muiden huoneiden sisustusta loukkauksena ihmisarvoaan kohtaan ja marssisivat ulos. Veimme Fionan sinne. Richie auttoi häntä asettumaan taloksi – oli mukavaa kun oli työpari, jonka uskalsi jättää kahdestaan noinkin huteran puhutettavan kanssa – ja minä menin tutkintahuoneeseen ja nakkelin siellä muutaman todistuskappaleen pahvilaatikkoon. Kun tulin takaisin, Fiona oli jo pannut takkinsa tuolinkarmilleen ja käpertynyt höyryävän kuuman teemukin ympärille niin kuin hänen koko ruumiinsa olisi kaivannut lämmittämistä. Ilman takkiaan hän näytti hintelältä kuin lapsi, väljistä farkuistaan ja ylisuuresta luonnonvalkoisesta villatakistaan huolimatta. Richie istui häntä vastapäätä kyynärpäät pöydällä ja kertoili juuri jotain pitkää ja rauhoittelevaa juttua olemattomasta sukulaisestaan, joka oli saanut

hätkähdyttäviä vammoja mutta pelastunut Jennyn sairaalan lääkärien ansiosta.

Työnsin pahvilaatikon huomaamattomasti pöydän alle ja istuuduin Richien viereen. Hän sanoi: »Olin tässä juuri kertomassa neiti Raffertylle, että hänen siskonsa on hyvissä käsissä.»

Fiona sanoi: »Lääkäri kertoi että kipulääkitystä vähennetään parin päivän päästä. En tiedä, miten Jenny pärjää sitten. Hän on muutenkin tosi huonossa jamassa – tietysti – mutta kipulääkkeet ovat auttaneet, koska hän kuvittelee useinkin että kaikki oli pelkkää pahaa unta. Kun lääkepöpperö hälvenee ja koko totuus lyö häntä kasvoille... Voivatko ne antaa hänelle jotain muuta? Masennuslääkkeitä tai jotain?»

»Lääkärit osaavat hommansa», Richie sanoi lempeästi. »He auttavat häntä toipumaan tästä.»

Sanoin: »Minä pyydän teiltä nyt yhtä asiaa, neiti Rafferty. Niin kauan kuin olette täällä, teidän täytyisi unohtaa mitä perheellenne on tapahtunut. Sulkekaa asia mielestänne ja keskittykää sataprosenttisesti vastaamaan meidän kysymyksiimme. Toki minä tiedän, että se kuulostaa mahdottomalta, mutta vain siten te voitte auttaa meitä panemaan sen miehen lukkojen taa. Tämä on nyt sitä, mitä Jenny kaipaa teiltä – ja mitä he kaikki kaipaavat teiltä. Pystyisittekö tekemään sen heidän hyväkseen?»

Tämä on se lahja, jonka me tarjoamme uhreja rakastaneille ihmisille: lepo. He saavat istua tunnin tai parin ajan rauhassa paikoillaan – ilman syyllisyydentuntoa, koska me pakotamme heidät tähän – eikä heidän tarvitse sinä aikana teloa mieltään tapahtuneiden tosiasioiden teräviin särmiin. Ymmärrän, miten suunnattoman tärkeää ja kallisarvoista sellainen on. Näin Fionan ilmeessä samat kerrostumat kuin olin nähnyt satojen muidenkin ihmisten kasvoilla: helpotusta, ja häpeää, ja kiitollisuutta.

Hän sanoi: »Hyvä on. Minä yritän.»

Hän kertoisi meille vielä paljon sellaistakin, minkä oli aikonut ehdottomasti jättää mainitsematta, jotta saisi syyn jatkaa puhumista. »Olemme siitä kiitollisia», sanoin. »Ymmärrämme että tämä on vaikeaa, mutta olette oikealla asialla.»

Fiona asetti mukinsa kapeiden polviensa päälle, piteli sitä molemmin käsin ja keskittyi täydellisesti kuuntelemaan minua.

Hänen selkänsä oli jo suoristunut pykälän verran. Sanoin: »Aloitetaan alusta. Voi hyvin olla, etteivät nämä asiat liity mihinkään, mutta meidän on tärkeää saada niin paljon tietoa kuin mahdollista. Sanoitte, että Pat ja Jenny alkoivat seurustella kuusitoistavuotiaina, niinhän? Voitteko kertoa, miten he tapasivat?»

»En ihan tarkkaan. Asuimme samalla alueella, joten tutustuimme toisiimme jo pikkulapsina, siis ihan esikoulussa. En osaa sanoa, milloin kukin tapasi toisensa. Kun olimme ehkä kahdentoista tai kolmentoista ikäisiä, jotkut meistä alkoivat pyöriä samassa porukassa – värkättiin vain jotain rannalla tai käytiin rullaluistelemassa tai mentiin Dun Laoghaireen laiturille notkumaan. Joskus käytiin keskustassa elokuvissa ja sen jälkeen Burger Kingissä, ja viikonloppuna mentiin kouludiskoon jos siellä oli joku hyvä. Ihan tavallista kakaroiden touhua, mutta meillä oli tiivis sakki. Tosi tiivis.»

Richie sanoi: »Teininä ne parhaat kaverit saadaan. Paljonko teitä oli siinä sakissa?»

»Jenny ja minä. Pat ja hänen veljensä Ian. Shona Williams. Conor Brennan. Ross McKenna eli Mac. Oli siellä pari muutakin, jotka kulkivat joskus mukana, mutta tuossa oli se varsinainen jengi.»

Kaivelin pahvilaatikkoani, löysin sieltä valokuva-albumin – vaaleanpunaiset kannet ja paljettikukkia – ja avasin sen tarralapun kohdalta. Seitsemän teiniä istumassa aidalla kylki kyljessä, jotta kaikki mahtuivat samaan kuvaan. Naurua, jäätelötötteröiden heristelyä ja kirkkaanvärisiä T-paitoja. Fionalla oli hammasraudat, Jennyn tukka oli nykyistä vähän tummempi. Pat oli kaapannut Jennyn kainaloonsa – Patilla oli jo hartiat leveät kuin miehellä, mutta kasvot olivat poikamaisen punakat ja vilpittömät – ja Jenny oli haukkaavinaan Patin jäätelöstä. Conor oli hontelo ja pitkäraajainen kaveri, joka hassutteli matkimalla simpanssia ja oli putoamaisillaan aidalta. Sanoin: »Onko se jengi tässä?»

Fiona laski teemukinsa pöydälle – liian nopeasti, sillä muutama pisara läikkyi – ja kosketti albumia. Hän sanoi: »Tämä on Jennyn.»

»Tiedän», sanoin lempeästi. »Meidän piti lainata sitä hetkeksi.»

Hänen hartiansa nytkähtivät siitä äkillisestä tunteesta, että me tunkeuduimme luotaamaan heidän elämäänsä syvältä. »Taivas», hän sanoi tiedostamattaan.

»Palautamme sen Jennylle mahdollisimman pian.»

»Voitteko... Jos saatte asiat valmiiksi ajoissa, voisitteko jättää kertomatta, että teillä oli tämä? Jenny ei kaipaa mitään ylimääräistä harmia. Tämä...» Fiona levitti kätensä valokuvan päälle. Hän sanoi niin hiljaa että hädin tuskin kuulin: »Me oltiin tosi onnellisia.»

Sanoin: »Teemme parhaamme. Tekin voitte auttaa asiassa. Jos saamme teiltä kaiken tiedon mitä tarvitsemme, meidän ei tarvitse esittää näitä kysymyksiä Jennylle.»

Fiona nyökkäsi katsettaan kohottamatta. »Hyvä», sanoin. »No niin, tämä on varmaan Ian. Vai kuinka?» Ian oli pari vuotta nuorempi kuin Pat, ruskeatukkainen ja laihempi, mutta yhdennäköisyys oli silti ilmiselvä.

»Joo, on tuo Ian. Voi että näyttää nuorelta... Hän oli hirveän ujo siihen aikaan.»

Napautin Conorin rintaa. »Entä kuka tuo on?»

»Se on Conor.»

Vastaus tuli ripeästi ja vaivattomasti, ilman mitään kireyttä. Sanoin: »Sama mies pitelee Emmaa sylissään ristiäiskuvassa, joka oli Emman huoneessa. Onko hän kummisetä?»

»On.» Emman mainitseminen sai Fionan ilmeen pingottumaan. Hän painoi kuvaa sormenpäillään niin kuin olisi yrittänyt työntyä sen sisään.

Siirryin seuraaviin kasvoihin ja jatkoin samalla asiallisella äänellä: »Eli tämä on sitten Mac?» Pyylevä ja harjastukkainen poika, jolla oli kädet levällään ja puhtaanvalkoiset Niket jalassa. Noiden penskojen sukupolven olisi voinut päätellä jo vaatteista: ei sisarusten vanhoja kamppeita, ei mitään parsittua, pelkkää upouutta brändikamaa.

»Joo. Ja tuo on Shona.» Punaiset hiukset, jotka olisivat olleet kähärät jos tyttö ei olisi käyttänyt ahkerasti suoristusrautaa, ja iho jossa oli varmasti pisamia tuon rusketusvoiteen ja huolellisen meikin alla. Mielessäni häivähti jostain kumman syystä sääli noita nuoria kohtaan. Heidän iässään minä ja kaverini olimme olleet köyhiä koko joukko, ja vaikka sellaistakaan ei voi suositella, meidän ei toisaalta ollut tarvinnut yrittää noin kovasti. »Shona ja Mac osasivat aina naurattaa koko porukkaa. Olin unohtanut, että Shona näytti silloin tuolta. Nykyään hänellä on vaalea tukka.»

Kysyin: »Eli te pidätte vielä yhteyttä koko joukko?» Huomasin toivovani, että vastaus olisi kyllä – en tutkinnallisista syistä vaan siksi, että ajattelin Patia ja Jennyä haaksirikossa kylmällä autiosaa-rellaan merituulten keskellä. Olisi ollut mukava tietää, että osa hei-dän juuristaan oli säilynyt vahvoina.

»Ei oikeastaan. Minulla on muitten puhelinnumerot, mutta edellisestä kerrasta on ikuisuus. Pitäisi soittaa heille ja kertoa tästä, mutta en minä... en pysty.»

Hän kohotti mukiaan kätkeäkseen kasvonsa. »Antakaa nume-rot meille», Richie sanoi avuliaasti. »Me hoidamme sen. Ei teidän tarvitse olla se, joka kertoo uutisen.»

Fiona nyökkäsi katsomatta Richieen ja alkoi kaivella puhelinta taskustaan. Richie repäisi sivun irti muistilehtiöstään ja ojensi sen hänelle. Samalla kun Fiona kirjoitti numeroita paperille, siirsin hänet takaisin kohti turvallisempaa maaperää kysymällä: »Kuu-lostaa siltä, että olitte aika tiivis kaveripiiri. Miksi lakkasitte pitä-mästä yhteyttä?»

»Lähinnä siinä vain tuli elämä väliin. Sen jälkeen kun Pat ja Jenny ja Conor menivät yliopistoon... Shona ja Mac olivat heitä vuotta nuorempia, ja minä ja Ian kahta vuotta, joten emme olleet enää synkassa. He pystyivät käymään pubeissa ja oikeissa yöker-hoissa, ja he tapasivat yliopistossa uusia ihmisiä – ja ilman heitä kolmea me muut... Ei se tuntunut enää samalta.» Fiona ojensi kynän ja paperin takaisin Richielle. »Kyllä me yritimme – aluksi tapasimme toisiamme edelleen vähän väliä. Se tuntui kummalta, koska siinä vaiheessa meidän piti ruveta suunnittelemaan asioita monta päivää etukäteen ja joku perui aina viime hetkellä, mutta kyllä me tapasimme toisiamme. Vähitellen kuitenkin aina vain harvemmin. Kävimme vielä pari vuotta sittenkin kaljalla muuta-man viikon välein, mutta se vain... Siitä meni maku.»

Hän oli kietonut kätensä taas mukin ympärille, ja hän kallis-teli sitä ympyränmuotoista rataa pitkin ja katseli nesteen pyörtei-lyä. Teen tuoksu teki tehtävänsä ja sai tämän umpivieraan paikan tuntumaan kodikkaalta ja turvalliselta. »Oikeastaan siitä meni luultavasti maku jo kauan ennen sitä. Sen näkee valokuvistakin: me emme ole enää kiinni toisissamme kuin palapelin palat, sillä lailla kun tuossa kuvassa, vaan meillä törröttää kaikki kyynärpäät ja polvet toisiamme kohti hirveän vaivautuneesti... Me vain emme halunneet nähdä sitä. Pat varsinkaan. Mitä vaivaisempaa se oli, sitä kovemmin hän yritti. Kun istuttiin laiturilla tai jossain, niin Pat istui niin leveästi että melkein venytteli, hän yritti pitää meidät kaikki lähellään ja tuoda sen tunteen, että oltiin taas yhtä suurta jengiä. Hän taisi olla ylpeä siitä, että pyöri vielä samojen kaverien kanssa jotka oli tuntenut lapsesta asti. Sillä oli hänelle merkitystä. Hän ei halunnut päästää siitä irti.»

Fiona oli epätavallinen ihminen: tarkkanäköinen, terävä, herkkävaistoinen. Sellainen tyttö joka miettii pitkään asioita, joita ei ymmärrä, ja jatkaa niiden setvimistä kunnes solmu aukeaa. Se teki hänestä hyödyllisen todistajan, mutta en asioi mielelläni epätavallisten ihmisten kanssa. »Neljä poikaa, kolme tyttöä», sanoin. »Oliko siinä kolme pariskuntaa ja ylimääräinen mies? Vai olitteko pelkkä kaveriporukka?»

Fiona melkein hymyili kuvalle. »Kaveriporukka käytännössä. Silloinkin kun Jenny ja Pat alkoivat seurustella, ei se muuttanut asioita niin paljon kuin luulisi. Kaikki olivat sitä paitsi arvanneet jo paljon aiemmin, että niin siinä käy.»

Sanoin: »Muistan teidän sanoneen, että haaveilitte siitä että joku rakastaisi teitä niin kuin Pat rakasti Jennyä. Muutko pojat eivät olleet kovin hyviä saaliita? Ettekö viitsinyt kokeilla heistä kenenkään kanssa?»

Fiona punastui. Kukerrus hääti harmauden hänen kasvoiltaan ja muutti hänet nuoreksi ja eloisaksi. Hetken luulin että reaktio johtui Patista, että hän oli täyttänyt sen paikan jolle olisi voinut tulla muita poikia, mutta sitten Fiona sanoi: »Itse asiassa joo. Conor... me seurustelimme ihan vähän aikaa. Neljä kuukautta sinä kesänä, kun olin kuusitoista.»

Siinä iässä niin pitkä aika oli lähestulkoon avioliitto. Huomasin, että Richie siirsi jalkojaan aavistuksen. Sanoin: »Mutta hän kohteli teitä huonosti.»

Punastus yltyi. »Ei. Ei huonosti. Siis että ei hän ikinä ollut minulle ilkeä, ei mitään sellaista.»

»Niinkö? Useimmat sen ikäiset osaavat olla aika julmia.»
»Conor ei ollut. Hän oli... herttainen poika. Kiltti.»
Sanoin: »Mutta...?»
»Mutta...» Fiona hieroi poskiaan niin kuin olisi yrittänyt pyyhkiä punan pois. »Siis että tavallaan minä hämmästyin, kun hän edes pyysi minua treffeille – olin aina miettinyt, oliko hän ihastunut Jennyyn. Ei hän sanonut mitään, mutta... tiedättehän kun ihmisestä välittyy tietty viba? Ja sitten kun alettiin seurustella, Conor... tuntui siltä kuin... siis olihan meillä tosi kivaa ja hauskaa, mutta hän halusi aina että tehdään jotain Patin ja Jennyn kanssa. Mennään heidän kanssaan leffaan tai rannalle tai mitä nyt vaan. Hänen vartalonsa tuntui olevan aina sellaisessa kulmassa, että kaikki hänessä osoitti Jennyn suuntaan. Ja kun hän katsoi Jennyä... hänen ilmeensä kirkastui. Kun hän kertoi jotain vitsiä, hän katsoi sen lopussa Jennyyn eikä minuun...»

Ja tässä oli meille murhan motiivi, maailman vanhin lajiaan. Tuntui jotenkin omituisen lohdulliselta, että olin ollut oikeassa alusta asti: tämä juttu ei ollut mikään aavan meren keskeltä saapunut hirmumyrsky, joka iskeytyi Spaineihin sattumalta. Se oli kasvanut esiin heidän omasta elämästään.

Aistin että Richie melkein sykki vieressäni, niin kova tarve hänellä oli liikehtiä. En katsonut häneen. Sanoin: »Teistä tuntui, että hän halusi Jennyn. Hän seurusteli teidän kanssanne, jotta pääsisi lähemmäs häntä.»

Yritin lausua tämän mahdollisimman hellävaroin, mutta se kuulosti silti brutaalilta. Fiona sävähti. »Niin kai. Tavallaan. Luulen että osittain niin, ja osittain hän toivoi että jos me olisimme yhdessä, olisimme sellaisia kuin he, sellaisia kuin Jenny ja Pat. He olivat...»

Ryhmäkuvan viereisellä sivulla oli kuva Patista ja Jennystä, vaatteista päätellen samana päivänä otettu. He istuivat aidalla vieretysten ja toisiinsa nojaten, ja kasvot olivat niin lähekkäin että nenät hipoivat toisiaan. Jenny hymyili Patille, ja Pat katsoi häntä alaspäin lumoutuneena, tarkkaavaisena ja onnellisena. Ilma heidän ympärillään oli lämmintä ja suloista kesänvalkoista. Kaukana heidän hartioidensa takana näkyi merenkaistale, sininen kuin kukka.

Fionan käsi häälyi valokuvan yllä niin kuin hän olisi halunnut koskettaa sitä muttei voinut. Hän sanoi: »Minä otin tuon.»

»Erittäin hyvä kuva.»

»Heitä oli helppo kuvata. Silloin kun kuvaa kahta ihmistä, pitää varoa heidän välissään olevaa rakoa, koska se hajottaa valoa. Mutta Patin ja Jennyn kuvissa tuntui, että valo ei hajonnut vaan jatkoi suoraan raon läpi... Heissä oli jotain. Heillä oli paljon avuja yksinäänkin – kumpikin oli koulussa tosi suosittu, Pat oli hyvä rugbyssa, Jennyn perässä oli aina iso liuta poikia – mutta yhdessä... He olivat puhdasta kultaa. Olisin voinut katsella heitä vaikka päivän putkeen. Kun heidät näki niin ajatteli, että *tuollaista. Tuollaista sen pitäisi olla.*»

Hänen sormenpäänsä sipaisi heidän yhteen puristettuja käsiään ja liukui sitten pois. »Conor... Hänen vanhempansa olivat asumuserossa, isä oli Englannissa tai jossain – en ole ihan varma, Conor ei ikinä puhunut hänestä. Pat ja Jenny olivat onnellisin pari, jonka Conor oli ikinä tuntenut. Tuntui kuin hän olisi halunnut muuttua heiksi, ja hän ajatteli että jos me seurustelisimme, meistä ehkä... En minä pukenut näitä asioita sanoiksi silloin, mutta myöhemmin ajattelin, että ehkä...»

Kysyin: »Puhuitteko tästä silloin Conorille?»

»En. Hävetti liikaa. Siis että minun oma siskoni...» Fiona tunki kädet hiuksiinsa ja veti niitä alaspäin poskiensa peitoksi. »Panin vain poikki hänen kanssaan. Ei se niin iso juttu ollut. Enhän minä ollut rakastunut häneen enkä mitään. Oltiin vasta lapsia.»

Mutta oli sen silti täytynyt olla iso juttu. *Minun oma siskoni...* Richie työnsi tuoliaan taaksepäin ja meni panemaan vedenkeitintä taas päälle. Hän sanoi taakseen muina miehinä: »Muistan kun kerroitte, että Pat oli teininä mustasukkainen jos joku muu poika oli pihkassa Jennyyn. Oliko se Conor?»

Silloin Fiona kohotti katseensa, mutta Richie vain ravisteli kahviannospussia ja katseli häntä vilpittömän kiinnostuneena. Fiona sanoi: »Ei Pat ollut mustasukkainen sillä lailla kun tarkoitatte. Hän vain... Hänkin oli huomannut sen. Joten kun panin poikki Conorin kanssa, Pat tuli pari päivää myöhemmin puhumaan minun kanssani kahdestaan ja kysyi, että siitäkö se johtui. En halunnut kertoa hänelle, mutta Pat... Hänelle on tosi helppo puhua. Kerroin hänelle aina asioistani. Hän oli minulle kuin isoveli. Joten päädyimme puhumaan siitä.»

Richie vihelsi. »Kun minä olin nuori poika», hän sanoi, »olisin ollut ihan raivona jos oma kaveri olisi yrittänyt tyttöäni. En ole väkivaltaista sorttia, mutta lätty olisi silti lätissyt.»

»Veikkaan että Pat harkitsi sitä. Tai siis» – Fiona hätääntyi äkisti – »ei hänkään ollut väkivaltaista sorttia, siis ikinä, mutta niin kuin sanoitte... Hän oli aika vihainen. Hän tuli meille puhumaan minun kanssani, kun Jenny oli shoppailemassa, ja kun kerroin tästä hänelle niin hän vain marssi ulos. Hän oli ihan vitivalkoinen, naama oli kuin kivestä tehty. Minua alkoi oikeasti pelottaa – en minä uskonut että hän varsinaisesti tekisi Conorille mitään, mutta minä vain... ajattelin että jos kaikki saisivat tietää, koko jengi hajoaisi ja kaikki olisi ihan kamalaa. Toivoin että...» Fiona painoi päänsä. Sitten hän sanoi hiljaisemmalla äänellä mukilleen: »Toivoin että olisin pitänyt suuni kiinni. Tai että olisin pysytellyt alun perinkin kaukana Conorista.»

Sanoin: »Eihän se teidän syynne ollut. Ette voinut arvata. Vai olisitteko voinut?»

Fiona kohautti olkapäitään. »En varmaan. Mutta minusta tuntui että olisin voinut. Siis että miksi ihmeessä Conor olisi kiinnostunut minusta, kun Jennykin oli siinä vieressä?» Hän oli painanut päänsä alemmas.

Tässä se tuli taas esiin, se syvälle haudattu epämääräinen vyyhti, joka Fionan ja Jennyn välillä oli. Sanoin: »Se mahtoi olla aika nöyryyttävää.»

»Selvisin hengissä. Ja kaikkihan on nöyryyttävää, kun ihminen on kuusitoistavuotias.»

Hän yritti vääntää asiaa vitsiksi, mutta tulos ei naurattanut. Richie soi hänelle hymyn kumartuessaan ottamaan hänen teemukiaan, mutta hän ojensi mukin huomaamatta Richien ilmettä. Sanoin: »Pat ei ollut ainoa, jolla oli oikeus suuttua. Ettekö tekin ollut vihainen? Jennylle, Conorille tai molemmille?»

»En minä ollut sellainen tyttö. Minusta tuntui että kaikki oli minun syytäni. Kun olin ollut sellainen idiootti.»

Kysyin: »Eikä Pat siis käynyt lainkaan käsiksi Conoriin?»

»En usko. Kummallakaan ei näkynyt mustelmia tai muuta. En

oikein tiedä, mitä siinä tapahtui. Pat soitti minulle seuraavana päivänä ja sanoi, ettei minun tarvitse enää murehtia sitä asiaa ja että voin unohtaa koko sen meidän keskustelumme. Kysyin mitä oli tapahtunut, mutta hän sanoi vain, ettei tämä olisi jatkossa enää mikään ongelma.»

Toisin sanoen Pat oli säilyttänyt itsehillintänsä ja hoitanut ikävän tilanteen siististi ja suurta draamaa välttäen. Conorille puolestaan oli näytetty armotta kaapin paikka, ja Pat oli sen myötä nöyryyttänyt häntä vielä pahemmin kuin Fiona, ja Conorille tehtiin harvinaisen selväksi ettei hänellä ollut mitään mahdollisuuksia Jennyyn. Tällä kertaa käännyin katsomaan Richietä. Hän puuhaili teepussien kanssa.

Kysyin: »Aiheutuiko tästä ongelmia enää sen jälkeen?»

»Ei. Ei ikinä. Kukaan meistä ei enää puhunut siitä. Conor oli minulle vähän aikaa erityisen mukava, joten ehkä hän yritti hyvittää minulle sen kun asiat olivat menneet pieleen – mutta toisaalta hän oli minulle mukava aina muulloinkin, eli... Ja minusta tuntui että hän alkoi pitää etäisyyttä Jennyyn – ei mitenkään ihan ilmiselvästi, mutta Conor varmisti ettei päätynyt Jennyn kanssa ikinä mihinkään kahdestaan, ja muuta vastaavaa. Mutta käytännössä kaikki palasi ihan normaaliksi.»

Fiona oli kumartunut noukkimaan nukkapalleroita villatakkinsa hihasta, ja punastuksen jäänteet näkyivät yhä hänen poskillaan. Kysyin: »Saiko Jenny tietää siitä?»

»Siitäkö, että olin tehnyt bänät Conorin kanssa? Ei sitä oikein voinut olla huomaamattakaan.»

»Siitä, että Conor oli ollut kiinnostunut hänestä.»

Poskien puna tummeni taas. »Kyllä itse asiassa taisi tietää. Oikeastaan tuntuu, että hän saattoi tietää asiasta ihan alusta alkaen. Minä en kertonut hänelle mitään, eikä Conor tai Patkaan olisi kertonut – Pat suhtautuu Jennyyn tosi suojelevasti eikä olisi halunnut aiheuttaa hänelle huolta. Mutta yhtenä iltana pari viikkoa sen jälkeen, kun olin puhunut Patin kanssa, Jenny tuli huoneeseeni – oltiin menossa nukkumaan ja hänellä oli jo yöpaita päällä. Hän vain seisoi siinä räpläämässä minun hiusklipsejäni, kiinnitteli niitä sormenpäihinsä ja sellaista. Lopulta minä kysyn, että mitä nyt, ja hän sanoi, että tosi ikävä juttu se sinulla ja Conorilla. Minä vastasin jotain sellaista, että ei se minua haittaa enkä välitä – koska siitähän oli silloin jo monta viikkoa ja Jenny oli sanonut samat asiat jo moneen kertaan, enkä tajunnut mitä hän oikein ajoi takaa – mutta hän vain jatkoi, että ei kun ihan oikeasti. 'Jos se oli minun vikani, jos olisin voinut tehdä jotain eri lailla... siis että olen kamalan pahoillani, ei minulla muuta.'»

Fiona päästi pienen ironisen naurunhenkäyksen. »Voi luoja, me olimme kuolla häpeään. Minä selitin jotain, että ei se sinun vikasi ollut, miksi muka olisi, ei minulla ole hätää, hyvää yötä... Halusin vain että hän lähtee. Jenny – hetken minusta tuntui, että hän halusi sanoa vielä jotain muutakin, joten tungin pääni vaatekaappiin ja aloin penkoa sitä niin kuin olisi valinnut seuraavan päivän vaatteita. Kun käännyin taas katsomaan, hän oli lähtenyt. Emme puhuneet asiasta enää, mutta siitä minä päättelin että hän tiesi. Conorista.»

»Ja hän pelkäsi että teistä tuntui, että hän oli antanut Conorin ymmärtää jotain», minä sanoin. »Tuntuiko?»

»Sellainen ei tullut mieleenkään.» Fiona huomasi kysyvän ilmeeni ja käänsi katseensa muualle. »Tai no. Siis kyllähän se mieleen tuli, mutten syyttänyt häntä siitä että... Jenny tykkäsi flirttailusta. Hän piti siitä, että sai huomiota pojilta – totta kai nyt kahdeksantoistavuotias. En usko, että hän antoi Conorin varsinaisesti ymmärtää mitään, mutta hän taisi tietää että Conor tykkäsi hänestä, ja hän taisi nauttia siitä ajatuksesta. Siinä kaikki.»

Kysyin: »Luuletteko, että Jenny ryhtyi asiassa mihinkään?»

Fionan pää kääntyi äkkiä ja hän jäi tuijottamaan minua. »Siis niin kuin mihin? Niin kuin että käski Conorin rauhoittua? Vai että alkoi Conorin kanssa johonkin?»

Sanoin ilmeettömällä äänellä: »Kummin vain.»

»Jenny seurusteli Patin kanssa! Siis ihan tositarkoituksella eikä vaan pelehtinyt niin kuin teinit. He rakastivat toisiaan. Eikä Jenny ole mikään kaksinaamainen – te puhutte nyt minun siskostani.»

Kohotin käteni. »Uskon kyllä, että he rakastivat toisiaan. Mutta jos teinityttö alkaa tajuta, että hän viettää koko loppuelämänsä saman miehen kanssa, hän voi hätääntyä ja ruveta ehkä kaipaamaan yhtä pientä hetkeä toisen miehen kanssa ennen kuin sitoutuu pysyvästi. Ei sellainen tee hänestä mitään lutkaa.»

Fiona pudisti päätään hiukset heiluen. »Ette nyt tajua. Jenny – aina kun Jenny tekee jotain, hän tekee sen kunnolla. Hän oli hulluna Patiin, mutta vaikkei olisi ollutkaan, niin ei hän olisi ikinä pettänyt ketään. Ei edes pussailemalla.»

Fiona puhui totta, mutta hän saattoi olla silti väärässä. Siinä vaiheessa kun Conorin mieli oli alkanut rakoilla, yksi muinainen pusu oli voinut kasvaa hänen ajatuksissaan tuhansiksi suloisiksi mahdollisuuksiksi, jotka keinahtelivat melkein käden ulottuvilla. »Hyvä on», sanoin. »Entä olisiko Jenny mennyt puhumaan tästä asiasta suoraan Conorille?»

»En usko. Miksi olisi? Mitä iloa siitä olisi ollut? Kaikkia olisi vain alkanut hävettää, ja Patilta ja Conorilta olisi ehkä mennyt välit pilalle. Ei Jenny sellaista olisi halunnut. Hän ei ole mikään draamakuningatar.»

Richie kaatoi kiehuvaa vettä mukiin. »Eivätkö Patin ja Conorin välit olleet jo valmiiksi aika pilalla? Koska vaikka Pat ei olisikaan lopsinut Conoria silloin korville, ei hän mikään pyhimys ollut. Ei hän olisi voinut jatkaa Conorin kaverina niin kuin mitään ei olisi tapahtunut.»

»Miksei? Eihän Conor ollut varsinaisesti tehnyt mitään. He olivat parhaat kaverit, eivätkä he antaneet minkään tuollaisen pilata kaikkea. Liittyykö tämä jotenkin...? Miksi...? Siis että tästähän on jo yksitoista vuotta.»

Fiona alkoi näyttää epäluuloiselta. Richie kohautti olkapäitään ja kastoi teepussin mukiin. »Sanon vaan, että mahtoivat olla aika läheiset kaverit, jos pääsivät tuommoisen asian yli. Minullakin on ollut hyviä kavereita, mutta jos olisi ollut tuollaista häsläkkää niin he olisivat saaneet mennä helvettiin.»

»Kyllä he olivat. Läheiset, siis. Kaikilla meillä oli läheiset välit, mutta Pat ja Conor olivat vielä vähän eri maata. Minusta tuntuu...» Richie ojensi hänelle uuden mukillisen teetä, ja hän hämmensi sitä hajamielisesti lusikallaan. Hän yritti keskittyä ja hakea oikeita sanoja. »Minusta tuntui aina, että se johtui heidän isistään. Niin kuin sanoin, Conorin isä ei ollut maisemissa ja Patin isä kuoli kun hän oli joku kahdeksanvuotias... Sillä on merkitystä. Pojille varsinkin. Sellaisissa miehissä on jotain erilaista, jotka ovat joutuneet olemaan talon ainoita miehiä jo lapsina. He ovat joutuneet kantamaan liikaa vastuuta liian varhain. Se näkyy heissä.»

Fiona kohotti päätään; katseemme kohtasivat, mutta jostain syystä hän kääntyi katsomaan nopeasti muualle. Liian nopeasti. »Mutta siis», hän sanoi. »Se heillä oli yhteistä. Kai se oli molemmille tärkeä juttu, että oli lähellä joku joka ymmärsi. He kävivät joskus kahdestaan kävelyillä – vaikka rannalla tai jossain. Minä katselin heitä kauempaa. He eivät aina edes puhuneet, kävelivät vain niin lähekkäin, että hartiat melkein koskettivat. Samaan tahtiin. Palatessa he näyttivät rauhallisemmilta. Tasoitelluilta. He tekivät toisilleen hyvää. Kun on sellainen ystävä, hänestä ei halua luopua ihan helpolla.»

Äkillinen ja tuskallinen kateuden leimahdus pääsi yllättämään minut. Minä olin ollut viimeisinä kouluvuosinani erakko. Tuollainen ystävä olisi tullut tarpeeseen.

Richie sanoi: »Ymmärrän hyvin. Sanoitte kyllä että yliopisto tuli väliin, mutta tuntuu että teidän välienne etääntymiseen olisi tarvittu jotain muutakin.»

Fiona sanoi odottamatta: »Niin tarvittiin. Kai se on niin, että lapsena ihminen on jotenkin... epämääräisempi? Vasta vanhemmiten alkaa miettiä, millainen haluaa oikeasti olla, eikä se välttämättä sovi siihen, millaisiksi kaverit ovat muuttumassa.»

»Tiedän mitä tarkoitatte. Minä ja vanhat koulukaverit nähdään yhä toisiamme, mutta puolet haluaa puhua keikoista ja Xboxeista ja puolet vauvanpaskan väristä. Nykyään meillä on paljon pitkiä hiljaisuuksia kun tavataan.» Richie asettui tuoliinsa, ojensi minulle kahvimukin ja otti ison hörpyn omasta mukistaan. »No, kuka teidän jengissänne muuttui mitenkin?»

»Ensin lähinnä Mac ja Ian. He halusivat joksikin rikkaiksi pintaliitäjiksi – Mac on töissä kiinteistönvälitystoimistossa ja Ian tekee jotain pankkihommia, en oikein edes tiedä mitä. He rupesivat käymään supertrendikkäissä paikoissa, ryyppäsivät Café en Seinessä ja menivät sieltä Lillie'siin tai sellaisiin paikkoihin. Aina kun tapasimme, Ian selitti miten paljon hän oli maksanut kaikesta mitä hänellä oli yllään, ja Mac suunnilleen huusi että joku tyttö oli ollut edellisiltana hänen kimpussaan eikä ollut lähtenyt kulumallakaan, mutta Mac oli ollut armollisella tuulella joten hän antoi tytölle pitkää päätyyn ja perään... Heidän mielestään minä olin idiootti kun rupesin valokuvaajaksi – Macin mielestä varsinkin, hän sanoi minulle jatkuvasti ihan päin naamaa, että olin idiootti enkä tienaisi ikinä isoja rahoja, ja minun piti kuulemma kasvaa aikuiseksi ja ostaa kunnon vaatteita, että minulla olisi joku sauma pyydystää mies joka pystyy pitämään minusta huolta! Ja sitten Ian lähti firman komennukselle Chicagoon ja Mac oli enimmäkseen Leitrimissä myymässä asuntoja isoilta uudisrakennuksilta, joten meillä katkesi yhteys. Ajattelin että...»

Fiona käänteli albumin sivuja ja hymyili vinosti kuvalle, jossa poikanelikko poseerasi huulet törröllään ja teki käsillään muka jengimerkkejä. »Siis että hirveän moni muuttui nousukaudella sellaiseksi. Eivät Mac ja Ian mitenkään yrittäneet ruveta kusipäiksi, he vain tekivät niin kuin kaikki muutkin. Ajattelin, että he kasvavat siitä ohi. Sitä odotellessa he eivät ole kivaa seuraa, mutta pohjimmiltaan he ovat yhä hyviä tyyppejä. Omat teini-iän kaverit, ne jotka ovat nähneet sen tyhmimmän kampauksen ja ne noloimmat jutut mitä ihminen elämässään tekee, mutta välittävät silti – heitä ei voi oikein korvata mitenkään. Ajattelin aina, että löytäisimme vielä takaisin yhteen. Mutta tämän jälkeen... en tiedä.»

Hymy oli kadonnut. Kysyin: »Eikö Conor käynyt Lillie'sissä heidän kanssaan?»

Saman hymyn varjo käväisi vielä hänen kasvoillaan. »Ei herran tähden. Se ei kuulunut hänen tyyliinsä.»

»Oliko hän enemmän erakkotyyppi?»

»Ei erakko. Kävi hän pubissa pitämässä hauskaa siinä missä muutkin, mutta se pubi ei ollut Lillie's. Conor on vähän sellainen kiivailija. Hän ei välittänyt yhtään mistään trendikkyydestä. Sanoi, että jos seuraamme sellaisia asioita niin annamme silloin muiden päättää asiat puolestamme, ja hän oli jo tarpeeksi iso tekemään omat päätöksensä. Ja hänestä oli ihan idioottimaista mahtailla jollain luottokorteilla. Hän sanoi sen ihan suoraan Ianille ja Macille, ilmoitti että heistä oli tulossa aivokuolleita lampaita. Siitä he eivät oikein tykänneet.»

»Vihainen nuori mies», minä sanoin.

Fiona pudisti päätään. »Ei hän vihainen ollut. Pelkästään... niin kuin sanoin aiemmin. He eivät olleet enää synkassa, ja se vaivasi kaikkia kolmea. He purkivat sen sitten toisiinsa.»

Jos viipyisin Conorissa vielä pitkään, Fiona alkaisi epäillä jotain. »Entä Shona? Kenen kanssa hän lakkasi olemasta synkassa?»

»Shona...» Fiona kohautti olkapäitään paljonsanovasti. »Shona elää jossain tuolla maailmalla Macin ja Ianin tyttöversiona. Paljon itseruskettavaa, paljon merkkituotteita, paljon kavereita joilla on itseruskettavaa ja merkkituotteita, ja kaikki ilkeilevät – eivät silloin tällöin niin kuin ihmiset aina, vaan ihan koko ajan. Silloin kun tavattiin porukalla, niin Shona heitteli koko ajan haljuja kommentteja Conorin kampauksesta, tai minun vaatteistani, ja sai Macin ja Ianin nauramaan mukana – Shona on aina ollut hauska, mutta ennen hän ei ollut sellainen häijynhauska. Ja kun tekstasin Shonalle muutama vuosi sitten, että kiinnostaako lähteä baariin, niin hän tekstasi vastaukseksi suunnilleen niin, että oli juuri mennyt kihloihin – emme olleet edes tavanneet hänen poikakaveriaan, tiesimme vain että hänellä on hirveästi rahaa – ja että hän kuolisi häpeään jos hänen *sulhasensa* näkisi hänet jonkun minunlaiseni seurassa, joten katso sitten hääkuvat Irish Timesin hääpalstalta, kiitti hei!» Jälleen kuiva pieni olankohautus. »Shonasta en tiedä, että kasvaako hän ulos tuosta vaiheesta.»

»Entä Pat ja Jenny?» minä kysyin. »Halusivatko hekin olla menevää pintaporukkaa?»

Tuska kaartui Fionan kasvoille, mutta hän hääti sen pikaisella päänravistuksella ja tarttui mukiinsa. »Tavallaan. Ei sellaista kuin Ian ja Mac, mutta kyllä hekin tykkäsivät käydä pintapaikoissa oikeanlaiset kamppeet päällä. Mutta heille se tärkein juttu oli aina heidän oma suhteensa. Naimisiinmeno, talon osto, lasten hankkiminen.»

»Kun puhuimme viimeksi, mainitsitte että puhuitte Jennyn kanssa joka päivä mutta ette olleet tavanneet toisianne pitkään aikaan. Tekin etäännyitte toisistanne. Tuonko takia? Oliko Jennyllä ja Patilla oma pieni kotiaallonpituutensa, ja teillä oli erilainen?»

Fiona sävähti. »Kuulostaa kamalalta. Mutta joo, niin kai se oli. Mitä pitemmälle he ehtivät sillä tiellä, sitä kauemmas he ajautuivat meistä muista. Kun Emma syntyi, he puhuivat vain nukutusrutiineista ja koulupaikan hankkimisesta, emmekä me muut tienneet sellaisesta mitään.»

»Ihan niin kuin minun kaverini», Richie sanoi nyökäten. »Vauvanpaskaa ja verhoja.»

»Niin. Aluksi he pystyivät hankkimaan lastenvahdin ja tulemaan kaljalle, joten me sentään näimme heitä, mutta kun he muuttivat Brianstowniin... niin en tiedä, halusivatko he edes käydä enää ulkona. Keskittyivät perhehommaansa ja halusivat hoitaa kaiken oikein. Eivät he halunneet enää vetää perseitä pubissa ja kompuroida kotiin kolmelta aamulla. He kutsuivat meitä kylään vähän väliä, mutta kun se oli niin kaukana ja kaikki tekivät pitkää päivää töissä...»

»Joten kukaan ei päässyt. Tuttu tilanne. Muistatteko, milloin he kutsuivat teidät viimeksi?»

»Monta kuukautta sitten. Touko-kesäkuussa. Lopulta Jenny vähän luovutti, kun en päässyt ikinä tulemaan.» Fionan kädet alkoivat puristaa mukia. »Olisi pitänyt nähdä enemmän vaivaa.»

Richie pudisti saman tien päätään. »Ei teillä mitään sellaista velvollisuutta ollut. Te teitte omaa juttuanne, he tekivät omaa juttuaan, ja kaikki olivat tyytyväisiä – kai he olivat tyytyväisiä?»

»Olivat. Tai siis nämä viime kuukaudet he olivat huolissaan rahasta, mutta he tiesivät että loppujen lopuksi käy hyvin. Jenny sanoi minulle niin pari kertaa, siis että hän ei aikonut ruveta kimpoilemaan seinille, koska hän tiesi että jotenkin siitä selvittäisiin.»

»Ja te arvelitte, että hän oli oikeassa?»

»Itse asiassa joo. Jenny on sellainen tyyppi, että hänen asiansa aina järjestyvät. Jotkut ihmiset vain ovat hyviä elämään. He tekevät asiat oikein edes miettimättä sitä sen kummemmin. Jennyllä on se lahja.»

Näin mielessäni vilahdukselta Gerin ruuantuoksuisessa keittiössään tarkastamassa Colmin kotitehtäviä ja nauramassa Philin vitsille ja pitämässä silmällä palloa, jota Andrea pomputteli huoneessa. Ja sitten hapsottavatukkaisen ja teräväkyntisen Dinan tappelemassa minua vastaan syystä, joka jäisi hänelle itselleenkin arvoitukseksi. Hillitsin itseni enkä vilkaissut kelloani. »Tiedän mitä tarkoitatte», sanoin. »Minä olisin kadehtinut sellaista. Kadehditteko te?»

Fiona mietti tätä samalla kun pyöritteli hiuksia sormensa ympärille. »Ehkä silloin kun oltiin nuorempia. Varmaan. Teininähän kaikki vain hapuilevat, mutta Jenny ja Pat tiesivät aina mitä tekivät. Varmaan minä aloin seurustella Conorin kanssa osaksi sen takia – toivoin että jos tekisin samaa mitä Jennykin, niin muuttuisin samanlaiseksi. Olisin varma kaikesta. Se olisi ollut minusta mukavaa.» Hän pyöritteli hiussuortuvan sormensa ympäriltä ja käänteli hiuksia tarkastellakseen, miltä ne näyttivät valossa ja varjossa. Hän oli syönyt kyntensä melkein verille. »Mutta kun kasvettiin aikuisiksi... niin ei. En halunnut Jennyn elämää – PR-hommia, nuorena naimisiin, hankitaan lapset saman tien, en mitään sellaista. Mutta joskus minusta tavallaan tuntui, että toivoin haluavani sellaista. Se olisi tehnyt elämästä paljon yksinkertaisempaa. Kuulostaako tämä järkevältä puheelta?»

»Ilman muuta», minä sanoin. Itse asiassa se kuulosti jonkun teinin ruikutukselta aiheesta *voisinpa tehdä kaiken normaalilla tavalla mutta kun olen niin poikkeusyksilö*, mutta pidin ärsytyksen piston omana tietonani. »Mutta entä ne designer-kamppeet? Ja kalliit lomamatkat? Täytyihän sen kirvellä, kun näitte miten Jenny sai nauttia kaikesta sellaisesta samalla kun te asuitte kimppakämpässä ja venytitte penniä.»

Fiona pudisti päätään. »Minä näyttäisin designer-vaatteissa pelkästään typerältä. En niin välitä rahasta.»

»Älkäähän nyt, neiti Rafferty. Kaikki haluavat rahaa. Ei siinä ole mitään häpeämistä.»

»No siis en minä halua rahaton olla. Mutta se ei ole minun maailmankaikkeuteni tärkein asia. Varsinaisesti minä haluan tulla tosi hyväksi valokuvaajaksi – siis niin hyväksi, ettei minun tarvitsisi selittää teille Patia ja Jennyä tai Patia ja Conoria, vaan ymmärtäisitte kun näyttäisin teille ottamiani valokuvia. Jos siihen vaaditaan muutama vuosi töitä valokuvaamossa paskalla palkalla samalla kun opettelen, niin olkoon. Minulla on kiva asunto ja toimiva auto, ja käyn ulkona joka viikonloppu. Miksi minä haluaisin enemmän rahaa?»

Richie sanoi: »Mutta muu jenginne ajatteli toisin.»

»Paitsi Conor, tavallaan. Hänkään ei välitä niin rahasta. Hän on webbisuunnittelija ja tosi innostunut siitä työstä – hänen mukaansa sitä pidetään sadan vuoden päästä yhtenä suurista taiteenlajeista – joten hän on valmis tekemään töitä ilmaiseksikin, jos keikka tuntuu kiinnostavalta. Mutta muut... joo. He eivät ikinä tajunneet minua. Heidän mielestään – luulen että Jennynkin mielestä – minä olin pelkästään lapsellinen, mutta he uskoivat että ryhdistäydyn ennemmin tai myöhemmin.»

Sanoin: »Mahtoi olla raivostuttavaa. Vanhimmat ystävänne ja oma sisarenne ajattelivat, että kaikki mitä te haluatte on arvotonta.»

Fiona huokasi ja haroi hiuksiaan yrittäessään löytää oikeita sanoja. »Ei oikeastaan. Siis koska on minulla paljonkin ystäviä, jotka tajuavat. Se vanha jengi... totta kai minä toivoin, että oltaisiin samalla aallonpituudella, mutten syyttänyt heitä. Sanomalehdet, aikakauslehdet ja uutiset toitottivat... suunnilleen että ihminen on ääliö tai kummajainen, jos hän haluaa vain kohtuulliset tulot ja työn josta tykkää. Sitä mieltä ei sopinut olla, vaan kuului vain miettiä, miten tullaan rikkaaksi ja ostellaan kiinteistöjä. En oikein voinut olla heille vihainen siitä, että he tekivät juuri sitä mitä heidän odotettiinkin tekevän.»

Fiona pyyhkäisi albumia kädellään. »Sen takia me ajauduimme erillemme. Ei se ikäeroista johtunut. Pat ja Jenny ja Ian ja Mac ja Shona tekivät kaiken niin kuin kuului tehdä. Jokainen eri tavoin, joten hekin ajautuivat erilleen toisistaan, mutta Conor ja minä halusimme jotain ihan muuta. He eivät ymmärtäneet meitä. Emmekä mekään oikeastaan ymmärtäneet heitä. Ja se oli sen loppu.»

Fiona oli selannut takaisin sille sivulle, jolla oli kuva kaikista seitsemästä aidalla. Hänen äänessään ei ollut pisteliäisyyttä vaan silkkaa hämmentynyttä ihmetystä siitä, miten merkillisiä elämän käänteet saattoivat olla, ja miten lopullisia. Sanoin: »Mutta Pat ja Conor pysyivät ilmeisesti läheisissä väleissä? Jos kerran Pat valitsi Conorin kummisedäksi Emmalle. Vai oliko se Jennyn päätös?»

»Ei! Pat siitä päätti. Minähän sanoin, että he olivat parhaat kaverit. Conor oli Patin bestmanina. He jatkoivat entisellään.»

Kunnes jokin muuttui eivätkä enää jatkaneet. »Oliko hän hyvä kummisetä?»

»Oli. Aivan upea.» Fiona hymyili kuvan hontelolle pojalle. Teki häijyä ajatella, että joutuisin pian kertomaan hänelle. »Minä ja Conor veimme lapsia usein yhdessä eläintarhaan, ja hän kertoi Emmalle tarinoita eläinten hurjista seikkailuista sen jälkeen, kun eläintarha lukitaan yöksi... Kerran Emma hukkasi nallensa, sellaisen joka hänellä oli sängyssä joka yö. Hän oli ihan murheen murtama. Conor kertoi hänelle, että nalle oli voittanut maailmanympärimatkan, ja hankki postikortteja Surinamista, Mauritiukselta, Alaskasta ja muualta – en edes tiedä mistä hän ne sai, netistä varmaan – ja leikkasi ja liimasi kortteihin samannäköisten nallejen kuvia ja kirjoitti nallen tervehdyksiä, niin kuin että 'tänään menin hiihtämään tuolle vuorelle ja join sitten kaakaota, lähetän ison halin, terveisin Benjy', ja sitten hän postitti niitä Emmalle. Joka ikinen päivä, kunnes Emma innostui uudesta nukestaan eikä enää surrut karhua.»

»Milloin tämä tapahtui?»

»Ehkä kolme vuotta sitten. Jack oli vasta vauva, joten...»

Tuska kulki taas aaltoina Fionan kasvojen poikki. Ennen kuin hän ehti ruveta ajattelemaan, kysyin: »Milloin näitte Conorin viimeksi?»

Hänen silmissään näkyi äkkiä epäluulon välähdys. Keskittymisen turvallinen kuori oli alkanut ohentua, ja hän arvasi että jotain oli nyt tekeillä. Hän nojautui taaksepäin tuolillaan ja kietoi kätensä vyötärölleen. »En ole varma. On siitä aikaa. Varmaan pari vuotta sitten.»

»Eikö hän ollut viime huhtikuussa Emman synttäreillä?»

Hänen hartiansa jännittyivät hitusen lisää. »Ei.»

»Miksi ei?»

»Hän ei kai päässyt.»

Sanoin: »Kerroitte juuri, että Conor oli valmis näkemään paljon vaivaa kummityttärensä eteen. Miksei hän vaivautunut tulemaan hänen synttäreilleen?»

Fiona kohautti olkapäitään. »Kysykää häneltä. Minä en tiedä.»

Hän alkoi taas nyppiä villatakkinsa hihaa eikä katsonut meihin. Asetuin tuoliini mukavammin ja aloin odottaa.

Siinä kesti pitkä tovi. Fiona vilkuili kelloaan ja repi nukanhaituvia, kunnes ymmärsi että me pystyimme odottamaan pitempään kuin hän. Lopulta hän sanoi: »Luulen että saattoi heillä olla jonkunlainen riita.»

Nyökkäsin. »Mistä aiheesta?»

Vaivautunut olankohautus. »Kun Jenny ja Pat ostivat talon, Conor piti heitä hulluina. Minäkin pidin, mutta he eivät halunneet kuulla sellaista, joten yritin sanoa pari kertaa jotain ja pidin sitten suuni kiinni. Vaikken ollut varma että siinä kävisi hyvin, he olivat kumminkin onnellisia ja halusin olla onnellinen heidän puolestaan.»

»Mutta Conor ei halunnut. Miksei?»

»Hän ei osaa oikein pitää suutaan kiinni silloin, kun olisi viisainta vain nyökkäillä ja hymyillä. Hänen mielestään sellainen on tekopyhää. Jos jokin on hänen mielestään paska idea, niin hän sanoo että se on paska.»

»Ja sekö ärsytti Patia, tai Jennyä? Tai molempia?»

»Molempia. He selittivät, että 'miten me muuten muka päästään kiinni omistusasuntoon, miten me muuten voidaan ostaa kunnollisen kokoinen talo jossa on piha lapsille? Se on mahtava sijoitus, muutaman vuoden päästä se on niin arvokas, että voidaan myydä se ja ostaa asunto jostainpäin Dublinia, mutta toistaiseksi... Jos oltaisiin miljonäärejä niin joo, ostettaisiin saman tien iso kämppä Monkstownista, mutta ei olla, joten jos Conor ei halua lainata meille muutamaa sataa tonnia, niin tämä me ostetaan.' Heitä otti päähän, kun Conor ei kannustanut. Jenny toisteli, ettei hän halua kuunnella sellaista negatiivisuutta, ja jos kaikki ajattelisivat noin niin maa olisi raunioina, hän ja Pat haluavat että ympärillä on positiivisuutta... Jenny oli oikeasti vihainen. Hän uskoo kovasti positiiviseen asenteeseen, ja hänestä tuntui että Conor pilaisi kaiken, jos he kuuntelisivat häntä kovin pitkään. En tiedä tarkemmin, mutta jossain vaiheessa taisi tulla jonkinlainen yhteenotto. Sen jälkeen Conoria ei enää näkynyt, eivätkä he puhuneet hänestä. Miksi niin? Onko sillä väliä?»

Kysyin: »Oliko Conorilla vielä tunteita Jennyä kohtaan?

Tämä oli se tuhannen taalan kysymys, mutta Fiona katsoi minua niin kuin en olisi kuullut sanaakaan hänen puheistaan. »Siitä on jo ikuisuus. Sehän oli herran tähden penskojen touhua.»

»Penskojen touhut voivat olla aika väkevä asia. Moni ei ikinä unohda ensirakkauttaan. Oliko Conor mielestänne sellainen tyyppi?»

»Ei aavistusta. Sitä pitää kysyä häneltä.»

»Entä te?» minä kysyin. »Onko teillä vielä tunteita Conoria kohtaan?»

Olin odottanut Fionan suuttuvan minulle tästä kysymyksestä, mutta hän punnitsi sitä kasvot kiinni albumissa ja kädet taas tukkaan takertuneina. »Riippuu siitä mitä niillä tunteilla tarkoitetaan», hän sanoi. »On minulla häntä ikävä. Joskus ajattelen häntä. Olimme olleet kavereita jostain siitä asti, kun minä olin yksitoista. Sillä on merkitystä. Mutten minä ikinä haikaile ja räydy menetetyn rakkauden perään. En halua palata yhteen hänen kanssaan. Jos te sen halusitte tietää.»

»Eikö mieleenne tullut pitää yhteyttä Conoriin sen jälkeen, kun hänelle tuli se yhteenotto Patin ja Jennyn kanssa? Koska kuulostaa siltä, että teillä on enemmän yhteistä Conorin kanssa kuin heillä oli.»

»Kyllä minä sitä mietin. Odotin vähän aikaa siltä varalta, että Conor tarvitsi aikaa rauhoittumiseen – en halunnut sotkeutua mihinkään välienselvittelyyn – mutta sen jälkeen soitin hänelle pari kertaa. Hän ei soittanut takaisin, joten en yrittänyt sen kovemmin. Niin kuin sanoin, hän ei ollut minulle mikään maailman keskipiste. Ajattelin että hänen kanssaan olisi sama juttu kuin Ianin ja Macin kanssa, siis että löytäisimme toisemme sitten taas myöhemmin.»

Tällaiseksi Fiona ei varmasti ollut kuvitellut heidän jälleennäkemistään. »Kiitos», sanoin. »Tästä voi olla apua.»

Ryhdyin ottamaan albumia takaisin, mutta Fionan käsi tuli estämään minua. »Voinko minä – ihan vaan hetken...?»

Vetäydyin takaisin ja annoin hänen katsella kuvia. Hän veti albumin lähemmäs ja kietoi käsivartensa sen ympärille. Huoneessa oli hiljaista; kuulin seinissä kulkevien keskuslämmitysputkien heikon sihinän.

»Se kesä», Fiona sanoi lähinnä itselleen. Hän oli kumartunut katsomaan kuvaa hiukset roikkuen. »Silloin naurettiin ihan hirveästi. Nuo jätskit... Siellä oli rannan lähellä pieni jäätelökioski – vanhempamme kävivät siellä aina lapsina. Sinä kesänä kiskan vuokranantaja ilmoitti korottavansa vuokran niin tähtitieteelliseksi, ettei yrittäjällä ollut mitään mahdollisuutta maksaa – hän halusi häätää yrittäjän pois, jotta voisi myydä tontin toimistoiksi tai asunnoiksi tai joksikin. Kaikki sillä seudulla olivat ihan tyrmistyneitä – se paikka oli sellainen instituutio. Lapset saivat siellä ensimmäisen jätskinsä, nuoret kävivät siellä ekoilla treffeillään... Pat ja Conor sanoivat, että kiskaa ei voi pitää pystyssä kuin yhdellä tavalla, joten näytetään miten paljon jätskiä meihin mahtuu. Söimme sinä kesänä jätskiä joka ikinen päivä. Se oli meille ikään kuin suuri tehtävä. Aina kun oli syöty yhdet, Pat ja Conor hävisivät jonnekin ja tulivat takaisin kädet täynnä uusia tuutteja, ja me kiljuimme että viekää nuo kauas meistä. He nauroivat ja sanoivat, että syökää nyt, pakko teidän on hyvän asian puolesta, pitää taistella systeemiä vastaan... Jenny sanoi aina, että hän lihoo kohta ihan palloksi ja sitten Patia kaduttaa, mutta hän söi kaiken silti. Niin me muutkin.»

Fiona kuljetti sormenpäätään pitkin valokuvaa, pysähtyi hetkeksi Patin olkapäälle ja Jennyn hiuksiin ja päätyi lopulta Conorin T-paidalle. Hän sanoi hiljaisen surullisen naurunhyrähdyksen kera: »Minä käyn JoJolla.»

Richie ja minä emme hengittäneet hetkeen. Sitten Richie sanoi kuin ei mitään: »Oliko JoJo se jäätelökiska?»

»Oli. JoJo oli kiskanpitäjä itse. Hän jakoi sinä kesänä tuollaisia pieniä rintamerkkejä, joilla pystyi näyttämään että tuki häntä. Merkissä luki 'Minä käyn JoJolla', ja vieressä oli jäätelötuutin kuva. Puolella Monkstownista oli sellainen merkki – vanhoilla mummoilla ja kaikilla. Nähtiin sellainen kerran papillakin.» Fionan sormi siirtyi kalpeaan läikkään Conorin T-paidassa. Se oli niin pieni ja sumea, ettemme olleet kiinnittäneet siihen huomiota. Kaikissa kuvan kirkkaissa T-paidoissa ja topeissa oli samanlainen läiskä, kenellä rinnassa, kenellä kauluksessa tai hihassa.

Kumarruin kaivelemaan pahvilaatikkoa ja otin sieltä esiin pienen todistepussin, jossa oli se Jennyn lipastonlaatikon kätköstä löytämämme ruostunut rintamerkki. Ojensin sen pöydän toiselle puolen. »Onko tämä niitä merkkejä?»

Fiona sanoi hiljaa: »Voi taivas. Johan on...» Hän kallisteli merkkiä valossa ja haki siitä jäätelötötterön kuvaa hyödyttömän sormenjälkijauheen ja kulahtaneen pinnoitteen alta. »Joo, tämä se on. Onko tämä Patin vai Jennyn?»

»Emme tiedä. Kumpi heistä olisi luultavammin säilyttänyt tällaisen?»

»En ole varma. Oikeastaan olisin veikannut, ettei kumpikaan. Jenny ei tykkää kerätä sälää, eikä Pat ole sillä lailla sentimentaalinen. Hän on enemmän käytännöllinen. Hän kyllä tekee kaikenlaista, niin kuin sen jäätelöjutun, muttei hän säilyttäisi merkkiä pelkän tunnearvon takia. Ehkä hän on unohtanut sen muiden tavaroiden sekaan... mistä se löytyi?»

»Talosta», minä sanoin. Ojensin käteni, jotta saisin pussin takaisin, mutta Fiona jäi pitelemään sitä ja painoi sitä sormenpäillään paksun muovin läpi.

»Mitä... miksi te tarvitsette tätä? Liittyykö tämä jotenkin...?»

Sanoin: »Tutkinnan alkuvaiheessa pitää aina lähteä siitä oletuksesta, että mikä tahansa voi osoittautua asiaan liittyväksi.»

Ennen kuin Fiona ehti tivata enempää, Richie kysyi: »Onnistuiko se kampanja? Saitteko vuokranantajan pois JoJon niskasta?»

Fiona pudisti päätään. »No emme tosiaan. Vuokranantaja asui Howthissa eikä olisi välittänyt, vaikka koko Monkstown olisi pistellyt neuloja hänen voodoonukkeensa. Ja vaikka me kaikki olisimme syöneet jätskiä sydänkohtaukseen saakka, JoJo ei olisi pystynyt maksamaan sitä mitä se tyyppi pyysi. Kyllä me kai tiesimme koko ajan, että JoJo häviää sen taistelun. Me vain halusimme...» Fiona käänteli pussia käsissään. »Pat ja Jenny ja Conor olivat menossa yliopistoon sinä syksynä. Tiesimme me senkin, että kaikki alkaisi muuttua sen jälkeen kun he lähtisivät. Pat ja Conor varmaan aloittivat koko tempauksen siksi, että halusivat tehdä siitä kesästä jotain erikoista. Se oli viimeinen kesä. Varmaan he halusivat, että meillä kaikilla olisi myöhemmin jotain mukavaa muisteltavaa. Olisi tarinoita hölmöilyistä, joita voisi kertoa vanhemmiten. Jotain mistä voisi sanoa, että muistatko silloin...»

Fiona ei puhuisi siitä kesästä tuolla tavoin enää koskaan. Kysyin: »Onko teillä yhä se JoJon rintamerkki?»

»En tiedä. Ehkä jossain. Minulla on tavaraa laatikoissa äidin ullakolla, kun en raaski ikinä heittää mitään pois. Mutta sitä merkkiä en ole nähnyt vuosiin. Ikuisuuksiin.» Fiona tasoitteli rintamerkin pinnoitemuovia hetken ja antoi merkin sitten takaisin minulle.

»Sitten kun ette enää tarvitse tuota, ja jos Jenny ei halua sitä, saisinko minä sen?»

»Eiköhän se järjesty.»

»Kiitos», Fiona sanoi. »Se olisi mukavaa.» Hän veti henkeä, tempautui ulos jostain paikasta jossa oli lämmintä auringonpaistetta ja hervotonta naurua, ja katsoi kelloaan. »Minun pitää varmaan mennä. Oliko tässä...? Oliko vielä jotain muuta?»

Richie vilkaisi minua kysyvin katsein.

Fionaa pitäisi puhuttaa vielä toistekin, joten meidän täytyi pitää Richie hänen silmissään hyvänä tyyppinä, turvallisena kaverina joka ei lyönyt Fionaa jokaiseen valmiiksi kipeään paikkaan. »Neiti Rafferty», sanoin hiljaa ja kyynärpäitteni varaan nojautuen, »minun pitää kertoa teille eräs asia.»

Fiona jähmettyi. Hänen ilmeensä oli kauhea: *Voi luoja, ei enää enempää.* »Se mies jonka olemme pidättäneet», sanoin. »Hän on Conor Brennan.»

Fiona jäi tuijottamaan. Kun hän lopulta pystyi puhumaan, hän ähkäisi: »Ei. Hetkinen. Conor? Mitä... Olette pidättäneet mistä?»

»Olemme pidättäneet hänet sisarenne pahoinpitelystä ja hänen perheenjäsentensä murhista.»

Fionan kädet hypähtivät ylöspäin; hetken luulin että hän löisi ne korvilleen, mutta sitten hän painoi ne takaisin pöytää vasten. Hän sanoi tasaisella ankaralla äänellä, joka oli kuin kiveä vasten lyöty tiili: »Ei. Conor ei voinut.»

Hän oli tästä asiasta yhtä varma kuin oli ollut Patin syyttömyydestä. Hänen oli pakko olla. Jos jompikumpi heistä oli tappaja, koko hänen menneisyydestään tulisi samanlainen runneltu ja verinen raunio kuin nykyhetkestä. Se valoisa maisema jossa syötiin jäätelöä, kerrottiin sisäpiirivitsejä ja kiljuttiin naurusta aidan päällä, samoin kuin Fionan ensimmäinen tanssi ja ensimmäinen alkoholijuoma ja ensimmäinen suudelma – kaikesta tulisi ydinpommin jälkeistä ja radioaktiivisuudesta sirisevää autiomaata, johon ei voinut enää koskea.

Sanoin: »Hän tunnusti kaiken.»

»Ihan sama. Sinä – siis mitä vittua? Miksette te kertoneet minulle? Annoitte minun vaan hölöttää tässä ja toivoitte, että sanoisin jotain mikä vaikeuttaa Conorin asemaa entisestään... Se on ihan täyttä paskaa. Jos Conor on oikeasti tunnustanut, niin se johtuu vaan siitä että te olette sotkeneet hänen päänsä niin kuin yrititte sotkea minua. Hän ei ole tehnyt sitä! Tämä on ihan järjetöntä!»

Kiltit keskiluokkaiset tytöt eivät puhu rikostutkijoille tuolla tavoin, mutta Fionalla oli niin raivokas sanomisen tarve, ettei hän varonut mitään. Hänen kätensä olivat nyrkissä pöydällä, ja kasvot näyttivät haurailta ja vaalenneilta, kuin rantahiekalle kuivuneelta kotilolta. Hän herätti minussa halun tehdä jotain, ihan mitä tahansa, mitä tyhmempää sen parempi: perua puheeni, työntää hänet ulos ovesta, pyöräyttää hänen tuolinsa niin ettei minun tarvitsisi nähdä hänen silmiään. »Kyse ei ole vain tunnustuksesta. Meillä on todisteita sen tueksi. Olen hyvin pahoillani.»

»Mitä todisteita?»

»Valitettavasti en voi puhua siitä. Mutta kyse ei ole pikkuasioista, jotka voisi selittää yhteensattumiksi. Kyse on vankoista, vastaansanomattomista ja raskauttavista todisteista. Näytöstä.»

Fionan ilme sulkeutui. Näin hänen ajatustensa kiitävän hurjaa vauhtia. »Hyvä on», hän sanoi hetken päästä. Sitten hän työnsi mukiaan kauemmas ja nousi pystyyn. »Minun pitää palata Jennyn luo.»

Sanoin: »Niin kauan kuin herra Brennania ei ole asetettu syytteeseen, emme julkista hänen nimeään medialle. Toivoisimme, että tekään ette mainitse sitä kellekään. Ette siskollennekaan.»

»Enpä ollut aikeissa.» Fiona otti takkinsa tuolinselkämykseltä ja heilautti sen niskaansa. »Miten minä pääsen pois täältä?»

Avasin hänelle oven. »Pidämme teihin yhteyttä», sanoin, mutta Fiona ei kohottanut katsettaan. Hän lähti painelemaan pitkin käytävää leuka kauluksen alla niin kuin olisi halunnut jo suojautua kylmältä.

14

TUTKINTAHUONE OLI TYHJENTYNYT, ja jäljellä oli vain vink-
kipuhelimessa päivystävä poika ja pari muuta iltatöihin jäänyttä
konstaapelia, jotka kiihdyttivät paperinpyörittelyään kun näkivät
minut. Kun pääsimme työpöytiemme luo, Richie töksäytti: »En
usko, että Fiona liittyy tähän mitenkään.»
Hän oli selvästi valmistautunut puolustamaan kantaansa.
Hymyilin hänelle pikaisesti ja sanoin: »No sepä helpotus. Ollaan
sentään yhtä mieltä siitä asiasta.» Hän ei vastannut hymyyn. »Hei
relaa nyt, Richie. Minäkään en usko, että Fiona on syyllinen. Hän
kyllä kadehti Jennyä, mutta jos hän olisi päättänyt pimahtaa, hän
olisi tehnyt sen silloin kun Jennyllä oli täydellinen koti-idylli, eikä
nyttemmin kun kaikki oli raunioina ja Fiona sai ajatella, että mitä
minä sanoin. Ellei Fionan puhelutiedoista paljastu paljon puhe-
luita Conorille, tai ellei hänen raha-asioistaan paljastu valtavia vel-
koja, niin emmeköhän me voi viivata hänet listalta yli.»
Richie sanoi: »Ja vaikka kävisi ilmi että hän on ihan persau-
kinen, niin minä uskon kun hän sanoo, ettei välitä rahasta. Ja hän
kertoi meille parhaansa mukaan kaiken mitä tiesi, vaikka se teki
kipeää. On murhaaja kuka hyvänsä, Fiona haluaa hänet lukko-
jen taa.»
»Halusi ainakin siihen asti, kun sai tietää että murhaaja on
Conor Brennan. Jos meidän pitää puhuttaa Fionaa vielä uudes-
taan, hän ei ole läheskään noin avulias.» Vedin tuolin työpöytäni
ääreen ja löysin lomakkeen, johon voisi kirjoittaa tarkastajalle toi-
mitettavan raportin. »Ja sekin viittaa siihen, ettei hän ole syylli-
nen. Lyön vetoa vaikka mistä, että hänen reaktionsa oli aito kun
kerroimme hänelle. Se iski häneen kuin salama kirkkaalta taivaalta.
Jos hän olisi ollut kaiken takana, hän olisi hermoillut Conorin

takia siitä asti kun sai tietää, että meillä on joku pidätettynä. Eikä hän takuulla olisi ohjannut meitä Conorin suuntaan tarjoamalla kaverille motiivia.»

Richie kopioi Fionan puhelinnumeroita muistikirjaansa. Hän sanoi: »Ei ollut kummoinen motiivi.»

»Älä nyt viitsi. Torjuttu rakkaus ja mausteena nöyryytystä. En voisi toivoa parempaa motiivia edes kaupan hyllyltä.»

»Minä voisin. Fiona arveli, että Conor oli ehkä ollut ihastunut Jennyyn kymmenen vuotta sitten. Ei siinä ole minusta kovin paljon motiivia.»

»Hän on ihastunut vieläkin. Mistä muustakaan se JoJon rintamerkki kertoi? Jenny ei ole varmasti säilyttänyt omaansa eikä myöskään Pat, mutta taidan tietää erään joka säilytti. Ja eräänä päivänä, kun hän vaelteli pitkin Spainien taloa, hän päätti jättää Jennylle pienen lahjan – mokoma hyypiö. *Muistatko minut, minä olen niiltä ajoilta kun kaikki oli ihanaa eikä elämäsi ollut helvetin perseestä? Muistatko miten kivaa meillä oli yhdessä? Eikö ole ikävä minua?*»

Richie pani muistikirjansa taskuun ja alkoi selata pöydälleen pinottuja raportteja mutta ei lukenut niitä. »Ei se silti tarkoita, että Conor olisi halunnut tappaa Jennyn. Pat on mustasukkaista sorttia, hän oli jo varoittanut kertaalleen, että Conorin piti pysyä Jennystä kaukana, ja tässä vaiheessa hän oli varmaan jo aika epävarma itsestään. Jos hän sai tietää, että Conor jätti Jennylle lahjoja...»

Pidin ääneni tasaisena. »Mutta kun Pat ei saanut tietää, eihän? Sitä rintamerkkiä ei viskottu pitkin keittiötä eikä tungettu Jennyn kurkkuun. Se oli turvallisesti piilossa Jennyn lipastonlaatikossa.»

»Rintamerkki kyllä. Muttemme tiedä, mitä muuta Conor ehkä jätti.»

»Totta. Mutta mitä enemmän hän jätti Jennylle lahjoja, sitä enemmän se viittaisi siihen, että hän oli vieläkin hulluna Jennyyn. Se painaisi vaakakupissa Conoria vastaan. Ei Patia.»

»Mutta Jenny kyllä tiesi, kuka sen rintamerkin jätti. Ihan varmasti tiesi. Monellako ihmisellä muka oli sellainen JoJon merkki ja tieto siitä, että se merkitsi Jennylle jotain? Ja Jenny piti sen. Olipa Conorilla millaiset tunteet Jennyä kohtaan hyvänsä, ne eivät olleet ihan yksipuoliset. Ei siinä ainakaan niin käynyt, että Jenny olisi heittänyt lahjat roskiin ja Conor olisi kilahtanut. Pat on se, joka olisi voinut kilahtaa sen vuoksi mitä oli tekeillä.»

Minä sanoin: »Meidän pitää jututtaa Jennyä uudestaan heti, kun lääkäri vähentää kipulääkitystä. Selvitämme, mistä oikein oli kyse. Hän ei ehkä muista toissa yötä, mutta tuota merkkiä hän ei ole voinut unohtaa.» Ajattelin Jennyn viillettyjä kasvoja ja tuhottuja silmiä ja unohduin hetkeksi toivomaan, että Fiona suostuttelisi lääkärit pitämään hänet vahvoissa aineissa vielä pitkään.

Richie alkoi selata nopeammin. Hän kysyi: »Mitenkäs Conor? Ajattelitko jututtaa häntä vielä tänään?»

Vilkaisin kelloa. Se oli yli kahdeksan. »En. Antaa hänen hautua vielä. Käydään sitten huomenna hänen kimppuunsa kaikella mitä meillä on.»

Richien polvet alkoivat heti vipattaa pöydän alla. Hän sanoi: »Minä kilautan ennen kotiinlähtöä Kieranille. Kysyn että onko hänellä uutta tietoa Patin nettisaiteista.»

Hän oli jo tarttumassa puhelimeensa. »Minä soitan», sanoin. »Kirjoita sinä raportti tarkastajalle.» Sysäsin lomakkeen hänen pöydälleen ennen kuin hän ehti väittää vastaan.

Vaikka oli jo myöhä, Kieran kuulosti vilpittömän ilahtuneelta yhteydenotostani. »Kemosabe! Ajattelinkin justiin sinua. Kysyn sinulta nyt: olenko minä äijä, vai olenko minä äijien äijä?»

Hetken minusta tuntui siltä, etten jaksaisi vaihtaa samaan rentoon tyylilajiin enää siinä vaiheessa päivää. »Uskaltaudun arvaamaan, että olet äijien äijä. Mitä olet löytänyt?»

»Arvaat ihan *correctamundo*. Kun sain sen sähköpostisi, totta puhuen ajattelin, että vaikka se kaverinne olisi kysellyt näätäasioista muualtakin, niin netti on iso paikka. Miten hänet muka löytäisi, pitääkö googlata sanalla 'näätä'? Mutta muistatko sen osittaisen nettiosoitteen, jonka palautusohjelma löysi? Sen koti ja puutarha -foorumin?»

»Muistan.» Näytin Richielle peukkua. Hän jätti lomakkeen pöydälleen ja rullasi tuolillaan luokseni.

»Vilkaisimme sitä silloin kun käskit, kävimme läpi kahden viime kuukauden viestit. Lähimmäksi draamaa päästiin kotinikkariosiossa, kun pari kaveria rupesi mittailemaan peniksiään jostain saneerauslevyistä, mitä lienevätkään, ei suoraan sanottuna kiinnosta. Kukaan ei ruvennut kiusaamaan ketään – voi hyvin olla että se on maailman kaikkien aikojen tylsin foorumi – eikä kukaan täsmännyt uhriinne eikä kenenkään nimi ollut 'sparklyjenny' tai sinnepäinkään, joten siirryimme muille saiteille. Mutta sitten sain sähköpostisi ja minulle tuli älynväläys: ehkä me etsimme silloin väärää asiaa väärään aikaan.»

Sanoin: »Jenny ei ollut se, joka kirjoitti sinne. Vaan Pat.»

»Bada-bing. Eikä hänkään kirjoittanut kahtena viime kuukautena vaan kesäkuussa. Hänhän kirjoitti Wildwatcherille viimeisen kerran kesäkuun 13. päivä. En ainakaan nähnyt merkkejä siitä, että hän olisi kysynyt kahteen seuraavaan viikkoon mistään muualta. Mutta kesäkuun 29. päivänä hän ilmaantui sen koti ja puutarha -foorumin luonto-osioon jälleen nimellä Pat-the-lad. Hän oli kirjoittanut sille foorumille ennenkin, puolisentoista vuotta sitten – se juttu liittyi jotenkin tukkeutuneeseen vessanpönttöön – joten siksi hän varmaan kysyi sieltä. Lähetänkö sinulle linkin?»

»Kyllä kiitos. Heti, jos pystyt.»

»Kerran vielä tunteella, Kemosabe: olenko minä äijä?»

»Olet totisesti äijä.» Richien suupieli värähti. Näytin hänelle keskisormea. Tiesin että sellainen puhe kuulosti naurettavalta minunlaiseni suusta, mutta aivan sama.

»Musiikkia korvilleni. Pistin linkin tulemaan», Kieran sanoi ja katkaisi sitten puhelun.

Patin keskusteluketju kotinikkarifoorumilla käynnistyi samaan tapaan kuin Wildwatcherissakin: lyhyt ja ytimekäs kuvaus tilanteesta, sellainen raportti jonka olisin mielelläni ottanut vastaan apulaisiltani. Mutta siinä missä Wildwatcherin ketju oli päättynyt pian, tämä jatkui jatkumistaan.

Olen etsinyt pari kertaa jätöksiä mutta ei ole onnistanut, se otus tekee tarpeensa varmaan ulos. Panin lattialle jauhoa että saisin käpälänjäljet, mutta ei onnannut sekään, kun palasin katsomaan niin jauhoa oli ikään kuin sotkettu ja pyyhitty (voin lähettää kuvia jos auttaa) mutta ei tassunjälkiä. Ainoan kouraantuntuvan todisteen näin kun se otus riehui kymmenisen päivää sitten ihan hulluna, kun menin vintille niin reiän alla oli neljä pitkää korttia joissa oli lehdet tallella (??näytti että ne oli revitty jostain meidän rannan kasvista? ei aavistusta, olen kaupunkilaispoika) ja suunnilleen 10 kertaa 10 sentin puunpala – se

*oli kulunut ja pinnassa oli vihreää maalinhilsettä, se oli kuin joku vene-
lankun pala. Ei aavistusta miksi a) joku eläin haluaisi sellaisen tai b)
miten se päätyi vintille, siitä päätyräystään reiästä se mahtuu aivan
nippa nappa. Voin siis postata kuvia jos auttaa.*

»Nuo me nähtiin», Richie sanoi hiljaa. »Patin vaatekaapissa.
Muistatko?»

Keksipurkki, joka oli nostettu vaatekaapin hyllylle. Olin olet-
tanut ilman muuta, että ne olivat lapsilta saatuja lahjoja, jotka oli
pantu heidän mielikseen talteen. »Joo», sanoin. »Muistan.»

*Panin sinä iltana uuden ansan jossa oli kananpala mutta ei tär-
pännyt. Minulle on ehdotettu, että se on minkki, mäntynäätä tai hil-
leri, mutta kai nuo kaikki tarttuisivat kanaan? ja miksi ne toisivat
sisään lehtiä ja puuta? Oikeasti haluttaisi nyt tietää, mikä siellä on.*

Pat herätti foorumin mielenkiinnon aivan kuten Wild-
watcherissakin. Hän alkoi saada vastauksia muutamassa minuu-
tissa. Jonkun mielestä eläin oli muuttanut vintille ja aikoi tuoda
koko pesueen mukanaan: *Lehtien ja puun hamstraaminen voi ker-
toa pesimisestä. Kesäkuu on myöhäistä aikaa sellaiseen... mutta ei
sitä tiedä. Oletko katsonut, onko sinne tullut lisää pesäaineksia sen
jälkeen?*

Jonkun toisen mielestä hän hätäili tyhjästä. *Sinuna en olisi huo-
lissasi. Jos se oli petoeläin (eli: joku vaarallinen) niin oli aika fiksu kun
ei koskenut ilmaiseen lihaan. En keksi mitään mikä tekee niin. Oletko
miettinyt oravia?? Hiiriä?? Tai voisi olla lintuja? Harakoita? Ehkä
kun olet meren lähellä niin jotain lokkeja??*

Kun Pat palasi asiaan seuraavana päivänä, hän ei kuulostanut
vakuuttuneelta. *Terve joo, voi kyllä olla oravia mutta täytyy sanoa
että äänet kuulostavat siltä että ovat paljon isompia. En toisaalta ole
varma, koska tässä talossa on ihan ihmeellinen akustiikka (joku voi
puhua talon toisesta päästä mutta se kuulostaa siltä kuin seisoisi vie-
ressä) mutta kun se tömistelee siellä ylhäällä, kuulostaa suoraan sanot-
tuna joltain mäyrän kokoiselta – tiedän ettei sinne ylös mikään mäyrä
pääse, mutta ehdottomasti isompi kuin orava tai harakka ja paljon
isompi kuin hiiri. Ei hirveästi huvita ajatus, että meillä on täällä
petoeläin joka on liian fiksu menemään ansaan. Eikä sekään, että se
on pesinyt sinne. En ole käynyt vintillä viime aikoina mutta täytyy
mennä katsomaan.*

Hiiriä ehdottanut kaveri ei vakuuttunut tästä. *Sanoit itse että siellä on ihmeellinen akustiikka. Se varmaan vaan vahvistaa ääntä joka lähtee jostain parista hiirestä. Et sinä ole missään Afrikassa missä se voi olla joku leopardi. Yritä vaan oikeasti vielä hiirenloukuilla ja kokeile eri syöttejä ja unohda koko juttu.*

Pat oli yhä linjoilla: *Joo sitä mieltä vaimokin on, oikeastaan hän arvelee että se on joku lintu (sepelkyyhky?) koska nokkiminen selittäisi naputusäänet. Se vain, että vaimo ei ole oikeasti kuullut sitä eläintä – äänet tulevat aina joko a) myöhään illalla kun hän on nukkumassa (en ole nukkunut hyvin viime aikoina joten hereillä outoina aikoina) tai b) kun hän on laittamassa ruokaa ja minulla on lapset yläkerrassa poissa hänen tieltään. Joten hän ei ymmärrä miten kovia ja oikeastaan vaikuttavia ne äänet on. Yritän olla sanomatta asiasta liian usein / tehdä siitä suurta numeroa koska en halua säikytellä häntä mutta se alkaa käydä suoraan sanottuna vähän hermoille. En minä pelkää että se repii meidät raaja kerrallaan mutta olisi oikeasti iso helpotus tietää mikä se on. Tutkin vinttiä ja palaan asiaan mahd pian, kaikki neuvot otetaan kiitollisina vastaan.*

Tutkinta-apulaiset alkoivat keräillä tavaroitaan ja tekivät sen niin äänekkäästi, että huomaisin miten myöhään he olivat olleet töissä. »Hyviä öitä», toinen heistä sanoi kun he norkoilivat hetken ovensuussa. Richie vastasi liukuhihnalta: »Kotimatkaa, nähdään huomenna», ja minä kohotin kättäni lopettamatta skrollaamista.

Pat palasi nettiin vasta myöhään seuraavana iltana, keskiyön lähestyessä. *No niin menin vintille ja tarkastin tilanteen, ei enää pesäaineksia tai mitä lie. Mutta yhdessä kattopalkissa on kauttaaltaan jotain kynnenjälkien näköisiä. Täytyy sanoa että vähän pelästyin, koska ne näyttävät olevan jonkun aika ison elukan tekemiä. Toisaalta en ole varma, olenko katsonut sitä palkkia tarkemmin tätä ennen (se on ihan peränurkassa), joten voi olla että jäljet ovat olleet siinä kauan, jo ennen kuin muutettiin tänne – tai niin ainakin toivon!*

Tyyppi, joka oli tarjonnut selitykseksi pesäntekoa, oli pitänyt keskusteluketjua silmällä ja esitti uuden ehdotuksen vain muutaman minuutin kuluttua Patin viestistä: *Oletan että sinulla on luukku josta pääsee vintille. Sinun asemassasi jättäisin luukun auki, asettaisin videokameran kuvaamaan aukkoa ja painaisin recciä juuri ennen*

kuin menette nukkumaan tai vaimosi alkaa laittaa ruokaa. Ennem-
min tai myöhemmin se eläin tulee uteliaaksi... ja sitten saat siitä kuvaa.
Jos pelkäät, että se tulee talon puolelle ja on ahdistettuna vaaralli-
nen, voit naulata aukon päälle kanaverkkoa. Toivottavasti tästä on
apua.

Pat vastasi nopeasti ja iloisesti, pelkkä ajatus eläimen saami-
sesta näkökenttään oli piristänyt häntä: *Mahtava idea – kiitos! Se*
on vieraillut talossa jo ehkä puolentoista kuukauden verran, joten
en enää juuri pelkää että se päättää yhtäkkiä hyökätä. Oikeastaan
parempi jos hyökkäisi, koska silloin pääsisin antamaan sille satiku-
tia, jos en pystyisi päihittämään sitä niin ansaitsisin kaiken mitä se
pystyy tekemään, vai mitä. Tämän perään Pat lisäsi kolme pientä
nauruhymiötä, jotka kieriskelivät edestakaisin. *Haluaisin vaan*
nähdä sen otuksen kunnolla, ihan sama miten kunhan saan tietää
mistä on kysymys. Mietin vähän sitäkin, että jos vaimo pääsisi näke-
mään sen – jos hän näkee ettei se ole pelkkä lintu niin pääsemme
yhteisymmärrykseen ja voimme miettiä kahdestaan mitä tehdään.
Olisi myös kiva jos hänen ei tarvitse pelätä että minulta on lähte-
mässä loppukin järki! Videokamera on vähän liikaa meidän budje-
tille tällä hetkellä mutta meillä on vauvan itkuhälytin jossa on video-
yhteys ja voisin virittää siitä jotain. Älytöntä etten hoksannut sitä
aiemmin – oikeastaan se on vielä parempi kuin videokamera koska
siinä on infrapunanäkö joten ei tarvitse jättää luukkua auki – viritän
sen vain vintille ja menoksi. Annan katselulaitteen vaimolle ruuanlai-
ton aikaan ja toivon parasta. Ties vaikka päästäisi minut kerrankin
laittamaan ruokaa!! Toivottakaa lykkyä pyttyyn! Sen jälkeen pieni
keltainen hymynaama, joka heilutti kättään.

»'Loppukin järki'», Richie sanoi.

»Se oli sanonta, poikaseni. Tuo mies pysyi rauhallisena silloin-
kin, kun hänen paras kaverinsa ihastui hänen tulevaan vaimoonsa!
Hoiti tilanteen ihan viilipyttynä ja ilman suurta draamaa. Luuletko
että sellainen mies saa hermoromahduksen jostain minkistä?»
Richie järsi kynäänsä eikä vastannut.

Ja sen jälkeen Pat vaikeni pariksi viikoksi. Muutama vakikäyt-
täjä kaipaili häneltä tilannetiedotuksia, ja jotkut nurisivat pistäy-
tyjistä jotka tulevat foorumille kysymään neuvoa eivätkä kiitä läh-
tiessään, mutta muuten keskustelu tyrehtyi.

Pat palasi heinäkuun 14. päivänä, ja siinä vaiheessa tilanne oli jo kiristynyt. *Terve kaverit, minä täällä taas, tarvitsen oikeasti apua. Nykytilanteesta sen verran, että kokeilen videonäyttöä mutta toistaiseksi ei ole onnistanut. Yritin siirrellä kameraa, jotta saan ullakkoa kuvatuksi eri puolilta, mutta ei auta. Tiedän että eläin on yhä täällä, koska kuulen sen vieläkin suunnilleen joka päivä ja yö. Ääni muuttuu kovemmaksi – kai siitä on tullut itsevarmempi tai ehkä se on kasvanut. Vaimo ei ole vieläkään kuullut sitä KERTAAKAAN, voisi melkein kuvitella että se elukka odottaa tahallaan hiljaa siihen asti, ettei vaimo ole kotona.*

Mutta tässä tilannetiedote, menin tänä iltapäivänä vintille katsomaan, onko siellä lisää lehtiä / puuta / mitä vaan, ja yhdessä nurkassa oli neljä eläimen luurankoa. En ole asiantuntija, mutta näyttivät ehkä rotilta tai oravilta. Päät puuttuivat. Hulluinta siinä oli se, että ne olivat siistissä rivissä niin kuin joku olisi asetellut ne siihen odottamaan että löydän ne – tiedän että kuulostaa hullulta mutta vannon että siltä se näytti. En halua sanoa vaimolle mitään koska pelkään että hän saa hepulin, mutta siis tilanne on se että tämä ON petoeläin ja minun TÄYTYY saada selville mikä se on.

Tällä kertaa vakikäyttäjät olivat yksimielisiä: Patin eväät eivät riittäneet enää tällaiseen ja hänen piti tilata äkkiä paikalle joku ammattilainen. Jotkut käyttäjät lähettivät linkkejä tuholaistorjuntafirmojen sivuille ja toiset vähemmän hyödyllisiä sensaatiojuttuja pikkulapsista, joita villieläimet olivat raadelleet tai tappaneet. Pat kuulosti vähän vastahakoiselta (*oikeastaan haluaisin hoitaa tämän itse – en halua että muut hoitavat asioita joista minun pitäisi selvitä itse*), mutta lopulta hän kiitteli kaikkia ja lupasi soittaa ammattilaisille.

»Ei mikään viilipytty enää», Richie sanoi. En ollut kuulevinani.

Pat palasi kolme päivää myöhemmin. *No niin eli tuholaistorjuja tuli aamulla käymään. Vilkaisi luurankoja ja sanoi heti, että ei voi auttaa koska hän ei hoida mitään rottia isompaa eikä tämä ole takuulla rotta, rotat eivät pane tuolla lailla ruumiita riviin eikä rotta pure oravalta päätä irti ja jätä koskematta loppuihin – mies oli aika varma että kaikki neljä luurankoa olivat oravia. Sanoi ettei ole ikinä nähnyt tällaista. Arveli, että voi olla minkki tai joku eksoottinen lemmikki, jonka joku idiootti on hylännyt ja päästänyt luontoon. Ehkä joku villikissa tai jopa ahma, mies sanoi että eläimet mahtuvat joskus ihan ällistyttävän pienistä raoista. Sanoi että jossain voi olla ammattilaisia jotka hoitavat tällaista mutta ei juuri nyt kiinnosta käyttää hirveästi valuuttaa siihen että joku muukin tulee tänne sanomaan, ettei tämä ole hänen ongelmansa. Sitä paitsi alkaa tuntua tässä vaiheessa jo siltä että tämä on henkilökohtaista, tämä talo ei ole kyllin iso meille kahdelle!! Ja taas samat nauravat ja kieriskelevät pikkunaamat.*

Joten kaipaan ehdotuksia siitä miten sen saa ansaan / savustettua pois / mikä kelpaa syötiksi / miten saan vaimolle todisteita siitä että se on olemassa. Toissa iltana luulin että nyt se jäi kiinni, kun kylvetin poikaa ja se alkoi riehua ihan meidän päiden yläpuolella – ensin kuului vain pari raapaisua mutta sitten se yltyi vähitellen sellaiseksi kuin joku olisi juossut ympyrää ja yrittänyt kaivaa kattoon reikää tai jotain. Poikakin kuuli sen ja kysyi, mitä se oli. Sanoin että se oli hiiri – en yleensä valehtele pojalle mutta häntä alkoi pelottaa ja mitä silloin voi muutakaan sanoa?? Painelin alakertaan hakemaan vaimoa kuuntelemaan, mutta kun tultiin yläkertaan niin ääni oli lakannut kokonaan, mokoma ei päästänyt inahdustakaan koko yönä. Ihan oikeasti tuntui siltä että se otus tiesi mitä yritin. Kaverit hei minä TARVITSEN APUA nyt täällä. Se otus pelottelee minun poikaani hänen omassa kodissaan. Vaimo katsoi minua kuin jotain täyskahjoa. Minun täytyy saada kiinni se nilkki.

Epätoivo kohosi näytöltä kuumina höyryinä kuin armottomassa auringonpaisteessa savuava piki. Sen lemu herätti palstan ja teki muista käyttäjistä levottomia ja päällekäyviä. He alkoivat härnätä Patia: oliko hän näyttänyt luurankoja vaimolleen? Mitä hän tuumi eläimestä nyt? Tiesikö hän miten vaarallisia ahmat ovat? Aikoiko hän kutsua paikalle ammattilaisen? Aikoiko hän jättää ullakolle myrkkyä? Aikoiko hän tukkia sen räystään alla olevan kolon? Mitä hän aikoi tehdä seuraavaksi?

Käyttäjät – tai todennäköisemmin kaikki muut elämään ilmestyneet ahdistavat tekijät – alkoivat käydä Patin hermoille, ja levollinen asiallisuus alkoi rakoilla. *Jos nyt vastaan kysymyksiinne, niin vaimoni ei tiedä luurangoista, tilasin tuholaistorjujan sellaiselle ajalle kun vaimo oli kaupoilla lasten kanssa ja torjuja vei ne pois. Teistä en tiedä mutta minä uskon, että tehtäväni on pitää vaimostani huolta eikä säikytellä häntä henkihieveriin. Raapimisäänet ovat vähän eri juttu kuin se, että näyttää hänelle päättömiä luurankoja. Kunhan saan sen otuksen kiinni, niin sitten kerron hänelle tietysti kaiken. Sitä odotellessa ei oikein tunnu kivalta jos hän ajattelee, että olen tulossa hulluksi, mutta mieluummin niin kuin että hän pelkää kuollakseen aina kun on talossa yksin, toivottavasti tämä kelpaa teille mutta jos ei kelpaa, niin se on voi voi.*

Ammattilaisesta jne. sen verran, etten ole vielä päättänyt varmasti mutta en kyllä aio tukkia koloa enkä aio käyttää myrkkyä. Sori jos te neuvotte toisin, mutta sekin on sitten voi voi, minä olen se joka asuu täällä ja minä SELVITÄN mitä täällä on ja opetan sille ettei kannata vittuilla perheelleni ja vasta SITTEN se saa häipyä ja kuolla missä haluaa mutta sitä ennen en aio riskeerata, että se karkaa käsistä. Jos jollain on joku oikeasti hyödyllinen ajatus niin kertokaa ihmeessä koska kiinnostaa kovasti, mutta jos olette täällä vain valittamassa siitä etten saa tilannetta hallintaan, niin vetäkää käteen. Kaikille jotka eivät ole kyrpiä: kiitos taas ja pidän teidät ajan tasalla.

Tässä kohtaa joku, joka oli kirjoittanut foorumille parituhatta viestiä, sanoi väliin: *Tyypit hei. Älkää ruokkiko trollia.*

Richie kysyi: »Mikä on trolli?»

»Älä viitsi. Etkö sinä herran tähden ole käynyt ikinä netissä? Minä luulin, että sinä olet nettisukupolvea.»

Hän kohautti olkapäitään. »Ostan netistä musiikkia. Olen tarkistanut sieltä joskus jotain. Mutta ei kiinnosta mitkään keskustelupalstat. Viihdyn paremmin tosielämässä.»

»Netti on tosielämää, ystävä hyvä. Nuo ihmiset tuossa ovat yhtä tosia kuin mekin. Trolli on tyyppi, joka kirjoittelee höpöjä lietsoakseen draamaa. Tuon kaverin mielestä Pat vain tekee kiusaa.»

Kun kirjoittelijoiden epäilys oli herännyt, kukaan heistä ei halunnut näyttää enää hyväuskoiselta – kaikki olivat kuulemma miettineet alusta asti, oliko Pat-the-lad trolli, inspiraatiota hakeva kirjailijanalku *(Muistatteko viime vuonna Rakennevauriot-osiossa sen tyypin, jolla oli umpeen muurattu huone ja ihmisen pääkallo? Ja sen novellin, joka ilmestyi kuukautta myöhemmin hänen blogissaan? Menepä trolli helvettiin)* vai huijari joka pohjusti jotain rahanpyyntöä. Palstan konsensukseksi muodostui parissa tunnissa se, että jos

Pat olisi puhunut totta, hän olisi käyttänyt myrkkyä jo ajat sitten, ja
että hän tulisi pikapuoliin ilmoittamaan että salaperäinen eläin oli
syönyt hänen mielikuvituslapsensa ja hautajaisiin tarvittiin rahaa.
»Jumankauta», Richie sanoi. »Aika tylyä porukkaa.»
»Ai nuoko? Jos kävisit useammin netissä, tietäisit ettei tuo ole
yhtään mitään. Se paikka on täysi viidakko, eivät siellä normaa-
lit lait päde. Kunnolliset ja kohteliaat ihmiset, jotka eivät korota
ääntään ikinä, muuttuvat modeemin ostettuaan humalaiseksi Mel
Gibsoniksi. Netissä näkee paljon sellaista, mihin verrattuna nuo
tyypit olivat tosi herttaisia.»
Pat oli kuitenkin ollut samaa mieltä kuin Richie. Palatessaan
foorumille hän oli kuin myrskyn merkki. *Kuulkaapa nyt runkkarit
minä EN OLE MIKÄÄN VITUN TROLLI, OK???? Tiedän että te luu-
haatte tällä foorumilla koko ajan, mutta minulla vittu oikea ELÄMÄ,
jos haluaisin haaskata aikaani retkuttamalla muita niin en haaskaisi
sitä teihin reppanoihin, yritän vaan selvittää MITÄ MINULLA ON
VINTILLÄ ja jos te onnettomat kyrvät ette pysty auttamaan niin
voitte MENNÄ VITTUUN.* Ja sitten Pat poistui.
Richie vihelsi hiljaa. »Tuo tuossa ei ole pelkkää netin vaiku-
tusta», hän sanoi. »Niin kuin sanoit, Pat oli järkevä tyyppi. Jos
hän meni tuommoiseksi» – hän nyökkäsi kohti näyttöä – »hän
oli jo aika pimahtanut.»
Sanoin: »Hänellä oli syytäkin olla. Hänen kodissaan oli jotain
häijyä, joka pelotti perhettä. Ja aina kun hän haki apua, hänet tor-
juttiin. Sekä Wildwatcher että tuholaistorjuja ja tämä palsta käs-
kivät hänen käytännössä painua kuuseen, koska tämä ei ollut hei-
dän ongelmansa. Hän sai pärjätä omin neuvoin. Kyllä sinäkin olisit
'pimahtanut' hänen sijassaan.»
»Joo. Ehkä.» Richie kohotti kätensä näppäimistölle, kysyi
minulta katseella lupaa ja alkoi sitten vierittää näyttöä lukeakseen
uudelleen. Loppuun päästyään hän sanoi varovasti: »Eli. Patin
lisäksi kukaan ei kuullut sitä otusta.»
»Patin ja Jackin lisäksi.»
»Jack oli kolmevuotias. Sen ikäinen lapsi ei ole kovin hyvä
erottamaan totta ja kuvittelua.»
»Olet siis Jennyn puolella», sanoin. »Uskot, että Pat kuvitteli
kaiken.»

Richie sanoi: »Se eläinekspertti Tom ei mennyt vannomaan, että vintillä on edes ollut mitään elukkaa.»

Kello oli yli puoli yhdeksän. Käytävällä siivooja soitti listamusiikkia radiostaan ja lauloi mukana. Tutkintahuoneen ikkunoiden takana taivas oli umpimusta. Dina oli ollut kateissa jo neljä tuntia. En nyt joutanut tällaista. »Eikä hän mennyt vannomaan, ettei ole. Mutta sinusta tuntuu, että se jotenkin tukee sinun teoriaasi, jonka mukaan Pat murhasi perheensä. Näinkö on?»

Richie valitsi sanansa tarkkaan: »Tiedetään, että hänellä oli kova stressi. Se on ihan selvä juttu. Näistä hänen kirjoituksistaan päätellen avioliitossakaan ei mennyt kovin hyvin. Jos hän oli niin huonossa kuosissa, että alkoi kuvitella asioita… niin joo, kyllä se minusta kasvattaa sen todennäköisyyttä, että hän sekosi.»

»Hän ei kuvitellut niitä lehtiä ja sitä puunpalaa, jotka ilmestyivät vintille. Ellemme mekin sitten kuvitelleet. Minulla voi olla ongelmia, mutten mielestäni vielä houraile.»

»Niin kuin tuon palstan pojat sanoivat, joku lintu on voinut tuoda ne sinne. Ei ole näyttöä siitä, että sen teki joku hullu petoeläin. Jos hän ei olisi ollut niin saatanan stressaantunut, hän olisi heittänyt ne roskiin ja unohtanut koko jutun.»

»Entä oravien luurangot? Olivatko nekin lintujen tekosia? En ole yhtään sen enempää villieläinekspertti kuin Pat, mutta täytyy kyllä sanoa, että jos tässä maassa on lintu, joka katkoo oravilta päät, syö niitten lihat ja jättää tähteet siististi riviin, niin enpä ole kuullut.»

Richie hieroi niskaansa ja katseli näytönsäästäjäni geometristen kuvioiden hidasta pyörimistä. Hän sanoi: »Me ei nähty luurankoja. Pat ei säilyttänyt niitä. Lehdet kyllä joo, mutta ei luurankoja eli niitä todisteita jotka olisivat oikeasti kertoneet, että siellä on jotain vaarallista.»

Ärtymys sai minut puremaan hampaani tiukasti yhteen. »Älä nyt viitsi, poikaseni. En tiedä mitä kaikkea sinä säilytät poikamiesboksissasi, mutta voin taata että jos ukkomies sanoo vaimolleen haluavansa panna oravan luurankoja talteen vaatekaappiin, niin häntä odottaa ikävä yllätys ja muutama yö sohvalla. Ja entäs lapset? Luuletko että hän halusi lasten löytävän ne?»

»En minä tiedä, mitä se mies halusi. Hänellä oli kova tarve todistella vaimolleen, että se otus oli olemassa, mutta kun hän sai konkreettista näyttöä, niin sitten hän alkoi peruutella: juu ei, en minä niin voi tehdä, en halua säikäyttää vaimoa. Patilla oli hirveä tarve nähdä se eläin, mutta kun tuholaistorjuja kehotti palkkaamaan asiantuntijan, niin juu ei, rahanhukkaa. Hän kerjäsi foorumilla apua otuksen tunnistamiseen, ja hän tarjoutui postaamaan kuvia jauhoista vintinlattialla ja kuvia kasvien lehdistä, mutta kun hän löysi luurangot – ja niissä olisi voinut olla hampaanjälkiä – niin ei sanaakaan valokuvista. Pat käyttäytyy...» Richie vilkaisi minua sivusilmällä. »Ehkä minä olen väärässä. Mutta hän käyttäytyy niin kuin tietäisi sisimmässään, ettei siellä ole mitään.»

Minussa heräsi ohikiitäväksi hetkeksi vahva halu tarttua häntä niskasta, tyrkätä hänet tietokoneen äärestä ja käskeä häipymään takaisin autovarkauspuolelle – minä hoitaisin jutun tästä eteenpäin. Apulaisten raporttien mukaan Patin veli Ian ei ollut kuullutkaan mistään eläimestä. Eivät myöskään hänen entiset työkaverinsa, Emman synttäreillä olleet ystävät tai ne harvat ihmiset, joiden kanssa Pat oli edelleen sähköpostitellut. Tämä selitti miksi. Pat ei kehdannut kertoa heille, koska he olisivat voineet reagoida niin kuin keskustelupalstojen ventovieraat ja jopa hänen oma vaimonsa. He olisivat voineet reagoida niin kuin Richie.

Sanoin: »Yksi kysymys, poika. Mistä luulet että ne oravat ilmestyivät? Muista, että tuholaistorjuja näki ne. Ne eivät olleet pelkkää Patin kuvittelua. Tiedän että sinusta Pat oli sekoamassa, mutta luuletko tosiaan että hän puri päitä poikki oravilta?»

Richie vastasi: »En minä niin sanonut. Mutta Patin lisäksi kukaan ei ole nähnyt sitä tuholaistorjujaakaan. Meillä on vain se foorumiviesti, jossa hän sanoi tilanteensa jonkun kotiin. Sanoit itsekin, että netissä valehdellaan.»

Sanoin: »No etsitään se tuholaistorjuja. Pane joku konstaapeli jäljittämään häntä. Käske aloittaa niistä puhelinnumeroista, jotka Pat sai keskustelupalstalta, ja jos mikään niistä ei tärppää, hänen pitää kysyä joka firmasta sadan kilometrin säteellä.» Ajatus siitä, että joku apulaiseni lähestyisi tutkintaa tästä kulmasta ja että toinen kiihkoton silmäpari lukisi ne foorumiviestit ja toinen naama vääntyisi hitaasti samaan ilmeeseen kuin Richiellä – niskani alkoi taas jännittyä. »Tai oikeastaan vielä parempi, jos hoidetaan se itse. Huomenna heti aamusta.»

Richie tökkäsi hiirtäni yhdellä sormella ja katseli, kun Patin kirjoitukset ilmestyivät taas näytölle. Hän sanoi: »Eiköhän se ole helppo selvittää.»

»Niin mikä?»

»Onko sitä eläintä vai ei. Pari videokameraa –»

»Hyvinhän se onnistui Patiltakin.»

»Hänellä ei ollut kameroita. Itkuhälyttimen katselulaitteet eivät tallenna mitään. Hän pystyi katsomaan vain sellaista mikä tapahtui reaaliajassa, silloin kun hänellä oli tilaisuus pitää laitetta silmällä. Hankitaan kamera, viritetään se tallentamaan vinttiä vuorokauden ympäri... Jos siellä on jotain, niin eiköhän me nähdä se muutamassa päivässä.»

Jostain syystä ehdotus herätti minussa halun haukkua Richie pystyyn. Sanoin: »Näyttää varmaan tosi hyvältä hakemuslomakkeessa jos kirjoitetaan, että halutaan laitokselta arvokas laite ja hirvittävän ylityöllistetty teknikko siinä toivossa, että nähtäisiin ehkä sattumalta joku eläin, jolla ei ole vitunkarvan väliä tapauksen kannalta, on sitä olemassa tai ei.»

»O'Kelly sanoi, että saamme kaiken mitä –»

»Niin sanoi. Hakemus menisi läpi. Mutta meillä on nyt jonkun verran pisteitä tarkastajan kirjoissa, ja minä en halua ruveta kuluttamaan niitä jonkun minkin näkemiseen. Mene helvetti eläintarhaan katsomaan.»

Richie työnsi tuoliaan taaksepäin ja alkoi kiertää tutkintahuonetta levottomana. »Minä täytän sen lomakkeen. Silloin vain minulta menee pisteet.»

»Etkä jumalauta täytä. Saat sen hakemuksen kuulostamaan siltä kuin Pat olisi ollut joku houraileva sekopää, joka näkee vaaleanpunaisia gorilloja keittiössään. Mehän sovimme, että Patia ei syytellä ennen kuin sinulla on näyttöä.»

Richie käännähti minua kohti ja paukautti molemmat kätensä jonkun työpöydälle niin, että paperit lentelivät. »Miten minä muka saan kerättyä näyttöä? Jos sinä panet jarrut päälle aina kun rupean tutkimaan jotain, joka voi johtaa johonkin –»

»Rauhoitu, konstaapeli. Ja pienemmällä äänellä. Haluatko että Quigley tulee katsomaan, mitä täällä on tekeillä?»

»Sovittiin, että Patia tutkitaan. Eikä niin, että minä puhun silloin tällöin Patin tutkimisesta ja sinä torppaat. Jos jossain on näyttöä, miten vitussa minun on tarkoitus hankkia se? Älä viitsi. Sano. Miten?»

Osoitin tietokoneeni näyttöä. »Miltä tuo sitten näyttää? Se on sitä, että me tutkimme hemmetti Pat Spainia. Mutta emme me rupea kuuluttamaan maailmalle, että hän on epäilty. Se kuului sopimukseen. Jos sinusta tuntuu, ettei se ole reilua sinun kannaltasi –»

»Ei! Paskat siitä, onko se reilua minun kannaltani. Ihan sama. Se ei ole reilua Conor Brennanin kannalta.»

Hän oli korottanut ääntään entisestään. Minä pakottauduin puhumaan rauhallisesti. »Eikö? En ymmärrä, miten videokamera auttaisi häntä. Oletetaan, että viritämme sinne semmoisen eikä siihen tartu mitään. Miten saukkojen puute mitätöi Brennanin tunnustuksen?»

Richie sanoi: »Sanohan tämä. Jos uskot Patia, mikset ole täysillä kameroiden puolesta? Yksikin vilaus minkistä, oravasta tai edes rotasta, niin voisit käskeä minua pitämään pään kiinni. Kuulostat samalta kuin Pat: kuulostat siltä että tiedät, ettei siellä ole mitään.»

»En, kuoma hyvä. En kuulosta. Minä kuulostan siltä ettei minua kiinnosta yhtään, onko siellä jotain vai ei. Jos kameraan ei tartu mitään, mitä se todistaa? Eläin on ehkä säikähtänyt ja lähtenyt pois, tai peto on tappanut sen, tai se on talviunilla... Vaikkei sitä olisi ikinä ollutkaan, se ei tee Patista syyllistä. Ehkä äänet liittyivät maanvajoamaan tai putkiin, ja hän ylireagoi ja tulkitsi niitä väärin. Se tekee hänestä stressaantuneen miehen, ja sen me tiesimme jo ennestään. Se ei tee hänestä tappajaa.»

Siihen Richie ei sanonut mitään. Hän asettui nojaamaan kirjoituspöytää vasten ja hieroi silmiään. Hetken päästä hän sanoi hiljempaa: »Kyllä se meille jotain kertoisi. Muuta en pyydä.»

Sanaharkka, tai uupumus, tai Dina oli nostattanut närästyksen kurkkuuni. Yritin nielaista sen takaisin alas irvistämättä. »Hyvä on», sanoin. »Täytä se hakemuslomake. Minun pitää häipyä, mutta allekirjoitan sen ennen kuin lähden – parempi kun siinä on meidän molempien nimet. Älä sitten pyydä mitään strippareita.»

»Minä yritän tässä vaan parhaani», Richie sanoi käsilleen. Hänen äänessään oli jotain mikä hapuili minusta otetta; jotain vereslihaista, jotain eksynyttä, jotain hurjan avunhuudon kaltaista. »Minä koitan vaan varmistaa, että osutaan oikeaan. Siis ihan totta, minä yritän.»

Jokainen aloittelija uskoo, että maailma seisoo tai kaatuu hänen ensimmäisen juttunsa mukana. Minulla ei ollut aikaa opastaa Richietä kädestä pitäen siinä asiassa, kun Dina harhaili pitkin kaupunkia levittäen ympäristöönsä sellaista rikkinäistä strobovalon välkettä, jonka jokainen hyväksikäyttäjä näkee kilometrien päähän. »Tiedän että yrität», sanoin. »Hyvin sinulla menee. Tarkista hakemuksen kieliasu kahteen kertaan, tarkastaja on nirso sen suhteen.»

»Selvä. Ookoo.»

»Ja vastausta odotellessa lähetämme tämän linkin sille eläintohtorillemme, minkä niminen se nyt oli – hän ehkä hoksaa sieltä jotain. Ja minä panen Kieranin tutkimaan Patin tiliä tällä foorumilla ja selvittämään, onko hän saanut tai lähettänyt yksityisviestejä. Pari näistä tyypeistä kuulosti kiinnostuneen tarinasta aika lailla, joten ehkä joku heistä rupesi jonkinlaiseen kirjeenvaihtoon Patin kanssa ja sai häneltä lisätietoa. Ja meidän pitää selvittää seuraava keskustelupalsta, jolle hän meni.»

»Seuraavaa ei välttämättä tullut. Hän kokeili kahdelta palstalta, eikä kummastakaan ollut iloa... Ehkä hän antoi periksi.»

»Ei antanut», minä sanoin. Kartiot ja paraabelit liikkuivat tietokoneeni näytöllä sulavasti toistensa lomitse, taittelivat itsensä kadoksiin, avautuivat uudestaan ja aloittivat hitaan tanssinsa alusta. »Hän oli epätoivoinen mies. Voit päätellä siitä mitä haluat, voit sanoa että hän oli sekoamassa jos haluat uskoa niin, mutta fakta on, että hän tarvitsi apua. Hän jatkoi varmasti etsimistä netistä, koska muualtakaan ei ollut apua tarjolla.»

Jätin Richien täyttämään hakemuslomaketta. Olin jo koonnut mielessäni listan paikoista, joista lähtisin etsimään Dinaa, paikoista jotka olivat perua edelliseltä kerralta, ja sitä edelliseltä ja sitä edelliseltä: entisten miesystävien asuntoja, pubeja joissa baarimikko tykkäsi hänestä, hämäriä klubeja joilta sai kuudellakymmenellä eurolla monenlaisia keinoja aivojen nollaukseen. Tiesin, että koko touhu oli turhaa – Dina oli hyvinkin voinut hypätä vaikka Galwayn-bussiin, koska siellä oli näyttänyt kauniilta jossain telkkaridokumentissa, tai lumota jonkun miehen ja lähteä päiväkahveille – mutta minulla ei ollut vaihtoehtoja. Salkussani oli yhä kofeiinitabletteja väijykeikan jäljiltä, ja pärjäisin kyllä jos vetäisin muutaman sellaisen ja päälle voileivän. Hiljensin kovakouraisesti sen tylyn pienen äänen, joka kertoi että aloin olla jo liian vanha tällaiseen, ja aivan liian väsynyt.

Kun työnsin avaimen asuntoni oveen, kävin edelleen mielessäni läpi osoitteita ja yritin keksiä niihin nopeimmat reitit. Kesti hetken tajuta, että jokin oli vialla. Ovi ei ollut lukossa.

Seisoin pitkään käytävässä kuulostelemassa: ei mitään. Sitten laskin salkkuni, avasin pistoolikoteloni napin ja paukautin oven auki.

Debussyn »Uponnut katedraali» soi hiljaa hämärässä olohuoneessa; kynttilävalo heijastui kaarevista laseista, joissa hehkui tumma runsaanpunainen viini. Yhden uskomattoman ja henkeäsalpaavan hetken ajan ajattelin: *Laura.* Sitten Dina oikaisi jalkansa sohvalta ja kumartui tarttumaan viinilasiinsa.

»Terve», hän sanoi ja kohotti lasia minun suuntaani. »Hitto oli jo aikakin.»

Sydämeni jysähti kurkkuun. »Siis mitä vittua?»

»Voi jeesus, Mikey. Älä jännitä. Hei onko tuo ase?»

Tarvittiin pari yritystä ennen kuin sain taas suljettua kotelon napin. »Miten pirussa sinä pääsit tänne?»

»Mikä Rambo sinä olet? Lievää ylireagointia.»

»Voi jumalauta, Dina. Säikähdin ihan saatanasti.»

»Tempaiset aseen esiin kun näet oman siskosi. Minä kun luulin että ilahtuisit kun näet minut.»

Dinan mökötys oli teeskenneltyä, mutta silmien kiilunta kynttilänvalossa kertoi, että minun piti olla varovainen. »Ilahduinhan minä», sanoin hiljemmalla äänellä. »En vain odottanut sinua. Miten pääsit sisään?»

Dina hymyili vienosti ja omahyväisesti ja ravisti villatakkinsa taskua niin, että sieltä kuului hilpeä helinä. »Gerillä oli sinun vara-avaimesi. Tai kuule oikeastaan, Gerillä on koko Dublinin vara-avaimet – hän on oikea Neiti Luotettava, ei kun anteeksi Rouva Luotettava, eikö hän olekin juuri sellainen jonka haluaa loman ajaksi vahtimaan, onko kämppään murtauduttu? Siis että jos pitäisi keksiä tyyppi, jolla on kaikkien vara-avaimet, eikö hän olisi täsmälleen niin kuin Geri? Olisit nauranut jos olisit nähnyt: hänellä on kaikkien avaimet rivissä kodinhoitohuoneen seinällä, ja joka avaimessa on nätti nimilappu siistillä käsialalla. Olisin voinut ryöstää puolet korttelista jos olisi huvittanut.»

»Geri on huolesta suunniltaan sinun takiasi. Minäkin olin.»

»No äly hei, siksihän minä juuri tulinkin tänne. Ja siksi, että piristäisin vähän sinua. Näytit eilen niin stressaantuneelta, että jos minulla olisi luottokortti niin varmaan olisin tilannut sinulle ilo-tytön.» Dina kumartui pöydän ääreen tarjoamaan minulle toista viinilaseistaan. »Tässä. Toin sinulle ilotytön sijasta tämän.»

Viini oli joko Sheilan lapsenvahtirahoilla ostettua tai kaupasta varastettua – Dinalla on aina tarve huijata minua juomaan varastettua viiniä, syömään hasiskakkua tai lähtemään ajelulle hänen poikaystävänsä autolla josta on verot maksamatta. »Kiitos», sanoin.

»Joten istu nyt juomaan sitä. Hermostuttaa kun norkoilet siinä.»

Jalkani vapisivat yhä adrenaliinin, toivon ja helpotuksen yhteis-paukusta. Hain salkkuni ja suljin oven. »Mikset sinä ole Gerin luona?»

»Siksen, että Geri on niin tylsä että hampaat tippuu. Olin siellä yhden päivän ja kuulin sinä aikana kaiken mitä Sheila ja Colm ja se joku ovat eläissään tehneet. Gerin takia minun tekisi mieli panna itseltäni putket poikki. Istu nyt alas!»

Mitä pikemmin saisin hänet vietyä Gerille, sitä enemmän ehtisin nukkua, mutta jos en ilmaisisi edes vähän kiitollisuutta tästä pienestä järjestelystä, hän saisi raivarin joka kestäisi luoja ties miten pitkälle aamuun. Lysähdin nojatuoliini, ja se kietou-tui ympärilleni niin hellästi etten uskonut pääseväni siitä enää ikinä ylös. Dina kurotti antamaan minulle viinilasini ja otti toi-sella kädellä tukea sohvapöydästä. »Siinä. Geri varmaan luuli, että makaan kuolleena ojassa.»

»Ymmärtäähän sen.»

»Jos minulla olisi ollut niin huono olo, etten pärjää ulkona, niin sitten en olisi mennyt ulos. Voi jestas että Sheilaa käy sääliksi, eikö sinullakin? Kun hän käy kaverien luona, varmaan hänen pitää soittaa sieltä puolen tunnin välein tai Geri luulee, että hänet on myyty orjaksi.»

Dina on aina saanut minut hymyilemään silloinkin, kun yritän parhaani mukaan pitää naaman peruslukemilla. »Senkö kunniaksi tämä siis on? Olit päivän verran Gerin luona ja aloit heti arvostaa minua?»

Dina käpertyi takaisin sohvannurkkaan ja kohautti olkapäitään. »Se on sen kunniaksi, että minun teki mieli olla sinulle mukava. Sinusta ei ole pidetty tarpeeksi huolta sen jälkeen, kun erosit Laurasta.»

»Dina, minulla on kaikki ihan hyvin.»

»Kaikki tarvitsevat jonkun joka pitää huolta. Kuka on viimeksi tehnyt sinulle jotain mukavaa?»

Ajattelin Richietä ojentamassa minulle kahvia ja torppaamassa Quigleyta, kun hän yritti puhua minusta pahaa. »Työparini.»

Dinan kulmat kohosivat. »Niinkö? Eikö hän ollut vain joku vihreä pikkuvauva, joka ei löydä persettäänkään vaikka koittaisi kaksin käsin? Varmaan hän vain nuoleskeli sinua.»

»Ei», sanoin. »Hän on hyvä työpari.» Kun kuulin sanovani näin, tunsin sisälläni lämpöisen aallon. Kukaan muista harjoittelijoistani ei olisi riidellyt kanssani siitä kamerasta – kun olisin kieltäytynyt, asia olisi ollut sillä hyvä. Yhtäkkiä riitamme alkoi tuntua lahjalta, sellaiselta ärhentelyltä jota työparit voivat harrastaa keskenään joka viikko parinkymmenen vuoden ajan.

»Hmm», Dina sanoi. »Sehän on kiva.» Hän tarttui viinipulloon ja kaatoi lasiinsa täydennystä.

»Tämä on mukavaa», sanoin ja osittain tarkoitinkin sitä. »Kiitos, Dina.»

»Tiedän. Joten mikset juo? Pelkäätkö että yritän myrkyttää sinut?» Hän hymyili ja paljasti minulle pienet valkoiset kissanhampaansa. »En kai minä niin läpinäkyvä olisi, että panisin myrkyn viiniin. Älä aliarvioi minua.»

Hymyilin takaisin. »Olisit varmasti tosi luova. Mutta en voi hönötellä tänä iltana. Aamulla on töitä.»

Dina pyöritteli silmiään. »Voi itku, joko taas. Töitä, töitä, töitä, anna armoa. Pidä saikkupäivä.»

»Kunpa voisinkin.»

»Voisit sinä. Tehdään jotain kivaa. Vahamuseo avattiin taas juuri, tiedätkö etten ole käynyt Vahamuseossa eläissäni?»

Tämä ei päättyisi hyvin. »Mielellään, mutta vasta ensi viikolla. Minun pitää olla virkeänä töissä varhain aamulla, ja päivästä voi tulla pitkä.» Maistoin viiniä ja kohotin lasia. »Oikein hyvää. Juodaan nämä loppuun, ja sitten heitän sinut takaisin Gerille. Tiedän että hän on tylsää seuraa, mutta hän yrittää parhaansa. Yritä vähän ymmärtää häntä, joohan?»

Dina ei ollut kuulevinaan. »Mikset voi ottaa huomenna saikkua? Sinulla on takuulla vuoden verran lomapäiviä rästissä. Veikkaan ettet ole ikinä pitänyt rokulipäivää. Luuletko muka saavasi potkut?»

Lämmin tunne oli alkanut haihtua nopeasti. Sanoin: »Minulla on yksi kaveri pidätettynä, ja minulla on sunnuntaiaamuun asti aikaa päättää, asetetaanko hänet syytteeseen vai päästetäänkö hänet vapaaksi. Tarvitsen sitä ennen joka minuutin, että saan jutun ojennukseen. Valitan, kultarakas. Vahamuseo saa odottaa.»

»Jutun», Dina sanoi. Hänen ilmeensä oli terävöitynyt. »Onko se se Broken Harbourin juttu?»

Oli turha yrittää kiistää. »On.»

»Luulin että annat sen vaihdossa jollekulle muulle.»

»Ei onnistu.»

»Miksei?»

»Koska meillä ei hoideta asioita niin. Käydään Vahamuseossa heti kun saan hommat puikkoihin, käykö?»

»Vitut Vahamuseosta. Mieluummin puhkoisin silmäni kuin tuijottaisin jotain tyhmää Ronan Keatingin nukkea.»

»Sitten tehdään jotain muuta. Päätä sinä.»

Dina työnsi viinipulloa kengänkärjellään lähemmäs minua. »Ota lisää.»

Lasini oli yhä täynnä. »Minun pitää heittää sinut autolla Gerille. Tämä tässä riittää. Kiitos.»

Dina näpsytti lasinreunaa sormenkynnellään niin, että siitä kuului terävää monotonista plinksahtelua, ja katseli minua

otsatukkansa alta. Hän sanoi: »Geri hakee joka aamu päivän leh-
det. Totta kai hakee. Joten minä luin ne.»

»Aivan», sanoin. Yritin hillitä kuplivaa kiukkuani; Gerin olisi
pitänyt olla paremmin hereillä, mutta hän on kiireinen ja Dina on
juonikas.

»Millaista Broken Harbourissa on nykyään? Valokuvissa se
näyttää ihan paskalta paikalta.»

»Sitä se oikeastaan onkin. Joku rupesi rakentamaan asun-
toaluetta ja siitä olisi voinut tulla kivakin, mutta se jäi kesken.
Näyttää jo siltä että pysyvästi. Sikäläiset asukkaat eivät ole rie-
muissaan.»

Dina työnsi sormen viiniinsä ja huljutteli sitä. »No voihan
vittu. Olipa todella paskamainen temppu.»

»Rakennuttajat eivät tienneet, että tässä käy näin.»

»Varmaan tiesivätkin, tai ainakaan eivät välittäneet, mutta en
minä sitä tarkoittanut. Tarkoitin että olipa todella paskamainen
temppu houkutella ihmisiä muuttamaan Broken Harbouriin.
Minä asuisin mieluummin kaatopaikalla.»

Sanoin: »Minulla on paljon hyviä muistoja Broken Harbou-
rista.»

Hän imaisi sormensa puhtaaksi niin että poksahti. »Sinusta
vain tuntuu siltä, koska sinulla on tarve kuvitella että kaikki on
ihanaa. Hyvät naiset ja herrat, veljeni Pollyanna.»

Sanoin: »En ole koskaan tajunnut, mitä pahaa siinä on jos kes-
kittyy positiiviseen. Ehkei se ole sinusta tarpeeksi coolia –»

»Mihin positiiviseen? Sinulle ja Gerille se oli ihan hyvä paikka,
te saitte hengailla kaverienne kanssa. Minä jouduin käkkimään
äidin ja isän kanssa, sain hiekkaa vakoon ja esitin, että oli hauskaa
uida koiraa vaikka sain vedestä suunnilleen paleltumia.»

»No», sanoin hyvin varovasti. »Sinä olit vasta viisivuotias kun
kävit siellä viimeisen kerran. Miten paljon sinä muistat siitä pai-
kasta?»

Sininen tuijotus välähti otsatukan alta. »Sen verran, että tie-
dän että siellä oli kamalaa. Se oli ihan karmiva paikka. Ne kuk-
kulat tuntuivat tuijottavan minua niin kuin jokin mikä kipittää
niskassa, minun teki koko ajan mieli –» Hän läimäytti niskaansa
niin hurjasti ja refleksinomaisesti, että säpsähdin. »Ja se meteli,

voi jeesus kristus. Meri, tuuli, lokit, kaikki ne kummat äänet joiden alkuperästä ei saanut ikinä selvää... Minä näin suunnilleen joka yö painajaisia joissa joku merihirviö tunki lonkeronsa talovaunun ikkunasta ja alkoi kuristaa minua. Mistä vetoa, että joku kuoli rakentaessaan sitä kämästä asuntoaluetta, niin kuin Titanicin rakentajat.»

»Minä luulin että sinä pidit Broken Harbourista. Näytti että sinulla oli siellä aina hauskaa.»

»En pitänyt. Sinä vain halusit kuvitella niin.» Dina väänsi suutaan niin, että näytti hetken melkein rumalta. »Ainoa hyvä asia oli se, että äiti oli siellä onnellinen. Ja miten siinäkin sitten kävi.»

Tuli hetken hiljaisuus, joka olisi voinut viiltää ihon rikki. Olin vähällä luopua koko puheenaiheesta ja palata juomaan ja kehumaan viiniä, mutten pystynyt. Sanoin: »Tuo kuulostaa siltä kuin sinulla olisi ollut ongelmia jo ennen sitä.»

»Siltä kuin olisin ollut jo ennestään hullu. Sitähän sinä tarkoitat.»

»Jos niin haluat sanoa. Silloin kun me kävimme Broken Harbourissa, sinä olit onnellinen ja tasapainoinen lapsi. Ehkei se ollut sinulle mitään riemulomaa, mutta kaiken kaikkiaan olit ihan kunnossa.»

Minun oli saatava kuulla se hänen suustaan. Hän sanoi: »Minä en ole ollut ikinä kunnossa. Kaivoin siellä kerran kuoppaa, oli pikku sanko ja lapio ja kaikki oli tosi herttaista, mutta kuopan pohjalla oli kasvot. Jonkunlaiset miehen kasvot, ne olivat ihan kurtussa ja irvistelivät niin kuin hän olisi yrittänyt saada hiekkaa pois silmistä ja suusta. Minä kiljuin ja äiti tuli, mutta silloin ne kasvot olivat jo poissa. Eikä noita juttuja sattunut pelkästään Broken Harbourissa. Kerran kun olin huoneessani niin –»

En kestänyt kuunnella enempää. »Sinulla oli vilkas mielikuvitus. Se on eri asia. Kaikki pikkulapset kuvittelevat. Vasta kun äiti kuoli –»

»Eipäs, Mikey. Et tiennyt sitä, koska pienenä kaiken voi panna sen syyksi, että lapset nyt vaan kuvittelevat kaikenlaista, mutta tämä oli eri juttu jo ennen sitä. Äidin kuolema ei liittynyt siihen mitenkään.»

»No», minä sanoin. Mieleni tuntui jotenkin merkilliseltä, se rytkyi kuin kaupunki maanjäristyksessä. »Ehkei se sitten johtunut nimenomaan äidin kuolemasta. Hän oli kärsinyt ajoittaisesta masennuksesta koko sen ajan, kun sinä olit ollut olemassa. Yritimme parhaamme mukaan suojata sinua siltä asialta, mutta lapset vaistoavat yhtä sun toista. Ehkä olisi ollut parempi, jos emme olisi yrittäneet –»

»Joo, te yrititte tosiaan parhaanne, ja arvaa mitä? Onnistuitte tosi hyvin, koska en muista että olisin ollut äidistä huolissani juuri ikinä. Tiesin että hän sairasteli ja oli välillä surullinen, muttei minulla ollut aavistustakaan että se oli joku merkittävä juttu. En minä ole tällainen sen takia. Sinä yrität koko ajan järjestellä minua, mapittaa minua siistiin kansioon jossa on joku järki, niin kuin olisin joku sinun murhajuttusi – en minä vittu ole mikään sinun tapauksesi.»

»En yritä järjestellä sinua», sanoin. Ääneni kuulosti aavemaisen tyyneltä niin kuin se olisi tuotettu keinotekoisesti jossain kaukana. Mieleni halki putoili pikkuruisia muistoja, jotka hehkuivat kuin tulikuumat tuhkahiutaleet: Nelivuotias Dina kiljui kylpyammeessa kuin syötävä ja tarrasi äitiinsä, koska sampoopullo sähisi hänelle – olin kuvitellut että hän vain yritti vältellä hiustenpesua. Dina istui minun ja Gerin vieressä auton takapenkillä, tappeli turvavyötään vastaan, päästeli kaameaa huolestuttavaa ääntä ja järsi sormiaan, kunnes ne turposivat sinipunaisiksi ja alkoivat vuotaa verta, enkä enää edes muistanut miksi hän sen teki. »Sanon vain, että totta kai se johtui äidistä. Mistä muustakaan? Sinua ei kohdeltu ikinä kaltoin, sen vannon käsi sydämellä, sinua ei ikinä lyöty tai pidetty nälässä tai – en usko että sinua edes läpsäytettiin ikinä pepulle. Me kaikki rakastimme sinua. Jos se ei johtunut äidistä, niin mistä sitten?»

»Ei ole mitään syitä. Tuota minä tarkoitan kun sanon, että sinä yrität järjestellä minua. En minä ole hullu jonkun asian takia. Minä vain olen.»

Hänen äänensä oli selkeä, vakaa ja toteava, ja hän katsoi minua suoraan silmiin melkein myötätuntoisen näköisenä. Muistutin itseäni siitä, että Dinan ote todellisuudesta oli parhaimmillaankin vain yhden sormen varassa ja että jos hän ymmärtäisi hulluutensa

Tana French

syyt, hän ei olisi hullu. Hän sanoi: »Tiedän ettet halua ajatella niin.»

Rintakehäni tuntui heliumilla täyttyvältä ilmapallolta, joka huojutteli minua vaarallisesti. Käteni tarrasi nojatuolini käsinojaan niin kuin se voisi ankkuroida minut. Sanoin: »Jos uskot noin, siis että tätä vain tapahtuu sinulle ilman mitään syytä. Miten sinä sitten kestät sitä?»

Dina kohautti olkiaan. »Kestän vaan. Mitä sinä teet silloin kun sinulla on huono päivä?»

Dina oli lysähtämässä taas sohvannurkkaan ja joi viiniään; hän oli menettänyt mielenkiintonsa. Vedin henkeä. »Silloin kun minulla on huono päivä, yritän ymmärtää mistä se johtuu, jotta pystyn korjaamaan asian. Keskityn positiiviseen.»

»Selvä. Eli jos Broken Harbourissa oli niin mahtavaa ja teillä on sieltä hirveästi hyviä muistoja ja kaikki on niin positiivista, miksi sinulta hajoaa pää kun menet sinne takaisin?»

»En ole sellaista sanonut.»

»Ei tarvitse sanoa. Sinun ei pitäisi hoitaa sitä juttua.»

Tuntui suorastaan vapahdukselta käydä taas tätä samaa vanhaa riitaa turvallisella maaperällä, kun Dinalla oli taas tuttu viisto pilke silmissään. »Dina, se on murhajuttu, ihan samanlainen kuin kymmenet muut joita olen hoitanut. Siinä ei ole mitään muuta erikoista kuin sijainti.»

»Sijainti sijainti sijainti, mikä kiinteistönvälittäjä sinä muka olet? Se sijainti on sinulle pahasta! Huomasin heti kun näin sinut eilisiltana, että sinussa oli kaikki ihan pielessä. Haisitkin kummalta, niin kuin joltain palaneen käryltä. Katso nytkin itseäsi, katso peiliin, näytät niin kuin joku olisi paskonut päällesi ja sytyttänyt sinut tuleen. Tämä juttu sekoittaa sinulta pään. Soita huomenna töihin ja ilmoita, ettet enää hoida sitä.»

Sillä hetkellä olin vähällä käskeä hänen painua vittuun. Hämmästyin, miten äkisti ja voimalla sanat paiskautuivat huuliani vasten. En ole koko aikuisikänäni sanonut Dinalle mitään sellaista.

Kun olin varma, että äänestäni oli pyyhitty pois kaikki vihan merkit, sanoin: »En aio luopua tästä jutusta. Näytän varmaan hirveältä, mutta se johtuu siitä että olen ihan kuitti. Jos haluat vaikuttaa siihen asiaan jotenkin, pysy Gerin luona.»

»En minä voi. Olen huolissani sinusta! Tunnen kuinka pääsi hajoaa pikkuhiljaa joka hetki, kun olet jossain kentällä miettimässä sitä 'sijaintia'. Sen takia minä tulin tänne.»

Väitteen ironisuus olisi saanut kenet tahansa ulvomaan naurusta, mutta Dina oli umpitosissaan: hän istui sohvalla jalat ristissä ja selkä aivan suorana ja valmistautui pitämään puoliaan loppuun asti. Sanoin: »Minulla ei ole mitään hätää. Kiitos kun huolehdit minusta, mutta ei ole tarvetta. Ihan oikeasti.»

»Onpas. Olet ihan yhtä sekaisin kuin minäkin. Sinä vain kätket sen paremmin.»

»Ehkä. Mielestäni olen työstänyt asiaa jo niin paljon etten ole tässä vaiheessa enää sekaisin, mutta mistä sen tietää, voit sinä olla oikeassakin. Mutta lopputulema on joka tapauksessa se, että pärjään tämän jutun kanssa ihan hyvin.»

»Ei. Etkä. Sinusta on mukava uskoa, että olet perheen vahvin, siksihän sinä aina tykkäätkin siitä kun menen raiteiltani, silloin saat tuntea itsesi herra täydelliseksi, mutta se on ihan potaskaa. Joskus huonoina päivinäsi sinä takuulla oikein toivot, että ilmaantuisin ovellesi puhumaan paskaa, ihan vain siksi ettei sinun tarvitsisi sääliä niin paljon itseäsi.»

Dinan helvetillisyyteen kuuluu se, että silloinkin kun hän puhuu ilmiselvää roskaa, silloinkin kun tiedän että äänessä ovat hänen mielensä mustat ja syöpyneet läiskät, sanat kirvelevät silti. Sanoin: »Toivottavasti tiedät ettei se ole totta. Antaisin amputoida vaikka käteni tuosta vain, jos voisin sillä auttaa sinua.»

Dina keinahti kantapäidensä varassa taaksepäin ja jäi miettimään tätä. »Niinkö?»

»Niin.»

»Voi että», Dina sanoi pikemminkin arvostavasti kuin ivallisesti. Hän retkahti sohvalle makaamaan ja heilautti jalkansa käsinojan päälle minua katsellen. Hän sanoi: »Minulla ei ole hyvä olo. Siitä asti kun luin ne lehtijutut, kaikki on alkanut taas kuulostaa kummalta. Kun vedin vessasi, se kuulosti popcornien poksahtelulta.»

Sanoin: »Ei ihme. Sen takia meidän pitääkin viedä sinut takaisin Gerille. Jos sinulla on paska olo, kaipaat jonkun seuraa.»

»Niin kaipaankin. Kaipaan sinun seuraasi. Gerin luona alkaa

tehdä mieli tarttua tiileen ja lyödä sillä itseään päähän. Jos olen siellä vielä yhdenkin päivän, niin teen sen oikeasti.»

Dinan sanomisia ei ole vara pitää ikinä pelkkinä liioittelevina kielikuvina. Sanoin: »No keksi joku keino, jolla hänestä ei tarvitse välittää. Vetele syvään henkeä. Lue kirjaa. Minä lainaan sinulle iPodiani, niin voit sulkea Gerin kokonaan korvistasi. Voidaan ladata siihen ihan sellaista musiikkia kuin haluat, jos minulla ei ole tarpeeksi trendikäs maku.»

»En pysty käyttämään kuulokkeita. Silloin alan kuulla kaikenlaista, enkä tiedä tuleeko se musiikista vai korvien sisältä.»

Hän koputteli kantapäätään sohvankylkeen hellittämättömässä ja raivostuttavassa rytmissä, joka soti Debussyn soljuvaa musiikkia vastaan. Sanoin: »Sitten lainaan sinulle hyvän kirjan. Valitse itse.»

»En tarvitse hyvää kirjaa en tarvitse DVD-boksia en tarvitse mitään vitun hyvää teekupillista ja sudoku-lehteä. Tarvitsen sinut.»

Ajattelin Richietä työpöytänsä ääressä järsimässä peukalonkynttään ja tarkistamassa hakemuksensa oikeinkirjoitusta, ajattelin sitä hänen äänensävyssään piillyttä epätoivoista avunpyyntöä. Ajattelin Jennyä sairaalavuoteessaan kietoutuneena painajaiseen, joka ei päättyisi. Ajattelin Patia, joka oli suolistettu kuin täytettävä eläin ja joka odotti jossain Cooperin laatikossa sitä, että minä varmistaisin ettei hän saa tappajan leimaa muutaman miljoonan ihmisen mielessä. Ajattelin hänen lapsiaan, jotka olivat olleet liian nuoria edes ymmärtämään mitä kuoleminen on. Tuttu raivo ponnisti taas esiin ja tyrkkäsi minua. Sanoin: »Tiedän minä sen. Mutta muut tarvitsevat minua nyt enemmän.»

»Eli se Broken Harbourin juttu on tärkeämpi kuin oma perheesi. Sitä sinä tarkoitat. Et taida edes tajuta miten pimeää sellainen on, et edes tajua ettei kukaan normaali kaveri sanoisi tuollaista, kukaan ei sanoisi niin ellei hänellä olisi pakkomiellettä johonkin helvetilliseen loukkoon joka pumppaa paskaa hänen aivoihinsa. Tiedät jumalauta tasan tarkkaan, että jos lähetät minut takaisin Gerin luo, hän pitkästyttää minua kunnes minulta menee järki ja häivyn ja hän on huolesta suunniltaan, mutta välitätkö sinä edes, hä? Aiot silti pakottaa minut palaamaan sinne.»

»Dina, en nyt jouda tämmöistä roskaa. Minulla on viitisenkymmentä tuntia aikaa asettaa se tyyppi syytteeseen. Viiden-

kymmenen tunnin päästä teen mitä vain kaipaat, haen sinut Geriltä
kukonlaulun aikaan, tulen kaikkiin museoihin joihin haluat, mutta
olet oikeassa, sitä ennen et ole minun kaikkeuteni keskipiste. Et
voi olla.»

Dina tuijotti minua kyynärpäihinsä nojaten. Tämä oli ensim-
mäinen kerta, kun hän kuuli äänessäni sellaisen ruoskaniskun.
Hänen ällistynyt ilmeensä paisutti rinnassani olevaa ilmapalloa.
Yhden kauhean hetken luulin, että alkaisin nauraa.

»Sanopa yksi juttu», Dina sanoi. Hänen silmänsä olivat kaven-
neet viiruiksi; silkkihansikkaat oli riisuttu. »Toivotko sinä välillä,
että kuolisin? Niin kuin vaikka silloin, kun ajoitukseni on paska,
kuten nyt. Toivotko että vaan kuolisin? Toivotko että joku soittaa
sinulle aamulla ja sanoo, että valitan hyvä herra, sisarenne liiskau-
tui juuri junan alle?»

»En minä tietenkään halua sinun kuolevan. Haluan että sinä
soitat minulle aamulla ja sanot, että arvaa mitä, oikeassa olit,
Gerille jääminen ei olekaan Geneven sopimuksen kieltämää
kidutusta, tavalla tai toisella minä olen pysynyt täällä hengissä –»

»Miksi sinä sitten käyttäydyt niin kuin toivoisit että kuolen?
Tai oikeastaan et halua että se on juna, sinä haluat että kaikki on
siistiä, eikö vaan, mukavan siistiä – miten sinä haluat että se tapah-
tuu? Haluatko että hirttäydyn, vai otanko överit –»

Minua ei enää naurattanut. Käteni puristi viinilasia niin tiu-
kasti, että luulin sen pirstoutuvan. »Älä puhu noin hemmetin
typeriä. Minä käyttäydyn niin kuin haluaisin, että sinä kehittäisit
vähän itsehillintää. Ihan vain sen verran, että sietäisit Geriä juma-
lauta kaksi päivää. Onko se sinusta ihan oikeasti liikaa pyydetty?»

»Miksi pitäisi? Onko tämä sinulle joku hölmö mielenrauha-
juttu, siis että jos ratkot tämän jutun niin se hyvittää sen, mitä
äidille kävi? Koska jos tämä on sitä, niin hyi yrjö, en kestä sinua,
oksennan pitkin sohvaasi tällä sekunnilla –»

»Tällä ei ole vittu mitään tekemistä hänen kanssaan. Harvoin
olen kuullut mitään tyhmempää. Jos et keksi järkevämpää sanot-
tavaa, niin kannattaa ehkä pitää turpa kiinni.»

En ollut menettänyt malttiani tällä tavoin teinivuosien jälkeen,
en varsinkaan Dinalle, ja se tuntui siltä kuin olisin ajanut sataa-
viittäkymppiä moottoritiellä kuuden votkapaukun humalassa,

mahtavalta ja hengenvaaralliselta ja makealta. Dina oli noussut istumaan ja nojautui kahvipöydän ylle osoittamaan minua sormillaan. »No niin! Tuota minä juuri tarkoitan. Noin se juttu vaikuttaa sinuun. Et suutu minulle ikinä, ja katso nyt, katso missä tilassa olet nyt, haluat lyödä minua, etkö vaan? Sano se, sano miten kovasti sinulla tekee mieli –»

Dina oli oikeassa. Halusin tosiaan läimäyttää häntä kasvoille. Jokin hitunen minussa ymmärsi, että jos löisin, joutuisin jäämään hänen seuraansa, ja että hänkin ymmärsi saman. Laskin lasini sohvapöydälle hyvin varovasti. »En aio lyödä sinua.»

»Anna mennä, siitä vaan, ihan sama. Mitä väliä? Jos paiskaat minut Gerin kidutuskammioon ja minä karkaan sieltä enkä pääse takaisin sinun luoksesi enkä pysy kasassa ja hyppään jokeen, niin sittenkö on parempi?» Hän oli jo puolittain sohvapöydän päällä naama melkein kiinni minussa, aivan käden ulottuvilla. »Et suostu antamaan minulle yhtä pikku läpsyä, koska eihän nyt herran tähden sentään, sinä olet liian hyvä sellaiseen, vittu varjele jos sinun pitäisi joskus tuntea itsesi pahikseksi, mutta minut saa kyllä pakottaa hyppäämään sillalta, niinhän joo, siinä ei ole mitään vikaa, sehän on vaan –»

Minusta pääsi ääni joka oli puoliksi huuto ja puoliksi naurahdus. »Voi nyt jeesus! Et ikinä usko, miten kyllästynyt minä olen kuuntelemaan tuollaista. Ai sinuako oksettaa? Arvaa paljonko minua oksettaa, kun minulle tungetaan tällaista paskaa kurkusta alas jumalauta joka käänteessä! *Sinä et suostu viemään minua Vahamuseoon, joten varmaan minä tapan itseni. Sinä et auta minua muuttamaan kämpästä neljältä aamulla, joten varmaan minä tapan itseni. Sinä et kuuntele koko iltaa minun ongelmiani sen sijaan, että yrittäisit vielä kerran pelastaa avioliittosi, joten varmaan minä tapan itseni.* Tiedän että tuo on oma vikani, tiedän että olen aina antanut periksi sillä sekunnilla kun vilautat tuota korttia, mutta tällä kertaa en anna. Sinäkö haluat tappaa itsesi? No tapa. Jos et halua, niin älä sitten. Päätä itse. Minun tekemiseni eivät vaikuta siihen kummminkaan. Joten älä vittu dumppaa tätä minun niskoilleni!»

Dina tuijotti minua suu auki. Sydämeni kimpoili kylkiluista. Sain tuskin henkeä. Hetken päästä hän paiskasi viinilasinsa lattialle – se pomppasi matolla, lähti kierimään ja roiskutti punaviiniä kaaressa niin kuin olisi syössyt verta sisältään. Dina nousi, lähti kohti ovea ja sieppasi laukkunsa mennessään. Hän kulki tahallaan niin läheltä, että lonkka kolautti olkapäätäni; hän odotti minun tarttuvan kiinni ja pakottavan hänet jäämään. En liikahtanut.

Ovelta hän sanoi: »Sinun on viisainta keksiä, miten saat haistatettua työlläsi vitut. Jos et lähde etsimään minua huomisiltaan mennessä niin saat katua.»

En kääntynyt. Hetken kuluttua ovi pamahti kiinni hänen perässään ja kuulin hänen potkaisevan sitä ennen kuin hän lähti juoksemaan pitkin käytävää. Istuin hiljaa ja liikkumatta hyvin pitkään ja pitelin kiinni käsinojistani, jotta kädet lakkaisivat tärisemästä. Kuuntelin sydämen jyskytystä korvissani ja kajareiden suhinaa nyt kun Debussy oli lakannut soimasta. Kuuntelin, kuuluiko käytävältä Dinan askelia jotka tulivat takaisinpäin.

Äiti vei Dinan melkein mukanaan. Viimeisenä yönämme Broken Harbourissa hän herätti Dinan joskus yhden jälkeen, pujahti ulos talovaunusta ja lähti rannalle. Tiedän tämän, koska olin palannut kotiin keskiyöllä, huumaantuneena ja henki salpautuneena sen johdosta että olin makoillut Amelian vierellä dyynien keskellä ja tähtitaivas yllämme oli näyttänyt suurelta mustalta maljalta täynnä tähtiä. Kun raotin talovaunun ovea, näin kuunvalon kiilassa, että kaikki neljä olivat vällyjen alla lämpimissä peteissään, ja kuulin kuinka Geri kuorsasi vienosti. Dina kääntyi ja mutisi jotain, kun pujahdin punkkaani vaatteet päällä. Olin lahjonut yhden vanhemmista miehistä ostamaan meille litran pullon siideriä, joten olin puolijuovuksissa, mutta kesti ainakin tunnin ennen kuin typertynyt riemu lakkasi kihelmöimästä ihoni alla ja sain unta.

Muutamaa tuntia myöhemmin heräsin varmistamaan, että kaikki oli edelleen totta. Ovi heilui avoimena, talovaunuun tulvi kuunvaloa ja meren ääniä, ja kaksi petiä oli tyhjillään. Viesti oli pöydällä. En muista mitä siinä sanottiin. Varmaan poliisi vei sen pois; voisin kai etsiä sitä arkistoista, mutten aio. Muistan vain jälkikirjoituksen. Siinä luki: *Dina on niin pieni, ettei pärjää ilman äitiä.*

Tiesimme mistä etsiä, koska äiti oli aina rakastanut merta. Olin ollut ulkona vain muutamaa tuntia aiemmin, mutta sen jälkeen ranta oli mullistunut, muuttunut joksikin mustaksi ja raivoavaksi.

Tuuli oli yltynyt ärjymään, pilvet viilettivät kuun editse, terävät simpukankuoret viiltelivät paljaita jalkapohjiani kun juoksin kipua tuntematta. Geri huohotti rinnallani, isä syöksyi kuunvalossa kohti merta pyjama lepattaen ja kädet viuhtoen kuin irvokas kalpea variksenpelätti. Isä huusi: »Annie Annie Annie», mutta tuuli ja aallot pyyhkäisivät äänen olemattomaksi. Roikuimme isän hihoista kuin pikkulapset. Minä huusin hänen korvaansa: »Isä! Isä, minä haen apua!»

Hän tarrasi minua käsivarresta ja väänsi. Isä ei ollut ikinä satuttanut ketään meistä. Hän karjaisi: »Ei! Ette jumalauta hae ketään!» Hänen silmänsä näyttivät vitivalkoisilta. Ymmärsin vasta vuosien päästä, että isä uskoi meidän voivan löytää heidät vielä elossa. Isä suojeli äitiä kaikilta niiltä, jotka veisivät hänet pois jos saisivat tietää.

Niinpä me etsimme heitä keskenämme. Kukaan ei kuullut meidän huutavan *Äiti Annie Dina äiti äiti äiti*, myrsky oli liian kova. Geraldine jäi rantaan etsimään dyynien seasta ja kauhomaan heinikkoa pitkin poikin. Minä menin isän kanssa veteen, reisiä myöten. Kun jalat turtuivat kylmään, oli helpompi jatkaa syvemmälle.

Lopun yötä – en ole koskaan hahmottanut miten pitkään, ainakin pitempään kuin meidän olisi pitänyt säilyä hengissä – yritin pysytellä pystyssä aaltojen keskellä ja kauhoin niitä sokkona, kun ne pyyhkäisivät ohitseni. Kerran sormeni takertuivat johonkin, ja ulvahdin koska luulin tarttuneeni jompaakumpaa tukasta, mutta kun nostin löytöni vedestä kuin irti hakatun pään, se oli pelkkää ranteeseeni tarttunutta merilevää, joka ei meinannut irrota kun yritin paiskata sen pois. Myöhemmin löysin vielä kylmän levänauhan, joka oli kietoutunut kaulaani.

Kun sarastus alkoi muuttaa maailmaa ankeanhailakaksi harmaudeksi, Geraldine löysi Dinan. Tyttö oli kaivautunut rantakaurapuskaan pää edellä kuin kaniini, kädet kyynärpäitä myöten hiekassa. Geri taivutteli pitkiä korsia yksi kerrallaan ja kaivoi hiekkaa pienin kourallisin niin kuin olisi ollut vapauttamassa jotakin herkästi särkyvää. Lopulta Dina istui hiekalla hytisemässä. Hänen katseensa kohdistui Geraldineen. »Geri», hän sanoi. »Minä näin pahaa unta.» Sitten hän näki missä oli, ja alkoi kiljua.

Isä ei suostunut lähtemään rannalta. Lopulta kiedoin T-paitani Dinan ympärille – se oli raskaaksi vettynyt, ja Dinan hytinä vain paheni – heilautin hänet olalleni ja kannoin hänet talovaunuun. Geraldine tuli horjuen perässäni ja piteli Dinaa olallani, kun otteeni alkoi lipsua.

Riisuimme Dinan yöpaidan – hän oli kylmä kuin kala ja yltä päältä hiekassa – ja kiedoimme hänet kaikkeen mitä löysimme. Äidin villatakki haisi äidiltä; ehkäpä Dina vingahti kuin potkaistu koiranpentu juuri sen takia, tai ehkä meidän kömpelöt otteemme vain satuttivat häntä. Geraldine riisuutui niin kuin minua ei olisi ollut siinä vieressä, kiipesi petiin Dinan viereen ja veti peiton heidän molempien pään yli. Minä jätin heidät sinne ja menin etsimään apua.

Valo oli kellertymässä, ja muissa talovaunuissa alettiin heräillä. Joku kesämekkoinen nainen täytti vesipannuaan yhteishanasta samalla kun pari pikkulasta tanssi hänen ympärillään, loiskutti vettä toistensa päälle ja kiljui naurusta. Isäni oli lysähtänyt sannalle vesirajaan kädet velttoina roikkuen ja tuijotti meren ylle nousevaa aurinkoa.

Geri ja minä olimme yltä päältä haavoilla ja naarmuilla. Ambulanssihoitajat putsasivat niistä pahimmat – yksi heistä vihelsi hiljaa kun näki jalkateräni, ja ymmärsin syyn vasta paljon myöhemmin. Dina vietiin sairaalaan, missä hänen todettiin olevan hyvässä fyysisessä kunnossa lievää hypotermiaa lukuun ottamassa. Gerin ja minun annettiin viedä hänet kotiin ja pitää hänestä huolta, kunnes sairaalassa katsottiin ettei isäni aikonut »tehdä mitään typerää» ja hänetkin voitiin päästää kotiin. Keksimme itsellemme tätejä ja sanoimme lääkäreille että he auttaisivat meitä.

Kahden viikon päästä äidin mekko tarttui cornwallilaisen kalastusveneen verkkoon. Minä kävin tunnistamassa sen – olin ainoa vaihtoehto, koska isä ei päässyt sängystä ylös enkä minä aikonut päästää sinne Geriäkään. Se oli äidin paras kesämekko, luonnonvalkoista silkkiä ja vihreitä kukkakuvioita – hän oli säästänyt sitä varten. Äiti piti sitä aina messuissa, kun olimme Broken Harbourissa, ja sitten sunnuntailounaalla Lynch'sissä ja kävelyllämme rannalla. Se sai hänet näyttämään ballerinalta, sellaiselta vanhojen postikorttien varvistelijatytöltä. Kun näin sen

levitettynä poliisiaseman pöydälle, siinä oli ruskeita ja vihreitä rai-
toja kaikesta siitä nimettömästä, joka oli kietoutunut vedessä sen
ympärille, sormeillut sitä, hyväillyt sitä ja auttanut sitä eteenpäin
pitkällä matkallaan. En olisi ehkä edes tunnistanut sitä, ellen olisi
tiennyt mitä etsiä: Geri ja minä olimme huomanneet sen puut-
tuvan, kun olimme pakanneet äidin tavarat lähtiessämme talo-
vaunusta.

Nämä asiat Dina oli kuullut radiosta – ja minun ääneni pyör-
teilemässä niiden ympärillä – sinä päivänä kun olin saanut tämän
jutun. *Kuollut, Broken Harbour, löysivät ruumiin, oikeuslääkäri on
paikalla.* Hän ei varmasti ollut tullut ajatelleeksi yhteensattuman
uskomattomuutta, sillä kaikki todennäköisyyden ja logiikan
säännöt, kaikki ne kaistaviivat ja heijastimet jotka pitävät meidät
muut tiellä huonollakin säällä, olivat Dinalle merkityksettömiä.
Hänen mielensä oli syöksynyt tieltä savuavaksi romuksi, josta
kuului pelkkää mongerrusta ja tulipalon rätinää, joten hän oli
tullut minun luokseni.

Hän ei ollut ikinä kertonut meille mitä sinä yönä tapahtui. Geri
ja minä yritimme ties kuinka monesti yllättää hänet – kysyimme
kun hän istui puoliunessa television ääressä tai katsoi haaveile-
vasti auton ikkunasta. Vastaus oli aina »minä näin pahoja unia»,
ja sitten hänen siniset silmänsä kiiruhtivat taas tuijottamaan tyh-
jyyteen.

Kun hän oli kolmentoista tai neljäntoista, aloimme tajuta
– vähitellen ja varsinaisesti yllättymättä – että jotain oli vialla.
Joinakin öinä hän istui minun tai Gerin vuoteen vieressä ja paa-
sasi aamuun asti jonkinlaisessa vimmassa, jonka laukaisijaa emme
oikein kyenneet hahmottamaan hänen puheistaan, ja hän raivosi
meille kun emme välittäneet sen vertaa että olisimme ymmär-
täneet. Joinakin päivinä koulusta soitettiin ja ilmoitettiin, että
hän tuijotti lasittunein ja kauhistunein katsein niin kuin luokka-
kaverit ja opettajat olisivat muuttuneet tyhjiksi muodoiksi, jotka
osoittelivat ja päästelivät merkityksettömiä ääniä. Hänen käsivar-
sissaan oli kynsien tekemiä rupisia naarmuja. Olin aina pitänyt
itsestäänselvyytenä, että tuon yön tapahtumat olivat se Dinan
mielen pohjalle juuttunut asia joka syövytti ympäristöään. Mikä
muukaan?

Ei ole mitään syitä. Sama huimaus iski minuun taas. Ajattelin karanneita ilmapalloja, jotka kohoavat kunnes räjähtävät ohenevassa ilmassa oman painottomuutensa paineessa. Käytävällä tuli ja meni askelia, mutta yhdetkään niistä eivät pysähtyneet oveni taa. Geri soitti kahdesti, mutten vastannut. Kun kykenin nousemaan pystyyn, pyyhin matosta keittiöliinalla kaiken viinin minkä irti sain. Levitin tahraan suolaa ja jätin sen vaikuttamaan. Kaadoin loput viinistä tiskialtaaseen, heitin pullon kierrätysastiaan ja pesin lasit. Sitten löysin teippiä ja sakset, istuuduin makuuhuoneeni lattialle teippaamaan sivuja kiinni kirjoihin ja saksin teippejä millilleen sivunreunojen tasalle, kunnes tuhottujen kirjojen kasa oli muuttunut siistiksi korjattujen kirjojen pinoksi ja pääsin panemaan niitä takaisin hyllyihin, aakkosjärjestykseen.

15

NUKUIN SOHVALLA VARMISTAAKSENI, että heräisin vaikka avainta kierrettäisiin lukossa kuinka hiljaa tahansa. Kohtasin Dinan sinä yönä neljä tai viisi kertaa: hän oli käpertynyt nukkumaan isäni ovelle, hän kiljui naurusta jossain juhlissa samalla kun joku tanssi paljain jaloin hurjan rummutuksen tahtiin, hän oli kylpyveden lasimaisen pinnan alla silmät selällään ja suu auki valahtaneena, ja hänen tukkansa huojui vedessä viuhkana. Heräsin joka kerta jaloiltani jo puolimatkassa ovelle.

Dina ja minä olimme riidelleet ennenkin, kun hänellä oli ollut huono jakso. Emme ikinä tällä lailla, mutta silloin tällöin jokin minun mielestäni viaton juttu oli saanut hänet marssimaan raivoissaan ulos ja yleensä myös paiskaamaan minua jollain läksiäisiksi. Olin aina lähtenyt hänen peräänsä. Yleensä sain hänet hetkessä kiinni, sillä hän jäi ulos norkoilemaan ja odottelemaan. Joskus harvoin hän oli kyllä häipynyt heti, tai tapellut vastaan tai huutanut niin, että poistuin ennen kuin joku soittaisi poliisit ja hän päätyisi suljetulle osastolle, mutta niissä tapauksissa olin seurannut ja etsinyt ja soitellut ja tekstaillut kunnes tavoitin hänet ja sain hänet maaniteltua takaisin minun tai Gerin luo. Sitä hän pohjimmiltaan aina halusi: että joku löytäisi ja veisi hänet kotiin.

Nousin varhain, kävin suihkussa ja ajoin parran. Laitoin aamiaista ja keitin paljon kahvia. En soittanut Dinalle. Kirjoitin tekstarin neljästi puoleenväliin mutta pyyhin joka kerta kaiken. Ajoin suoraan töihin enkä tehnyt mutkaa hänen asuntonsa ohi tai kuikuillut kolaria uhmaten jokaista kadulla näkemääni hoikkaa ja tummatukkaista tyttöä. Jos hän kaipasi minua, hän tiesi kyllä mistä minut löytäisi. Hengästyin omasta uskaliaisuudestani. Käteni tuntuivat tärisevän, mutta kun katsoin niitä, ne pitelivät ratista tiukasti ja vakaasti.

Richie istui jo pöytänsä ääressä puhelin korvalla ja pyörähteli tuolillaan samalla kun kuunteli pirtsakkaa odotusmusiikkia, joka oli niin äänekästä että minäkin kuulin sen. »Tuholaistorjunta-firmoja», hän sanoi ja osoitti edessään olevaa paperitulostetta. »Soitin joka numeroon jonka Pat sai keskustelupalstalta, muttei onnistanut. Tässä listassa on Leinsterin jokainen tuholaistorjunta-firma, ja saa nähdä mitä löytyy.»

Istuuduin pöytäni ääreen ja tartuin puhelimeen. »Vaikkei mitään löytyisi, emme voi olettaa ettei ole mitään löydettävää. Monikin tekee nykyään hommia pimeästi. Jos joku ei ole ilmoit-tanut työkeikastaan verottajalle, luuletko että hän ilmoittaa siitä meille?»

Richie ryhtyi sanomaan jotain, mutta sitten odotusmusiikki katkesi ja hän pyörähti takaisin pöytänsä ääreen. »Täällä on kons-taapeli Richard Curran, huomenta. Etsin tietoja...»

Dinalta ei ollut tullut viestiä – ei niin että olisin odottanut sel-laista, koska hänellä ei edes ollut työnumeroani, mutta tavallaan olin silti toivonut että hän soittaisi. Rastalettinen eläintohtori oli jättänyt viestin, jossa hän ilmoitti lukeneensa koti ja puutarha -palstan ketjun, ja jäbä vitsi hei, oliko vähän häröä matskua vai mitä? Hänen mukaansa riviin pannut luurangot kuulostivat sel-laiselta mitä minkki voisi harrastaa, mutta ajatus hylätystä eksoot-tisesta lemmikistä oli sekin tosi cool, ja maailmassa oli ihan siis todellakin sellaisia tyyppejä jotka voisivat salakuljettaa maahan ahman ja murehtia lemmikinhoitoasioita vasta myöhemmin. Hän lupasi kierrellä viikonloppuna Brianstownissa ja tutkia, löytyisikö jälkiä »mistään kivasta». Ja oli myös soittopyyntö Kieranilta, joka oli alkanut pumpata maailmaansa drum and bassia jo kahdeksalta perjantaiaamuna.

Richie lopetti puhelunsa, pudisti minulle päätään ja alkoi valita uutta numeroa. Soitin takaisin Kieranille.

»Kemosabe! Odota pikku hetki.» Tuli tauko, jonka aikana musiikki hiljeni niin ettei hänen juuri tarvinnut edes huutaa. »Tsek-kasin sen Pat-the-ladin tilin sillä koti ja puutarha -foorumilla. Ei saatuja eikä lähetettyjä yksityisviestejä. Ehkä hän oli poistanut ne, mutta sen selvittämiseksi meidän pitäisi järjestää sivuston omista-jat todistajiksi. Siitä minä käytännössä vain soittelinkin, eli meillä alkaa tulla seinä vastaan. Palautusohjelma on lopettanut työnsä, ja me olemme tutkineet kaiken mitä se tarjosi meille. Ei ole enää lisää viestejä näädistä tai muista ainakaan tuon tietokoneen muistissa. Sieltä ei ihan oikeasti löytynyt sen mielenkiintoisempaa kuin sähköposti, jonka joku ääliö oli lähettänyt eteenpäin Jenny Spainille. Siinä puhuttiin siitä kuinka 'maahanmuuttajat' olivat siepanneet lapsen kauppakeskuksesta ja leikanneet siltä veskissä tukan, mikä on suunnilleen maailman vanhin urbaanilegenda enkä tajua miten siihen haksahdetaan vieläkin. Jos haluat oikeasti tietää, mitä sen kaverinne ullakolla asui, ja arvelet että hän kertoi sen netissä, seuraava siirtosi on lähettää pyyntö uhrien palveluntarjoajalle ja toivoa, että siellä on tallessa tiedot saiteista joilla he ovat käyneet.»

Richie lopetti seuraavankin puhelun. Hän piti toista kättään puhelimen päällä mutta ei valinnut uutta numeroa vaan jäi katsomaan minua ja odottamaan. »Emme jouda nyt sellaista», sanoin. »Meillä on alle kaksi päivää aikaa nostaa Conor Brennania vastaan syyte, tai sitten hänet pitää vapauttaa. Onko hänen tietokoneeltaan löytynyt mitään mistä minun pitäisi tietää?»

»Ei toistaiseksi. Ei löydy yhteyksiä uhreihin – ei samoja webbisivuja, ei sähköposteja heille tai heiltä. Enkä ole huomannut mitään poistoja viime päiviltä, joten ainakaan hän ei ole pyyhkinyt sieltä mitään mielenkiintoista sen jälkeen kun tiesi että etsimme häntä – ellei hän sitten tehnyt sitä niin taitavasti, etten minäkään löydä mitään, ja anteeksi jos tämä kuulostaa leuhkalta mutta enpä kyllä usko. Hän ei ole käytännössä juuri koskenutkaan koneeseensa puoleen vuoteen. On hän katsonut sähköpostinsa silloin tällöin ja tehnyt jotain ylläpitohommia suunnittelemilleen sivuille, ja katsoi hän myös netissä pari National Geographicin eläindokumenttia, mutta siinä suunnilleen kaikki. On tosi elämysjanoinen kaveri.»

»Selvä», sanoin. »Jatka etsintöjä Spainien koneelta. Ja ilmoittele.»

Kuulin olankohautuksen Kieranin äänessä. »Mikäs siinä, Kemosabe. Yksi neula heinäsuovasta tilattu. Palaillaan.»

Yhden petollisen hetken ajan harkitsin, että antaisin koko asian olla. Mitä väliä sillä oli, mitä muuta Pat oli kenties kertonut kyberavaruudessa eläinongelmastaan? Kansa saisi vain lisää syitä kuitata hänet sekopääksi. Richie kuitenkin katseli minua toiveikkaana

kuin koiranpentu talutushihnaansa, ja minä olin luvannut hänelle.
»Jatka tuota hommaa», sanoin ja osoitin tuholaistorjujien listaa.
»Minä sain ajatuksen.»

Pat oli ollut stressaantuneenakin järjestelmällinen ja tehokas kaveri. Hänen sijassaan en olisi vaivautunut kirjoittamaan koko saagaani alusta asti uudestaan, kun siirryin toiselle keskustelupalstalle. Pat ei ehkä ollut Kieranin mittapuulla mikään tietokonenero, mutta olin valmis lyömään vetoa että hän osasi copypastettaa.

Otin esiin hänen alkuperäiset kirjoituksensa sekä Wildwatcherilta että kodin ja puutarhan keskustelupalstalta ja aloin kopioida niistä virkkeitä Googleen. Jo neljännellä yrittämällä sain tulokseksi Pat-the-ladin kirjoittaman viestin.

»Richie», sanoin. Hän oli jo rullaamassa tuolillaan viereeni.

Sivusto oli amerikkalainen metsästysfoorumi. Pat oli ilmaantunut sinne heinäkuun viimeisenä päivänä, melkein kaksi viikkoa sen jälkeen kun oli pillastunut koti ja puutarha -palstalla. Ehkä hän oli nuollut sen ajan haavojaan, tai etsinyt parempaa paikkaa, tai ehkä hänen avuntarpeensa oli paisunut vasta tässä ajassa niin suureksi, että hänen oli pakko tehdä asialle jotain.

Juuri mikään ei ollut muuttunut. *Kuulen sen useimpina päivinä muttei siinä ole mitään varsinaista kaavaa – toisinaan ehkä 4/5 kertaa päivässä/yössä, toisinaan ei ole mitään vuorokauteen. Viritin joku aika sitten vintille itkuhälyttimen jossa on videoyhteys, mutta ei ole tärpännyt – mietin että onkohan eläin oikeasti välikatossa – yritin katsoa sieltä taskulampulla mutten näe mitään. Joten aion jättää vintinluukun auki ja virittää aukkoon toisen itkuhälyttimen siltä varalta, että se otus saa lisää kanttia ja päättää lähteä tutkimusretkelle. (Panen luukun päälle kanaverkkoa jottei se ilmesty jommankumman lapsen tyynylle, älkää huoliko en minä ole ihan kaheli... vielä ainakaan!»*

»Hetkonen», Richie sanoin. »Sillä kotipuutarhapalstalla Pat alkoi mesota, ettei hän halunnut kertoa tästä mitään Jennylle, koska ei halunnut säikytellä vaimoaan. Muistatko? Vaan nyt hän asettelee hälytintä porrastasanteelle. Miten hän meinasi salata sen Jennyltä?»

»Ehkei meinannutkaan. Avioparit puhuvat toisilleen aina silloin tällöin, poikaseni. Jospa Pat ja Jenny kävivät jossain välissä syvällisen keskustelun ja Jenny tiesi ullakon otuksesta kaiken.»

»Niin», Richie sanoi. Hänen polvensa alkoi vipattaa. »Ehkä.» *Mutta koska ensimmäinen hälytin ei ole ollut kova suksee, mietin olisiko kellään muita ideoita? Niin kuin että mitä lajia se voi olla tai mihin syöttiin se voi tarttua? Ja ÄLKÄÄ jumalan tähden tulko sanomaan, että käytä myrkkyä tai kutsu tuholaistorjuja tai muuta paskaa, koska ne vaihtoehdot on poissuljettu ja sillä hyvä. Mutta muut ideat tervetulleita!!!*

Metsästäjät ehdottivat tavanomaisia epäiltyjä, joskin tällä kertaa paino oli vahvasti minkissä – niistä riviin asetetuista oravista he olivat eläintohtorimme kanssa samaa mieltä. Mutta ratkaisujen suhteen he olivat paljon ronskimpia kuin muilla palstoilla. Jo muutaman tunnin päästä joku kaveri kirjoitti Patille: *No niin nyt loppuu tämä saatanan hiirenloukkupelleily. Pitää miehistyä ja hankkia raskasta aseistusta. Sinä tarvitset kunnon ansan. Tsekkaas tämä.*

Viestiin lisätty linkki johti sivustolle, joka näytti ansastajan karkkikaupalta – sivukaupalla ansoja kaikenlaisille eläimille hiiristä karhuihin, ja kaikenlaisille käyttäjille eläinystävistä täysiin sadisteihin. Joka ansa oli kuvailtu antaumuksellisella ammattislangilla, josta ymmärsin noin puolet. *Kolme vaihtoehtoa. 1. Voit hankkia elävältä pyydystävän ansan, sellaisen joka näyttää rautalankahäkiltä. Ei satuta kohdetta. 2. Hankit jalkaraudat, sellaiset jotka osaat varmaan kuvitella leffojen perusteella. Pitävät kohteen aloillaan siihen asti että menet katsomaan ansaa. Mutta varo silti. Jotkut eläimet voivat pitää kovaa meteliä. Jos sellainen häiritsee vaimoa tai lapsia, niin ehkei kannata. 3. Hankit Conibear-pyyntiraudan. Taittaa kohteen niskat ja tappaa sen käytännössä saman tien. Minkä sitten valitsetkin, niin kannattaa ottaa sellainen jossa on kymmensenttinen kita. Lykkyä tykö. Varo sormia.*

Pat palasi palstalle paljon iloisemman kuuloisena; ajatus uudesta suunnitelmasta oli piristänyt häntä tälläkin kertaa. *Kiitos hei tuhannesti, sinähän olet pelastava enkeli olen isossa kiitollisuudenvelassa. Taidan valita jalkaraudat – kuulostaa varmaan oudolta mutten halua tappaa sitä otusta, en ainakaan ennen kuin olen nähnyt sen kunnolla, minulla on oikeus katsoa sitä silmästä silmään kaiken tämän jälkeen. Mutta toisaalta se on aiheuttanut niin paljon hämminkiä, ettei hirveästi kiinnosta ruveta varmistamaan etten taita yhtään kallisarvoista karvaa sen pikku päästä! Suoraan sanottuna tuntuu että hyvä on sitten saatana, se otus on pompottanut minua niin pitkään että nyt on aika maksella sille vähän takaisin enkä varmaan halua heittää tilaisuutta hukkaan?*

Richien kulmakarvat olivat koholla. »Onpas herttaista.»

Melkein toivoin, että olisin jaksanut vastustaa kiusausta ja jättänyt koko jutun Kieranin luettavaksi. Sanoin: »Ansastajat käyttävät jalkarautoja kaiken aikaa. Ei se tee heistä psykosadisteja.»

»Vaan muistatko mitä Tom sanoi? Aina voi hankkia ansan joka tekee vähemmän vahinkoa eikä satuta eläintä niin pahasti, mutta Pat ei halunnut sellaista. Tom sanoi, että sellainen maksaa pari euroa ekstraa, ja luulin että se johtui siitä. Mutta nyt...» Richie näytti mietteliäältä ja pudisti päätään. »Alkaa kuule tuntua että olin väärässä. Ei se rahasta johtunut. Pat halusi tuottaa vahinkoa.»

Vieritin alemmas. Oli joku toinenkin, joka ei ollut vakuuttunut: *Jalkarauta on tyhmä idis sisällä. Mieti vähän. Mitä aiot tehdä saaliille?? Joo haluat nähdä sen tai jotain mutta mitä sen jälkeen?? Et sinä voi vaan tarttua siihen ja kantaa ulos, koska se puree sinulta käden poikki. Metsässä sen voi vaan ampua, mutten suosittele ullakolla. Ihan sama miten ymmärtäväinen emäntä sinulla on... naiset eivät halua luodinreikiä nätteihin kattoihinsa.*

Tämä ei lannistanut Patia. *Totta puhuen olet oikeassa, ei ollut tullut mieleenkään mitä teen sille kun olen saanut kiinni! Olen vaan keskittynyt siihen miltä tuntuu kun menen vintille ja näen sen ansassa – en kyllä muista milloin viimeksi olen odottanut jotain näin paljon, niin kuin olisi pikkupoika ja joulupukkia odottaisi!! En ole varma mitä teen sen jälkeen. Jos päätän tappaa sen niin voin kai vaan lyödä sitä päähän jollain kovalla?*

»'Lyödä sitä päähän jollain kovalla'», Richie sanoi. »Niin kuin joku löi Jennyä.»

Jatkoin lukemista. *Mutta jos päätän päästää sen irti, voin pitää sitä ansassa kunnes se ei enää jaksa käydä kimppuun ja kiedon sen sitten huopaan tai johonkin ja vien kukkuloille ja päästän sen sinne, vai mitä? Miten kauan kestäisi että se väsyisi vaarattomaksi? Muutaman tunnin vai muutaman päivän?* Selkäpiissäni värähti. Aistin Richien katseen niskassani – Pat, yhteiskunnan tukipylväs, haaveili siitä että jokin kituisi kolme päivää hänen perheensä päitten yläpuolella. En kohottanut katsettani.

Kaveri, joka oli ilmaissut epäilyksensä jalkaraudoista, ei vakuuttunut tästäkään: *Mahdoton sanoa. Ihan liikaa muuttujia. Riippuu mikä se saalis on, milloin se söi/joi viimeksi, miten pahaa jälkeä ansa tekee, yrittääkö se järsiä käpälänsä irti että pääsee pois. Ja vaikka se näyttäisi vaarattomalta niin se voi virota vielä kertaalleen kun sitä yrittää päästää irti ja puraista sinusta palasen. Oikeasti mies hei... olen harrastanut tätä pitkään ja sanon sinulle nyt, että tuo on paska idis. Hanki jotain muuta. Älä jalkarautoja.*

Kesti pari päivää ennen kuin Pat palasi vastaamaan viestiin. *Myöhäistä, tilasin jo! Hankin jotain vähän isompaa kuin te suosittelitte, ajattelin että olkoon, ei kai se vara venettä kaada?* Pieniä pyöriviä naurunaamoja. *Pitää vain odottaa kunnes saan elukan kiinni ja miettiä sitten mitä teen sille. Varmaan vaan katselen sitä vähän aikaa ja odotan, tuleeko jotain inspistä.*

Tällä kertaa Richie ei katsonut minuun. Sama skeptikko huomautti, että tämän ei ollut tarkoitus olla mikään yleisölaji: *Kuule nyt, ansa ei ole kiduttamista varten. Kuka tahansa kunnollinen ansastaja noutaa saaliinsa heti kun pystyy. Sori nyt vaan, mutta tuo on ihan sairasta. Vaikka sinulla olisi seinissä mitä, niin sinulla on paljon pahempiakin ongelmia.*

Pat ei piitannut. *Joo älä ihmeessä, mutta tätä ongelmaa minä hoidan juuri nyt, OK? Mistä sen tietää vaikka säälisin sitä elukkaa sitten kun näen sen. Mutten kyllä usko. Poikani on kolmivuotias ja on kuullut sen muutaman kerran, tomera kaveri eikä säikähdä helposta, mutta silloin oli kauhuissaan. Tänään sanoi minulle että kai sinä iskä voit mennä tappamaan sen pyssyllä. Mitä siihen olisi voinut sanoa, sori poika en ole päässyt edes näkemään koko helvetin nilkkiä? Sanoin että totta kai. Joten on nyt kyllä aika vaikea kuvitella, että pystyisin hirveästi säälimään sitä, mikä lie onkin. En ole eläissäni satuttanut mitään tahallani (tai no pikkuveljeä kun oltiin lapsia, mutta kukapa ei) mutta tämä on eri juttu. Jos ette ymmärrä niin voi voi.*

Ansan toimituksessa kesti jonkin aikaa, ja odotus kävi Patin hermoille. Elokuun 25. päivänä hän palasi foorumille: *No niin minulla on pikku ongelma (tai no entistä isompi ongelma). Se elukka on päässyt vintiltä pois. Se kulkee seinien sisällä. Aloin kuulla sitä olohuoneessa, aina tietyssä kohdassa sohvan vieressä, joten tein siihen kohtaan reiän seinään ja asetin itkuhälyttimen sinne. Ei näkynyt*

mitään, elukka vain siirtyi eteisen seinään – kun asetin sinne toisen hälyttimen se siirtyi keittiöön – jne jne jne. Tuntuu ihan oikeasti kuin se härnäisi minua tahallaan ja pilan päiten – tiedän ettei se ole mahdollista mutta siltä se tuntuu. Joka tapauksessa elukka on tullut ehdottomasti rohkeammaksi. Tavallaan se on kai hyväkin, koska jos se tulee seinien sisältä esiin niin minulla on parempi mahdollisuus nähdä se, mutta pitäisikö pelätä että se käy meidän kimppuumme??
Tämä teki vaikutuksen ansasivustoa ehdottaneeseen kaveriin. *Jumankekka! Reikiä seiniin! Sinulla on kyllä maailman ymmärtäväisin vaimo. Jos minä selittäisin omalle emännälle että haluan hajottaa seiniä, niin lentäisin niskap*rseotteella kadulle.*

Pat oli mielissään – rivillinen vihreitä virnuilevia naamoja. *Joo hän on tosiaan oikea aarre. Yksi miljoonasta. Ei hän tästä hirveästi tykkää, koska ei ole VIELÄKÄÄN kuullut mitään kunnon ääniä, pelkästään silloin tällöin jotain rapinaa joka voi lähteä hiirestä tai harakasta tai ihan mistä vaan. Mutta vaimo on vaan että hyvä on, jos sinun täytyy tehdä sillä lailla niin siitä vaan. Tajuatte varmaan miksi minun on PAKKO saada se otus kiinni? Vaimo ansaitsee sen. Oikeastaan hän ansaitsee minkkiturkin eikä puolikuollutta minkkiä/jotain, mutta jos en muuta pysty antamaan niin sen hän sitten ainakin saa!*

»Katso kellonaikoja», Richie sanoi hiljaa. Hänen sormenpäänsä kulki näytön yllä osoittelemassa viestien aikaleimoja. »Pat on valveilla aika kamalan myöhään, vai mitä?» Keskustelupalstan kello oli asetettu Yhdysvaltain länsirannikon aikaan. Laskin päässäni, että Pat kirjoitteli viestejä neljän aikaan aamulla.

Skeptikko halusi tietää: *Mitä tämä soopa itkuhälyttimistä oikein on? En tosiaan ole mikään niitten asiantuntija mutta eiväthän ne tallenna mitään? Joten elukka voi tanssia ullakolla vaikka polkkaa mutta jos käyt välillä kusella etkä ole paikalla näkemässä sitä niin voi voi. Mikset osta videokameroita ja hanki kuvanauhaa??*

Tästä Pat ei pitänyt. *Koska minä em HALUA »oikeaa kuvanauhaa». Onko selvä? Haluan oikeasti käsiini sen oikean eläimen joka on oikeasti minun oikeassa talossani. Haluan näyttää sen oikeasti oikealle vaimolleni. Kuka tahansa voi hankkia videon jostain eläimestä, Youtube on täynnä niitä. Minä tarvitsen SEN ELÄIMEN. Sitä paitsi en kysynyt sinulta tekniikkaneuvoa OK? Kysyin vaan, mitä teen tälle otukselle joka minulla on seinien sisällä. Jos ei huvita auttaa, nin se on sinun oikeutesi, varmaan täällä on paljon keskusteluketjuja joissa osataan arvostaa sinun nerouttasi.*

Ansamies yritti rauhoitella Patia. *Kuule hei, älä hermostu siitä että se kulkee seinissä. Peität vain reiät ja unohdat koko jutun siihen asti kun se jää ansaan. Sitä ennen kaikki muu on turhaa touhua. Otat vaan rennosti ja odotat.*

Pat ei kuulostanut vakuuttuneelta. *Ehkä joo. Kerron miten käy. Kiitos.*

Richie sanoi: »Ei hän tainnut peittää reikiä, eihän? Jos hän olisi pannut niitten päälle kanaverkkoa tai jotain, olisimme huomanneet siitä jääneet jäljet. Hän jätti reiät auki.» Richie jätti sanomatta loput: jossain vaiheessa Patin tärkeysjärjestys oli muuttunut.

Sanoin: »Ehkä hän siirsi huonekaluja niiden eteen.» Richie ei vastannut.

Elokuun viimeisenä päivänä Patin ansa viimein saapui. *Sain sen tänään!!!! Oikea kaunotar. Hankin sitten sellaisen vanhanmallisen jossa on hampaat – mitä järkeä hankkia ansaa, jos ei saa sellaista minkä näki lapsena leffoissa? Tekisi mieli vaan istua silittelemässä sitä niin kuin joku James Bondin konna – lisää naurunaamoja – mutta parempi virittää se ennen kuin vaimo tulee kotiin. Häntä aveluttaa ennestäänkin koko ajatus ja tämä näyttää aika tappavalta mikä on minusta hyvä juttu mutta vaimo ei ehkä ole samaa mieltä! Onko vinkkejä?*

Pari kirjoittajaa kehotti häntä olemaan jäämättä kiinni rautojen hallussapidosta; ne olivat kuulemma kiellettyjä suurimmassa osassa sivistynyttä maailmaa. Ihmettelin, miten hän oli saanut ne tullista läpi. Myyjä oli kai merkinnyt ne »antiikkikoristeeksi» ja toivonut parasta.

Pat ei näyttänyt olevan huolissaan. *No joo, otan riskin – se on kumminkin minun taloni (ainakin kunnes pankki ottaa sen takaisin) ja minä suojelen sitä, joten voin laittaa millaisen ansan huvittaa. Kerron sitten miten kävi. En MALTA odottaa.* Olin niin väsynyt, että aistini pelasivat ristiin. Sanat pomppasivat näytöltä kuin ääneksi korviini – nuorina, päättäväisinä, liiaksi innostuneina. Huomasin kumartuvani lähemmäs kuuntelemaan.

Pat palasi viikkoa myöhemmin, mutta sillä kertaa hän kuulosti paljon vaisummalta. *OK koitin syötiksi raakaa jauhelihaa mutta ei onnannut. Koitin raakaa pihviäkin koska se on verisempää joten ajattelin että ehkä se auttaa mutta ei. Jätin sinne kolmeksi päiväksi että se haisisi hyvältä ja härskiltä mutta ei mitään. Alkaa vähän huolestuttaa – en ole varma mitä hemmettiä teen jos tämä ei onnistu. Koitan seuraavaksi elävää syöttiä. Oikeasti kaverit pitäkää peukkua että se toimii OK?*

OK tässä on toinenkin kumma juttu. Tänä aamuna kun menin hakemaan pihviä pois (ennen kuin se meni niin härskiksi että vaimokin haistaa, siitä ei olisi hyvä heilunut) vintin nurkassa oli pieni kasa roinaa. Kuusi pikkukiveä jotka oli sileitä niin kuin rannalta ja kolme simpukankuorta jotka oli vanhoja valkoisia kuivuneita. Olen 110 % varma ettei niitä ollut siellä ennen. Siis mitä vittua?!

Kukaan palstalla ei tuntunut välittävän tästä. Yleinen mielipide oli, että Pat oli vaivannut asialla päätään jo aivan liikaa, ja ketä muka kiinnosti miten pari kiveä oli päätynyt hänen ullakolleen? Skeptikko halusi tietää, miksi koko saaga ylipäätään jatkui yhä: *Siis jätkä oikeasti hei, miksi sinä teet tästä jotain isoa saippuaoopperaa? Laita hitto myrkkyä mene parille kaljalle ja unohda koko juttu. Olisit voinut tehdä sen jo monta kuukautta sitten. Onko joku iso salainen syy mikset vaan tee sitä?*

Pat palasi asiaan kahdelta seuraavana aamuna ja kilahti täysin. *OK haluat tietää miksen käytä myrkkyä, no tämän takia. Vaimon mielestä olen hullu. OK? Väittää ettei ole sitä mieltä ja että minä olen vaan stressaantunut ja tokenen kyllä, mutta kyllä minä tunnen hänet ja huomaan. Hän ei tajua, yrittää kyllä mutta luulee että minä kvuittelen koko jutun. Minun pitää näyttää hänelle se eläin, äänten kuuleminen ei riitä enää tässä vaiheessa, hänen pitää NÄHDÄ se ilmielävänä jotta hän tietää etten ole a) houraillut koko juttua tai b) liiottele jotain tyhmää niin kuin hiiriä tai jotain. Muuten hän akioo jättää minut ja viedä lapset mukana. EN TODELLAKAAN ANNA KÄYDÄ NIIN. Vaimo ja ne lapset on kaikki mitä mnulla on. Jos laitan myrkkyä niin eläin voi mennä jonnekin muualle kuolemaan ja vaimo ei saa tietää että se oli olemassa, luulee vain etät olin hullu ja sitten tokenin ja hän vaan jää odottamaan seuraavaa kertaa kun sekoan. Ennen kuin sanotte mitään niin JOO olen harkinnut että tukin reiän ennen kuin laitan myrkkyä mutta mitä jos suljen sen ulos enkä sisään ja se häipyy helvettiin eikä enää palaa??? Joten vastauksena kysymykseen en laita myrkkyä koska rakastan perhettäni. Ja nyt voitte PAINUA VITTUUN.*

Richiestä pääsi pieni sihahdus, kun hän seisoi korvani juureen kumartuneena, mutta emme katsoneet toisiimme. Skeptikko postasi silmiään pyörittelevän hymynaaman. Joku toinen lähetti hymiön, joka naputti ohimoaan. Joku kolmas kehotti Patia ottamaan sinisen pillerin ennen punaista. Ansamies käski heidän lopettaa. *Hei antakaa nyt kaverit olla. Minä haluan tietää mitä hänellä on siellä. Jos suututatte hänet niin ettei hän tule tänne enää, niin mitenkäs sitten? Pat-the-lad, älä välitä näistä paskoista ääliöistä. Eivät ole oppineet äideiltään tapoja. Hanki kuule elävä syötti ja kokeile sitä. Minkit tykkäävät tappamisesta. Jos se on minkki, se ei voi jättää tilaisuutta käyttämättä. Tule sitten tänne ja kerro mitä sait.*

Pat pysyi kadoksissa. Seuraavina päivinä foorumilla naureskeltiin, että Ansamies voisi mennä Irlantiin pyydystämään elikon itse, ja arvuuteltiin lievästi myötätuntoisina Patin mielenterveyttä ja hänen avioliittonsa tilaa (*Tämmöisten juttujen takia meikäpoika pysyy naimattomana*), mutta pian kaikki siirtyivät muihin ketjuihin. Väsymys suisti ajatukseni sivuluisuun: yhden sekavan hetken ajan kannoin huolta siitä, että Pat ei ollut kirjoittanut enempää, ja mietin pitäisikö meidän mennä Broken Harbouriin katsomaan oliko hänellä kaikki kunnossa. Löysin vesipulloni ja painoin sen kylmää kylkeä otsaani vasten.

Kaksi viikkoa myöhemmin, syyskuun 22. päivänä, Pat palasi paljon huonommassa kunnossa. *LUKEKAA TÄMÄ!!! Oli vähän hankala saada elävää syöttiä – menin lopulta lemmikkikauppaan ja hankin hiiren. Pistin sen sellaiseen liima-asnaan ja panin sen rautojen keskelle. Pikku piruparka vikisi ihan hulluna, tuntui hirveältä mutta miehen täytyy tehdä mitä miehen täytyy tehdä eikö vaan?? Tuijotin katselulaitetta käytännössä JOKA IKISEN SEKUNNIN KOKO SAAMARIN YÖSTÄ – vannon äitivainaani kautta että suljin silmät vaan ehkä pariksikymmeneksi minuutiksi aamuviiden aikaan, ei ollut tarkoitus mutta olin ihan kuitti ja torkahdin. Kun heräsin SE OLI POISSA. Hiiri ja liima-ansa POISSA. Jalkarautoja EI OLTU LAUKAISTU ne oli VIELÄKIN LEVÄLLÄÄN. Heti kun vqaimo lähti viemään lapsia aamulla kouluun minä menin ktsomaan ja jep raudat on auki ja hiirI/liima-ansa EI OLE VINTILLÄ MISSÄÄN. Siis että mitä*

vittua??!!? Miten saatanassa MIKÄÄN pystyy tekemään sellaista???
Ja mitä vttua minä nyt teen??? En voi kertoa vaimolle, hän ei ymmrärä
– jos kerron hän luulee että olen seinähullu. MITÄ MINÄ TEEN????

Minussa puhkesi äkisti hurja kaipuu niihin kolmen päivän takaisiin aikoihin, kun olin tutkinut Broken Harbourin taloa siinä uskossa, että Pat oli pelkkä huumeita seinissään piilotteleva surkimus, ja Dina oli samaan aikaan tehnyt kaikessa rauhassa voileipiä pukumiehille. Silloin kun murhatutkija osaa hommansa – ja minä osaan – jokainen tutkinnan vaihe vie samaan suuntaan, kohti järjestystä. Meille tutkijoille heitetään järjettömän hävityksen sirpaleita, ja me sovitamme niitä toisiinsa kunnes voimme kohottaa pimeydestä esiin selvän, uskottavan ja täydellisen kuvan ja esitellä sitä kirkkaassa päivänvalossa. Se on meidän työmme ydin siellä paperitöiden ja politikoinnin alla. Siinä on sen viileänä hohteleva sydän, ja rakastan sitä jokaisella solullani. Tämä juttu oli kuitenkin toisenlainen. Se juoksi takaperin ja veti meitä perässään jonkinlaiseen kurimukseen. Jokainen askel vei meidät syvemmälle pimeään sekasortoon, kietoi meidät tiukemmin mielenvikaisuuden lonkeroihin ja kiskoi meitä alaspäin.

Eläintohtorilla ja teknikko-Kieranilla oli hirveän hauskaa – mielenvikaisuus kuulostaa kivalta seikkailulta silloin kun voi vain huljuttaa siinä vähän sormeaan, töllistellä sekasortoa hetken ja puhdistaa sitten hulluuden jäänteet mukavasta tervejärkisestä talostaan ja mennä pubiin kertomaan kavereilleen jännän jutun. Minulla oli paljon vähemmän hauskaa kuin heillä. Mieleeni pujahti äkillisen ahdistuksen saattelemana ajatus, että Dina oli saattanut puhua melkeinpä asiaa tästä jutusta, joskaan ei sillä tavoin kuin oli luullut.

Suurin osa metsästäjistä oli jo luovuttanut Patin ja hänen saagansa suhteen – lisää päätään naputtavia hymiöitä, ja joku tiedusteli oliko Irlannissa parhaillaan täysikuu. Muutama alkoi irvailla: *Ei jumalauta kuule mulla taitaa olla kanssa tämmönen!!!! Älä missään tapauksessa päästä sitä veden lähelle!!!* Viestin linkki vei kuvaan ärisevästä gremlinistä.

Ansamies yritti yhä kannustaa. *Älä luovuta, Pat-the-lad. Ajattele positiivisia puolia. Nyt sentään tiedät millaiseen syöttiin se tarttuu. Kiinnität sen seuraavalla kerralla vain tiukemmin. Kohta onnistuu.*

Tana French

Kannattaa miettiä vielä yhtä juttua. En syytä ketään mistään, ajattelen vain ääneen – miten vanhoja sinun lapsesi ovat? Ovatko he niin vanhoja, että isän narraaminen voisi olla heistä hauska vitsi?

Kello 4.45 seuraavana aamuna Pat kirjoitti: *Antaa olla. Kiitos kaveri tiedän että yrität auttaa mutta tämä ansahomma ei nyt onnistu. Ei aavistusta mitä koitan seuraavaksi. Pääpiirteissään olen kusessa.*

Ja siinä se. Palstan vakikirjoittajat pilailivat jonkin aikaa aiheesta »Mitä Pat-the-ladin vintillä on» – kuvia isojalasta, leprekauneista, Ashton Kutcherista, väistämättä myös yksi rickrollaus. Kun he kyllästyivät, keskusteluketju vajosi kauas foorumin etusivulta.

Richie nojautui kauemmas tietokoneestaan, hieroi kipeytynyttä niskaansa ja vilkaisi minua silmäkulmastaan. Minä sanoin: »Eli.»

»Niin.»

»Mitä mieltä olet?»

Hän järsi rystystään ja tuijotti näyttöä, mutta hän ei lukenut vaan mietti ankarasti. Hetken päästä hän henkäisi syvään. »Olen sitä mieltä», hän sanoi, »että Pat oli seonnut. Oikeastaan ihan sama, oliko siellä hänen kämpässään mitään vai ei. Joka tapauksessa hän oli ihan raiteiltaan.»

Hänen äänensä oli koruton ja vakava, melkein surullinen. Sanoin: »Hänellä oli paljon stressiä. Ei hän välttämättä hullu ollut.»

Esitin nyt paholaisen asianajajaa, sillä loppujen lopuksi minäkin tiesin jo totuuden. Richie pudisti päätään. »Eikä. Ei. Tuo tuossa» – hän näpäytti monitorini reunaa kynnellään – »tuo ei ole sama mies kuin silloin kesällä. Silloin heinäkuussa kotipuutarhafoorumilla Pat puhui koko ajan siitä, että pitää suojella Jennyä ja lapsia. Mutta nyt kun hän kirjoittaa tuossa, niin häntä ei kiinnosta yhtään pelottaako Jennyä tai pääseekö se otus lasten kimppuun, kunhan hän vain saa sen nalkkiin. Ja sen jälkeen hän aikoo jättää sen ansaan – jonka hän valitsi sillä silmällä, että se tuottaisi mahdollisimman paljon kipua – ja katsella kun se kituu. En tiedä millä nimellä lääkärit sitä kutsuvat, mutta tuo mies ei ole terve. Ei vaan ole.»

Nuo sanat tuntuivat mielessäni jonkin kaiulta. Kesti hetken ennen kuin muistin miksi: olin lausunut ne toissa yönä Richielle ja tarkoittanut Conor Brennania. Katseeni haritti; monitori näytti olevan epätasapainossa niin kuin jokin raskas kiviriippa, joka uhkasi kallistaa koko jutun vaaralliseen kulmaan. »Ei niin», sanoin. »Tiedän.» Hörppäsin vettä. Sen kylmyys helpotti oloani, mutta suuhuni jäi inhottava ruosteinen jälkimaku. »Pidä kuitenkin mielessä, ettei tuo tee hänestä välttämättä murhaajaa. Tuossa ei ole mitään puhetta vaimon tai lasten satuttamisesta, vaan hän kirjoittaa kovasti siitä miten rakastaa heitä. Siksihän Pat tuossa haluaakin saada sen eläimen kiinni. Hänen mielestään se on ainoa keino pelastaa perhe.»

Richie sanoi: »'Tehtäväni on pitää vaimostani huolta.' Niin hän kirjoitti sillä kotipuutarhafoorumilla. Jos hänestä tuntui ettei se enää onnistu...»

»'Ja mitä vittua minä nyt teen.'» Tiesin mitä siitä seuraisi. Ajatus kiersi vatsassani vaimeana pahoinvointina ikään kuin vesi olisi ollut pilaantunutta. Suljin selaimen ja katselin, kun näyttö välähti vaisun ja viattoman siniseksi. »Soittele loput puhelut myöhemmin. Meidän pitää puhua nyt Jenny Spainille.»

Jenny oli yksin. Huone tuntui melkein kesäiseltä; päivä oli kirkas, ja joku oli raottanut ikkunaa niin, että tuulenviri leikitteli kaihtimilla ja desinfiointiaineen katku oli hälvennyt vienoksi puhtaan tuoksuksi. Jenny oli nostettu istumaan tyynyjen varaan, ja hän tuijotti auringon ja varjojen muuttuvaista kuviota kädet velttoina ja liikkumattomina sinisellä peitolla. Meikkaamattomana hän oli nuoremman ja vaatimattomamman näköinen kuin hääkuvassaan, ja jotenkin myös vähemmän mitäänsanomaton nyt kun kasvojen pienet erikoisuudet eivät olleet piilossa: sitomattomassa poskessa oli kauneuspilkku, ja epäsymmetrinen ylähuuli näytti siltä kuin hän olisi ollut hymyilemäisillään. Kasvot eivät olleet mitenkään mieleenpainuvat, mutta niissä oli puhdaslinjaista herttaisuutta, joka toi mieleen kesäiset grillijuhlat, kultaiset noutajat ja jalkapallopelit vastaleikatulla nurmella, ja minua on aina vetänyt puoleensa tavanomainen, helposti huomaamatta jäävä ja loputtoman lohdullinen arkisen kauneus.

»Rouva Spain», sanoin. »En tiedä muistatteko meitä. Ylikonstaapeli Michael Kennedy ja konstaapeli Richard Curran. Sopiiko jos tulemme hetkeksi?»

»Ai...» Jennyn punareunaiset ja turvonneet silmät kääntyivät kasvoihimme. Pystyin olemaan sävähtämättä. »Niin. Muistan. Kyllä... kai. Tulkaa sisään.»

»Eikö teillä ole täällä tänään ketään seurana?»

»Fiona on töissä. Äidillä oli lääkärinaika verenpaineen takia. Hän tulee kohta takaisin. Pärjään täällä.»

Jennyn ääni oli yhä käheä ja paksu, mutta hän oli kohottanut katseensa nopeasti kun olimme tulleet – pää alkoi selvästi kirkastua, mikä oli tietysti kauheaa hänen kannaltaan. Hän näytti tyyneltä, mutten osannut sanoa oliko se järkytyksen aiheuttamaa typertyneisyyttä vai pelkkää uupumuksen tuomaa haurasta lasipintaa. Kysyin: »Miten voitte?»

Siihen kysymykseen ei ollut mahdollista vastata. Jennyn olkapäät liikahtivat olankohautuksen tapaiseen. »Päähän sattuu ja kasvoihin. Antoivat kipulääkettä. Kai ne auttavat. Oletteko saaneet selvää... mitä tapahtui?»

Fiona oli pitänyt suunsa kiinni, mikä oli hyvä juttu mutta toisaalta myös mielenkiintoista. Vilkaisin varoittavasti Richietä – en halunnut ottaa puheeksi Conoria niin kauan kuin Jennyn reaktiot olivat niin hitaita ja sumeita, ettei niistä voinut tulkita mitään – mutta Richie oli keskittynyt katselemaan kaihtimien välistä tulevaa auringonvaloa leukaperät kireinä. »Seuraamme erästä selvää tutkintalinjaa», sanoin.

»Linjaa. Mitä linjaa?»

»Kerromme teille heti, jos jotain ilmenee.» Sängyn vieressä oli kaksi tuolia, joiden tyynyt olivat rutussa Fionan ja rouva Raffertyn nukkumisyrityksistä. Tartuin Jennyä lähempänä olevaan tuoliin ja työnsin toisen kohti Richietä. »Voitteko kertoa maanantai-illasta mitään enempää? Edes pieniä yksityiskohtia?»

Jenny pudisti päätään. »En muista mitään. Olen yrittänyt muistella, yritän koko ajan... mutta välillä en pysty ajattelemaan lääkkeitten takia ja välillä sattuu päähän liikaa. Varmaan kun kipulääkitys loppuu ja pääsen täältä pois – kun pääsen kotiin... Tiedättekö te milloin...?»

Ajatus siitä että hän astuisi siihen taloon sai minut irvistämään. Meidän pitäisi sopia Fionan kanssa siivousryhmän palkkaamisesta tai Jennyn asumisesta Fionan luona tai sekä että.»Valitan», sanoin.»Siitä me emme tiedä mitään. Entä ennen maanantai-iltaa? Tuleeko mieleen mitään epätavallista, joka olisi sattunut äskettäin – mitään huolestuttavaa?»

Jälleen päänpudistus. Jennyn kasvoista näkyi siteiden alta vain vähän sieltä täältä, mikä teki hänen ilmeistään vaikeasti tulkittavia.»Kun kävimme täällä viimeksi», sanoin,»aloimme puhua luvattomista tunkeutumisista joita teillä oli ollut viime kuukausina.»

Jennyn kasvot kääntyivät minua kohti, ja näin että niille oli syttynyt aavistuksen varovainen ilme. Hän aisti että jokin oli pielessä – Fionalle hän oli kertonut vain yhdestä tunkeutumisesta – mutta ei osannut sanoa mikä.»Ai ne? Mitä väliä niillä on?»

Sanoin:»Meidän täytyy harkita sitä mahdollisuutta, että ne liittyvät väkivallantekoihin.»

Jennyn kulmakarvat vetäytyivät yhteen. Hänen mielensä saattoi harhailla, mutta jonkinlainen hievahtamattomuus vihjasi että hän yritti kovasti ajatella usvansa läpi. Pitkän tovin jälkeen hän sanoi, melkein väheksyvästi:»Minähän sanoin. Ei se ollut iso juttu. Oikeastaan en edes ole varma, kävikö siellä kukaan. Lapset varmaan vain siirtelivät tavaroita paikoiltaan.»

Sanoin:»Voitteko kertoa niistä tapauksista tarkemmin? Ajankohtia tai esineitä, joiden huomasitte puuttuvan?» Richie kaivoi esiin muistikirjansa.

Jennyn pää liikahteli levottomasti tyynyllä.»Voi itku, en minä muista. Ehkä joskus... en minä muista, ehkä heinäkuussa? Siivoilin ja huomasin, että sieltä oli kadonnut yksi kynä ja vähän kinkkusiivuja. Tai ainakin kuvittelin niin. Olimme olleet sinä päivänä kaupungilla, joten pelotti vähän että olin unohtanut lukita jonkin oven ja joku oli käynyt siellä – joissain tyhjissä taloissa asuu valtaajia, ja joskus ne tulevat nuuskimaan nurkkia. Siinä kaikki.»

»Fionan mukaan te syytitte häntä siitä, että hän oli käynyt talossa omilla avaimillaan.»

Jenny käänsi katseensa kattoon.»Minä sanoin jo viimeksi, että Fiona tekee kaikesta hirveän numeron. En minä syyttänyt häntä mistään. Kysyin vain, että oliko hän käynyt meillä sisällä, koska

Tana French

hän oli ainoa jolla oli avaimet. Hän sanoi ettei ollut käynyt. Siinä kaikki. Ei se mikään suuri draama ollut.»

»Ettekö soittanut poliisille?»

Jenny kohautti olkapäitään. »Mitä minä olisin niille sanonut? Että en löydä kynääni, ja joku on syönyt jääkaapista kinkkusiivuja? Ne olisivat nauraneet minulle. Kuka tahansa olisi nauranut minulle.»

»Vaihdatitteko lukot?»

»Vaihdoin kaiken varalta hälytyskoodin. En halunnut ruveta vaihdattamaan koko talon lukkoja, kun en edes tiennyt oliko mitään tapahtunut.»

Sanoin: »Mutta hälytyskoodin vaihtamisenkin jälkeen tuli välikohtauksia.»

Jenny onnistui naurahtamaan, mutta ääni oli niin hauras että se särkyi ilmaan. »Ai oikein välikohtauksia? Ei se mikään sotatanner ollut. Tuo kuulostaa siltä kuin joku olisi suunnilleen pommittanut meidän olohuonettamme.»

»Olen voinut erehtyä yksityiskohdista», sanoin sulavasti. »Mitä sitten tarkalleen tapahtui?»

»En edes muista. Ei mitään isoa. Onko tätä pakko juuri nyt? Päähän sattuu hirveästi.»

»Pieni hetki vielä, rouva Spain. Haluaisin, että antaisitte minullekin tarkan käsityksen tapahtumista.»

Jenny painoi takaraivoaan varovasti sormenpäillään ja irvisti. Aistin että Richie liikehti levottomasti ja lähtövalmiina, mutta pysyin paikoillani. Kun rikoksen uhri yrittää huijata rikostutkijoita, siitä tulee merkillinen tunne joka sotii kaikkia vaistoja vastaan – edessä on haavoittunut olento, jota meidän pitäisi auttaa, mutta silti häneen pitäisi suhtautua vastustajana, joka pitää päihittää oveluudessa. Minä iloitsen siitä tunteesta. Otan paljon mieluummin haasteen vastaan kuin katselen pelkkää nyljettyä tuskakimppua.

Hetken päästä Jenny antoi käsiensä valahtaa takaisin syliinsä. Hän sanoi: »Sitä samanlaista vain. Vieläkin pienempiä juttuja. Pari kertaa olohuoneen verhot oli vedetty sivuun ihan väärällä lailla – minä oikaisen ne aina kun kiinnitän ne pidikkeisiin, jotta ne laskostuvat oikein, mutta pari kertaa ne olivat ihan mutkalla.

Siis tällaista vain. Varmaan lapset leikkivät piilosta niiden takana tai –»

Puhe lapsista salpasi hänen henkensä hetkeksi. Sanoin nopeasti: »Oliko muuta?»

Jenny henkäisi hitaasti ja sai kerättyä itsensä. »Oli vain... tuollaista. Minä pidän kynttilöitä esillä, jotta talossa tuoksuu aina hyvältä – minulla on niitä keittiön kaapeissa, ja kaikissa on eri tuoksu, ja otan sieltä esille eri kynttilän aina muutaman päivän välein. Kerran kesällä, ehkä elokuussa, menin hakemaan omenantuoksuista kynttilää mutta se oli poissa – ja tiesin että se oli ollut siellä vielä edellisellä viikolla, muistan että näin sen. Mutta Emma rakasti sitä omenakynttilää, joten ehkä hän oli mennyt pihalle leikkimään sen kanssa tai jotain, ja unohtanut sen sinne.»

»Kysyittekö häneltä?»

»En muista. Siitä on monta kuukautta. Kun se nyt ei ollut mikään iso asia.»

Sanoin: »Totta puhuen tuo kuulostaa aika ahdistavalta. Ettekö säikähtänyt?»

»En! En säikähtänyt. Siis jos vaikka meillä olisikin käynyt joku outo murtomies, niin hän oli vain jonkun kynttilöiden ja kinkun perään, eikä se nyt kovin pelottavaa ole, eihän? Ajattelin, että jos täällä nyt on joku ollut, niin varmaan vain joku asuntoalueen lapsista – jotkut niistä ovat ihan villejä, kuin apinoita, kiljuvat ja heittelevät ohi ajavia autoja ties millä. Ajattelin että ehkä joku niistä on käynyt siellä yllytettynä. Mutta tuskin sitäkään. Taloista hukkuu aina tavaroita. Soitatteko te poliisille aina kun teiltä hukkuu sukkia pesussa?»

»Eli vaikka tällaiset tapaukset jatkuivat, ette siltikään vaihdattanut lukkoja.»

»En. En vaihtanut. Jos siellä kävi joku, siis jos, niin minä halusin saada hänet kiinni. En halunnut että hän menee seuraavaksi häiritsemään muita, halusin että hänet pysäytetään.» Kun tämä muisto palasi Jennyn mieleen, hän kohotti leukaansa päättäväisen näköisenä ja hänen silmiinsä syttyi viileä, taisteluvalmiudesta kertova katse. Jenny ja Pat olivat sopineet toisilleen; taistelijatyyppejä molemmat. »Vähän ajan päästä aloin jättää toisinaan hälyt pois päältä tahallani, kun jätimme talon tyhjilleen – niin että jos joku pääsisi sisään, hän voisi olla siellä yhä kun palaisimme ja saisimme hänet kiinni. Näettekö nyt? Ei minua pelottanut.»

»Ymmärrän», sanoin. »Missä vaiheessa kerroitte tästä Patille?» Jenny kohautti olkapäitään. »En kertonut.»

Odotin. Hetken päästä hän sanoi: »En vain kertonut. En halunnut vaivata häntä.»

Sanoin lempeästi: »En kyseenalaista teidän päätöksiänne, rouva Spain, mutta tuo tuntuu oudolta ratkaisulta. Eikö teillä olisi ollut turvallisempi olo, jos Pat olisi tiennyt asiasta? Eikö hänkin olisi ollut silloin paremmassa turvassa?»

Olankohautus, joka sai Jennyn irvistämään. »Hänellä oli tarpeeksi muutakin murehdittavaa.»

»Mitä esimerkiksi?»

»Hänet oli irtisanottu. Hän haki uutta työpaikkaa parhaansa mukaan, muttei onnistanut. Me olimme... meillä ei ollut paljon rahaa. Pat oli vähän stressaantunut.»

»Oliko muuta?»

Jälleen olankohautus. »Eikö tuossa ollut tarpeeksi?»

Odotin jälleen, mutta tällä kertaa Jenny ei antanut periksi. Sanoin: »Löysimme ullakoltanne ansan. Eläinloukun.»

»Voi taivas! Niin, se.» Taas tuo naurahdus, mutta näin häivähdykseltä jotain voimakasta – ehkä kauhua, tai raivoa – joka vilkastutti hänen kasvonsa hetkeksi. »Pat arveli, että meillä saattoi rampata talossa joku hilleri tai kettu. Hänellä oli hirveä halu nähdä se. Me olemme kasvaneet kaupungissa ja innostuimme muuton jälkeen jopa kaneista joita näkyi dyyneillä. Oikean ketun pyydystäminen olisi ollut maailman hienoin juttu.»

»No, saiko hän pyydystettyä mitään?»

»Ei, hyvänen aika. Ei edes tiennyt mitä syöttiä pitäisi käyttää. Niin kuin sanoin, olimme kaupunkilaislapsia.»

Hänen äänensä oli kepeä kuin cocktailkutsuilla, mutta kädet olivat tarranneet lakanaan. Kysyin: »Entä ne reiät seinissä? Sanoitte, että se oli remonttiprojekti. Liittyikö se jotenkin siihen hilleriin?»

»Ei. Tai siis vähän, muttei oikeastaan.» Jenny kurotti ottamaan potilaspöydältä vesilasin ja otti siitä pitkän hörpyn. Näin että hän yritti pakottaa mielensä toimimaan nopeammin. »Ne reiät vaan ilmaantuivat sinne. Tiedättehän, ne talot... niiden perustuksissa on jotain vikaa. Reikiä vaan ilmestyy yhtäkkiä. Pat aikoi korjata ne, mutta ensin hän halusi tehdä jotain muuta – ehkä sähköhommia? En muista. En ymmärrä niitä asioita.» Hän ilmehti minulle itseironisesti, tämmöinen avuton pikku nainen. Pidin kasvoni peruslukemilla. »Ja hän mietti, että ehkä se hilleri tai mikä nyt olikin voisi tulla seinien sisältä esiin ja voisimme saada sen kiinni sillä lailla. Siinä kaikki.»

»Ja sekö ei haitannut teitä? Siis se, että seinien paikkaamisessa kesti ja talossa saattoi olla tuhoeläin?»

»Eipä oikeastaan. Totta puhuen en uskonut hetkeäkään, että siellä on joku hilleri tai muuta isoa, koska muuten en olisi halunnut että se on lähelläkään lapsia. Ajattelin että ehkä lintu, tai orava – lapset olisivat tykänneet jos olisivat päässeet näkemään oravan. Siis totta kai olisi ollut mukavampaa, jos Pat olisi päättänyt rakentaa jonkun pihavajan eikä repiä seiniä» – taas tuo naurahdus, niin pinnistetty että sen kuuleminen teki kipeää –»mutta pitihän hänellä olla jotain puuhaa. Joten ajattelin että hyvä on, olkoon, on sitä huonompiakin harrastuksia.»

Hän saattoi puhua tottakin, hän saattoi kertoa meille eri sanoin samaa tarinaa jonka Pat oli vuodattanut nettiin, mutta en kyennyt lukemaan häntä kaiken hälyn läpi. Richie siirsi tuoliaan. Hän sanoi sanansa tarkkaan valiten: »Meillä on tietoa, jonka mukaan Pat meni aika tolaltaan siitä oravasta tai ketusta tai mistä lie. Voisitteko kertoa siitä?»

Jennyn kasvoilla kävi jälleen sama voimakkaan tunteen häivähdys, mutta se katosi niin nopeasti ettei sitä voinut tunnistaa. »Mitä tietoa? Keneltä?»

»Emme voi puhua yksityiskohdista», sanoin liukkaasti.

»No valitan, mutta teidän 'tietonne' on väärää. Jos tämä on taas Fionan puhetta, niin tällä kertaa hän ei ole mikään draamanlietsoja vaan hän on keksinyt koko jutun omasta päästään. Pat ei ollut edes varma, pääseekö sinne mistään sisään, tai sitten siellä on voinut olla pelkkiä hiiriä. Aikuinen mies ei mene tolaltaan hiiristä. Vai menisittekö te?»

»No ei», Richie myönsi hivenen hymyillen. »Kunhan tarkistetaan. Piti kysyä toistakin juttua: sanoitte että Pat tarvitsi jotain

puuhaa. Mitä hän teki kaikki päivät sen jälkeen, kun jäi työttö-
mäksi? Siis muuta kun nikkarointia?»

Jenny kohautti olkapäitään. »Etsi uutta työpaikkaa. Leikki las-
ten kanssa. Kävi usein lenkillä – ei enää niin paljon sitten kun tuli
huonommat säät, mutta kesällä kyllä. Ocean Viewissä on kivoja
maisemia. Hän oli tehnyt töitä hullun lailla siitä asti kun pääsimme
yliopistosta, ja oli mukavaa kun oli vähän vapaata.»

Vastaus tuli aavistuksen liian sujuvasti, niin kuin hän olisi
ladellut sen ennenkin. »Sanoitte aiemmin, että tilanne stressasi
häntä», Richie sanoi. »Miten pahasti?»

»Ei hän tykännyt työttömyydestä – tietenkään. Tai siis tie-
dän kyllä ihmisiä jotka tykkäisivät, mutta Pat ei ole sellainen.
Hän olisi ollut tyytyväisempi jos olisi tiennyt, milloin uutta työtä
löytyy, mutta hän etsi tilanteesta parhaat puolet. Me uskomme,
että pitää ajatella myönteisesti. Positiivista ajattelua kautta
linjan.»

»Ai jaa? Moni mies on nykyään työtön eikä meinaa sopeutua,
eikä siinä mitään häpeämistä ole. Joku masentuu tai muuttuu kärt-
tyisäksi. Juo ehkä vähän liikaa tai hermostuu pikkuisen herkem-
min. Ihan luonnollistahan se on. Ei se tee miehestä heikkoa tai
kahelia. Olikos Patilla mitään tuommoista?»

Richie yritti tavoittaa sellaista mutkatonta keskusteluyhteyttä,
jonka turvin hän oli saanut Conorin ja Goganit unohtamaan varo-
vaisuutensa, mutta nyt se ei onnistunut. Hänen rytmitajunsa oli
hukassa ja äänessä oli jotain pinnistettyä, eikä Jenny suinkaan ren-
toutunut vaan ponnisti itsensä istualleen siniset silmät leiskuen.
»Voi herran tähden, ei! Ei Pat ollut mitään hermoromahdusta saa-
massa. Kuka sellaista on –»

Richie nosti kätensä pystyyn. »Sitä minä vaan sanon, että ihan
ymmärrettävää jos olisi saanut. Sellaista sattuu kaikille.»

»Pat oli ihan kunnossa. Hän tarvitsi uuden työpaikan. Hän ei
ollut hullu. Onko selvä, konstaapeli? Onko hyvä näin?»

»En väitä että hän oli hullu. Kysyn vaan sitä, että olitteko te
milloinkaan huolestunut hänestä? Pelkäsittekö, että hän voisi
satuttaa itseään tai vastaavaa? Ehkä jopa satuttaa teitä? Kun oli
sitä stressiä –»

»Ei! Ei Pat olisi ikinä sellaista. Ei ikimaailmassa. Hän... Pat oli...

Mitä te oikein yritätte? Yritättekö te...» Jenny oli vajonnut takaisin tyynyille ja hengitti nopein ähkäisyin. Hän sanoi: »Eikö tätä voisi... jättää toiseen kertaan? Voitaisiinko?»

Hänen kasvonsa näyttivät yhtäkkiä harmailta ja riutuneilta, ja kädet olivat valahtaneet veltoiksi peiton päälle. Tämä ei ollut enää teeskentelyä. Vilkaisin Richietä, mutta hän tuijotti muistikirjaansa eikä nostanut katsettaan.

»Ilman muuta», sanoin. »Kiitos vaivannäöstänne, rouva Spain. Esitämme jälleen surunvalittelumme. Toivottavasti teillä ei ole liian pahat kivut.»

Jenny ei vastannut. Hänen katseensa oli samentunut, ja hän oli jo kaukana jossain muualla. Nousimme hiljaa tuoleistamme ja menimme ulos niin hiljaa kuin osasimme. Kun suljin oven takanamme, kuulin kuinka Jenny alkoi itkeä.

Ulkona taivas oli palleropilvien peitossa – aurinko paistoi juuri sen verran, että säätä erehtyi luulemaan lämpimäksi, ja valon ja varjon laikut kulkivat pitkin kukkuloita. Sanoin: »Mitä tuolla oikein tapahtui?»

Richie tunki muistikirjaansa takaisin taskuun. Hän sanoi: »Vedin homman vituralleen.»

»Miksi?»

»Hänen takiaan. Kun hän oli sellaisessa kunnossa. Herpaannuin.»

»Keskiviikkona pärjäsit hänen kanssaan ihan hyvin.»

Richien olkapää nytkähti. »Niin. Ehkä. Mutta silloin oli eri juttu, kun kuviteltiin että tekijä on joku ventovieras. Vaan jos meidän pitää kertoa hänelle, että oma aviomies teki tämän hänelle, ja lapsille... niin kai minä toivoin että hän olisi tiennyt jo.»

»Siis jos teki. Murehditaan yhtä asiaa kerrallaan.»

»Tiedän. Mutta minä vaan... minä mokasin. Sori.»

Richie ähräsi yhä muistikirjansa kanssa. Hän näytti kalpealta ja aralta, siltä kuin olisi pelännyt saavansa läksytyksen. Vielä edellispäivänä olisin varmaan antanutkin, mutta sinä aamuna en enää muistanut miksi sellaiseen olisi kannattanut haaskata voimiaan. »Ei se niin vaarallista ole», sanoin. »Sitä paitsi hänen sanomisiaan ei voi vielä hyödyntää missään. Hänellä on niin kova kipulääkitys, että tuomari ei ikinä kelpuuttaisi niitä todistajanlausunnoksi. Tuo oli hyvä hetki lähteä.»

Luulin että tämä lohduttaisi Richietä, mutta hänen ilmeensä pysyi kireänä. »Milloin yritetään hänen kanssaan uudestaan?»

»Sitten kun lääkärit vähentävät annostusta. Fionan puheiden mukaan se tapahtuu pian. Käydään täällä huomenna ja katsotaan mikä tilanne.»

»Voi kestää pitkään ennen kuin hän on kelvollisessa puhekunnossa. Näit itsekin, että hän oli aluksi melkein tajuton.»

Sanoin: »Jenny on paremmassa kunnossa kuin mitä esittää. Lopussa hän kyllä hyytyi nopeasti, mutta sitä ennen... Hän on tokkurainen ja hänellä on kipuja, mutta on hän silti paljon paremmassa kunnossa kuin toissa päivänä.»

Richie sanoi: »Minusta näytti olevan ihan hirveässä kunnossa.»

Hän oli menossa autolle. »Odotas», sanoin. Richie tarvitsi muutaman henkäyksen raitista ilmaa, ja minä myös; olin niin väsynyt, etten jaksaisi käydä tätä keskustelua ja ajaa samalla turvallisesti. »Pidetään pikku paussi.»

Menin muurille, jolla olimme istuneet ruumiinavausten aamuna – se tuntui vuosikymmenen takaiselta asialta. Kesän illuusio ei kestänyt, sillä auringonvalo oli ohutta ja värjyvää ja ilmassa oli purevuutta, joka tunkeutui päällystakkini läpi. Richie istuutui viereeni vedellen takkinsa vetskaria ylös alas.

Sanoin: »Jenny salaa jotain.»

»Ehkä. Vaikea sanoa varmasti tuon lääkityksen takia.»

»Minä olen varma. Hän teeskentelee ihan liikaa, että elämä oli maanantaiyöhön asti täydellistä. Asunnossa käynnit eivät olleet iso asia, Patin eläin ei ollut iso asia, kaikki oli ihan hyvin. Jenny rupatteli niin kuin olisimme olleet porukalla kahvilla.»

»Jotkut vaan ovat tottuneet toimimaan niin. Kaikki on aina hyvin. Vaikka olisi mitä vikana, sitä ei ikinä myönnetä. Purraan vaan hammasta, hoetaan että kaikki kunnossa, ja toivotaan että se muuttuu joskus todeksi.»

Richie katsoi minuun. En pystynyt pidättelemään vinoa hymyä. »Totta tuokin. Tavoistaan on vaikea päästä eroon. Ja oikeassa olet, että tuollainen kuulostaa ihan Jennyltä. Mutta tällaisella hetkellä luulisi, että hän kertoo kaiken mitä tietää. Ellei hänellä ole ihan hemmetin hyvää syytä olla kertomatta.»

Hetken päästä Richie sanoi: »Ilmeisin syy on, että hän muistaa maanantaiyön. Jos tämä on sitä, se viittaisi Patiin. Miehensä tähden hän saattaisi pitää suunsa kiinni. Muttei takuulla kenenkään sellaisen tähden, jota ei edes nähnyt välillä vuosikausiin.»

»Miksi Jenny sitten vähättelee asunnossa käyntejä? Jos ne eivät tosiaan pelottaneet häntä, niin mikseivät? Kuka tahansa nainen tekee kyllä asialle jotain, jos epäilee jonkun pääsevän taloon jossa hänellä on lapset. Ellei hän sitten tiedä oikein hyvin, kuka talossa käy, eikä asia haittaa häntä.»

Richie puraisi kynsinauhaa ja mietti sanomaani samalla kun siristeli silmiään valjussa auringonvalossa. Hänen poskilleen oli tullut taas väriä, mutta selkä oli yhä jännityksestä kyyryssä. »Miksi hän sitten sanoi asiasta Fionalle?»

»Koska hän ei aluksi tiennyt. Mutta kuulit mitä hän sanoi: hän halusi päästä yllättämään sen tyypin. Entä jos yllättikin? Tai entä jos Conor terhentyi jossain vaiheessa rohkeaksi ja päätti jättää Jennylle viestin? Heillähän on yhteistä historiaa. Fiona uskoo, ettei heidän välillään ollut ikinä mitään romanttista – tai ainakin sanoo uskovansa – mutta tuskinpa hän tietäisi jos olisi ollut. Ainakin he olivat ystävät, läheiset ja pitkäaikaiset ystävät. Jos Jenny sai tietää, että Conor pyöri lähettyvillä, hän päätti ehkä lämmitellä ystävyyttä.»

»Kertomatta Patille?»

»Ehkä Jenny pelkäsi, että Pat riehaantuisi ja hakkaisi Conorin paskaksi – muista, että Pat oli ollut ennenkin mustasukkainen. Ja ehkä Jenny tiesi, että Patilla oli syytäkin mustasukkaisuuteen.» Kun sanoin tämän ääneen, sähköistyin niin että lataus oli nostaa minut muurin päältä ilmaan. Lopultakin – ja oli jo aikakin – tämä juttu alkoi asettua jonkinlaiseen muottiin, vieläpä kaikkein vanhimpaan ja käytetyimpään.

Richie sanoi: »Pat ja Jenny olivat hulluina toisiinsa. Siitä jos jostain kaikki ovat samaa mieltä.»

»Sinähän se meistä olet sanonut, että Pat yritti tappaa Jennyn.»

»Se on eri asia. Ihmiset tappavat ihmisiä joihin ovat hulluina. Sitä sattuu harva se päivä. Mutta kukaan ei rupea pettämään ihmistä, johon on hulluna.»

»Ihmisluonto on mikä on. Jenny oli jumissa jumalan selän takana ilman ystäviä ja työpaikkaa, hän oli korviaan myöten veloissa, ja Patilla oli pakkomielle johonkin ullakon elukkaan. Mutta yhtäkkiä kuvioihin ilmaantui Conor, vieläpä juuri sellaisella hetkellä kun Jenny tarvitsi häntä kaikkein eniten. He olivat tunteneet toisensa silloin, kun Jenny oli ollut täydellistä elämää viettävä unelmatyttö, ja Jenny oli saanut osakseen Conorin palvontaa puolet elämästään. Pitäisi olla pyhimys, ettei tuntisi kiusausta.»

»Ehkä», Richie sanoi. Hän repi yhä kynsinauhaansa. »Mutta oletetaan että olet oikeassa. Se ei anna yhtään sen enempää motiivia Conorille.»

»Jenny päätti lopettaa suhteen.»

»Siitä tulisi motiivi tappaa pelkästään hänet. Tai ehkä pelkästään Pat, jos Conor uskoi että Jenny palaisi sillä lailla hänen luokseen. Ei koko perhettä.»

Aurinko oli laskenut. Kukkulat himmenivät harmaiksi, ja kovakourainen tuuli kieputteli pudonneita lehtiä pyörryksiin ennen kuin paiskasi ne takaisin märkään maahan. Sanoin: »Riippuu siitä miten paljon hän halusi rankaista Jennyä.»

»Hyvä on», Richie sanoi. Hän otti kynnenpalan suustaan, työnsi kädet taskuihin ja kiskoi takkiaan tiukemmin suojakseen. »Ehkä. Mutta miksei Jenny sitten sano mitään?»

»Koska hän ei muista.»

»Ei muista ehkä maanantai-iltaa. Mutta viime kuukaudet hän kyllä muistaa erinomaisesti. Jos hänellä olisi ollut suhde Conorin kanssa, tai jos he olisivat vain viettäneet aikaa yhdessä, hän kyllä muistaisi sen. Jos hän olisi suunnitellut Conorin jättämistä, hän tietäisi sen.»

»Mutta luuletko että hän haluaisi levitellä niitä asioita pitkin otsikoita? 'Oikeudenkäynti: murhattujen lasten äidillä oli suhde syytettyyn'. Luuletko että hän rupeaa vapaaehtoisesti medialle viikon huoraksi?»

»Kyllä luulen. Sinun mukaasi Conor tappoi Jennyn lapset. Ei Jenny ikinä salailisi sitä.»

Sanoin: »Salailisi, jos hänellä olisi tarpeeksi huono omatunto. Jos hänellä oli syrjähyppy, oli hänen syytään että Conor tuli heidän elämäänsä, joten myös Conorin teot olivat hänen vikansa.

Monen olisi aika vaikea käsitellä sitä asiaa, saati kertoa siitä poliisille. Ikinä ei saa aliarvioida syyllisyydentunnon voimaa.»
    Richie pudisti päätään. »Vaikka olisit oikeassa syrjähypystä, ei se kyllä viittaa Conoriin. Vaan Patiin. Hän oli jo sekoamassa – sanoit itsekin niin. Sitten hänelle selviää, että vaimo lystäilee entisen parhaan kaverin kanssa, joten hänellä naksahtaa päässä. Hän tappaa Jennyn rangaistukseksi, lähettää lapset perässä, jotteivät joudu elämään ilman vanhempia, ja tekee lopun itsestään koska ei ole enää mitään minkä vuoksi elää. Näit mitä hän kirjoitti sille foorumille: *Minulla ei ole muuta kuin vaimo ja lapset.»*
    Pari lääkäriopiskelijaa oli tuonut sänkensä ja silmäpussinsa ulos tupakalle, vaikka heidän olisi pitänyt olla riskeistä paremmin perillä. Sisälläni kuohahti niin raju kärsimättömyys että se pyyhkäisi uupumuksen mielestäni. Olin kyllästynyt koko ympäristööni: opiskelijoiden joutavaan tupakankäryyn, tahdikkaisiin tanssiaskeliin joita olimme harrastaneet puhuttaessamme Jennyä, Dinaan joka vaivasi itsepintaisesti ajatuksiani, Richieen joka esitteli jääräpäisesti vastalauseitaan ja teorioitaan yhtenä sekavana vyyhtenä. »No», sanoin. Nousin pystyyn ja pudistelin roskia takistani. »Jospa aloitetaan selvittämällä, olinko oikeassa syrjähypystä.»
    »Eli puhutetaan Conoria?»
    »Ei», sanoin. Halusin Conorin kimppuun niin kiihkeästi että melkein haistoin hänen terävän pihkantuoksunsa, mutta tällaisissa tilanteissa itsehillinnästä on hyötyä. »Säästämme hänet myöhemmäksi. En mene lähellekään Conor Brennania ennen kuin minulla on lipas täynnä ammuksia. Menemme jututtamaan taas Goganeita. Ja tällä kertaa minä hoidan puhumisen.»

Ocean View näytti kerta kerralta kamalammalta. Vielä tiistaina se oli näyttänyt kolhiintuneelta haaksirikkoiselta joka odotti pelastajaansa, siltä kuin olisi tarvittu vain joku rahakas ja tarmokas rakennuttaja joka olisi tullut muuttamaan paikan sellaisiksi kirkkaiksi muodoiksi kuin oli tarkoitus. Nyt se näytti maailmanlopulta. Kun pysäytin auton, odotin melkein että talonluurangoista tulisi esiin vikiseviä ja huterajalkaisia villikoiria, seudun viimeisiä eloonjääneitä. Kuvittelin kuinka Pat oli hölkännyt rinkiä joutomaan ympärillä päästäkseen karkuun rapinalta jonka kuuli päässään, ja kuinka Jenny oli kuunnellut tuulen ujellusta ikkunoidensa takana, lukenut vaaleanpunakantisia kirjoja pitääkseen yllä positiivista ajatteluaan, ja ihmetellyt mihin hänen onnellinen loppunsa oli kadonnut.

Sinéad Gogan oli tietenkin kotona. »Mitä te vielä?» hän tivasi ovensuussa. Hänellä oli samat harmaat leggingsit kuin tiistainakin. Näin tutun rasvatahran hänen hyllyvässä reidessään.

»Haluaisimme vaihtaa pari sanaa teidän ja miehenne kanssa.»

»Hän ei ole kotona.»

Mikä oli paska juttu. Goganin isäntä oli tämän porukan aivot, jos sillä sellaiset oli, ja olin laskenut sen varaan että hän älyäisi puhua meille. »Ei se haittaa», sanoin. »Voimme tulla takaisin ja juttuttaa häntä myöhemmin jos täytyy. Mutta ensin otetaan selvää, miten paljon te voitte auttaa meitä.»

»Jayden kertoi jo –»

»Niin kertoi», sanoin ja tunkeuduin hänen ohitseen olohuoneeseen Richie vanavedessäni. »Tällä kertaa meitä ei kiinnosta Jayden vaan te.»

»Miksi?»

Jayden istui taas lattialla zombeja ampumassa. Hän sanoi kerkeästi: »Minä olen sairaana koulusta.»

»Sammuta se», käskin häntä ja asetuin mukavasti toiseen nojatuoleista. Richie istuutui toiseen. Jayden ilmehti tympääntyneenä, mutta kun osoitin ohjainta ja napsautin sormiani, hän teki niin kuin käskettiin. »Sinun äidilläsi on meille jotain kerrottavaa.»

Sinéad pysyi oviaukossa. »Eikä ole.»

»Onhan. Olette salaillut jotain siitä asti kun kävimme täällä ensimmäisen kerran. Tänään puhutte suunne puhtaaksi. Mikä se oli, rouva Gogan? Näittekö jotain? Vai kuulitte? Mitä?»

»Minä en tiedä siitä kaverista mitään. En ole ikinä edes nähnyt.»

»En minä sitä kysynyt. Minua ei kiinnosta liittyykö se siihen 'kaveriin' tai mihinkään kaveriin. Haluan kuulla joka tapauksessa. Istukaa.»

Näin Sinéadin harkitsevan, pitäisikö hänen käyttää »älkää komennelko minua omassa kodissani» -korttia, mutta ilmaisin tuijotuksellani, että se olisi erittäin huono ajatus. Lopulta hän vain pyöritteli silmiään ja lysähti sohvalle niin, että se valitti hänen painonsa alla. »Minun pitää herättää vauva ihan kohta. Enkä tiedä mistään mitään. Onko selvä?»

»Te ette päätä siitä. Tämä tapahtuu niin, että te kerrotte mitä tiedätte, ja me päätämme liittyykö se asiaan. Sen takia meille on virkamerkit annettu. Joten vauhtia nyt.»

Sinéad huokasi äänekkäästi. »Minä – en – tiedä – mitään. Mitä minun muka pitäisi sanoa?»

Vastasin: »Miten tyhmä te oikein olette?»

Sinéadin ilme muuttui häijymmäksi ja hän avasi suunsa suoltaakseen minulle jotain kulunutta soopaa kunnioituksesta, mutta paiskoin häntä sanoilla kunnes hän sulki suunsa. »Te oksetatte minua. Mitä helvettiä te luulette meidän tutkivan? Myymälävarkauttako? Roskaamista? Tämä on murhajuttu! Kolmoismurha. Miten se ei ole vielä mahtunut teidän paksuun kalloonne?»

»Älä sinä hauku –»

»Sanokaapa yksi asia, rouva Gogan. Minua kiinnostaa. Millainen saasta oikein antaa lapsentappajan päästä vapaaksi, koska ei pidä poliiseista? Miten alhainen ihmisen oikein pitää olla, että pitää sellaista hyväksyttävänä?»

Sinéad tiuskaisi: »Annatko sinä tuon puhua minulle noin?»

Hän suuntasi sanansa Richielle. Richie levitteli käsiään. »Meillä on nyt kovat paineet, rouva Gogan. Oletteko lehtiä lukenut? Koko maa odottaa, että me selvitämme tämän jutun. Meidän täytyy käyttää kaikkia keinoja.»

»No todellakin», minä sanoin. »Miksi luulette, että me palaamme tänne aina vain? Siksikö, ettemme malta pysyä poissa teidän kauniiden kasvojenne luota? Me olemme täällä siksi, että meillä on mies pidätettynä ja tarvitsemme todisteet, joilla hänet pidetään lukkojen takana. Miettikää nyt tarkkaan, jos sellaiseen kykenette. Mitähän mahtaa tapahtua, jos hän pääsee pois?»

Sinéad oli pannut kätensä puuskaan läskiensä päälle, ja hänen huulensa olivat suipistuneet kireäksi ja pöyristyneeksi sykkyräksi. En jäänyt odottamaan vastausta. »Ensinnäkin tapahtuu se, että minä olen silloin aika hiton vihainen, ja jopa te varmasti ymmärrätte, että poliisia ei kannata suututtaa. Tekeekö miehenne ikinä kuutamokeikkaa? Tiedättekö miten pitkän petostuomion hän voi saada sosiaaliturvan väärinkäytöstä? Jayden ei näytä minusta kipeältä – miten usein hän lintsaa koulusta? Jos rupean näkemään vaivaa, ja kyllähän minä rupean, niin mitä luulette, miten paljon vaikeuksia pystyn teille aiheuttamaan?»

»Me ollaan kunnon perhe –»

»Älkää viitsikö. Vaikka uskoisinkin teitä, minä en ole pahin ongelmanne. Nimittäin jos jatkatte venkoilua, niin toiseksi tapahtuu se, että epäilty pääsee vapaaksi! Minä en todellakaan odota, että te välittäisitte oikeuden toteutumisesta tai yhteisestä hyvästä, mutta luulisi teillä sentään olevan älliä huolehtia perheestänne. Se mies tietää, että Jayden olisi voinut kertoa meille avaimesta. Luuletteko ettei hän tiedä, missä Jayden asuu? Jos kerron sille miehelle, että joku tietää hänestä yhtä sun toista ja voi puhua hetkellä millä hyvänsä, kukahan hänelle mahtaa tulla mieleen?»

»Äiti», Jayden sanoi heiveröisellä äänellä. Hän oli hiihtänyt takapuolellaan sohvaan kiinni ja tuijotti minua. Aistin että Richiekin oli kääntynyt katsomaan minua, mutta hän älysi pitää suunsa kiinni.

»Onko tämä teille tarpeeksi selvää? Täytyykö minun selittää yksinkertaisemmin? Koska jos ette ole liian tyhmä pysymään hengissä, päästätte suustanne seuraavaksi sen mitä olette salaillut.»

Sinéad oli painautunut sohvan perukoille suu ammottaen. Jayden piteli kiinni hänen leggingsiensä lahkeesta. Heidän pelokkaat ilmeensä toivat mieleeni eilisillan huimaavan ja vaarallisen riemuntunteen ja päästivät sen takaisin verenkiertooni kuin jonkin tuntemattoman huumeen.

En puhu todistajille tällä tavoin. En ehkä ole maailman sulavin ihmisten käsittelijä, ja minulla saattaa olla tylyn tai kylmän miehen maine, tai mitä sanaa siitä sitten halutaankaan käyttää, mutta mitään tämän kaltaista en ollut tehnyt urallani ikinä. Olin kyllä halunnut ennenkin. Meissä kaikissa on myös julma juonne, ja on ihan turha väittää muuta. Pidämme sen lukkojen takana joko rangaistuksen pelossa tai siksi, että uskomme itsehillintämme tekevän maailmasta jotenkin paremman paikan. Kukaan ei rankaise rikostutkijaa siitä, että hän vähän säikäyttää todistajaa. Olen kuullut monen meidän pojistamme tekevän pahempaakin, eikä heille ole tapahtunut sen takia mitään.

Sanoin: »Puhukaa.»

»Äiti!»

Sinéad sanoi: »Se oli tuo härveli tuossa.» Hän osoitti itkuhälytintä, joka lojui sohvapöydällä kyljellään.

»Oli mitä?»

»Joskus niillä menee piuhat ristiin, tai miten sitä sanotaan.»

»Taajuudet», Jayden sanoi. Hän näytti paljon tyytyväisemmältä nyt kun hänen äitinsä puhui. »Eikä piuhat.»

»Ole sinä hiljaa. Tämä on sinun vikasi koko juttu, sinä ja se sinun saamarin kymppisi.» Jayden työntyi lattialla kauemmas äidistään ja lysähti mököttämään. »On mitä on, mutta joskus ne menee ristiin. Ei aina, mutta ehkä parin viikon välein, tuosta härvelistä kuului niiden itkuhälytin eikä meidän. Joten me kuultiin mitä siellä tapahtuu. Ei mitenkään tahallaan, minä en salakuuntele muita» – Sinéad onnistui vetämään naamalleen hurskaan ilmeen, joka ei sopinut hänelle – »mutta kuultiin väkisinkin.»

»Aivan», sanoin. »Entä mitä kuulitte?»

»Niin kuin minä sanoin, niin en urki muitten keskusteluja. En välittänyt mitä siellä sanottiin. Laitoin vaan hälyttimen pois päältä ja käynnistin uudestaan, jotta saisin resetoitua. En kuullut kuin jotain muutaman sekunnin.»

»Sinä kuuntelit vaikka kuinka pitkään», Jayden sanoi. »Käskit laittaa peliä hiljemmälle, että kuulet.»

Sinéad mulkaisi poikaansa sen näköisenä, että heti lähdettyämme tulisi tupenrapinat. Tämän takia hän siis oli ollut valmis päästämään murhaajan pälkähästä: jotta hän voisi näyttää kunnolliselta kotirouvalta, ainakin omissa silmissään ellei meidän, eikä uteliaalta, pikkumaiselta ja salakähmäiseltä nartulta. Olin kohdannut työssäni samaa vaikka kuinka monesti, mutta minun teki silti mieli läimäyttää Sinéadia, jotta tuo virttynyt tekopyhyys katoaisi hänen rumalta naamaltaan. Sanoin: »Minua ei kiinnosta pätkääkään, vaikka olisitte kyykkinyt Spainien ikkunan alla kuulotorvi kourassa. Haluan vain tietää mitä kuulitte.»

Richie sanoi toteavasti: »Kuka tahansa olisi tietty kuunnellut sellaista. Semmoinen se ihmisluonto on. Eikä teillä ollut aluksi vaihtoehtojakaan, koska teidän piti selvittää mitä hälyttimessä oikein on vikana.» Hänen äänessään oli taas tuttua luonnikkuutta; hän oli jälleen vireessä.

Sinéad nyökkäsi tarmokkaasti. »Joo. Nimenomaan. Ekalla kerralla sain melkein sydärin. Joku penska alkoi valittaa keskellä yötä korvan juuressa, että äiskä äiskä, tule tänne. Ensin luulin että se oli Jayden, mutta kuulosti paljon nuoremmalta eikä Jayden sano minua äiskäksi, ja vauva oli syntynyt ihan vasta. Säikähdin puolikuoliaaksi.»

»Äiti kirkui», Jayden sanoi ja virnisti meille. Hän oli nähtävästi jo toipunut taudistaan. »Luuli että se oli kummitus.»

»No niin luulin. Mitä sitten? Meidän ukkokin heräsi, ja ukko keksi mistä se johtui, mutta kuka vaan olisi säikähtänyt. Entä sitten?»

»Äiti meinasi kutsua tänne meedion. Tai jonkun semmoisen aaveittenmetsästäjän.»

»Suus kiinni nyt.»

Minä sanoin: »Milloin tämä tapahtui?»

»Vauva on nyt kymmenkuinen, joten tammi-helmikuussa.»

»Ja sen jälkeen kuulitte tällaista parin viikon välein yhteensä parikymmentä kertaa. Mitä kaikkea te oikein kuulitte?»

Sinéad oli yhä niin raivoissaan että olisi voinut lyödä minua tuopilla päähän, mutta hän ei malttanut olla juoruilematta nousukasmaisista naapureista. »Lähinnä vaan jotain tylsää pas– juttua. Ekoilla kerroilla se oli jotain sellaista, että äijä luki jotain ihme tarinaa että lapsi nukahtaisi, tai pikkupoika pomppi sänkynsä päällä, tai pikkutyttö puhui nukeillen. Vaan kesän lopulla ne kai siirsivät hälyttimet alakertaan, koska ruvettiin kuulemaan muutakin. Ne katsoivat telkkaria tai emäntä näytti pikkutytölle miten tehdään suklaakeksejä – ei voinut ostaa niitä kaupasta niin kuin muutkin, oli liian fiini sellaiseen. Ja kerran, sekin oli keskellä yötä, kuulin kun se sanoi miehelleen, että tule nyt vuoteeseen, ole kiltti. Niin kuin olisi rukoillut. Ja mies sanoi että ihan kohta. En ihmettele yhtään ettei miestä huvittanut, sehän olisi kuin olisi pannut perunasäkkiä.» Sinéad yritti tavoittaa Richien katsetta jotta he olisivat voineet virnuilla yhdessä, mutta Richie pysyi ilmeettömänä. »Niin kuin minä sanoin. Tylsää.»

Sanoin: »Entä ne kerrat jotka eivät olleet tylsiä?»

»Oli vaan yksi kerta.»

»Antaa kuulua.»

»Yhtenä iltapäivänä. Eukko oli juuri tullut sisälle, varmaan se oli hakenut nuorimman esikoulusta. Me oltiin täällä ja vauva oli päiväunilla joten minulla oli itkuhälytin esillä, ja yhtäkkiä se eukko alkoi hölöttää siellä. Melkein sammutin koko vehkeen, koska oli ihan ällöttävän kuuloista, mutta...»

Sinéad tarjosi meille pienen uhmakkaan olankohautuksen.

Sanoin: »Mitä Jennifer Spain sanoi?»

»Puhui niin ettei loppua tullut. Jotain että nyt valmistaudutaan, iskä tulee kävelyltä kotiin ihan kohta, ja kun hän tulee sisään niin sitten ollaan iloisia, tosi iloisia! Oli niin hemmetin pirtsakka» – Sinéadin suu vääntyi inhosta – »kuin joku amerikkalainen cheerleaderi. En minä tajua minkä takia. Eukko ikään kuin järjesteli lapsiaan, käski pikkutytön istua tässä näin ja olla nukkien kanssa piknikillä, ja pojan pitää istua tuossa noin eikä saa heitellä legoja, pitää pyytää nätisti jos haluaa iskältä apua. Eukko selitti, että kaikki on sitten ihanasti kun iskä tulee sisään ja ollaan niin hirveän iloisia. Kysyi lapsilta että ette kai te halua, että iskä on tyytymätön.»

»Iskä ja äiskä», Jayden sanoi hiljaa ja tuhahti.

»Eukko jatkoi tuota rataa iät ajat, kunnes ääni katosi hälyttimestä. Tajuatteko nyt mitä meinaan? Oli niin kuin joku Täydellisten naisten vaimo, sellainen jolla pitää olla kaikki tiptop tai hajoaa kasetti. Minä olin että jumalauta, rauhoitu nyt nainen. Meidän ukko sanoi, että tiedätkö mitä tuo emäntä kaipaa? Se kaipaa kunnon –»

Siinä vaiheessa Sinéad muisti kenelle puhui ja katkaisi lauseen kesken, mutta hän mulkaisi meitä näyttääkseen, ettei pelännyt. Jayden hihitti.

»Totta puhuen se kuulosti ihan kahelilta.»

Kysyin: »Milloin tämä tapahtui?»

»Ehkä kuukausi sitten. Syyskuun puolivälissä. Tajuatteko nyt mitä meinaan? Ei tuo liity mihinkään.»

Jenny ei suinkaan kuulostanut Täydellisten naisten hahmolta vaan uhrilta. Samalta kuin kaikki hakatut naiset ja miehet, joita olin kohdannut hoitaessani perheväkivaltatapauksia. Jokainen heistä oli ollut varma, että heidän puolisonsa olisivat tyytyväisiä ja kotona olisi taas kaikki mallillaan, kunhan he vain osaisivat käyttäytyä oikein. Jokainen heistä oli pelännyt hysteerisenä tai kauhusta kankeana sitä, että he tekisivät virheen ja »iskä» olisi tyytymätön.

Richie oli lakannut vemputtamasta jalkaansa – hän oli tullut ajatelleeksi samaa. Hän sanoi: »Sen takia te siis ajattelitte ensimmäiseksi, että Pat Spain oli tappanut vaimonsa, kun näitte meikäläiset kadulla.»

»Niin. Ajattelin että ehkä se äijä muksi vaimoaan, jos talossa oli sotkua tai lapset uhittelivat. Tässä sen taas näkee, vai mitä? Siellä se eukko asusteli leuhkana, oli hienot vaatteet ja hieno aksentti, mutta äijä veteli sitä koko ajan turpaan.» Sinéad ei saanut pidettyä virnettä poissa suupielistään. Hän oli pitänyt tuosta ajatuksesta. »Joten kun teikäläiset tulivat, niin minä ajattelin että pakko sen on sitä olla. Vaimo poltti ruuan pohjaan tai jotain, ja äijä kilahti.»

Richie kysyi: »Päättelittekö mistään muusta, että mies voisi satuttaa häntä? Kuulitteko tai näittekö mitään?»

»Ne itkuhälyttimet oli alakerrassa. Siis että eikö ole aika outoa? Ensin minä en keksinyt, että miksei ne olleet lasten makkareissa. Mutta kun kuulin että eukko höpötti sillä lailla, niin ajattelin että se äijä laitteli niitä pitkin taloa jotta saa pidettyä vaimoa silmällä. Siis että jos äijä meni yläkertaan tai pihalle, niin se pystyi ottamaan hälyttimet mukaan ja kuuntelemaan kaikkea mitä vaimo teki.» Tyytyväinen pikku nyökkäys – Sinéad oli hyvin tyytyväinen omiin salapoliisinkyvyihinsä. »Eikö ole aika häijyä?»

»Ja muutako ei ollut?»

Olankohautus. »Ei näkynyt mustelmia eikä mitään. Enkä ainakaan kuullut huutamista. Mutta vaimolla oli aina naama tällättynä kun näin hänet ulkosalla. Oli aina niin hirveän pirteä – semmoinen leveä tekohymy, vaikka lapset olisivat juonitelleet. Mutta sekin hyytyi tässä viime aikoina, näytti olevan ihan surkeana. Semmoinen poissaoleva – minä mietin että ottaako se jotain rauhoittavia. Ajattelin että se johtuu siitä kun mies on työtön. Vaimo ei tykännyt kun pitää elää samalla lailla kuin me muutkin, ei enää katumaastureita eikä disainkamaa. Mutta saattoi se olla sitäkin, että mies hakkasi.»

Kysyin: »Näittekö talossa koskaan muita kuin Spainit? Vieraita, sukulaisia, työmiehiä?»

Tämä valaisi Sinéadin kelmeät kasvot. »Jumaliste! Sekö teidän eukkonne pelehti jotain? Järjesti jonkun äijän taloon aina kun oma mies oli kaupungilla? Ei ihme että mies piti sitä silmällä. On eukolla otsaa, käyttäytyi niin kuin me oltaisiin jotain mikä pitää raaputtaa kengänpohjasta pois, ja itse samalla –»

Sanoin: »Kuulitteko tai näittekö mitään siihen viittaavaa?»

Sinéad mietti tätä hetken. »En», hän sanoi harmitellen. »En kuullut ikinä muuta kuin perhettä.»

Jayden räpläsi peliohjaimensa nappeja mutta ei aivan uskaltautunut panemaan peliä takaisin päälle. »Se vihellys», hän sanoi.

»Se tuli jostain toisesta talosta.»

»Eikä tullut. Ne on liian kaukana.»

Sanoin: »Haluamme joka tapauksessa kuulla asiasta.»

Sinéad liikahti sohvallaan. »Se oli vaan se yksi kerta. Elokuussa ehkä, saattoi olla aiemminkin. Varhain aamulla. Kuultiin kun joku vihelsi – ei mitään laulua, ihan vaan semmoista kun kaveri viheltelee itsekseen samalla kun tekee jotain muuta.» Jayden näytti mallia: hiljaista, melodiatonta ja hajamielistä ääntä. Sinéad tyrkkäsi häntä olkapäähän. »Lopeta. Tuosta tulee päänsärky. Ysistä oli kaikki jossain ulkona – ja vaimokin oli, joten ei se viheltäjä voinut olla mikään sen sivuhoito. Mietin että sen täytyi tulla jostain kadun päädystä, siellä asuu kaksi perhettä ja molemmilla on lapsia, joten niillä varmaan on itkuhälyttimet.»

»Etkä miettinyt», Jayden sanoi. »Luulit että se on aave. Taas.»

Sinéad kivahti, minulle tai Richielle tai molemmille: »Minulla on oikeus luulla mitä huvittaa. Teikäläiset voi ihan vapaasti katsoa minua niin kuin tyhmää, teidän ei tarvitse asua täällä. Yrittäkääpä vähän aikaa ja tulkaa sitten sanomaan.»

Hänen äänensä oli ärhäkkä, mutta katseessa oli vilpitöntä pelkoa. »Tuomme oman haamuntorjuntayksikön mukanamme», sanoin. »Kuuluiko hälyttimestä mitään maanantaiyönä? Yhtään mitään?»

»Ei. Niin kuin sanoin, niin sitä sattui vaan joskus muutaman viikon välein.»

»Teidän on viisainta olla varma asiasta.»

»Olen minä. Ihan varma.»

»Entä miehenne?»

»Ei sekään. Olisi se sanonut.»

Minä kysyin: »Oliko tässä kaikki? Eikö ole muuta mitä haluaisimme ehkä kuulla?»

Sinéad pudisti päätään. »Siinä kaikki.»

»Miten voin olla varma?»

»No siksi etten halua että teikäläiset tulee tänne enää ikinä haukkumaan minua oman pojan edessä. Minä olen kertonut nyt kaiken. Joten te voitte häipyä hittoon täältä ja jättää meidät rauhaan! Onko selvä?»

»Mielellämme», sanoin ja nousin pystyyn. »Uskokaa pois.» Tuolin käsinojasta jäi käteeni jotain tahmeaa, enkä vaivautunut peittelemään inhoani.

Kun lähdimme talosta, Sinéad asettui taaksemme oviaukkoon tuijottamaan ja veti naamalleen ilmeen, jonka oli kai tarkoitus olla vaikuttava mutta joka sai hänet näyttämään vain sähköiskun saaneelta mopsilta. Kun olimme turvallisen välimatkan päässä etupihalla, hän huusi peräämme: »Ette te voi puhua minulle noin! Minä teen valituksen!»

Vedin taskustani käyntikortin hidastamatta vauhtiani, heilutin sitä pääni yllä ja pudotin sen pihalle hänen noukittavakseen. »Nähdään silloin», sanoin taakseni. »Maltan tuskin odottaa.»

Odotin Richien sanovan jotain uudesta kuulustelutekniikastani – todistajan haukkuminen saastaksi ja ääliöksi ei ole sellaista mitä ohjekirjassa lukee – mutta hän oli vajonnut jonnekin mielensä syövereihin ja paarusti autolle kädet syvällä taskuissa ja pää kumarassa tuulta vasten. Kännykässäni oli kolme vastaamatonta puhelua ja yksi tekstari, kaikki Geriltä – tekstari alkoi: *Sori mick mutta onko tietoa...* Poistin puhelimen muistista ne kaikki.

Kun pääsimme moottoritielle, Richie nousi hetkeksi pintaan sanomaan, varovasti ja tuulilasille: »Jos Pat löi Jennyä...»

»Jos tädillä olisi munat, se olisi setä. Se Goganin lehmä ei tiedä Spaineista kaikkea, vaikka mitä kuvittelee. Meidän onneksemme yksi mies tietää, ja me tiedämme mistä hänet löytää.»

Richie ei vastannut. Nostin käden ratilta taputtaakseni häntä olalle. »Älä huoli, ystävä hyvä. Kyllä me saamme Conorista tiedot irti. Ties vaikka siitä tulisi hauskaakin.»

Huomasin hänen sivuttaisen vilkaisunsa; minun ei olisi pitänyt olla näin hyvällä tuulella sen jälkeen mitä Sinéad Gogan oli kertonut. En tiennyt miten selittäisin, etten ollut hyvällä päällä, tai en ainakaan sillä tavoin kuin hän luuli. Tunsin vain kuinka raivokas riemu hurjasteli yhä suonissani, ja nautin Sinéadin ilmeestä ja siitä tiedosta, että tämän automatkan päässä minua odottaisi Conor. Laskin jalkaa kaasupolkimelle ja seurasin nopeusviisarin hivuttautumista ylemmäs. Bemari tuntui ajettavammalta kuin koskaan, se syöksyi suoraan ja armotta kuin haukka saaliin kimppuun, niin kuin tämä olisi ollut se vauhti jota se oli kaivannut alusta saakka.

16

ENNEN KUIN HAETUTIMME Conorin puheillemme, kävimme tutkintahuoneessa läpi kaiken mitä nousuvesi oli huuhtonut rantaan: raportteja, vastaajaviestejä, lausuntoja, vinkkejä, koko hoito. Enimmäkseen ne olivat yhtä tyhjän kanssa – Conorin kavereita ja perheenjäseniä tavoitelleet tutkinta-apulaiset olivat löytäneet vain pari serkkua, ja vinkkipuhelin oli houkutellut tavanmukaisen lauman sekopäitä, jotka halusivat puhua Ilmestyskirjasta, edistyneestä matematiikasta ja säädyttömistä naisista – mutta seassa oli pari kultahippuakin. Fionan vanha kaveri Shona oli sillä viikolla Dubaissa ja uhkasi haastaa meidät kaikki oikeuteen, jos joku julkaisisi hänen nimensä tämän sotkun yhteydessä, mutta hän tarjosi meille kuitenkin mielipiteenään, että Conor oli ollut hulluna Jennyyn kun he olivat nuoria, ja että mikään ei ollut sittemmin muuttunut, koska miksi muutenkaan Conorin suhteet eivät olleet kestäneet ikinä puolta vuotta pitempään? Ja Larryn pojat olivat löytäneet rullalle kääritiyn päällystakin, villapaidan, farkut, nahkahanskat ja koon 45 lenkkarit, jotka oli tungettu kerrostalon roskikseen puolentoista kilometrin päässä Conorin asunnolta. Kaikki kamppeet olivat olleet yltä päältä veressä. Veriryhmät täsmäsivät Pat ja Jenny Spainiin. Vasemman jalan lenkkari vastasi Conorin autossa ollutta jälkeä ja täsmäsi täydellisesti Spainien keittiön lattialta löytyneeseen jälkeen.

Menimme kuulusteluhuoneeseen, yhteen niistä pienistä kopperoista, joissa ei ollut tarkkailuhuonetta vieressä ja joissa mahtui hädin tuskin liikkumaan, ja jäimme odottamaan että univormumiehet toisivat Conorin. Joku oli käyttänyt huonetta äskettäin: pöydällä oli voileipämuoveja ja styroksimukeja, ja ilmassa tuntui vieno hien, sipulin ja sitruksisen partaveden tuoksu. En malttanut pysyä paikoillani. Kuljin huoneessa rytistellen roskia ja heitellen niitä paperikoriin.

Richie sanoi: »Eiköhän kaveri ole jo kohtalaisen hermostunut. On istunut jo puolitoista päivää miettimässä, mitä me oikein odottelemme...»

Sanoin: »Meillä pitää olla molemmilla kirkkaana mielessä, mitä tavoittelemme tässä nyt. Minä haluan motiivin.»

Richie tunki tyhjiä sokeripusseja styroksimukiin. »Ei välttämättä saada.»

»Niin. Tiedän.» Tämän sanominen nostatti minussa uuden huimaavan aallon, ja hetken tuntui kuin pitäisi ottaa pöydästä tukea. »Ei välttämättä. Olit oikeassa, joskus käy vain paskasti. Mutta se ei estä minua yrittämästä parastani.»

Richie mietti tätä hetken ja tarkasteli samalla muovikäärettä, jonka oli ottanut lattialta. »Jos ei saada motiivia», hän sanoi, »niin mitä muuta yritetään hankkia?»

»Vastauksia. Mistä Conor ja Spainit riitelivät silloin muutama vuosi sitten. Millainen hänen suhteensa Jennyyn on. Miksi hän pyyhki sen tietokoneen tiedot.» Huonetta ei saisi enää tämän siistimmäksi. Nojauduin seinään ja pakottauduin pysymään paikallani. »Haluan että olemme varmoja. Kun lähdemme tästä huoneesta, meillä pitää olla yksimielisyys tilanteesta ja siitä, ketä tässä jahdataan. Siinä kaikki. Jos niin pitkälle päästään, niin kaikki muu loksahtaa kohdalleen.»

Richie katseli minua. Hänen ilmeensä oli tutkimaton. Hän sanoi: »Minä luulin että sinä olet varma.»

Unihiekka rahisi silmissäni. Harmittelin etten ollut ottanut lounaspysäkillämme toista kahvikuppia. Sanoin: »Olin minä.»

Richie nyökkäsi. Hän heitti mukin roskiin ja tuli seurakseni nojailemaan seinään. Hetken päästä hän otti taskustaan minttupastillirasian ja tarjosi minulle. Tartuin tarjoukseen ja jäimme siihen imeskelemään pastillejamme rinta rinnan, kunnes kuulusteluhuoneen ovi avattiin ja konstaapeli toi Conorin sisään.

Hän näytti olevan huonossa kunnossa. Ehkä se johtui vain siitä ettei hänellä ollut tällä kertaa duffelitakkia yllään, mutta joka tapauksessa hän näytti entistä laihemmalta, niin laihalta että mietin pitäisikö meidän tutkituttaa hänet lääkärillä – luut törröttivät ikävän näköisesti punertavan sängen alta. Hän oli itkenyt taas.

Hän istui kyyryssä ja tuijotti pöydälle laskemiaan nyrkkejä eikä liikahtanut edes silloin, kun keskuslämmitys kolahti käyntiin. Tavallaan se tuntui lievittävän epäilyksiäni. Viattomat liikehtivät hermostuneesti ja melkein hyppäävät tuoliltaan pienimmästäkin äänestä – heillä on kova tarve päästä puhumaan kuulustelijalle ja selvittämään asiat. Syylliset taas keskittyvät, kokoavat voimiaan keskuslinnansa ympärille ja valmistautuvat taisteluun.

Richie kurotti painamaan videokameran päälle ja sanoi sille: »Ylikonstaapeli Kennedy ja konstaapeli Curran kuulustelevat Conor Brennania. Kuulustelu alkoi kello 16.43.» Luin läpi listan kuulusteltavan oikeuksista, ja Conor allekirjoitti lomakkeen katsomatta siihen. Sitten hän nojautui taaksepäin ja pani kädet puuskaan. Hänen nähdäkseen kaikki asiat oli jo käsitelty.

»Voi Conor», sanoin vetäytyen syvemmälle tuoliini ja pudistellen surullisesti päätäni. »Conor, Conor, Conor. Ja minä kun luulin, että me tulimme silloin toissa yönä niin hyvin juttuun.»

Hän katseli minua ja piti suunsa kiinni.

»Et ollut meille rehellinen, kaveri.»

Kun sanoin tämän, hänen kasvoillaan vilahti pelko, niin voimakas ettei sitä voinut kätkeä. »Olin minä.»

»Et ollut. Etkö ole kuullut, että pitää kertoa totuus mitään salaamatta tai mitään siihen lisäämättä? Sinä petit ainakin toisen noista lupauksista. Miksi ihmeessä sinä sen teit?»

Conor sanoi: »En tiedä mistä puhut.» Hän sulki suunsa tiukaksi viivaksi mutta katsoi yhä herkeämättä minuun. Häntä pelotti.

Richie, joka nojaili seinään kameran alla, naksautti kieltään paheksuvasti. Minä sanoin: »Aloitetaan vaikka tästä: sinä annoit viimeksi vaikutelman, ettet ollut ennen maanantaiyötä käynyt kiikarietäisyyttä lähempänä Spaineja. Eikö tullut mieleen mainita, että olitte olleet parhaat kaverit lapsesta asti?»

Hänen poskilleen kohosi lievä puna, mutta hän ei hätkähtänyt – tämä ei ollut se asia jota hän pelkäsi. »Ei kuulunut teille.»

Huokasin ja heristin hänelle sormeani. »Conor, kyllä sinä tiedät tilanteen. Meille kuuluu nyt ihan joka asia.»

»Ja mitä hyötyä siitä muka oli?» Richie huomautti. »Täytyi-
hän sinun tietää, että Patilla ja Jennyllä oli kuvia sinusta. Ainoa
vaikutus oli, että viivästytit meitä parilla tunnilla ja suututit mei-
dät.»

»Kollegani puhuu totta», sanoin. »Voisitko pitää tuon muis-
tissa, kun sinun tekee seuraavan kerran mieli juoksuttaa meitä?»

Conor kysyi: »Miten Jenny voi?»

Tuhahdin. »Mitä sinä siitä? Jos kannat huolta hänen terveydes-
tään, ehkei olisi kannattanut puukottaa naisparkaa. Vai toivotko,
että hän on hoitanut homman loppuun puolestasi?»

Hänen leukaperänsä olivat kiristyneet, mutta hän säilytti tyy-
neytensä. »Minä haluan tietää miten hän voi.»

»Ja minua ei kiinnosta mitä sinä haluat. Mutta sovitaanko näin:
Meillä on kysyttävää sinulta. Jos vastaat kaikkiin kysymyksiin niin
kuin kiltti poika ainakin etkä enää yritä hämmentää, tulen ehkä
paremmalle tuulelle ja suostun kertomaan jotain. Kuulostaako rei-
lulta?»

»Mitä te haluatte tietää?»

»Aloitetaan helpoimmasta päästä. Kerro meille teiniaikojen
Patista ja Jennystä. Millainen Pat oli?»

Conor sanoi: »Hän oli paras kaverini siitä asti kun oltiin neljä-
toistavuotiaita. Sen te varmaan jo tiedätte.» Kumpikaan meistä ei
vastannut. »Hän oli ehjä tyyppi. Siinä se. Ehjin tyyppi jonka olen
ikinä tuntenut. Tykkäsi rugbysta, tykkäsi huulenheitosta, tykkäsi
kaverien kanssa hengailusta. Piti useimmista ihmisistä, ja useim-
mat pitivät hänestä. Moni suosittu kaveri on siinä iässä kusipää,
mutten ikinä nähnyt, että Pat olisi ollut mulkku kellekään. Ehkei
se kuulosta teistä ihmeelliseltä. Mutta on se sitä.»

Richie heitteli sokeripussia ilmaan. »Eli olitte läheiset.»

Conorin leuka osoitti ensin Richieen ja sitten minuun. »Tehän
olette työpari. Se kai tarkoittaa että teidän pitää uskoa henkenne
toistenne käsiin?»

Richie sieppasi sokerinsa ja jäi odottamaan, että minä vastaisin.
Sanoin: »Jos on hyvä työpari, niin kyllä.»

»Sitten tiedätte millaista Patilla ja minulla oli. Kerroin hänelle
sellaisiakin juttuja, että olisin ehkä tappanut itseni jos joku muu
olisi saanut tietää. Kerroin silti.»

Tana French

Häneltä oli jäänyt toteamuksensa mahdollinen ironisuus huomaamatta. Minulle tuli niin ahdistunut olo, että melkein nousin kiertämään taas huonetta. »Millaisia juttuja?»

»En todellakaan kerro. Perhejuttuja.»

Vilkaisin Richietä – saisimme ne selville muualtakin jos olisi tarvis – mutta Richie katsoi tiukasti Conoriin. Sanoin: »Puhutaan sitten Jennystä. Millainen hän oli silloin?»

Conorin ilme lientyi. »Jenny», hän sanoi lempeällä äänellä. »Hän oli harvinainen tyttö.»

»Niin, olemme nähneet kuvia. Häneltä näyttää jääneen teiniiän nolo vaihe väliin.»

»En minä sitä tarkoittanut. Aina kun hän astui huoneeseen, kaikki muuttui paremmaksi. Hän halusi, että kaikki on ihanaa ja kaikki ovat iloisia, ja hän tiesi aina miten asiat pitää hoitaa. Hänellä oli sellainen ihmeellinen kosketus, etten ole nähnyt mitään vastaavaa. Niin kuin silloin kerran, kun oltiin alaikäisten diskossa, ja Mac – yksi poika jonka kanssa pyörittiin silloin – hän yritti tanssia jonkun tytön vieressä ja saada hänet tanssimaan mukana. Ja tyttö irvisti ja sanoi jotain, en tiedä mitä mutta sitten hän repesi nauruun kavereittensa kanssa. Mac palasi meidän luoksemme tulipunaisena. Ihan murskana. Tytöt kikattelivat ja osoittelivat sormella. Macista näki että hän halusi kadota jonnekin. Ja silloin Jenny ojensi hänelle kätensä ja sanoi, että tämä on ihana biisi mutta Pat inhoaa sitä, tanssitaan me tämä joohan. Ja sitten he menivät, ja kohta Mac hymyili, Jenny nauroi hänen jutuilleen ja heillä oli hirveän kivaa. Se sulki tyttöjen suut. Jenny oli kymmenen kertaa nätimpi kuin kenenkään muun tyttökaveri.»

Sanoin: »Eikö se vaivannut Patia?»

»Sekö, että Jenny tanssi Macin kanssa?» Conor melkein nauroi. »Ei. Mac oli vuotta nuorempi. Pulska poika ja ruma kampaus. Ja sitä paitsi Pat tiesi kyllä mitä Jenny yritti. Veikkaan että hän rakastui Jennyyn entistä enemmän sen takia.»

Hänen ääneensä oli tullut taas hempeyttä. Se kuulosti rakastajan ääneltä, sellaiselta joka kaipaa seurakseen hämärää valoa ja hiljaista musiikkia, sellaiselta joka on tarkoitettu vain yhdelle kuulijalle. Fiona ja Shona olivat olleet oikeassa.

Sanoin: »Kuulostaa toimivalta suhteelta.»

Conor sanoi vain: »He olivat kauniita yhdessä. Ei sitä voi muulla lailla sanoa. Tiedättehän sen kun teininä tuntui usein, että maailmassa on kaikki paskaa? Heistä sai silloin toivoa.»

»Sehän on hienoa», sanoin. »Siis ihan oikeasti.»

Richie oli alkanut näprätä taas sokeripussiaan. »Sinähän seurustelit Jennyn siskon Fionan kanssa? Kun olitte jotain kahdeksantoistavuotiaita?»

»Niin. Muutaman kuukauden vaan.»

»Miksi erositte?»

Conor kohautti olkapäitään. »Ei siitä vaan tullut mitään.»

»Miksei? Oliko hän joku rasittava lehmä? Eikö teillä ollut mitään yhteistä? Eikö hän suostunut tekemään sitä?»

»Ei siinä sellaista ollut. Fiona sen suhteen lopetti. Fiona on hyvä tyyppi. Tultiin ihan hyvin toimeen. Se ei vaan lähtenyt.»

»Niin no joo», Richie sanoi kuivasti. »Ymmärrän ettei lähtenyt. Kun olit rakastunut hänen siskoonsa.»

Conor jähmettyi. »Kuka niin sanoi?»

»Mitä väliä?»

»Minulle on. Koska hän puhuu paskaa.»

»Conor», minä sanoin varoittavalla äänellä. »Muistatko mitä sovittiin?»

Hän näytti siltä kuin olisi halunnut lyödä meiltä molemmilta hampaat kurkkuun, mutta hetken päästä hän sanoi: »Ei se ollut sellaista miltä te saatte sen kuulostamaan.»

Ja jos tuossa ei ollut motiivia, niin ainakin sellainen oli aivan askeleen päässä. En voinut olla vilkaisematta Richietä, mutta hän oli heittänyt sokeripussin liian pitkälle ja syöksähti juuri sen perään. »Ai niinkö?» hän tiedusteli. »Miltä minä saan sen kuulostamaan?»

»Siltä niin kuin olisin ollut joku mätisäkki, joka yritti päästä heidän väliinsä. En ollut. Jos olisin saanut heidät eroamaan jostain napista painamalla, en olisi painanut. Kaikki muu, mukaan lukien omat tunteeni, ovat sellaista mikä ei kuulu muille.»

»Ehkä», sanoin. Pidin äänensävystäni – laiskasta ja huvittuneesta. »Ainakin siihen saakka kun Jenny sai tietää asiasta. Koska hänhän sai?»

Conor oli punastunut. Siitä oli niin monta vuotta, että haavojen olisi pitänyt jo parantua. »Minä en sanonut hänelle sanaakaan.»

»Sinun ei tarvinnut. Jenny arvasi. Naiset arvaavat, poikaseni. Miten hän suhtautui asiaan?»

»Enpä tiedä.»

»Saitko kerralla pakit? Vai nauttiko hän huomiosta ja antoi ymmärtää? Oliko teillä pieniä pusutteluhetkiä Patin selän takana?»

Conorin kädet olivat nyrkissä pöydällä. »Ei! Johan minä sanoin, että Pat oli paras kaverini. Kerroin teille, millaisia he olivat yhdessä. Kuvitteletteko että kumpikaan meistä, siis minä tai Jenny, olisi ruvennut sellaiseen?»

Nauroin ääneen. »No voi taivas, kyllä todellakin. Olen ollut teinipoika itsekin. Olisin myynyt vaikka äitini siitä hyvästä, että olisin päässyt kopeloimaan jotain tyttöä.»

»Sinä varmaan niin. Minä en.»

»Sepä kunniallista», minä sanoin vain aavistuksen virnuillen. »Mutta Pat ei tainnut ymmärtää, että sinä halusit vain vähän palvoa ylevästi etäältä? Hän tuli puhumaan sinulle Jennystä. Haluatko kertoa oman versiosi siitä, mitä silloin tapahtui?»

Conor tivasi: »Mitä te oikein haluatte? Minähän sanoin että tapoin heidät. Nämä meidän teinijuttumme eivät liity siihen mitenkään.»

Hänen rystysensä olivat valkoiset. Sanoin viileästi: »Muistatko mitä sanoin? Meistä on mukava päättää itse, mikä liittyy asiaan. Joten antaa kuulua, millainen yhteenotto sinulla ja Patilla oli silloin.»

Hänen leukaperänsä kiristyivät, mutta hän säilytti itsehillintänsä. »Ei ollut mitään 'yhteenottoa'. Olin kotosalla yhtenä iltapäivänä, muutama päivä sen jälkeen kun Fiona jätti minut, kun Pat tuli käymään ja sanoi, että mennään kävelylle. Tiesin että jotain on nyt tapahtunut, koska hän oli synkän näköinen eikä suostunut katsomaan minua silmiin. Menimme rannalle käveleskelemään, ja hän kysyi, oliko Fiona jättänyt minut siksi että tykkäsin Jennystä.»

»Voi hitsi», Richie sanoi vääntäen naamansa myötähäpeäirvistykseen. »Aika kiusallista.»

»No älä. Hän oli tosi vihainen. Niin minäkin.»

Minä sanoin: »Patilla oli näköjään aika kova itsehillintä. Minä olisin vetänyt sinua turpaan.»

»Luulin että hän varmaan vetääkin. Olin valmis siihen. Ajattelin että ansaitsen sen. Mutta Pat – hän oli sitä tyyppiä joka ei menetä malttiaan ikinä. Hän sanoi vain: 'Tiedän että monikin poika on ihastunut Jennyyn. Enkä ihmettele. Ei haittaa minua yhtään, kunhan pysyttelevät loitolla. Mutta sinä... jumalauta mies, en olisi arvannut että pitää olla huolissaan sinusta.'»

»Mitä vastasit?»

»Saman minkä kerroin teille. Että mieluummin kuolisin kuin menisin heidän väliinsä. Etten kertoisi asiasta ikinä Jennylle. Että halusin löytää vain jonkun toisen tytön, jonka kanssa olisi samanlaista kuin heillä kahdella, niin että voisin unohtaa nämä tunteet.»

Vanhan intohimon varjo hänen äänessään kertoi, että hän tarkoitti joka sanaa, sikäli kuin sillä oli merkitystä. Kohotin kulmiani.

»Ja silläkö se sitten hoitui?»

»Siinä meni monta tuntia. Käveltiin rantaa edestakaisin ja puhuttiin. Mutta siinä se pääpiirteissään.»

»Ja Pat uskoi sinua?»

»Hän tunsi minut. Kerroin totuuden. Hän uskoi.»

»Entä mitä sen jälkeen?»

»Sitten mentiin pubiin. Vedettiin pilkkuun asti ja horjuttiin kotiin toisesta tukea ottaen. Höpistiin kaikki ne asiat mitä jannut höpisevät sellaisena iltana.»

Minä kuule rakastan sinua mies, en homona mutta minä rakastan sinua, kyllä sinä tiedät, tekisin sinun puolestasi mitä vaan, mitä vaan... Levottomuus kuohahti minussa äskeistä rajummin. Sanoin: »Ja kaikki oli sen jälkeen taas ruusuista.»

Conor sanoi: »Joo. Niin se jumalauta olikin. Minä olin muutamaa vuotta myöhemmin Patin bestman. Olen Emman kummisetä. Katsokaa vaikka papereista jos ette usko. Luuletteko että Pat olisi valinnut minut, jos olisi epäillyt että yritän jotain hänen vaimonsa kanssa?»

»Ihmiset tekevät kaikenlaista omituista, kuomaseni. Jos eivät tekisi, minulta ja kollegaltani menisi työpaikka. Mutta uskotaan, olitte taas parhaat kaverit, aseveljet ja kaikkea hienoa. Mutta muutama vuosi sitten kaveruudelle kävi köpelösti. Haluaisimme kuulla sinun versiosi niistä tapahtumista.»

»Kuka sanoi, että kävi köpelösti?»

Hymyilin hänelle. »Sinä alat muuttua ennalta-arvattavaksi, kaveri. A: me esitämme kysymykset. B: me emme paljasta lähteitämme. Ja C: sinä sanoit itse niin, kuten ovat sanoneet muutkin. Jos olisit ollut vielä hyvää kaveria Spainien kanssa, sinun ei olisi tarvinnut istua munat jäässä rakennustyömaalla jotta saisit selvää miten heillä menee.»

Hetken päästä Conor sanoi: »Se oli se saatanan paikka. Ocean View. Voi jumalauta minä toivoisin etten olisi kuullut siitä ikinä.»

Hänen äänessään oli uusi, hurjempi pohjavire. »Arvasin sen heti. Ihan suoralta kädeltä. Ehkä kolme vuotta sitten, heti Jackin syntymän jälkeen, menin Patin ja Jennyn luo illalliselle – heillä oli sellainen kaupunkipientalo vuokralla Inchicoressa, ja koska minä asuin kymmenen minuutin päässä, kävin siellä vähän väliä. Menin sinä iltana sinne, ja he olivat ihan onnensa kukkuloilla. Hyvä kun ovesta pääsin, niin tyrkkäsivät jo käteeni asuntoesitteen: 'Katso! Katso tätä! Maksettiin käsiraha tänä aamuna, Jennyn äiti oli lastenvahtina jotta päästiin jonottamaan kiinteistönvälitystoimiston oven edessä yön yli, oltiin kymmenentenä jonossa, saatiin juuri se talo mikä haluttiin!' Heillä oli ollut hirveä hinku ostaa talo siitä asti kun olivat menneet kihloihin, joten olin ihan valmis ilahtumaan heidän puolestaan. Mutta sitten katsoin esitettä ja asuntoalue oli Brianstownissa. Ikinä kuullutkaan, kuulostaa sellaiselta tyhjästä polkaistulta loukolta, joita rakennuttajat nimeävät lapsensa tai itsensä mukaan, kun haluavat leikkiä jotain pikkukeisaria. Ja esitteessä luki jotain sellaista, että vain neljäkymmentä minuuttia Dublinista. Kerran kun katsoo karttaa niin näkee, että sinne ehtii siinä ajassa vain helikopterilla.»

Sanoin: »Pitkä matka Inchicoresta. Et voinut enää pistäytyä illallisella vähän väliä.»

»Ei siinä se haitannut. Vaikka olisivat muuttaneet Galwayhin, olisin ollut iloinen heidän puolestaan, jos he olisivat itse olleet tyytyväisiä.»

»Ja he uskoivat, että siinä paikassa he olisivat tyytyväisiä.»

»Paitsi ettei siellä edes ollut mitään paikkaa. Katsoin sitä esitettä tarkemmin ja huomasin, ettei siinä ollut oikeita taloja vaan havainnekuvia. Kysyin, että oliko sitä aluetta vielä edes rakennettu, ja Pat sanoi, että on se siinä vaiheessa kun muutetaan.»

Conor pyöritteli päätään, ja hänen suupielensä vääntyi. Jokin oli muuttunut. Broken Harbour oli iskeytynyt tähän keskusteluun kuin raju tuulenpuuska ja tehnyt meistä kaikista jännittyneen tarkkaavaisia. Richie oli laskenut sokeripussin käsistään. »Panivat vuosikaudet elämästään sen pantiksi, että kannattaa muuttaa pellolle jonnekin jumalan selän taakse.»

Sanoin: »No, he olivat optimisteja. Sehän on hyvä asia.»

»Ai niinkö? On optimistit erikseen ja pelkät hullut erikseen.»

»Eivätkö he olleet sinusta tarpeeksi vanhoja päättämään asiasta itse?»

»Joo. Olivat. Joten pidin pääni kiinni. Sanoin että onneksi olkoon, hieno juttu, maltan tuskin odottaa että näen. Nyökkäilin ja hymyilin aina kun he puhuivat siitä, tai kun Jenny esitteli verhokankaita ja Emma piirsi kuvan siitä, millainen huone hänelle tulee. Minä halusin, että siitä tulisi mahtava paikka. Minä rukoilin, että siitä tulisi juuri sellainen kuin he olivat toivoneet.»

Sanoin: »Muttei tullut.»

Conor sanoi: »Pat ja Jenny veivät minut katsomaan sitä aluetta kun talo oli valmis. Oli sunnuntaipäivä, ja maanantaina he aikoivat allekirjoittaa lopulliset sopimukset. Se oli kaksi vuotta sitten, tai vähän enemmän koska oli kesä. Oli kuumaa, hiostavan kuumaa – pilvistä, ja pilvet pusersivat kaiken ilman alaspäin ihmisten niskaan. Se paikka oli...» Karu äännähdys, joka saattoi olla naurua. »Olette tekin sen nähneet. Silloin se oli paremmassa kunnossa – rikkaruohot eivät olleet vielä kasvaneet ja työmaita oli vielä paljon käynnissä, joten se ei sentään tuntunut hautuumaalta, mutta ei se ollut sellainen paikka jossa kukaan haluaisi asua. Kun noustiin autosta, Jenny selitti että katso, meri näkyy, eikö ole upea? Minä vastasin, että joo hieno näköala, mutta ei se ollut. Vesi näytti likaiselta ja rasvaiselta. Sieltä olisi pitänyt puhaltaa viilentävä tuuli, mutta tuntui kuin ilma olisi kuollut. Talo oli ihan soma, sellainen stepfordilainen, mutta heti kadun toisella puolen oli joutomaata ja puskutraktori. Koko alue oli ihan saatanan hirvittävä. Teki mieli kääntyä ja häipyä saman tien ja kiskoa Pat ja Jenny mukanani.»

Richie sanoi: »Entäs he? Olivatko tyytyväisiä?»

Conor kohautti olkapäitään. »Siltä se kuulosti. Jenny sanoi, että vastapäiset talot valmistuvat parin kuukauden päästä – ei se minusta siltä näyttänyt, mutta pidin suuni kiinni. Hän sanoi: 'Tänne tulee tosi ihanaa. Saadaan rahoittajalta satakymmenen prossaa lainaa, jotta voidaan sisustaa talo. Minä ajattelin keittiöön merihenkistä teemaa, kun siinä on se merikin. Eikö merellinen teema olisi sinustakin kiva?'»

»Minä sanoin, että voisi olla turvallisempaa ottaa lainaa vain sata prosenttia ja sisustaa sitten vähitellen. Jenny nauroi – kuulosti tekonaurulta, mutta se saattoi johtua vaan siitä seisovasta ilmasta joka latisti kaiken – ja sanoi, että relaa nyt Conor. On meillä varaa tähän. Ei sitten syödä niin usein ravintolassa, eikä täällä ole lähellä paikkojakaan. Minä haluan että talossa on kaikki nättiä.»

»Sanoin siihen, että se nyt vaan olisi turvallisempaa sillä lailla. Kaiken varalta. Ehkei olisi pitänyt sanoa mitään, mutta se paikka... se tuntui joltain isolta koiralta, joka lähtee tulemaan valppaan näköisenä lähemmäs ja siitä huomaa, että nyt pitää lähteä äkkiä helvettiin. Pat vain nauroi ja sanoi: 'Kuule, tiedätkö sinä edes mitä vauhtia kiinteistöjen hinnat nousevat? Ei ole vielä edes muutettu taloon, mutta kämppä on jo arvokkaampi kuin mitä me siitä maksettiin. Sitten kun päätetään myydä, päästään joka tapauksessa voitolle.'»

Sanoin äänensävyyn, jonka tunnistin itsekin tärkeileväksi: »Jos he olivat hulluja, niin sitten oli koko maakin. Kukaan ei osannut ennustaa romahdusta.»

Conorin kulmakarvat käväisivät koholla. »Niinkö sinusta?»

»Jos joku olisi osannut, maa ei olisi tässä jamassa.»

Conor kohautti olkapäitään. »Minulla ei ole hajuakaan taloushommista. Minä olen pelkkä webbisuunnittelija. Mutta sen tiesin, ettei kukaan halunnut tuhansia taloja jostain korvesta. Ihmiset ostivat niitä vain siksi, että heille luvattiin että viiden vuoden päästä ne voi myydä tuplahinnalla ja voi muuttaa jonnekin säälliseen paikkaan. Niin kuin sanoin, olen vain joku satunnainen idiootti, mutta minäkin tiesin, että pyramidihuijauksessa hyväuskoiset loppuvat aina lopulta.»

»Tässähän meillä on oikea keskuspankkijohtaja», sanoin. Conor alkoi ottaa minua päähän – siksi että hän oli ollut oikeassa, ja siksi että Patilla ja Jennyllä oli ollut täysi syy uskoa että hän oli väärässä. »Jälkikäteen on helppo olla oikeassa, kuomaseni. Ei olisi ollut sinulta pois, jos olisit suhtautunut kavereittesi hankkeeseen vähän positiivisemmin.»

»Tarkoitatko että olisi pitänyt puhua heille vähän lisää soopaa? Sitä he saivat kuulla ihan riittävästi muualtakin. Pankeilta, rakennuttajilta, valtiolta. *Siitä vaan, ostakaa, elämänne paras sijoitus* –»

Richie rutisti sokeripussin ja tunki sen roskakoriin niin että kahahti. Hän sanoi: »Jos minä olisin nähnyt parhaitten kaverieni juoksevan kohti sellaista kallionreunaa, niin minäkin olisin sanonut jotain. En ehkä olisi saanut heitä estettyä, mutta pudotus ei välttämättä olisi tullut heille sitten niin järkytyksenä.»

He katselivat minua niin olisivat olleet samalla puolella ja minä olisin ollut ulkopuolinen. Richie yritti vain hivuttaa Conoria puhumaan siitä mitä talouskriisi oli saanut aikaan Patissa, mutta asetelma ärsytti minua silti. Sanoin: »Jatka vaan. Mitä sen jälkeen tapahtui?»

Conorin leuka värähti. Muisto kietoi häntä yhä tiukemmin otteeseensa. »Jenny – hän inhosi aina riitelyä – Jenny sanoi: 'Näkisitpä miten iso takapiha! Ajateltiin hankkia lapsille liukumäki, ja kesällä grillataan – voit jäädä yöksi meille, niin voit ottaa huoletta muutaman kaljan...' Mutta juuri silloin kadun toiselta puolen kuului valtava rysähdys, niin kuin kokonaisia kattokivipaaleja olisi pudonnut rakennustelineeltä. Hyppäsimme kaikki ilmaan. Kun sydämemme alkoivat taas lyödä, kysyin heiltä, että olette siis ihan varmoja tästä. Pat sanoi, että ollaan joo. Parempi olla, kun käsirahaa ei voi palauttaa.»

Conor pudisti päätään. »Hän yritti vääntää sitä vitsiksi. Minä sanoin, että vitut käsirahasta. Voitte te vielä muuttaa mieltänne. Ja silloin Pat räjähti minulle. Huusi että voi nyt saatana, etkö sinä voi edes esittää että olet puolestamme iloinen. Eikä se ollut yhtään Patin tapaista – niin kuin sanoin, hän ei ikinä menettänyt malttiaan. Joten tiesin että häntäkin arvelutti se juttu, ja pahasti. Käskin hänen sanoa rehellisesti, että haluaako hän edes sitä taloa.»

»Hän sanoi, että olen joo halunnut aina. Kyllä sinä sen tiedät. Vaikka itse haluatkin olla lopun ikää vuokralla jossain poikamiesboksissa – minä keskeytin, että ei kun juuri sitä taloa eikä mitä tahansa taloa. Haluatko sinä sen? Tykkäätkö sinä edes siitä? Vai ostatko vaan siksi, että niin kuuluu tehdä?»

»Pat sanoi, että eihän se täydellinen ole. Kyllä hän sen kuulemma tiesi. Mutta mitä vittua olisi pitänyt tehdä? Kun on lapsiakin. Kun on perhe, pitää olla koti. Mikä sinua siinä rassaa?»
Conor hieraisi leukaperäänsä niin lujaa, että siitä jäi punainen jälki. »Sitten huudettiin. Silloin kun riideltiin nuorempana, niin ovista olisi kurkkinut siinä vaiheessa jo puoli tusinaa naamaa. Mutta siellä ei näkynyt mitään elonmerkkejä. Sanoin, että jos ette pysty ostamaan jotain sellaista mitä oikeasti haluatte, pysykää vuokralla siihen asti että pystytte. Pat selitti, että herraisä Conor, ei tämä systeemi sillä lailla toimi! Pitää päästä ensin omistusasumiseen kiinni ja sitten voi vaihtaa parempaan kämppään! Minä sanoin siihen, että näinkö se tehdään. Otetaan velkaa korvia myöten, jotta saadaan joku läävä josta ei saa ehkä ikinä kunnon kotia. Mitä jos tuuli kääntyy ja se jää teille käsiin?»
»Jenny tarttui minua käsipuolesta ja sanoi, että ei tässä ole hätää, ihan oikeasti. Tiedän että yrität vaan pitää meistä huolta tai jotain, mutta sinä olet nyt ihan vanhanaikainen. Kaikki tekevät nykyään tällä lailla. Ihan kaikki!»
Conor nauroi – kuiva raapiva naurahdus. »Jenny sanoi sen niin kuin jonkun järkevän asian. Niin kuin koko väittely olisi ollut sillä loppuun käsitelty. En voinut uskoa kuulemaani.»
Richie sanoi hiljaa: »Hän oli oikeassa. Moniko meidän sukupolvesta teki ihan samalla lailla? Siis tuhannet. Tuhannet ja taas tuhannet.»
»Mitä sitten? Ketä helvettiä kiinnostaa, mitä kaikki muut tekevät? He olivat ostamassa taloa eivätkä T-paitaa. Eivät sijoitusta vaan kotia. Jos antaa muiden sanella mitä ajattelee sellaisesta asiasta, jos vain seuraa muitten mukana kun se on trendikästä, mikä sellainen ihminen edes on? Ja kun lauma vaihtaa seuraavana päivänä suuntaa, heitetäänkö silloin kaikki entiset ajatukset menemään ja aletaan alusta, koska muut sanovat niin? Mikä silloin pohjimmiltaan on? Sellainen ihminen ei ole mitään. Ei yhtään mitään.»
Tuo raivo. Läpitunkematon ja kylmä kuin kivi. Ajattelin tuhottua ja veristä keittiötä. »Noinko sinä sanoit Jennylle?»
»En voinut sanoa yhtään mitään. Pat – hän näki sen varmaan ilmeestäni – Pat sanoi, että totta se kuule on, kysy vaikka keneltä.

Yhdeksänkymmentäyhdeksän prosenttia sanoisi että teemme fiksusti.»

Taas sama karhea naurunraapaisu. »Seisoin siinä suu auki ja tuijotin. En pystynyt... Pat ei ollut ollut ikinä tuollainen. Ikinä. Ei edes silloin kun oltiin kuusitoistavuotiaita. No kyllä hän joskus veti tupakkaa tai marisätkää siksi että kaikki muutkin bileissä vetivät, mutta pohjimmiltaan hän tiesi aina kuka hän oli. Hän ei ollut ikinä tehnyt mitään ihan aivotonta, lähtenyt kännisen kuskin kyytiin tai muuta sellaista, pelkästään siksi että joku painosti siihen. Ja siinä se jumalauta aikuinen mies sitten inisi, että kun kaikki muutkin.»

Kysyin: »No mitä sanoit siihen?»

Conor pudisti päätään. »Ei siihen auttanut sanoa mitään. Tajusin sen kyllä heti. Ne kaksi... En tiennyt enää yhtään keitä he olivat. He eivät olleet sellaisia ihmisiä joiden kanssa halusin olla tekemisissä. Mutta olin niin saatanan pöljä että yritin silti. Kysyin, että mitä vittua teille on oikein tapahtunut.»

»Pat vastasi, että kasvettiin isoksi. Sitä meille on tapahtunut. Tällaista se aikuiselämä on. Pelataan sääntöjen mukaan.»

»Minä vastasin siihen, että ei perkele todellakaan ole. Aikuinen ajattelee saatana omilla aivoillaan. Oletko sinä ihan hullu? Oletko sinä joku zombi? Mikä sinä oikein olet?»

»Seisottiin vastatusten niin kuin oltaisiin ruvettu kohta vetämään toisiamme turpaan. Minä luulin että ruvettaisiinkin. Luulin että hän lyö millä hetkellä hyvänsä. Mutta sitten Jenny tarttui minua taas kyynärpäästä ja pyöräytti minut ympäri ja huusi, että ole sinä hiljaa! Ole hiljaa! Sinä pilaat koko jutun. Minä en voi sietää tällaista negatiivisuutta – minä en halua sellaista lasten lähelle, minä en halua sitä lähellekään meitä, en halua! Se on sairasta! Jos kaikki rupeavat ajattelemaan niin kuin sinä, niin koko maa menee viemäristä alas ja sitten kyllä ollaan vaikeuksissa. Oletko sinä sitten tyytyväinen?»

Conor hieraisi taas suutaan, ja näin hänen puraisevan kämmenlihaansa. »Jenny itki. Rupesin sanomaan jotain, en edes tiedä mitä, mutta Jenny löi kädet korvilleni ja lähti marssimaan katua pitkin kovaa vauhtia. Pat katsoi minua kuin saastaa. Sanoi, että kiitti kovasti, hieno homma. Ja lähti Jennyn perään.»

Sanoin: »Entä mitä sinä teit?»

»Lähdin pois. Kävelin siellä paskaloukossa pari tuntia ja yritin etsiä jotain minkä perusteella voisin soittaa Patille ja sanoa, että sori kaveri, olin ihan väärässä, tästä asuntoalueesta tulee oikea paratiisi. Mutten löytänyt muuta kuin lisää paskaloukkoa. Lopulta soitin yhdelle toiselle kaverilleni ja pyysin häntä hakemaan minut sieltä. En kuullut heistä enää sen jälkeen. En yrittänyt ottaa yhteyttäkään.»

»Hmm», minä sanoin. Nojauduin tuolillani taaksepäin, naputin hampaitani kynällä ja mietin kuulemaani. »Kyllähän minä olen kuullut, että ystävyys voi rikkoutua omituisista syistä. Mutta että kiinteistöjen arvojen tähden? Ihanko oikeasti?»

»Enkö minä sitten ollut oikeassa?»

»Olitko mielissäsi kun olit?»

»En! Olisi ollut mahtavaa olla väärässä.»

»Koska välitit Patista. Puhumattakaan Jennystä. Sinä välitit Jennystä.»

»Kaikista neljästä.»

»Ja varsinkin Jennystä. Ei kun odota, en puhunut loppuun. Minä olen yksinkertainen mies. Tämä työparini tässä voi kertoa, että haen aina yksinkertaisinta ratkaisua, ja se osoittautuu yleensä oikeaksi. Joten mietin tässä nyt, että kyllähän sinä saatoit riidellä Spainien kanssa heidän talovalinnastaan ja asuntolainansa koosta ja siitä, mitä se kertoi heidän maailmankuvastaan ja muusta mitä sanoit juuri – osa siitä meni minulta vähän ohi, voit virkistää muistiani myöhemmin. Mutta kun ottaa huomioon tilanteen taustat, niin on paljon yksinkertaisempaa olettaa, että te riitelitte koska sinä olet yhä rakastunut Jenny Spainiin.»

»Se ei tullut edes puheeksi. Emme olleet puhuneet siitä sen jälkeen, kun Fiona pani poikki minun kanssani.»

Sanoin: »Eli sinä siis olit yhä rakastunut häneen.»

Hetken päästä Conor sanoi hiljaa ja kärsivästi: »En ole tuntenut toista sellaista naista.»

»Ja sen vuoksi naissuhteesi päättyvät aina. Vai kuinka?»

»En minä rupea haaskaamaan vuosia elämästäni johonkin sellaiseen mitä en halua. Vaikka joku väittäisi, että on pakko. Minä olin nähnyt Patin ja Jennyn. Tiesin miltä aito asia näyttää. Miksi pitäisi tavoitella mitään muuta?»

Sanoin: »Mutta yrität selittää, että riita ei johtunut siitä.»
Harmaat silmät kapenivat viiruiksi, ja niihin syttyi hetkeksi
inho. »Niin kuin ei johtunutkaan. Luuletko että olisin paljastanut
tuota heille?»
»Paljastit jo aikoinaan kertaalleen.»
»Koska olin silloin nuorempi. Olin siihen aikaan ihan paska
salaamaan mitään.»
Naurahdin ääneen. »Olit oikea avoin kirja, niinkö? Näyttää
siltä, että Pat ja Jenny eivät olleet ainoita jotka muuttuivat van-
hemmiten.»
»Sain enemmän järkeä päähän. Opin hillitsemään itseni.
Mutta en minä miksikään eri ihmiseksi muuttunut.»
Sanoin: »Tarkoittaako tämä, että olet edelleen rakastunut
Jennyyn?»
»En ole puhunut hänelle vuosikausiin.»
Mikä antoi aihetta myös aivan toiseen kysymykseen, mutta
molemmat saivat odottaa. »Ehkä et. Mutta olet nähnyt häntä pal-
jon sieltä pikku piilopaikastasi. Kerropa nyt saman tien, miten se
sai alkunsa.»
Odotin Conorin väistävän kysymykseni, mutta hän vastasi
kerkeästi niin kuin olisi ilahtunut siitä – mikä tahansa muu aihe oli
parempi kuin hänen tunteensa Jenny Spainia kohtaan. »Melkein
vahingossa. Minulla ei mennyt viime vuoden lopulla hyvin. Työt
olivat lopahtaneet. Se oli finanssikriisin alkua – kukaan ei sanonut
sitä ääneen vielä siinä vaiheessa, ja oli maanpetturi jos pani sen
merkille, mutta minä arvasin sen. Minunlaiseni freelancerit
tunsivat sen nahoissaan ensimmäisenä. Olin aika lailla puilla
paljailla. Piti muuttaa paskaan pikkukämppään – olette varmaan
nähneet sen. Vai?»
Emme vastanneet – Richie pysytteli nurkassaan liikkumatto-
mana ja sulautui taustaan antaakseen minulle vapaat kädet. Cono-
rin suupieli vääntyi. »Toivottavasti viihdyitte siellä. Ymmärrätte
varmaan, miksen ole siellä jos ei ole pakko.»
»Mutta ei kuulosta siltä, että olisit ihastunut Ocean Viewiin-
kään. Miten päädyit viettämään aikaasi siellä?»
Hän kohautti olkapäitään. »Minulla oli joutoaikaa. Olin alla-
päin... ajattelin jatkuvasti Patia ja Jennyä. Heille minä olin aina

puhunut silloin, kun tuntui pahalta. Minulla oli ikävä heitä. Halusin vaan... halusin nähdä miten heillä meni. Alkoi kiinnostaa.»

Sanoin: »No, sen minä vielä ymmärrän. Mutta jos keskivertotyyppi haluaa ottaa yhteyttä vanhoihin kavereihinsa, hän ei leiriydy heidän takaikkunansa viereen. Hän tarttuu puhelimeen. Anteeksi nyt jos tämä on tyhmä kysymys, poikaseni, mutta eikö sinulle tullut sellainen mieleen?»

»En tiennyt haluaisivatko he puhua minulle. En tiennyt sitäkään, oliko meillä enää niin paljon yhteistä että tultaisiin toimeen. Jos olisi käynyt ilmi ettei ollut, en olisi kestänyt sitä.» Conor kuulosti hetken teiniltä, hauraalta ja vereslihaiselta. »Tietysti minä olisin voinut soittaa Fionalle ja kysellä heistä, mutten tiennyt miten paljon he kertoivat asioistaan hänelle, enkä halunnut panna häntä välikäteen... Yhtenä viikonloppuna minä sitten vain ajoin Brianstowniin sillä mielin, että vilkaisisin heitä ja palaisin sitten kotiin. Siinä kaikki.»

»Ja pääsit vilkaisemaan.»

»Niin. Menin siihen taloon, mistä löysitte minut. Ajattelin vaan, että näkisin heidät ehkä vilaukselta, kun he tulisivat takapihalle, mutta se keittiön ikkuna... Näin kaiken. Näin koko perheen syömässä. Jenny pani Emman tukkaan kumilenksun, jottei se roiku ruuassa. Pat kertoi jotain juttua. Jack nauroi naama ihan ruuan peitossa.»

Kysyin: »Miten pitkään olit siellä?»

»Ehkä tunnin. Siellä oli mukavaa, se oli mukavinta mitä olin nähnyt ties miten pitkään aikaan.» Muisto silotteli kireyden hänen äänestään, teki siitä lempeämmän. »Rauhallista. Kun menin kotiin, oli rauhallinen olo.»

»Joten palasit hakemaan uutta annosta.»

»Niin. Pari viikkoa myöhemmin. Emmalla oli nuket takapihalla, ja hän tanssitti niitä vuorotellen ja opetti niille askelia. Jenny ripusti pyykkiä. Jack oli lentokone.»

»Ja sekin oli rauhallista. Joten tulit uudestaan.»

»Niin. Mitä minä muutakaan päivät pitkät? Olisinko istunut siellä minikämpässä telkkaria tuijottamassa?»

Sanoin: »Ja pian olitkin jo hankkinut makuupussin ja kiikarit.»

Conor sanoi: »Tiedän että se kuulostaa hullulta. Ei teidän tarvitse sitä kertoa.»

»Niin kuulostaa. Mutta toistaiseksi myös harmittomalta. Täydeksi psykoiluksi se meni vasta sitten, kun rupesit tunkeutumaan heidän asuntoonsa. Haluaisitko kertoa oman versiosi siitä?»
Hän ei epäröinyt taaskaan. Jopa asuntomurrot olivat turvallisempaa maaperää kuin Jenny. »Löysin takaoven avaimen, niin kuin kerroin. En aikonut ensin tehdä sillä mitään, tuntui vain mukavalta kun minulla oli se. Mutta yhtenä aamuna kaikki olivat poissa talosta, olin ollut ulkona koko yön, oli kosteat vaatteet ja palelin hirvittävästi, koska siihen aikaan minulla ei ollut vielä kunnon makuupussia. Ajattelin että miksei, viideksi minuutiksi vaan, kunhan vähän lämmittelen... Mutta siellä tuntui hyvältä. Tuoksui silitysraudalta, ja teeltä ja leivonnaisilta, ja joltain kukkaiselta. Kaikki oli säkenöivän puhdasta. Siitä oli pitkä aika, kun olin ollut viimeksi sellaisessa paikassa. Kodissa.»
»Milloin tämä tapahtui?»
»Keväällä. En muista tarkkaa päivää.»
»Ja sen jälkeen tulit takaisin yhä uudestaan», sanoin. »Et taida olla kovin hyvä vastustamaan kiusausta, poikaseni?»
»En tehnyt mitään vahinkoa.»
»Etkö? Mitä sinä sitten teit siellä?»
Olankohautus. Conor oli pannut kätensä puuskaan ja kääntänyt katseensa pois meistä – häntä alkoi nolottaa. »En paljon mitään. Join kupin teetä ja söin keksin. Joskus voileivän.» Jennyn kadonneet kinkkusiivut. »Joskus minä...» Puna syveni poskilla. »Suljin olohuoneen verhot, jotta kusipäänaapurit eivät nähneet, ja katsoin vähän telkkaria. Sellaista.»
Sanoin: »Leikit että asuit siellä.»
Conor ei vastannut.
»Kävitkö ikinä yläkerrassa? Makuuhuoneissa?»
Taas hiljaista.
»Conor.»
»Pari kertaa.»
»Mitä teit?»
»Katselin vaan Emman huonetta, ja Jackin. Seisoin ovella ja katsoin. Halusin vaan pystyä kuvittelemaan heidät sinne.»
»Entä Patin ja Jennyn huone? Kävitkö siellä?»
»Kävin.»

»Ja mitä siellä?»

»En sitä mitä luulet. Makasin heidän sängyllään – riisuin kengät ensin. Hetken vain. Suljin silmät. Siinä kaikki.»

Hän ei katsonut meihin. Hän oli vajoamassa muistoonsa, ja aistin surun huokuvan hänestä kuin kylmyyden jäästä. Sanoin terävästi: »Eikö tullut mieleen, että säikytit Spainit melkein järjiltään? Vai oliko se plussaa?»

Tämä kiskaisi hänet takaisin. »En minä pelotellut heitä. Pidin aina huolen, että lähdin ennen kuin he tulivat kotiin. Panin kaiken takaisin paikoilleen. Pesin ja kuivasin kupin ja panin sen kaappiin. Siivosin lattian, jos olin tuonut kuraa sisälle. Otin vain ihan mitättömiä asioita – ei kukaan jää kaipaamaan paria kuminauhaa. Kukaan ei saanut tietää, että kävin siellä.»

»Paitsi että me saimme tietää. Pidä se mielessäsi. Kerrohan yksi asia, Conor – ja muista, ettei mitään potaskaa nyt. Olit jumalattoman kateellinen, vai mitä? Spaineille. Ja mustasukkainen Patille.»

Conor ravisti päätään, nytkäytti sitä kärsimättömästi niin kuin olisi hätistänyt kärpästä. »Ei! Sinä et tajua. Tämä oli sama juttu kuin silloin, kun oltiin kahdeksantoistavuotiaita – ei se ollut sellaista kuin meinaat.»

»Millaista sitten?»

»En ikinä halunnut että heille tapahtuu mitään pahaa. Minä vain... tiedän että haukuin heitä siitä, kun he menivät muitten perässä. Mutta kun aloin katsella heitä...»

Pitkä hengenveto. Lämmitys oli mennyt taas pois päältä. Ilman sen huminaa huoneessa tuntui hiljaiselta kuin tyhjiössä; hiljaisuus imaisi sisäänsä myös hengityksemme heiveröiset äänet niin, että ne katosivat kokonaan. »Ulkoapäin heidän elämänsä näytti ihan samanlaiselta kuin kaikilla muillakin, se oli ihan kuin jostain kloonikauhuleffasta. Mutta kun sen näki sisältäpäin, niin tajusi... Niin kuin vaikka se, että Jenny käytti samaa ääliömäistä rusketusvoidetta kuin kaikki muutkin tytöt, teki itsestään ihan samannäköisen kuin muutkin – mutta kun hän oli levittänyt sitä, hän toi pullon keittiöön ja maalasi sillä kuvioita käsiinsä lasten kanssa. Pienillä siveltimillä tähtiä ja hymynaamoja, tai nimikirjaimet – kerran hän maalasi Jackin käsiin tiikeriraidat, ja poika oli ihan onnessaan, kun sai olla tiikeri koko viikon. Tai kun lapset oli pantu nukkumaan ja

Jenny siivosi heidän jälkiään niin kuin kaikki maailman kotirouvat, Pat tuli joskus auttamaan ja he alkoivat leikkiä niillä leluilla – panivat vaikka pehmolelut tappelemaan keskenään ja nauroivat, ja sitten kun he kyllästyivät niin jäivät lattialle vierekkäin makaamaan ja katselivat kuutamoa ikkunasta. Sieltä ylhäältä näki, että he olivat vieläkin ne samat tyypit. Ne joita he olivat olleet silloin, kun oltiin kuusitoistavuotiaita.»

Conorin käsivarret olivat rentoutuneet. Kädet lepäsivät pöydällä kupertuneet kämmenet ylöspäin, ja huulet olivat raottuneet. Hän katseli mielessään jotain hidasta kuvasaattoa, kaukaista ja koskematonta, joka kulki valaistussa ikkunassa ja hehkui runsaana kuin emali tai kulta.

»Yöt kestävät pitempään, kun on yksin ulkona. Silloin alkaa ajatella kummia asioita. Näin valoja muissakin taloissa siellä. Joskus kuulin musiikkia – joku soitti vanhan ajan rokkia äänet täysillä, joku toinen harjoitteli huilunsoittoa. Aloin ajatella kaikkia muita jotka asuivat siellä. Kaikkia niitä erilaisia elämiä. Vaikka he olisivat vain olleet laittamassa päivällistä, niin joku isä saattoi laittaa lapsensa lempiruokaa, jotta saisi piristettyä häntä ikävän koulupäivän jälkeen, joku pariskunta saattoi juhlia sitä että vaimo oli saanut tietää olevansa raskaana... Kaikki olivat siellä laittamassa päivällistä, mutta kaikki ajattelivat jotain ihan eri asiaa. Rakastivat jotain ihan eri ihmistä. Aina kun olin siellä ylhäällä, se meni vahvemmin jakeluun. Sellainen elämä on sittenkin kaunista.»

Conor veti jälleen syvään henkeä ja laski kätensä pöydälle kämmenet alaspäin. Hän sanoi: »Siinä kaikki. En ollut kateellinen. Olin vaan... tuollainen.»

Richie sanoi nurkastaan: »Mutta Spainien elämä ei pysynyt kauniina. Ei sen jälkeen kun Patilta meni työ.»

»Hyvin niillä meni.»

Se, että Conorin ääni muuttui heti ärhäkkääksi – hän asettui oitis puolustamaan Patia – sai levottomuuden kimpoilemaan taas sisälläni. Richie tuli seinustalta ja laski persuksensa pöydänkulmalle, liian lähelle Conoria. »Kun juteltiin viimeksi, sanoit että Patilta hajosi siihen pää. Mitä sinä sillä oikein tarkoitit?»

»En mitään. Tunnen Patin. Tiedän että hän vihasi varmasti työttömyyttä. Siinä kaikki.»

»Se raukkahan oli aivan raunioina. Et voi paljastaa mitään, mitä emme tiedä jo ennestään. Joten mitä sinä näit? Käyttäytyikö Pat oudosti? Itkikö hän? Riitelikö Jennyn kanssa?»

»Ei.» Lyhyt ja tiukka tauko, jonka aikana Conor punnitsi mitä kertoisi meille. Hänen kätensä olivat taas puuskassa. »Alkuun hän voi ihan hyvin. Muutaman kuukauden päästä – ehkä kesällä – hän alkoi valvoa myöhään ja nukkua pitkälle päivään. Ei käynyt enää niin paljon ulkona. Ennen hän kävi lenkillä joka päivä, mutta se jäi kokonaan. Joinakin päivinä ei edes vaivautunut pukeutumaan tai ajamaan partaa.»

»Kuulostaa masennukselta.»

»Oli hän allapäin. Entä sitten? Voitteko moittia häntä?»

Richie sanoi: »Mutta sinulle ei silti tullut mieleen, että voisit ottaa heihin yhteyttä? Kun sinulla alkoi mennä huonosti, kaipasit Patia ja Jennyä. Eikö tullut mieleen, että he voisivat kaivata sinua kun heillä oli vaikeaa?»

Conor sanoi: »Kyllä tuli. Monestikin. Ajattelin että voisin ehkä auttaa – kävisin Patin kanssa parilla tuopilla heittämässä huulta, olisin lapsenvahtina että he saisivat vähän yhteistä aikaa... Mutten voinut. Sama kuin olisi mennyt hähättelemään, että sanoinhan minä että tämä menee perseelleen. Se olisi pahentanut eikä parantanut asioita.»

»Jumaliste, mies. Miten paljon pahemmiksi ne olisivat voineet enää mennä siitä?»

»Paljon. Pat ei liikkunut tarpeeksi, mitä siitä. Ei se tarkoittanut että hän oli menossa raiteiltaan.»

Hänen sävynsä oli yhä ärhäkän puolusteleva. Sanoin: »Et varmaan ilahtunut siitä, kun Pat ei käynyt missään. Niin kauan kuin hän oli kotona, sinulle ei herunut teetä ja voileipää. Pääsitkö vielä käymään talossa silloin parina viimeisenä kuukautena?»

Hän käännähti nopeasti minua kohti niin kuin olisin tullut pelastamaan hänet Richieltä. »Harvemmin. Koko perhe oli ulkona ehkä kerran viikossa, kun hakivat porukalla Emman koulusta ja menivät sitten kauppaan. Ei Pat varsinaisesti pelännyt ulos menoa, hän halusi vain olla sisällä jotta voisi vahtia sitä minkkiä tai jotain. Ei hänellä mitään fobioita ollut.»

En vilkaissut Richietä, mutta aistin hänen jähmettyvän. Conorin ei olisi pitänyt tietää Patin eläimestä.

Ennen kuin Conor ehti tajuta mitä oli sanonut, kysyin huolettomasti: »Näitkö sinä ikinä sitä elukkaa?»

»Niin kuin sanoin, en ollut talossa kovin usein.»

»Olithan. En tarkoita vain paria viimeistä kuukautta, tarkoitan koko sitä aikaa kun ramppasit siellä. Näitkö sitä? Kuulitko?»

Conor alkoi muuttua varovaiseksi, vaikkei ollutkaan varma, minkä vuoksi se oli tarpeen. »Kuulin pari kertaa raapimista. Ajattelin, että ehkä se tuli hiiristä tai joku lintu oli eksynyt ullakolle.»

»Entä öisin? Silloinhan se eläin olisi varsinaisesti metsästänyt tai paneskellut tai mitä nyt harrastikin, ja sinä olit ihan siinä vieressä pikku kiikareinesi. Näitkö retkilläsi ikinä minkkiä? Saukkoa? Tai edes rottaa?»

»Kyllähän siellä on kaikenlaista eläjää. Näin öisin paljon liikettä. Osa eläimistä oli isoja. Ei aavistusta mitä ne olivat, koska en nähnyt niitä. Oli pimeää.»

»Eikö se huolettanut sinua? Olit siellä korvessa näkymättömien villieläinten keskellä ilman mitään suojaa.»

Conor kohautti olkapäitään. »Eläimet eivät haittaa minua.»

»Rohkea mies», sanoin hyväksyvästi.

Richie sanoi – samalla kun hieroi päätään hämmentyneenä niin kuin ainakin untuvikko joka yrittää saada asioista tolkkua: »Hetkonen. Minä en nyt kässää jotain. Mistä sinä tiesit, että Pat jahtasi eläintä?»

Conorin suu aukesi hetkeksi, mutta sitten hän sulki sen ja mietti nopeasti. »Mikä nyt on?» minä tivasin. »Ei se ollut monimutkainen kysymys. Onko joku syy, mikset halua kertoa meille?»

»Ei. En vain muista, miten se selvisi minulle.»

Richie ja minä katsoimme toisiamme ja aloimme nauraa. »Mahtavaa», sanoin. »Täytyy kyllä sanoa, että vaikka tekisi näitä hommia kuinka pitkään, niin tuohon vastaukseen ei kyllästy.» Conorin leukaperät kiristyivät – hän ei pitänyt siitä että hänelle naurettiin. »Anteeksi, kaveri. Mutta ymmärräthän, että me kohtaamme täällä kauhean paljon muistinsa menettäneitä. Joskus tuntuu, että valtio panee jotain ainetta vesijohtoveteen. Haluatko yrittää vastausta uudestaan?»

Hänen mielensä kävi kierroksilla. Richie sanoi äänellä, jossa oli virne yhä tallella: »No sanos nyt. Ei kai se niin vaarallista voi olla?»

Conor sanoi: »Kuuntelin yhtenä iltana keittiön ikkunasta. Kuulin kun Pat ja Jenny puhuivat siitä.»

Alueella ei ollut katuvaloja eikä Spainien takapihalla ollut valaistusta, joten pimeäntulon jälkeen Conor olisi voinut kiivetä aidan yli ja kuunnella illat pitkät korva kiinni ikkunassa. Yksityisyyden olisi pitänyt olla Spainien huolista pienimpiä siellä sorakasojen ja köynnöskasvien ja merenkohinan keskellä, paikassa josta oli kilometrikaupalla moottoritietä lähimpään heistä välittävään ihmiseen. Mutta heillä ei ollut mitään omaa. Conor oli kuljeskellut heidän talossaan ja työntänyt naamansa vasten heidän iltaisia kuherteluhetkiään viinilasin ääressä. Goganit olivat repostelleet heidän riitojaan rasvaisilla käpälillään ja kaivelleet heidän avioliittonsa arkoja paikkoja. Heidän kotinsa seinät olivat olleet paperia, joka repeili ja pehmeni olemattomiin.

»Mielenkiintoista», minä sanoin. »Entä miltä se keskustelu kuulosti sinusta?»

»Mitä tarkoitat?»

»Kuka sanoi mitä? Olivatko he huolissaan? Tolaltaan? Riitelivätkö? Oliko huutoa ja kiljumista? Mitä?»

Conorin kasvot olivat valahtaneet ilmeettömiksi. Tähän hän ei ollut varautunut. »En kuullut koko juttua. Pat sanoi jotain, ettei ansa toiminut. Ja Jenny kai ehdotti eri syöttiä, ja Pat sanoi että jos pääsisi näkemään vilauksen siitä eläimestä, niin sitten tietäisi mitä syöttiä voi käyttää. Eivät näyttäneet olevan mitenkään tolaltaan. Ehkä vähän huolissaan, mutta niin olisi kuka tahansa. Ei se ainakaan riita ollut. Ei kuulostanut isolta asialta.»

»Selvä. Milloin tämä tapahtui?»

»En muista. Joskus kesällä varmaan. Ehkä myöhemmin.»

»Mielenkiintoista juttua», sanoin ja työnsin tuolin kauemmas pöydän äärestä. »Jatketaan kohta samasta. Me menemme nyt vähäksi aikaa ulos puhumaan sinusta. Kuulustelu keskeytetty, ylikonstaapeli Kennedy ja konstaapeli Curran poistuvat huoneesta.»

Conor sanoi: »Odottakaa. Miten Jenny voi? Onko hän...?» Hän ei saanut lausetta loppuun.

»Aivan», minä sanoin heilauttaessani takkia olalle. »Odotin-kin että kysyisit. Pärjäsit hyvin, Conor poikaseni – kestit pitkään ja sitkeästi ennen kuin sinun oli ihan pakko kysyä. Arvelin että alkaisit kerjätä jo ensimmäisellä minuutilla. Aliarvioin sinua.»

»Minä vastasin kaikkeen mitä te kysyitte.»

»No niinpä teit. Suunnilleen. Hyvä poika.» Kohotin kulma-karvojani kysyvästi Richielle, ja hän kohautti olkapäitään noustessaan istumasta pöydän päältä. »No, miksipä ei. Jenny elää, kuoma-seni. Hän ei ole enää hengenvaarassa. Pääsee varmaan sairaalasta jo muutaman päivän päästä.»

Odotin helpotusta tai pelkoa, kenties jopa kiukkua. Hän kui-tenkin reagoi vain päästämällä pienen sihahduksen ja nyökkää-mällä lyhyesti sanomatta mitään.

Sanoin: »Jenny on kertonut meille hyvin kiinnostavia tietoja.»

»Mitä hän sanoi?»

»Rauhoitu nyt. Tiedät ettemme voi kertoa. Sanotaan nyt vain, että kannattaa varoa kertomasta valeita, jotka menevät ris-tiin Jenny Spainin puheiden kanssa. Mietipä sitä sillä välin kun olemme poissa. Mieti ankarasti.»

Vilkaisin Conoria vielä kerran, kun pitelin ovea auki Richielle. Hän tuijotti tyhjyyteen ja hengitteli hampaittensa välistä. Ja mietti neuvoni mukaan ankarasti.

Käytävällä sanoin: »Kuulitko tuota? Jossain siellä on sittenkin motiivi, luojan kiitos. Ja minä aion kaivaa sen esiin, vaikka sitten pitäisi piestä tuo friikki.»

Sydämeni takoi; halusin halata Richietä, halusin paukuttaa ovea jotta Conor hätkähtäisi, halusin jotain mitä en tiennyt. Richie veteli sormenkynttään pitkin käytävän seinän lohkeillutta maali-pintaa ja tarkkaili ovea. Hän sanoi: »Niinkö meinaat?»

»No totta helvetissä. Heti kun hän erehtyi puhumaan eläi-mestä, hän alkoi taas puhua roskaa. Ei sitä keskustelua ansoista ja syöteistä ole käytykään. Ehkä jos siellä olisi ollut joku huutoriita ja Conorilla olisi ollut korva kiinni ikkunassa, hän olisi voinut kuulla siitä paljon, mutta muista, että Spaineilla oli ikkunoissaan tupla-lasit. Siihen vielä päälle meren pauhu, niin hän ei ole voinut kuulla mitään normaalia keskustelua edes niin läheltä. Ehkä hän valehteli vain keskustelun sävystä – he huusivat toisilleen, mutta Conor ei syystä tai toisesta halua kertoa sitä meille. Mutta jos hän ei saanut tietää eläimestä sitä kautta, niin miten?»

Richie sanoi: »Tietokone oli päällä, kun hän kävi joskus sisällä. Luki siitä.»

»Ehkä. Siinä olisi enemmän järkeä kuin tässä pajunköydessä jota hän syöttää. Mutta miksei hän ollut rehellinen?»

»Hän ei tiedä, että olemme saaneet palautettua koneen tietoja. Hän ei halua meidän tietävän, että Pat oli tärähtämässä, koska silloin voisimme tajuta, että hän uhrautuu Patin puolesta.»

»Jos uhrautuu. Jos.» Olin kyllä tiennyt, ettei Richie ollut vielä kanssani samoilla linjoilla, mutta kun kuulin sen hänen suustaan, aloin kiertää tiukkaa ympyrää käytävällä. Jokainen lihakseni oli levoton sen jäljiltä, että olin joutunut istumaan pöydän ääressä niin pitkään. »Oletko tullut ajatelleeksi, miten muutenkin hän olisi voinut saada asian selville?»

Richie sanoi: »Hänellä ja Jennyllä oli suhde. Jenny kertoi eläimestä.»

»Niin. Ehkä. Voi olla. Otamme siitä selvää. Mutta en minä sitä ajatellut. Sanoit äsken, että Pat oli tärähtämässä. Mitäpä jos Patin itsensäkin oli tarkoitus uskoa niin?»

Richie painautui seinää vasten ja pani kädet taskuun. Hän sanoi: »Kerro lisää.»

Sanoin: »Muistatko mitä se netin metsästäjäkaveri sanoi, se joka suositteli ansaa? Hän kysyi, oliko mahdollista että lapset tekivät Patille kiusaa. Tiedämme, että lapset olivat liian pieniä sellaiseen, mutta eräs toinen ei ollut. Eräs joka pääsi taloon sisään.»

»Arveletko, että Conor päästi eläimen ansasta? Ja otti syöttihiiren pois?»

En voinut lakata kulkemasta kehää. Toivoin että meillä olisi ollut tarkkailuhuone, jossa voisi liikkua vauhdikkaasti eikä tarvitsisi puhua hiljaa. »Ehkä niin. Tai ehkä enemmänkin. Fakta on, että Conor pelasi Jennyn kanssa ainakin aluksi psykologista peliä. Söi hänen ruokiaan, pölli häneltä pikkutavaroita – Conor saa ihan vapaasti selitellä, ettei hänen tarkoituksensa ollut säikytellä, mutta sen hän joka tapauksessa teki, Jenny pelästyi ihan helvetisti. Conor sai Fionan uskomaan, että Jenny oli tulossa hulluksi, ja varmaan Jenny uskoi niin itsekin. Mitä jos Conor teki saman Patille?»

»Niin kuin miten?»

»Se eläintohtorimme, mikä hänen nimensä nyt olikaan, ei voinut mennä vannomaan että vintillä oli ikinä edes ollut eläintä. Sinä tulkitsit sen niin, että Pat Spain kuvitteli koko jutun. Mitä jos eläintä ei ollut siksi, että koko juttu oli Conorin aikaansaannosta?»

Tämä toi Richien ilmeeseen jotain vahvaa tunnetta – ehkä epäuskoa, ehkä puolustelunhalua, en osannut tulkita mitä. Sanoin: »Kaikki merkit joista Pat puhui, ja kaikki mitä me olemme nähneet, olisivat voineet olla jonkun taloon pääsevän ulkopuolisen lavastamia. Kuulit, mitä eläintohtori sanoi punarinnasta: sen pää oli voitu purra irti, mutta se oli voitu myös leikata veitsellä. Ne kattopalkin viillot saattoivat olla kynnenjälkiä mutta myös veitsenjälkiä. Luurangoista sen verran, että muutkin kuin eläimet osaavat perata pari oravaa.»

»Entä äänet?»

»Aivan. Ei unohdeta ääniä. Muistatko mitä Pat kirjoitti silloin alussa Wildwatcheriin? Välikatossa on parinkymmenen sentin korkuinen tila. Miten vaikea olisi hankkia kaukosäätimellä toimiva MP3-soitin ja kunnon kaiuttimet, viedä ne siihen tilaan ja soittaa äänitettyä raapimista ja kolistelua aina kun Pat näkyi menevän yläkertaan? Ne olisi voinut piilottaa eristeiden taakse niin, että jos Pat tutkisi tilaa taskulampullaan, niin kuin tutki, hän ei näkisi mitään. Ja eihän hän olisi arvannut etsiä sähkölaitetta, hän etsi karvoja, jätöksiä ja eläimiä, eikä ollut sitä vaaraa että hän näkisi sellaisen. Ja jos halusi vähän lisäkivaa, niin sitten saattoi panna äänitteen pois päältä aina kun Jenny tuli paikalle, jotta hän alkoi miettiä, oliko Patilta menossa ruuvit löysälle. Jos vaihtoi patterit aina kun tunkeutui taloon – tai jos keksi keinon käyttää laitteita talon sähköllä – niin saattoi pitää pikku peliään niin pitkään kuin halusi.

Richie huomautti: »Vaan kun se ei pysynyt vintillä. Se eläin, jos siellä nyt eläintä oli. Se tunkeutui seinien sisään. Pat kuuli sen melkein joka huoneessa.»

»Uskoi kuulleensa. Muistatko mitä muuta hän kirjoitti palstalle? Hän ei ollut varma, missä eläin oli, koska talossa oli omituinen akustiikka. Oletetaan, että Conor siirteli kaiuttimia silloin tällöin, jotta Pat pysyi varpaillaan, ja sai sen kuulostamaan siltä, että vintillä liikkui eläin. Sitten hän eräänä päivänä tajusi, että kun kaiuttimet ovat tietyissä paikoissa, ääni kulkee seiniä pitkin niin että se kuulostaa tulevan jostain alakerran huoneesta... talokin pelasi suoraan Conorin pussiin.»

Richie puri kynttään ja mietti. »Siitä Conorin piilopaikasta on pitkä matka vintille. Toimisiko sieltä edes mikään kaukosäädin?»

En kyennyt hidastamaan vauhtiani. »Varmaan voi hankkia sellaisen joka toimii. Tai jos ei voi, pitää tulla ulos piilopaikasta. Hän istui pimeäntulon jälkeen Spainien takapihalla painelemassa säätimen nappeja, ja päivisin hän käytti sitä naapurin vintiltä ja soitti äänitettä vain silloin, kun tiesi Jennyn olevan ulkona tai laittamassa ruokaa. Se olisi ollut vähän epätarkempaa touhua, kun ei olisi voinut samalla tarkkailla Spaineja, mutta silläkin se olisi hoitunut.»

»Paljon vaivaa.»

»Niin olisi ollut. Samoin oli piilopaikan pystytyksessä.»

»Tekniikan pojat eivät löytäneet sieltä mitään sellaista. Ei MP3-soitinta, ei kajareita, ei mitään.»

»No sitten Conor vei stereosysteeminsä pois sieltä ja tunki ne johonkin roskapönttöön. Jo ennen kuin tappoi Spainit – jälkeenpäin hän olisi levitellyt veritahroja. Ja se tarkoittaa, että murhat olivat suunniteltuja. Huolellisesti suunniteltuja.»

»Häijyä», Richie sanoi melkein hajamielisesti. Hän pureskeli yhä samaa kynttä. »Mutta miksi? Miksi piti keksiä joku eläin?»

Sanoin: »Koska hän oli yhä hulluna Jennyyn ja päätteli, että hänen olisi helpompi karata Jennyn kanssa, jos Pat alkaisi seota. Koska hän halusi näyttää heille, millaisia ääliöitä he olivat olleet kun ostivat talon Brianstownista. Koska hänellä ei ollut parempaakaan tekemistä.»

»Mutta tässä on se, että Conor välitti Patista siinä missä Jennystä. Olet itsekin sanonut sitä alusta asti. Luuletko että hän olisi yrittänyt ajaa Patin järjiltään?»

»Välittäminen ei estänyt häntä tappamasta.» Richie vilkaisi minua mutta laski sitten katseensa sanomatta mitään. Minä sanoin: »Et vieläkään usko edes sitä, että hän oli tappaja.»

»Minä uskon, että Conor rakasti heitä. En minä muuta yritä sanoa.»

»Rakastaminen ei tarkoita Conorille samaa kuin meille. Kuulit kun hän sanoi äsken, että hän halusi olla Pat Spain. Oli halunnut siitä asti kun he olivat teinejä. Sen takia hän sai raivarin, kun Pat alkoi tehdä päätöksiä joista hän ei pitänyt. Hänestä tuntui että Patin elämä kuului hänelle. Niin kuin hän olisi omistanut sen.» Kulkiessani kuulusteluhuoneen ohi potkaisin sen ovea, kovempaa kuin olin tarkoittanut. »Kun Conorin oma elämä meni viime vuonna perseelleen, hänen täytyi viimein tunnustaa se. Mitä enemmän hän tarkkaili Spaineja, sitä selvemmin hän tajusi, että vaikka hän kuinka valitti stepfordeista ja zombeista, hän halusi itsekin juuri samaa: herttaiset lapset, kivan kodin, vakituisen työn, Jennyn. Patin elämän.» Ajatus kuljetti minua yhä nopeammin. »Siellä ylhäällä omassa pikku maailmassaan Conor oli Pat Spain. Ja kun Patin elämä meni keturalleen, Conorista tuntui että häneltä itseltään ryövättiin kaikki se.»

»Ja sekö oli motiivi? Kosto?»

»Jotain mutkikkaampaa. Pat ei tehnyt enää niin kuin Conor halusi. Conor ei saa enää myötäelää sitä, kun joku elää onnellisena elämänsä loppuun asti, ja hän kaipaa epätoivoisesti annostaan. Niinpä hän päättää puuttua peliin ja panna kaiken taas raiteilleen. On hänen vastuullaan korjata tilanne Jennyn ja lasten hyväksi. Ehkei Patin hyväksi, mutta siitä viis. Conorin mielessä Pat on rikkonut sopimusta eikä enää hoida leiviskäänsä. Hän ei enää ansaitse täydellistä elämäänsä. Se pitää antaa jollekulle joka osaa ottaa siitä kaiken irti.»

»Eli ei kosto», Richie sanoi. Hänen äänensä oli ilmeetön; hän kuunteli muttei ollut vakuuttunut. »Vaan pelastaminen.»

»Niin. Varmaan Conorilla oli joku monipolvinen fantasia siitä kuinka hän veisi Jennyn ja lapset Kaliforniaan, Australiaan tai ylipäätään jonnekin missä webbisuunnittelija saa hyvän työpaikan ja voi elättää ihanaa perhettä tyylikkäästi auringonpaisteessa. Mutta ennen kuin hän pääsi astumaan heidän elämäänsä, Patin piti astua syrjään. Conorin piti rikkoa avioliitto. Ja täytyy sanoa, että hän teki sen ovelasti. Pat ja Jenny olivat jo paineessa ja säröjä alkoi näkyä, joten Conor turvautui siihen mitä käsillä oli ja kasvatti painetta.

Hän keksi keinot tehdä kumpikin vainoharhaiseksi – kotinsa, toistensa ja itsensä suhteen. Sillä tyypillä on lahjoja. Hän hoiti homman kaikessa rauhassa ja kiihdytti kierroksia vähitellen, kunnes Patilla ja Jennyllä ei ollut enää yhtään paikkaa, jossa he olisivat tunteneet olevansa turvassa. He eivät olleet turvassa toistensa seurassa, eivät kotonaan, eivät omissa ajatuksissaan.»

Tajusin jotenkin etääntyneen yllättyneenä, että käteni tärisivät. Tungin ne taskuihini. »Hän oli totisesti ovela», sanoin. »Hän oli taitava.»

Richie otti kynnen suustaan. »Minäpä kerron mikä minua tässä vaivaa», hän sanoi. »Mitä sille kaikkein yksinkertaisimmalle selitykselle tapahtui?»

»Mitä sinä höpötät?»

»Pitää valita selitys, joka vaatii kaverikseen vähiten höystettä. Niin sinä sanoit. MP3-soitin, kajarit, kaukosäädin, ylimääräisiä talossa käyntejä niiden siirtelemiseksi, paljon tuuria jotta Jenny ei kuule ääniä kertaakaan... Aika paljon höystettä siinä.»

Sanoin: »Eli on helpompaa olettaa, että Pat oli kaistapää.»

»Ei helpompaa vaan yksinkertaisempaa. On yksinkertaisempaa olettaa, että hän kuvitteli koko jutun.»

»Onko? Entäs se tyyppi, joka kyttäsi heitä ja kuljeskeli heidän talossaan syömässä kinkkusiivuja samaan aikaan, kun Pat muuttui järkevästä miehestä kahjoksi. Sekö on pelkkää yhteensattumaa? Ystävä hyvä, noin iso yhteensattuma on melkoista höystettä.»

Richie ravisti päätään. »Taantuma teki pahaa heille molemmille, ei se mikään iso yhteensattuma ollut. Mutta tuo MP3-viritelmä olisi ollut ihan tähtitieteellisen epätodennäköinen, kun olisi pitänyt varmistaa että Pat kuulee äänet mutta Jenny ei. Tarkoitat, että se olisi onnistunut päivin ja öin kuukausikaupalla, eikä se talo ole mikään kartano jossa asukkaat voivat olla kilsan päässä toisistaan. Vaikka Conor olisi ollut miten varovainen tahansa, Jenny olisi kuullut jotain ennemmin tai myöhemmin.»

»Niin», sanoin. »Olet varmaan oikeassa.» Tajusin lakanneeni liikkumasta, ja tuntui että se oli tapahtunut jo hyvän aikaa sitten. »Joten ehkä hän kuulikin.»

»Mitä meinaat?»

»Ehkä he kaksi olivat samassa juonessa. Conor ja Jenny. Sehän tekisi kaikesta paljon yksinkertaisempaa. Conorin ei tarvitsisi varoa, ettei Jenny kuule – jos Pat kysyisi, Jennyn tarvitsisi vain näyttää hämmentyneeltä. Eikä tarvitsisi kantaa huolta lapsistakaan. Jenny pystyi varmasti vakuuttamaan heille, että he kuulivat omiaan eikä asiasta saisi puhua iskälle. Eikä Conorin tarvitsisi tunkeutua taloon ja siirrellä laitteistoa vaan Jenny voisi hoitaa sen.»

Richien kasvot näyttivät valkoisten loisteputkien alla samalta kuin silloin ruumishuoneen edustalla aamun riisutussa valossa. Valkaistuilta, luuhun asti kuluneilta. Hän ei pitänyt tästä.

Sanoin: »Se selittäisi, miksi Jenny vähätteli Patin mielentilaa. Ja miksei hän kertonut Patille tai paikallispoliisille luvattomista tunkeutumisista. Ja miksi Conor pyyhki eläinjutut tietokoneelta. Ja miksi Conor tunnusti – hän suojeli tyttökaveriaan. Ja miksei Jenny kantele Conorista – syyllisyydentuntoa. Itse asiassa se selittäisi jokseenkin kaiken, poikaseni.» Kuulin kuin pienenä sateenropinana, kuinka palaset loksahtelivat ympärilläni paikoilleen. Halusin kohottaa kasvoni siihen sateeseen, peseytyä siinä puhtaaksi, juoda sen kaiken.

Richie ei liikahtanut, ja aistin että hänkin tunsi hetken aikaa saman, mutta sitten hän vetäisi henkeä ja pudisti päätään. »Ei tunnu uskottavalta.»

»Sehän on päivänselvä selitys. Kaunis selitys. Sinä et pidä sitä uskottavana, koska et halua uskoa siihen.»

»En minä sitä. Mutta miten siitä päädytään murhiin? Jos Conor yritti tehdä Patista kahelin, hän onnistui hyvin, koska miesparan aivot sulivat. Miksi Conor olisi sen jälkeen hylännyt kaikki suunnitelmansa ja tappanut hänet? Ja jos hän tavoitteli Jennyä ja lapsia, miksi hän olisi tappanut heidätkin?»

Sanoin: »Tule.» Kuljin jo käytävällä viittä vaille juosten. Richien piti hölkätä pysyäkseen perässä. »Muistatko sen JoJon rintamerkin?»

»Muistan.»

»Voi sitä pikku Conorin perkelettä», sanoin. Laskeuduin kohti alakerran todistevarastoa kaksi askelmaa kerrallaan.

Tana French

Conor oli yhä tuolissaan, mutta hän oli järsinyt punaisia jälkiä peukaloonsa. Hän arvasi mokanneensa, vaikkei ihan tiennytkään miten. Lopulta, ja viimeinkin, hän oli helvetin hermostunut.

Me emme vaivautuneet istuutumaan. Richie sanoi kameralle: »Ylikonstaapeli Kennedy ja konstaapeli Curran jatkavat Conor Brennanin kuulustelua.» Sitten hän nojautui nurkkaan Conorin näkökentän reunamalle, pani kätensä puuskaan ja alkoi naputtaa seinää jalallaan hitaassa ja itsepintaisessa rytmissä. Minä en edes yrittänyt pysyä aloillani vaan kiersin huonetta nopeaan tahtiin ja työntelin tuoleja tieltäni. Conor yritti pitää meitä molempia silmällä yhtä aikaa.

»Conor», sanoin. »Meidän pitää puhua.»

Conor sanoi: »Minä haluan takaisin selliin.»

»Ja minä haluan treffeille Anna Kurnikovan kanssa. Elämä on kovaa. Ja tiedätkö mitä muuta haluan?»

Hän pudisti päätään.

»Haluan tietää miksi se tapahtui. Haluan tietää miksi Jenny Spain on sairaalassa ja hänen perheensä ruumishuoneella. Haluatko sinä hoitaa tämän helpoimman kautta ja kertoa minulle nyt heti?»

Conor sanoi: »Sinulla on kaikki mitä tarvitset. Minähän sanoin että tein sen. Ketä kiinnostaa syy?»

»Minua kiinnostaa. Samoin konstaapeli Currania. Ja monia muitakin, mutta meistä kahdesta sinun kannattaa olla huolissasi juuri nyt.»

Hän kohautti olkapäitään. Kun siirryin hänen taakseen, vedin todistepussin taskustani ja viskasin sen pöydälle hänen eteensä niin lujaa, että se pomppasi ilmaan. »Selitähän tämä.»

Conor ei hätkähtänyt; hän oli valmistautunut tähän. »Se on rintamerkki.»

»Kuule einstein, tuo ei ole mikään vastaus. Se on nimittäin tämä rintamerkki.» Kumarruin hänen olkansa takaa, lätkäisin kesäjäätelökuvan pöytään ja jäin siihen melkein poski hänen poskeaan vasten. Hän haisi karulta vankilasaippualta. »Tämä, joka sinulla on tässä kuvassa rinnassa. Löysimme sen Jennyn tavaroista. Mistä hän sai sen?»

Hän nyökkäsi kuvan suuntaan. »Tuolta. Hänelläkin on sellainen rinnassa. Meillä kaikilla on.»

»Sinä olet ainoa, jolla on juuri tällainen. Valokuva-analyysi osoitti, että sinun merkkisi kuva on täsmälleen samalla lailla epäkesko kuin tässä merkissä. Kenenkään muiden merkit eivät täsmää siihen. Joten yritetään uudestaan: miten sinun rintamerkkisi päätyi Jenny Spainin tavaroihin?»

Minä rakastan CSI-sarjoja: teknikkojemme ei tarvitse pystyä nykyään ihmeisiin, koska siviilit uskovat heidän pystyvän. Hetken päästä Conor siirtyi minusta kauemmas. Hän sanoi: »Unohdin sen heidän luokseen.»

»Minne?»

»Keittiötasolle.»

Siirryin uudestaan lähemmäs. »Mutta sinähän sanoit, ettet yrittänyt säikytellä Spaineja. Sinähän sanoit, että kukaan ei saanut tietää käynneistäsi. Joten mitä hittoa tämä on? Luulitko että he uskoisivat tämän ilmestyneen tyhjästä? Mitä?»

Conor ojensi kätensä merkin suojaksi niin kuin se olisi ollut yksityisasia. »Arvelin, että Jenny löytäisi sen. Hän nousi aina aamulla ensimmäisenä.»

»Näpit irti todistusaineistosta. Löytäisi sen, ja mitä sitten? Uskoisi että keijut olivat jättäneet sen?»

»Ei.» Conorin käsi ei ollut liikahtanut. »Tiesin että hän arvaisi, että minä sen jätin. Halusin hänen tietävän.»

»Miksi?»

»Siksi. Jotta hän tietäisi, ettei ollut ihan yksin siellä. Jotta hän tietäisi, että minä olin yhä olemassa. Että välitin hänestä yhä.»

»Voi taivas. Ja sittenkö hän olisi jättänyt Patin, juossut sinun syliisi ja elänyt onnellisena elämänsä loppuun asti? Oletko sinä vetänyt huumeita?»

Pikainen ja hurja inhon ilme, minkä jälkeen Conorin katse kääntyi taas pois minusta. »Ei mitään sellaista. Ajattelin vain, että Jenny ilahtuisi siitä. Tajuatko?»

»Noinko sinä häntä ilahdutat?» Läpsäytin hänen kätensä pois ja tökkäsin todistepussin kauas pöydän toiselle reunalle, pois hänen ulottuviltaan. »Et lähetä postikorttia tai meiliä, että *moi, ajattelen sinua*. Vaan murtaudut hänen kotiinsa ja jätät sinne jonkun ruosteisen paskaromun, jonka hän on varmaan jo unohtanut kokonaan. Ei ihme että olet sinkku, poika hyvä.»

Conorin äänestä paistoi ehdoton varmuus: »Hän ei ollut unohtanut. Sinä kesänä ja tuossa kuvassa me olimme onnellisia. Koko porukka. Se oli varmaan minun elämäni onnellisinta aikaa. Sellaista ei unohda. Tuon oli tarkoitus muistuttaa Jennyä onnellisuudesta.»

Richie sanoi nurkastaan: »Vaan miksi?»

»Miten niin miksi?»

»Miksi häntä piti muistuttaa? Miksi hänelle piti kertoa, että joku välitti hänestä? Hänellä oli Pat. Vai eikö?»

»Pat oli vähän alamaissa. Olenhan minä kertonut.»

»Sinä sanoit, että hän oli ollut vähän alamaissa jo monta kuukautta, muttet ollut ottanut heihin yhteyttä koska et halunnut pahentaa tilannetta. Mikä muuttui?»

Conor oli jäykistynyt. Hän oli juuri siinä asemassa kuin halusinkin: hänen piti tanssahdella varovasti ja harkita jokaista askeltaan ansojen pelossa. »Ei mikään. Minä vain muutin mieleni.»

Nojauduin lähemmäs häntä, tempaisin todistepussin pöydältä ja aloin kiertää taas huonetta pallotellen samalla pussia kädestä toiseen. »Et muuten sattunut huomaamaan, että taloon oli viritetty mahdoton määrä itkuhälyttimiä? Silloin kun nautit siellä teetä ja voileipää.»

»Sitäkö ne olivat?» Conorin kasvot olivat taas varovaisen ilmeettömät; hän oli valmistautunut tähänkin. »Minä luulin että ne olivat jotain radiopuhelimia. Jotain Patin ja Jackin leikkiä ehkä.»

»Eivät olleet. Osaatko itse arvella, miksi Pat ja Jenny olivat levittäneet puolen tusinaa itkuhälytintä pitkin taloa?»

Olankohautus. »Enpä tiedä.»

»Aivan. Entä ne reiät seinissä? Huomasitko niitä?»

»Joo. Huomasin. Tiesin alusta lähtien, että se kämppä oli paskasti tehty. Heidän olisi pitänyt haastaa oikeuteen se liero joka sen rakennutti, mutta hän on toisaalta varmaan jo tehnyt konkurssin ja vetäytynyt Aurinkorannikolle viettämään enemmän aikaa offshore-tiliensä parissa.»

»Tätä ei voi panna rakentajien syyksi, poju. Pat iski ne reiät itse omiin seiniinsä, koska hän alkoi seota metsästäessään sitä minkkiä tai mitä lie. Hän pani joka paikkaan kamerallisia itkuhälyttimiä,

koska hänellä oli pakkomielteinen tarve nähdä se otus joka step-
paili hänen päänsä yllä. Yritätkö väittää, ettet huomannut sitä kaik-
kina niinä tunteita jotka vietit vakoilemassa?»

»Tiesin kyllä eläimestä. Sanoin siitä jo.»

»No niin todellakin tiesit. Mutta jätit mainitsematta sen, että
Patilta oli jumalauta lähdössä järki.» Pudotin pussin, sieppasin
sen kengänkärkeeni ja vippasin sen takaisin käteeni. »Oho.»

Richie veti tuolin esiin pöydän alta ja istuutui Conoria vasta-
päätä. »Kuule, me olemme saaneet koneelta esiin kaikki tiedot.
Tiedämme missä jamassa hän oli. 'Masentunut' on ihan liian lievä
ilmaus.»

Conor oli alkanut hengittää kiivaammin, sieraimet levällään.
»Miltä koneelta?»

Sanoin: »Jätetään nyt väliin se osuus, jossa sinä esität tyh-
mää. Se on tylsää ja turhaa, ja minä tulen siitä pirun pahalle tuu-
lelle.» Pompautin todistepussia rajusti seinää vasten. »Käykö
näin?»

Hän piti suunsa kiinni. Richie sanoi: »Eli jos aloitetaan alusta.
Jokin muuttui niin, että jätit tuon kapineen Jennylle.» Heilutin
pussia Conorille heittojeni välissä. »Pat muuttui, niinhän? Hän
meni koko ajan huonommaksi.»

»Jos tiedätte jo valmiiksi, niin miksi minulta kysytte?»

Richie sanoi livakasti: »Perusproseduuri. Tarkistamme että
kertomuksesi täsmää siihen, mitä olemme kuulleet muista läh-
teistä. Jos kaikki sopii yhteen, uskomme sinua. Jos kerrot meille
yhtä ja näyttö kertoo toista...» Hän kohautti olkapäitään. »Sitten
meillä on ongelma, ja meidän pitää kaivella kunnes saamme asiat
järjestykseen. Ymmärrätkö?»

Hetken päästä Conor sanoi: »Hyvä on. Pat oli menossa
pahempaan suuntaan. Ei hän mikään sekopää ollut, ei hän huuta-
nut sille elukalle, että tule esiin ja tappele tai sellaista. Hänellä oli
vaan vaikeaa.»

»Mutta jotain oli täytynyt tapahtua. Jokin sai sinut tavoittele-
maan yhtäkkiä yhteyttä Jennyyn.»

Conor sanoi vain: »Hän näytti niin yksinäiseltä. Pat ei ollut
sanonut hänelle pariin päivään sanaakaan – ainakaan niin että oli-
sin nähnyt. Pat istui koko ajan keittiönpöydän ääressä ja tuijotti

niitä itkuhälyttimiä, ne olivat rivissä hänen edessään. Jenny oli yrittänyt puhua hänelle pariin otteeseen, mutta hän ei edes nostanut katsettaan. Eivät he olleet jutelleet yölläkään, koska Pat oli nukkunut keittiössä säkkituolilla.»

Conor oli ollut loppua kohden piilopaikassaan melkein ympärivuorokautisesti. Lakkasin leikkimästä todistepussilla ja jäin seisomaan hänen taakseen liikkumatta.

»Jenny... näin hänet keittiössä odottamassa veden kiehumista. Hän nojasi keittiötasoon niin kuin olisi ollut liian kuitti pysymään pystyssä. Tuijotti tyhjyyteen. Jack kiskoi häntä jalasta ja yritti näyttää jotain, mutta hän ei edes huomannut. Hän näytti nelikymppiseltä, vanhemmaltakin. Eksyneeltä. Oli vähällä etten loikannut sieltä talosta ja mennyt aidan yli sieppaamaan häntä kainaloon.»

Sanoin ilmeettömällä äänellä: »Joten tulit siihen tulokseen, että tuolla vaikealla hetkellä hän kaipasi ennen kaikkea tietoa siitä, että joku vaani häntä.»

»Minä yritin vain auttaa. Mietin pitäisikö pistäytyä siellä, tai soittaa tai sähköpostitella hänelle, mutta Jenny...» Conor pudisti raskaasti päätään. »Hän ei halua puhua asioista silloin, kun ne ovat huonosti. Hän ei olisi halunnut jutella, varsinkaan kun Pat oli ihan... Joten ajattelin, että jättäisin vain jotain kertoakseni että olin maisemissa. Menin kotiin ja otin rintamerkin. Ehkä se oli vikatikki. Olkoon sitten. Silloin se tuntui hyvältä ajatukselta.»

Kysyin: »Mihin aikaan tarkalleen?»

»Mitä?»

»Mihin aikaan lähdit Spainien talosta?»

Conor veti henkeä vastatakseen, mutta sitten jokin pysäytti hänet; näin kuinka hänen hartiansa jäykistyivät. Hän sanoi: »En muista.»

»Älä edes yritä tuollaista, kuomaseni. Se ei enää naurata. Milloin jätit rintamerkin?»

Hetken päästä Conor sanoi: »Sunnuntaiyönä.»

Tavoitin Richien katseen Conorin takaa. Sanoin: »Siis viime sunnuntaina.»

»Niin.»

»Mihin aikaan?»

»Ehkä viideltä aamulla.»

»Kun kaikki Spainit olivat kotona ja nukkuivat muutaman metrin päässä. Täytyy kyllä sanoa, että sinulla on pokkaa.»

»Menin vain takaovesta sisään, panin sen keittiötasolle ja lähdin. Odotin kunnes Pat oli mennyt nukkumaan – sinä yönä hän ei jäänyt alakertaan. Ei ollut ihmeellinen temppu.»

»Entä hälytin?»

»Tiedän hälyttimen koodin. Näin kun Pat paineli sen.»

Yllätys, yllätys. »Mutta oli se silti riskaabelia», sanoin. »Olit varmaan aika epätoivoinen, kun ryhdyit sellaiseen?»

»Halusin että Jenny saa sen.»

»Niinpä tietysti. Ja vuorokautta myöhemmin Jenny teki kuolemaa ja hänen perheensä oli kuollut. Älä yritä väittää, että se oli yhteensattumaa.»

»En minä yritä väittää mitään.»

»Mitä sitten tapahtui? Eikö hän ilahtunut pikku lahjastasi? Eikö hän ollut tarpeeksi kiitollinen? Tunki sen lipastonlaatikkoon eikä pannut rintaan?»

»Hän pani sen taskuunsa. En tiedä, mitä hän sen jälkeen sillä teki, eikä kiinnosta. Halusin vain antaa sen hänelle.»

Tartuin Conorin tuolin selkänojaan kaksin käsin ja sanoin hänen korvaansa hiljaisella ja ankaralla äänellä: »Sinä puhut niin paljon paskaa, että tekisi mieli huuhtoa pääsi vessanpöntöstä. Tiedät tasan tarkkaan, miten Jenny suhtautui rintamerkkiin. Tiesit ettei se säikäyttäisi häntä, koska ojensit sen hänelle itse. Niinkö te junailitte asiat? Jenny hiipi yöllä alakertaan, ja sillä välin kun Pat nukkui, te kaksi nussitte lasten säkkituolilla?»

Hän pyörähti kasvotusten kanssani ja tuijotti minua silmät jääkiteinä. Tällä kertaa hän ei nojautunut kauemmas minusta, vaan nenämme melkein koskettivat. »Sinä kuvotat minua. Jos kuvittelet ihan oikeasti noin, sinulla on päässä vikaa.»

Hän ei pelännyt. Se oli minulle järkytys, sillä me rikostutkijat totumme siihen, että niin syylliset kuin syyttömätkin pelkäävät meitä. Saatamme jopa pitää siitä, myönnämmepä sitä tai emme. Conorilla ei ollut enää mitään syytä pelätä minua.

Sanoin: »Hyvä on, ette siis säkkituolilla. Ehkä piilopaikassasi? Mitä sieltä löytyy, kun pyyhitään näytteitä makuupussista?»

»Pyyhkikää pois vaan. Ihan vapaasti. Jenny ei käynyt siellä.»
»Missä sitten, Conor? Rannallako? Patin sängyssä? Missä sinä ja Jenny kuksitte?»

Conor puristi nyrkeillään farkkujensa poimuja, jotta ei löisi minua. Hänen itsehillintänsä pettäisi pian, enkä malttanut odottaa sitä. »En olisi ikinä koskenut häneen. Eikä hän minuun. Ikinä. Oletko sinä niin tyhmä ettet tajua?»

Nauroin hänelle päin naamaa. »Totta kai koskit. Voi pientä yksinäistä Jenny parkaa, joka on jumissa kamalalla asuntoalueellaan. Hänelle piti vain kertoa, että joku välitti hänestä. Senhän sinä hänelle sanoit? Sinulla oli hirveä hinku päästä siihen rooliin. Kaikki ne puheet hänen hirmukauheasta yksinäisyydestään olivat vain kätevä tekosyy, jotta pääsit panemaan häntä potematta huonoa omaatuntoa Patin tähden. Milloin se alkoi?»

»Ei milloinkaan. Jos sinä olisit valmis sellaiseen, niin oma häpeäsi. Jos sinulla ei ole ollut yhtään oikeaa ystävää etkä ole ollut rakastunut, niin oma häpeäsi.»

»Olit sinäkin ystävä. Se elikko teki Patin kaistapäiseksi, ja sinä olit koko jutun takana.»

Jälleen tuo hyytävän epäuskoinen tuijotus. »Mitä sinä oikein –»

»Miten sinä teit sen? Minua eivät kiinnosta äänet – löydämme kyllä ennemmin tai myöhemmin sen paikan josta ostit stereot – mutta se minua kiinnostaisi tietää, miten sait lihat irti niistä oravista. Veitselläkö? Keittämällä? Vai hampailla?»

»Minä en tiedä nyt yhtään, mistä sinä puhut.»

»Hyvä on. Annan labramme selvittää sen orava-asian. Mutta tämän minä haluan kyllä tietää: olitko sen eläimen takana pelkästään sinä? Vai oliko Jenny juonessa mukana?»

Conor tönäisi tuoliaan taaksepäin, niin kovaa että se kaatui, ja marssi huoneen toiselle puolen. Lähdin hänen peräänsä ennen kuin huomasinkaan. Syöksyni pakotti hänet seinää vasten. »Älä sinä vittu käännä minulle selkääsi. Minä puhun sinulle nyt, poju. Kun minä puhun, niin sinä vittu kuuntelet.»

Hänen kasvonsa olivat jäykistyneet kuin kovasta puusta veistetyksi naamioksi. Hän katsoi ohitseni jonnekin tyhjyyteen silmät viiruina.

»Jenny taisi auttaa sinua? Naureskelitteko te siitä siellä sinun pikku piilossasi? Voi sitä pösilöä Patia, tosi herkkäuskoinen, lankesi joka juttuun jonka te hänelle syötitte –»

»Jenny ei tehnyt mitään.»

»Ja kaikki kun meni niin hyvin. Pat tuli päivä päivältä hullummaksi, Jenny ujuttautui yhä syvemmälle kainaloosi. Mutta sitten tapahtui tämä.» Tyrkkäsin todistepussin niin lähelle hänen naamaansa, että tunsin kuinka se pyyhkäisi hänen poskeaan. »Sepä taisikin osoittautua pahaksi virheeksi? Luulit että se olisi ihanan romanttinen ele, mutta Jennypä saikin siitä hirveät tunnontuskat. Niin kuin sanoit, hän oli sinä kesänä onnellinen. Hän oli onnellinen Patin kanssa. Ja sinä menit muistuttamaan häntä siitä. Yhtäkkiä hänelle tuli hirveä häpeä siitä, että hän oli huoraillut Patin selän takana. Hän päätti, että siitä piti tulla loppu.»

»Ei hän huoraillut –»

»Miten hän kertoi sinulle sen? Jättikö viestin piilopaikkaan? Ei tainnut vaivautua edes sanomaan sitä naamatusten?»

»Ei ollut mitään mitä lopettaa. Hän ei edes tiennyt että olin –»

Viskasin todistepussin kädestäni ja paukautin käteni seinään Conorin pään molemmin puolin, jotta hän jäi satimeen. Ääneni alkoi voimistua, enkä piitannut siitä. »Päätitkö juuri silloin, että aioit tappaa heidät kaikki? Vai aioitko ensin hoidella vain Jennyn mutta ajattelit sitten, että hittojakos tässä, ajetaan ihan päätyyn asti? Vai suunnittelitko tämän näin ihan alusta asti – Pat ja lapset kuolevat ja Jenny jää elämään helvetissä?»

Ei mitään. Löin kämmenilläni seinää, mutta hän ei edes säpsähtänyt.

»Kaikki tämä, Conor, kaikki tämä vain sen takia, että halusit Patin elämän sen sijaan että olisit hankkinut oman. Kannattiko? Miten hyvä pano se nainen oikein on?»

»En ole ikinä –»

»Vittu pää kiinni. Minä tiedän että sinä panit häntä. Tiedän. Tasan tarkkaan. Tiedän koska se on ainoa selitys, jolla tähän saatanan painajaiseen tulee jotain järkeä.»

»Mene pois siitä.»

»Pakota menemään. Anna tulla, Conor. Lyö. Työnnä minut pois. Yksi tyrkkäisy vaan.» Huusin hänelle päin naamaa. Löin kämmenet seinään yhä uudestaan ja iskut tuntuivat luissa asti, mutta en ainakaan aistinut kipua, jos sellaista oli. En ollut ikinä tehnyt mitään sellaista, enkä muistanut miksi, koska se tuntui uskomattoman hienolta, puhtaalta villiltä riemulta. »Olit kova jätkä kun panit parhaan kaverin vaimoa, olit kova jätkä kun tukehdutit kolmivuotiaan – missä se kova jätkä on nyt, kun on vastassa joku oman kokoinen? Anna tulla, näytä mihin pystyt –»

Conor ei liikauttanut lihastakaan, ja hänen kapeat silmänsä tuijottivat yhä jotain pistettä takanani. Melkein kosketimme toisiamme kasvoista kengänkärkiin, hyvä jos välissämme oli pari senttiä. Tiesin ettei se näkyisi videokameran kuvassa, jos antaisin vain yhden nopean nyrkiniskun mahaan, potkaisisin vain kerran polvella, Richie kyllä asettuisi puolelleni... »Anna tulla saatanan kyrvänimijä, lyö minua, minä oikein pyydän, anna joku syy –»

Yksi asia tuntui silloin lämpimältä ja vankalta, jokin mikä piteli minua olkapäästä paikoillani ja esti minua liikkumasta. Olin tempautua siitä irti ennen kuin tajusin, että se oli Richien käsi. »Ylikonstaapeli Kennedy», hän sanoi lauhkealla äänellä korvaani. »Tämä kaveri on vannonut, ettei hänen ja Jennyn välillä ollut mitään. Minusta se riittää siitä asiasta. Eikö sinustakin?»

Tuijotin häntä suu auki kuin vähä-älyinen. En tiennyt, olisiko häntä pitänyt lyödä vai olisiko häneen pitänyt takertua kuin hengenhädässä.

Richie sanoi toteavasti: »Minä haluaisin jutella hetkisen Conorin kanssa. Käykö?»

En saanut vieläkään sanaa suustani. Nyökkäsin ja siirryin sivuun. Seinät olivat painaneet rosoisen tekstuurinsa syvälle kämmeniini.

Richie käänsi pöydän alta kaksi tuolia vastakkain vain puolen metrin päähän toisistaan. »Conor», hän sanoi ja osoitti toista tuoleista. »Tule istumaan.»

Conor ei liikahtanut. Hänen kasvonsa olivat yhä jäykät. En osannut sanoa, oliko hän kuullut Richien sanat.

»Tule nyt. En aio kysellä motiivistasi, enkä usko että sinä ja Jenny muhinoitte. Vannon käsi sydämellä. Minun pitää vain tarkistaa pari pikkujuttua ihan oman mielenrauhani nimissä. Jooko?»

Hetken päästä Conor lysähti tuoliin. Jokin hänen liikkeessään – sen yllättävä rentous, niin kuin jalat olisivat pettäneet alta – sai minut tajuamaan, että olin sittenkin päässyt hänen suojauksensa läpi. Oli ollut aivan siinä hilkulla, että hän olisi murtunut – olisiko hän karjunut minulle, olisiko hän lyönyt, sitä en saisi tietää ikinä. Kenties olin ollut aivan millimetrin päässä vastauksesta.

Halusin huutaa, halusin retuuttaa Richietä ja tarttua Conoria kurkusta. Jäin kuitenkin vain seisomaan paikoillani kädet velttoina ja toljotin heitä suu auki. Hetken päästä huomasin todistepussin lojuvan rytistyneenä huoneen nurkassa ja kumarruin poimimaan sitä. Liike sai närästyksen kohoamaan kurkkuuni kuumana ja syövyttävänä.

Richie kysyi Conorilta: »Oletko kunnossa?»

Conor oli painanut kyynärpäät polviin ja liittänyt kädet tiukasti yhteen. »Ei ole hätää.»

»Otatko teetä? Kahvia? Vettä?»

»Ei tarvitse.»

»Hyvä», Richie sanoi rauhallisesti ja tarttui toiseen tuoliin samalla kun siirtyi mukavampaan asentoon. »Haluan vaan varmistaa, että olen ymmärtänyt pari asiaa oikein. Sopiiko?»

»Ihan sama.»

»Mahtavaa. Ihan alkuun: miten pahaan kuntoon Pat oikein pääsi?»

»Hän oli masentunut. Ei hän seiniä pitkin kiipeillyt, mutta oli hän kyllä allapäin. Niin kuin sanoin jo.»

Richie raaputti jotain housunpolvestaan ja katsoi raaputuskohtaa silmät sirrillään ja pää kenossa. Hän sanoi: »Olen muuten huomannut yhden jutun. Aina kun alamme puhua Patista, sinä syöksyt heti sanomaan ettei hän ollut hullu. Oletko pannut merkille?»

»Siksi ettei hän ollut.»

Richie nyökkäsi tarkastellen yhä housujaan. Hän sanoi: »Kun menit maanantai-iltana sisään, oliko tietokone päällä?»

Conor tutki kysymystä joka kulmasta ennen kuin vastasi. »Ei. Pois päältä.»

»Siinä oli salasana. Miten pääsit sen ohi?»

»Arvaamalla. Motkotin joskus ennen Jackin syntymää Patille siitä, että hänen salasanansa oli 'Emma'. Hän vain nauroi ja sanoi, että hyvä se on. Pidin ihan mahdollisena, että Jackin syntymän jälkeen salasana oli 'EmmaJack'.»

»Hyvin hoksattu. Joten avasit tietokoneen ja pyyhit sieltä kaikki nettitiedot. Miksi?»

»Ne eivät kuuluneet teille.»

»Sieltäkö sinä sait tietää siitä eläimestä? Tietokoneelta?»

Conorin katse, josta ei ollut luettavissa muuta kuin varovaisuutta, kohtasi Richien. Richien naama pysyi peruslukemilla. Hän sanoi vakaalla äänellä: »Me luettiin kaikki viestit. Tiedetään jo.»

Conor sanoi: »Kävin siellä talossa joskus pari kuukautta sitten, ja tietokone oli päällä. Näytöllä oli joku metsästäjäpalsta, ja siellä yritettiin selvittää mitä Patin ja Jennyn kämpässä oli. Kävin läpi selaushistorian ja löysin lisää samanlaista.»

»Mikset kertonut meille heti alussa?»

»En halunnut että saatte väärän käsityksen.»

Richie sanoi: »Eli et halunnut meidän ajattelevan, että Pat sekosi ja tappoi perheensä. Vai?»

»Koska hän ei tappanut. Minä tapoin.»

»Aivan. Mutta ne tietokoneen viestit varmaan kertoivat sinulle, ettei Pat ollut hyvässä kunnossa. Eikö vaan?»

Conorin pää liikahti. »Se on netti. Ei siitä voi päätellä mitään, mitä ihmiset siellä sanovat.»

»Mutta silti. Jos joku kaverini olisi kirjoittanut noin, olisin huolissani.»

»Minäkin olin.»

»Niin arvelin. Näitkö Patin ikinä itkevän?»

»Joo. Kahdesti.»

»Riitelevän Jennyn kanssa?»

»Joo.»

»Lyövän Jennyä?» Conorin leuka kohosi vihaisesti, mutta Richiellä oli hiljentävä käsi valmiina koholla. »Odota nyt. En minä tätä perseestä revi. Meillä on näyttöä siitä, että Pat löi Jennyä.»

»Se on täyttä –»

»Odota nyt pikku hetki. Haluan varmistaa, että sanon tämän oikein. Pat oli noudattanut sääntöjä koko ikänsä ja tehnyt kaiken mitä käskettiin, mutta sitten säännöt pudottivat hänet kaulaa myöten paskaan. Niin kuin sinä sanoit, kuka hän oli enää sen jälkeen? Sellaiset ihmiset ne vasta ovat vaarallisia, jotka eivät tiedä keitä ovat. He voivat tehdä mitä vaan. Kukaan tuskin yllättyisi jos kävisi ilmi, että Patilta meni maltti silloin tällöin. En minä yritä puolustella sitä, sanon vaan että sellaista voi sattua hyvällekin miehelle.»

Conor sanoi: »Joko saa vastata?»

»Siitä vaan.»

»Pat ei ikinä satuttanut Jennyä. Eikä lapsia. Siis totta kai hän oli romuna. Ja näin minä pari kertaa, kun hän löi nyrkillä seinään – viimeksi hän ei pystynyt käyttämään sitä kättä moneen päivään, ja varmaan sitä olisi pitänyt käydä näyttämässä sairaalassa. Mutta että Jennyä tai lapsia... ei ikinä!»

Richie kysyi: »Joten mikset sinä ottanut häneen yhteyttä?»

Hän kuulosti vilpittömän uteliaalta. Conor sanoi: »Halusin kyllä. Mietin sitä koko ajan. Mutta Pat on jääräpäinen ukko. Jos hänellä olisi mennyt hyvin, hän olisi kuullut minusta mielellään. Mutta kun kaikki oli menossa päin persettä, ja minä olin ollut oikeassa... hän olisi paiskannut oven kiinni nenän edestä.»

»Olisit voinut silti yrittää.»

»Niin. Olisin.»

Hänen äänensä katkeruus kirveli. Richie kumartui Conorin lähelle niin, että päät olivat vastakkain. »Ja sinulla on huono omatunto siitä? Ettet edes yrittänyt.»

»Ihan hirveä olo.»

»Niin olisi minullakin. Mitä tekisit, että voisit hyvittää sen?»

»Mitä tahansa.»

Richien ristiin puristetut kädet melkein koskettivat Conorin käsiä. Hän sanoi hyvin lempeästi: »Sinä olet tehnyt Patin hyväksi tosi paljon. Olet ollut hyvä kaveri, olet pitänyt hänestä hyvää huolta. Jos tässä nyt mennään kuoleman jälkeen johonkin paikkaan, niin hän kiittää sinua siellä parhaillaan.»

Conor tuijotti lattiaa ja puraisi tiukasti huultaan. Hän yritti olla itkemättä.

»Mutta kuule, Pat on kuollut. On hän missä hyvänsä, mikään ei voi enää satuttaa häntä. Ihan sama mitä hänestä tiedetään ja ajatellaan, koska sillä ei ole hänelle enää mitään väliä.»

Conor veti henkeä kouristuksenomaisesti ja puri taas huultaan.

»Nyt on aika kertoa. Sinä olit piilopaikassasi ja näit kun Pat kävi kiinni Jennyyn. Juoksit sinne, mutta myöhästyit. Niinhän siinä kävi?»

Taas hengenveto, joka väänsi hänen ruumistaan kuin itku.

»Tiedän että olisit halunnut pystyä enempään, mutta nyt on aika lopettaa sen asian hyvittely. Sinun ei tarvitse enää suojella Patia. Hän on turvassa. Ei ole enää hätää.»

Richie kuulosti parhaalta kaverilta, veljeltä, maailman ainoalta ihmiseltä joka välitti. Conor onnistui kohottamaan katseensa suu auki ja henkeä haukkoen. Sillä hetkellä olin varma, että Richie oli saanut hänet pyydystettyä. En tiennyt mikä tunteistani oli voimakkain: helpotus, häpeä vai raivo.

Sitten Conor nojautui taaksepäin tuolillaan ja hieroi kasvojaan. Hän sanoi käsiensä takaa: »Pat ei koskenut heihin.»

Hetken päästä Richiekin vetäytyi. »Selvä», hän sanoi. »Selvä homma. Vielä yksi kysymys, niin lähden tästä helvettiin ja jätän sinut rauhaan. Vastaa tähän, niin Patia ei enää epäillä mistään. Mitä sinä teit lapsille?»

»Käskekää lääkärienne kertoa.»

»Ovat he kertoneet. Niin kuin sanoin, me katsomme täsmää-vätkö tiedot.»

Kukaan ei ollut mennyt keittiöstä yläkertaan sen jälkeen, kun verenvuodatus oli alkanut. Jos Conor oli rynnännyt paikalle kamppailun nähtyään, hän oli tullut takaovesta keittiöön ja poistunut samaa tietä käymättä lainkaan yläkerrassa. Jos hän tiesi Emman ja Jackin kuolintavan, hän tiesi sen siksi että oli etsimämme mies.

Conor pani kädet puuskaan, pani jalan pöytää vasten ja tönäisi tuoliaan niin, että hän kääntyi kasvot minua kohti ja selin Richieen. Hän osoitti sanansa minulle: »Minä tein sen, koska olin hulluna Jennyyn ja hän kiersi minut kaukaa. Siinä se motiivi on. Pankaa se lausuntoon. Minä allekirjoitan.»

Käytävä tuntui kylmältä kuin raunio. Meidän piti ottaa Conorilta lausunto ja lähettää hänet takaisin selliinsä, kertoa viimeisimmät tiedot tarkastajalle ja tutkinta-apulaisille, kirjoittaa raporttimme. Kumpikaan meistä ei liikahtanut kuulusteluhuoneen ovelta.

Richie sanoi: »Onko kaikki hyvin?»

»Joo.»

»Oliko tuo ookoo? Tuo mitä tein äsken. En ollut varma oliko...»

Hän jätti lauseen kesken. Sanoin katsomatta häneen: »Kiitos. Arvostan.»

»Eipä mitään.»

»Hoidit tuon hyvin. Luulin että saisit hänet nalkkiin.»

Richie sanoi: »Niin minäkin.» Hänen äänensä kuulosti oudolta. Meiltä molemmilta alkoi olla voimat lopussa.

Löysin kampani ja yritin saada hiuksia järjestykseen, mutta minulla ei ollut peiliä enkä pystynyt keskittymään. Sanoin: »Tuo hänen motiivinsa on täyttä paskaa. Hän valehtelee meille vieläkin.»

»Niin.»

»Meiltä on vieläkin jotain huomaamatta. Meillä on aikaa tarvittaessa vielä koko huominen ja suurin osa huomisyöstä.» Ajatuskin sai minut sulkemaan silmäni.

Richie sanoi: »Halusit olla varma.»

»Niin.»

»Oletko?»

Tavoittelin sitä tunnetta, sitä suloista sateenropinaa kun palaset loksahtelevat paikoilleen. Sitä ei löytynyt mistään, se tuntui joltain säälittävältä fantasialta, kuin lapsen tarinalta jossa pehmolelut pitävät pimeyden möröt loitolla. »En», sanoin. Silmäni olivat yhä kiinni. »En ole varma.»

Sinä yönä heräsin meren ääneen. Se ei ollut Broken Harbourin aaltojen levotonta ja itsepintaista sahausta vaan se kuulosti siltä kuin suuri käsi olisi silitellyt hiuksiani, kuin kilometrien levyiset mainingit olisivat huuhtoneet jotakin leppeää Tyynenmeren rantaa. Ääni kuului makuuhuoneeni ulkopuolelta.

Dina, ajattelin samalla kun tunsin sydämenlyönnit kitalaessani. *Dina katsoo jotain televisiosta päästäkseen uneen.* Helpotus salpasi hengen. Sitten muistin: Dina oli jossain muualla, Jezzerin kirppuisella sohvalla tai jollain löyhkäävällä sivukujalla. Yhden kuperkeikkasekunnin ajan vatsaani väänsi silkka kauhu niin kuin minä olisin

ollut se, joka on yksin vailla keinoja pitää kurissa mielensä hetteik-
köä, niin kuin Dina olisikin ollut se joka suojeli minua.

Pidin katseeni ovessa ja hivutin auki yöpöytäni laatikkoa.
Aseeni kylmä paino tuntui rauhoittavalta, vankalta. Oven toisella
puolen aallot jatkoivat rauhallista kohinaansa mistään välittämättä.

Avasin makuuhuoneen oven, painauduin selkä seinää vasten ja
kohotin aseeni, kaiken yhtenä yhtäaikaisena liikkeenä. Olohuone
oli autio ja pimeä, ikkunat näkyivät valjuina tummanharmaina
suorakulmioina, takkini killui sohvan käsinojalla. Keittiön ovea
kiersi ohut valoviiru. Aaltojen ääni hyökyi kovempana. Se tuli
keittiöstä.

Purin poskea, kunnes maistoin veren. Sitten menin olohuo-
neen poikki maton pistellessä jalkapohjia ja potkaisin keittiön
oven auki.

Kaapinaluksen loisteputkivalo oli päällä ja loi vierasta valoa
veitselle ja omenanpuolikkaalle, jotka olin unohtanut keittiöta-
solle. Valtameren pauhu kohosi ja vyöryi ylitseni verenlämpimänä
ja ihonpehmeänä, ja tuntui kuin olisin voinut pudottaa aseeni ja
päästää itseni kaatumaan sitä kohti, kuin olisin voinut antaa sen
huuhtoa minut mennessään.

Radio oli kiinni. Kaikki sähkölaitteet olivat pois päältä, vain
jääkaappi hurisi synkästi itsekseen – minun oli kumarruttava
lähelle, jotta hurina erottui aaltojen kohinalta. Kun kuulin jää-
kaapin äänen, ja oman sormennapsautukseni, tiesin ettei kuulos-
sani ollut vikaa. Painoin korvani naapuriasunnon seinää vasten:
ei mitään. Painoin lujempaa siinä toivossa, että kuulisin muminaa
tai pätkän jostain televisio-ohjelmasta, jotain mikä todistaisi, ettei
oma asuntoni ollut muuttunut joksikin painottomaksi ja vapaasti
kelluvaksi, että minä olin yhä kiinni aineellisessa rakennuksessa ja
ympärilläni oli lämmintä elämää. Hiljaisuus.

Odotin pitkään, että ääni laantuisi. Kun ymmärsin ettei niin
kävisi, sammutin loisteputken, suljin keittiön oven ja palasin
makuuhuoneeseen. Istuin sängynreunalla ja painoin pyssyn-
piipulla pyöreät jäljet kämmeneeni toivoen, että olisi jotain mitä
ampua. Kuuntelin aaltojen huokailevan niin kuin jokin iso nuk-
kuva eläin ja yritin muistella, milloin olinkaan sytyttänyt sen
loisteputkivalon.

17

NUKUIN POMMIIN. KUN vilkaisin kelloa – melkein yhdeksän – ponkaisin sängystä sydän takoen. En muistanut, milloin minulle oli viimeksi käynyt niin, sillä olen opettanut itseni heräämään ja nousemaan istualleni heti kun kello alkaa soida. Heitin vaatteet niskaan ja lähdin asunnosta käymättä suihkussa, ajamatta partaa tai syömättä aamupalaa. Uni, tai mikä se sitten olikin, oli takertunut johonkin mieleni kolkkaan ja ahdisti minua niin kuin jokin kauhea asia, joka tapahtuu heti silmänkantaman ulkopuolella. Kun liikenteessä tuli ruuhkaa – satoi rankasti – minulle tuli kova halu nousta autosta ja juosta loppumatka. Kastuin läpimäräksi juostessani parkkipaikalta asemalle.

Quigley oli aseman toisen kerroksen porrastasanteella. Hän nojata retkotti kaiteeseen kammottava ruututakki yllään ja rapisteli sormiensa välissä ruskeaa todistepussia. Lauantaisin minun olisi pitänyt olla turvassa Quigleylta – ei hänellä ollut kesken mitään kovaa juttua joka olisi vaatinut ympärivuorokautista huomiota – mutta hänellä on aina paperityöt rästissä, ja varmaan hän oli tullut töihin kovistelemaan jotakuta tutkinta-apulaistani tekemään ne puolestaan. »Ylikonstaapeli Kennedy», hän sanoi. »Voisimmeko vaihtaa pari sanaa?»

Hän oli odottanut minua. Sen olisi pitänyt olla ensimmäinen varoitusmerkki. »Minulla on kiire», sanoin.

»Minä teen tässä nyt palveluksen sinulle. Eikä toisinpäin.»

Hänen äänensä kaiku kiersi portaikkoa, vaikka hän oli puhunut hiljaisella äänellä. Hänen tahmaisen äänensävynsä olisi pitänyt olla toinen varoitusmerkki, mutta tipuin vettä ja minulla oli kiire ja mielessäni oli Quigleyta tärkeämpiäkin asioita. Olin vähällä jatkaa matkaa. Todistepussi oli se, minkä vuoksi pysähdyin. Se oli pienintä mallia, kämmeneni kokoinen, enkä nähnyt pussin ikkunaa, joten siinä saattoi olla mitä tahansa. Jos Quigley oli päässyt käsiksi johonkin tähän juttuun liittyvään enkä sivelisi hänen limaista pikku egoaan, hän voisi pitää huolen siitä, että arkistointivirhe pitäisi pussin poissa ulottuviltani viikkokausia. »No kerro», sanoin puolittain rappusia kohti kääntyneenä, jotta hän tietäisi ettei keskustelusta tulisi pitkä.

»Tuo oli fiksu päätös, Kennedy. Satutko tuntemaan nuoren naisen, 25–35-vuotiaan, vähän reilu 160-senttisen, hyvin hoikka, tumma polkkatukka? Pitänee lisätä, että hyvin kaunis, jos vähän nuhruisista tykkää.»

Hetken minusta tuntui siltä, että joutuisin ottamaan tukea kaiteesta. Quigleyn loppunälväisy ei vaikuttanut minuun mitenkään, sillä kykenin ajattelemaan vain tuntematonta vainajaa jolla on minun numeroni puhelimessaan, ja sormusta joka vedetään kylmästä sormesta tunnistusta varten. »Mitä hänelle on tapahtunut?»

»Sinä siis tunnet hänet?»

»Joo. Tunnen. Mitä on tapahtunut?»

Quigley viivytteli kohotellen kulmakarvojaan ja yrittäen näyttää salaperäiseltä ja lopetti vasta sekunnin murto-osaa ennen kuin olisin paiskannut hänet seinää vasten. »Hän marssi tänne heti aamusta. Halusi tavata Mikey Kennedyn välittömästi, 'jos sopii', eikä huolinut kieltävää vastausta. Että oikein 'Mikey', niinkö? Olisin kuvitellut että tykkäät siistimmän ja kunniallisemman näköisistä naisista, mutta makuasioista ei voi kiistellä.»

Hän virnuili minulle. En kyennyt vastaamaan. Helpotus tuntui imaisseen sisuskaluni mennessään.

»Bernadette sanoi hänelle, ettet ole paikalla ja hänen pitää jäädä odottamaan, mutta sepä ei kelvannut Neiti Hätätilanteelle. Hän rupesi hirveän hankalaksi ja korotti ääntäänkin. Kauhea kaplakka. Jotkut ilmeisesti tykkäävät draamanlietsojista, mutta tämä on poliisitalo eikä yökerho.»

Sanoin: »Missä hän on?»

»Sinun tyttökaverisi eivät ole minun vastuullani, Kennedy. Satuin vain olemaan tulossa töihin ja huomasin sen mekkalan jonka hän aiheutti. Ajattelin, että minäpä autan vähän ja näytän tälle naiselle, ettei hän voi tulla tänne kuin joku Saban kuningatar vaatimaan sitä ja tätä. Joten sanoin hänelle, että olen ystäväsi ja hän voi kertoa minulle kaiken.»

Olin työntänyt kädet takintaskuihini, jotta saisin nyrkit piiloon. Sanoin: »Toisin sanoen pelottelit hänet puhumaan.»

Quigleyn suu kapeni viivaksi. »Älähän puhu minulle tuohon sävyyn. Minä en pelotellut häntä mihinkään. Toin hänet kuulusteluhuoneeseen, ja me vähän rupattelimme. Häntä piti vähän taivutella, mutta lopulta hän ymmärsi että poliisin käskyjä on aina parempi totella.»

Pidin ääneni tasaisena kun sanoin: »Uhkasit pidättää hänet.» Ajatus putkaan joutumisesta oli varmasti nostattanut Dinassa eläimellisen pakokauhun, melkein kuulin sen vauhkon pölötyksen, joka oli alkanut kaikua hänen mielessään. Pidin nyrkit yhä piilossa ja keskityin ajatukseen, että tekisin tuosta Quigleyn läskiperseestä jokaisen mahdollisen valituksen. Minua ei kiinnostanut pätkääkään, vaikka hänellä olisi ollut poliisipäällikkö takataskussaan ja olisin päätynyt loppuiäkseni Leitrimiin lammasvarkaita tutkimaan, kunhan tuhoaisin tuon paskakikkareen mennessäni.

Quigley sanoi hurskaasti: »Hänellä oli mukanaan varastettua poliisin omaisuutta. En kai minä voinut sellaista sivuuttaa? Jos hän kerran ei suostunut luovuttamaan sitä, velvollisuuteni oli pidättää hänet.»

»Mistä sinä puhut? Mitä varastettua poliisin omaisuutta?» Yritin keksiä mitä olisin voinut viedä kotiin – kansion, valokuvan, mitä ihmettä en olisi osannut tähän mennessä kaivata? Quigley hymyili minulle etovasti ja kohotti todistepussia.

Käänsin sitä kohti porrastasanteen ikkunasta tulevaa heikkoa helmiäisvaloa – Quigley ei suostunut päästämään pussista irti. Hetkeen en tajunnut mitä näin. Se oli naisen sormenkynsi, siististi viilattu ja hoidettu, ja siinä oli sileä vaaleanpunertavan beesi lakkapinta. Se oli katkennut aivan alhaalta. Siinä oli halkeama, johon oli tarttunut roosanpunainen villahaituva.

Quigley sanoi jotakin, jossakin, mutta en kuullut häntä. Ilma oli muuttunut tiheäksi ja raa'aksi, se pommitti kalloani tuhannella sanattomalla äänellä. Tunsin tarvetta kääntää kasvoni, tyrkätä

Quigley lattialle ja juosta pakoon. En kyennyt liikkumaan. Silmäni tuntuivat siltä kuin ne olisi pakotettu auki.

Todistepussin etiketin käsiala oli tuttu – vakaata ja eteenpäin nojaavaa kirjoitusta eikä Quigleyn avuttomia harakanvarpaita. *Kerätty olohuoneesta Conor Brennanin asunnossa...* Kylmää ilmaa, omenoiden tuoksua, Richien kärsivä ilme.

Kun kykenin taas kuulemaan, Quigley puhui yhä. Portaikko muutti hänen äänensä sihahtelevaksi ja aavemaiseksi. »Ensin minä ajattelin, että herranjumala, suuri Tykitys Kennedy jättää todisteita lojumaan niin, että hänen hoitonsa voi napata ne mukaansa kämpästä lähtiessään. Kuka olisi osannut arvata?» Hän päästi hihityksen. Se tuntui jäävän valumaan pitkin kasvojani kuin härskiintynyt rasva. »Mutta sitten kun odottelin että saavut kunnioittamaan meitä läsnäolollasi, lukaisin vähän tapauskansiotanne – pois se minusta että sekaantuisin toisten juttuihin, mutta ymmärrät varmaan että minun piti tietää, miten tämä pussi liittyy asiaan, joten päätin että nyt se on asiallista. Ja havaitsinkin jotain mielenkiintoista! Tuo ei ole sinun käsialaasi – kyllähän minä sen tunnen jo nykyään – mutta sitä esiintyy kansion merkinnöissä kovasti.» Hän naputti ohimoaan. »Minua ei sanota turhaan etsiväksi, eihän?»

Halusin pusertaa pussia kunnes se murenisi ja katoaisi niin olemattomiin, ettei siitä jäisi edes kuvaa mieleeni. Quigley sanoi: »Tiesin että sinä ja nuori Curran olette kuin paita ja peppu, mutten olisi arvannut että teillä on ihan noin paljon yhteistä.» Taas tuo hihitys. »Joten mietin tässä nyt, että saiko se nuori neiti tämän sinulta vai Curranilta.»

Jokin mieleni syrjäinen kolkka alkoi taas toimia järjestelmällisesti kuin kone. Olen raatanut neljännesvuosisadan sen eteen, että oppisin hallitsemaan itseni. Kaverini ovat naljailleet siitä, untuvikot ovat pyöritelleet silmiään kun olen pitänyt heille sitä puhettani. Haistakoot kaikki paskan. Ponnisteluni olivat kannattaneet, sillä sain pidettyä itseni kasassa koko sen vetoisella porrastasanteella käydyn keskustelun ajan. Aina kun tämä juttu alkaa raapia kynsillään jälkiä kalloni sisäpintaan, voin sentään muistuttaa itseäni siitä, että olisi voinut käydä vielä pahemminkin.

Quigley nautti tilanteen joka sekunnista, ja arvelin että voisin käyttää sitä hyväkseni. Kuulin itseni sanovan jäänviileällä äänellä: »Älä nyt sano, että unohdit kysyä siltä naiselta.»

Olin ollut oikeassa: hän ei voinut vastustaa kiusausta. »Voi herranjestas sitä draamaa. Ei suostunut kertomaan minulle nimeään, ei suostunut kertomaan missä ja miten hän oli saanut tämän haltuunsa. Kun aloin painostaa, siis aivan hellävaraisesti, hän muuttui ihan hysteeriseksi. Repi päästään ison hiustupon juurineen ja uhkasi kertoa sinulle, että minä olin repinyt sen. En minä toki siitä ollut huolissani – kuka tahansa järkevä mies uskoo ennemmin poliisia kuin jonkun lapsukaisen puheita – mutta se tyttö on umpihullu. Olisin saanut hänet kyllä helposti puhumaan, mutta turha vaiva, koska en olisi voinut luottaa hänen sanomisiinsa yhtään. Ihan sama miten maukas nainen, mutta hänet pitäisi panna kyllä pakkopaitaan.»

Sanoin: »Harmi ettei sinulla ollut sellaista siinä käsillä.»

»Olisin tehnyt sinulle palveluksen jos olisin pannut.»

Osastohuoneen ovi pamahti auki yläpuolellamme, ja kolme osaston pojista lähti kohti ruokalaa kiroten jotain todistajaa, joka oli saanut juuri muistinmenetyksen. Quigley ja minä painauduimme seinää vasten kuin salaliittolaiset ja odotimme, että heidän äänensä kaikkosivat. Sitten sanoin: »Mitä sinä sitten teit hänelle?»

»Käskin ryhdistäytyä ja sanoin, että hän voi lähteä vapaasti. Niin hän sitten häipyi. Näytti mennessään keskaria Bernadettelle. Tosi herttaista.» Kun Quigley seisoi siinä kädet puuskassa ja leuat happamasti kasassa, hän näytti lihavalta eukolta joka valittaa kurittomasta nykynuorisosta. Mieleni jääkylmä ja kiihkoton kolkka melkein hymyili. Dina oli pelästyttänyt Quigleyn pahanpäiväisesti. Hulluudesta on toisinaan hyötyä. »Onko hän naisystäväsi? Vai joku pikku namupala, josta maksoit? Paljonkohan hän olisi pyytänyt rahaa tästä pussista, jos olisi tavoittanut sinut tänä aamuna?»

Heristin hänelle sormeani. »Puhuhan nyt nätisti. Hän on mukava tyttö.»

»Hän on erittäin onnekas tyttö, kun en pidättänyt häntä varkaudesta. Tein sen palveluksena sinulle. Minusta sinä olet minulle kohteliaan kiitoksen velkaa.»

»Kuulostaa siltä, että hän piristi tylsää aamuasi. Ehkäpä sinä oletkin kiitoksen velkaa minulle.»

Keskustelu ei edennyt Quigleyn suunnitelmien mukaan. »No», hän sanoi yrittäen päästä takaisin oikeille urille. Hän kohotti todistepussia ja puristi sen yläpäätä paksuilla valkoisilla sormillaan. »Kerrohan, ylikonstaapeli. Tämä pussi tässä. Miten kipeästi sinä tarvitset sitä?»

Hän ei ollut osannut päätellä asiaa itse. Helpotus tulvahti ylitseni kuin rantaan lyövä aalto. »Mistä minä tiedän? Kiitos kun otit tuon siltä nuorelta naiselta ja niin poispäin, mutta ei tuo nyt miltään ratkaisevalta näytä.»

»Mutta kai sinä haluat olla varma? Koska heti kun tämä tarina kirjataan virallisesti ylös, pussin sisältö ei kelpaa enää todisteeksi.»

Rikostutkijat unohtavat luovuttaa todisteita silloin tällöin. Niin ei pitäisi tapahtua, mutta tapahtuu kumminkin – tutkija riisuu illalla pukunsa ja huomaa pullottavan taskun, jonne hän on työntänyt kirjekuoren silloin kun todistaja on halunnut vaihtaa pari sanaa, tai hän avaa takakonttinsa ja näkee kassin, joka oli tarkoitus luovuttaa edellisiltana. Se ei ole hirveä katastrofi niin kauan kuin kukaan muu ei pääse käsiksi taskuihin tai autonavaimiin. Mutta tämä pussi oli ollut Dinan hallussa monta tuntia, tai päiväkausia. Jos yrittäisimme esittää sen todisteena oikeudessa, puolustuksen asianajaja voisi sanoa, että Dina oli saattanut tehdä pussille ihan mitä tahansa, vaikka vaihtaa sen sisällön kokonaan.

Emme saa todisteita aina priimakunnossa suoraan rikospaikalta – todistajat luovuttavat niitä meille monta viikkoa myöhemmin, tai ne lojuvat pellolla sateessa kuukausikaupalla ennen kuin koira haistaa ne. Teemme parhaamme sillä mitä saamme ja keksimme keinoja, jolla puolustuksen argumentit kumotaan. Tämä oli kuitenkin eri juttu. Olimme tärvelleet todisteen itse, joten se tärveli samalla kaiken muunkin. Jos yrittäisimme vedota siihen, jokainen tutkinnan aikana tekemämme liike muuttuisi epäilyksenalaiseksi: tuo todiste oli ehkä lavastettu, tuota kuulusteltavaa oli ehkä uhkailtu, tuon jutun olimme ehkä keksineet itse tarinamme tueksi. Olimme rikkoneet sääntöjä kertaalleen. Miksi muiden pitäisi uskoa, että se oli ollut ainoa kerta?

Näpäytin pussia väheksyvästi sormellani, ja kosketus säpsäytti selkärankaani. »Tuo olisi ehkä ollut mukava apu, jos se olisi kytkenyt epäillymme rikospaikkaan. Mutta meillä on paljon muitakin todisteita jotka tekevät saman. Emmeköhän selviä ilman.»

Quigleyn pienten pistävien silmien katse vilisti tutkivasti pitkin kasvojani. »No oli miten oli», hän sanoi lopulta. Hän yritti kätkeä ärsyyntyneen äänensävynsä. Olin onnistunut vakuuttamaan hänet. »Vaikkei tämä kaataisikaan juttuasi, se olisi voinut kaataa. Tarkastaja hyppää kattoon kun kuulee, että joku hänen unelmatiiminsä jäsen on käsitellyt todisteita kuin karkkipussia – ja vielä tällaisessa jutussa. Ne lapsiparat.» Hän pudisti päätään ja naksautteli toruvasti kieltään. »Sinä kai pidät Curranista? Et varmaan haluaisi, että hän päätyy takaisin univormuun ennen kuin pääsee edes lähtötelineistä? Niin lupaava kaveri, ja teillä on niin 'toimiva yhteistyösuhde' kuten tapana on sanoa, mutta hukkaan menisi kaikki. Eikö olisi sääli?»

»Curran on iso poika. Hän osaa pitää huolen itsestään.»

»Aha!» Quigley sanoi omahyväisenä ja osoitti minua sormellaan niin kun olisin lipsauttanut suustani jonkin suuren salaisuuden. »Pitääkö tuo tulkita niin, että hän oli teistä se panomies?»

»Tulkitse miten haluat, kuomaseni. Vaikka poikittain perseeseen.»

»Mutta eipä sillä väliä. Vaikka se olisi ollut Curran, hän on vasta koeajalla ja sinun pitäisi kaitsea häntä. Jos joku saisi tietää tästä... eikö olisi ikävä ajoitus, varsinkin nyt kun olet taas noususssa?» Quigley oli hivuttautunut niin lähelle, että näin hänen huultensa kiiltelevän kosteuden ja takinkauluksensa rasvaisen likakerroksen. »Kukaan ei halua, että niin käy. Pääsemme varmasti johonkin yhteisymmärrykseen.»

Hetken luulin, että hän tarkoitti rahaa. Vielä lyhyemmän, häpeällisen silmänräpäyksen harkitsin suostuvani. Minulla on säästöjä siltä varalta, että minulle sattuisi jotain ja Dina tarvitsisi huolenpitoa – ei minulla paljon rahaa ole, mutta tarpeeksi sulkemaan Quigleyn suun, niin että Richie ja minä pelastuisimme, maailma lakkaisi kimpoilemasta ja palaisi takaisin radalleen, ja me kaikki voisimme jatkaa niin kuin mitään ei olisi tapahtunut.

Sitten tajusin, että Quigley halusikin minut, eikä sellaiselta voinut suojautua mitenkään. Hän tulisi työparikseni korkean profiilin juttuihin, hän veisi kunnian kaikista minun oivalluksistani ja sälyttäisi kaikki toivottomat jutut minulle. Hänen oli määrä paistatella suosiossa, kun minä ylistäisin häntä O'Kellylle, ja hän varoittaisi minua kohottamalla merkitsevästi kulmiaan, kun jokin ei kelpaisi hänelle. Hän nautiskelisi siitä, että Tykitys Kennedy oli hänen armoillaan. Siitä ei tulisi loppua.

Haluan ainakin kuvitella, etten torjunut Quigleyn ehdotusta siitä syystä. Moni tuntemani ihminen pitäisi epäilemättä itsestäänselvyytenä, ettei egoni olisi kestänyt elämää hänen juoksupoikanaan ja kahvinkeittäjänään. Yritän kuitenkin kiihkeästi uskoa, että kieltäydyin koska se oli suoraselkäistä.

Sanoin: »En tekisi kanssasi sopimusta vaikka pukisit minulle pommiliivin.»

Se sai Quigleyn hätkähtämään vähän taaksepäin, pois naamani edestä, mutta hän ei aikonut luovuttaa helpolla. Saalis oli niin lähellä, että hän melkein kuolasi. »Älä sano mitään mitä joudut katumaan, Kennedy. Kenenkään ei tarvitse tietää, missä olit eilisiltana. Voit panna hoitosi järjestykseen, hän ei sano sanaakaan. Eikä myöskään Curran, jos hänellä on yhtään järkeä päässä. Tämä voi mennä suoraan todistevarastoon niin kuin mitään ei olisi tapahtunut.» Hän ravisti pussia; kuulin kuinka kynsi rahisi paperia vasten. »Se jää meidän pikku salaisuudeksemme. Mietihän sitä ennen kuin soitat suuta minulle.»

»Ei ole mitään mietittävää.»

Hetken päästä Quigley nojautui kaidetta vasten. »Kuulepa kun kerron yhden asian, Kennedy», hän sanoi. Äänensävy oli muuttunut, kuohkea mukatoverillinen kuorrutus oli karissut sen päältä. »Arvasin että mokaat tämän jutun. Arvasin sillä hetkellä, kun tulit tiistaina tarkastajan juttusilta. Olet aina luullut olevasi jotain erikoista. Herra täydellinen, joka ei ikinä riko sääntöjä. Ja katso missä olet nyt.» Taas tuo virne, tällä kertaa melkein irvistys, täynnä pahaa tahtoa jota hän ei vaivautunut enää peittelemään. »Sen minä vain haluaisin tietää, mikä sai sinut rikkomaan sääntöjä tässä jutussa. Luulitko, että kun olet ollut pyhimys niin pitkään, voit tehdä mitä huvittaa eikä kukaan epäile suurta Tykitys Kennedyä?»

Quigley ei ollutkaan tullut asemalle lauantaina hoitaakseen paperitöitä tai lainatakseen jotakuta apulaistani. Hän vain oli halunnut ehdottomasti nähdä, kun minä lentäisin perseelleni. Sanoin: »Tahdoin vain ilahduttaa sinua, poikaseni. Näköjään onnistuin.»

»Sinä olet aina pitänyt minua typeryksenä. Vittuillaanpa porukalla Quigleylle, sille idioottiläskipäälle, tuskin se edes huomaa. Kerropa sitten, että jos sinä olet sankari ja minä olen typerys, miksi sinä olet kaulaa myöten paskassa ja minä osasin ennustaa tämän jo alussa?»

Hän oli väärässä. En ollut ikinä aliarvioinut häntä. Olin aina tiennyt Quigleyn erikoiskyvystä, hyeenanvainusta jonka turvin hän hakeutui kuolaten ja nuuskutellen kohti hauraita epäiltyjä, säikähtäneitä todistajia, hatarajalkaisia untuvikkoja ja kaikkia jotka paljastivat arkoja paikkojaan tai haisivat vereltä. Olin tehnyt sen virheen, etten ollut arvannut olevani yksi heistä. Vuosikausien tuskalliset terapiaistunnot, jokaisen päätöksen ja sanan ja ajatuksen loputon punninta – olin uskonut parantuneeni, olin ollut varma että kaikki murtumani oli korjattu ja kaikki veret oli huuhdottu pois. Olin ansainnut päästä turvaan. Olin luullut sen tarkoittavan, että olin turvassa.

Sillä hetkellä kun olin sanonut O'Kellylle »Broken Harbour», mieleni jokainen haalistunut arpi oli alkanut loistaa majakan lailla. Ne arvet olivat olleet minulle hohtavia suuntaviittoja, ja olin seurannut niitä kuuliaisesti kuin kotieläin siitä hetkestä tähän saakka. Olin kulkenut tämän jutun läpi hohtaen niin kuin Conor Brennan oli hohtanut silloin kadulla, hehkuvana signaalina joka näkyy pedoille ja haaskaeläimille pitkien matkojen päähän.

Sanoin: »Et sinä ole typerys, Quigley. Olet häpeäpilkku. Vaikka mokailisin joka tunti tästä eläkkeelle asti, olisin silti parempi poliisi kuin sinusta tulee ikinä. Minua hävettää olla samalla osastolla kuin sinä.»

»Sittenhän sinua taitaa onnistaa. Et ehkä joudu sietämään minua enää kovin pitkään. Et sen jälkeen kun tarkastaja näkee tämän.»

Sanoin: »Minä jatkan tästä.»

Ojensin käteni tarttuakseni pussiin, mutta Quigley tempaisi sen ulottuviltani. Hän jäi miettimään suutaan suipistellen ja heilutteli samalla pussia peukalon ja etusormen välissä. »En oikein tiedä, voiko sinulle enää antaa tätä. Mistä sen tietää, minne se päätyy?» Kun sain hengitykseni taas kulkemaan, sanoin: »Sinä oksetat minua.»

Quigleyn ilme happani, mutta hän näki minun ilmeessäni jotain mikä sai hänet sulkemaan suunsa. Hän pudotti pussin käteeni niin kuin jonkin saastaisen. »Laadin tästä täyden raportin», hän ilmoitti minulle. »Mahdollisimman pian.»

Sanoin: »Teepä se. Kunhan pysyt poissa tieltäni.» Tungin todistepussin taskuuni ja jätin Quigleyn seisomaan tasanteelle.

Menin ylimpään kerrokseen, sulkeuduin vessakoppiin ja laskin otsani kopin oven nahkeaa muovia vasten. Mieleni oli muuttunut liukkaaksi ja petolliseksi kuin musta jää, enkä saanut siitä otetta. Jokainen ajatus tuntui syöksevän minut hyiseen veteen, josta oli turha hapuilla takaisin maalle. Kun käteni lakkasivat lopulta tärisemästä, avasin oven ja menin alakertaan tutkintahuoneeseen.

Huone oli kuuma ja hälyinen. Tutkinta-apulaiset vastailivat puheluihin, tekivät päivityksiä tussitaululle, joivat kahvia, nauroivat härskille vitsille ja väittelivät jostain veriroiskekuvioista. Heistä huokuva energia alkoi huimata päätäni. Kun pujottelin hyörinän halki, tuntui kuin jalkani voisivat pettää milloin hyvänsä.

Richie istui pöytänsä ääressä hihat käärittyinä ja näpräsi raporttilomakkeita mitään näkemättömin silmin. Minä heitin läpimärän takkini tuolinkarmille, kumarruin Richien korvanjuureen ja sanoin hiljaa: »Me keräämme nyt muutaman paperin tästä pöydältä ja lähdemme huoneesta niin kuin meillä olisi kiire, muttemme tee asiasta isoa numeroa. Lähdetään.»

Hän tuijotti minua hetken verran. Hänen silmänsä verestivät ja hän näytti ihan kauhealta. Sitten hän nyökkäsi, keräsi kourallisen lomakkeita ja työnsi tuoliaan taaksepäin.

Ylimmän kerroksen käytävän päässä on kuulusteluhuone, jota ei käytetä ikinä ellei ole pakko. Lämmitys ei toimi – huoneessa on keskikesälläkin koleaa kuin maan alla – ja sähköissä on jotain häikkää, minkä vuoksi loisteputket loimottavat silmiäsärkevän kirkkaasti ja palavat loppuun parissa viikossa. Menimme sinne.

Richie sulki oven perässämme. Hän jäi ovensuuhun merkityksetön paperipinkka kädessään ja pälyili kuin narkkari kadunkulmassa. Siltä hän näyttikin: joltain aliravitulta kurjimukselta, joka nojailee graffitien täyttämään seinään ja pitää katukauppiaiden puolesta vahtia, jotta saisi heiltä vastapalkkioksi annoksensa. Olin alkanut suhtautua tuohon mieheen kumppaninani. Kun hänen kapoiset hartiansa olivat nojanneet minuun, oli alkanut tuntua että ne olivat juuri oikeassa paikassa. Se oli ollut hyvä ja lämmin tunne. Nyt me molemmat ällötimme minua.

Otin todistepussin taskustani ja panin sen pöydälle.

Richie puraisi huuliaan mutta ei sävähtänyt tai hätkähtänyt. Viimeinenkin toivonripe kaikkosi minusta. Hän oli osannut odottaa tätä.

Hiljaisuus jatkui loputtomiin. Richie varmaan luuli, että yritin hiostaa häntä sen avulla niin kuin epäiltyä. Minusta tuntui kuin huoneen ilma olisi muuttunut kiteiseksi ja hauraaksi ja puheeni voisi räjäyttää sen miljooniksi veitsenteräviksi sirpaleiksi, jotka sataisivat niskaamme ja repisivät meidät rikki.

Lopulta sanoin: »Eräs nainen luovutti tämän meille tänä aamuna. Kuvaus täsmää siskooni.»

Se hätkäytti Richietä. Hänen päänsä ponnahti pystyyn, ja hän tuijotti minua ahdistuneen näköisenä ja henki salpautuneena. Sanoin: »Haluaisin tietää, miten vitussa hän pääsi käsiksi tähän.»

»Sisko?»

»Se nainen jonka näit odottavan minua aseman edustalla tiistai-iltana.»

»En tiennyt että hän oli siskosi. Et kertonut.»

»Enkä minä tiennyt, että asia kuuluu sinulle. Miten sinä sait haltuusi tämän?»

Richie lysähti takaisin ovea vasten ja hieraisi suutaan. »Hän ilmestyi kämpilleni», hän sanoi katsomatta minuun. »Eilisiltana.»

»Mistä hän tiesi missä asut?»

»En tiedä. Menin eilen kävellen kotiin, piti päästä vähän ajattelemaan.» Vilkaisu pöydän suuntaan – pikainen, niin kuin se olisi tehnyt kipeää. »Varmaan hän odotteli taas aseman edessä joko sinua tai minua. Hän kai näki kun tulin ulos ja seurasi minua kotiin. Olin ollut kotona vain viisi minuuttia, kun ovikello soi.»

»Ja kutsuit hänet teelle ja rupattelemaan? Niinkö sinä yleensä teet, kun vieras nainen ilmestyy ovelle?»

»Hän pyysi päästä sisään. Hänellä oli kylmä, ja näin kun hän hytisi. Eikä hän ollut mikään satunnainen tyyppi. Muistin hänet tiistai-illalta.» Totta kai muisti. Miehet varsinkaan eivät unohda Dinaa ihan heti. »En halunnut jättää jotain kaveriasi jäätymään ovelleni.»

»Olet oikea pyhimys. Eikö tullut mieleen esimerkiksi soittaa minulle ja kertoa, että hän oli siellä?»

»Kyllä tuli mieleen. Meinasinkin. Mutta hän oli... hän oli aika huonossa kunnossa. Tarrasi minua käsivarresta ja hoki, että älä kerro Mikeylle että tulin tänne, et sitten kerro Mikeylle, hän suuttuu kauheasti... Olisin soittanut silti, mutta hän ei antanut tilaisuutta. Silloinkin kun menin vessaan, hän pakotti minut jättämään puhelimen huoneeseen – ja kämppikseni olivat pubissa, joten en voinut vihjata asiasta heille tai panna heitä jututtamaan häntä siksi aikaa, että tekstaisin sinulle. Loppujen lopuksi ajattelin, että ei kai tässä mitään vaarallista, hän pääsee yöksi turvalliseen paikkaan ja voin jutella kanssasi aamulla.»

»'Ei mitään vaarallista'», sanoin. »Siltäkö tämä sinusta näyttää?»

Lyhyt raastava hiljaisuus. Sanoin: »Mitä hän halusi?»

Richie sanoi: »Hän oli huolissaan sinusta.»

Nauroin niin kovaa, että hätkähdimme molemmat. »Ai niinkö oli? Sehän on helvetin hauskaa. Taidat tuntea Dinan tässä vaiheessa jo niin hyvin, että huomasit että jos jostakusta pitää olla huolissaan niin hänestä. Sinä olet rikostutkija, kuomaseni. Se tarkoittaa, että sinun pitää hoksata ilmiselvyydet. Minun siskoni on seinähullu. Hän pelaa vajaalla pakalla. Hänellä ei ole ketään kotona. Älä väitä, ettet huomannut.»

»Ei hän tuntunut minusta hullulta. Kovilla kierroksilla hän kyllä kävi, mutta se johtui siitä että hän oli huolissaan sinusta. Siis oikeasti huolissaan. Huolesta suunniltaan.»

»Juuri tuota minä tarkoitan. Tuo on nimenomaan hullua. Miksi hän muka oli huolissaan?»

»Tämän jutun takia. Se kuulemma vaikutti sinuun. Hän sanoi –»

»Dina tietää tästä jutusta vain, että se on olemassa. Siinä kaikki. Ja sekin riitti pillastuttamaan hänet.» En kerro ikinä kellekään, että Dina on hullu. Jotkut ovat kysyneet sitä minulta, mutta eivät ole tehneet samaa virhettä toiste. »Haluatko tietää miten vietin tiistaiyön? Kuuntelin kun hän vaahtosi siitä, ettei hän voinut nukkua omassa kämpässään koska suihkuverho tikitti siellä kuin kaappikello. Haluatko tietää miten vietin keskiviikkoillan? Puhuin hänet olemaan sytyttämättä paperikasaa, jonka hän oli repinyt kirjoistani.»

Richie liikahti vaivautuneena ovea vasten. »Noista minä en tiedä mitään. Minun luonani hän ei ollut tuollainen.»

Jokin alkoi pusertaa mahaani. »No ei helvetti tietenkään ollut. Hän tiesi, että soittaisit silloin minulle alta aikayksikön, eikä se sopinut hänen suunnitelmiinsa. Hän on hullu eikä tyhmä. Ja hänellä on armoton tahdonvoima silloin kun hän haluaa.»

»Hän oli kuulemma ollut luonasi pari edellistä yötä puhumassa kanssasi, ja sinulta oli hajonnut pää tähän juttuun. Hän...» Richie vilkaisi minua. Hän valitsi sanansa harkiten. »Hän sanoi, ettet sinä ole kunnossa. Hän sanoi, että olet aina kohdellut häntä hyvin, olet ollut lempeä silloinkin kun hän ei ole ansainnut sitä – niin hän sanoi – mutta toissa iltana hän säikäytti sinut tullessaan ja sinä vedit aseen esiin. Hän sanoi lähteneensä, koska käskit hänen tappaa itsensä.»

»Ja sinä uskoit.»

»Arvelin että hän liioittelee. Mutta silti... ei hän sitä keksinyt omasta päästään, että sinä olet stressaantunut. Olit kuulemma romahtamassa, tämä juttu tuhoaa sinut etkä suostu millään luopumaan siitä.»

En erottanut tästä häijystä mustasta vyyhdestä, yrittikö Dina vain kostaa jonkin oikean tai kuvitellun tekoni häntä kohtaan vai oliko hän huomannut jotain mitä minä en, jotain mikä oli ajanut hänet paukuttamaan Richien ovea kuin lintu joka räpistelee hädissään ikkunaa vasten. En myöskään osannut sanoa, kumpi vaihtoehto oli pahempi.

»Hän sanoi minulle, että minä olen työparisi ja sinä luotat minuun. Minun pitäisi kuulemma pitää sinusta huolta. Et anna hänen etkä perheesi huolehtia itsestäsi, mutta ehkä antaisit minun.»

Sanoin: »Menitkö sänkyyn hänen kanssaan?»

Olin yrittänyt olla kysymättä. Richie avasi suunsa mutta jäi silmänräpäyksen ajaksi vaiti, mikä kertoi minulle kaiken tarvittavan. Sanoin: »Älä turhaan vastaa.»

»Hei kuule nyt – et sanonut että hän on siskosi. Eikä hänkään sanonut. Vannon että jos olisin tiennyt –»

Olin ollut aivan hilkulla kertoa hänelle. En ollut kertonut, koska olin herranjumala luullut, että se tekisi minusta haavoittuvaisen. »Miksi sinä sitten luulit häntä? Minun naisystäväkseni vai? Entiseksi vaimoksi? Tyttäreksi? Miten nuo vaihtoehdot olisivat muka olleet parempia?»

»Hän oli kuulemma vanha kaverisi. Sanoi tunteneensa sinut lapsesta asti – perheenne olivat yhdessä kesiä Broken Harbourissa talovaunualueella. Niin hän kertoi. Miksi olisi pitänyt epäillä, että hän valehtelee?»

»No vaikka siksi, että hän on saatana täyskaheli. Hän tuli luoksesi horisemaan jutusta, josta ei tiedä mitään, ja hukutti sinut paskapuheeseen siitä että minulla on hermoromahdus. Yhdeksänkymmentä prosenttia hänen puheistaan on ihan sekavia. Eikö tullut mieleen, että ne loput kymmenenkään prosenttia eivät ehkä ole ihan totta?»

»Mutta kun ne eivät olleet sekavia. Hän oli ihan oikeassa, tämä juttu on ottanut sinulla koville. Olen ollut sitä mieltä melkein alusta asti.»

Jokainen hengenveto sattui matkalla keuhkoihin. »Sepäs kultaista. Liikuttavaa huolenpitoa. Joten arvelit, että sopiva reaktio tilanteeseen on nussia siskoani.»

Richie näytti siltä kuin olisi sahannut mieluusti vaikka käsivartensa irti, kunhan puheenaihe vaihtuisi. »Ei se sellaista ollut.»

»Siis miten herramme Jeesuksen nimeen se ei muka ollut 'sellaista'? Huumasiko hän sinut? Kytkikö hän sinut käsiraudoilla sängynjalkaan?»

»En minä suunnitellut mitään sellaista... enkä usko että hänkään.»

»Yritätkö nyt oikeasti kertoa minulle, miten minun siskoni ajattelee? Yhden yön jälkeen?»

»En! Sanon vaan –»

»Koska minä tunnen hänet paljon paremmin kuin sinä, kuomaseni, ja minullakin on suuria vaikeuksia tunnistaa mitä hänen päässään liikkuu. On hyvinkin mahdollista, että hän tuli luoksesi aikoen tehdä juuri sen mitä teki. Olen sataprosenttisen varma, että tämä oli hänen ajatuksensa eikä sinun. Se ei tarkoita, että sinun olisi pitänyt mennä suunnitelmaan mukaan. Mitä herran helvettiä sinä oikein ajattelit?»

»Ihan oikeasti, asiat vaan ajautuivat siihen pisteeseen. Hän pelkäsi, että tämä juttu sekoittaa sinulta pään, hän kiersi itkien pitkin olohuonetta – oli niin tolaltaan ettei edes suostunut istumaan. Halasin häntä ihan vaan että hän rauhoittuu –»

»Ja tässä kohtaa sinä pistät suun kiinni. Minun ei tarvitse kuulla havainnollisia yksityiskohtia.» Eikä tarvinnutkaan, sillä pystyin kuvittelemaan tarkalleen, miten kaikki oli tapahtunut. On niin murhaavan helppoa tempautua mukaan Dinan hulluuteen. Vaikka vain kastaa siihen varpaansa, jotta voisi tarttua Dinaa kädestä ja kiskoa hänet kuiville, seuraavassa hetkessä on jo umpisukkeluksessa ja yrittää turhaan päästä haukkaamaan ilmaa.

»Kunhan sanon. Siinä vaan kävi niin.»

»Työparisi sisko», minä sanoin. Yhtäkkiä olin aivan uupunut, uupunut ja pahoinvoiva; jokin kohosi ja poltteli kurkussani. Nojasin selkäni seinää vasten ja painoin sormet silmilleni. »Työparisi hullu sisko. Miten sinusta saattoi tuntua, että sellainen on ihan okei?»

Richie sanoi hiljaa: »Ei tunnu.»

Pimeys sormieni takana oli syvää ja levollista. En halunnut avata silmiäni siihen ankaraan ja pistävään valoon. »Ja kun heräsit tänä aamuna», sanoin, »Dina oli poissa ja todistepussi myös. Missä se oli ollut?»

Hetken hiljaisuus. »Yöpöydällä.»

»Kaikkien huoneeseen marssivien nähtävillä. Kämppäkaverien, murtovarkaiden, yhden illan juttujen. Loistavaa, poikaseni.»

»Makuuhuoneen oven saa lukkoon. Ja päivisin se oli mukanani. Takintaskussa.»

Kaikki ne väittelymme – Conor vastaan Pat, puolittain olemassa olevat eläimet, vanhat rakkaustarinat – olivat olleet Richien puolelta potaskaa. Hänellä oli ollut vastaus hallussaan koko ajan, niin lähellä että olisin voinut koskettaa sitä ojentamalla käteni. Sanoin: »Ja siinähän kävi sitten hyvin.»

»Ei tullut mieleen, että hän veisi sen. Hän –»

»Sinulla ei tullut mieleen enää mitään siinä vaiheessa, kun hän pääsi makkariisi.»

»Hänhän oli sinun kaverisi – tai luulin että oli. En kuvitellut että hän voisi rosvota mitään, varsinkaan tuota. Oli ihan päivänselvää että hän välitti sinusta, siis todella paljon. Miksi hän olisi halunnut paskoa tutkintasi?»

»Ehei kuule. Hän ei ollut se joka paskoi tutkintani.» Nostin kädet kasvoiltani. Richie oli tulipunainen. »Hän pölli tämän kirjekuoren, koska hän muutti mielensä sinun suhteesi, kuomaseni. Eikä hän ole ainoa. Kun hän äkkäsi tämän, hänen mieleensä juolahti, ettet ehkä olekaan sellainen ihana, luotettava ja suoraselkäinen kaveri kuin hän oli kuvitellut, mikä tarkoitti ettet ole välttämättä paras mahdollinen ihminen 'pitämään huolta' minusta. Niinpä hän päätteli, että ainoa vaihtoehto oli hoitaa asia itse, joten hän toi minulle ne todisteet, joiden kanssa työparini oli päättänyt karata. Kaksi kärpästä yhdellä iskulla: saan tutkintani takaisin haltuun ja saan tietää totuuden työtoveristani. Vaikka hän ehkä hullu onkin, minusta tuntuu että hän oli ihan oikeilla jäljillä.»

Richie keskittyi kenkiinsä eikä sanonut mitään. Kysyin: »Aioitko kertoa minulle ollenkaan?»

Se tempaisi hänen selkänsä suoraksi. »Kyllä aioin. Käytännössä ihan varmasti siitä asti kun löysin tuon kynnen. Sen takia minä pussitin sen ja merkkasin todisteeksi. Jos olisin meinannut pimittää sen sinulta, olisin voinut vaan vetää sen pöntöstä alas.»

»No onneksi olkoon, poikaseni. Mitalinko sinä siitä haluat?» Nyökkäsin kohti todistekuorta. En saattanut katsoa sitä; se tuntui pullistelevan jotain elävää ja raivoavaa, se oli iso hyönteinen joka surisi ohutta paperia ja muovia vasten ja yritti ratkoa pussin saumat päästäkseen kimppuuni. » 'Kerätty Conor Brennanin asunnon olohuoneesta.' Sillä välin kun minä olin ulkona puhumassa Larrylle. Niinkö se meni?»

Richie tuijotti kädessään olevia papereita tyhjin katsein niin kuin ei olisi muistanut mitä ne olivat. Hän avasi kätensä ja antoi paperien valahtaa lattialle. »Niin», hän sanoi.

»Missä se oli?»

»Varmaan se oli ollut matolla. Olin panemassa takaisin niitä sohvalla olleita vaatteita, ja tämä roikkui villapaidan hihasta. Se ei ollut siinä silloin kun otettiin ne vaatteet sohvalta pois – muistatko kun tutkittiin perusteellisesti, onko niissä verta? Se tarttui varmaan hihaan, kun villapaita oli lattialla.»

Kysyin: »Minkä värinen villapaita?» Tiesin jo että muistaisin, oliko Conor Brennanin vaatteiden joukossa ollut joku roosanvärinen neule.

»Vihreä. Sellainen khakinvihreä.»

Ja matto oli ollut luonnonvalkoinen, ja siinä oli ollut likaisenvihreitä ja keltaisia kiekuroita. Vaikka Larryn pojat olisivat käyneet koko asunnon läpi suurennuslasi kourassa, he eivät olisi löytäneet mitään lähdettä tuolle vaaleanpunaiselle haituvalle. Olin tiennyt heti kynnen nähdessäni, mistä tuo lanka oli peräisin.

Kysyin: »Entä miten tulkitsit tämän löydön?»

Tuli hiljaisuus. Richie tuijotti tyhjää. Sanoin: »Konstaapeli Curran.»

Hän sanoi: »Sormenkynsi – sen muoto ja lakkapinta – täsmää Jenny Spainiin. Siihen takertunut villa –» Hänen suupielensä nytkähti. »Näytti täsmäävän siihen kirjailtuun tyynyyn, jolla Emma tukehdutettiin.»

Se märkä langanpätkä, jonka Cooper oli onkinut Emman kurkusta pidellessään hänen haurasta leukaansa auki peukalolla ja etusormella. »Entä mitä tulkitsit sen tarkoittavan?»

Richie sanoi vakaasti ja hyvin hiljaa: »Tulkitsin sen tarkoittavan, että Jennifer Spain saattaa olla tekijämme.»

»Ei 'saattaa olla'. On.»

Hänen hartiansa liikehtivät levottomasti ovea vasten. »Ei se varmaa ole. Häneen olisi voinut tarttua villaa muullakin tavalla. Kun hän pani Emmaa aiemmin nukkumaan –»

»Jenny on aina huoliteltu. Joka hius ojennuksessa. Luuletko että hän olisi jättänyt lohjenneen kynnen tarttumaan joka paikkaan koko illaksi ja mennyt nukkumaankin kynsi repaleisena? Ja jättänyt villalangan roikkumaan siitä moneksi tunniksi?»

»Tai sitten se on voinut tarttua häneen Patista. Villalanka tarttui Patin pyjamapaitaan, kun hän käytti tyynyä Emmaan, ja sitten kun hän kamppaili Jennyn kanssa, Jennyltä lohkesi kynsi, villa tarttui siihen...»

»Siis yksi nimenomainen kuitu tuhansista ja taas tuhansista, joita oli Patin pyjamassa, Patin pyjamaan tarttuneena, Jennyn yöpaidassa ja pitkin keittiötä. Miten todennäköistä?»

»Voi niin käydä. Emme me voi rysäyttää koko juttua Jennyn niskaan. Muistatko, että Cooper oli varma etteivät Jennyn vammat olleet itseaiheutettuja?»

»Tiedän», sanoin. »Minä puhun Jennylle.» Ajatus siitä, että joutuisin kohtaamaan sen huoneen ulkopuolisen maailman, iski minua kuin pamppu polvitaipeisiin. Lysähdin istumaan pöydänreunalle; en pystynyt enää seisomaan.

Richie oli pannut sanomani merkille: Minä puhun Jennylle, ei Me. Hän avasi suunsa mutta sulki sen sitten haeskellakseen oikeaa kysymystä.

Sanoin: »Mikset sinä kertonut?» Kuulin tuskan paistavan äänestäni, mutten välittänyt.

Richien katse kääntyi pois. Hän polvistui lattialle keräämään pudottamiaan papereita. Hän sanoi: »Koska tiesin mitä sinä haluaisit tehdä.»

»Ai mitä? Pidättäisin Jennyn? Enkä syyttäisi Conoria kolmoissurmasta jota hän ei tehnyt? Mitä, Richie? Mikä tuossa olisi ollut niin helvetin kamalaa, ettet voinut millään sallia sitä?»

»Ei kamalaa. Mutta... että oltaisiin pidätetty Jenny. En minä kuule tiedä. Ei se ole minusta välttämättä oikein tehty.»

»Se on se, mitä me teemme. Me pidätämme murhaajia. Jos et tykkää toimenkuvasta, etsi saatana joku muu työ.»

Tämä nostatti Richien taas jaloilleen. »No juuri tuon takia en kertonut sinulle. Arvasin mitä sanoisit. Arvasin. Sinulle kaikki on mustavalkoista. Ei mitään miettimistä, pidetään vaan kiinni säännöistä ja mennään kotiin. Minun piti ensin harkita asiaa, koska sitten olisi heti myöhäistä kun kertoisin sinulle.»

»Totta hitossa se on mustavalkoista. Jos tappaa perheensä,

joutuu vankilaan. Missä vitussa sinä näet niitä harmaan sä-
vyjä?»

»Jenny on helvetissä. Hän elää koko loppuelämänsä sellaisessa
tuskassa, etten halua edes ajatella. Luuletko että vankila rankaisee
häntä pahemmin kuin hänen oma mielensä? Hän ei voi paikata
tekoaan mitenkään, emmekä voi mekään, eikä häntä sitä paitsi tar-
vitse panna lukkojen taa sen takia, että hän voi uusia tekonsa. Mitä
iloa jostain elinkautisesta on tällaisessa tapauksessa?»

Minä kun olin luullut, että tämä oli Richien bravuurikikka,
hänen erikoislahjansa – hän maanitteli todistajat ja epäillyt usko-
maan, että näki heidät ihmisinä, niin absurdia ja mahdotonta kuin
se olikin. Minuun oli tehnyt huiman vaikutuksen se, että hän oli
saanut Goganit kuvittelemaan että he olivat hänelle muutakin kuin
satunnaisia rasittavia lieroja, ja uskotellut Conor Brennanille, että
hän ei ollut pelkkä tyypillinen villielukka, joka meidän piti kor-
jata pois kaduilta kuljeksimasta. Minun olisi pitänyt arvata totuus
silloin väijyssä, kun olimme puhuneet ihan vaan miesten kesken.
Minun olisi pitänyt arvata ja ymmärtää vaara: hän ei esittänyt
mitään vaan ajatteli niin oikeasti.

Sanoin: »Joten sen takia sinä olit koko ajan Pat Spainin kim-
pussa. Ja minä kun luulin, että totuuden ja oikeudenmukaisuuden
tähden. Olinpa tyhmä.»

Richiellä oli sentään sen verran häpyä, että hän punastui. »Ei se
niin mennyt. Aluksi minä uskoin oikeasti että se oli hän – Conor
ei tuntunut minusta uskottavalta eikä ehdokkaita näyttänyt olevan
muitakaan. Mutta sitten kun näin tuon kynnen lattialla, ajattelin...»

Lause jäi kesken. Sanoin: »Ajatus Jennyn pidättämisestä louk-
kasi sinun herkkiä tunteitasi, mutta ajattelit että olisi ehkä huono
idea passittaa Conor vankilaan rikoksesta jota hän ei tehnyt. Olitpa
herttainen kun välitit. Joten päätit keksiä keinon, jolla koko sotku
sysätään Patin syyksi. Se upea pikku esitys eilen Conorin kanssa
oli se hetki, kun yritit tehdä Patista syyllisen. Conor oli vähällä
tarttua syöttiin. Mahtoi pilata päiväsi, kun ei tarttunutkaan.»

»Pat on hei kuollut! Ei se haittaisi häntä enää. Tiedän mitä
sanoit siitä, että kaikki pitäisivät häntä murhaajana, mutta muis-
tatko kun hän kirjoitti sille keskustelupalstalle, että hän halusi vain
pitää huolta Jennystä. Olisiko hän halunnut ottaa syyt niskoilleen

vai lähettää Jennyn loppuiäkseen vankilaan? Hän olisi rukoillut meitä nimeämään hänet tappajaksi. Kädet kyynärpäitä myöten ristissä.»

»Ja sitä sinä yritit sen Goganin ämmänkin kanssa. Ja Jennyn. Suolsit sitä paskapuhetta, että oliko Pat alkanut suuttua useammin, saiko hän hermoromahduksen, pelkäsittekö että hän satuttaa teitä... Yritit saada Jennyn heittämään Patin susille. Mutta kävikin ilmi, että kolminkertaisella murhaajalla on enemmän kunniantuntoa kuin sinulla.»

Richien naama loimotti kirkkaammin. Hän ei vastannut. Sanoin: »Oletetaan nyt hetki, että tehdään tämä sinun mielesi mukaan. Heitetään tuo todiste silppuriin, tehdään Patista syypää, julistetaan tapaus loppuun käsitellyksi ja annetaan Jennyn lähteä sairaalasta. Mitä arvelet että tapahtuu seuraavaksi? Kävi sinä yönä miten tahansa, Jenny rakasti lapsiaan. Hän rakasti miestään. Mitä luulet hänen tekevän sillä sekunnilla, kun voimat riittävät?»

Richie pani raportit pöydälle turvallisen välimatkan päähän kirjekuoresta ja tasoitteli pinon reunat. Hän sanoi: »Hän hoitaa homman loppuun.»

»Niin», sanoin. Valo poltti ilmaa ja muutti huoneen valkoiseksi uduksi, ilmassa leijuvien säkenöivien ääriviivojen sekamelskaksi. »Juuri niin hän tekee. Eikä hän sössi yritystään tällä kertaa. Jos päästämme hänet sairaalasta, hän kuolee kahden vuorokauden kuluessa.»

»Niin. Varmaan.»

»Miten helvetissä se on sinusta oikein?» Hänen toinen olkapäänsä nousi jonkinlaiseen kohautukseen. »Haluatko sinä kostaa? Hän ansaitsee kuolla, meillä ei ole kuolemanrangaistusta, no hitto, antaa hänen hoitaa asia itse. Niinkö sinä ajattelet?»

Richie kääntyi katsomaan minua silmiin. Hän sanoi: »Se on parasta mitä hänelle voi enää tapahtua.»

Olin nousta tuolistani ja tarttua häntä rinnuksista. »Et sinä voi sanoa noin! Jennyllä on vielä viisikymmentä, kuusikymmentä vuotta elämää jäljellä. Sinustako hän ei voi käyttää niitä enää muuten kuin menemällä kylpyammeeseen ja vetämällä ranteet auki?»

»Kuusikymmentä vuotta varmaan joo. Puolet niistä vankilassa.»

»Joka on hänelle paras paikka. Se nainen tarvitsee hoitoa. Hän tarvitsee terapiaa ja lääkkeitä, en tiedä millaisia, mutta lääkärit tietävät. Jos hän on kiven sisässä, hän saa kaiken tarvittavan. Hän maksaa velkansa yhteiskunnalle, korjauttaa päänsä ja tulee sieltä pois jonkinlainen elämä edessään.»

Richie ravisti rajusti päätään. »Ei. Ei tule. Hulluko sinä olet? Hänellä ei ole edessään enää mitään. Hän tappoi lapsensa! Hän piti heitä paikoillaan, kunnes he lakkasivat panemasta vastaan. Hän puukotti miehensä ja jäi makaamaan kuiviin vuotavan ruumiin viereen. Mikään maailman lääkäri ei voi korjata sellaista. Näit millaisessa tilassa hän oli. Hän on jo mennyttä. Anna hänen mennä. Anna vähän armoa.»

»Ai, nytkö puhutaan armosta? Jenny Spain ei ole tämän tarinan ainoa henkilö. Muistatko Fiona Raffertyn? Muistatko heidän äitinsä? Liikeneekö sinulta yhtään armoa heille? Mieti, mitä he ovat jo menettäneet. Sano sitten minulle, että he ansaitsevat menettää Jennynkin.»

»Eivät he ole ansainneet mitään tällaista. Luuletko että heillä olisi helpompaa, jos he tietäisivät mitä Jenny on tehnyt? He menettävät hänet joka tapauksessa. Tällä lailla se on sentään äkkiä ohi.»

»Ei se mene ohi», minä sanoin. Näiden sanojen lausuminen imaisi keuhkoni tyhjiksi ja teki minusta onton niin kuin rintakehäni olisi luhistunut kasaan. »Heidän kannaltaan tämä ei ole ikinä ohi.»

Se sulki Richien suun. Hän istuutui minua vastapäätä ja katseli käsiään, jotka tasoittelivat raporttipinkan reunoja yhä uudelleen. Jonkin ajan kuluttua hän sanoi: »Velka yhteiskunnalle. En minä tajua mitä se meinaa. Sano yksikin ihminen, jonka asiat paranevat sillä että Jenny istuu kaksikymmentäviisi vuotta vankilassa.»

Minä sanoin: »Pidä nyt turpa kiinni. Sinulla ei ole lupaa edes esittää tuota kysymystä. Tuomari jakaa tuomiot, emme me. Sitä varten koko tämä systeemi on – jotta sinunlaisesi ylimieliset pikkumulkut eivät pääsisi leikkimään jumalaa ja jakelemaan kuolemantuomioita aina kun siltä tuntuu. Sinä pidät vittu vain kiinni säännöistä, luovutat vittu todisteet ja annat vittu systeemin tehdä työnsä. Sinä et saa päästää Jenny Spainia heitteille.»

»Ei se ole mitään heitteille päästämistä. Jos hänet pannaan viettämään vuosikausia tämmöisessä tuskassa... Sehän on kidutusta. Se on väärin.»

»Ei. Se on väärin sinun mielestäsi. Kuka tietää, miksi olet sitä mieltä. Ehkä siksi että olet oikeassa, tai ehkä tämä juttu riipaisee sydäntäsi, tai ehkä sinulla on helvetin kovat tunnontuskat, tai ehkä Jenny muistuttaa jotain päiväkodin tätiä niiltä ajoilta kun olit viisivuotias. Sen takia meillä on säännöt, Richie. Siksi ettei kukaan voi päättää oman mielensä mukaan, mikä on oikein ja mikä väärin. Ei tällaisessa asiassa. Jos erehtyy, seuraukset ovat niin valtavat ja kauheat ettei niitä kestä edes kuvitella, saati että niitten kanssa kestäisi elää. Säännöt sanovat, että panemme Jennyn lukkojen taa. Kaikki muu on pelkkää paskapuhetta.»

Richie pyöritteli päätään. »On se silti väärin. Minä luotan tässä asiassa omaan mieleeni.»

Olisin voinut nauraa, tai ulvoa. »Ai jaa? Katso mihin se on sinut johdattanut. Sääntö numero nolla, Richie, sääntö joka pätee ennen kaikkia muita: ihmismieli on roskaa. Se on heikko, rikkinäinen ja kieroutunut sekasotku, joka pettää aina kaikkein pahimmilla hetkillä. Eikö muka siskoni mieli sanonut hänelle, että hän teki oikein kun seurasi sinua kotiin? Eikö Jenny muka uskonut, että hän toimi oikein maanantaiyönä? Aina kun luottaa mieleensä, tulee mokanneeksi. Elämäni jokaisen oikean päätöksen olen tehnyt siksi, etten ole luottanut omaan mieleeni.»

Richie kohotti katseensa minuun. Se vaati häneltä ponnistelua. Hän sanoi: »Siskosi kertoi minulle äidistäsi.»

Sillä hetkellä olin lyödä häneltä naaman hajalle. Näin hänen jännittyvän ottamaan iskua vastaan, näin pelon tai toivon tulvahduksen. Kun sain avattua nyrkkini ja henkeni kulki jälleen, hiljaisuus oli jo pitkällä.

Sanoin: »Mitä hän tarkalleen sanoi?»

»Että äitisi hukkui sinä kesänä kun täytit viisitoista. Kun olitte Broken Harbourissa.»

»Sattuiko hän mainitsemaan kuolintapaa?»

Richie ei katsonut enää minuun. »Joo. Hän sanoi, että äitinne meni veteen. Siis tahallaan.»

Jäin odottamaan, mutta hän oli sanonut sanottavansa. Kysyin: »Ja sinä siis päättelit, että olin sen takia millin päässä pakkopaidasta. Niinkö?»

»En minä –»

»Ei kun sano vaan, poikaseni. Minua kiinnostaa. Miltä pohjalta tulit siihen tulokseen? Oletitko että olen niin traumatisoitunut, että koen jonkun psykoottisen romahduksen heti kun joudun kilometrin säteelle Broken Harbourista? Arvelitko että hulluus on perinnöllistä lajia ja minulle tulee yhtäkkiä tarve riisua itseni alasti ja kiivetä katolle huutamaan liskoväestä? Pelkäsitkö että ammun aivoni pellolle sinun nähtesi? Minusta minulla on oikeus tietää.»

Richie sanoi: »En uskonut että olet hullu. En ikinä ajatellutkaan sellaista. Mutta se miten suhtauduit Brennaniin... se huoletti minua jo aiemmin... ennen eilisiltaa. Minähän sanoin siitä sinullekin. Menit minusta liian pitkälle.»

Minua syyhytti työntää tuolini pois pöydän äärestä ja ruveta kulkemaan pitkin huonetta, mutta tiesin että löisin Richietä jos menisin yhtään lähemmäs häntä, ja tiesin että se olisi paha juttu, vaikken ihan muistanutkaan miksi. Jäin istumaan. »Aivan. Niinhän sinä sanoit. Ja kun puhuit Dinan kanssa, arvelit keksineesi syynkin. Eikä siinä kaikki, arvelit että sinulla on vapaat kädet puuhastella todistusaineiston kanssa. Se hönö, sinä ajattelit, se vanha loppuunpalanut sekopää, hän ei ikinä keksi tätä itse. Hän keskittyy halimaan tyynyään ja itkemään kuolleesta mammastaan. Näinkö on, Richie? Arvasinko suunnilleen oikein?»

»Ei. Ei! Minusta tuntui...» Hän veti nopeasti henkeä. »Minusta tuntui, että voitaisiin olla työpari pitkäänkin. Tiedän miltä tuo kuulostaa, siis että kuka minä luulen olevani, mutta minusta vaan... minusta tuntui että pelattiin hyvin yhteen. Toivoin että...» Tuijotin häntä torjuvasti, kunnes hän antoi lauseen jäädä kesken. Sen sijaan hän sanoi: »Tai ainakin tällä viikolla oltiin kumppaneita. Ja jos yhdellä kumppanilla on ongelma, niin sitten molemmilla on.»

»Ihan kaunis ajatus, mutta minulla ei ole mitään helvetin ongelmaa, kuomaseni. Tai ei ainakaan ollut ennen kuin sinä päätit ruveta kikkailemaan todisteilla. Minun äitini ei liity tähän mitenkään. Ymmärrätkö? Joko alkaa valjeta?»

Hänen hartiansa väännähtivät. »Minä vaan sanon. Ajattelin että ehkä... ymmärrän mikset tykkää ajatuksesta, että Jenny hoitaa homman loppuun.»

»Minä en tykkää siitä ajatuksesta, että ihmisiä jumalauta tapetaan. Oman käden kautta tai muuten. Se vähän niin kuin kuuluu ammattiini. Ei se vaadi mitään syvällistä psykologista selitystä. Se mikä tässä vaatii kunnon terapeuttia on se, että sinä haluat meidän auttavan Jenny Spainia hyppäämään kerrostalon katolta.»

»Hei älä viitsi. Tuo on ihan tyhmää. En minä väitä, että häntä pitää auttaa. Sanon vaan että... antaa kaiken edetä luonnollista tietä.»

Tavallaan tuo oli helpotus – pieni ja katkera mutta helpotus kuitenkin. Richie ei olisi ikinä pärjännyt rikostutkijana. Ellei se olisi kaatunut tähän – jos olisin ollut niin tyhmä ja heikko ja säälittävä, että olisin antanut tämän anteeksi – niin ennemmin tai myöhemmin olisi tullut vastaan jotain muuta. Sanoin: »Minä en ole mikään helvetin David Attenborough. Minä en katso sivusta, kun 'kaikki etenee luonnollista tietä'. Jos yllättäisin joskus itseni ajattelemasta niin, päätyisin itse kerrostalon katolle.» Kuulin armottoman väheksynnän ja halveksunnan äänessäni ja näin Richien säpsähtävän, mutta en osannut tuntea muuta kuin kylmää tyydytystä. »Murha on luonnollista. Etkö ole huomannut? Ihmiset silpovat toisiaan, raiskaavat toisiaan, tappavat toisiaan ja tekevät kaikkea muutakin eläimellistä ihan luonnostaan. Luonto on se piru, jota vastaan minä taistelen. Luonto on pahin vihollisени. Ellei ole sinunkin, niin olet ihan helvetin väärällä alalla.»

Richie ei vastannut. Hän oli painanut päänsä ja piirteli sormenkynnellään pöytään jännittyneitä geometrisiä kuvioita – muistin kuin kaukaisena tapahtumana, miten hän oli piirrellyt myös tarkkailuhuoneen ikkunaan. Hetken päästä hän kysyi: »Eli mitä sinä aiot tehdä? Aiotko vain toimittaa tuon kirjekuoren todistevarastoon niin kuin mitään ei olisi tapahtunut, ja jatkaa siitä?»

Sinä, ei me. »Vaikka harrastaisin sellaista, minulla ei ole nyt sitä vaihtoehtoa. Kun Dina tuli tänne aamulla, en ollut vielä töissä. Hän antoi tämän Quigleylle.»

Richie tuijotti. Hän sanoi niin kuin häntä olisi lyöty palleaan: »Voi vittu.»

»Aivan, voi vittu. Voit uskoa, ettei Quigley aio päästää meitä pälkähästä. Muistatko mitä sanoin ihan pari päivää sitten? *Quigley ilahtuisi jos pääsisi heittämään meidät susille. Älä pelaa hänen pussiinsa.*»

Hän oli muuttunut entistä kalpeammaksi. Jokin sadistinen puoleni, joka hiipi esiin pimeästä varastostaan koska en jaksanut pidellä sitä enää lukkojen takana, nautti siitä näystä. Richie kysyi: »Mitä me nyt teemme?»

Hänen äänensä värisi. Hän oli kääntänyt kämmenensä minua kohti niin kuin olisin joku säihkyvä sankari, joka siivoaa tämän kammottavan sotkun ja saa sen katoamaan. Sanoin: »Me emme tee mitään. Sinä menet kotiin.»

Richie katseli minua epävarmana ja yritti tulkita sanojani. Hän hytisi paitahihasillaan kylmässä huoneessa muttei näyttänyt huomaavan sitä itse. Sanoin: »Pakkaa kamppeesi ja mene kotiin. Pysy siellä, kunnes käsken tulla takaisin. Jos haluat niin voit miettiä sillä välin, miten perustelet tekosi tarkastajalle, vaikka tuskin sillä on väliä.»

»Mitä sinä aiot tehdä?»

Nousin pystyyn ja nojasin pöytään koko painollani kuin vanha mies. »Se ei ole sinun ongelmasi.»

Hetken päästä Richie kysyi: »Miten minulle käy?»

Hänen kunniakseen oli sentään sanottava, että hän kysyi sitä vasta nyt. Vastasin: »Palaat univormuun. Ja pysyt siellä.»

Tuijotin yhä pöydälle laskemiani käsiä, mutta silmänurkastani näin hänen nyökkäilevän – tyhjiä ja toisteisia eleitä samalla kun hän yritti sulatella sanojeni täyttä merkitystä. Sanoin: »Olit oikeassa. Me pelasimme hyvin yhteen. Meistä olisi tullut hyvä työpari.»

»Niin», Richie sanoi. Hänen äänensä läpi lyövä murheen aalto oli horjauttaa minua. »Niin olisi.»

Hän poimi raporttipinkkansa ja nousi pystyyn mutta ei lähtenyt kohti ovea. En kohottanut katsettani. Tuokion päästä hän sanoi: »Haluan pyytää anteeksi. Tiedän ettei sillä ole tässä vaiheessa vitunkaan väliä, mutta olen kumminkin hirveän pahoillani. Kaikesta.»

Sanoin: »Mene kotiin.»

Jatkoin käsieni tuijottamista, kunnes ne sumenivat omituisiksi valkoisiksi möykyiksi, epämuodostuneiksi ja matoja kuhiseviksi otuksiksi, jotka kyyristelivät pöydällä valmiina loikkaamaan kimppuun. Lopulta kuulin oven sulkeutuvan. Valo raateli minua joka suunnasta ja kimposi todistepussin muovi-ikkunasta puhkomaan silmiäni. En ollut koskaan ollut huoneessa, joka tuntui niin armottoman kirkkaalta, ja tyhjältä.

18

HUONEITA ON OLLUT monia. Pohjoisen poliisiasemien rähjäisiä ja pikkuruisia huoneita, jotka haisevat homeelta ja jalkahielta. Olohuoneita jotka pursuvat kukkaverhoiltua sisustusta, makeilevia rukouskortteja ja kiiltäviä kunniallisuuden tunnusmerkkejä. Vuokrakasarmikeittiöitä joissa vauvat kitisevät kokispullo suussaan ja tuhkakupin sisältö valuu murojen peittämälle pöydälle. Meidän omia kuulusteluhuoneitamme, hiljaisia kuin pyhäköt ja niin tuttuja, että osaisin panna käteni tälle seinäkirjoitukselle tai tuolle halkeamalle vaikka silmät sidottuina. Ne ovat huoneita, joissa olen asettunut kasvotusten tappajan kanssa ja sanonut: *Sinä. Sinä teit tämän.*

Muistan niistä jokaisen. Olen pannut ne talteen, olen koonnut niistä värikylläisen keräilykorttisarjan, jota pidän samettiverhoillussa rasiassa ja jota käyn läpi silloin, kun päivä on ollut niin pitkä etten saa unta. Tiedän tuntuiko ilma viileältä vai lämpimältä ihollani, tiedän miten valo imeytyi kuluneeseen keltaiseen maalipintaan tai sytytti sinisen mukin hehkumaan, tiedän kaikuiko ääneni korkeisiin katonnurkkiin vai tukahtuiko se raskaisiin verhoihin ja järkyttyneisiin posliinikoristeisiin. Tiedän puutuolien syykuviot, lukinseittien lepatuksen, vesihanan hiljaisen tiputuksen, kokolattiamaton upottavuuden kenkieni alla. *Minun Isäni kodissa on monta asuinsijaa.* Jos joskus ansaitsen sellaisen asuinsijan, olen rakentanut sen itse näistä huoneista.

Olen aina pitänyt yksinkertaisuudesta. *Sinulle kaikki on mustavalkoista,* Richie oli sanonut kuin syytöksenä, mutta totuus on, että jokainen murhajuttu on ainakin kykenevä yksinkertaisuuteen ja että se ei ole pelkästään väistämätöntä vaan myös ihmeellistä – jos ihmeitä on olemassa niin tämä on yksi niistä. Näissä huoneissa poltetaan pois maailman kihisevä varjopaljous ja kaikki petolliset harmaan sävyt taotaan ankaran puhtaaksi miekaksi, jossa on kaksi terää: syy ja seuraus, hyvä ja paha. Minulle nämä huoneet ovat kauniita. Astun niihin niin kuin nyrkkeilijä astuu kehään: päättäväisenä, voittamattomana, kotiin tulleena.

Jenny Spainin sairaalahuone on niistä ainoa, jota olen pelännyt. En tiedä johtuuko se siitä, että huoneessa odottava pimeys oli hiottu terävämmäksi kuin mikään mitä olin koskettanut, vai siitä että varjot risteilivät ja monistuivat siellä yhä eikä niitä voinut sillä kertaa mitenkään pysäyttää.

Sekä Jenny että Fiona olivat siellä. Heidän päänsä kääntyivät ovea kohti kun avasin sen, mutta en keskeyttänyt mitään keskustelua kesken lauseen. He eivät olleet puhuneet, he olivat vain istuneet siinä, Fiona sängyn vieressä liian pienellä muovituolilla ja käsi tiukasti Jennyn kädessä, joka lepäsi hiutuneella peitolla. He tuijottivat minua tyhjin katsein, ja heidän kaidat kasvonsa olivat riutuneet uurteille paikoista, joihin tuska oli asettumassa pysyvästi. Joku oli keksinyt keinon pestä Jennyn hiukset – ilman suoristusaineita ne olivat pehmoiset ja hapsottavat kuin pikkutytöllä – ja rusketusvoide oli kulunut pois niin, että hän näytti Fionaakin kalpeammalta. Ensimmäistä kertaa tunnistin heissä sukunäköä.

»Olen pahoillani kun häiritsen», sanoin. »Neiti Rafferty, minun pitää puhua hetki rouva Spainin kanssa.»

Fiona tarrasi Jennyn käteen. »Minä jään tänne.»

Hän tiesi. »Se ei valitettavasti käy päinsä», sanoin.

»Sitten Jenny ei halua puhua teille. Eikä hän sitä paitsi ole puhekunnossa. En anna teidän pelotella häntä.»

»En aio pelotella ketään. Jos rouva Spain haluaa, että puhutuksen aikana on asianajaja läsnä, hän voi pyytää sellaista, mutta muita huoneessa ei voi olla. Ymmärrätte varmaan.»

Jenny irtautui hellävaroin Fionan otteesta ja laski Fionan käden käsinojalle. »Kyllä tämä käy», hän sanoi. »Olen ihan kunnossa.»

»Etkä ole!»

»Olen minä. Ihan oikeasti.» Lääkärit olivat vähentäneet kipulääkitystä. Jenny liikehti yhä kuin veden alla ja hänen kasvonsa olivat luonnottoman tyynet, melkein veltot niin kuin niistä olisi katkaistu tärkeitä lihaksia, mutta katse oli kirkastumassa ja sanat tulivat hänen suustaan heiveröisinä mutta selvinä. Hän oli kyllin kirkasjärkinen antamaan lausunnon, jos saisin houkuteltua hänet niin pitkälle. »Mene vain, Fi. Tule kohta takaisin.»

Pidin ovea auki samalla kun Fiona nousi vastentahtoisesti tuoliltaan ja otti takin tuolinkarmilta. Kun hän kiskoi takkia ylleen, sanoin: »Tulkaa tosiaan vielä takaisin. Minun täytyy keskustella teidänkin kanssanne sitten, kun olen puhuttanut siskoanne. Asia on tärkeä.»

Fiona ei vastannut. Hänen katseensa oli yhä Jennyssä. Kun Jenny nyökkäsi, hän työntyi ohitseni ja lähti kulkemaan käytävää pitkin pois. Odotin, että hän oli varmasti lähtenyt, ennen kuin suljin oven.

Laskin salkkuni sängyn viereen, ripustin takkini ovinaulaan ja vedin tuolin niin lähelle Jennyä, että polveni hipoivat hänen peittoaan. Hän katseli minua väsyneesti ja välinpitämättömästi niin kuin olisin ollut taas yksi lääkäri hyörimässä hänen ympärillään ja käyttämässä välineitä, jotka välkkyivät, piippasivat ja sattuivat. Poskeen oli vaihdettu paksun sideharson tilalle ohut ja siisti laastari; hänellä oli yllään jotain pehmeää ja sinistä, T-paita tai pyjama, jonka ylipitkät hihat oli kiedottu käsien ympärille. Sängyn vieressä roikkuvasta tippapussista kulki ohut muoviletku toisen hihan sisään. Ulkosalla korkea puu sinkosi lehtiään hehkuviksi tuulihyrriksi taivaalle, joka oli sininen ja ohueksi pingotettu.

»Rouva Spain», sanoin. »Meidän taitaa pitää puhua.»

Jenny katseli minua ja laski päänsä tyynyyn. Hän odotti kärsivällisesti, että lopettaisin toimenpiteeni ja jättäisin hänet hypnotisoimaan itseään ulkona kieppuvilla lehdillä kunnes hän sulautuisi niihin, muuttuisi taivaalle viskatuiksi valonvälähdyksiksi, tuulenhenkäyksiksi, katoaisi.

»Millainen olo teillä on?» kysyin.

»Parempi. Kiitos.»

Hän näyttikin voivan paremmin. Huulet olivat sairaalailmasta rohtuneet, mutta äänestä oli kadonnut matala käheys ja tilalla oli korkea ja herttainen tytönääni. Silmätkään eivät enää punoittaneet – hän oli lakannut itkemästä. Jos hän olisi parkunut surusta suunniltaan, olisin pelännyt häntä vähemmän. »Mukava kuulla», sanoin. »Milloin lääkärit aikovat päästää teidät kotiin?»

»Sanoivat, että ehkä ylihuomenna. Tai ehkä sitä seuraavana päivänä.»

Minulla oli alle kaksi vuorokautta aikaa. Tikittävä kello ja Jennyn läheisyys piiskasivat minua kiireeseen. »Rouva Spain», sanoin, »tulin kertomaan että tutkinnassa on tapahtunut edistystä. Olemme pidättäneet erään henkilön päällekarkauksesta teitä ja perhettänne kohtaan.»

Tämä sytytti hämmästyneen elonpilkahduksen Jennyn silmiin. Sanoin: »Eikö sisarenne kertonut?»

Hän pudisti päätään. »Tekö olette pidättäneet...? Kenet?»

»Tämä voi olla teille jonkinlainen järkytys. Hän on eräs tuntemanne ihminen – sellainen jonka kanssa teillä oli pitkään läheiset välit.» Pilkahdus leimahti peloksi. »Osaatteko sanoa mitään syytä, miksi Conor Brennan olisi halunnut vahingoittaa perhettänne?»

»Conor?»

»Olemme pidättäneet hänet näistä rikoksista. Hänet asetetaan syytteeseen tänä viikonloppuna. Olen pahoillani.»

»Voi taivas – ei. Ei ei ei. Olette ihan hakoteillä. Conor ei olisi ikinä satuttanut meitä. Hän ei satuttaisi ketään.» Jenny yritti ponnistaa ylös tyynyltä; hän ojensi minulle kätensä, jonka jänteet törröttivät kuin vanhalla naisella, ja näin hänen katkenneet kyntensä. »Teidän pitää vapauttaa hänet.»

»Uskokaa tai älkää, olen kanssanne samaa mieltä», sanoin. »Minäkään en ole sitä mieltä, että Conor on tappaja. Mutta valitettavasti kaikki todisteet viittaavat häneen, ja hän on tunnustanut rikokset.»

»Siis tunnustanut?»

»En voi sivuuttaa sitä. Ellei joku esitä konkreettista näyttöä siitä, että Conor ei tappanut perhettänne, minun pakko asettaa hänet syytteeseen – ja voin taata, että syytteet pitävät oikeudessa. Hän joutuu vankilaan hyvin pitkäksi aikaa.»

»Minä olin siellä. Ei se hän ollut. Onko tämä tarpeeksi konkreettista näyttöä?»

Sanoin lempeästi: »Luulin ettette muista siitä yöstä mitään.»

Se pysäytti hänet vain hetkeksi. »En muistakaan. Mutta muistaisin jos se olisi ollut Conor. Joten ei ollut.»

Sanoin: »Rouva Spain, nyt ei ole enää tuollaisten pelien aika. Olen melkein varma, että tiedän mitä sinä yönä tapahtui. Olen aivan varma, että te tiedätte. Ja olen myös aika varma, että kukaan muu elävä ihminen ei tiedä, Conoria lukuun ottamatta. Niinpä te olette ainoa ihminen, joka voi päästää hänet pälkähästä. Ellette halua, että hän saa tuomion murhasta, teidän pitää kertoa mitä tapahtui.»

Jennyn silmiin alkoi kihota kyyneliä. Hän räpytteli ne pois. »En muista.»

»Miettikää hetki, mitä aiheutatte Conorille jos jatkatte tuohon tapaan. Hän välittää teistä. Hän on rakastanut teitä ja Patia hyvin pitkään – taidatte tietää miten paljon hän rakastaa nimenomaan teitä. Miltä hänestä mahtaa tuntua, jos hän saa tietää että olette valmis passittamaan hänet loppuiäkseen vankilaan rikoksista, joita hän ei ole tehnyt?»

Jennyn suu vavahti, ja hetken luulin saaneeni hänet vakuutettua, mutta sitten suu kiristyi viivaksi. »Ei hän joudu vankilaan. Hän ei tehnyt mitään väärää. Huomaatte sen kyllä sitten.»

Jäin odottamaan, mutta hänellä ei ollut enää muuta sanottavaa. Richie ja minä olimme olleet oikeassa. Hän suunnitteli jo viimeistä viestiään. Hän välitti Conorista, mutta mahdollisuus päästä kuolemaan merkitsi hänelle enemmän kuin kukaan elävä ihminen.

Kumarruin avaamaan salkkuni ja otin sieltä Emman piirustuksen, sen jonka olimme löytäneet Conorin kämpästä. Laskin sen peitolle Jennyn syliin. Hetken kuvittelin haistavani puulaatikon ja omenoiden makean sadonkorjuutuoksun.

Jenny puristi silmänsä tiukasti kiinni. Kun ne aukesivat, hän alkoi katsella taas ikkunasta ja vääntäytyi mahdollisimman kauas piirustuksesta niin kuin se olisi voinut loikata hänen kimppuunsa.

Sanoin: »Emma piirsi tämän päivää ennen kuin kuoli.»

Taas sama kouristus, ja hän löi silmät kiinni. Sitten ei tapahtunut mitään. Hän tuijotti valoa heijastelevia lehtiä niin kuin en olisi ollut läsnä.

»Tuo puuhun kiivennyt eläin. Mikä se on?»

Sillä kertaa ei mitään reaktiota. Kaikki Jennyn jäljellä olevat voimat kuluivat siihen, että hän sulki minut mielestään. Pian hän ei enää edes kuulisi minua.

Kumarruin niin lähelle, että haistoin hänen sampoonsa kemialliset kukkaset. Hänen läheisyytensä nostatti niskakarvani pystyyn hitaana kylmänä aaltona. Niin kuin olisin kaulaillut haamun kanssa. »Rouva Spain», sanoin. Painoin sormeni muovista todistekuorta vasten ja osoitin sitä mustaa notkeaa hahmoa, joka oli kietoutunut oksan ympärille. Hahmo hymyili minulle oranssisilmäisenä ja esitteli valkoisia kolmionmuotoisia hampaitaan. »Katsokaa tätä piirustusta, rouva Spain. Sanokaa mikä tämä on.»

Henkäykseni heilautti hänen silmäripsiään. »Kissa.»

Niin minäkin olin luullut. Tuntui uskomattomalta, että olin pitänyt sitä joskus jonain pehmeänä ja vaarattomana olentona. »Teillä ei ole kissaa. Eikä naapureillakaan.»

»Emma halusi kissan. Joten hän piirsi sen.»

»Tuo ei näytä minusta miltään söpöltä lemmikiltä. Näyttää villieläimeltä. Joltain hurjalta. Ei sellaiselta minkä viereen pikkutyttö haluaa käpertyä sängyssä. Mikä se oikein on, rouva Spain? Minkkikö? Ahma? Vai mikä?»

»En tiedä. Jotain Emman keksimää. Mitä väliä sillä on?»

»Sillä on väliä, koska kaikki Emmasta kuulemani kertoo, että hän piti somista asioista. Pehmeistä, pörröisistä ja vaaleanpunaisista. Joten mistä hän keksi jotain tällaista?»

»Ei aavistusta. Koulusta ehkä. Telkkarista.»

»Ei, rouva Spain. Hän kohtasi tämän kotonaan.»

»Ei kohdannut. En olisi päästänyt lapsiani minkään villieläimen lähelle. Tutkikaa vaikka talomme. Ette löydä sieltä mitään tuollaista.»

Sanoin: »Olen jo löytänyt. Tiesittekö, että Pat kirjoitteli netin keskustelupalstoille?»

Jennyn pää käännähti niin äkkiä, että hätkähdin. Hän tuijotti minua silmät auki jähmettyneinä. »Eikä kirjoitellut.»

»Olemme löytäneet hänen viestinsä.»

»Ettekä ole. Sehän on netti, siellä kuka tahansa voi väittää olevansa kuka tahansa. Pat ei käynyt netissä. Muuten kuin kirjoitteli sähköposteja veljelleen ja etsi töitä.»

Hän oli alkanut vapista, pieni hallitsematon tutina tärisytti hänen päätään ja käsiään. Sanoin: »Löysimme viestit teidän kotitietokoneeltanne, rouva Spain. Joku yritti pyyhkiä selaushistorian, mutta hän ei ollut kovin taitava, joten meidän poikamme saivat tiedot palautettua nopeasti. Pat etsiskeli monta kuukautta ennen kuolemaansa keinoa, jolla hän voisi pyydystää tai ainakin tunnistaa petoeläimen joka eli hänen talossaan.»

»Se oli pelkkä vitsi. Hän oli pitkästynyt, hänellä oli joutoaikaa, joten hän pilaili nähdäkseen, mitä ihmiset netissä sanoisivat. Siinä kaikki.»

»Entä se susiansa vintillänne? Ja reiät seinissä? Itkuhälyttimien katselulaitteet? Olivatko nekin vitsejä?»

»En tiedä. En muista. Ne reiät vain ilmestyivät seiniin, koko talo on hajoamassa palasiksi – hälyttimet olivat vain Patin ja lasten leikkiä, he halusivat nähdä oliko –»

»Rouva Spain», sanoin, »kuunnelkaa nyt. Täällä ei ole muita. Minä en nauhoita mitään. En ole antanut teille varoitusta. Mitään teidän sanomaanne ei voida käyttää todisteena.»

Monikin rikostutkija ottaa tämän riskin säännöllisesti. Ajatuksena on, että jos epäilty on myöntänyt tekonsa kerran, hänen on helpompi myöntää se virallisestikin, ja vaikka tunnustus ei kelpaisi oikeudessa, siitä on hyötyä tutkinnassa. Minä en pidä uhkapeleistä, mutta olin liikkeellä tyhjin käsin ja aika kävi vähiin. Jenny ei olisi antanut minulle virallista tunnustusta, ei ikimaailmassa. En voinut tarjota hänelle mitään, mikä olisi houkuttanut häntä niin kuin partaterien suloinen kylmyys, muurahaismyrkyn puhdistava polte tai meren kutsu, enkä voinut uhata häntä millään, mikä olisi pelottanut häntä niin kuin ajatus kuudestakymmenestä vuodesta maan päällä.

Jos hän olisi nähnyt mielessään edes pienen mahdollisuuden tulevaisuudesta, hänellä ei olisi ollut syytä kertoa minulle mitään, riippumatta siitä olisiko hän joutunut sen tähden vankilaan vai ei. Mutta tämän minä tiedän ihmisistä, jotka ovat valmiita astumaan elämänsä reunan yli: he haluavat jonkun kuulevan, miten he päätyivät reunalle. Ehkäpä he haluavat tietää, että kun he hajoavat maaksi ja vedeksi, tuo viimeinen palanen heistä jää eloon jonkun mielen sopukkaan, tai ehkä he vain haluavat pudottaa sen verisenä ja sykkivänä jonkun muun käsiin, jotta se ei jää painolastiksi heidän omalle matkalleen. He haluavat jättää meille tarinansa. Minä jos kuka sen tiedän.

Se olikin ainoa mitä minulla oli tarjota Jenny Spainille: paikka johon hän voisi jättää tarinansa. Olisin voinut istua siinä huoneessa kunnes sininen taivas tummenee yöksi, kunnes virnuilevat kurpitsalyhdyt katoavat Broken Harbourin kukkuloilta ja tekevät tilaa uhmakkaan juhlaville jouluvaloille, jos tarinan kertominen olisi kestänyt häneltä sen verran. Niin kauan kuin hän puhui, hän oli elossa.

Hiljaisuutta sillä välin, kun Jenny antoi sanomani kääntyillä mielessään. Vapina oli lakannut. Hänen kätensä tulivat hitaasti esiin pehmeistä hihoista ja tarttuivat sylissä olevaan piirustukseen. Hän näytti sokealta tunnustellessaan sormillaan neljää keltaista päätä, neljää hymyä, alanurkkaan tikkukirjaimilla kirjoitettua nimeä EMMA.

Hän lausui pelkkänä langanohuena kuiskauksena, joka kiemurteli seisovan ilman halki: »Se oli pääsemässä ulos.»

Nojauduin tuolillani taaksepäin, hitaasti jotten säikäyttäisi häntä, sillä halusin antaa hänelle enemmän tilaa. Vasta asentoa vaihtaessani tajusin, että olin yrittänyt olla hengittämättä Jennyä ympäröivää ilmaa ja että ponnistus oli alkanut huimata minua. »Aloitetaan alusta», sanoin. »Mistä kaikki lähti liikkeelle?»

Jennyn pää kääntyili tyynyllä puolelta toiselle. »Jos tietäisin, olisin pysäyttänyt sen. Olen maannut tässä miettimässä, mutten ole keksinyt varsinaista ajankohtaa.»

»Milloin huomasitte, että Patia vaivaa jokin?»

»On siitä aikaa. Kauan. Ehkä toukokuussa. Tai kesäkuun alussa. Kun puhuin hänelle, hän ei vastannut, ja kun katsoin häntä, hän tuijotteli tyhjää niin kuin olisi kuunnellut jotain. Tai kun lapset alkoivat metelöidä, Pat käännähti ympäri ja huusi että suu kiinni. Ja kun kysyin mikä oli hätänä, koska sellainen ei ollut yhtään Patin tapaista, hän selitti että ei mikään, kunhan saisi vähän rauhaa omassa kodissaan, se tässä vaan on hätänä. Ne olivat tällaisia pieniä asioita – kukaan muu ei olisi edes huomannut mitään – ja vaikka hän väitti että kaikki oli kunnossa, niin minä tunsin Patin. Läpikotaisin. Tiesin että jokin oli hätänä.»

Sanoin: »Muttette tiennyt mikä.»

»Miten minä olisin voinut tietää?» Jennyn äänessä oli yhtäkkiä puolustelevaa särmää. »Hän puhui muutaman kerran siitä, että ullakolta kuului rapinaa, mutta minä en kuullut ikinä mitään. Arvelin, että se on joku lintu joka käy siellä välillä. En pitänyt sitä isona asiana – koska miksi se muka olisi ollut? Uskoin, että Pat oli vain masentunut työttömyyden takia.»

Samaan aikaan Pat oli alkanut pelätä yhä enemmän, että Jenny uskoi hänen kuulevan olemattomia. Hän oli pitänyt itsestäänselvyytenä, että eläin vainoaisi Jennynkin ajatuksia. Sanoin: »Työttömyys oli siis ottanut hänellä koville?»

»Niin. Erittäin. Me olimme...» Jenny liikahti levottomasti vuoteessaan ja ähkäisi, kun liike vihlaisi jotakin haavaa. »Meillä oli ollut ongelmia sen asian kanssa. Aiemmin emme riidelleet ikinä. Mutta Patista oli ollut hienoa, että hän pystyi elättämään meidät – hän oli ihan onnessaan kun jäin töistä pois, hän oli hirveän ylpeä kun tienasi niin paljon, että se oli minulle mahdollista. Kun hän jäi työttömäksi... alkuun hän suhtautui hirveän positiivisesti, sanoi että älä sure kullanmuru, saan uutta työtä käden käänteessä, osta sinä vaan se uusi paita jonka halusit, älä murehdi yhtään. Minäkin luulin että hän saisi paikan jostain – siis hänhän on hyvä työssään ja painaa hommia hullun lailla, joten totta kai hän saisi, eikö vaan?»

Jenny liikahteli yhä, haroi hiuksiaan, kiskoi takkuja aina vain kovempaa. »Sillä laillahan maailma toimii. Kaikki tietävät, että jos ei ole työtä, niin se johtuu siitä että on surkea työssään tai ei oikeasti halua työpaikkaa. Sillä hyvä.»

Sanoin: »Nyt on taantuma. Taantumassa tulee poikkeuksia useimmista säännöistä.»

»Mutta se nyt vain tuntui kaikkein järkevimmältä ajatukselta, että hän löytäisi työtä jostain, ymmärrättehän? Vaan kun missään ei ollut enää järkeä. Ihan sama vaikka Pat olisi ansainnut työpaikan, koska työpaikkoja ei vain enää ollut. Siinä vaiheessa kun asia alkoi valjeta meille, olimme jo aika lailla vararikossa.»

Sana sai hänen kaulansa lehahtamaan tulipunaiseksi, ja puna alkoi kohota hiljalleen ylöspäin. »Ja se oli raskasta teille molemmille.»

»Niin. Kun ei ole rahaa... se on ihan hirveää. Sanoin kerran Fionalle noin, mutta hän ei tajunnut. Ihmetteli vaan, että mitä sitten, jompikumpi teistä saa töitä ennemmin tai myöhemmin. Sitä odotellessa ette kuole nälkään, teillä on ihan tarpeeksi vaatteita, lapset eivät edes huomaa eroa. Ei teillä ole mitään hätää. No ehkä rahalla ei ole väliä Fionalle ja hänen taiteilijakavereilleen, mutta useimmille meistä täällä tosimaailmassa sillä on oikeasti paljon väliä. Ja se vaikuttaa ihan oikeasti tosimaailman asioihin.»

Jenny vilkaisi minua uhmakkaasti niin kuin hän ei olisi uskonut tällaisen ukon tajuavan. Sanoin: »Millaisiin asioihin?»

»Kaikkeen. Kaikkeen! Niin kuin vaikka siihen, että ennen meillä kävi väkeä päivällisillä ja kesäisin grillijuhlissa – mutta ei sellaista voi harrastaa jos ei ole varaa tarjota vieraille muuta kuin teetä ja Aldin keksejä. Fiona olisi ehkä voinut, mutta minä olisin kuollut häpeään. Jotkut meidän tutuistamme osaavat olla hirveän ilkeitä – he olisivat supattaneet, että näittekö sen viinipullon etiketin, näittekö kun katumaasturi oli lähtenyt, näittekö kun Jennyllä oli viime vuoden muotia yllä. Kun seuraavan kerran käydään, niillä on junttiverkkarit ja ne syövät Mäkkärin ruokaa. Ja nekin jotka eivät olisi olleet tuollaisia, olisivat säälineet meitä, enkä minä olisi kestänyt sellaista. Jos ei pystytty kestitsemään kunnolla, niin sitten ei kestitty ollenkaan. Emme enää kutsuneet ketään kylään.»

Tulipunainen väri oli kohonnut kasvoille asti ja tehnyt niistä turvonneen ja aran näköiset. »Eikä meillä ollut varaa käydäkään missään. Joten lakkasimme soittamasta tutuille. Oli niin hirveän nöyryyttävää jutella jonkun kanssa ihan normaalisti, mutta sitten kun hän kysyi, että koska tavataan, piti kehittää joku tekosyy Jackin flunssasta. Ja kun tekosyitä oli keksitty muutaman kerran, meillekin lakattiin soittelemasta. Itse asiassa olin siitä iloinen, koska se helpotti asioita paljon, mutta silti...»

Sanoin: »Teillä mahtoi olla yksinäistä.»

Kasvojen puna syveni niin kuin tämäkin olisi ollut jotain häpeällistä. Jenny painoi päätään niin, että tukkapilvi kätki hänen kasvonsa. »Oli joo. Tosi yksinäistä. Jos oltaisiin asuttu kaupungissa, olisin voinut tavata muita äitejä puistossa tai jossain, mutta siellä... Välillä en sanonut viikkoon sanaakaan muille aikuisille kuin Patille, paitsi silloin kun kiitin kaupan kassaa. Silloin kun mentiin naimisiin, käytiin ulkona kolme neljä kertaa viikossa, ja viikonloput oli aina ohjelmaa täynnä, oltiin niin suosittuja. Mutta täällä sitten tuijoteltiin toisiamme kuin jotkut kaverittomat reppanat.»

Hylkymaa

Jennyn puheeseen alkoi tulla vauhtia. »Aloimme nalkuttaa toisillemme pienistä ja ihan tyhmistä asioista, siitä miten minä viikkasin pyykit tai miten kovalla Pat piti telkkaria. Ja joka asia kääntyi aina riidaksi rahasta – en tiedä miten se oli mahdollista, mutta niin siinä aina kävi. Joten päättelin, että se tässä Patia vaivasi. Kaikki sellainen.»

»Ettekö kysynyt häneltä?»

»En halunnut tentata. Se oli ilmiselvästi arka asia, enkä halunnut tehdä siitä vielä arempaa. Joten ajattelin vain, että hyvä on, järjestän kaiken mahdollisimman kivaksi hänelle. Näytän että meillä menee ihan hyvin.» Jenny kohotti leukaansa muistellessaan, ja näin tutun häivähdyksen teräksisyyttä. »Olin aina pitänyt talon siistinä, mutta rupesin pitämään sen ihan tiptopkunnossa, ei edes ruuanmurua missään – vaikka olisin ollut ihan kuitti, siivosin koko keittiön ennen nukkumaan menoa, jotta se olisi tahraton sitten kun Pat tuli aamiaiselle. Panin lapset keräämään niittykukkia, jotta meillä oli jotain maljakoihin pantavaa. Kun lapset tarvitsivat vaatteita, ostin niitä kirpparilta ja Ebaysta – kivoja vaatteita, mutta voi taivas, olisin vielä pari vuotta sitten mieluummin kuollut kuin pukenut heidät käytettyihin vaatteisiin. Sen ansiosta rahaa kuitenkin riitti sellaiseen kunnon ruokaan josta Pat piti, välillä oli pihviäkin päivälliseksi. Yritin viestiä Patille, että katso nyt, kaikkihan on ihan hyvin, kyllä me tämän klaaraamme, ei meidän tarvitse muuttua yhdessä yössä slummieläjiksi. Me olemme yhä me.»

Richie olisi varmaan nähnyt Jennyssä hemmotellun keskiluokan prinsessan, jonka omakuva ei kestänyt elämää ilman pestosalaattia ja designer-kenkiä. Minä näin haurasta ja tuhoon tuomittua urhoollisuutta, joka riipaisi sydäntäni. Näin tytön, joka luuli rakentaneensa lujan linnoituksen myrskyävää merta vastaan, asettui puolustamaan oveaan kaikkine surkuteltavine aseineen ja taisteli vimmatusti samalla kun vesi virtasi hänen jalkojensa ympärillä.

Sanoin: »Mutta kaikki ei sitten ollutkaan hyvin.»

»Ei. Ei todellakaan. Joskus heinäkuun alusta lähtien... Patista tuli aina vain säikympi ja... ei hän oikeastaan edes laiminlyönyt minua ja lapsia, vaan hän unohti että meitä oli olemassakaan, koska hänen mieleensä mahtui vain yksi valtava asia. Hän puhui ullakon äänistä vielä moneen kertaan ja viritti sinne jopa sellaisen vanhan itkuhälyttimen, mutta silloinkaan minulla ei vielä leikannut. Ajattelin vain, että... miehet ja miesten lelut, ymmärrättehän? Luulin että Pat vain yritti keksiä tekemistä joutoajalleen. Siinä vaiheessa tiesin kyllä jo, että työttömyys nakersi häntä, mutta... Hän vietti yhä enemmän aikaa tietokoneella tai yksin yläkerrassa silloin, kun minä olin lasten kanssa alakerrassa. Pelkäsin että hän on koukussa johonkin omituiseen pornoon tai hänellä on sellainen nettisuhde, siis että lähettelee puhelimella sekstareita jollekulle.»

Jenny päästi jonkinlaisen naurahduksen ja nyyhkäyksen välimuodon, niin karhean ja kärsivän, että hätkähdin. »Voi kunpa se olisi ollut vain sitä. Kai minun olisi pitänyt älytä siitä itkuhälytinjutusta, mutta... en minä tiedä. Minulla oli omiakin huolia.»

»Ne murtautumiset.»

Hän liikautti hartioitaan vaivautuneesti. »Niin. Tai mitä ne nyt sitten olivatkaan. Ne alkoivat siihen aikaan – tai silloin minä ainakin aloin panna niitä merkille. Niiden takia oli vaikea pitää ajatukset järjestyksessä. Kyttäsin koko ajan, että onko jotain kateissa tai onko jotain siirretty, mutta silloin kun huomasin jotain, pelkäsin että olin vain vainoharhainen – ja sitten aloin pelätä, että suhtauduin vainoharhaisesti Patiinkin...»

Eivätkä Fionankaan epäilykset olleet auttaneet. Mietin, oliko Fiona tajunnut jossain syvällä sisimmässään että hän sysi Jennyä yhä pahemmin pois tasapainosta, vai oliko hän ollut vain viattoman rehellinen – sikäli kuin perheenjäsenten kesken mikään on viatonta.

»Joten yritin vain olla välittämättä mistään sellaisesta ja painoin eteenpäin. Siivosin taloa aina vain useammin, ja heti kun lapset sotkivat jotain, pesin tai putsasin sen – luuttusin keittiön lattiaa kolmesti päivässä. Ei se ollut enää pelkkää Patin piristämistä. Minun täytyi pitää kaikki tiptopkunnossa, jotta huomaisin heti, jos jokin olisi poissa paikaltaan. Siis että» – häivähdys varovaisuutta – »eihän se mikään iso asia ollut. Niin kuin aiemmin sanoin, tiesin että Pat varmaan vain siirteli tavaroita paikoiltaan ja unohti ne sitten. Kunhan varmistelin.»

Ja minä kun olin luullut, että Jenny suojeli Conoria. Hänelle ei ollut tullut mieleenkään, että Conor voisi olla kuvioissa mukana. Hän oli aivan varma, että oli kuvitellut kaiken – hänen mieleensä ei mahtunut muuta kuin se painajaismainen mahdollisuus, että lääkärit toteaisivat hänet hulluksi ja pitäisivät hänet täällä. Todellisuudessa hän suojeli sitä kallisarvoisinta asiaa joka hänellä oli jäljellä: suunnitelmaansa.

»Ymmärrän», sanoin. Vilkaisin asennonvaihdoksen turvin vaivihkaa kelloani – olimme puhuneet parikymmentä minuuttia. Ennemmin tai myöhemmin Fiona kyllästyisi odottamiseen, ainakin jos olin arvioinut hänet oikein. »Entä sen jälkeen...? Mitä tapahtui?»

»Sen jälkeen», Jenny sanoi. Huoneen ilma kävi yhä tukalammaksi, mutta hän oli kietonut käsivarret ympärilleen niin kuin häntä olisi paleltanut. »Menin yhtenä yönä keittiöön ja Pat melkein tiputti tietokoneen pöydältä, kun yritti peitellä tekemisiään. Joten istuin hänen viereensä ja sanoin, että nyt pitää kertoa mitä sinulla on oikein tekeillä. Ihan sama mitä se on, kyllä siitä selvitään, mutta minun täytyy saada tietää. Ensin hän selitteli, että ei mitään hätää, hänellä on hommat hallinnassa, älä huoli. Siitä minä tietysti menin ihan paniikkiin – sanoin että herranjumala, mikä nyt on, kumpikaan ei lähde tästä pöydästä ennen kuin kerrot mitä on tekeillä. Ja kun Pat näki miten pelästyin, hän suorastaan vuodatti kaiken. 'En halunnut pelästyttää sinua, ajattelin että saisin sen kiinni eikä sinun tarvitsisi edes tietää...' Selitti kaikenlaista minkeistä ja hillereistä ja luurangoista ullakolla ja nettikeskustelijoista joilla oli ideoita...»

Taas se karhea puolittainen naurahdus. »Arvaatteko mitä? Minä olin aivan riemuissani. Ihmettelin, että siinäkö kaikki. Mikään muuko ei ole hätänä. Minä kun olin pelännyt syrjähyppyä tai jotain kuolemansairautta, mutta Pat selitti että kyse on jostain rotasta. Olin niin helpottunut, että melkein puhkesin kyyneliin. Sanoin, että soitetaan sitten aamulla tuholaistorjujalle. Ihan sama vaikka pitäisi ottaa lainaa pankista, kyllä se kannattaa.»

»Mutta Pat selitti, että sinä et nyt ymmärrä. Hän oli jo kuulemma kokeillut tuholaistorjujaa, mutta kaveri oli sanonut että hänen eväänsä eivät riittäneet tähän ongelmaan. Ällistelin sitä, että Pat oli antanut meidän asua siellä niin kuin ei mitään, hulluko hän oli. Pat katsoi minua kuin pikkulapsi, joka tuo äidille piirustuksen ja äiti heittää sen roskiin. Hän sanoi, että eihän hän antaisi minun

Tana French

ja lasten asua siinä talossa, jos uskoisi ettei siellä ole turvallista. Hän lupasi hoitaa asian. Ei tarvita mitään tuholaistorjujaa säätämään myrkkyjen kanssa ja veloittamaan meiltä muutamaa tonnia. Pat aikoi napata sen itse.»

Jenny pudisti päätään. »Minä siihen, että haloo, toistaiseksi et ole edes nähnyt siitä vilaustakaan. Mutta Pat selitti, että joo joo, mutta se johtui siitä ettei hän halunnut tehdä mitään, mikä paljastaisi asiat minulle. Nyt kun tiesin, Pat pystyi tekemään kaikenlaista. Hän sanoi että voi kuule Jen, onpa valtava helpotus!»

»Pat alkoi nauraa, retkahti tuolillaan taaksepäin ja hieroi tukkaansa pörrölle ja nauroi. Minä en oikein ymmärtänyt, mitä nauramisen aihetta siinä oli, mutta silti....» Ilme joka olisi voinut olla hymy, ellei se olisi ollut niin täynnä surua. »Oli kiva nähdä hänet sellaisena, jos ymmärrätte. Tosi kiva. Joten kysyin, että mitä kaikenlaista.»

»Pat nojasi kyynärpäillään pöytään, asettui sellaiseen asentoon niin kuin silloin kun suunniteltiin lomiamme ja sellaista, ja sanoi että se ullakon itkuhälytin ei selvästikään tehoa. Elukka väistelee sitä – ehkei se pidä infrapunasta, en tiedä. Joten meidän pitää ajatella niin kuin se. Ymmärrätkö mitä tarkoitan?»

»Vastasin, etten todellakaan, ja hän nauroi taas. Hän sanoi että hyvä on, mitä se oikein haluaa? Emme ole varmoja – ehkä ruokaa tai lämpöä, ehkä jopa seuraa. Mutta on se mitä hyvänsä, niin se eläin luulee löytävänsä sitä tästä talosta, koska eihän se täällä muuten olisi. Se haluaa jotain sellaista, mitä se luulee saavansa meiltä. Joten meidän pitää antaa sille mahdollisuus tulla lähemmäs meitä.»

»Minä siihen, että ei hitossa, mutta Pat selitti, että ei ei ei, älä ole huolissasi, ei toki niin lähelle! Minä tarkoitan nyt kontrolloitua mahdollisuutta. Me ohjailemme sitä koko ajan. Minä viritän porrastasanteelle itkuhälyttimen kuvaamaan ullakon luukkua. Jätän luukun auki mutta naulaan aukon peitoksi teräsverkkoa, jotta se ei pääse alas taloon. Pidämme tasanteen valot päällä, joten minun ei tarvitse käyttää infrapunaa, siltä varalta että se pelottaa eläimen pois. Ja sitten pitää vain odottaa. Ennemmin tai myöhemmin se haluaa päästä lähemmäs meitä, se tulee luukulle, ja pam, silloin se näkyy kamerassa. Näetkös? Täydellinen suunnitelma!»

Jenny käänsi kämmenensä avuttomasti taivasta kohti. »Ei se minusta ihan täydelliseltä kuulostanut. Mutta siis... kai minun on tarkoitus tukea aviomiestäni? Ja niin kuin sanoin, hän ei ollut näyttänyt niin iloiselta moneen kuukauteen. Joten sanoin että hyvä on, tee sitten niin.»

Tämän tarinan olisi pitänyt olla pelkkää solkkausta, sekavia pikkupätkiä nyyhkäysten välissä. Mutta Jenny kertoi sen tarkasti ja täsmällisesti osoittaen samaa hellittämättömyyttä ja teräksistä tahtoa kuin silloin, kun hän oli pakottanut talonsa moitteettoman siistiksi joka ilta ennen nukkumaan pääsyä. Ehkä minun olisi pitänyt ihailla hänen itsehillintäänsä, tai ainakin olla siitä kiitollinen – ennen ensimmäistä puhutusta pahin painajaiseni oli ollut, että Jenny sortuisi ulvomaan surusta. Mutta tämä tyyni ja eloton ääni oli jotain vielä paljon pahempaa, se oli kuin haamu joka herättää sydänyöllä ja alkaa supatella korvaan jotain loputonta.

Sanoin – minun piti rykäistä ennen kuin sanat suostuivat tulemaan – »Milloin tämä keskustelu käytiin?»

»Ehkä heinäkuun lopussa. Voi taivas...» Näin hänen nielaisevan. »Alle kolme kuukautta sitten. Uskomatonta... tuntuu kolmelta vuodelta.»

Heinäkuun loppu oli sitä aikaa, kun Pat oli kirjoitellut keskustelupalstoille. Sanoin: »Oletitteko te, että se eläin on olemassa? Vai tuliko teille mieleen edes mahdollisuutena, että miehenne saattoi kuvitella sen?»

Jenny sanoi terävästi ja välittömästi: »Pat ei ole hullu.»

»En ole sellaista uskonutkaan. Mutta sanoitte juuri, että hänellä oli kovasti stressiä. Sellaisessa tilanteessa kenen tahansa mielikuvitus voi alkaa laukata.»

Jenny liikahti levottomasti. Hän sanoi: »En minä tiedä. Ehkä minä tavallaan vähän ihmettelin. En ollut ikinä kuullut mitään, joten...» Olankohautus. »Mutta oikeastaan minulle oli ihan sama. Minua kiinnosti vain se, että päästään takaisin normaaliin. Ajattelin, että kunhan Pat saisi kameran viritettyä, asiat paranisivat siitä. Joko hän pääsisi näkemään sen eläimen tai päättelisi ettei sitä ole siellä – koska se oli mennyt jonnekin muualle tai koska sitä ei ollut siellä alun perinkään. Ja joka tapauksessa hänelle tulisi parempi olo, koska hän tekisi jotain ja puhuisi siitä minulle, niinhän?

Minusta tuntuu vieläkin, että oli järkevää ajatella niin. Ei kai se ollut niin hullusti päätelty? Kuka tahansa olisi suhtautunut asiaan sillä lailla. Vai mitä?»

Hän tuijotti minua anovasti ja silmät suurina. »Juuri niin minäkin olisin ajatellut», sanoin. »Mutta niin ei ilmeisesti käynyt?»

»Asiat vain pahenivat siitä. Pat ei vieläkään nähnyt mitään, mutta hän ei luovuttanut vaan sai päähänsä, että eläin tiesi hälyttimestä. Minä ihmettelin, että haloo, miten muka. Hän selitti, että on se mikä tahansa niin tyhmä se ei ole. Kaukana siitä. Hän väitti kuulevansa sen raapimista olohuoneessa telkkaria katsoessa, joten hän päätteli että se oli säikähtänyt kameraa ja tunkeutunut seinien sisään! Arveli että ullakon luukku on ihan liian avoimessa paikassa. 'Mitä minä oikein kuvittelin, eihän mikään villieläin tule sillä lailla esiin. Totta kai se on siirtynyt seinien sisään. Nythän minun pitää saada kamera näyttämään kuvaa olohuoneen seinän sisältä.'»

»Minä siihen, että ei missään tapauksessa, mutta Pat sanoi, että älä viitsi, pikku reikä sinne vaan tulee. Teen sen sohvan taakse mistä sitä ei näe. Et edes huomaa sitä. Muutamaksi päiväksi vaan, viikoksi korkeintaan. Kunhan saadaan bongattua se otus. Jos ei hoideta ongelmaa nyt, se voi juuttua seinän sisään ja kuolla sinne, ja sitten minun pitää repiä puoli taloa että sen saa pois. Et kai sinä sitä halua?»

Jenny sormeili päällyslakanansa reunaa ja taitteli sitä pienille laskoksille. »Totta puhuen en ollut siitä kovin huolissani. Ehkä te olette oikeassa, ehkä minä olin pohjimmiltani sitä mieltä, ettei siellä ollut mitään. Mutta varmuuden vuoksi... ja se oli hänelle niin tärkeä juttu. Joten sanoin että hyvä on.» Jennyn sormet alkoivat käydä nopeammin. »Ehkä minä tein virheeni siinä, ehkä se oli se kohtalokas erehdys. Jos olisin lukenut Patille lakia silloin, hän olisi ehkä unohtanut koko jutun. Mitä luulette?»

Hänen epätoivoinen anelunsa tuntui kärventävän ihoani, se oli kuin jotain mitä ei saa ikinä raaputettua pois. Sanoin: »Tuskinpa hän olisi saanut sitä mielestään.»

»Niinkö teistä? Arvelette, että asiat eivät olisi korjaantuneet sillä, että olisin vain kieltänyt Patia?»

En kestänyt hänen katsettaan. Sanoin: »Eli Pat teki seinään reiän?»

»Niin. Meidän ihanaan taloomme, vaikka olimme tehneet hullun lailla töitä että saisimme sen ostettua ja pidettyä sen nättinä, vaikka olimme rakastaneet sitä! Mutta hän vain hakkasi sitä palasiksi. Minua itketti. Pat huomasi ilmeeni ja sanoi ihan hirveän synkeän näköisenä, että mikä nyt muka on hätänä, pankin haltuunhan tämä päätyy parin kuukauden päästä kumminkin. Aiemmin hän ei ollut sanonut mitään sellaista. Aiemmin oltiin molemmat toisteltu, että kyllä jotain keksitään, kyllä se tästä... Ja se hänen naamansa... en olisi voinut sanoa hänelle mitään. Käännyin vain ja lähdin ja jätin hänet sinne seinää moukaroimaan. Se hajosi kuin paperi.»

Vilkaisin taas sivusilmin kelloani. Fiona saattoi hyvinkin seistä jo oven takana korvat höröllä ja miettiä, milloin hänen pitäisi rynnätä sisään. Siirsin tuolini vielä lähemmäs Jennyä – hiukseni nousivat samalla pystyyn – jotta hän ei korottaisi ääntään.

Hän sanoi: »Ja sitten siihen uuteenkaan kameraan ei tarttunut mitään. Ja kun tulin viikkoa myöhemmin lasten kanssa kaupasta, talossa oli uusi reikä. Eteisessä. Ihmettelin, että mikäs tämä on, ja Pat vastasi, että anna auton avaimet. Minä tarvitsen toisen itkuhälyttimen ja äkkiä. Se liikkuu edestakaisin olohuoneen ja eteisen välillä – ihan oikeasti se härnää minua tahallaan. Vielä yksi hälytin, niin sitten minä saan sen perhanan! Ehkä minä olisin voinut lukea hänelle lakia silloin, ehkä se olisi pitänyt tehdä juuri sillä hetkellä, mutta Emma alkoi heti kysellä että mitä, mitä, mikä siellä liikkuu iskä, ja Jack huusi että perhana, perhana, perhana! Ja minä halusin vain saada Patin ulos talosta, jotta saisin lapset pantua järjestykseen. Annoin avaimet Patille, ja hän melkein juoksi ulos ovesta.»

Pieni katkera toispuoleinen hymy. »Hän oli innostuneempi kuin moneen kuukauteen. Selitin lapsille, että iskän mielestä talossa voi olla hiiri, älkää te siitä murehtiko. Ja kun Pat tuli takaisin kotiin – oli hankkinut kaiken varalta kolme hälytintä, vaikka Jack kulki käytetyissä farkuissa – minä sanoin hänelle, ettet saa puhua tuosta lasten kuullen tai he näkevät painajaisia. Oikeasti. Hän oli vaan, että joo ihan totta, oikeassa olet niin kuin aina, onnistuu kyllä. Sitä kesti ehkä kaksi tuntia. Olin vielä samana iltana leikkihuoneessa lukemassa lapsille, kun Pat juoksi sinne semmoinen pirun hälytin kädessään ja touhotti, että kuuntele Jen, se päästelee

Tana French

siellä sellaista älytöntä sihinää, kuuntele! Katsoin häntä häijysti mutta hän ei edes huomannut ennen kuin sanoin, että puhutaan tästä myöhemmin, ja silloin hän näytti oikeasti kyrsiintyneeltä.»
Jenny korotti ääntään koko ajan. Soimasin itseäni kun en ollut ottanut kaveriksi jotakuta, vaikka sitten Richietä, joka olisi voinut seistä vahdissa ovella. »Ja seuraavana iltapäivänä hän istui koneella ja lapset olivat ihan siinä vieressä kun laitoin heille välipalaa, ja hän huudahti, että katsos Jen tätä, joku slovenialainen kaveri on jalostanut jättiläisminkkejä, sellaisia koiran kokoisia, onkohan sellainen päässyt karkuun ja... Ja koska lapset olivat siinä, minun piti sanoa, että kuulostaa tosi mielenkiintoiselta, josko kerrot siitä myöhemmin, vaikka mielessäni ajattelin vain, että ei kiinnosta helvetti tippaakaan, minä en halua muuta kuin että pidät turvan kiinni lasten kuullen!»
Jenny yritti vetää syvään henkeä, mutta hänen lihaksensa olivat niin jännittyneet ettei se onnistunut. »Joten totta kai lapset huomasivat asian – Emma ainakin. Kun Emma, minä ja Jack olimme pari päivää myöhemmin autossa, Emma kysyi, että äiti mikä on minkki. Minä vastasin, että se on eläin, ja hän siihen, että onko meillä semmoinen seinien sisällä.»
»Vastasin ihan huolettomalla äänellä, että tuskinpa. Mutta jos on, niin isänne kyllä häätää sen sieltä. Se tuntui kelpaavan lapsille vastaukseksi, mutta minun teki mieli lyödä Patia. Kun pääsin kotiin, haukuin hänet pystyyn – huusin hänelle, lähetin lapset takapihalle jotteivät he kuulleet – mutta Pat sanoi vain, että hupsista helvetti, sori nyt vaan, mutta kuule – nyt kun lapset tietävät, niin ehkä he voivat auttaa. Pat ei voinut pitää kaikkia katselulaitteita silmällä yhtä aikaa, ja hän pelkäsi että jotain jää huomaamatta. Voisivatko lapset ottaa niistä yhden mieheen? Mikä oli jotain niin järjetöntä, etten saanut juuri sanaa suustani. Sanoin vain, että ei ei ei hemmetissä, älä ehdota tuollaista enää ikinä, eikä Pat sitten ehdottanutkaan, mutta silti. Ja vaikka hänellä siis oli niitä katselulaitteita jo liikaakin, hän teki lisää reikiä ja viritti vielä enemmän hälyttimiä, kun ei nähnyt eteisen reiästä mitään. Aina kun käännyin katsomaan, taas oli ilmestynyt uusi reikä meidän kotiin!»
Päästin jonkin sanattoman rauhoittelevan äännähdyksen. Jenny ei kiinnittänyt siihen huomiota. »Ja sitten hän ei enää

muuta tehnytkään kuin vahti niitä hälyttimiä. Ja hankki sellaisen ansan – ei mitään hiirenloukkua vaan sellaisen valtavan hirvityksen jossa oli hampaat, ja pani sen ullakolle – tai siis varmaan te olette nähneet sen. Hän esitteli sen jonain suurena mysteerinä, sanoi että älä sinä siitä huoli kulta, parempi kun et tiedä siitä mitään niin ei tarvitse murehtia, mutta hän oli ihan onnessaan siitä niin kuin se olisi ollut upouusi Porsche tai taikasauva jolla meidän ongelmamme katoavat ikuisiksi ajoiksi. Hän olisi vahtinut sitä ansaa vuorokauden ympäri jos olisi voinut. Ei enää leikkinyt lasten kanssa – en voinut edes jättää Jackia hänen kanssaan kahdestaan siksi aikaa kun vein Emman kouluun, koska kotiin tullessa Jack suunnilleen maalasi keittiön lattiaa tomaattikastikkeella ja Pat seisoi metrin päässä toljottamassa niitä pikku näyttöjä suu auki. Yritin saada hänet panemaan ne pois päältä lasten seurassa, ja enimmäkseen hän tottelikin, mutta se tarkoitti vain sitä, että heti kun lapset oli saatu nukkumaan, Pat istui niiden härvelien ääressä koko illan. Yritin pari kertaa laittaa hienoa illallista, oli kynttilät ja kukat ja hienot pöytähopeat – siis niin kuin treffi-ilta – mutta hän vain pani hälyttimet riviin lautasensa eteen ja tuijotti niitä koko sen ajan kun syötiin. Hän sanoi että se oli tärkeää, koska se elukka vilkastui aina kun haistoi ruokaa, ja hänen piti olla valmiina. Minä luulin, että mekin olemme tärkeitä, mutta emme sitten näköjään.»

Muistelin levottomia viestejä keskustelupalstoille. *Vaimo ei ymmärrä, vaimo ei tajua...* Kysyin: »Yritittekö kertoa Patille, miltä teistä tuntui?»

Jenny paiskasi kätensä pystyyn ja levälleen niin, että tippaletku vain heilui isosta sinipunaisesta mustelmasta. »Miten muka? Hän ei suostunut keskustelemaan ollenkaan, koska silloin häneltä olisi voinut jäädä jotain huomaamatta niissä helvetin itkuhälyttimissä. Aina kun yritin sanoa hänelle jotain, vaikka vain pyysin ottamaan jotain hyllyltä, hän sanoi että hys nyt. Hän ei ollut tehnyt sellaista ikinä. En tiennyt olisiko pitänyt antaa hänelle haukut, ehkä hän olisi räjähtänyt minulle tai sulkeutunut vielä enemmän. Enkä tiennyt, miksi en tiennyt – olinko vain niin stressaantunut etteivät aivoni toimineet kunnolla, vai eikö siihen tilanteeseen ollut mitään oikeaa vastausta –»

Sanoin rauhoittelevasti: »Ymmärrän. En yrittänyt vihjata –» Jenny ei lakannut puhumasta.

»Ja sitä paitsi me emme juuri edes nähneet enää toisiamme. Pat sanoi, että se otus oli 'aktiivisempi' öisin, joten hän valvoi myöhään ja nukkui puolet päivästä. Ennen me menimme aina yhdessä nukkumaan, siis aina, mutta lapset heräävät aamulla varhain, joten en voinut valvoa hänen kanssaan. Hän halusi että valvoisin – toisteli että pysy nyt hereillä, tänä yönä me nähdään se, tunnen sen luissani – hän sai aina jonkun uuden idean, jonka avulla se otus saataisiin varmasti kiinni, uuden syötin tai jonkun telttamaisen vehkeen, jolla peitettäisiin reikä ja kamera jotta eläin tuntisi olevansa 'turvassa'. Ja Pat ruinasi, että ole kiltti Jenny, riittää kun näet yhden vilauksen niin olet heti paljon tyytyväisempi, et ole sitten enää huolissasi minusta. Tiedän ettet usko minua, mutta valvo nyt tämä yö niin sitten näet...»

»Valvoitteko?» Puhuin hiljaisella äänellä ja toivoin Jennyn ymmärtävän sen vihjeeksi, mutta hänen äänensä kohosi yhä kovemmaksi.

»Minä yritin! Minua inhotti edes katsoa niihin reikiin päin, minä vihasin niitä, mutta ajattelin että jos Pat oli oikeassa niin sitten olin sen hänelle velkaa, ja jos hän oli väärässä niin sama kai sitten varmistua asiasta. Ja joka tapauksessa tehtäisiin silloin sentään jotain yhdessä, vaikkei se ollutkaan ihan mikään romanttinen illallinen. Mutta minä uuvuin siinä niin hirveästi, pari kertaa tuntui että nukahdan päivällä rattiin, enkä pystynyt siihen enää. Joten aloin mennä nukkumaan puolilta öin ja Pat tuli ylös sitten kun ei enää jaksanut pitää silmiään auki. Alkuun hän tuli kahdelta mutta vähitellen kolmelta, neljältä, viideltä, joskus ei silloinkaan – aamuisin löysin hänet sohvalta torkkumasta, ja kaikki katselulaitteet olivat rivissä sohvapöydällä. Tai tuolilta tietokoneen äärestä, kun hän oli ollut koko yön netissä etsimässä tietoa eläimistä.»

Sanoin: »'Jos Pat oli oikeassa.' Siinä vaiheessa teitä epäilytti jo.»

Jenny veti henkeä, ja hetken luulin että hän aikoi taas tiuskaista minulle, mutta sitten hänen selkärankansa notkahti ja hän lysähti takaisin tyynyille.

Hän sanoi hiljaa: »Ei. Siinä vaiheessa minä jo tiesin. Tiesin ettei siellä ole mitään. Jos olisi ollut, miksen minä ollut kuullut mitään? Hirveästi kameroita, mutta miksemme nähneet ikinä mitään? Yritin vakuutella itselleni, että saattoi se silti olla totta, mutta tiesin minä. Mutta silloin oli jo myöhäistä. Talomme oli lyöty mäsäksi, emmekä minä ja Pat enää puhuneet juuri ollenkaan. En muistanut milloin olimme pussanneet viimeksi, siis kunnolla. Lapset kävivät koko ajan ihan kierroksilla, vaikkeivät ymmärtäneet miksi.»

Hänen päänsä käännähteli sokeasti puolelta toiselle. »Tiesin että minun piti tehdä jotain, panna stoppi koko touhulle – en minä tyhmä enkä hullu ole, kyllä minä tajusin sen jo siinä vaiheessa. Mutten tiennyt mitä tehdä. Mikään elämäntaito-opas ei kerro tällaisesta, eikä tähän ole mitään nettiryhmää. Avioliittoneuvonnassa ei sanottu, mitä tämmöiselle tehdään.»

Sanoin: »Ettekö harkinneet puhumista asiasta jollekulle?»

Jälleen teräksinen häivähdys. »En. En takuulla. Oletteko tosissanne?»

»Se oli vaikea tilanne. Monesta olisi voinut tuntua, että puhuminen auttaisi.»

»Puhuminen kenelle?»

»Ehkä sisarellenne.»

»Fiona...» Jennyn suu vääntyi vinoon hymyyn. »Ei kiitos. Minä rakastan Fitä, mutta niin kuin aiemmin sanoin, joitain asioita hän ei vain tajua. Ja sitä paitsi hän on ollut aina... siis että siskokset kadehtivat toisiaan. Fistä on tuntunut aina siltä että minä saan kaiken helposti, että kaikki vaan putoaa minulle syliin samalla kun hän joutuu raatamaan persus ruvella joka asian eteen. Jos olisin puhunut hänelle, hän olisi ajatellut vähän silläkin lailla, että hehhee, nyt tiedät miltä se tuntuu. Ei hän olisi sanonut sitä, mutta olisin huomannut sen. Miten se muka olisi auttanut asiaa?»

»Entä ystävillenne?»

»Ei minulla ole enää sellaisia ystäviä. Ja mitä minä heille sanoisin? *Moi, Patilla on harhoja jostain eläimestä joka asuu meidän seinien sisällä, hänellä taitaa olla ruuvit löystymässä?* Joopa joo. En minä tyhmä ole. Kun kertoo yhdelle, sana leviää heti. Minähän sanoin, etten aikonut päästää ketään nauramaan meille – tai vielä pahempaa, säälimään meitä.» Ajatuskin sai hänet kohottamaan leuan pystyyn taisteluvalmiina. »Minulla oli mielessä yksi Shona-niminen tyttö, jonka kanssa pyörittiin kun oltiin nuoria – hänestä on tullut ihan hirveän ilkeä. Emme pidä enää yhteyttä, mutta jos hän olisi kuullut tästä, hän olisi soittanut minulle sekunnissa. Aina kun minua houkutti sanoa jotain Fille tai kelle nyt vaan, kuulin mielessäni puhelun Shonalta: *Jenny! Moi! Voi kauhea, minä kuulin että Pat on seonnut ihan kokonaan, näkee jotain vaaleanpunaisia elefantteja katossa. Kaikki on ihan että vau, kuka olisi arvannut? Muistan kun ajateltiin että te olitte täydellinen pariskunta, herra ja rouva Tylsä, onnellisia elämänsä loppuun asti... vähänkö oltiin väärässä! Nyt pitää lopettaa, minulla alkaa kuumakivihieronta, piti vaan soittaa ja sanoa, että hirmu harmi kun teillä meni kaikki perseelleen! Moikka!*»

Jenny istui selkä jäykkänä, piti kädet suorina sivuillaan ja puristi tiukasti peittoa. »Se oli ainoa mitä meillä oli vielä jäljellä: kukaan ei tiennyt. Tolkutin itselleni, että on meillä sentään vielä se. Niin kauan kuin muut luulivat, että me pärjäämme hyvin, meillä oli mahdollisuus päästä jaloillemme ja ruveta taas pärjäämään hyvin. Jos muut olisivat pitäneet meitä jonain mielipuolina surkimuksina, he olisivat alkaneet kohdella meitä mielipuolina surkimuksina, ja silloin oltaisiin oltu lopullisesti kusessa.»

Jos kaikki kohtelevat ihmistä sellaisena, olin sanonut Richielle, *niin hänestä tuntuukin sellaiselta. Eikö se ole sama asia?* Sanoin: »On olemassa ammattilaisia. Terapeutteja. Kaikki, mitä olisitte sanonut heille, olisi ollut luottamuksellista.»

»Ja olisin antanut terapeutin julistaa Patin kaheliksi ja passittaa hänet johonkin hourulaan, missä hänestä olisi tullut oikeasti hullu. Eikä. Pat ei tarvinnut terapeuttia. Hän tarvitsi vain työpaikan, jotta hänellä ei olisi niin paljon aikaa säikkyä tyhjästä ja hänen pitäisi mennä nukkumaan ihmisten aikaan eikä...» Jenny sysäsi piirustuksen kauemmas niin rajusti, että se lennähti sängyltä ja liukui ikävästi rahisten jalkani viereen. »Minun piti vain pitää homma kasassa siihen asti, että hän saa taas töitä. Siinä kaikki. Enkä olisi pystynyt siihen, jos kaikki olisivat tienneet. Kun hain Emman koulusta ja hänen opettajansa hymyili minulle ja selitti jotain, että kyllä-pää Emman lukeminen on kehittynyt, ihan niin kuin olisin ollut normaali äiti menossa normaaliin kotiin – ne olivat ainoita hetkiä, kun minusta tuntui normaalilta. Minä tarvitsin niitä. Ilman niitä en olisi jaksanut. Jos opettaja olisi suonut minulle jonkun karmean myötätuntoisen hymyn ja taputtanut käsivarrelle siksi kun oli saanut tietää, että Emman isä on hullujenhuoneella, olisin käpertynyt kerälle ja kuollut siihen luokan lattialle.»

Ilma tuntui kuumuudesta kiinteältä. Näin lyhyen hetken ajan itseni ja Dinan ehkä neljätoista- ja viisivuotiaina, silloin kun väänsin hänen kättään selän taakse koulunportilla ja sanoin: *Ole hiljaa, pää kiinni, älä ikinä puhu äidistä kodin ulkopuolella tai taitan sinulta käden* – Dinan kimeä junanpillimäinen kirkaisu, ja vatsasta sieppaava nautinto kun kiskaisin hänen rannettaan ylemmäs. Kumarruin poimimaan piirustuksen, jotta sain kätkettyä kasvoni.

Jenny sanoi: »Minä en ole halunnut ikinä mitään kovin paljoa. En ollut sellainen kunnianhimoinen tyyppi, joka haluaa poptähdeksi tai toimitusjohtajaksi tai seurapiirisankarittareksi. Halusin vain olla normaali.»

Kaikki voima oli valunut hänen äänestään pois, ja se kuulosti uupuneelta ja vaisulta. Nostin piirustuksen takaisin sängylle, mutta hän ei näyttänyt huomaavan sitä. »Sen takia ette siis halunnut lähettää Jackia takaisin esikouluun?» sanoin. »Kyse ei ollut rahasta. Vaan siitä että hän kertoi kuulleensa sen eläimen ja te pelkäsitte, että hän puhuisi siitä siellä.»

Jenny sävähti niin kuin olisin kohottanut kättä lyödäkseni häntä. »Hän vain hoki ja hoki sitä! Kesän alussa hän puhui siitä vain silloin tällöin, ja silloinkin vain kun Pat yllytti – he tulivat joskus alakertaan ja Pat selitti, että katso Jen, en minä ole tulossa hulluksi. Jack kuuli sen ihan äsken, etkö vaan Jack-ukkoseni? Ja totta kai Jack sanoi siihen, että joo äiti, minä kuulin sen 'leläimen' katossa! Jos sanoo kolmivuotiaalle että hän on kuullut jotain, ja hän tietää että isä haluaa hänen kuulleen jotain, niin totta kai hän uskoo että on kuullut. Silloin en vielä pitänyt sitä isona asiana. Sanoin vain, että älä huoli, lintu se vain on, se lähtee kohta ulos täältä. Mutta sitten...»

Jokin nytkäytti hänen ruumistaan niin kovaa, että luulin hänen oksentavan. Kesti hetken tajuta, että se oli ollut puistatus. »Sitten hän alkoi puhua siitä yhä useammin. Äiti, leläin raapi seinää raaps raaps raaps! Äiti, leläin hyppi ylös alas tällä lailla! Äiti, leläin,

leläin, leläin... Ja sitten yhtenä iltapäivänä varmaan elokuussa, elokuun lopulla, vein hänet leikkimään kaverinsa Karlin luo, ja kun palasin hakemaan häntä, he huusivat pihalla ja olivat hakkaavinaan jotain kepeillä. Aisling – Karlin äiti – Aisling sanoi minulle, että Jack puhui jostain isosta murisevasta eläimestä, ja Karl ehdotti että tapetaan se, joten sitä he ovat nyt leikkineet. Käykö se sinulle? Haittaako?»

Taas se raastava puistatus. »Voi luoja. Luulin että pyörryn. Taivaan kiitos Aisling oletti, että se oli vain joku Jackin keksimä juttu, hän vain pelkäsi kannustavansa poikia rääkkäämään eläimiä tai jotain sellaista. En tiedä miten pääsin sieltä pois. Vein Jackin kotiin ja istuin sohvalle poika sylissäni – sillä lailla me hoidamme vakavat puhuttelut. Sanoin, että katso minua Jack. Muistatko kun puhuttiin siitä, ettei Iso paha susi ole oikeasti olemassa? Se eläin josta kerroit Karlille on samanlainen kuin Iso paha susi: se on mielikuvitusjuttu. Kai sinä tiedät, ettei täällä ole mitään oikeaa eläintä? Tiedät että se on vain leikisti. Niinhän?»

»Jack ei suostunut katsomaan minuun. Venkoili vain ja yritti päästä sylistä pois – Jack on aina inhonnut paikoillaan oloa, mutta oli siinä muutakin. Pitelin häntä käsivarsista vähän tiukemmin – pelkäsin että satutan häntä, mutta minun oli saatava kuulla että hän sanoo kyllä. Lopulta hän huusi, että eikä! Se tekee murinoita seinän sisällä! Minä vihaan sinua! Ja hän potkaisi minua mahaan ja tempaisi itsensä irti ja juoksi pois.»

Jenny tasoitteli peiton huolellisesti polviensa päälle. »Eli», hän sanoi, »soitin esikouluun ja ilmoitin, ettei Jack enää tule sinne oppilaaksi. Huomasin että he luulivat syyksi rahaa – ei se mukavalta tuntunut, mutten keksinyt itse parempaakaan tekosyytä. Kun Aisling soitti sen jälkeen, en vastannut puhelimeen. Hän jätti viestejä, mutta poistin ne. Jonkun ajan päästä hän lakkasi soittelemasta.»

»Entä Jack?» sanoin. »Puhuiko hän vielä siitä eläimestä?»

»Ei sen jälkeen. Pari pientä mainintaa, mutta samalla lailla hän olisi voinut puhua Baloosta tai Elmosta. Ei sillä lailla, että se olisi kuulunut hänen tosielämäänsä. Toki se saattoi johtua vain siitä, että hän huomasi etten halunnut kuulla asiasta, mutta sama sille. Jack oli vielä niin pieni. Kunhan hän ymmärtäisi käyttäytyä siihen malliin ettei se ollut totta, niin oikeastaan ihan sama, ymmärtäisikö hän miksi niin piti käyttäytyä. Kun kaikki olisi ohi, niin hän unohtaisi koko jutun.»

Kysyin varovasti: »Entä Emma?»

»Emma», Jenny sanoi valtavan hellästi, niin kuin sana olisi ollut vettä hänen kupertuneilla kämmenillään ja hän olisi varonut läikyttämästä sitä. »Emman takia minä pelkäsin hirveästi. Hän oli vielä niin pieni, että tiesin että hän voisi alkaa uskoa siihen otukseen, jos Pat jauhaisi siitä tarpeeksi, mutta ei niin pieni, että muut luulisivat hänen vain leikkivän, niin kuin Aisling luuli Jackista. Enkä voinut ottaa häntä koulusta pois. Ja Emma... kun jokin tuntuu hänestä pahalta, hän ei pysty päästämään siitä asiasta irti vaan kärsii viikkokaudet ja palaa puhumaan siitä aina vaan uudestaan. Jos hän alkaisi tempautua tähän mukaan, en tiennyt mitä oikein tekisin. Kun yritin miettiä asiaa, mieleni valahti kerta kaikkiaan tyhjäksi.»

»Joten kun olin panemassa häntä nukkumaan silloin elokuussa, samana iltana kun olin puhunut Jackille, yritin selittää asiaa hänelle. Sanoin, että muistatko kulta sen eläimen, josta isä puhuu? Sen joka on ullakolla?»

»Emma vilkaisi minua varovasti. Se tuntui ihan sydäntäsärkevältä – ei hänen olisi pitänyt varoa puheitaan minun seurassani – mutta toisaalta olin oikeastaan iloinen, kun hän ymmärsi olla varovainen. Hän sanoi, että joo, se joka raapii. Kysyin häneltä, että oliko hän kuullut sitä, ja hän pudisti päätään ja sanoi että ei.»

Jennyn rintakehä kohosi ja laski. »Mikä helpotus se oli. Voi herrajeesus sitä helpotusta. Emma on huono valehtelemaan, joten olisin huomannut jos hän ei olisi puhunut totta. Sanoin, että aivan niin. Se johtuu siitä, ettei sitä ole siellä oikeasti. Iskällä on nyt vain vähän asiat sekaisin. Joskus ihmiset tekevät hassuja, kun heillä ei ole oikein hyvä olo. Muistatko kun sinulla oli flunssa ja kutsuit nukkejasi väärillä nimillä, koska sinulla meni päässä asiat sekaisin? Siltä iskästäkin tuntuu juuri nyt. Joten meidän täytyy nyt vaan pitää hänestä hyvää huolta ja odottaa, että hän paranee.»

»Sen Emma tajusi – hänestä oli mukava auttaa minua hoitamisessa, kun Jack oli kipeänä. Hän sanoi, että iskä varmaan tarvitsee lääkettä ja kanakeittoa, ja minä siihen, että kokeillaan sitä sitten.

Mutta jos se ei auta heti, tiedätkö miten voit auttaa parhaiten? Älä kerro kellekään. Älä kellekään ikinä. Iskä paranee pian, ja sitten kun hän paranee, niin on tosi tärkeää, ettei kukaan saa tietää tästä, koska muuten kaikki ajattelevat että hän oli ihan höpsö. Sen eläimen pitää olla meidän perheen salaisuus. Ymmärrätkö?»

Hän kuljetti peukaloaan piirustuksella, silitteli paperia pienin hellin liikkein. »Emma kysyi, että sekö ei varmasti ole siellä, ja minä vastasin, että varmasti-varmasti ei ole. Se on vain sellaista hupsuttelua, joten ei puhuta siitä ikinä, eihän?»

»Emma näytti paljon tyytyväisemmältä. Hän käpertyi sänkyynsä ja sanoi, että joo, hys hys. Ja pani sormen suunsa eteen ja hymyili minulle –»

Jenny veti henkeä, ja hänen päänsä heilahti taakse. Silmien katse oli vauhko ja kimpoileva. Sanoin nopeasti: »Eikä hän siis puhunut siitä enää toiste?»

Jenny ei kuullut minua. »Minä yritin vaan pitää lapset kunnossa. Muuhun en pystynyt. Kunhan pidin talon siistinä ja lapset turvassa ja nousin joka aamu sängystä. Joinain päivinä tuntui ettei sekään onnistu. Tiesin ettei Patin tila muutu siitä enää paremmaksi – että mikään ei muutu enää paremmaksi. Hän oli lakannut edes hakemasta töitä, ja kuka häntä olisi palkannutkaan siinä kunnossa? Ja me tarvitsimme rahaa, mutta vaikka olisin saanutkin töitä, miten olisin voinut jättää lapset Patin kanssa?»

Yritin päästellä jonkinlaista rauhoittavaa ääntä, mutta en tiedä mitä suustani pääsi. Jenny ei lopettanut. »Tiedättekö millaista se oli? Niin kuin olisi ollut lumimyrskyssä. Ei näe eteensä, ei kuule muuta kuin pauhua ja kohinaa, joka ei hellitä hetkeksikään, ei tiedä yhtään missä on tai minne on menossa, ja lunta tulee vaan joka suunnasta, tulee ja tulee ja tulee. Eikä voi muuta kuin astua vaan seuraavan askeleen – ei siksi että se veisi minnekään, vaan pelkästään siksi että muuten jää makaamaan ja kuolee. Sellaista se oli.»

Hänen äänensä oli painajaisen muistosta kypsä ja turvonnut, kuin jokin musta ja mätä joka on puhkeamaisillaan. Sanoin – en tiennyt enkä välittänyt, sanoinko sen auttaakseni häntä vai itseäni: »Siirrytään eteenpäin. Tämäkö tapahtui elokuussa?»

Minä olin pelkkiä heikkoja merkityksettömiä ääniä, jotka piipittivät lumimyrskyn reunalta. »Sain huimauskohtauksia – olin menossa yläkertaan kun päässä alkoi yhtäkkiä pyöriä, ja piti istuutua portaalle ja painaa pää polviin, kunnes helpotti. Ja aloin unohdella kaikenlaista, sellaista mikä oli tapahtunut ihan juuri. Sanoin vaikka lapsille, että pankaa takit päälle niin lähdetään kauppaan, mutta Emma katsoi minua kummasti ja sanoi, että mehän käytiin tänä aamuna, ja kun katsoin kaappeihin niin joo, siellä oli kaikki mitä luulin että tarvitaan, mutten siltikään muistanut mitään – sitä että olin pannut ne sinne, tai ostanut ne, tai sitäkään että olin lähtenyt talosta. Ja kun menin suihkuun ja rupesin riisumaan paitaa, tajusin että minulla oli hiukset märkänä – olin käynyt suihkussa ihan vasta, varmaan alle tunti sitten, mutten muistanut sitä. Olisin ehkä pelännyt että minulta on menossa järki, jos minulla olisi ollut päässä tilaa sen pelkäämiseen. En pystynyt pitämään mielessä enää muuta kuin sen hetken, joka oli menossa.»

Sillä hetkellä tulin ajatelleeksi Broken Harbouria. Kesäistä turvasatamaani, joka oli tulvillaan kaartuvia vesiä ja merilintujen silmukoita ja hopeankultaisen valon pitkiä kiiloja suloisessa ilmassa, ja liejua ja kuoppia ja rosoreunaisia kiviseiniä, joiden taakse ihmiset olivat vetäytyneet turvaan. Ensimmäistä kertaa elämässäni näin paikan todellisen olemuksen: se oli tappava paikka, viimeiseen asti hiottu tuhontuottaja, joka oli rakennettu yhtä taitavasti kuin se Spainien ullakolla lymyilevä ansa. Sen uhkaavuus sokaisi minut ja soi kallossani kuin herhiläisparvi. Ihminen tarvitsee suojakseen suoria linjoja ja muureja; rakennamme tukevia betonilaatikoita, tienviittoja ja täyteen ahdettuja keskustoja, koska emme pärjää ilman niitä. Kun Patilla ja Jennyllä ei ollut ollut niitä ankkureinaan, heidän mielensä olivat karanneet mutkittelemaan pitkin kartoittamattomia maita tyystin kiinnekohtia vailla.

Jenny sanoi: »Pahinta oli kun piti puhua Fille. Meillä oli tapana puhua joka aamu, ja jos olisin lopettanut, hän olisi arvannut että jotain on hätänä. Mutta kun se oli niin vaikeaa. Piti muistaa niin hirveän monta asiaa – piti esimerkiksi varmistaa, että Jack oli takapihalla tai huoneessaan ennen kuin Fi soitti, koska en todellakaan halunnut kertoa hänelle ettei Jack ollut esikoulussa, joten hän ei saanut kuulla Jackia taustalta. Ja piti yrittää muistaa, mitä olin sanonut Fille aiemmin – tein jonkun aikaa muistiinpanoja samalla kun puhuttiin, jotta saisin pidettyä seuraavana päivänä tarinan samanlaisena, mutta aloin säikkyä, että Pat tai lapset löytäisivät ne muistiinpanot ja haluaisivat tietää mistä on kyse. Ja minun piti kuulostaa aina niin hilpeältä, vaikka Pat olisi sammahtanut sohvalle sen takia kun oli istunut aamuviiteen asti tuijottamassa reikää siinä saamarin seinässä. Se oli hirveää. Lopulta...»

Jenny pyyhkäisi kyyneleen kasvoiltaan, hajamielisesti niin kuin olisi hätistänyt kärpästä. »Lopulta aloin heräillä siihen, että pelkäsin seuraavaa puhelua. Eikö ole kauheaa? Oma sisko, jota rakastan yli kaiken, mutta aloin haaveilla siitä että kehittäisin välillemme jonkun niin pahan riidan, että hän lakkaisi puhumasta minulle. Olisin tehnytkin sen, jos olisin jaksanut keskittyä sen verran että olisin keksinyt jotain.»

»Rouva Spain», sanoin äänekkäämmin ja terävämmin. »Milloin asiat etenivät tuohon pisteeseen?»

Hetken päästä hänen kasvonsa kääntyivät minua kohti. »Mitä...? En ole varma. Tuntui että se jatkui sillä lailla iät ajat, vuosikausia, mutta... en minä tiedä. Syyskuussa? Ehkä joskus syyskuussa.»

Painoin jalkani tukevasti lattiaan ja sanoin: »Siirrytään sitten tähän maanantaihin.»

»Maanantaihin», Jenny sanoi. Hänen katseensa pakeni ikkunaan ja yhden masentavan hetken luulin kadottaneeni hänet taas, mutta sitten hän veti syvään henkeä ja pyyhkäisi kyyneleen silmästään. »Joo. Selvä.»

Ikkunan takana valo oli muuttunut: se sytytti kieppuvat lehdet läpikuultavaan oranssiin hehkuun ja muutti ne leiskuviksi varoituslipuiksi, jotka saivat adrenaliinini kuohumaan. Huoneesta tuntui kadonneen happi, niin kuin kuumuus ja desinfiointiaineet olisivat polttaneet sen pois ja jäljelle olisi jäänyt pelkkä kuiva tyhjiö. Jokainen vaatekappaleeni kutitti hurjasti.

Jenny sanoi: »Se ei ollut hyvä päivä. Emma nousi sängystä väärällä jalalla – paahtoleipä maistui kummalta, paidan pesulappu häiritsi, ja vali vali vali... ja Jack otti Emmasta mallia, joten hänkin oli ihan kamala. Jauhoi ja jauhoi siitä, että hän haluaa olla halloweenina eläin. Minä olin jo tehnyt hänelle merirosvoasun, hän oli juossut viikkokaudet huivi päässä ja sanonut olevansa merirosvo, mutta yhtäkkiä hän päätti että halusi olla 'iskän iso kauhea eläin'. Hän ei lakannut höpöttämästä siitä koko päivänä. Yritin kaikkeni, jotta hän saisi muuta ajateltavaa, annoin keksejä ja annoin hänen katsoa telkkaria ja lupasin että hän saisi sipsejä kun mennään kauppaan – tiedän että kuulostan surkealta äidiltä, mutta ei hänelle tavallisesti anneta mitään sellaista, en vaan sinä päivänä jaksanut kuunnella sitä.»

Hätäinen äänensävy ja kulmakarvojen väliin ilmestynyt pieni juopa tuntuivat jotenkin niin kotoisilta, niin normaaleilta. Yksikään nainen ei halua ventovieraiden luulevan, että hän on huono äiti, joka lahjoo pikkupoikaansa roskaruualla. Minun oli pidäteltävä puistatusta. »Ymmärrän», sanoin.

»Mutta Jack ei vaan lopettanut. Selitti kaupassakin kassatytölle siitä eläimestä – olisin käskenyt hänen pitää suunsa kiinni, vaikken harrasta ikinä sellaistakaan, mutta en halunnut tehdä siitä suurta numeroa kassatytön nähden. Kun päästiin kaupasta ulos, en sanonut Jackille kotimatkalla sanaakaan enkä antanut niitä sipsejä – hän parkui niin että minulta ja Emmalta puhkesi melkein tärykalvot, mutten välittänyt. Hyvä kun pääsin kotiin ajamatta ojaan. Olisin varmaan sietänyt sitä paremmin, jos...» Jennyn pää kääntyi levottomasti tyynyllä. »Minäkään en ollut niin hyvässä kunnossa.»

Sunnuntaiyönä. Tarkoitus oli muistuttaa Jennyä onnellisuudesta. Sanoin: »Jotain oli tapahtunut. Sinä aamuna kun tulitte alakertaan.»

Jenny ei kysynyt, mistä tiesin. Hänen elämänsä rajat olivat olleet huokoisia ja repaleisia jo niin pitkään, että uudessa tunkeilijassa ei ollut enää mitään ihmeellistä. »Niin. Menin panemaan vesipannua tulelle, ja sen vieressä keittiötasolla oli... sellainen rintamerkki. Sellainen pyöreä, mitä nuoret panevat takinrintamukseen. Siinä luki: 'Minä käyn JoJolla.' Minullakin oli joskus sellainen, mutten ollut nähnyt sitä vuosikausiin – varmaan heitin sen pois kun muutin pois kotoa, en edes muista. Se ei taatusti ollut ollut siinä vielä edellisiltana. Olin siivonnut paikat ihan viimeiseksi illalla, ja keittiö oli ollut tiptop. Eikä se takuulla ollut siinä.»

»Miten arvelette, että se oli päätynyt siihen?»

Muisto kiihdytti hänen hengitystään. »En pystynyt ajattele-
maan mitään. Seisoin siinä vain kuin idiootti ja toljotin suu auki.
Patillakin oli ollut sellainen, joten yritin selitellä itselleni, että hän
oli löytänyt sen jostain ja pannut sen pöydälle, jotta minä löytäi-
sin sen, niin kuin jonain romanttisena eleenä tai anteeksipyyntönä
siitä, miten kamalaksi meillä oli mennyt. Sellaista hän olisi tehnyt
joskus ennen... paitsi ettei hänkään säilytä tuollaisia tavaroita. Ja
jos olisi säilyttänytkin, niin sitten jossain laatikossa ullakolla, ja se
typerä teräsverkko oli vieläkin ullakonluukun edessä, joten miten
hän muka olisi päässyt sinne minun huomaamattani?»

Jenny tutki kasvojani ja etsi niistä mahdollisia epäilyksen hiuk-
kasia. »Vannon taivaan nimeen, etten kuvitellut sitä. Voitte tar-
kistaa. Kiedoin sen merkin nenäliinaan – en halunnut edes kos-
kettaa sitä – ja panin taskuun. Kun Pat heräsi, rukoilin että hän
sanoisi siitä jotain, vaikka että löysitkö lahjasi, muttei hän tieten-
kään sanonut. Joten vein sen yläkertaan, kiedoin villatakin sisään
ja panin alimman lipastonlaatikon perälle. Menkää vaikka katso-
maan. On se siellä.»

»Tiedän», sanoin lempeästi. »Me löysimme sen.»

»No niin, näettekö nyt! On se totta! Minä ihan oikeasti...»
Jennyn kasvot kääntyivät hetkeksi pois, ja kun hän jatkoi puhet-
taan, ääni kuulosti tukahtuneelta. »Minä ihan oikeasti epäilin sitä
ensin. Olin... Minähän olen kertonut millaista meillä oli. Ajatte-
lin, että olin ruvennut näkemään näkyjä. Joten pistin rintamerkin
neulalla sormeani ja syvälle, verta tuli vaikka kuinka pitkään. Siitä
minä tiesin, etten ollut kuvitellut mitään. En pystynyt ajattelemaan
koko päivänä mitään muuta – ajoin suoraan päin punaisia kun olin
menossa Emmaa hakemaan. Mutta aina kun alkoi pelottaa, että
olin nähnyt harhoja, niin pystyin sentään katsomaan peukkuani
ja ajattelemaan, ettei tuota ole voitu tehdä millään harhakuvalla.»

»Mutta olitte silti tolaltanne.»

»No siis totta kai olin. Pystyin keksimään vain kaksi selitystä,
ja molemmat olivat... tosi ikäviä. Joko se sama tyyppi oli murtau-
tunut taas sisään ja jättänyt sen merkin taloon – paitsi että häly-
tin oli yhä päällä kun tarkastin, ja kuka muka olisi tiennyt jostain
JoJosta? Se olisi ollut joku, joka on vaaninut minua ja saanut selville
elämästäni ihan kaiken, ja nyt hän halusi että minäkin tietäisin –»

Jennyä puistatti. »Tunsin itseni hulluksi kun edes ajattelin sellaista. Ei tuollaista tapahdu kuin elokuvissa. Mutten keksinyt muuta vaihtoehtoa kuin että minulla oli yhä se merkki jossain tallella ja olin tehnyt koko jutun itse – olin kaivanut sen esiin ja pannut keittiöön. Enkä muistanut siitä mitään. Ja se olisi tarkoittanut että...»

Jenny tuijotti kattoon ja räpytteli silmiään pitääkseen kyyneleet kurissa. »Se on eri asia, kun tekee arkihommia automaattiohjauksella ja unohtaa ne sitten – käy kaupassa tai suihkussa, sellaista mitä tekee normaalistikin. Mutta jos olin ruvennut tekemään jotain tuollaista, että kaivelen rintamerkin esiin, jotain ihan hullua ja järjetöntä... niin sitten voisin tehdä mitä tahansa. Ihan mitä tahansa. Voisin herätä jonain aamuna ja huomata peilistä, että olen ajanut pään puliksi tai maalannut naaman vihreäksi. Voisin mennä jonain päivänä hakemaan Emmaa koulusta ja huomata, etteivät opettaja ja vanhemmat suostu puhumaan minulle, eikä minulla olisi aavistustakaan miksi.»

Jenny huohotti, ja jokainen henkäys oli ponnistus niin kuin häneltä olisi lyöty ilmat pihalle. »Ja entä lapset! Voi taivas, lapset. Miten minä muka voisin suojella heitä, jos en tietäisi mitä tekisin seuraavalla hetkellä? Miten minä edes tietäisin, olinko pitänyt heidät turvassa vai olinko, olinko – en pystynyt edes pelkäämään mitä tekisin, koska tietäisin siitä vasta jälkeenpäin. Ajatuskin oksetti. Tuntui kuin olisin kuullut, kuinka se rintamerkki kiemurteli yläkerrassa ja yritti tulla laatikosta ulos. Aina kun panin käden taskuun, pelkäsin kuollaksesi että se on taas siellä.»

Tarkoitus oli muistuttaa Jennyä onnellisuudesta. Conor oli leijunut omassa kylmässä betonikuplassaan vailla muita kiinnikkeitä kuin ne kirkkaat mykät hahmot, jotka liikkuivat Spainien ikkunan takana, ja se paksu ankkuriköysi, joka oli hänen rakkautensa heitä kohtaan. Hänelle ei ollut tullut mieleenkään, että lahja ei välttämättä vaikuttaisi niin kuin hän oli halunnut, että Jenny ei reagoisi niin kuin hän oli suunnitellut, että vaikka hänellä oli mitä parhaimmat aikomukset, hän voisi kaataa ne hatarat telineet, jotka pitivät Jennyä vielä pystyssä. Sanoin: »Eli se mitä kerroitte kun tapasimme ensimmäisen kerran, se että ilta oli ollut tavallinen – te ja Pat kylvetitte lapset, ja Pat nauratti Jackia leikkimällä Emman mekolla – se ei ollut totta.»

Valju ja katkera hymynpuolikas. »Voi luoja, minä jo unohdin että sanoin noin. En halunnut teidän ajattelevan, että me olimme... Sen olisi pitänyt olla totta. Sellaista meillä oli ollut ennen. Mutta ei, minä kylvetin lapset, ja Pat jäi olohuoneeseen – hänellä oli kuulemma 'suuret toiveet' siitä sohvanvieren reiästä. Niin suuret toiveet, ettei hän ollut edes syönyt päivällistä kanssamme, koska reiässä voisi tapahtua sillä välin jotain ihmeellistä. Ei ollut kuulemma nälkä, hän söisi sitten myöhemmin voileivän tai jotain. Joskus vastanaineina olimme loikoneet sängyssä ja puhuneet siitä, miten meillä olisi joskus lapsia – miltä he näyttäisivät, mitä annettaisiin nimiksi. Pat oli vitsaillut, että syötäisiin päivällistä koko perheen kanssa joka ilta vaikka tulisi mitä, sittenkin kun lapset olisivat kamalia teinejä ja vihaisivat meitä...»

Jenny tuijotteli yhä kattoon ja räpytteli silmiään ankarasti, mutta yksi kyynel pääsi pakoon ja vierähti hänen pehmeisiin ohimohiuksiinsa. »Ja tässä sitä nyt sitten oltiin, Jack paukutti haarukalla pöytään ja huusi yhä uudestaan, että iskä iskä iskä tule tänne, koska Pat istui olohuoneessa vieläkin pyjamasillaan ja tuijotti reikää. Ja Emma kiljui sormet korvissa, että Jackin piti olla hiljaa, enkä minä edes yrittänyt komentaa heitä hiljaisiksi, koska en jaksanut. Yritin vain kaikin voimin selvitä päivän loppuun tekemättä enää muuta hullua. Halusin vain nukkua.»

Richie ja minä olimme huomanneet ensimmäisellä käynnillämme taskulampun valossa, että peitto oli rutussa, joten joku oli ollut vuoteessa silloin kun tilanne meni pahaksi. Sanoin: »Eli kylvetitte lapset ja panitte heidät nukkumaan. Entä sen jälkeen?»

»Minäkin menin nukkumaan. Kuulin kun Pat liikuskeli alakerrassa, mutten kestänyt kohdata häntä – sinä iltana en jaksanut kuunnella, mitä se eläin nyt tekee – joten jäin yläkertaan. Yritin lukea kirjaa, mutten pystynyt keskittymään. Halusin panna jotain sen lipaston eteen, jossa rintamerkki oli, jotain painavaa, mutta tiesin että se olisi hullua. Joten lopulta vain sammutin valot ja yritin nukkua.»

Jenny vaikeni. Kumpikaan meistä ei halunnut, että hän jatkaisi. Sanoin: »Entä mitä sen jälkeen?»

»Emma alkoi itkeä. En tiedä mitä kello oli, minä olin torkahdellut, kun odotin Patin tuloa yläkertaan ja kuulostelin mitä hän puuhasi alhaalla. Emma on aina nähnyt painajaisia, ihan pikkulapsesta asti. Luulin että tämäkin oli pelkkä painajainen. Kun nousin ja menin hänen luokseen, hän istui sängyllä ihan kauhuissaan. Itki niin kovaa, että hyvä kun sai henkeä – yritti sanoa jotain, muttei pystynyt puhumaan. Istuin sängylle ja halasin häntä – hän takertui minuun ja itki poloinen silmät päästään. Sitten kun hän vähän rauhoittui, kysyin että mikä hätänä kulta. Kerro äiskälle, niin minä hoidan. Ja hän sanoi...»

Jenny veti henkeä syvään ja suu auki. »Hän sanoi... että se on äiskä minun vaatekaapissa. Se aikoi tulla kimppuun.»

»Minä kysyin, että mitä sinulla kulta on vaatekaapissa. Luulin vieläkin, että se oli pelkkää unta tai ehkä hämähäkki, Emma vihaa hämähäkkejä. Mutta Emma sanoi, hän sanoi, että se oli se eläin. Äiskä, se eläin, se eläin, se nauraa minulle hampaillaan... Hän alkoi taas parkua. Minä sanoin, ettei täällä mitään eläintä ole, unta se vaan on, mutta hän aivan ulvoi, se oli sellainen hirveä kimeä ääni joka ei edes kuulostanut ihmiseltä. Tartuin hänestä kiinni ja ravistelinkin, en ole ikinä tehnyt sellaista ennen, en ikinä. Pelkäsin että hän herättää Jackin, mutta oli siinä muutakin. Minä...» Taas valtava haukkova hengenveto. »Minä pelkäsin sitä eläintä. Että se kuulisi Emman ja kävisi hänen kimppuunsa. Tiesin ettei siellä ollut mitään. Tiesin kyllä. Mutta silti – ajatuskin siitä, voi jeesus, minun oli saatava Emma hiljaiseksi ennen kuin... Luojan kiitos hän lakkasi ulvomasta, mutta hän itki yhä ja tarrasi minuun, ja hän osoitti koulureppuaan joka oli lattialla sängyn vieressä. Sain hänen puheestaan selvää vain, että tuolla, tuolla, joten sytytin yölampun ja ravistelin repun tyhjäksi. Kun Emma näki sen...»

Jennyn sormi häälyi piirustuksen yllä. »Tämän. Hän sanoi, että tuo! Tuo, äiskä! Tuo on minun vaatekaapissa!»

Hengen haukkominen oli ohi; Jennyn ääni oli tyyntynyt, hidastunut, se oli enää pieni elämän hitunen joka raaputteli huoneen sakeaa hiljaisuutta. »Yölamppu on ihan pieni, ja paperi jäi varjoon. Näin vain silmät ja hampaat keskellä mustaa. Kysyin, että mikä tuo on kulta. Mutta tiesin jo.»

»Emma sanoi – hän alkoi saada taas henkeä mutta nikotteli vielä sillä lailla tiedättehän – hän sanoi, että se on se eläin. Se eläin jonka iskä haluaa saada kiinni. Anteeksi äiskä, anna anteeksi –»

»Puhuin järkevän äidin äänellä ja sanoin, että älä hupsi. Ei sinun tarvitse mitään anteeksi pyytää. Mutta onhan tästä eläimestä puhuttu. Se ei ole oikeasti olemassa, muistatko? Se on pelkkä leikki, jota iskä leikkii. Hän on vain vähän pyörällä päästään. Tiedäthän sinä sen.»

»Hän näytti niin surkealta. Emma on herkkä tyttö, jos hän ei ymmärrä jotain niin se raastaa häntä hirveästi. Hän nousi sängyssä polvilleen, kapsahti kaulaani ja kuiskasi – ihan korvan juuressa niin kuin olisi pelännyt, että joku kuulee – että minä näen sen. Minä olen nähnyt sen jo monta päivää. Anteeksi äiskä, minä koitin olla näkemättä...»

»Halusin kuolla. Halusin vain sulaa pieneksi lammikoksi ja imeytyä mattoon. Luulin että olin pitänyt heidät turvassa. Muuta en ollut ikinä halunnut. Mutta se eläin, se olio oli päässyt kaikkialle. Se oli Emmassa, Emman pään sisällä. Olisin tappanut sen jos olisin pystynyt, olisin tappanut sen paljain käsin, mutten voinut koska sitä ei ollut olemassa. Emma selitti, että tiedän etten olisi saanut kertoa kellekään, mutta opettaja sanoi että piirtäkää oma kotinne ja se vaan tuli tuohon, anteeksi, anteeksi... Tiesin että minun oli saatava lapset pois talosta, mutten voinut viedä heitä minnekään. Se oli päässyt karkuun, se oli päässyt talon ulkopuolellekin. Mikään paikka ei ollut enää turvassa. Eikä mistään tekemisistäni olisi hyötyä, koska en voinut enää luottaa siihen, että toimisin järkevästi.»

Jenny laski sormenpäänsä piirustukselle, kevyesti ja jonkinlaisen kolkon ihmetyksen vallassa – tämä pikkuruinen asia, tämä paperiliuska ja väriliitu jotka olivat muuttaneet maailman toiseksi.

»Olin mahdottoman tyyni. Sanoin Emmalle, että ei hätää kulta. Minä tiedän että sinä yritit. Äiskä hoitaa kyllä kaiken. Nuku sinä nyt vain. Minä jään tähän näin, ettei eläin pääse sinun kimppuusi. Jooko? Ja sitten avasin hänen vaatekaappinsa ja tutkin kaikki nurkat, jotta hän näki ettei siellä ollut mitään. Panin tavarat takaisin reppuun. Sitten sammutin taas yövalon ja istuin sängyllä ja pitelin Emmaa kädestä, kunnes hän nukahti – siinä kesti aika pitkään, hän availi välillä silmiään varmistaakseen, että minä olin vielä siinä, mutta hän oli uupunut siitä kohtauksesta, joten lopulta hän sammui. Ja sitten otin piirustuksen ja menin alakertaan Patia etsimään.»

»Hän oli keittiön lattialla. Hän oli avannut kaapinoven, hän oli tehnyt sen taakse seinään reiän, ja hän kyyristeli sen ääressä kuin eläin, sellainen iso eläin joka on valmiina loikkaamaan. Hänellä oli toinen käsi kaapinhyllyllä kämmen levällään. Toisessa kädessä hänellä oli maljakko, hopeamaljakko jonka saimme häälahjaksi isoäidiltäni – pidin sitä aina meidän makuuhuoneen ikkunalaudalla ja panin siihen samanlaisia vaaleanpunaisia ruusuja kuin minulla oli morsiuskimpussa, muistoksi meille hääpäivästä... Pat piteli sitä kaulasta, piteli niin kuin olisi aikonut iskeä sillä jotain. Ja siellä oli veitsi, sellainen tosi terävä keittiöveitsi joka ostettiin kun laitettiin ruokaa Gordon Ramsayn resepteistä, se oli lattialla hänen vieressään. Minä kysyin, että mitä ihmettä sinä teet.»

»Pat sanoi että ole hiljaa ja kuuntele. Minä kuuntelin mutten kuullut mitään, ei siellä ollut mitään! Joten sanoin juuri sen: 'Tuolla ei ole mitään.'»

»Pat nauroi – ei edes katsonut minuun, tuijotti vain sitä kaappia – ja sanoi, hän sanoi, että juuri niin se haluaa sinun luulevan. Se on ihan tuossa, tuolla seinän sisässä, minä kuulen sen, jos olisit sekunnin hiljaa niin kuulisit sinäkin. Se on fiksu, se pysyttelee ihan hiljaa kunnes olen aivan luovuttamaisillani, ja sitten se päästää sellaisen pienen rapsahduksen, ihan vain että pysyisin varpaillani, niin kuin se nauraisi minulle. No haistakoot paskan, minä olen fiksumpi kuin se. Pysyttelen askeleen edellä. Ihan sama vaikka sillä on suunnitelmia, koska niin on minullakin. Pidän katseen kiinni pallossa. Olen valmis ottamaan matsia.»

»Minä ihmettelin, että mitä sinä oikein höpiset, ja Pat vastasi – hän kyyristeli kasvot minua kohti ja melkein kuiskasi niin kuin olisi luullut, että se otus ymmärtää hänen puhettaan – 'Minä sain viimein selville mitä se haluaa. Se haluaa minut. Lapset myös, ja sinut, se haluaa meidät kaikki, mutta varsinkin minut. Sitä se tavoittelee. Ei ihme etten saanut sitä aiemmin kiinni, kun värkkäsin jollain maapähkinävoilla ja jauhelihalla... Joten tässä minä nyt olen. Antaa tulla senkin saatana, olen ihan tässä näin, tule hakemaan!' Hän suorastaan viittoi sille aukolle käsi kaapissa, niin kuin mies joka yrittää saada toisen miehen tappelemaan kanssaan. Hän selitti, että se haistaa hänet. 'Olen niin lähellä että se melkein maistaa minut, ja siitä se villiintyy. Onhan se ovela ja varovainen, mutta ennemmin tai myöhemmin – tai ennemmin, tunnen sen luissani, hetkellä millä hyvänsä – sille tulee niin kova tarve hyökätä minun kimppuuni, ettei se malta enää varoa. Se menettää itsehillintänsä ja työntää päänsä tuosta aukosta ja puraisee minulta ison palan kädestä ja sitten minä sieppaan sen ja *pam pam pam etpä ole enää niin fiksu saatana et ole niin fiksu enää niin –'»*

Muisto sai Jennyn vapisemaan. »Hänellä oli naama ihan punainen ja hikinen, silmät pullottivat päästä – hän huitoi sillä maljakolla niin kuin olisi lyönyt jotain. Näytti ihan seinähullulta. Huusin hänelle että ole hiljaa, tämän pitää loppua nyt, minä olen saanut tarpeekseni, katso nyt tätä, katso – ja tungin tätä hänen naamaansa.» Jenny oli laskenut molemmat kämmenensä piirustukselle ja painoi sitä vasten peittoa. »Yritin olla huutamatta kovin lujaa, koska en halunnut herättää pikkuisia, en halunnut että he näkevät isänsä sellaisessa tilassa, mutta ilmeisesti pidin sen verran meteliä, että sain sentään kiinnitettyä Patin huomion. Hän lakkasi heristelemästä maljakkoa ja sieppasi paperin, tuijotti sitä hetken ja ihmetteli sitten, että mitä tästä.»

»Sanoin, että Emma piirsi tämän. Piirsi sen koulussa. Pat tuijotti minua vieläkin niin kuin olisi ihmetellyt, että mikä nyt on hätänä. Halusin kiljua hänelle. Patilla ja minulla ei ole huutoriitoja, emme me ole sellaisia – ei oltu. Mutta hän vain kyykisteli siinä ja katsoi minua niin kuin koko touhu olisi ollut ihan normaalia, ja minun teki – hyvä kun pystyin edes katsomaan häntä. Polvistuin lattialle hänen viereensä ja sanoin: 'Pat. Kuuntele. Sinun täytyy nyt kuunnella. Tämä loppuu tähän. Tuolla ei ole yhtään mitään. Eikä ole ollutkaan. Ennen kuin lapset heräävät aamulla, sinä tukit jokaisen näistä saamarin koloista ja minä vien nämä saamarin hälyttimet rannalle ja heitän ne mereen. Ja sitten unohdetaan koko juttu eikä puhuta siitä enää ikinä ikinä ikinä.'»

»Luulin oikeasti, että viesti meni perille. Pat laski maljakon ja otti syöttikätensä kaapista ja kumartui tarttumaan minua käsistä, ja luulin...» Nopea henkäys, joka pääsi yllättämään Jennyn ja vavahdutti koko hänen ruumistaan. »Hänen kätensä tuntuivat niin lämpimiltä. Niin vahvoilta, samanlaisilta kuin aina ennenkin, sellaiset ne olivat olleet jo teininä. Hän katsoi minua suoraan silmiin, ihan kunnolla – hän näytti taas Patilta. Sen yhden hetken ajan luulin että kaikki järjestyy. Luulin että Pat halaa minua pitkästi, ja sitten keksitään yhdessä, miten ne reiät saa paikattua, ja sitten mennään sylikkäin nukkumaan. Ja joskus vanhoina nauretaan koko älyttömälle jutulle. Luulin oikeasti niin.»

Tuska hänen äänessään oli niin syvä, että minun oli käännettävä katseeni, koska pelkäsin että se repeäisi edessäni mustaksi railoksi, joka ulottuisi maan keskipisteeseen asti. Seinän kermanvalkoisessa maalipinnassa oli kuplia. Punaiset lehdet rahisivat ja raapivat ikkunaa.

»Mutta sitten Pat sanoi, että Jenny kultaseni. Minun rakas pikku vaimoni. Tiedän että olen ollut surkea aviomies viime aikoina. Kyllä minä herran tähden sen tiedän. En ole pystynyt huolehtimaan sinusta, en ole pystynyt huolehtimaan lapsista, ja te olette pysyneet rinnallani vaikka olen vain istunut tässä ja antanut meidän vajota päivä päivältä syvemmälle paskaan.»

»Yritin selittää hänelle, ettei tässä raha ollut ongelmana, rahalla ei ollut enää edes väliä, mutta hän ei antanut. Pudisti päätään ja hyssytteli minua. Sanoi että odota hetki, minun pitää ensin sanoa tämä. Tiedän ettette te ansaitse tällaista elämää. Sinä ansaitset kaikki mahdolliset hienot vaatteet ja upeat verhot. Emma ansaitsee tanssitunnit. Jack ansaitsee liput Manchester Unitedin peliin. Ja minua on syönyt hirveästi, etten voi antaa teille niitä. Mutta tämän yhden asian minä voin sentään tehdä. Voin saada tuon pikku paskiaisen kiikkiin. Sitten täytetään se ja ripustetaan olohuoneen seinälle. Miltä kuulostaa?»

»Hän silitteli tukkaani ja poskiani ja hymyili minulle, ihan oikeasti hymyili – näytti aidosti onnelliselta. Riemukkaalta, niin kuin ratkaisu kaikkiin meidän ongelmiimme olisi loistanut siinä hänen silmiensä edessä ja hän olisi tiennyt tarkkaan, miten sen saa pyydystettyä. Hän sanoi, että ole kiltti ja luota minuun, minä tiedän viimein mitä olen tekemässä. Meidän kaunis talomme on kohta taas turvallinen, Jen. Lapset, lapset ovat kohta turvassa. Älä huoli, rakas. Ei hätää. Minä en päästä sitä teidän kimppuunne.»

Jennyn ääni keinahteli hurjasti; hän puristi vuodevaatteita kädet nyrkissä. »En tiennyt miten olisin sanonut hänelle, että juuri sitä hän oli tekemässä. Hän oli päästämässä sen olion, sen eläimen, sen typerän järjettömän kuvitellun alusta asti olemattoman eläimen syömään Jackin ja Emman elävältä. Jokaisena hetkenä, jonka hän istui tuijottamassa sitä koloa, hän antoi sen elukan puraista uuden palan heidän mielestään. Jos hän ei haluaisi, että se saa heidät kokonaan, hänen ei tarvitsisi muuta kuin nousta pystyyn! Paikata ne reiät! Panna se saamarin maljakko pois!»

Jennyn ääni oli niin sakeanaan traumoja ja kyyneliä ja yltyvää hysteriaa, etten ollut saada sanoista selvää. Joku muu ehkä olisi taputtanut häntä olalle ja löytänyt juuri oikeat sanat. Minä en kyennyt koskettamaan häntä. Otin yöpöydältä vesilasin ja tarjosin sitä. Jenny hautasi siihen kasvonsa, yski ja kakoi, kunnes sai vähän vettä alas kurkustaan ja kauheat äänet laantuivat.

Hän sanoi vesilasille pää kumarassa: »Joten sitten minä vain istuin hänen vieressään lattialla. Oli hirveän kylmä, mutten pystynyt nousemaan ylös. Huimasi liikaa, pahemmin kuin ikinä ennen, kaikki vain luisui ja kallisteli. Ajattelin että jos nousen seisomaan, kaadun päistikkaa ja lyön naamani kaappeihin, ja tiesin ettei niin saanut käydä. Istuttiin siinä varmaan pari tuntia, en tiedä. Pitelin vain kädessäni tätä» – piirustusta, jonka päälle oli roiskunut nyt vesipisaroita – »ja tuijotin sitä. Pelkäsin kuollakseni, että jos lakkaan hetkeksikin katsomasta sitä, unohdan että sitä on ollutkaan, ja sitten unohdan että sille piti tehdä jotain.»

Hän pyyhki kasvojaan; en tiennyt oliko niillä vettä vai kyyneliä. »Mietin jatkuvasti sitä JoJon rintamerkkiä lipastossa. Miten onnellisia silloin oltiin. Siksi minä varmaan olin kaivanut sen esiin jostain laatikosta. En pystynyt ajattelemaan muuta kuin että miten ihmeessä me tähän päädyttiin. Tuntui, että jotain Patin ja minun oli täytynyt tehdä, kun kävi näin, ja jos vain saisin selville mitä, niin sitten ehkä voisin muuttaa sitä ja kaikki olisi toisin. Mutten keksinyt että mitä. Muistelin kaikkea siitä asti kun oltiin kuusitoistavuotiaita ja suudeltiin ensimmäisen kerran – rannalla Monkstownissa, oli ilta, mutta kun oli kesä niin oli vielä valoisaa ja lämmintä, ja lämmin ilma tuntui käsivarsilla. Istuttiin kivellä ja puhuttiin, ja Pat vain kumartui minun puoleeni ja... Kävin läpi joka hetken jonka muistin, joka ikisen, mutten löytänyt mitään. En saanut selville, miten sieltä alusta oli päädytty tähän, tänne keittiön lattialle.»

Jenny oli rauhoittunut. Hiusten hienon kultaisen udun alta näkyi, että hänen ilmeensä oli tyyni ja sisäänpäinkääntynyt. Ääni oli vakaa. Minä olin meistä se, jota pelotti.

Hän sanoi: »Kaikki näytti niin oudolta. Tuntui kuin valo olisi kirkastunut koko ajan, kunnes kaikkialla oli valonheittimiä – tai niin kuin silmissäni olisi ollut kuukausikaupalla vikaa, joku usva olisi sumentanut ne, mutta yhtäkkiä se katosi ja näin taas kunnolla. Kaikki näytti niin hohtavalta ja terävältä että teki kipeää, ja kaikki oli niin kaunista – ihan sellaiset tavalliset asiat kuin jääkaappi ja leivänpaahdin ja pöytä näyttivät valosta tehdyiltä, ne leijuivat niin kuin jotkut enkelimäiset asiat, ja jos koskettaisin niitä niin hajoaisin atomeiksi. Ja sitten minäkin aloin leijua, nousin lattialta ilmaan, ja tiesin että minun piti tehdä jotain ja nopeasti ennen kuin ajelehdin ulos ikkunasta ja lapset ja Pat jäävät sinne taloon elävältä syötäviksi. Sanoin Patille, että meidän pitää päästä täältä pois nyt heti – tai ainakin luulen että sanoin, en ole varma. Mutta joka tapauksessa Pat ei kuullut mitään. Hän ei huomannut kun nousin pystyyn, ei huomannut edes sitä että lähdin, vaan kuiskaili jotain sille kololle, en kuullut mitä... Yläkertaan meno kesti ikuisuuden, koska jalat eivät koskettaneet lattiaa enkä päässyt eteenpäin, yritin vain pyristellä ja nousta ylöspäin kuin hidastettuna. Tiesin että pitäisi pelätä sitä, etten ehtisi ylös ajoissa, mutten pelännyt – en tuntenut yhtään mitään, olin vain turta ja surullinen. Niin hirveän surullinen.»

Hänen äänensä ohut verentahrima lanka pujotteli kohti sen mustan yön hirviömäistä sydäntä. Kyynelten tulo oli lakannut; tämä paikka oli kaukana kyynelten tuolla puolen. »Suukottelin Emmaa ja Jackia. Sanoin heille, että ei hätää ei hätää. Äiti rakastaa teitä valtavasti. Olen tulossa. Odottakaa minua, tulen sinne heti kun pääsen.»

Ehkä minun olisi pitänyt panna hänet sanomaan se. En saanut suutani auki. Surina tuntui kallossani vinkuvana lehtisahana, ja jos olisin liikahtanut tai hengittänyt, olisin hajonnut tuhanneksi kappaleeksi. Mieleni hapuili ajateltavakseen jotain muuta, ihan mitä tahansa. Dinaa. Quigleyta. Kalpeakasvoista Richietä.

»Pat oli vieläkin keittiön lattialla. Veitsi oli siinä hänen vieressään. Otin sen ja hän kääntyi ympäri ja minä pistin sen hänen rintaansa. Hän nousi pystyyn ja kysyi, että mitä...? Hän tuijotti rintaansa ja näytti niin ällistyneeltä, niin kuin ei olisi tajunnut mitä oli tapahtunut, ei kerta kaikkiaan kyennyt ymmärtämään. Sanoin että Pat, meidän pitää nyt lähteä, ja sitten tein sen uudestaan, ja sitten hän sieppasi minua ranteista, ja me kamppailimme pitkin keittiötä – hän yritti olla satuttamatta minua ja piteli minusta vain kiinni, mutta hän oli niin paljon vahvempi ja minua pelotti kauheasti, että hän saisi veitsen pois – minä potkin häntä, huusin että Pat meillä on kiire meillä on kiire... Hän hoki että Jenny Jenny Jenny – hän näytti taas Patilta, hän katsoi minua kunnolla ja se oli hirveää, miksei hän ollut voinut katsoa sillä lailla aiemmin?»

Yritin ajatella O'Kellyä. Geriä. Isääni. Päästin katseeni harittamaan, kunnes Jenny muuttui pelkäksi valkeankultaiseksi läiskäksi. Hänen äänensä pysyi kuitenkin korvissani armottoman selvänä, se ohut lanka kiskoi minua aina vain eteenpäin ja pureutui syvälle.

»Siellä oli verta joka paikassa. Tuntui että Patilta oli voimat vähenemässä, mutta niin oli minultakin – olin niin hirveän väsynyt... Sanoin että älä Pat, ole kiltti ja lopeta, meidän pitää löytää lapset, emme voi jättää heitä sinne kahdestaan, ja silloin Pat jähmettyi, pysähtyi keskelle lattiaa ja tuijotti minuun. Kuulin meidän molempien hengityksen, sellaisen kamalan ruman ähkimisen. Pat sanoi – voi taivas sitä hänen ääntään – hän sanoi: 'Voi hyvä jumala. Mitä sinä olet tehnyt?'»

»Hän hölläsi ranteistani. Pääsin irti ja löin häntä veitsellä uudestaan. Hän ei edes huomannut. Hän lähti kohti keittiön ovea mutta kaatui. Kaatui yhtäkkiä. Yritti ryömiä hetken mutta pysähtyi sitten.»

Jennyn silmät sulkeutuivat hetkeksi. Niin minunkin. Ainoa mitä olin Patin puolesta toivonut, se ainoa asia joka oli ollut enää toivottavissa, oli se ettei hän olisi saanut tietää lapsista.

Jenny sanoi: »Istuin hänen viereensä ja löin veitsen rintaani ja sitten mahaani, mutta se ei tehonnut – käteni olivat, ne olivat ihan liukkaat ja minä tärisin niin kovasti enkä ollut tarpeeksi vahva! Itkin ja yritin kasvoihin ja kurkkuun ja kaikkialle, muttei auttanut, kädet olivat ihan hyytelöä. En pystynyt enää edes istumaan, makasin lattialla mutta olin silti yhä siellä. Minä... voi luoja.» Puistatus sähköisti koko hänen ruumiinsa. »Ajattelin että jään jumiin sinne.

Ajattelin että naapurit olivat kuulleet tappelun ja soittaneet poliisit, ja ambulanssi oli tulossa ja... En ole ikinä pelännyt niin kovasti. Ikinä. Ikinä.»

Hän oli kangistunut jäykäksi ja tuijotti kuluneen peiton poimuja ja laaksoja nähden jotain muuta. Hän sanoi: »Minä rukoilin. Tiesin ettei minulla ollut oikeutta, mutta rukoilin silti. Ajattelin että Jumala voisi lyödä minut siitä hyvästä kuoliaaksi, mutta sitähän minä rukoilinkin. Rukoilin Neitsyt Mariaa, ajattelin että hän ehkä ymmärtää. Luin Ave Marian – en muistanut puoliakaan sanoista, oli niin pitkä aika kun olin lausunut sen, mutta lausuin ne pätkät jotka muistin. Hoin, että *ole kiltti. Ole kiltti.*

Sanoin: »Ja silloin Conor tuli.»

Jenny kohotti päätään ja kääntyi tuijottamaan minua hämmentyneenä, niin kuin olisi unohtanut että olin läsnä. Hetken päästä hän pudisti päätään. »Ei. Conor ei tehnyt mitään. En ole nähnyt Conoria sitten, en vuosiin –»

»Rouva Spain, voimme todistaa että hän oli talossa sinä yönä. Voimme todistaa, että osa teidän haavoistanne ei ollut itse aiheutettuja. Siitä on pääteltävissä, että ainakin osa väkivallasta on Conorin aiheuttamaa. Juuri nyt hän on saamassa syytteen kolmesta murhasta ja yhdestä murhan yrityksestä. Jos haluatte päästää hänet pulasta, autatte häntä parhaiten kun kerrotte minulle tarkkaan, mitä tapahtui.»

En saanut ääneeni voimaa. Kaikki tuntui vedenalaiselta kamppailulta, hidastetulta ja voipuneelta; olimme kumpikin niin uuvuksissa, ettemme muistaneet miksi tappelimme keskenämme, mutta jatkoimme silti, koska emme tienneet muustakaan. Kysyin: »Miten kauan häneltä kesti tulla sinne?»

Jenny oli vielä väsyneempi kuin minä. Hänen taistelutahtonsa loppui ensin. Hetken päästä hänen katseensa ajelehti taas pois minusta ja hän sanoi: »En tiedä. Tuntui ikuisuudelta.»

Pois makuupussista, alas rakennustelineitä, yli aidan, pitkin pihakiveystä, käännetään avainta lukossa – ehkä minuutin, enintään kaksi. Conor oli varmaan nuokkunut, loikoillut mukavasti lämpimässä makuupussissaan ja siinä varmuudessa, että Spainien elämä purjehti eteenpäin hänen alapuolellaan hohtavassa pienessä veneessään. Ehkä tappelu oli herättänyt hänet; Jennyn tukahtuneet kiljaisut, Patin huudot, kaatuvien huonekalujen vaimeat kolahdukset. Mietin mitä hän oli nähnyt kurkistaessaan ikkunasta, haukotellessaan ja hieroessaan silmiään – miten pitkään häneltä oli kestänyt tajuta tilanne ja ymmärtää olevansa tarpeeksi todellinen, jotta hän voisi murtaa sen lasiseinän, joka oli erottanut hänet niin pitkään hänen parhaista ystävistään.

Jenny sanoi: »Kai hän tuli takaovesta. Tunsin tuulen kun ovi avattiin. Se tuoksui mereltä. Hän nosti minua lattialta, nosti pääni syliinsä. Hän päästeli sellaista ääntä, sellaista uikutusta tai vaikerrusta, niin kuin auton alle jäänyt koira. Ensin en edes tunnistanut häntä – hänestä oli tullut niin laiha ja kalpea, ja hän näytti ihan kauhealta. Naama oli aivan väärän muotoinen, hän ei edes näyttänyt ihmiseltä. Luulin että hän on jotain muuta, ehkä enkeli kun olin rukoillut niin kovasti, tai jotain kamalaa mikä oli noussut merestä. Sitten hän sanoi: 'Voi jeesus voi Jenny voi jeesus mitä tapahtui?' Ja hänen äänensä oli samanlainen kuin aina ennenkin. Samanlainen kuin silloin, kun oltiin nuoria.»

Jenny viittoi jonnekin mahansa suuntaan. »Hän kiskoi minua tästä, kiskoi pyjamaa – kai hän yritti nähdä... Hän oli ihan veressä, mutten ymmärtänyt miksi, kun minua ei sattunut mihinkään. Sanoin, että auta minua Conor, sinun pitää auttaa. Ensin hän ei tajunnut vaan hoki, että ei hätää, ei hätää, minä soitan ambulanssin, ja hän yritti mennä puhelimelle, mutta silloin minä huusin. Tartuin hänestä kiinni ja huusin: 'Ei!' kunnes hän pysähtyi.»

Ja se sormenkynsi joka oli lohjennut kun Emma kamppaili henkensä edestä, se joka oli tarttunut hetkeksi Emman kirjaillun tyynyn vaaleanpunaiseen villaan, irtosi silloin ja takertui Conorin villapaidan paksuun kudokseen. Kumpikaan heistä ei ollut huomannut sitä – miten he olisivat voineetkaan? Ja myöhemmin, kun Conor oli kiskonut kotona veriset vaatteet yltään ja heittänyt ne lattialle, hän ei ollut mitenkään voinut nähdä, kuinka se kynnenpala putosi matolle. Hän oli ollut aivan sokaistunut, kärventynyt, hän oli vain rukoillut että voisi nähdä vielä joskus elämässään muutakin kuin sen keittiön.

»Minä sanoin, että sinä et nyt tajua. Ei ambulanssia. En halua ambulanssia. Conor yritti sanoa, että ei sinulla ole hätää, ne paikkaavat sinut hetkessä... Hän piteli minua niin tiukasti – hän

oli painanut kasvoni villapaitaansa. Tuntui että kesti ikuisuu-
den ennen kuin pääsin sen verran irti, että pystyin puhumaan
hänelle.»

Jenny tuijotti yhä tyhjin katsein, mutta hänen huulensa olivat
raollaan, löysästi kuin lapsella, ja ilme oli lähes seesteinen. Hänen
osaltaan pahin oli jo ohi, ja tämä oli tuntunut hänestä onnelli-
selta lopulta. »En enää pelännyt. Tiesin tarkkaan mitä minun piti
tehdä, niin kuin se olisi ollut kirjoitettuna edessäni. Piirustus oli
siinä lattialla, se Emman kauhea piirustus, ja sanoin Conorille, että
vie se pois. Pane se taskuun ja polta kun pääset kotiin. Conor tunki
sen taskuunsa – tuskin hän edes näki mikä se oli, totteli vain kun
sanoin. Jos joku olisi löytänyt sen, hän olisi arvannut niin kuin te
arvasitte, enkähän minä voinut antaa kenenkään tietää. Olisivat
ajatelleet, että Pat oli hullu. Ei hän sellaista ansainnut.»

»Ei niin», sanoin. »Ei ansainnut.» Mutta kun Conor oli näh-
nyt piirustuksen myöhemmin kotonaan, hän ei ollut kyennyt polt-
tamaan sitä. Se oli viimeinen viesti hänen kummilapseltaan, hän
oli säästänyt sen muistokseen.

»Sitten», Jenny sanoi, »sitten sanoin mitä hänen pitää tehdä.
Sanoin, että tässä tämä veitsi, tee se Conor, ole kiltti, sinun täytyy.
Ja tyrkkäsin veitsen hänen käteensä.»

»Ne hänen silmänsä. Hän katsoi veistä ja sitten minua niin
kuin olisi pelännyt minua, niin kuin olisin ollut kauheinta mitä
hän on ikinä nähnyt. Hän sanoi että olen mennyt sekavaksi, mutta
minä intin että enkä ole – yritin taas huutaa hänelle, mutta huuto
tuli kuiskauksena. Sanoin että Pat on kuollut, minä pistin häntä ja
nyt hän on kuollut –»

»Conor kysyi, että miksi Jenny, herranjumala, mitä oikein
tapahtui?»

Jenny päästi tuskaisen kirahduksen, joka saattoi olla jonkin-
laista naurua. »Jos olisi ollut kuukausi tai pari aikaa selittää, niin
sitten ehkä... Sanoin vain, että ei ambulanssia, ole kiltti. Conor vas-
tasi, että odota, odota, ja sitten hän laski minut sylistään ja kont-
tasi Patin luo. Hän käänteli Patin päätä ja teki jotain, en tiedä mitä,
yritti avata hänen silmänsä tai jotain – ei hän sanonut mitään,
mutta näin hänen kasvonsa, näin hänen ilmeensä, joten tiesin.
Siitä olin sentään iloinen.»

Mietin, montako kertaa Conor oli käynyt nuo minuutit mielessään läpi, kun oli tuijotellut sellinsä kattoa, ja oliko hän muuttanut joka kerralla jotain pientä yksityiskohtaa: *Jos en olisi nukahtanut. Jos olisin noussut heti kun kuulin ääniä. Jos olisin juossut nopeammin. Jos en olisi haparoinut avainten ja lukon kanssa.* Jos hän olisi ehtinyt keittiöön vain tuokiota aiemmin, hän olisi ehtinyt pelastaa sentään Patin.

Jenny sanoi: »Mutta sitten Conor – hän rupesi nousemaan pystyyn. Hän yritti ottaa tietokonepöydästä tukea ja ponnistaa seisomaan – mutta kaatuili niin kuin olisi liukastellut lattialla, tai ehkä häntä huimasi, mutta joka tapauksessa näin että hän yritti keittiön ovelle. Hän koitti mennä yläkertaan. Sain hänestä kiinni, housunlahkeesta, ja sanoin että älä. Älä mene ylös. Hekin ovat kuolleet. Minun piti saada heidät pois täältä. Conor – hän vain valahti kontilleen. Hän sanoi – hänellä oli pää painuksissa, mutta kuulin kumminkin – 'voi jeesus kristus'.»

Siihen hetkeen saakka Conor oli kai luullut, että kyse oli kauheaksi kärjistyneestä perheriidasta, rakkaudesta joka oli muuttunut siinä hirveässä paineessa joksikin timantinkovaksi, joka leikkasi lihaa ja luuta. Ehkä hän oli pitänyt sitä jopa itsepuolustuksena, ehkä hän oli luullut että Patin mieli oli kiehunut viimein yli ja hän oli käynyt Jennyn kimppuun. Mutta kun Jenny oli kertonut lapsista, Conorilla ei ollut enää paikkaa josta hakea vastauksia, lohtua, ambulanssia, lääkäreitä tai huomista.

»Sanoin, että minun pitää päästä lasten luo. Minun pitää päästä Patin luo. Ole kiltti Conor, auta minua pääsemään pois täältä.»

»Conor päästi sellaisen kakaisun niin kuin olisi aikonut oksentaa. Hän sanoi ettei pysty. Kuulosti siltä kuin hän olisi toivonut, että kaikki on pahaa unta, niin kuin hän olisi yrittänyt herätä siitä jotenkin ja saada kaiken katoamaan. Pääsin vähän lähemmäs häntä – minun piti raahautua, kun jalat olivat niin hatarat ja turrat. Sain hänen ranteestaan kiinni ja sanoin, että Conor sinun täytyy. Minä en voi jäädä tänne. Pidä kiirettä. Ole kiltti.»

Jennyn ääni oli alkanut hiipua, se oli enää pelkkä käheä äänenhäivähdys; hänen voimansa olivat lopussa. »Conor istui viereeni ja käänsi pääni taas niin, että se oli hänen rintaansa vasten. Hän sanoi että ei hätää, ei hätää, sulje silmät. Silitteli tukkaa. Sanoin että kiitos, ja suljin sitten silmät.»

Jenny levitti kätensä peitolle kämmenet ylöspäin. Hän sanoi vain: »Siinä kaikki.»

Conor oli luullut, että se olisi viimeinen asia jonka hän tekisi milloinkaan Jennyn hyväksi. Ja ennen lähtöään hän oli tehnyt vielä kaksi asiaa Patinkin hyväksi: pyyhkinyt tietokoneen muistin ja vienyt aseet. Ei ihme, että tietojen poisto oli hoidettu hätäisesti – jokainen sekunti, jonka Conor oli viettänyt siinä talossa, oli musertanut hänen mieltään. Mutta hän oli tiennyt, että jos lukisimme tietokoneelta sen hulluuden tulvan, emmekä saisi todisteita muista talossa käyneistä, syyttäisimme oitis Patia.

Conorkin varmasti tiesi, että jos hän olisi sälyttänyt kaiken Patin syyksi, hän olisi ollut turvassa, tai ainakin paremmassa turvassa kuin nyt. Mutta Conor uskoi niin kuin minäkin, että sellainen ei käy. Hän oli haaskannut tilaisuutensa pelastaa Patille loppuelämä. Niinpä hän oli pannut itsensä likoon, jotta valhe ei mustaisi Patin kahtakymmentäyhdeksää elettyä vuotta.

Kun olimme pidättäneet Conorin, hän oli luottanut vaikenemiseensa, hanskoihinsa ja siihen, ettemme pystyisi todistamaan mitään. Sitten olin kertonut hänelle, että Jenny oli elossa, ja silloin hän oli tehnyt Jennyn hyväksi vielä yhden asian ennen kuin ehtisin pakottaa Jennyn kertomaan totuuden. Kaipa Conor oli osittain iloinnutkin saamastaan tilaisuudesta.

Jenny sanoi: »Näettekö nyt? Conor teki vain sen mitä minä käskin.»

Hänen kätensä ponnistelivat taas peitolla kohti käsiäni, ja hänen äänessään oli levotonta paloa. Sanoin: »Hän teki teille väkivaltaa. Teidän molempien kertomuksen mukaan hän yritti tappaa teidät. Se on rikos. Suostumus ei ole mikään puolustus, kun on kyse murhayrityksestä.»

»Minä pakotin hänet siihen. Ette voi panna häntä vankilaan sen tähden.»

Sanoin: »Se vähän riippuu. Jos kerrotte kaiken tämän oikeudessa, on tosiaan erittäin hyvä mahdollisuus, että Conor pääsee vapaaksi. Valamiehistöissäkin on vain ihmisiä, ja toisinaan he venyttävät sääntöjä omantuntonsa mukaan. Minäkin voisin varmaan vaikuttaa asioihin, jos antaisitte minulle tunnustuksen paperilla. Mutta tässä nykytilanteessa meillä ei ole muuta

Tana French

kuin todistusaineisto ja Conorin tunnustus. Ne tekevät hänestä kolmoismurhaajan.»

»Mutta ei hän tappanut ketään! Minähän kerroin mitä tapahtui. Sanoitte, että jos minä kerron –»

»Te kerroitte minulle oman versionne. Conor kertoi omansa. Näyttö ei sulje pois kumpaakaan, ja Conor on teistä se, joka on valmis antamaan tunnustuksen paperilla. Se tarkoittaa, että hänen versiollaan on enemmän painoarvoa.»

»Mutta tehän uskotte minua. Vai? Jos uskotte, niin –»

Jennyn käsi oli tavoittanut minun käteni. Hän puristi sormiani kuin lapsi. Hänen omat sormensa olivat hirvittävän kylmät ja niin ohuet, että tunsin luiden liikkeen.

Sanoin: »Vaikka uskoisinkin, en mahda asialle mitään. En ole mikään valamiehistön maallikko, minulla ei ole vapautta toimia omantuntoni mukaan. Minun tehtäväni on seurata näyttöä. Rouva Spain, ellette halua Conorin joutuvan vankilaan, teidän pitää tulla oikeuteen pelastamaan hänet. Mielestäni olette hänelle sen velkaa, kun hän teki puolestanne sen minkä teki.»

Kuuntelin omaa puhettani: tärkeilevää, hurskastelevaa, tyhjää, olin kuin joku kukkoileva koulupoika, joka luennoi luokkakavereilleen viinan kiroista ja saa palkaksi sakinhivutusta. Jos uskoisin kirouksiin, uskoisin että tämä on minun kiroukseni: silloin kun tarve on suurin ja tiedän kaikkein varmimmin, mitä on tehtävä, sanat tulevat suustani aina väärin.

Jenny sanoi – laitteille ja seinille ja ilmalle siinä missä minulle: »Ei Conorilla ole hätää.»

Hän suunnitteli taas viestiään. »Rouva Spain», sanoin. »Ymmärrän vähäsen siitä mitä olette joutunut kestämään. Tiedän ettette varmaan usko, mutta vannon kautta kaiken pyhän, että niin se on. Ymmärrän mitä haluatte tehdä. Mutta maailmassa on yhä ihmisiä, jotka tarvitsevat teitä. On yhä asioita, joita teidän täytyy tehdä. Ette voi päästää niistä irti noin vain. Ne kuuluvat teille.»

Hetken ajan luulin, että Jenny oli kuullut sanani. Katseemme kohtasivat, ja hänen silmänsä olivat kirkkaat ja hämmästyneet niin kuin hän olisi juuri silloin nähnyt vilaukselta, kuinka maailma pyöri yhä radallaan tämän suljetun huoneen ulkopuolella: lapset

Hylkymaa

kasvoivat ulos vaatteistaan, vanhukset unohtivat vanhoja murheitaan, rakastavaiset kohtasivat ja erosivat, vuorovedet kuluttivat kiviä hiekaksi, lehdet putoilivat peittämään siemeniä, jotka itivät syvällä kylmässä maassa. Hetken kuvittelin, että olin jonkin ihmeen kaupalla löytänyt oikeat sanat.

Sitten hänen katseensa kääntyi pois ja hän väänsi kätensä irti otteestani – en ollut tajunnut, että puristin sitä niin että sattui. Hän sanoi: »Minä en edes tiedä, mitä Conor teki siellä. Kun heräsin täällä, kun aloin muistaa mitä oli tapahtunut, ajattelin että tuskin hän oli siellä ollenkaan – olin varmaan kuvitellut hänet. Luulin sillä lailla siihen asti, kun te kerroitte hänestä tänään. Mitä hän...? Miten hän päätyi sinne?»

Sanoin: »Hän oli viettänyt aikaansa Brianstownissa. Kun hän näki että te ja Pat olitte vaikeuksissa, hän tuli auttamaan.»

Näin kuinka palaset alkoivat loksahdella paikoilleen hitaasti ja tuskallisesti. »Se rintamerkki», Jenny sanoi. »JoJon merkki. Oliko se...? Oliko se Conorilta?»

Järkeni ei riittänyt enää selvittämään, mikä vastaus pidättelisi Jennyä todennäköisimmin tai mikä olisi vähiten julma. Lyhyt hiljaisuuteni kertoi hänelle totuuden. »Voi luoja. Ja minä kun luulin...» Nopea kimakka ähkäisy, kuin satutetun lapsen päästämä. »Ne murrotko myös?»

»En voi puhua siitä.»

Jenny nyökkäsi. Äskeinen vastustelu oli kuluttanut hänen viimeiset voimansa; hän näytti siltä ettei voisi enää liikahtaakaan. Hetken päästä hän sanoi hiljaa: »Conor rukka.»

»Niin», sanoin. »Niinpä kai.»

Istuimme siinä pitkään. Jenny ei puhunut eikä katsonut minuun päin. Hän oli sanottavansa sanonut. Hän painoi päänsä tyynyille ja katseli, kuinka hänen sormensa kulkivat pitkin peiton ryppyjä hitaasti, tasaisesti, yhä uudestaan. Hetken päästä hänen silmänsä sulkeutuivat.

Käytävältä kuului, kuinka kaksi naista kulki huoneen ohi puhuen ja nauraen, kengät nopeasti laattalattialla kopisten. Kuiva ilma satutti kurkkuani. Ikkunan takana valo oli vaihtunut; en muistanut kuulleeni sadetta, mutta lehdet näyttivät tummilta ja kastuneilta ja ne hytisivät vasten murjottavaa laikukasta taivasta. Jennyn pää retkahti sivulle. Rintakehä rohisi vavahdellen, kunnes hengityksen tasainen rytmi sai vallan.

En tiedä vieläkään, miksi jäin sinne. Ehkeivät jalkani suostuneet liikkumaan, tai ehken uskaltanut jättää Jennyä yksin – ehkä toivoin yhä jossain sieluni sopukassa, että hän kääntyisi unissaan ja mumisisi salasanan, joka ratkaisisi koodin, taikoisi varjojen kihisevän vyyhden mustaksi ja valkoiseksi ja paljastaisi minulle, mikä mieli tässä kaikessa oikein oli.

19

FIONA KYYHÖTTI YHDESSÄ muovituoleista, joita oli pitkin käytävän seinustaa, ja kiersi risaa raidallista huivia ranteittensa ympärille. Käytävän vihreä vahankiiltävä lattia näytti jatkuvan hänen takanaan kilometrikaupalla.

Hänen päänsä ponnahti pystyyn, kun naksautin oven kiinni takanani. »Miten Jenny voi? Onko hänellä hätää?»

»Hän nukkuu.» Vedin alleni toisen tuolin ja istuuduin hänen viereensä. Punainen duffelitakki tuoksui kylmältä ilmalta ja savulta; hän oli käynyt ulkona tupakalla.

»Minun pitäisi mennä sinne. Jenny pelästyy, jos siellä ei ole ketään kun hän herää.»

Sanoin: »Miten pitkään olette tiennyt?»

Fiona valahti heti ilmeettömäksi. »Tiennyt mitä?»

Olisin voinut hoitaa asian ties kuinka monella ovelalla tavalla. Minulla ei ollut voimia enää yhteenkään niistä. »Siskonne tunnusti juuri perheenjäsentensä murhat. Olen aika varma, ettei se ole teille suuri yllätys.»

Kasvot pysyivät sitkeästi ilmeettöminä. »Hän on ihan pihalla kipulääkityksen takia. Hän ei tiedä mitä puhuu.»

»Uskokaa kun sanon, että hän tiesi täsmälleen mitä puhui, neiti Rafferty. Kaikki hänen tarinansa yksityiskohdat täsmäävät todistusaineistoon.»

»Te painostitte hänet siihen. Hän on sellaisessa tilassa, että saisitte hänet sanomaan mitä tahansa. Voisin tehdä teistä ilmoituksen.»

Fiona oli yhtä näännyksissä kuin minäkin eikä saanut edes ääneensä tiukkuutta. »Neiti Rafferty», sanoin. »Minä pyydän, ettei nyt ruveta tähän. Kaikki mitä sanotte minulle on epävirallista. En voi todistaa edes sitä, että tämä keskustelu on käyty. Sama koskee sisarenne tunnustusta. Juridisesti sitä ei ole olemassa. Minä yritän vain keksiä keinon, jolla tästä sotkusta tehdään loppu ennen kuin tulee lisää vahinkoa.»

Fiona tutki kasvojani ja yritti keskittää väsyneiden punaisten silmiensä katsetta. Hänen ihonsa näytti karussa valaistuksessa harmaalta ja kuoppaiselta – hän tuntui vanhemmalta ja sairaammalta kuin Jenny. Kauempana käytävällä joku lapsi itki valtavin lohduttomin nyyhkäyksin niin kuin maailma olisi romahtanut hänen ympäriltään.

Jokin, en tiedä mikä, viestitti Fionalle että olin tosissani. Epätavallinen, olin tuuminut hänestä kun olimme puhuttaneet häntä. Tarkkanäköinen. Silloin en ollut ollut näistä ominaisuuksista mielissäni, mutta lopulta niistä oli sittenkin hyötyä. Fiona herpaantui vastustelunhalun haihtuessa ja antoi päänsä retkahtaa taas seinää vasten. Hän sanoi: »Miksi hän...? Hän rakasti heitä niin valtavasti. Mikä helvetti...? Miksi?»

»Sitä en pysty sanomaan teille. Milloin tiesitte tästä?»

Hetken päästä Fiona sanoi: »Silloin kun sanoitte, että Conor oli tehnyt sen. Tiesin ettei ollut. Vaikka Conorille olisi tapahtunut mitä sen jälkeen, kun näin hänet viimeksi, vaikka hän olisi riidellyt Patin ja Jennyn kanssa uudestaan, vaikka hän olisi tullut ihan hulluksi – ei hän olisi sitä tehnyt.»

Hänen äänessään ei ollut epäilyksen häiventäkään. Yhden merkillisen ja uupuneen tuokion ajan kadehdin sekä häntä että Conor Brennania. Melkein kaikki tässä elämässä on petollista, muuttuvaista ja vääristyväistä; minusta tuntui että maailma olisi toisenlainen paikka, jos voisi olla jostain ihmisestä luitaan ja ytimiään myöten varma, tai jos voisi olla se ihminen jollekulle muulle. Tiedän miehiä ja vaimoja, jotka ovat toisilleen sellaisia. Tiedän työpareja.

Fiona sanoi: »Ensin luulin että keksitte jutun omasta päästänne, mutta huomaan yleensä milloin joku valehtelee. Joten yritin miettiä, miksi Conor olisi sanonut niin. Varmaan hän olisi tehnyt niin suojellakseen Patia, pitääkseen hänet poissa vankilasta. Mutta Pat oli kuollut. Jäljelle jäi Jenny.»

Kuului pieni kivulloinen ääni, kun hän nielaisi. »Eli», hän sanoi, »kyllä minä tiesin.»

»Sen takia ette kertonut Jennylle, että Conor oli pidätetty.»

»Niin. En tiennyt mitä Jenny tekisi – yrittäisikö hän ottaa vastuun teoistaan, järkyttyisikö hän ja hänen tilansa romahtaisi uudestaan...»

Sanoin: »Olitte saman tien varma hänen syyllisyydestään. Tiesitte ettei Conor olisi voinut tehdä tätä, mutta siskostanne ajattelitte toisin.»

»Teidän mielestänne ei olisi pitänyt ajatella niin.»

»En tiedä mitä teidän olisi pitänyt ajatella», sanoin. Sääntö numero mikälie: epäiltyjen ja todistajien pitää luulla rikostutkijaa kaikkitietäväksi. Hän ei saa ilmaista olevansa mistään epävarma. En muistanut enää, miksi se sääntö oli ollut tärkeä. »Mietin tässä vain, mistä se ero johtui.»

Fiona väänteli huivia käsissään ja haki sanoja. Hetken päästä hän vastasi: »Jenny tekee kaiken oikein ja onnistuu kaikessa. Niin hänelle on käynyt koko elämänsä. Kun jokin meni viimein vikaan, kun Pat oli työtön... Hän ei pystynyt käsittelemään sitä asiaa. Sen takia minä pelkäsin, että hän oli tulossa hulluksi, silloin kun hän sanoi, että talossa oli käynyt joku. Olin ollut huolissani siitä asti, kun Patilta meni työpaikka. Ja olin oikeassa, hän oli romahtamassa. Onko se...? Senkö takia hän...?»

En vastannut mitään. Fiona sanoi hurjalla ja matalalla äänellä ja huiviaan tiukemmalle kiskoen: »Minun olisi pitänyt tietää. Hän kätki sen taitavasti, mutta jos olisin ollut paremmin hereillä, jos olisin käynyt siellä useammin...»

Hän ei olisi voinut asioille mitään. En sanonut sitä hänelle, sillä tarvitsin hänen syyllisyydentuntoaan. Sen sijaan sanoin: »Oletteko ottanut tätä puheeksi Jennyn kanssa?»

»En! Herranjumala. Joko hän käskisi minun painua vittuun ja pysyä siellä, tai sitten hän kertoisi...» Säpsähdys. »Luuletteko että haluan kuulla, kun hän puhuu siitä?»

»Entä kenenkään muun kanssa?»

»En. Kenen muka? Ei tämä ole sellainen asia, josta kerrotaan kämppäkavereille. Enkä halua että äiti saa tietää. Ikinä.»

»Onko teillä todisteita siitä, että olette oikeassa? Mitään Jennyn sanomaa, tai sellaista mitä olisitte nähnyt?»

»Ei. Ei ole todisteita. Jos olen väärässä, niin olen – voi luoja että olisin onnellinen.»

Sanoin: »En usko, että olette väärässä. Mutta ongelma on siinä, että minullakaan ei ole todisteita. Jennyn tunnustusta ei voida käyttää oikeudessa. Näyttömme ei riitä hänen pidättämiseensä, tuomitsemisesta puhumattakaan. Ellen löydä jostain lisää, hän lähtee täältä vapaana naisena.»

»Hyvä.» Fiona huomasi ilmeessäni jotain, tai ainakin uskoi huomanneensa, ja kohautti väsyneesti olkapäitään. »No mitä te oikein odotitte? Tiedän että Jennyn pitäisi varmaan joutua vankilaan, mutta viis minä siitä. Hän on minun siskoni ja minä rakastan häntä. Ja jos hänet pidätetään, äiti saa tietää. Eihän minun pitäisi toivoa, että tekijä selviää tästä rangaistuksetta, mutta toivon kumminkin. Minkäs teet.»

»Entä Conor? Sanoitte että välitätte yhä hänestä. Aiotteko tosiaan antaa hänen viettää loppuikänsä vankilassa? Ei niin, että hän eläisi siellä kauan. Tiedättekö mitä muut rikolliset ajattelevat lapsentappajista? Tiedättekö mitä heille tehdään?»

Fionan silmät olivat suurenneet. »Hetkinen. Ettehän te nyt Conoria vankilaan lähetä. Tiedätte ettei hän tehnyt sitä.»

»Minä en lähetä, neiti Rafferty. Mutta systeemi kyllä. En voi sivuuttaa sitä, että minulla on yllin kyllin todisteita joiden nojalla hänet voi tuomita. Tuomiosta päättävät sitten asianajajat, tuomari ja valamiehistö. Minä teen vain työtä niillä eväillä mitä minulla on. Jos en saa todisteita Jennyä vastaan, minun pitää mennä Conorilla.»

Fiona pudisti päätään. »Ette te sitä tee», hän sanoi.

Sama varmuus soi taas hänen äänessään kirkkaana kuin valettu pronssi. Se tuntui merkilliseltä lahjalta, lämpimältä kuin pikkuruinen liekki tässä kylmässä paikassa, jossa en olisi osannut odottaa sitä. Tämä nainen jolle minun ei olisi pitänyt edes puhua, tämä nainen josta en edes pitänyt – hänelle minä, kaikista maailman ihmisistä, edustin varmuutta.

»En niin», sanoin. En kyennyt valehtelemaan hänelle. »En tee.»

Hän nyökkäsi. »Hyvä», hän sanoi pienen väsyneen huokauksen myötä.

Sanoin: »Conor ei ole ainoa, josta teidän pitäisi olla huolissanne. Siskonne aikoo tappaa itsensä heti kun saa tilaisuuden.»

Esitin asian niin brutaalisti kuin pystyin. Odotin reaktioksi järkytystä, ehkä hätäännystäkin, mutta Fiona ei edes kääntänyt päätään; hän tuijotti vain edelleen käytävää, sen nuhruisia julisteita jotka julistivat käsidesin pelastavaa voimaa. Hän sanoi: »Niin kauan kuin Jenny on sairaalassa, hän ei tee mitään.»

Fiona tiesi jo. Mieleeni juolahti, että ehkä hän halusikin käyvän niin – ehkä se olisi hänestä armollista niin kuin Richienkin mielestä, tai ehkä hän piti sitä sopivana rangaistuksena, tai ehkä taustalla oli jokin alkukantainen siskosten välinen tunnesolmu, jota Fiona ei ymmärtänyt itsekään. Sanoin: »No, mitä aiotte tehdä sitten kun hänet päästetään pois?»

»Vahdin häntä.»

»Tekö yksin? Vuorokauden ympäri?»

»Minä ja äiti. Äiti ei tiedä tästä, mutta hän arvaa että kaiken tämän tapahtuneen jälkeen Jenny saattaa...» Fionan pää nytkähti, ja hän keskittyi julisteisiin entistä tiukemmin. Hän toisti: »Vahdimme häntä.»

Sanoin: »Miten pitkään? Vuoden, kaksi, kymmenen? Entä mitä sitten kun teidän pitää mennä töihin, ja äitinne pitää päästä suihkuun tai nukkumaan?»

»Aina voi hankkia hoitajia.»

»Voi, jos voittaa ensin lotossa. Oletteko katsoneet miten paljon sellaiset maksavat?»

»Rahat löydetään jos on pakko.»

»Patin henkivakuutuksestako?» Se vaiensi hänet. »Entä mitä tapahtuu, kun Jenny antaa hoitajalle potkut? Hän on riippumaton aikuinen, ja jos hän ei halua kaitsijaa, ja tiedämme kyllä ettei halua, te ette mahda sille hitonkaan vertaa. Olette puun ja kuoren välissä, neiti Rafferty. Ette voi pitää häntä turvassa muuten kuin lukkojen takana.»

»Vankilakaan ei ole turvallinen paikka. Me pidämme hänestä huolen.»

Hänen äänensä terävyys kertoi, että viestini alkoi mennä perille. Sanoin: »Niin varmasti pidättekin, jonkin aikaa. Pärjäätte ehkä muutaman viikon tai jopa muutaman kuukauden. Mutta ennemmin tai myöhemmin keskittymisenne herpaantuu. Ehkä miesystävänne soittaa ja haluaa jutella, tai kaverinne kärttävät teitä baariin ja lystinpitoon, ja ajattelette, että tämän yhden kerran. Kyllä elämä katsoo tätä yhtä juttua läpi sormien eikä rankaise teitä siitä että olette normaali ihminen, ihan pari tuntia vain. Olette ansainnut sen. Ehkäpä jätätte Jennyn yksin vain minuutiksi. Enempää ei tarvita, kun on partateriä tai desinfiointiainetta. Jos joku haluaa tosissaan tappaa itsensä, hän keksii keinot. Ja jos se sattuu teidän vahtivuorollanne, raastatte itseänne koko loppuikänne.»

Fiona tunki kädet syvälle hihoihinsa kuin puuhkaan. Hän sanoi: »Mitä te oikein haluatte?»

Sanoin: »Haluan, että Conor Brennan kertoo totuuden siitä mitä sinä yönä tapahtui. Haluan teidän selittävän hänelle, mitä hän saa aikaan käytöksellään. Hän ei pelkästään estä oikeutta toteutumasta vaan hän sylkee sen naamalle – antaa Patin ja Emman ja Jackin mennä hautaan samalla, kun heidän murhaajansa pääsee kuin koira veräjästä. Ja hän jättää Jennyn kuolemaan.» Conor oli tehnyt tekonsa painajaismaisen kauhun ja ulvovan paniikin keskellä, Jennyn anellessa ja puristaessa häntä verisillä käsillään. Olisi ihan eri juttu päästää tieten tahtoen joku rakas ihminen kävelemään bussin eteen keskellä kirkasta päivää. »Jos minä sanon Conorille nämä asiat, hän kuvittelee että yritän vain sotkea hänen päätään. Jos viesti tulee teiltä, hän ottaa sen onkeensa.»

Fionan suupieli nytkähti melkein kuin hän olisi hymyillyt vienoa katkeraa hymyä. Hän sanoi: »Te ette tosiaan taida ymmärtää Conoria.»

Melkein nauroin. »Olen aika varma etten ymmärrä.»

»Häntä ei kiinnosta tippaakaan mikään oikeuden toteutuminen tai Jennyn velka yhteiskunnalle. Hän välittää vain Jennystä. Hän tietää takuulla, mitä Jenny haluaa tehdä. Jos hän tunnusti murhat teille, hän teki sen juuri siksi että haluaa antaa Jennylle mahdollisuuden sellaiseen.» Taas samanlainen nytkähdys. »Conor varmaan ajattelisi että minä olen itsekäs, kun yritän pelastaa Jennyn vain siksi, että haluan pitää hänet täällä. Ehkä olenkin. Ihan sama.»

Yritän pelastaa Jennyn. Fiona oli siis minun puolellani, ja minun piti keksiä keino hyödyntää sitä. »Kertokaa Conorille sitten, että Jenny on jo kuollut. Conor tietää kyllä, että Jenny pääsee sairaalasta näinä päivinä – kertokaa että hän pääsi jo, ja käytti tilaisuuden heti hyväkseen. Jos ei ole enää Jennyä jota suojella, Conorin on sama pelastautua itse.»

Fiona pudisteli jo päätään. »Conor huomaisi että valehtelisin. Hän tuntee Jennyn. Jenny ei takuulla... hän ei lähtisi jättämättä viestiä, joka vapauttaa Conorin. Ei takuulla.»

Olimme alkaneet puhua hiljaa kuin salaliittolaiset. Sanoin: »Saisitteko te sitten suostuteltua Jennyn tunnustamaan virallisesti? Rukoilisitte, syyllistäisitte, puhuisitte lapsista, Patista, Conorista. Vetoaisitte kaikkeen mahdolliseen. Minä en ole onnistunut, mutta jos te sanotte sen –»

Fiona pyöritteli päätään edelleen. »Ei Jenny kuuntele minua tässä asiassa. Kuuntelisitteko te hänen sijassaan?»

Käännyimme kumpikin katsomaan huoneen suljettua ovea. »En tiedä», sanoin. Olisin kiehunut turhautuneisuudesta – hetken ajattelin Dinaa jäytämässä käsivarttaan – jos minulla olisi ollut vielä voimia sellaiseen. »Ei aavistusta.»

»Minä en halua että Jenny kuolee.»

Fionan ääni oli muuttunut äkkiä paksuksi ja väriseväksi. Hän oli itkemäisillään. Sanoin: »Sitten tarvitaan todisteita.»

»Sanoitte ettei teillä ole.»

»Ei niin. Ja tässä vaiheessa emme enää saakaan niitä.»

»Mitä me sitten teemme?» Hän painoi kädet poskilleen ja pyyhki kyyneliä.

Kun vedin henkeä, tuntui että keuhkoihini meni jotain ilmaa rajumpaa ja räjähdysherkempää, jotain mikä poltteli matkallaan kudosten läpi verenkiertoon. Sanoin: »En keksi kuin yhden mahdollisen ratkaisun.»

»Tehkää sitten sen mukaan. Minä pyydän.»

»Se ei ole hyvä ratkaisu, neiti Rafferty. Mutta joskus hyvin harvoin tilanne vaatii rajuja keinoja.»

»Niin kuin mitä?»

»Toisinaan, ja tarkoitan nyt että aivan äärimmäisen harvoin, jokin ratkaiseva todiste ilmaantuu keittiön kautta. Sellaisia kanavia pitkin, jotka eivät ehkä kestä päivänvaloa.»

Fiona tuijotti minua. Hänen poskensa olivat yhä märät, mutta hän oli unohtanut itkemisen. Hän sanoi: »Tarkoitatteko että voisitte –» Hän lopetti lauseen kesken ja aloitti uudestaan vähän varovammin. »Hyvä on. Mitä te oikein tarkoitatte?»

Sitä sattuu. Ei usein, ei läheskään niin usein kuin varmaan luulette, mutta sattuu kuitenkin. Sitä sattuu kun joku kenttämies hermostuu näsäviisaaseen rikolliseen, tai kun Quigley alkaa kadehtia oikeita rikostutkijoita ja heidän selvitysprosenttejaan, tai kun tutkija tietää tarkkaan, että joku tyyppi aikoo hakata vaimonsa sairaalaan tai ruveta parittamaan kaksitoistavuotiasta. Sitä sattuu kun joku päättää luottaa ennemmin omaan mieleensä kuin niihin sääntöihin, joita olemme vannoneet noudattavamme.

Minä en ollut tehnyt niin ikinä. Olin aina uskonut, että ellei osaa ratkaista tapausta rehellisin keinoin, ei ansaitse ratkaista sitä ollenkaan. En ollut ikinä ollut edes se tyyppi, joka kääntää katseensa sillä välin kun verinen nenäliina siirtyy oikeaan paikkaan tai kokanyytti pudotetaan tai todistajaa valmennetaan. Kukaan ei ollut pyytänyt minulta sellaista, varmaan siksi että olisin ehkä ilmoittanut siitä sisäiselle valvonnalle, ja olin ollut kiitollinen kun ei ollut pyydetty. Mutta tiesin tapauksia.

Sanoin: »Jos te toimittaisitte minulle todisteen, joka yhdistää Jennyn rikokseen, ja tekisitte sen pian – sanotaan vaikka tänä iltapäivänä – voisin pidättää hänet ennen kuin hänet päästetään sairaalasta. Siitä hetkestä eteenpäin hän on itsemurhatarkkailussa.» Olin ajatellut tätä koko sen ajan, kun olin istunut ääneti katselemassa nukkuvaa Jennyä.

Näin Fionan silmien räpsähtävän, kun hän tajusi mitä tarkoitin. Pitkän tovin päästä hän sanoi: »Minäkö?»

»Jos keksisin, miten tämä onnistuu ilman teidän apuanne, en puhuisi tästä teille.»

Hänen ilmeensä oli kireä ja valpas. »Mistä tiedän, ettette ole virittämässä minulle ansaa?»

»Miksi minä sen tekisin? Jos haluaisin vain ratkaista tapauksen ja etsisin syntipukkia, en tarvitsisi teitä, koska minulla on jo Conor Brennan valmiina paketissa.» Käytävän päästä kuului lääkintävahtimestarin työntämien kärryjen kolinaa, ja sekä minä että Fiona säpsähdimme. Sanoin vieläkin hiljempaa: »Ja minä otan tässä vähintään yhtä ison riskin kuin tekin. Jos päätätte joskus kertoa tästä muille – huomenna, ensi kuussa tai vaikka kymmenen vuoden päästä – niin minä joudun vähintäänkin sisäisen valvonnan tutkintaan, ja pahimmassa tapauksessa kaikkia muitakin hoitamiani juttuja voidaan ruveta tarkastelemaan uudestaan ja voin joutua itsekin syytteeseen. Uskon kaiken teidän käsiinne, neiti Rafferty.»

Fiona kysyi: »Minkä vuoksi?»

Vastauksia oli liian monta. Sen mielessäni yhä kuumana ja kirkkaana hehkuvan hetken vuoksi, kun Fiona oli sanonut olevansa minusta varma. Richien vuoksi. Sen vuoksi, että Dina oli sanonut minulle huulet punaviinistä tummina: *Ei ole mitään syitä.* Lopulta annoin sen ainoan vastauksen, jonka kestin kertoa. »Meillä oli todiste, joka olisi voinut riittää tuomioon, mutta se tuhoutui. Se oli minun vikani.»

Hetken päästä Fiona sanoi: »Mitä ne tekevät Jennylle? Jos hänet pidätetään. Miten pitkään...?»

»Hänet lähetetään ainakin aluksi psykiatriseen sairaalaan. Jos hänen todetaan olevan oikeudenkäyntikunnossa, hänen puolustuksensa vetoaa syyttömyyteen tai mielenhäiriöön. Jos valamiehistö katsoo hänen toimineen mielenhäiriössä, hän palaa sairaalaan ja lääkärit pitävät hänet siellä, kunnes eivät enää usko hänen olevan vaaraksi itselleen tai muille. Jos hänet todetaan syylliseksi, hän menee luultavasti vankilaan kymmeneksi tai viideksitoista vuodeksi.» Fiona irvisti. »Tiedän, että se kuulostaa pitkältä ajalta, mutta voimme pitää huolen, että hän saa tarvitsemansa hoidon, ja vapautuessaan hän on minun ikäiseni. Hän voi aloittaa alusta, ja te ja Conor olette auttamassa häntä.»

Sairaalan kuulutusjärjestelmä vongahti eloon ja käski lääkäri Jonkun mennä päivystyspolille, kiitos. Fiona ei liikahtanutkaan. Lopulta hän nyökkäsi. Hänen jokainen lihaksensa oli kireä, mutta varovaisuus oli kadonnut hänen ilmeestään. »Hyvä on», hän sanoi. »Olen juonessa mukana.»

»Teidän pitää olla varma tästä.»

»Olen varma.»

»Sitten teemme näin», sanoin. Sanat tuntuivat raskailta kuin kivet, ja vajosin niiden mukana. »Te kerrotte minulle, että aiotte mennä Ocean Viewiin hakemaan tavaroita siskollenne – aamutakin, toalettitarvikkeita, iPodin, kirjoja, kaikkea mitä arvelette, että hän tarvitsee. Minä vastaan, että talo on yhä eristettynä ettekä voi mennä sinne. Tarjoudun kuitenkin viemään teidät sinne, menemään taloon itse ja hakemaan teille kaiken mitä Jenny tarvitsee – otan teidät mukaan, jotta voitte varmistaa että otin oikeat tavarat. Voitte tehdä minulle niistä listan matkalla. Kirjoitatte sen paperille, jotta voin näyttää sitä jos joku kysyy.»

Fiona nyökkäsi. Hän oli kuin konstaapeli käskynjaossa, valpas ja tarkkaavainen, jokainen sana painui mieleen.

»Kun näette taas talon, se virkistää muistianne. Yhtäkkiä mieleenne palaa, että sinä aamuna kun te ja konstaapelit löysitte ruumiit ja menitte heidän perässään taloon, poimitte portaiden alapäästä erään esineen. Teitte sen automaattisesti – talo oli aina niin siistinä, että kaikki lattialle jääneet tavarat tuntuivat olevan väärässä paikassa, joten tungitte esineen takintaskuunne tajuamatta edes mitä teitte. Ajatuksennehan olivat ihan muissa asioissa. Pysyttekö perässä?»

»Se esine jonka poimin. Mikä se on?»

»Jennyllä on korulippaassaan rannekoruja. Onko joku niistä sellainen, jota hän käyttää usein? Ei sellaista jäykkää, mitä ne nyt ovat, renkaita, vaan tarvitaan joku ketju. Vahva ketju.»

Fiona mietti. »Hänellä on sellainen amulettiketju. Se on kultaa, ja se on paksu. Näyttää aika vahvalta. Pat antoi sen Jennylle 21-vuotislahjaksi, ja sen jälkeen hän antoi siihen amuletteja aina kun tapahtui jotain tärkeää – sydän kun he menivät naimisiin, nimien alkukirjaimet kun lapset syntyivät, pikku talo kun he ostivat sen talonsa. Jenny pitää sitä usein.»

»Mainiota. Siinä onkin toinen syy, miksi poimitte sen: tiesitte että se on Jennylle tärkeä, eikä hän olisi halunnut että se lojuu pitkin lattioita. Kun näitte mitä oli tapahtunut, koru katosi mielestänne. Ette ole ajatellut sitä sen jälkeen, mikä on ihan ymmärrettävää. Mutta kun odottelette siinä samalla kun minä käyn talossa, koru palaa mieleenne. Käytte takintaskunne läpi ja löydätte sen. Kun tulen takaisin autolle, ojennatte sen minulle siltä varalta, että siitä on jotain hyötyä.»

Fiona sanoi: »Mitä hyötyä muka?»

Sanoin: »Jos kaikki olisi tapahtunut oikeasti niin kuin kuvailin, ette olisi voinut mitenkään tietää, että ranneketju vaikuttaa tutkintaan. On siis parempi, ettette tiedä nytkään. Silloin teidän on vaikeampi lipsautella. Teidän täytyy luottaa minuun.»

Hän sanoi: »Ja olette siis varma? Että tämä onnistuu. Eikä mene ihan pieleen. Olette varma.»

»Ei se täydellinen suunnitelma ole. Jotkut, mahdollisesti myös syyttäjä, alkavat epäillä että tiesitte koko ajan ja pimititte ranneketjua tahallanne. Ja jotkut alkavat miettiä, että koko homma sattui vähän liian sopivasti ollakseen totta – mutta se on osastopolitiikkaa, teidän ei tarvitse tietää siitä sen tarkemmin. Pystyn pitämään huolen, ettette joudu todellisiin vaikeuksiin – teitä ei pidätetä todisteiden kätkemisestä, tutkinnan vaikeuttamisesta tai mistään sellaisesta – mutta syyttäjä voi silti panna teidät lujille, tai puolustusasianajaja, jos niin pitkälle mennään. He voivat jopa vihjata, että teidän pitäisi olla epäilty, kun kerran olisitte ollut Jennyn kuollessa edunsaaja.»

Fionan silmät rävähtivät suuriksi. »Älkää pelätkö», sanoin. »Takaan, että sellainen epäilys ei johda mihinkään. Ette joudu vaikeuksiin. Sanon vain nyt etukäteen, ettei tämä ole täydellinen ratkaisu. Mutta kuitenkin paras mihin pystyn.»

»Hyvä on», Fiona sanoi ja henkäisi samalla syvään. Hän ponnisti tuoliltaan pystyyn, pyyhkäisi hiukset kasvoiltaan kaksin käsin ja valmistautui toimimaan. »Mitä seuraavaksi tehdään?

»Meidän pitää tehdä kaikki oikeasti, keskusteluineen päivineen. Jos suoritamme joka vaiheen, muistatte yksityiskohdat sitten kun annatte todistajanlausuntoa tai teitä ristikuulustellaan. Puheenne kuulostaa totuudenmukaiselta, koska puhutte totta.»

Hän nyökkäsi. »No niin», minä sanoin. »Minne te olette menossa, neiti Rafferty?»

»Jos Jenny nukkuu, minun pitäisi ajaa Brianstowniin. Hän tarvitsee tavaroita kotoaan.»

Hänen äänensä oli tyhjä ja eloton, siinä ei ollut jäljellä muuta kuin pieni surun pohjakerrostuma. Minä sanoin: »Valitettavasti ette voi mennä taloon. Se on edelleen rikospaikka. Jos siitä on apua, voin viedä teidät sinne ja hakea talosta mitä tarvitsette.»

»Se sopii hyvin. Kiitos.»

Sanoin: »Mennään.»

Nousin pystyyn ja otin seinästä tukea kuin vanha mies. Fiona napitti takkinsa, kietoi huivin kaulaansa ja veti sen tiukalle. Lapsi oli lakannut itkemästä. Seisoimme hetken käytävällä toivomassa, että Jennyn oven takaa kuuluisi kutsu tai liikettä tai mitä tahansa, minkä vuoksi voisimme jäädä, mutta emme kuulleet mitään.

Muistan sen matkan lopun ikääni. Se oli viimeinen hetki, kun olisin voinut kääntyä takaisin – hakea Jennyn tavarat, ilmoittaa Fionalle että olin havainnut puutteen suuressa suunnitelmassani, viedä hänet takaisin sairaalaan ja sanoa hyvästit. Kun ajoin tuona päivänä kohti Broken Harbouria, olin sitä mitä olin tavoitellut koko aikuisikäni: murhatutkija, osaston paras, se joka ratkaisi jutut ja teki sen rehellisin keinoin. Kun lähdin Broken Harbourista, olin jotain muuta.

Fiona nojasi matkustajan puolen oveen ja tuijotteli ikkunasta. Kun pääsimme moottoritielle, irrotin toisen käden ratista, kaivoin esiin kynäni ja muistikirjani ja ojensin ne hänelle. Hän tasapainotteli muistikirjaa polvellaan ja minä pidin nopeuden tasaisena sen aikaa, kun hän kirjoitti. Päästyään loppuun hän ojensi kynän ja muistikirjan takaisin minulle. Vilkaisin kirjan sivua; hänellä oli selvä ja pyöreä käsiala, kirjainten lopussa oli pieniä kiemuroita. *Kosteusvoidetta (sitä mitä on yöpöydällä tai vessassa). Farkut. Paita. Villatakki. Rintaliivit. Sukat. Kengät (lenkkarit). Takki. Huivi.*

Fiona sanoi: »Hän tarvitsee vaatteita kun lähtee sairaalasta. Minne nyt sitten lähteekin.»

»Kiitos», sanoin.

»Uskomatonta että olen tekemässä näin.»

Teette oikein. Nuo sanat olivat tulla suustani automaattisesti. Niiden sijaan sanoin: »Pelastatte siskonne hengen.»

»Järjestän hänet vankilaan.»

»Teette parhaanne. Enempään ei kukaan pysty.»

Yhtäkkiä hän sanoi niin kuin sanat olisivat pakottautuneet esiin: »Kun oltiin lapsia, rukoilin aina että Jenny tekisi jotain kamalaa. Minua toruttiin vähän väliä – ei mistään vakavasta, en minä mikään nuorisorikollinen ollut, vinoilin vain äidille tai puhuin oppitunnilla. Jenny ei tehnyt mitään tuhmaa ikinä. Ei hän mikään ylikilttikään ollut, mutta sellainen käytös vain tuli häneltä

luonnostaan. Rukoilin että hän tekisi jotain ihan hirveää edes kerran. Sitten voisin kannella ja Jennyä toruttaisiin ja kaikki sanoisivat, että hyvin tehty Fiona, teit oikein. Hyvä tyttö.»
Hän oli ristinyt kätensä tiukasti syliinsä kuin lapsi ripillä. Sanoin: »Älkää kertoko tuota tarinaa enää toiste, neiti Rafferty.»
Ääneni oli terävämpi kuin olin tarkoittanut. Fiona alkoi taas tuijotella ikkunasta. »En kertoisikaan.»
Sen jälkeen emme puhuneet. Kun käännyin Ocean Viewiin, joku mies pinkaisi esiin sivutieltä ja löin jarrut pohjaan, mutta se oli vain lenkkeilijä, jolla oli sokea toljottava katse ja sieraimet levällään kuin karanneella hevosella. Hetken luulin kuulevani ikkunan läpi hänen huohotuksensa; sitten hän oli poissa. Hän oli ainoa ihminen jonka näimme. Merituuli ravisutti teräsverkkoaitoja, taivutti pihojen korkeat rikkaruohot jyrkästi vinoon, tökki auton ikkunoita.
Fiona sanoi: »Luin lehdestä, että tällaisia aaveasuntoalueita saatetaan ruveta purkamaan. Ne jyrätään puskutraktorilla maan tasalle, ja sitten teeskennellään, ettei niitä ole ollutkaan.»
Hetken ajan näin Broken Harbourin vielä kerran sellaisena kuin sen olisi pitänyt olla. Ruohonleikkurit pörisivät ja radiot suolsivat nopeita meneviä rytmejä. Miehet pesivät autojaan etupihoilla, pikkulapset kurvailivat kiljuen potkulaudoillaan, tytöt lenkkeilivät poninhännät pomppien, naiset nojailivat aitoihin vaihtaen kuulumisia, teinejä oli joka kadunkulmassa kikattelemassa ja flirttailemassa ja tyrkkimässä toisiaan. Uudet autot, lasten lelut ja kukkaruukkujen kurjenpolvet levittivät leiskuvia värejään, merituuli kuljetti tuoreen maalin ja grillauksen tuoksuja. Näky ilmestyi silmieni eteen niin väkevänä, että aistin sen selvemmin kuin ruostuvat putket ja kuoppaiset soratiet. Sanoin: »Se on sääli.»
»Ei kun se on tervemenoa. Niin olisi pitänyt tehdä jo neljä vuotta sitten, ennen kuin tätä paikkaa oli edes rakennettu. Olisi poltettu suunnitelmat ja unohdettu koko juttu. Mutta parempi myöhään kuin ei milloinkaan.»
Olin päässyt kärryille asuntoalueesta ja löysin Spainien talolle ensi yrittämällä kysymättä ohjeita Fionalta – hän oli kadonnut taas ajatuksiinsa, ja jätin hänet mielelläni sinne. Kun parkkeerasin auton ja avasin oven, tuuli syöksyi pauhaten sisään ja täytti korvani ja silmäni kuin kylmä vesi.

Tana French

Sanoin: »Palaan muutaman minuutin päästä. Teeskennelkää te sillä välin, että löydätte jotain taskustanne, ihan siltä varalta että joku katselee.» Goganien verhot eivät olleet vielä liikahtaneet, mutta se oli vain ajan kysymys. »Jos joku tulee luoksenne, älkää puhuko hänelle.» Fiona nyökkäsi auton ikkunasta.

Munalukko oli yhä paikoillaan – muistoesineitten metsästäjät ja töllistelijät odottivat vielä sopivaa hetkeä. Löysin avaimen, jonka olin ottanut eläintohtoriltamme. Kun astuin tuulen keskeltä sisälle, hiljaisuus alkoi heti soida korvissani.

Kaivelin keittiönkaappeja vaivautumatta varomaan veriroiskeita, kunnes löysin roskapussin. Vein sen yläkertaan ja heittelin siihen tavaroita nopeasti – Sinéad Gogan oli arvatenkin jo liimautunut ikkunaansa ja kertoisi auliisti kaikille kysyjille, miten pitkään olin viipynyt talossa. Kun tuli valmista, vedin hanskat käteen ja avasin Jennyn korurasian.

Amulettiketju oli omassa pienessä lokerossaan valmiina ranteeseen pantavaksi. Kultainen sydän ja pieni kultainen talo hehkuivat kermanvalkoisen lampunvarjostimen läpi virtaavassa pehmeässä valossa. Kiemurainen E-kirjain, jonka timantit kimaltelivat. Punainen emalipintainen J-kirjain. Timanttipisara, joka oli kai ollut Jennyn 21-vuotislahja. Ketjussa oli vielä paljon tilaa kaikille niille ihanille asioille, jotka olivat odottaneet tapahtumistaan.

Jätin roskapussin lattialle ja vein ranneketjun Emman huoneeseen. Sytytin valot – en todellakaan aikonut suorittaa toimitusta verhot auki. Huone oli siinä kunnossa, johon Richie ja minä olimme jättäneet sen etsintöjemme lopuksi: tavarat olivat järjestyksessä, ja huone pursui rakkautta ja huolenpitoa ja vaaleanpunaista. Vain lakanaton sänky kertoi, että täällä oli tapahtunut jotain. Itkuhälytin vilkutti yöpöydällä varoitusta: 12 °C. LIIAN KYLMÄ.

Emman hiusharja – vaaleanpunainen, selkäpuolella ponikoriste – oli lipastossa. Kävin hiuksia huolellisesti läpi, valikoin samanpituisia ja kohotin niitä valoa vasten – ne olivat niin ohuita ja vaaleita, että väärästä kulmasta katsottuina ne katosivat valoon – jotta löytäisin sellaisia, joissa oli hiustupet mukana varomattoman harjanvedon jäljiltä. Sain kerättyä niitä kahdeksan.

Tasoittelin ne pieneksi suortuvaksi, pitelin hiustuppia kahdella sormella ja kiedoin suortuvan toisen pään ranneketjuun. Se vaati

muutaman yrityksen – ketjuun, solkeen, pieneen kultasydämeen
– mutta lopulta hiukset tarttuivat J-kirjaimen kiinnikesilmukkaan
niin tiukasti, että kun nykäisin ketjusta, ne tempautuivat kädestäni
hapsottamaan kultaa vasten.

Kiersin ketjun käteni ympäri ja kiskoin sitä, kunnes yksi lenkki
vääntyi auki. Ketjusta jäi punainen jälki kämmeneeni, mutta Jen-
nyn ranteisiinkin oli tullut paljon mustelmia ja hiertymiä, kun Pat
oli yrittänyt pidellä häntä loitolla. Mikä tahansa niistä olisi voinut
aiheutua ranneketjusta ja sekoittua muihin.

Cooper oli kertonut meille, että Emma oli pannut vastaan.
Tyttö oli siis saanut kiskottua tyynyn hetkeksi päänsä päältä.
Kun Jenny oli yrittänyt painaa sen takaisin, hänen ranneketjunsa
oli tarttunut Emman heiluviin hiuksiin. Emma oli tarttunut ket-
juun, kiskaissut niin että heikko lenkki petti ja menettänyt sitten
otteensa. Käsi oli jäänyt sen jälkeen taas jumiin tyynyn alle, eikä
siihen ollut jäänyt muuta kuin hänen omia hiuksiaan.

Ketju oli pysynyt Jennyn ranteessa sen aikaa, kun hän oli hoi-
tanut homman loppuun. Vääntynyt lenkki oli pettänyt siinä vai-
heessa, kun hän oli lähtenyt alakertaan etsimään Patia.

Tuskinpa tämä riittäisi tuomioon. Emman hiuksia oli voinut
tarttua ketjuun silloin, kun Jenny harjasi niitä viimeisenä iltana
ennen nukkumaanmenoa. Lenkki oli voinut takertua ovenkah-
vaan, kun hän säntäsi alakertaan katsomaan, mitä siellä metelöi-
tiin. Oli ilmiselvää, että syyllisestä jäisi varteenotettava epäilys.
Mutta kaiken muun kanssa tämä todiste riittäisi siihen, että Jenny
pidätettäisiin ja asetettaisiin syytteeseen ja tutkintavankeuteen
oikeudenkäyntiä odottamaan.

Oikeudenkäynti pidettäisiin ehkä vasta vuoden päästä. Siinä
vaiheessa Jenny olisi viettänyt jo paljon aikaa erilaisten psykiatrien
ja psykologien seurassa, ja he olisivat syytäneet hänelle lääkkeitä ja
terapiaa ja kaikkea muutakin, minkä turvin hänen oli mahdollista
astua takaisin siltä tuuliselta reunalta. Jos hän lakkaisi kaipaamasta
kuolemaa, hän tunnustaisi syyllisyytensä ja tunnustus hälventäisi
varjon sekä Patin että Conorin yltä. Ja jos ei lakkaisi, joku kyllä
huomaisi hänen suunnitelmansa – toisin kuin luullaan, mielenter-
veyden ammattilaiset osaavat yleensä hommansa – ja pitäisi hänet
turvassa parhaansa mukaan. Olin kertonut Fionalle totuuden:

Tana French

ratkaisu ei ollut täydellinen, kaukana siitä, mutta tässä jutussa ei ollut enää sijaa täydelliselle.

Ennen kuin lähdin Emman huoneesta, raotin verhoja ja katselin ikkunasta kohti puolivalmiiden talojen riviä ja niiden takana levittäytyvää rantaa. Talvi teki jo tuloaan; kello oli vasta vähän yli kolmen, mutta valoon alkoi pakkautua jo illan melankoliaa ja meren sinisyys oli haihtunut levottoman harmauden ja valkoisten vaahtoraitojen tieltä. Conorin piilopaikan suojamuovit värisivät tuulessa, ja ympäröivät talot langettivat omituisia varjoja päällystämättömälle kadulle. Paikka näytti Pompejilta, arkeologiselta löydöltä joka on kaivettu esiin turistien käyntikohteeksi – he kulkisivat täällä muutaman vuoden töllistelemässä ja kuvittelemassa, millainen katastrofi oli voinut pyyhkäistä elämän pois, kunnes kaikki hajoaisi tomuksi, keittiöiden lattioille kasvaisi muurahaiskekoja ja lamput peittyisivät murattiin.

Suljin Emman huoneen oven varovasti perässäni. Porrastasanteella, vessaan kytketyn virtajohtokiepin vieressä, oli Richien rakas videokamera, joka osoitti kohti vintinluukkua ja välkytteli pientä punaista silmää sen merkiksi, että tallennus oli päällä. Harmaa hämähäkki oli jo rakentanut riippumattonsa seinän ja kameran väliin.

Tuuli tunkeutui vintille päätyräystään reiästä ulisten kuin kettu tai räyhähenki. Katsoin avointa luukkua ja siristelin silmiäni. Hetken kuvittelin näkeväni liikettä – mustuus siirrähti ja keskittyi, jokin lihaksikas ja tahdonvarainen värähti – mutta kun räpäytin silmiäni, jäljellä oli vain pimeyttä ja aukosta tulvivaa kylmää ilmaa.

Seuraavana päivänä, heti kun tapaus olisi todettu ratkaistuksi, käskisin Richien värväämän teknikon hakea kameran, tutkia tallenteesta jokaisen kuvan ja kirjoittaa minulle kaikesta näkemästään raportin kolmena kappaleena. Olisin ihan hyvin voinut itsekin polvistua porrastasanteelle, kääntää kameran katselunäytön esiin ja käydä tallenteen läpi pikakelauksella, mutten tehnyt sitä. Tiesin jo, etten näkisi mitään.

Fiona nojaili matkustajan puolen oveen ja tuijotteli tyhjin katsein sitä talonrankaa, jossa olimme puhuttaneet häntä ensimmäisenä päivänä. Hänen sormiensa välistä kohosi tupakan ohut savukiehkura. Kun pääsin autolle, hän heitti tupakan katukuoppaan joka oli kuravettä puolillaan.

»Tässä ovat sisarenne tavarat», sanoin ja kohotin roskapussia.

»Nämäkö teillä oli mielessä, vai haluatteko vielä jotain muuta?»

»Nuo kelpaavat. Kiitos.»

Hän ei ollut edes vilkaissut niitä. Yhden huimaavan hetken ajan luulin, että hän oli muuttanut mieltään. Sanoin: »Oletteko kunnossa?»

Fiona sanoi: »Kun katselin tätä taloa, niin muistui mieleen yksi asia. Sinä päivänä kun löysimme heidät – Jennyn ja Patin ja lapset – niin otin talosta mukaani tämän.»

Hän otti käden taskustaan puolittain nyrkissä niin kuin olisi pidellyt kourassaan jotain. Ojensin käteni ja pidin kämmenen kuperana suojataksesi ketjua tuulelta ja sivustakatsojilta, ja Fiona avasi tyhjän kouransa kämmeneni yläpuolella.

Sanoin: »Koskettakaa sitä kaiken varalta.»

Fiona kiersi kätensä hetkeksi ketjun ympärille ja puristi tiukasti. Tunsin hänen sormiensa kylmyyden hanskojenikin läpi.

Kysyin: »Mistä te saitte tämän?»

»Kun ne poliisit menivät sinä aamuna taloon, menin perässä. Halusin tietää mitä on tekeillä. Huomasin tämän tuolla portaiden alapäässä, se oli ihan alinta porrasta vasten. Poimin sen lattialta – Jenny ei olisi halunnut että se on siellä potkittavana. Panin sen takintaskuun. Taskussa on reikä, ja ketju meni siitä vuorin sisään. En muistanut sitä ennen kuin vasta nyt.»

Fionan ääni oli ilmeetön ja heiveröinen. Tauotta pauhaava tuuli tarttui siihen ja lennätti sen paljaan betonin ja ruostuneen metallin sekaan. »Kiitos», sanoin. »Minä vilkaisen sitä myöhemmin.»

Menin kuskin puolen ovelle ja avasin sen. Fiona ei liikahtanut. Vasta kun olin pannut ketjun todistepussiin, merkinnyt pussin huolellisesti ja pannut sen takintaskuuni, hän suoristautui ja astui autoon. Hän ei vieläkään katsonut minuun päin.

Käynnistin auton ja ajoin meidät pois Broken Harbourista kuoppia ja piikkilanganpätkiä väistellen, tuulen moukaroidessa yhä ikkunoitamme kuin purkupallo. Niin helposti se kävi.

Talovaunualue oli rannalla vähän matkaa Spainien talosta eteenpäin, satakunta metriä pohjoiseen. Kun Richie ja minä olimme kävelleet pimeässä Conor Brennanin piilopaikalle ja marssittaneet hänet sieltä takaisin juttumme selvittäneenä, olimme luultavasti kulkeneet juuri siitä kohdasta jossa perheeni talovaunu oli seissyt.

Näin äitini viimeisen kerran siinä vaunun edustalla, viimeisenä iltanamme Broken Harbourissa. Perheeni oli mennyt Whelan'siin isolle lähtöpäivälliselle, mutta minä olin vain tekaissut pari kinkkuvoileipää keittiössämme ja valmistauduin lähtemään rannalle kavereitteni luo. Olimme haudanneet dyyneille siideripulloja ja tupakka-askeja ja merkinneet niiden paikat sitomalla sinisiä muovipusseja rantakauran korsiin. Joku aikoi tuoda sinne kitaran, ja olin saanut vanhemmiltani luvan olla siellä puoleenyöhön. Lynx Musk -deodorantin tuoksu leijaili vaunussa, ja hehkuva iltavalo paistoi ikkunoiden kautta peiliin niin, että minun piti katsoa peilin laitaa saadakseni taiteiltua tukan geelillä pystyyn. Gerin matkalaukku oli jo hänen punkallaan puoliksi pakattuna, ja Dinan pieni valkoinen hattu ja aurinkolasit oli heitetty hänen omalle makuusijalleen. Kuulin, kuinka lapset nauroivat ja äidit kutsuivat heitä syömään. Jossain kaukana radio soitti kappaletta »Every Little Thing She Does Is Magic», ja lauloin hiljaa mukana uudella möreällä äänelläni, samalla kun ajattelin sitä miten Amelia pyyhkäisi aina hiuksensa taakse.

Heitin farkkutakin niskaan ja pinkaisin alas talovaunun rappusia, mutta sitten pysähdyin. Äiti istui rappusten edessä telttatuolissa ja katseli persikankultaiseksi muuttuvaa taivasta pää takakenossa. Äidin nenänpää oli palanut auringossa ja pehmeät hiukset olivat valahtamassa nutturasta – hän oli makoillut auringossa, rakennellut päivemmällä hiekkalinnoja Dinan kanssa ja kuljeskellut isän kanssa käsikkäin vesirajassa. Hänellä oli pitkä vaaleansininen puuvillahame, jossa oli valkoisia kukkakuvioita, ja hameen helmat hulmahtelivat tuulessa.

Mikey, hän sanoi ja hymyili minulle. *Näytätpä sinä komealta.*

Minä luulin että sinä olet pubissa.

Liikaa väkeä. Sen olisi pitänyt olla ensimmäinen varoitusmerkki. *Täällä on niin kaunista. Ja rauhallista. Katso.*

Vilkaisin näön vuoksi taivasta. *Joo. On nättiä. Minä olen menossa rannalle, muistatko kun sanoin? Minä olen –*
Istu hetki tässä minun kanssani. Äiti ojensi kätensä ja viittoi kutsuvasti.
Minun pitää mennä. Pojat ovat –
Tiedän. Ihan muutama minuutti vain.

Minun olisi pitänyt arvata silloin. Mutta äiti oli tuntunut niin onnelliselta koko kahden viikon loman ajan. Hän oli Broken Harbourissa aina onnellinen. Ne olivat vuoden ainoat viikot, kun pystyin olemaan tavallinen poika – minun ei tarvinnut varoa muuta kuin sitä, että sanoisin jotain tyhmää poikaporukassa, mieleni pohjalla ei vaaninut muita salaisuuksia kuin ne Ameliaa koskevat ajatukset, jotka punastuttivat minut aina väärällä hetkellä, eikä minun tarvinnut pitää silmällä muita kuin Dean Gorrya, joka oli niin ikään ihastunut Ameliaan. Olin tottunut rentoon olotilaani. Koko vuoden olin raatanut ja vartioinut, ja uskoin ansainneeni tämän. Olin unohtanut että Jumala, tai maailma, tai mikä ne säännöt nyt kiveen hakkaakin, ei päästä ketään vapaaksi hyvän käytöksen johdosta.

Istuuduin äidin vieressä olevan tuolin reunalle ja yritin estää raajojani vipattamasta. Äiti nojautui taaksepäin ja päästi tyytyväisen ja haaveellisen huokauksen. *Katsos tuota,* hän sanoi ja ojensi kätensä kohti veden kujeellista leikkiä. Oli lempeä ilta, laventelinsiniset aallot liplattivat ja ilma oli makea ja suolainen kuin kinuski. Vain auringonlaskua peittävä ohut utu vihjasi, että tuuli voisi kääntyä häijyksi ja iskeä rantaan joskus yön aikana. *Missään ei ole kyllä samanlaista kuin täällä. Kunpa ei tarvitsisi ikinä lähteä kotiin. Eikö sinustakin tunnu siltä?*
Joo. Niin kai. On täällä kivaa.
Sanohan yksi juttu. Se blondityttö, se jolla on mukava isä joka antoi meille maitoa silloin kun meiltä loppui. Onko hän sinun tyttökaverisi?
Äiti, älä viitsi! Kiemurtelin hirvittävän nolostuneena.
Hän ei huomannut sitä. *Hyvä. Se on hyvä. Joskus minä pelkään, ettei sinulla ole tyttökavereita siksi että...* Jälleen pieni huokaus, ja hän pyyhkäisi hiuksia otsaltaan. *Mutta se on hyvä. Hän on kiva tyttö, hänellä on tosi kaunis hymy.*

Joo. Amelian hymy, se miten hänen silmänsä kallistuivat alaspäin kun hän kohtasi katseeni; huuli kaartui niin, että minun teki mieli puraista sitä. *Niin kai.*

Pidä hänestä hyvä huoli. Isäsi on aina pitänyt hyvän huolen minusta. Äiti hymyili ja kurotti tuoliemme välissä olevan raon yli koskettamaan kättäni. *Ja niin olet pitänyt sinäkin. Toivottavasti se tyttö tietää, miten häntä on onnistanut.*

Ollaan oltu vasta pari päivää.

Aiotteko jatkaa seurustelua?

Kohautin olkapäitäni. *En minä tiedä. Hän on Newrystä.* Mielessäni lähettelin jo Amelialle kokoelmakasetteja, kirjoitin osoitetta kirjekuoreen siisteimmällä käsialallani, kuvittelin sitä tytönhuonetta jossa hän kuuntelisi niitä.

Pitäkää ihmeessä yhteyttä. Teille tulisi kauniita lapsia.

Äiti! Me ollaan tunnettu vasta –

Ei sitä ikinä tiedä. Jokin pyyhkäisi hänen kasvojensa editse, jokin nopea ja hauras kuin linnun varjo vedessä. *Ei sitä tässä elämässä ikinä tiedä.*

Deanilla oli miljoona pikkuveljeä ja pikkusiskoa, eivätkä hänen vanhempansa välittäneet siitä missä hän kulki; hän oli varmasti jo rannalla odottamassa tilaisuutensa koittamista. *Äiti, minun pitää mennä nyt. Joohan? Voinko?*

Olin jo nousemassa tuoliltani, ja jalat olivat valmiina lennättämään minut dyynien halki. Äidin käsi kurottui jälleen raon yli ja tarttui minun käteeni. *Ei vielä. En halua olla yksin.*

Vilkaisin Whelan'siin johtavaa polkua ja rukoilin, mutta se oli autio. *Isä ja tytöt tulevat ihan kohta.*

Tiesimme kumpikin, että heillä kestäisi hetkeä pitempään. Whelan's oli paikka jossa kaikki talovaunualueen perheet kävivät – Dina juoksentelisi kiljuen ja palloa heitellen muiden lasten kanssa, isä päätyisi pelaamaan dartsia, Geri istuisi ulkoseinustalla flirttailemassa vielä hetken. Äidin käsi oli yhä kiinni kädessäni. *Minun pitää puhua sinulle joistain jutuista. Asioista. Se on tärkeää.*

Pääni oli täynnä Ameliaa, Deania, veressäni kuohuvaa villiä meren tuoksua, yön ja naurun ja mysteerien siiderinmakuista maailmaa, joka odotti minua dyyneillä. Luulin että äiti halusi puhua rakkaudesta, tytöistä, herra varjele jos vaikka seksistä. *Joo,*

ookoo, muttei nyt. Huomenna, sitten kun päästään kotiin – minun on pakko mennä nyt, äiti ihan oikeasti, minä tapaan Amelian –
Kyllä hän odottaa sinua. Pysy minun luonani. Älä jätä minua yksin.

Hänen äänessään tuntui epätoivon ensimmäinen häivähdys, joka pilasi ilman kuin myrkyllinen savu. Tempaisin käteni hänen otteestaan niin kuin se olisi polttanut. Olisin ollut valmis kuuntelemaan seuraavana päivänä, sitten kun olisi päästy kotiin, mutten nyt. Tilanteen epäreiluus oli minulle kuin piiskanisku kasvoihin, se tyrmistytti, pöyristytti, sokaisi. *Äiti. Älä.*

Hänen kätensä kurotti yhä kohti minua valmiina tarttumaan. *Ole kiltti, Mikey. Minä tarvitsen sinua.*

Mitä sitten? Sanat purskahtivat suustani, salpasivat henkeni mennessään. Halusin nostaa nyrkit pystyyn ja raivata äidin pois tieltäni, pois maailmastani. *Minä olen niin helvetin kyllästynyt huolehtimaan sinusta! Sinun pitäisi huolehtia minusta!*

Muistan sen äidin ilmeen. Suu järkytyksestä ammollaan. Auringonlaskun valo kultasi hänen hiustensa harmaan, muutti hänet nuoreksi ja hohtavaksi, valmiiksi katoamaan ilta-auringon sokaisevaan kirkkauteen. *Oi Mike. Oi Mike. Olen pahoillani –*

Joo. Tiedän. Niin minäkin. Olin häpeästä ja uhmasta ja kiusaantuneisuudesta tulipunainen ja liikahdin tuolillani, koska minulla oli entistäkin kovempi tarve päästä pois. *Unohda koko juttu. En minä tarkoittanut.*

Tarkoitit sinä. Tiedän että tarkoitit. Ja olet oikeassa. Ei sinun pitäisi... voi luoja. Voi kulta anna anteeksi.

Ei se mitään. Ei tässä ole hätää. Kirkkaat väriläikät juoksivat dyynien halki kohti rantaa, ja pitkäjalkaiset varjot kulkivat heidän edellään. Joku tyttö nauroi; en saanut selvää oliko se Amelia. *Voinko minä nyt mennä?*

Voit. Tietysti. Mene. Äidin käsi vääntelehti hameen kukkakuvioiden keskellä. *Älä pelkää, Mike kulta. En minä vaivaa sinua tällä lailla enää toiste. Lupaan sen. Ihanaa iltaa sinulle.*

Kun ponkaisin pystyyn – ja tarkastin samalla varovasti kolmanteen kertaan, että hiukseni olivat ojennuksessa, ja kokeilin kielellä, että hampaani olivat puhtaat – äiti tarttui minua hihasta. *Äiti, minun pitää –*

Tiedän. Ihan pikku hetki vaan. Hän veti minut alas, painoi kädet poskilleni ja suuteli minua otsalle. Hän tuoksui aurinkovoiteen kookokselta. Suolalta, kesältä, äidiltäni.

Jälkeenpäin kaikki syyttivät isääni. Hän, minä ja Geri olimme pitäneet salaisuuden taitavasti lukkojen takana omien seiniemme sisällä – liian taitavasti. Kukaan ei ollut osannut aavistaa, että äidillä oli päiviä joina hän ei voinut lakata itkemästä, ja viikkoja joina hän vain makasi sängyssä tuijottamassa seinää, mutta koska naapurit katsoivat siihen aikaan vielä toistensa perään – tai kyttäsivät toisiaan, kuinka vain – koko katu tiesi että joinakin viikkoina äiti ei käynyt ulkona ollenkaan ja joinakin päivinä hän ei kyennyt sanomaan kuin heiveröisesti päivää tai painoi päänsä ja livisti karkuun uteliailta katseilta.

Aikuiset yrittivät olla tahdikkaita, mutta jokaisessa surunvalittelussa oli kysyvä pohjavire. Koulukaverini olivat usein paljon suorasukaisempia. He halusivat tietää aina samat asiat. Kun äiti oli pitänyt päänsä kumarassa, oliko hän piilotellut mustaa silmää? Kun äiti oli pysytellyt sisällä, oliko hän odottanut kylkiluittensa paranemista? Kun äiti oli mennyt veteen, oliko isä ajanut hänet sinne?

Aikuiset hiljensin kylmällä ilmeettömällä katseella, ja tökeröimmät koulukaverit hoidin hakkaamalla, kunnes sympatiapisteeni kuluivat loppuun ja opettajat alkoivat antaa minulle tappeluista jälki-istuntoja. Minun piti päästä ajoissa kotiin auttamaan Geriä Dinan hoitamisessa ja huushollin pitämisessä – isä ei siihen kyennyt, hän pystyi hädin tuskin puhumaan. Minulla ei ollut varaa jälki-istuntoihin. Siinä vaiheessa aloin opetella itsehillintää.

Pohjimmiltani en moittinut ihmisiä siitä, että he kyselivät. Päällepäin se näytti pelkältä härskiltä uteliaisuudelta, mutta ymmärsin jo silloin että se oli muutakin. Heidän oli saatava tietää. Niin kuin Richielle sanoin, syy ja seuraus eivät ole mitään ylellisyyttä. Kun ne viedään meiltä pois, me jähmetymme ja tarraamme mihin tahansa pikkuruiseen lauttaan, joka heittelehtii hurjasti ja sattumanvaraisesti mustalla äärettömällä merellä. Jos äitini oli mennyt veteen ilman syytä, sitten heidänkin äitinsä saattoivat mennä, minä tahansa yönä, millä tahansa hetkellä. He itsekin saattoivat mennä. Kun emme näe tapahtumissa mitään muottia, sovittelemme palasia yhteen kunnes sellainen hahmottuu, sillä meidän on pakko.

Tappelin kaverieni kanssa, koska he näkivät väärän muotin enkä kyennyt paljastamaan heille oikeaa. Tiesin heidän kuitenkin olevan sikäli oikeassa, että mitään ei tapahdu ilman syytä. Minä olin maailman ainoa ihminen, joka tiesi että syy olin minä.

Olin opetellut kestämään sen. Hitaasti ja valtavalla työllä ja tuskalla. En voinut muutakaan.

Ei ole mitään syitä. Jos Dina oli oikeassa, maailmassa oli mahdoton elää. Jos hän oli väärässä – ja hänen oli oltava – niin vain hänen oma merkillinen päänsisäinen galaksinsa karkaili akseleiltaan vailla syytä, ja maailmassa oli jokin järki. Mutta siinä tapauksessa kaikki johtui minusta.

Jätin Fionan sairaalan eteen. Kun olin pysäyttämässä autoa kadunviereen, sanoin: »Teidän pitää tulla antamaan virallinen lausunto ranneketjun löytämisestä.»

Näin hänen silmiensä sulkeutuvan hetkeksi. »Milloin?»

»Nyt, jos sopii. Voin odottaa tässä, kun viette siskonne tavarat.»

»Milloin te aiotte...?» Hän kohotti leukaansa rakennuksen suuntaan. »Kertoa hänelle?»

Pidättää hänet. »Mahdollisimman pian. Huomenna luultavasti.»

»Sitten tulen sen jälkeen. Olen siihen asti Jennyn luona.»

Sanoin: »Olisi ehkä helpompi tulla tänä iltana. Teidän saattaa olla vaikea olla Jennyn kanssa juuri nyt.»

Fiona sanoi värittömällä äänellä: »Niin saattaa.» Sitten hän nousi autosta ja käveli pois roskapussi sylissään ja selkä takakenossa niin kuin pussi olisi painanut liikaa.

Luovutin Bemarin autohalliin ja lymyilin varjoissa linnanmuurin ulkopuolella kuin katupoika, kunnes vuoro päättyi ja pojat menivät kotiin. Sitten menin etsimään tarkastajan.

O'Kelly oli yhä työpöytänsä ääressä ja kävi pöytälamppunsa valopiirissä lausuntolomaketta läpi kynää kuljettaen ja pää kumarassa. Silmälasit olivat pitkällä nenänpäässä. Kodikas keltainen valo toi esiin silmien ja suunympäryksen syvät juonteet ja hiusten levenevät valkeat raidat. Hän näytti satukirjan vanhalta mieheltä, viisaalta isoisältä joka osaa järjestää asiat.

Ikkunan takana taivas oli täyteläisen talvenmusta, ja varjot alkoivat kasaantua nurkkien vinojen kansiopinojen ympärille. Toimisto tuntui paikalta, jonka olin nähnyt kerran lapsena unessa ja jota olin yrittänyt sen jälkeen löytää vuosikaudet, paikalta jonka jokaista korvaamatonta yksityiskohtaa minun olisi pitänyt säilyttää muistissani, paikalta joka oli jo liukenemassa sormieni välistä, joka oli jo kadonnut.

Liikahdin ovensuussa, ja O'Kelly kohotti katseensa. Hän näytti ohikiitävän hetken ajan väsyneeltä ja surulliselta. Sitten ilme pyyhkiytyi pois ja kasvot muuttuivat tyhjiksi, aivan ilmeettömiksi.

»Ylikonstaapeli Kennedy», hän sanoi riisuessaan lukulasinsa. »Sulje ovi.»

Suljin sen perässäni ja pysyin seisaallani, kunnes O'Kelly osoitti kynällään tuolia. Hän sanoi: »Quigley kävi luonani tänä aamuna.»

Sanoin: »Hänen olisi pitänyt jättää se minun hoidettavakseni.»

»Sitä minäkin hänelle sanoin. Mutta mies veti naamalleen nunnanilmeensä ja sanoi, ettei luota siihen että sinä tunnustat.»

Se pikku persereikä. »Todennäköisemmin hän halusi vain ehtiä kertomaan ensin oman versionsa.»

»Hänellä oli hirveä kiire saattaa sinut kuseen. Laukesi melkein housuihinsa kun sai tilaisuuden. Mutta toisaalta asia on niin, että vaikka Quigley vääntelee tosiasioita omaksi parhaakseen, hän ei tietääkseni ole ikinä keksinyt mitään ihan omasta päästään. Hän on liian varovainen sellaiseen.»

Sanoin: »Ei hän keksinyt sitä.» Kaivoin todistepussin taskustani – tuntui kuin olisin pannut sen sinne jo päiväkausia sitten – ja laskin sen O'Kellyn pöydälle.

Hän ei tarttunut siihen. Hän sanoi: »Kerro oma versiosi. Tarvitsen sen kirjallisena lausuntona, mutta haluan ensin kuulla sen.»

»Konstaapeli Curran löysi tämän Conor Brennanin asunnosta sillä välin, kun olin ulkona soittamassa. Kynsilakka täsmää Jennifer Spainin kynsilakkaan. Villa täsmää tyynyyn, jota käytettiin Emma Spainin tukehduttamiseen.»

O'Kelly vihelsi. »Voihan vittu. Äitimamma siis. Oletko varma?»
»Olin tämän iltapäivän hänen luonaan. Ei hän tunnusta pape-
rilla, mutta hän kertoi koko tarinan epävirallisesti.»
»Mistä ei ole meille mitään iloa ilman tuota.» Hän nyökkäsi
kirjekuorelle. »Miten tuo päätyi Brennanin asuntoon, jos hän ei
kerran ole tekijä?»
»Hän oli rikospaikalla. Hän on se, joka yritti viimeistellä Jen-
nifer Spainin kuoleman.»
»Luojalle kiitos siitä. Ette sentään pidättäneet mitään pyhää
viatonta. On sentään yksi oikeusjuttu vähemmän.» O'Kelly kävi
asiaa läpi mielessään ja murahti sitten. »Jatka. Curran löysi tämän,
tajusi mitä se merkitsi. Entä sen jälkeen? Miksi pirussa hän ei
pannut sitä eteenpäin?»
»Hän oli kahden vaiheilla. Hänen mielestään Jennifer Spain
oli kärsinyt tarpeeksi eikä hänen pidättämisensä palvelisi mitään
tarkoitusta. Paras ratkaisu olisi vapauttaa Conor Brennan ja todeta
tapaus loppuun käsitellyksi samalla kun annettaisiin epäsuorasti
ymmärtää, että tekijä oli Patrick Spain.»
O'Kelly tuhahti. »Loistavaa. Kerta kaikkiaan loistavaa. Saatana
mikä paskapää. Joten hän pani tuon taskuunsa ja marssi ulos.»
»Hän vei todisteen kotiinsa ja jäi miettimään, mitä tekisi sillä.
Eilisiltana eräs minunkin tuntemani nainen oli konstaapeli Cur-
ranin luona. Hän huomasi kirjekuoren ja arveli ettei sen pitäisi
olla siellä, joten hän otti sen mukaansa. Hän yritti antaa sen tänä
aamuna minulle, mutta Quigley tuli väliin.»
»Se tyttö», O'Kelly sanoi. Hän naksutteli kynää peukalol-
laan ja tuijotti puuhiaan niin kuin kyse olisi ollut ihmeellisestä-
kin ilmiöstä. »Quigley yritti selittää, että teillä oli menossa jokin
kaheli kolmenkimppa – sanoi olevansa huolissaan, koska osaston
täytyy pitää kiinni moraalista ja muuta kuoripoikapaskaa. Mikä
on totuus?»
O'Kelly oli kohdellut minua aina hyvin. »Hän on sisareni»,
sanoin.
Se valpastutti hänet. »Herranjumala. Curranilta puuttuu arva-
tenkin tätä nykyä muutama hammas.»
»Hän ei tiennyt asiasta.»
»Ei se ole mikään selitys. Likainen pikku huoripukki.»

Sanoin: »Haluaisin pitää sisareni erossa tästä, jos suinkin mahdollista. Hän ei ole terve.»

»Sitä se Quigleykin sanoi.» Joskaan ei varmaan noilla sanoilla. »Turha sotkea sisartasi tähän. Sisäinen valvonta haluaa ehkä puhuttaa häntä, mutta sanon niille ettei hänellä ole lisättävää asiaan. Hän saa olla rauhassa, kunhan pidät huolen ettei hän avaa suutaan kellekään toimittajanrentulle.»

»Kiitän, herra tarkastaja.»

O'Kelly nyökkäsi. »Tämä», hän sanoi ja tökkäsi kirjekuorta kynällään. »Voitko vannoa, ettet ole nähnyt tätä ennen kuin tänään?»

Sanoin: »Voin vannoa. En tiennyt sen olemassaolosta ennen kuin Quigley heilutteli sitä naamani edessä.»

»Milloin Curran löysi sen?»

»Torstaiaamuna.»

»Torstaiaamuna», O'Kelly toisti. Hänen ääneensä oli kasautumassa jotain pahaenteistä. »Joten hän pimitti todistetta lähemmäs kaksi vuorokautta. Te kaksi vietitte toistenne seurassa jokaisen valvehetkenne, ette puhuneet mistään muusta kuin tästä jutusta – tai ainakin toivon niin – ja Curranilla oli koko ajan vastaus kaikkeen niiden junttiverkkariensa taskussa. Sanopa minulle, Kennedy, että miten saatanassa sinä et huomannut sitä?»

»Keskityin juttuun. Huomasin kyllä –»

O'Kelly räjähti. »Voi jeesuksen tähden! Miltä tuo todiste näyttää sinusta? Tuo ratkaisee koko jutun. Eikä tämä ole mikään narkkarinilviäisjuttu, jossa ketään ei kiinnosta vaikka ote vähän herpaantuu. Tässä on kyse murhatuista lapsista! Eikö helvetti tullut mieleen, että kannattaisi ehkä käyttäytyä niin kuin joku rikostutkija ja pitää silmällä, mitä ympärillä tapahtuu?»

Sanoin: »Tiesin että Currania painoi jokin. Ei se minulta huomaamatta jäänyt. Mutta luulin sen johtuvan siitä, että olimme eri mieltä jutusta. Minun mielestäni Brennan oli tekijä ja muitten tutkiminen oli ajanhukkaa. Curran oli sitä mieltä – tai niin hän väitti – että Patrick Spain oli uskottavampi epäilty ja meidän pitäisi keskittyä häneen. Minä luulin, että kyse oli vain siitä.»

O'Kelly veti henkeä läksyttääkseen minua lisää, mutta ei hänellä lopulta ollut intoa siihen. »Joko Curran ansaitsee Oscarin», hän

sanoi jo vähän väsähtäneellä äänellä, »tai sinä ansaitset kunnon sel-
käsaunan.» Hän hieroi silmiään peukalolla ja etusormella. »Missä
se pikku paskiainen muuten on?»

»Lähetin hänet kotiin. Ei huvittanut päästää häntä koskemaan
mihinkään muuhun.»

»Aivan oikein. Ota häneen yhteyttä ja käske hänen ilmoittautua
minulle heti huomisaamuna. Jos hän selviää puhuttelustani hen-
gissä, etsin hänelle mukavan kirjoituspöydän jonka ääressä hän voi
tehdä paperitöitä, kunnes sisäinen valvonta on käsitellyt hänet.»

»Selvä.» Aioin tekstata Richielle. En halunnut puhua hänen
kanssaan enää koskaan.

O'Kelly sanoi: »Jos siskosi ei olisi pöllinyt tuota todistetta, oli-
siko Curran lopulta luovuttanut sen meille? Vai olisiko hän vetänyt
sen pöntöstä alas ja pitänyt suunsa kiinni lopun ikäänsä? Sinä tunsit
hänet paremmin kuin minä. Mitä luulet?»

*Hän olisi luovuttanut sen tänään, lyön siitä kuukauden palkan
vetoa...* Kaikki ne kadehtimani työparit olisivat sanoneet noin het-
keäkään miettimättä, mutta Richie ei ollut enää työparini, jos oli
ikinä ollutkaan. »En tiedä», sanoin. »Ei aavistusta.»

O'Kelly murahti. »Eipä sillä sinänsä väliä. Curran on mennyttä
kalua. Kenkisin hänet takaisin siihen kunnan vuokrataloon josta
hän on tullutkin, jos voisin tehdä sen ilman että sisäinen valvonta
ja päällystö ja media kävisivät kimppuuni, mutta koska en voi,
hän palaa univormuun ja minä keksin hänelle jonkun mukavan
paskaläven, jossa hän voi odotella eläkkeelle pääsyä narkkarien ja
käsiaseiden keskellä. Jos hän tajuaa oman etunsa, hän pitää suunsa
kiinni ja hyväksyy asian.»

O'Kelly piti tauon siltä varalta, että halusin ruveta vastustele-
maan. Hänen katseensa kertoi, että se olisi turhaa, mutta en olisi yrit-
tänyt sitä muutenkaan. Sanoin: »Mielestäni se on oikea ratkaisu.»

»Älähän hoppuile. Sisäinen valvonta ja päällystö eivät varmasti
ole tyytyväisiä sinuunkaan. Curran on yhä koeajalla, ja sinä olet
hänestä vastuussa. Jos tämä tutkinta on mennyt viemäristä alas,
syypää olet sinä.»

»Ymmärrän. Mutta mielestäni se ei ole ihan vielä viemärissä.
Kun kävin sairaalassa tapaamassa Jennifer Spainia, tapasin hänen
siskonsa Fiona Raffertyn. Hän oli löytänyt Spainien eteisestä

tämän sinä aamuna, kun meidät hälytettiin rikospaikalle. Hän muisti asian vasta tänään.»

Kaivoin esiin kirjekuoren, jossa amulettiketju oli, ja panin sen pöydälle toisen kuoren viereen. Jossain mieleni analyyttisessa sopukassa osasin iloita siitä, ettei käteni vapissut. »Hän on tunnistanut ketjun Jennifer Spainille kuuluvaksi. Siihen on tarttunut hius, joka kuuluu väristä ja pituudesta päätellen joko Jenniferille tai Emmalle, mutta teknikot saavat varmasti selville kummalle, koska Jenniferillä on vaalennusraitoja. Jos tämä kuuluu Emmalle – ja veikkaan että kuuluu – niin meillä on yhä näyttöä.»

O'Kelly katsoi minua pitkään pienillä terävillä silmillään ja naksutteli kynäänsä. Hän sanoi: »Kylläpä sattui hemmetin sopivasti.»

Se oli kysymys. Sanoin: »Kävi vain hyvä tuuri.»

Toisen pitkän tuokion perästä hän nyökkäsi. »Kannattaa panna lotto vetämään tänä iltana. Olet Irlannin onnekkain mies. Tarvitseeko erikseen sanoa, millaisessa lirissä olisit ollut, jos tuota ei olisi ilmaantunut?»

Tykitys Kennedy, rehdeistä rehdein, kahdenkymmenen vuoden nuhteeton palvelus – hetken epäiltyään O'Kelly oli valmis uskomaan, että olin puhdas kuin pulmunen. Niin olisivat muutkin. Puolustuskaan ei haaskaisi aikaansa näytön kyseenalaistamiseen. Quigley ruikuttaisi ja vihjailisi, mutta Quigleyta ei kuuntele kukaan. »Ei tarvitse», sanoin.

»Luovuta tuo todistevarastoon ja äkkiä ennen kuin onnistut mokaamaan senkin homman. Mene sitten kotiin. Nuku vähän. Sinulla pitää olla maanantaina ajatukset kirkkaina sisäisen valvonnan puhuttelussa.» Hän survaisi lukulasit nenälleen ja kumartui taas tutkimaan lausuntolomaketta. Tämä oli tässä.

Sanoin: »Herra tarkastaja, teidän pitää tietää vielä yksi asia.»

»Voi taivas. Jos tähän juttuun liittyy vielä lisää jotain perseen paskaa, minua ei kiinnosta tietää.»

»Ei mitään sellaista. Mutta kun tämä juttu saadaan hoidettua loppuun, minä jätän eronpyyntöni.»

Se sai O'Kellyn kohottamaan katseensa. »Miksi?» hän kysyi hetken päästä.

»Minusta on aika etsiä jotain uutta.»

Teräväkatseiset silmät tutkivat minua taas. Hän sanoi: »Sinulla ei ole kolmeakymmentä vuotta täynnä. Saat eläkkeen vasta kuusikymmentävuotiaana.»

»Tiedän.»

»Mitä aiot tehdä tämän homman sijasta?»

»En tiedä vielä.»

Hän katseli minua ja naputti lomaketta kynällään. »Heitin sinut takaisin kentälle liian varhain. Luulin että olit taas pelikunnossa. Olisin voinut vannoa, että halusit kiireesti pois vaihtopenkiltä.»

Hänen äänessään oli jotain, mikä kuulosti huolenpidolta tai jopa myötätunnolta. Sanoin: »Niin halusinkin.»

»Minun olisi pitänyt huomata, ettet ollut valmis. Nyt tämä sotku käy näköjään hermoillesi. Sitä se vain on. Nukut muutamat kunnon yöunet ja otat muutaman tuopin kaverien kanssa, niin kyllä se siitä.»

»Ei tämä ole niin yksinkertaista.»

»Miksei? Et sinä joudu Curranin kanssa saman pöydän ääreen, jos sitä pelkäät. Tämä oli minun virheeni. Sanon sen päällystöllekin. En minäkään halua, että sinut potkitaan muutamaksi vuodeksi kirjoituspöytähommiin ja minä joudun pärjäämään yksinäni tuon idioottilauman kanssa.» Hän heilautti päätään osastohuoneen suuntaan. »Pidän huolen, ettei sinua ristiinnaulita. Saat vähän satikutia ja menetät muutaman lomapäivän – sinulla on niitä varmaan varastossa iso liuta – mutta sen jälkeen kaikki palaa ennalleen.»

»Kiitos», sanoin. »Arvostan tarjoustanne. Mutta otan mielelläni vastaan kaiken mitä tuleman pitää. Olette oikeassa, minun olisi pitänyt huomata tämä ajoissa.»

»Sitäkö tämä on? Murjotat kun et hoksannut jotain? Herranjumala, kaikillehan meille on sellaista sattunut. Mitä siitä jos pojat vähän kuittailevat? Jos ylikonstaapeli Täydellinen liukastuu banaaninkuoreen ja lentää perseelleen, niin hehän olisivat pyhimyksiä jos eivät kuittailisi. Kyllä sinä siitä selviät. Ryhdistäydy nyt äläkä rupea pitämään jäähyväispuheita.»

Kyse ei ollut vain siitä, että olin jo saastuttanut kaiken mihin tulevaisuudessa koskisin – jos totuus tulisi julki, jokainen ratkaisemani juttu olisi avattavissa uudestaan. Kyse ei ollut siitäkään, että tiesin jossain logiikkaa syvemmällä tasolla epäonnistuvani seuraavassa jutussa, ja sitä seuraavassa ja sitä seuraavassa. Kyse oli siitä, että olin vaarallinen. Rajan ylittäminen oli ollut minulle kovin vaivatonta sen jälkeen, kun muut vaihtoehdot oli käytetty loppuun. Se oli tuntunut aivan luonnolliselta. Toki olisin voinut selitellä itselleni, että se tapahtui vain tämän kerran, ei tapahdu toiste, tämä oli eri juttu. Mutta jatkossa tulisi aivan varmasti lisää poikkeustilanteita, lisää ainutlaatuisia tapauksia joissa ei tarvitsisi astua kuin pikkuisen pitemmälle. Vaikka patovallissa olisi vain yksi pieni ja vaarattoman tuntuinen reikä, sekin riittää. Vesi tunkeutuu rakoon, se rapauttaa konemaisesti ja hellittämättä, kunnes patovalli murtuu ja meri hyökyy päälle. Alun jälkeen sitä ei voi enää estää.

Sanoin: »Tämä ei ole murjotusta. Aina kun olen mokaillut, olen ottanut satikutin vastaan. En ole nauttinut siitä, mutta olen niellyt sen. Ehkä olette oikeassa, ehkä hermoni eivät kestä. Mutta joka tapauksessa tämä ei ole enää oikea paikka minulle.»

O'Kelly pyöritteli kynää rystystensä päällä ja etsi katseellaan sitä, minkä jätin kertomatta. »Kannattaa sitten olla ihan hiton varma. Vaikka alkaisit katua, niin paluuta ei ole. Mieti sitä. Mieti tarkkaan.»

»Mietin kyllä. Lähden vasta kun Jennifer Spainin oikeudenkäynti on saatu hoidettua.»

»Hyvä. Sitä ennen en kerro tästä kellekään. Voit tulla tänne koska tahansa ilmoittamaan, että olet muuttanut mielesi, eikä asiasta puhuta sitten sen enempää.»

Tiesimme kumpikin, etten muuttaisi mieltäni. »Kiitän. Arvostan tarjousta.»

O'Kelly nyökkäsi. »Sinä olet hyvä poliisi», hän sanoi. »Tämä oli toki väärä juttu ruveta mokailemaan, mutta olet silti hyvä poliisi. Muista se.»

Vilkaisin huonetta vielä kerran ennen kuin suljin oven perässäni. Valo lankesi lempeästi valtavalle vihreälle mukille, joka O'Kellyllä oli ollut siitä asti kun tulin osastolle, samoin golfpalkinnoille joita hänellä oli kirjahyllyssään, ja messinkiselle nimilaatalle jossa luki RIKOSTARKASTAJA G. O'KELLY. Olin toivonut, että siitä tulisi loppujen lopuksi minun huoneeni. Olin kuvitellut moneen kertaan, kuinka työpöydällä olisi kehystetyt kuvat Laurasta ja Gerin lapsista ja hyllyillä olisi vanhoja homeisia kriminologian kirjojani, ehkä myös bonsaipuu ja pieni akvaario jossa olisi trooppisia kaloja. Ei niin että olisin toivonut O'Kellylle lähtöä, mutta haaveet täytyy pitää kirkkaina mielessä tai ne unohtuvat matkan varrella. Tuo oli ollut minun haaveeni.

Nousin autooni ja ajoin Dinan luo. Etsin hänen kämpästään ja kaikista muista kämpistä siinä kirpunsyömässä talossa, näytin virkamerkkiäni kaikkien niiden karvaisten surkimusten nenän edessä – kukaan ei ollut nähnyt häntä päiväkausiin. Etsin neljän entisen poikaystävän luota, ja yksi heistä löi ovipuhelimen korvaani ja toinen pyysi Dinaa soittelemaan, jos löytäisin hänet. Kävin läpi kaikki Gerin lähitienoon kadunkulmat, katsoin kaikista pubeista, joiden valaistut ikkunat olivat ehkä houkutelleet Dinaa, tutkin kaikki puistoläntit jotka olivat ehkä näyttäneet rauhoittavilta. Etsin omalta asunnoltani ja kaikilta lähikujilta, joilla inhottavat ali-ihmiset myyvät kaikkea inhottavaa mitä käsiinsä saavat. Soitin Dinan puhelimeen parikymmentä kertaa. Mietin, menisinkö katsomaan Broken Harbourista, mutta Dina ei osaa ajaa autoa ja taksimatka olisi ollut liian pitkä.

Sen sijaan ajelin pitkin keskustaa ja työntelin päätäni ikkunasta nähdäkseni jokaisen ohittamani tytön kasvot – oli kylmä ilta ja kaikki olivat suojautuneet hatuin, huivein tai hupuin, ja toistakymmentä kertaa kävi niin, että joku hoikka sirokäyntinen tyttö melkein pakahdutti minut toivoon ennen kuin sain kurkattua hänen kasvojaan. Kun pikkuruinen tummahiuksinen tyttö stilettikoroissaan ja tupakka kädessään käski minun suksia vittuun, tajusin että kello oli jo yli puolenyön ja touhuni näytti ikävältä. Ajoin kadunreunaan ja istuin pitkään kuuntelemassa Dinan puhelinvastaajaa ja katselemassa henkeni huuruamista kylmässä autossa ennen kuin suostuin luovuttamaan ja ajamaan kotiin.

Joskus aamukolmen jälkeen, kun olin maannut sängyssä jo pitkään, kuulin kuinka asunnon ovea rapisteltiin. Muutaman yrityksen jälkeen avain kääntyi lukossa ja olohuoneeni lattialle levisi valkoisehko valokiila. »Mikey?» Dina kuiskasi.

Pysyin liikkumatta. Valokiila kapeni kadoksiin, ja ovi naksahti kiinni. Varovaisia askelia lattian poikki, teatraalista hipsimistä;

sitten hänen siluettinsa ilmestyi makuuhuoneen oviaukkoon hoikkana pimeyden tiivistymänä, joka vähän huojahteli epävarmuudesta.

»Mikey», hän sanoi aavistuksen kuiskausta kovemmalla äänellä. »Nukutko sinä?»

Suljin silmäni ja hengitin tasaisesti. Jonkin ajan päästä Dina huokasi hiljaa ja väsyneesti kuin lapsi joka on leikkinyt koko päivän ulkona. »Siellä sataa», hän sanoi melkein itsekseen.

Kuulin kun hän istahti lattialle riisumaan kenkiään ja ne tömähtivät vuorotellen laminaattilattialle. Hän kapusi sänkyyn viereeni ja kiskaisi peiton korviimme. Hän hivuttautui aina vain tiukemmin rintaani vasten, kunnes suostuin ottamaan hänet kainalooni. Sitten hän huokasi taas, hautasi päänsä syvemmälle tyynyyn ja valmistautui nukahtamaan panemalla takinkauluksensa kärjen suuhunsa.

Kun minä ja Geri olimme tentanneet häntä vuosien mittaan, emme olleet kyenneet esittämään hänelle kertaakaan tätä yhtä kysymystä. *Tempauduitko irti silloin vesirajassa, kun aallot jo kietoutuivat nilkkojesi ympärille; kiskaisitko kätesi hänen lämpimästä kädestään, juoksitko takaisin pimeyteen, missä suhiseva rantakaura sulki sinut sisäänsä ja kätki sinut hänen kutsuiltaan? Vai oliko se äidin viimeinen teko ennen kuin hän astui kauimmaisen reunan yli – avasiko hän kätensä ja päästi sinut irti, huusiko hän sinulle, että juokse, juokse?* Sinä yönä olisin voinut kysyä. Luulen että Dina olisi vastannut.

Kuuntelin kuinka hän imeskeli hiljaa takinkaulustaan, kuinka hänen hengityksensä hidastui ja syveni unta kohti. Hän tuoksui kylmältä kesyttömältä ilmalta, tupakalta ja karhunvatukoilta. Hänen takkinsa oli sateesta läpimärkä, ja vesi imeytyi pyjamani läpi ja kylmäsi ihoani. Makasin liikkumatta ja pimeyteen katsellen, ja tunsin hänen tukkansa kosteana poskeani vasten, kun odottelin aamunkoittoa.

KIITOKSET

Olen valtavat kiitokset velkaa monelle: Hachette Books Irelandin Ciara Considinelle, Hodder & Stoughtonin Sue Fletcherille ja Vikingin Josh Kendallille siitä hyvästä, että he ovat sellaisia toimittajia joista jokainen kirjailija haaveilee. Breda Purduelle, Ruth Shernille, Ciara Doorleylle ja kaikille Hachette Books Irelandin työntekijöille. Swati Gamblelle, Kerry Hoodille, Emma Knightille, Jaime Frostille ja koko Hodder & Stoughtonin väelle. Clare Ferrarolle, Ben Petronelle, Meghan Fallonille ja kaikille muillekin Vikingillä. Darley Anderson Agencyn mahtaville haltijatarkummeille, etenkin Maddielle, Rosannalle, Zoelle, Kasialle, Sophielle ja Clarelle. Agency for the Performing Artsin Steve Fisherille. Rachel Burdille, joka vastasi oikoluvusta huomaten yksityiskohdat kuin salapoliisi. Tohtori Fearghas Ó Cochláinille sen johdosta, että hän vastaili kysymyksiin joiden vuoksi hän on varmaan päätynyt jollekin epäilyttävien henkilöiden listalle. Alex Frenchille tietokonetempuista sekä käsikirjoituksen että muidenkin asioiden kohdalla. David Walshille, joka vastaa kaikista paikkansapitävistä poliisitutkintojen yksityiskohdista tässä kirjassa eikä ole vastuussa mistään pieleen menneistä. Oonagh »Sandbox» Montaguelle, Ann-Marie Hardimanille, Kendra Harpsterille, Catherine Farrellille, Dee Roycroftille, Mary Kellylle, Susan Collinsille ja Cheryl Steckelille hyvistä nauruista, keskusteluista, oluista, halauksista ja paljosta muustakin hyvästä. David Ryanille, ◆≈□ ○♋︎♋m ○m □◆◆ ◆≈)(◆)(■ ⊕)(■ ♄⌒)(■♄◆. Vanhemmilleni Elena Hvostoff-Lombardille (jota ilman tämä kirja olisi valmistunut vuoden 2015 paikkeilla) ja David Frenchille. Ja niin kuin aina, miehelleni Anthony Breatnachille useammasta syystä kuin kykenen laskemaan.